明人詩話要籍彙編

詩話卷 壹

陳廣宏　侯榮川　編校

復旦大學出版社

本書獲得國家社科基金重大項目「全明詩話新編」資助
本書爲二〇一六年國家古籍整理出版專項經費資助項目

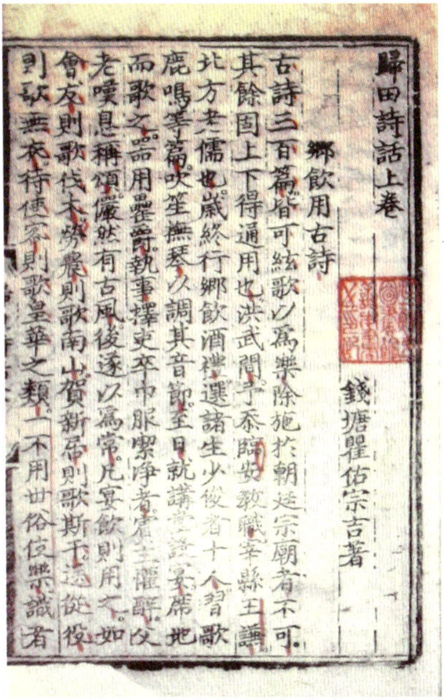
歸田詩話上卷

錢塘瞿佑宗吉著

鄉飲用古詩

古詩三百篇皆可絃歌以爲樂除施於朝廷宗廟者不可其餘固上下得通用也洪武間予忝臨安教職宰縣王讓北方老儒也歲終行鄉飲酒禮選諸生少俊者十人習歌鹿鳴等篇吹笙撫琴以調其音節至日就講堂設宴席地而歌之器用罍爵執事擇吏卒巾服潔淨者賓主獻酢父老嘆息稱頌儼然有古風後遂以爲常凡宴飲則用之如會友則歌伐木勞農則歌南山賀新居則歌斯干送從役則歌無衣待使客則歌皇華之類一不用世俗伎樂識者

《歸田詩話》三卷

南京圖書館藏明弘治刻本

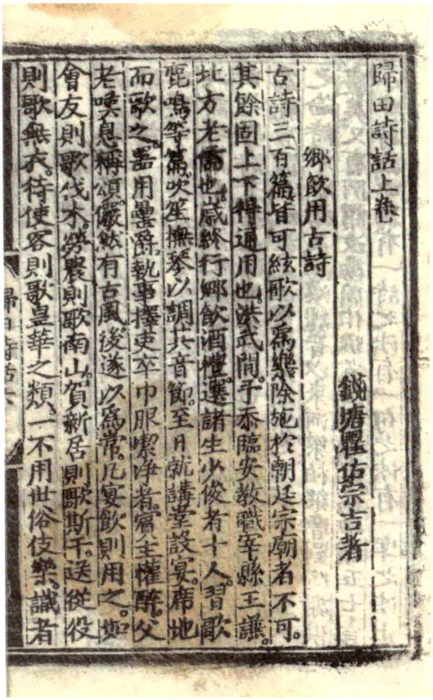
歸田詩話上卷

錢塘瞿佑宗吉著

鄉飲用古詩

古詩三百篇皆可絃歌以爲樂除施於朝廷宗廟者不可其餘固上下得通用也洪武間予忝臨安教職宰縣王讓北方老儒也歲終行鄉飲酒禮選諸生少俊者十人習歌鹿鳴等篇吹笙撫琴以調其音節至日就講堂設宴席地而歌之器用罍爵執事擇吏卒巾服潔淨者賓主獻酢父老嘆息稱頌儼然有古風後遂以爲常凡宴飲則用之如會友則歌伐木勞農則歌南山賀新居則歌斯干送從役則歌無衣待使客則歌皇華之類一不用世俗伎樂識者

《歸田詩話》三卷

天一閣圖書館藏明成化刻本

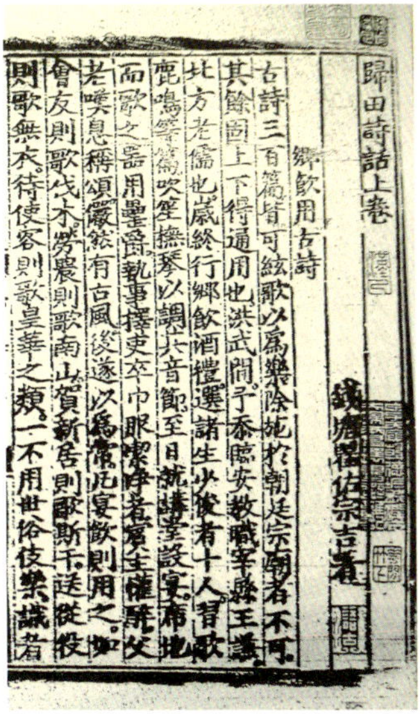
歸田詩話上卷

錢塘瞿佑宗吉著

鄉飲用古詩

古詩三百篇皆可絃歌以爲樂除施於朝廷宗廟者不可其餘固上下得通用也洪武間予忝臨安教職宰縣王讓北方老儒也歲終行鄉飲酒禮選諸生少俊者十人習歌鹿鳴等篇吹笙撫琴以調其音節至日就講堂設宴席地而歌之器用罍爵執事擇吏卒巾服潔淨者賓主獻酢父老嘆息稱頌儼然有古風後遂以爲常凡宴飲則用之如會友則歌伐木勞農則歌南山賀新居則歌斯干送從役則歌無衣待使客則歌皇華之類一不用世俗伎樂識者

《歸田詩話》三卷

臺灣圖書館藏明成化刻本

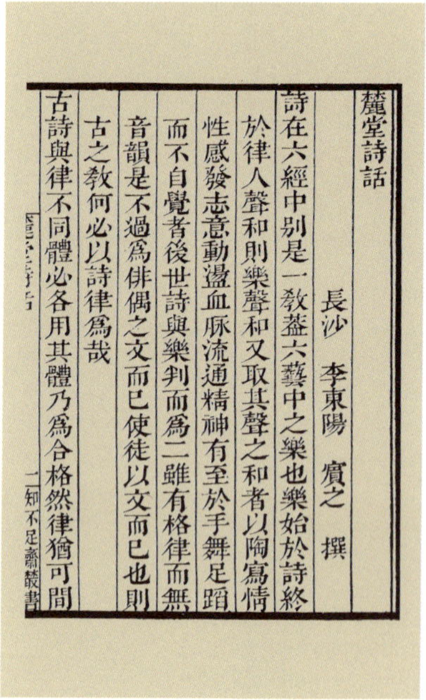

麓堂詩話

長沙　李東陽　賓之　撰

詩在六經中別是一教蓋六藝中之樂也樂始於詩終於律人聲和則樂聲和又取其聲之和者以陶寫情性感發志意動盪血脈流通精神有至於手舞足蹈而不自覺者後世詩與樂判而爲二雖有格律而無音韻是不過爲俳偶之文而已使徒以文而已也則古之教何必以詩律爲哉

古詩與律不同體必各用其體乃爲合格然律猶可間

麓堂詩話　一　知不足齋叢書

《麓堂詩話》一卷
《知不足齋叢書》本

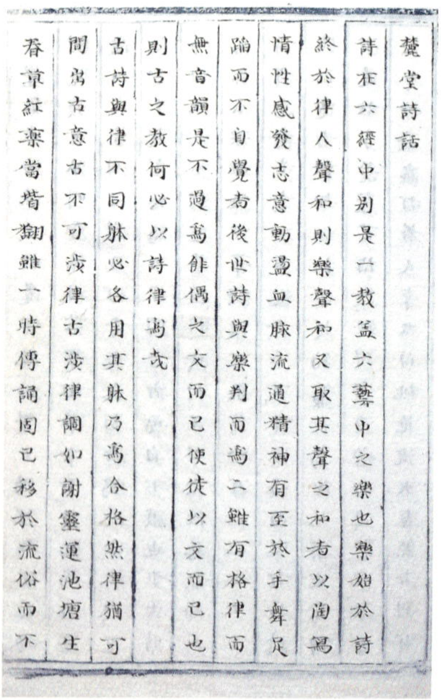

麓堂詩話

詩在六經中別是一教蓋六藝中之樂也樂始於詩終於律人聲和則樂聲和又取其聲之和者以陶寫情性感發志意動盪血脉流通精神有至於手舞足蹈而不自覺者後世詩與樂判而爲二雖有格律而無音韻是不過爲俳偶之文而已使徒以文而已也則古之教何必以詩律爲哉

古詩與律不同體必各用其體乃爲合格然律猶可間出古意古不可涉律古涉律調如謝靈運池塘生春草紅藥當階翻雖一時傳誦固已移於流俗而不

《麓堂詩話》一卷
南京圖書館藏《藝海彙函》本

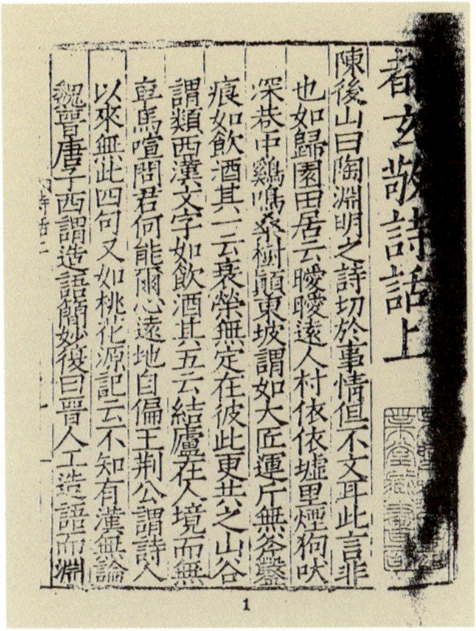

《都玄敬詩話》二卷
臺灣圖書館藏明徐氏琴川刻本

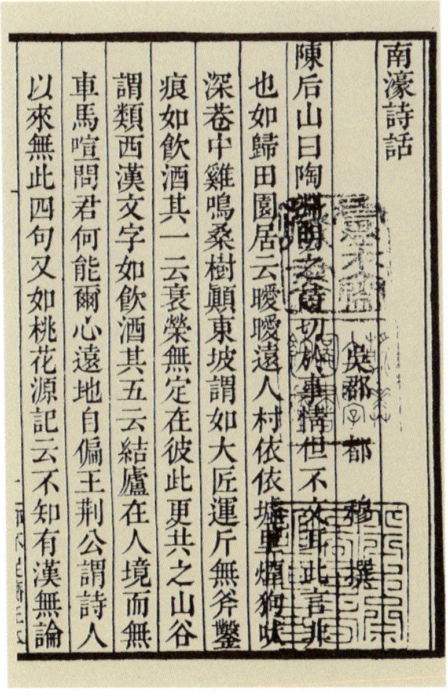

《南濠詩話》一卷
《知不足齋叢書》本

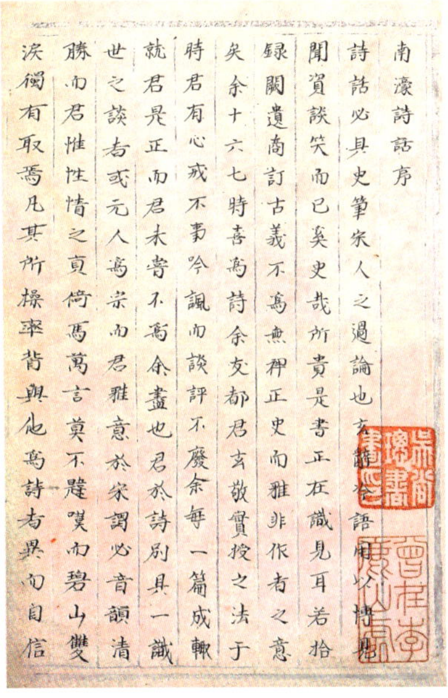

《南濠詩話》一卷
南京圖書館藏《藝海彙函》本

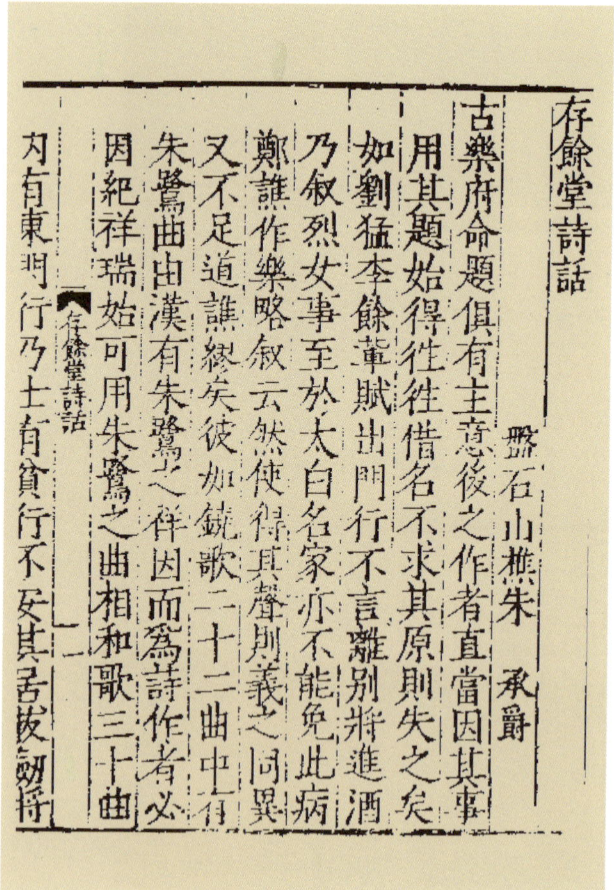
存餘堂詩話

磐石山樵朱　承爵

古樂府命題俱有主意後之作者直當因其事用其題始得往往借名不求其原則失之矣如劉猛李餘輩賦出門行不言離別將進酒乃叙烈女事至於太白名家亦不能免此病鄭譙作樂略叙云然使得其聲則義之同異又不足道譙繆矣彼如鐃歌二十二曲中有朱鷺曲由漢有朱鷺之祥因而爲詩作者必因紀祥瑞始可用朱鷺之曲相和歌三十曲

存餘堂詩話　一

内有東門行乃士有貧行不安其居拔劒將

《存餘堂詩話》一卷

《顧氏明朝四十家小說》本

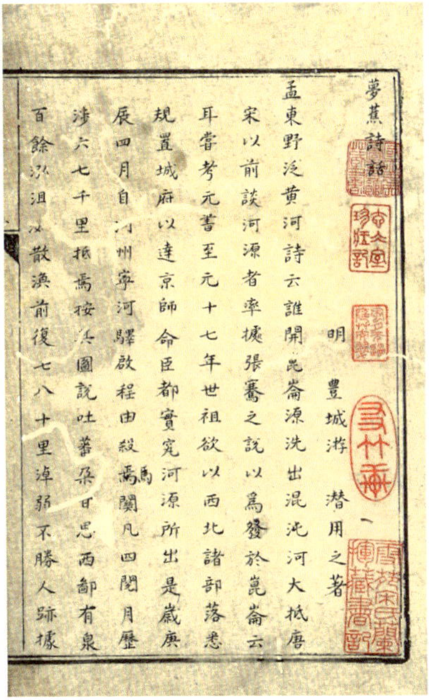
夢蕉詩話

明 豐城游 潛用之著

孟東野泛黃河詩云誰開崑崙源洗出混沌河大抵唐宋以前談河源者率據張騫之説以爲發於崑崙云耳嘗考元書至元十七年世祖欲以西北諸部落悉規置城府以達京師命臣都實究河源所出是歲庚辰四月自河州寧河驛啟程由殺馬關凡四閱月歷涉六七千里抵焉按其圖説吐蕃朶甘思西鄙有泉百餘泓沮以散渙前後七八十里淖弱不勝人跡據

《夢蕉詩話》一卷

臺灣圖書館藏清康熙間鈔本

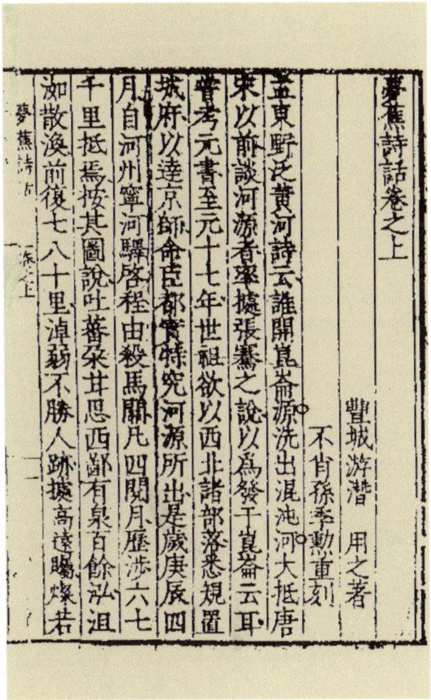
夢蕉詩話卷之上

豐城游潛 用之著

不肖孫季勳重刻

孟東野泛黃河詩云誰開崑崙源洗出混沌河大抵唐宋以前談河源者率據張騫之説以爲發于崑崙云耳嘗考元書至元十七年世祖欲以西北諸部落悉規置城府以達京師命臣都實特究河源所出是歲庚辰四月自河州寧河驛啓程由殺馬關凡四閱月歷涉六七千里抵焉按其圖説吐蕃朶甘思西鄙有泉百餘泓沮洳散渙前後七八十里淖弱不勝人跡據高遠矚爛若

夢蕉詩話 卷之上 一

《夢蕉詩話》二卷

北京大學圖書館藏明嘉靖遊氏家刻萬曆康熙間遞修本

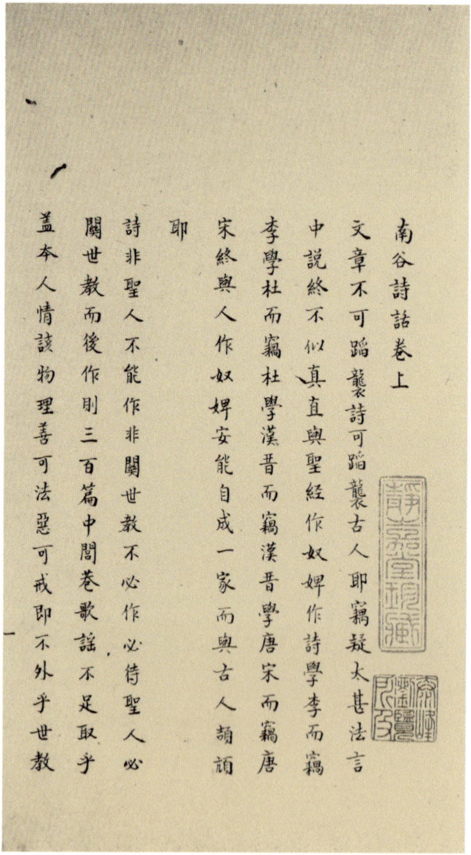

南谷詩話卷上

文章不可蹈襲詩可蹈襲古人耶竊疑太甚法言中説終不似真直與聖經作奴婢作詩學李而竊李學杜而竊杜學漢晋而竊漢晋學唐宋而竊唐宋終與人作奴婢安能自成一家而與古人頡頏耶

詩非聖人不能作非關世教不必作必待聖人必關世教而後作則三百篇中閭巷歌謡不足取乎盖本人情該物理善可法惡可戒即不外乎世教

《南谷詩話》三卷

日本静嘉堂文庫藏舊鈔本

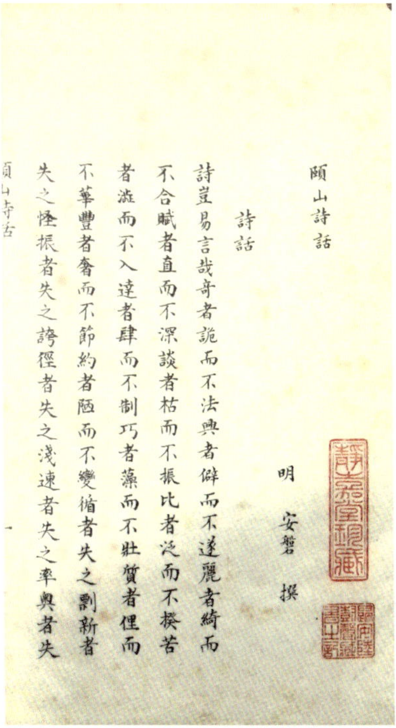

頤山詩話

明　安磐　撰

詩話

詩豈易言哉奇者詭而不法興者僻而不遂麗者綺而不合賦者直而不深談者枯而不振比者泛而不揆若者澁而不入達者肆而不制巧者藻而不壯質者俚而不華豐者奢而不節約者陋而不變循者失之剽新者失之怪振者失之誇徑者失之淺速者失之率奥者失

《頤山詩話》一卷
日本静嘉堂文庫藏清鈔本

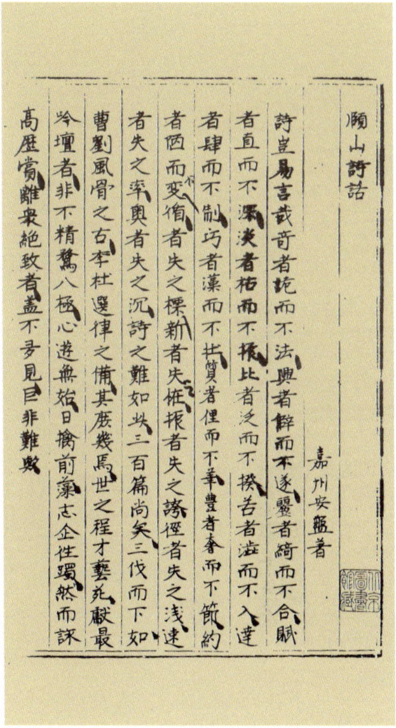

頤山詩話

嘉州安盤著

詩豈易言哉奇者詭而不法興者僻而不遂麗者綺而不合賦者直而不深淡者枯而不振比者泛而不揆若者澁而不入達者肆而不制巧者藻而不壯質者俚而不華豐者奢而不節約者陋而不變循者失之剽新者失之怪振者失之誇徑者失之淺速者失之率奥者失之沉詩之難如此三百篇尚矣三代而下如曹劉風骨之古李杜選律之備其庶幾焉世之程才藝苑獻最吟壇者非不精騖八極心遊無始日擷前藻志企往躅然而詠高歷賞雖衆絕致者蓋不多見豈非難歟

《頤山詩話》一卷
中國國家圖書館藏明鈔本

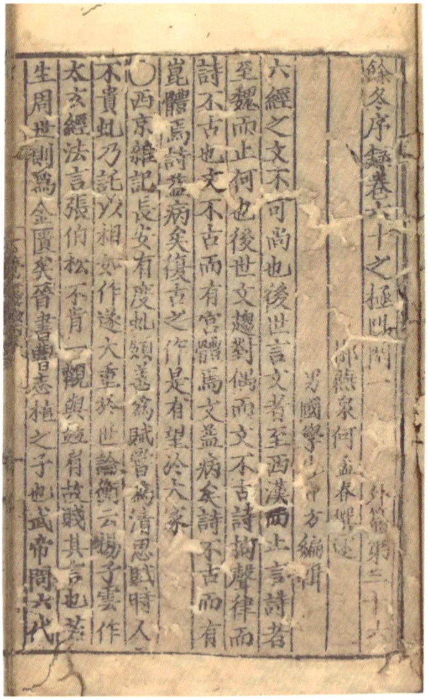
餘冬序録卷六十之極四門一　外篇第三十六
郴燕泉何孟春撰述
男國學生[illegible]方編輯
六經之文不可尚也後世言文者至西漢而止言詩者
至魏而止何也後世文趨對偶而文不古詩拘聲律而
詩不古也文不古而有宮體焉文益病矣詩不古而有
崑體焉詩益病矣復古之作是有望於大家
○西京雜記長安有慶虬類善爲賦嘗爲清思賦時人
不貴虬乃託以相如作遂大重於世論衡云楊子雲作
太玄經法言張伯松不肯一觀與並肩故賤其言也若
生周世則爲金匱矣晉書曹志植之子也武帝問六代

《餘冬序録外篇》第三十六
日本内閣文庫藏明隆慶刻本

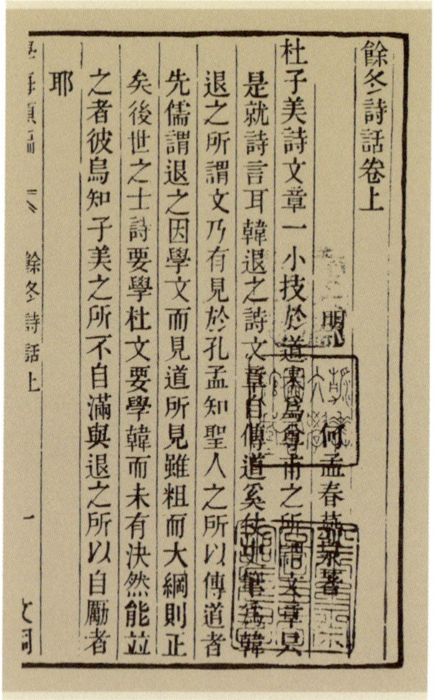
餘冬詩話卷上
明　何孟春著
杜子美詩文章一小技於道未爲尊甫之所自見
是就詩言耳韓退之詩文專自傳道奚韓
退之所謂文乃有見於孔孟知聖人之所以傳道者
先儒謂退之因學文而見道所見雖粗而大綱則正
矣後世之士詩要學杜文要學韓而未有決然能並
之者彼烏知子美之所不自滿與退之所以自勵者
耶
學海類編　集餘　餘冬詩話上　一

《餘冬詩話》二卷
《學海類編》本

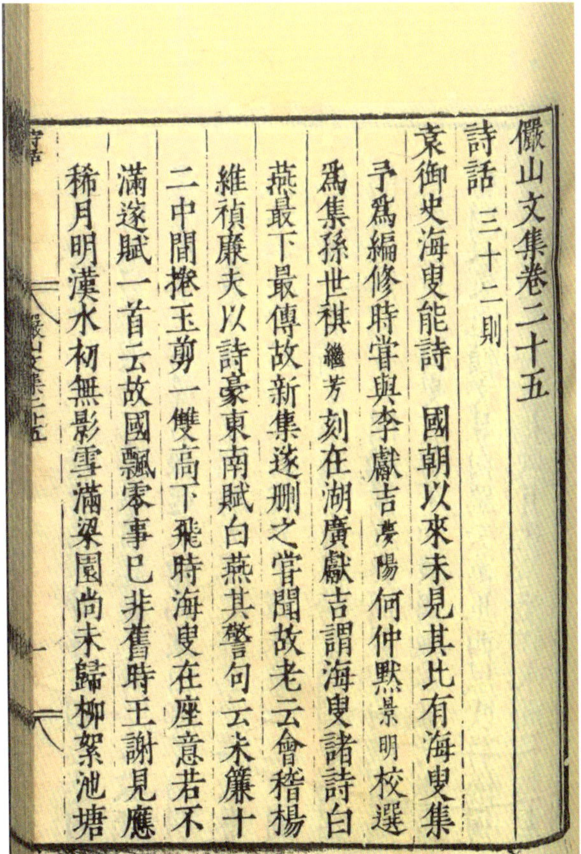
儼山文集卷二十五

詩話　三十二則

袁御史海叟能詩　國朝以來未見其比有海叟集予爲編修時嘗與李獻吉夢陽何仲默景明校選爲集孫世祺繼芳刻在湖廣獻吉謂海叟諸詩白燕最下最傳故新集遂删之嘗聞故老云會稽楊維禎廉夫以詩豪東南賦白燕其警句云珠簾十二中間捲玉鈎一雙高下飛時海叟在座意若不滿遂賦一首云故國飄零事已非舊時王謝見應稀月明漢水初無影雪滿梁園尚未歸柳絮池塘

詩話　儼山文集二十五　一

《儼山詩話》一卷

復旦大學圖書館藏明嘉靖間陸楫家刻《儼山文集》本

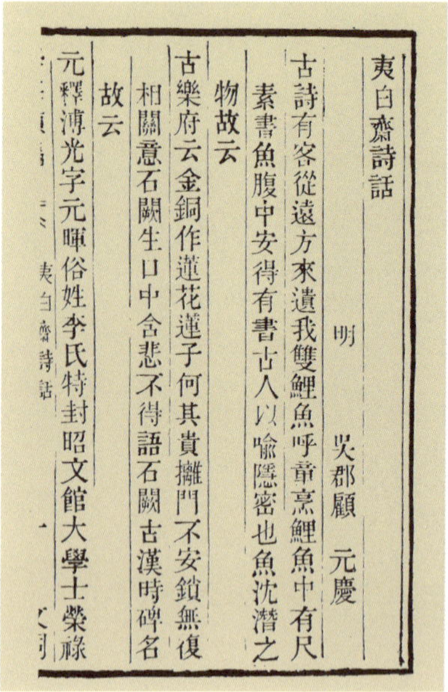
夷白齋詩話

明　吳郡顧　元慶

古詩有客從遠方來遺我雙鯉魚呼童烹鯉魚中有尺素書魚腹中安得有書古人以喻隱密也魚沈潛之物故云

古樂府云金銅作蓮花蓮子何其貴攡門不安鎖無復相關意石闕生口中含悲不得語石闕古漢時碑名故云

元釋溥光字元暉俗姓李氏特封昭文館大學士榮祿

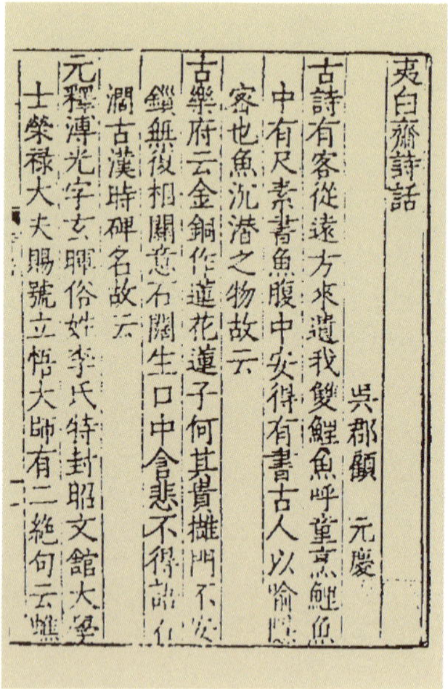
夷白齋詩話

吳郡顧　元慶

古詩有客從遠方來遺我雙鯉魚呼童烹鯉魚中有尺素書魚腹中安得有書古人以喻隱密也魚沈潛之物故云

古樂府云金銅作蓮花蓮子何其貴攡門不安鎖無復相關意石闕生口中含悲不得語石闕古漢時碑名故云

元釋溥光字玄暉俗姓李氏特封昭文館大學士榮祿大夫賜號立悟大師有二絕句云蝶

《夷白齋詩話》一卷

《學海類編》本

《夷白齋詩話》一卷

《顧氏明朝四十家小說》本

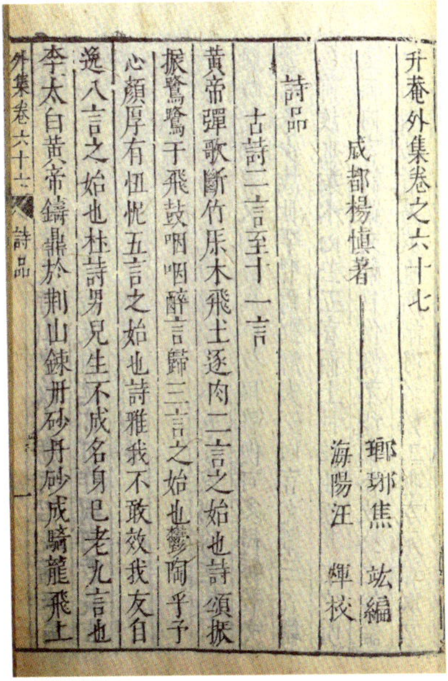
升菴外集卷之六十七

成都楊慎著　瑯琊焦竑編　海陽汪煇校

詩品

古詩二言至十一言

黃帝彈歌斷竹屬木飛土逐肉二言之始也詩頌振振鷺鷺于飛鼓咽咽醉言歸三言之始也鬱陶乎予心顏厚有忸怩五言之始也詩雅我不敢效我友自逸八言之始也杜詩男兒生不成名身已老九言也李太白黃帝鑄鼎於荆山鍊丹砂丹砂成騎龍飛上

外集卷六十七　詩品　一

《升庵外集·詩品》
日本内閣文庫藏明萬曆刻本

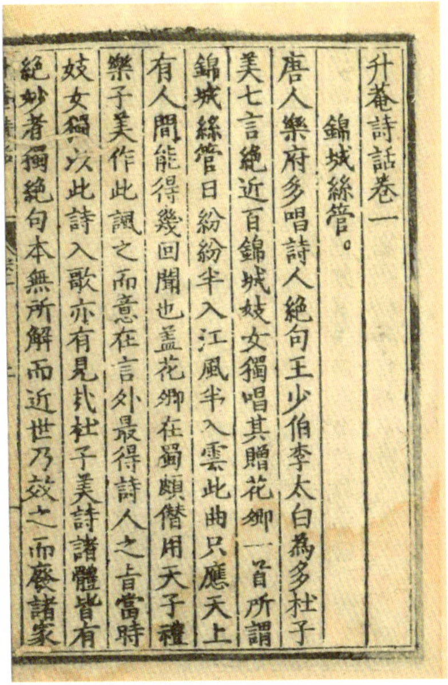
升菴詩話卷一

錦城絲管。

唐人樂府多唱詩人絕句王少伯李太白爲多杜子美七言絕近百錦城妓女獨唱其贈花卿一首所謂錦城絲管日紛紛半入江風半入雲此曲只應天上有人間能得幾回聞也蓋花卿在蜀頗僭用天子禮樂子美作此諷之而意在言外最得詩人之旨當時妓女獨以此詩入歌亦有見哉杜子美詩諸體皆有絕妙者獨絕句本無所解而近世乃效之而厭諸家

《升庵詩話》四卷
天一閣圖書館藏明嘉靖刻本

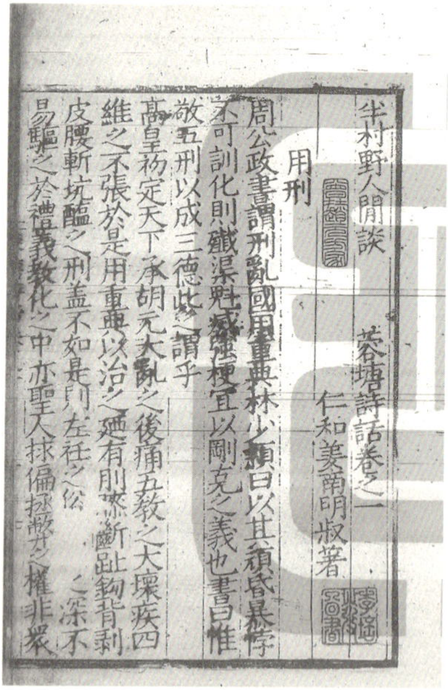
半村野人閒談

蓉塘詩話卷之一

仁和姜南明叔著

用刑

周公政書謂刑亂國用重典林少穎曰以其頑昏暴悖不可訓化則殲渠魁滅強梗宜以剛克之義也書曰惟敬五刑以成三德此之謂乎

高皇初定天下承胡元大亂之後痛五教之大壞疾四維之不張於是用重典以治之迺有剕臏斷趾鉤背剝皮腰斬坑醢之刑盖不如是則左衽之俗染人之深不易驅之於禮義教化之中亦聖人捄偏拯弊之權非衆

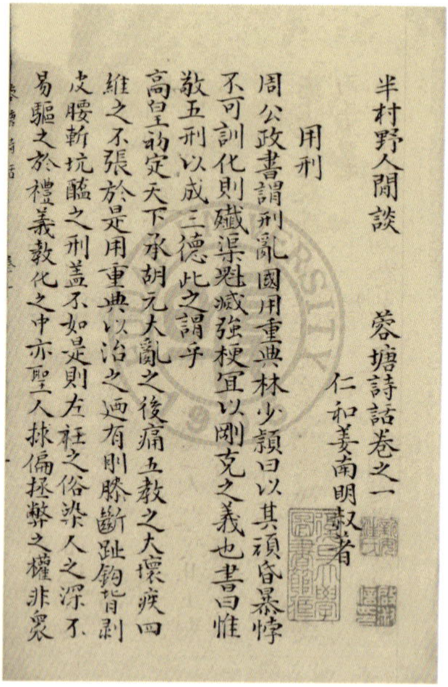
半村野人閒談

蓉塘詩話卷之一

仁和姜南明叔著

用刑

周公政書謂刑亂國用重典林少穎曰以其頑昏暴悖不可訓化則殲渠魁滅強梗宜以剛克之義也書曰惟敬五刑以成三德此之謂乎

高皇初定天下承胡元大亂之後痛五教之大壞疾四維之不張於是用重典以治之迺有剕臏斷趾鉤背剝皮腰斬坑醢之刑盖不如是則左衽之俗染人之深不易驅之於禮義教化之中亦聖人捄偏拯弊之權非衆

《蓉塘詩話》二十卷
中國國家圖書館藏明嘉靖二十六年
洪楩刻本

《蓉塘詩話》二十卷
復旦大學圖書館藏舊鈔本

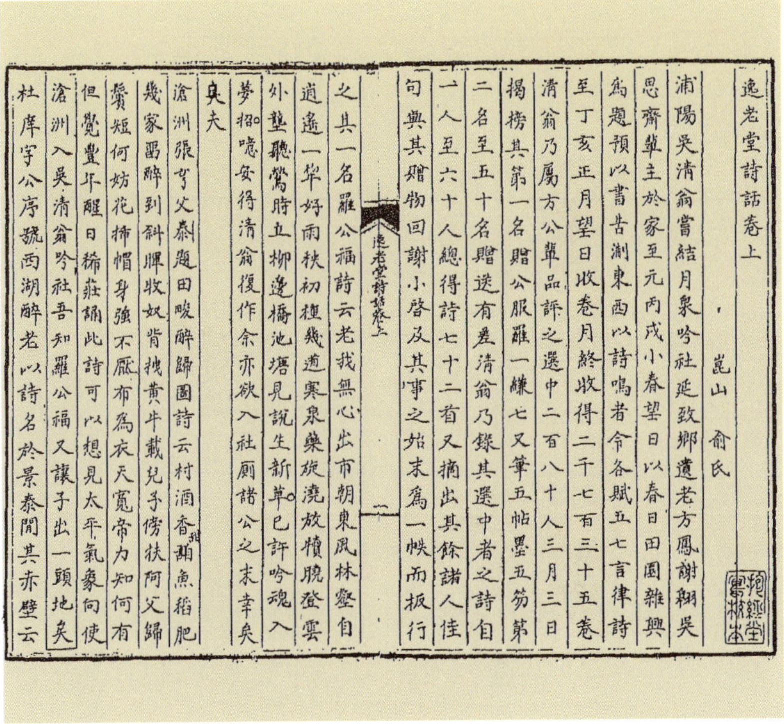
逸老堂詩話卷上
崑山 俞氏
浦陽吳清翁嘗結月泉吟社延致鄉遺老方鳳謝翱吳
思齊輩主於家至元丙戌小春望日以春日田園雜興
爲題預以書告淛東西以詩鳴者令各賦五七言律詩
至丁亥正月望日收卷月終收得二千七百三十五卷
清翁乃屬方公輩品評之選中二百八十人三月三日
揭榜其第一名贈公服羅一縑七又筆五帖墨五笏第
二名至五十名贈送有差清翁乃錄其選中者之詩自
一人至六十人總得詩七十二首又摘出其餘諸人佳
句與其贈物回謝小啓及其事之始末爲一帙而板行
之其一名羅公福詩云老我無心出市朝東風林壑自
逍遙一犂好雨秧初種幾道寒泉藥旋澆放犢曉登雲
外壟聽鶯時立柳邊橋池塘見說生新草已許吟魂入
夢招噫安得清翁復作余亦欲入社廁諸公之末幸矣
夫
滄洲張丈彥題田畯醉歸圖詩云村酒香酣魚稻肥
幾家酩醉到斜暉牧奴背拽黃牛載兒子傍扶阿父歸
鬢短何妨花插帽身強不厭布爲衣天寬帝力知何有
但覺豐年醒日稀莊誦此詩可以想見太平氣象向使
滄洲入吳清翁吟社吾知羅公福又讓子出一頭地矣
杜庠字公序號西湖醉老以詩名於景泰間其赤壁云

《逸老堂詩話》一卷
《續修四庫全書》影印中國國家圖書館藏盧文弨鈔本

過庭詩話卷上

齊人劉世偉著

進士呂廕校正

三百篇已經孔子删定後有作者當不及矣李空同何大復薛西原王濬川諸公間爲此體然亦不免蹈襲陳言宣之不能以風國采之不足以續經雖不作亦可也而初學之士往往擬之可謂不知量也已

兩漢六朝去古未遠氣尚淳朴故其爲詩猶可别其源流鍾嵥詩品可謂抽攬洪緒總稽真贋矣嚴滄浪謂顔不如鮑鮑不如謝與文中子所論不合蓋顔失之巧麗而謝則風流自然耳湯

《過庭詩話》二卷

中國國家圖書館藏明嘉靖刻本

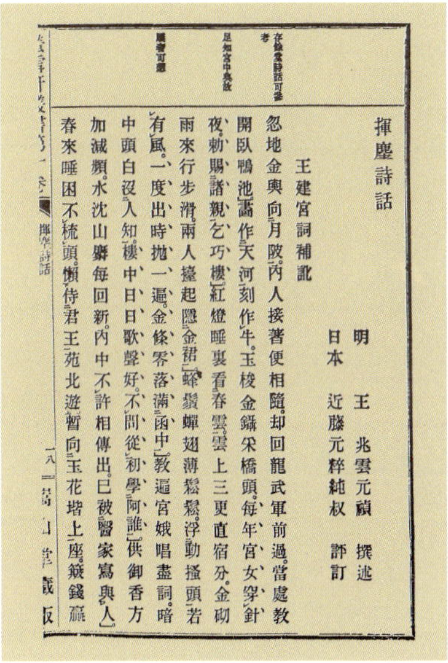
存餘堂詩話可參考
足知宮中典故
議論可聽

揮塵詩話

明 王兆雲元禎 撰述
日本 近藤元粹純叔 評訂

王建宮詞補訛

忽地金輿向月陂。內人接著便相隨。却回龍武軍前過。當處教開臥鴨池。畫作天河刻作牛。玉梭金鑷采橋頭。每年宮女穿針夜。勅賜諸親乞巧樓。紅燈睡裏看春雲。雲上三更直宿分。金砌雨來行步滑。兩人擡起隱金裙。蜂鬚蟬翅薄鬆鬆。浮動搔頭若有風。一度出時抛一遍。金條零落滿函中。教遍宮娥唱盡詞。暗中頭白沒人知。樓中日日歌聲好。不問從初學阿誰。供御香方加減頻。水沈山麝每回新。內中不許相傳出。已被醫家寫與人。春來睡困不梳頭。懶侍君王苑北遊。暫向玉花堦上座。簸錢羸

揮塵詩話 一八

《揮塵詩話》一卷
《螢雪堂叢書》本

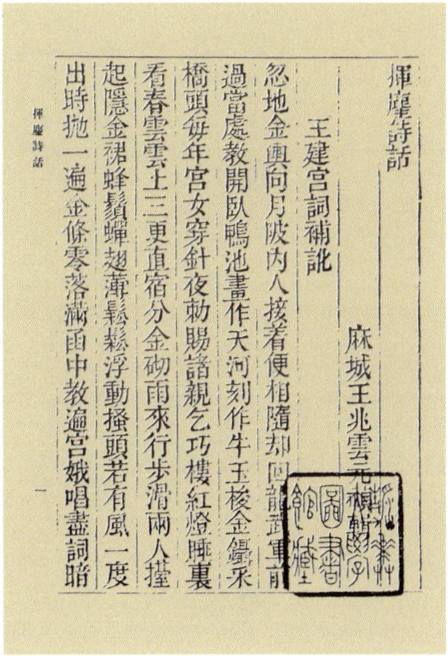
揮塵詩話

麻城王兆雲元禎輯

王建宮詞補訛

忽地金輿向月陂內人接着便相隨却回龍武軍前過當處教開臥鴨池畫作天河刻作牛玉梭金鑷采橋頭每年宮女穿針夜勅賜諸親乞巧樓紅燈睡裏看春雲雲上三更直宿分金砌雨來行步滑兩人擡起隱金裙蜂鬚蟬翅薄鬆鬆浮動搔頭若有風一度出時抛一遍金條零落滿函中教遍宮娥唱盡詞暗

揮塵詩話 一

《揮塵詩話》一卷
商務印書館《叢書集成》初編影印《硯雲甲乙編》

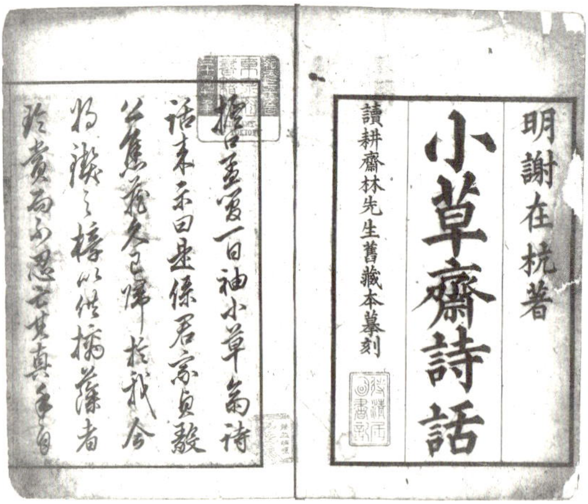
明謝在杭著

小草齋詩話

讀耕齋林先生舊藏本摹刻

《小草齋詩話》三卷

日本國會圖書館藏讀耕齋摹刻本

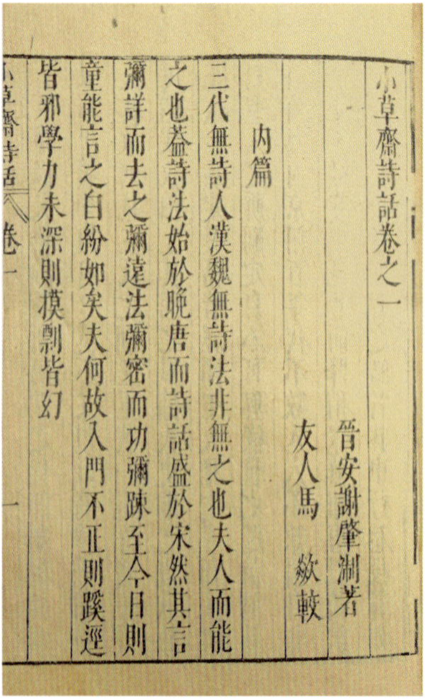
小草齋詩話卷之一

晉安謝肇淛著

友人馬欻較

內篇

三代無詩人漢魏無詩法非無之也夫人而能之也盖詩法始於晚唐而詩話盛於宋然其言彌詳而去之彌遠法彌密而功彌疎至今日則童能言之白紛如矣夫何故入門不正則蹊逕皆邪學力未深則摸剽皆幻

小草齋詩話《卷一　一

《小草齋詩話》三卷

日本內閣文庫藏明天啓刻本

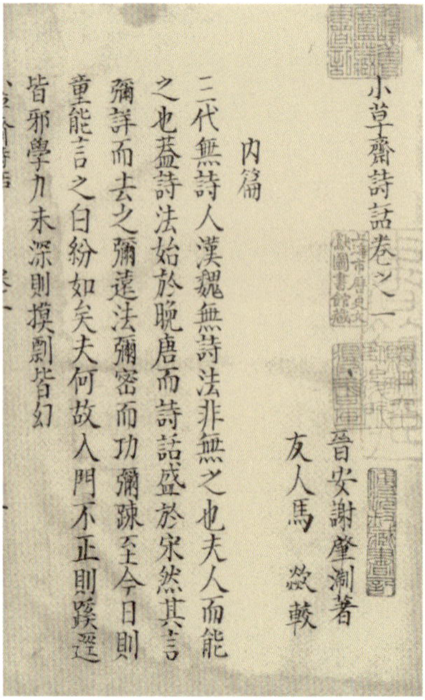
小草齋詩話卷之一

晉安謝肇淛著

友人馬欻較

內篇

三代無詩人漢魏無詩法非無之也夫人而能之也盖詩法始於晚唐而詩話盛於宋然其言彌詳而去之彌遠法彌密而功彌疎至今日則童能言之白紛如矣夫何故入門不正則蹊逕皆邪學力未深則摸剽皆幻

《小草齋詩話》五卷

上海圖書館藏清鈔本

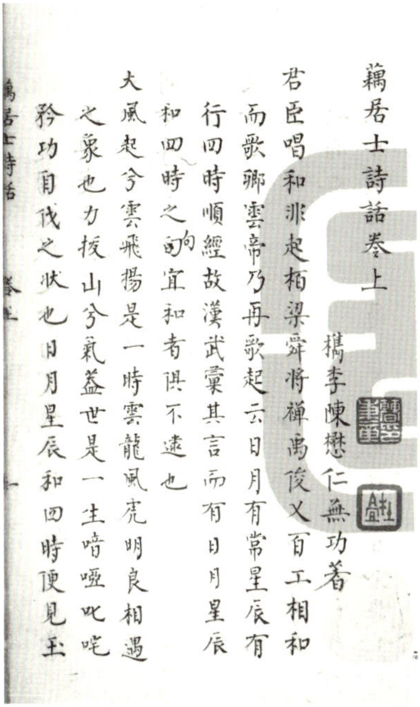
藕居士詩話卷上

檇李陳懋仁無功著

君臣唱和非起栢梁舜將禪禹俊乂百工相和
而歌卿雲帝乃再歌起云日月有常星辰有
行四時順經故漢武稟其言而有日月星辰
和四時之句宜和者俱不逮也
大風起兮雲飛揚是一時雲龍風虎明良相遇
之象也力拔山兮氣葢世是一生喑啞叱咤
矜功自伐之狀也日月星辰和四時便見王

藕居士詩話　卷上　一

《藕居士詩話》二卷
中國國家圖書館藏清鈔本

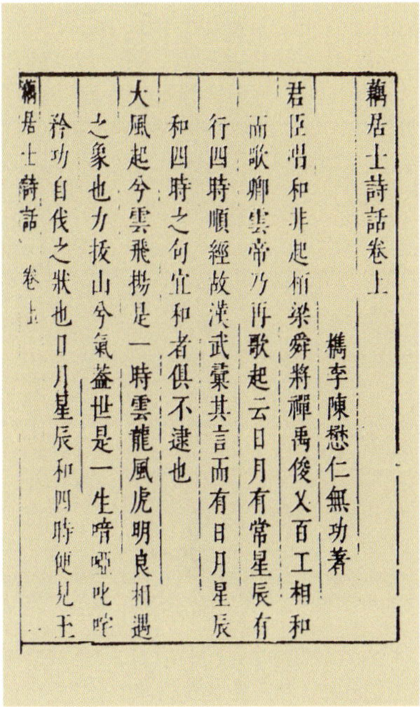
藕居士詩話卷上

檇李陳懋仁無功著

君臣唱和非起栢梁舜將禪禹俊乂百工相和
而歌卿雲帝乃再歌起云日月有常星辰有
行四時順經故漢武稟其言而有日月星辰
和四時之句宜和者俱不逮也
大風起兮雲飛揚是一時雲龍風虎明良相遇
之象也力拔山兮氣葢世是一生喑啞叱咤
矜功自伐之狀也日月星辰和四時便見王

藕居士詩話　卷上

《藕居士詩話》二卷
南京圖書館藏明崇禎間刊
《陳懋仁雜著》本

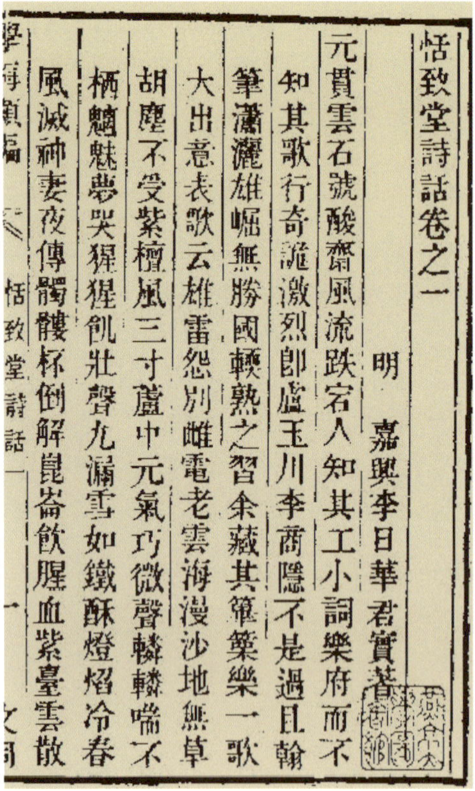
恬致堂詩話卷之一

明　嘉興李日華君實著

元貫雲石號酸齋風流跌宕人知其工小詞樂府而不知其歌行奇詭激烈即盧玉川李商隱不是過且翰筆瀟灑雄崛無勝國輭熟之習余藏其篳篥樂一歌大出意表歌云雄雷怨別雌電老雲海漫沙地無草胡塵不受紫檀風三寸蘆中元氣巧微聲轔轔喘不栖魑魅夢哭猩猩飢壯聲九漏雪如鐵酥燈熖冷春風滅神妻夜傳髑髏杯倒解崑崙飲腥血紫臺雲散

學海類編　恬致堂詩話一　一

《恬致堂詩話》四卷

《學海類編》本

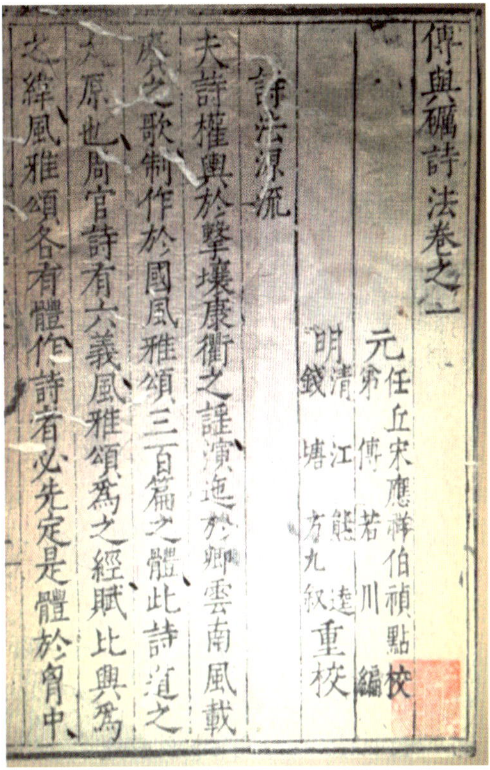

傅與礪詩法卷之一

元　任丘宋應祥伯禎點校
　　邠傅若川編
明　清江熊逵
　　錢塘方九叙重校

詩法源流

夫詩權輿於擊壤康衢之謡演迤於卿雲南風載
賡之歌制作於國風雅頌三百篇之體此詩道之
大原也周官詩有六義風雅頌爲之經賦比興爲
之緯風雅頌各有體作詩者必先定是體於胸中

《傅與礪詩法》四卷

蘇州圖書館藏明刻本

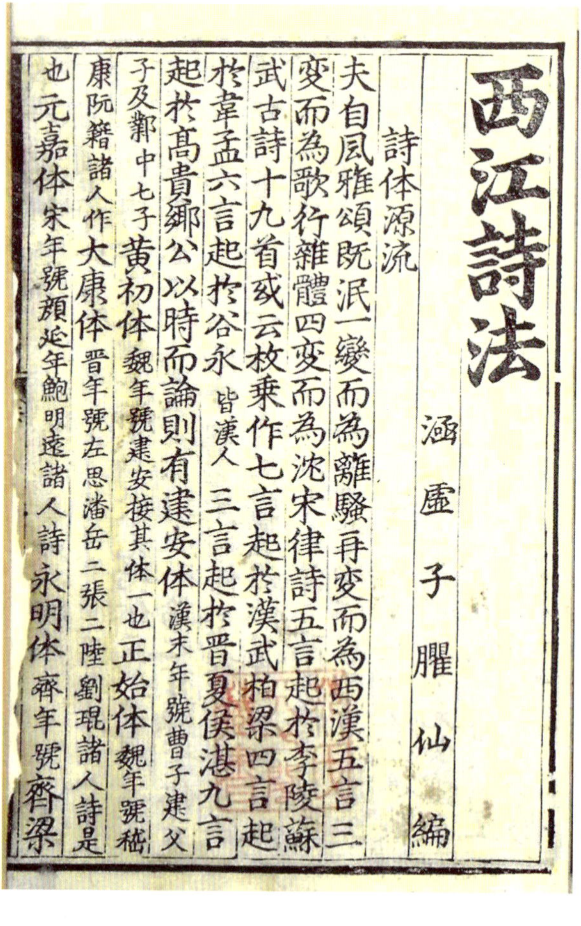

西江詩法

涵虛子臞仙編

詩体源流

夫自風雅頌既泯一變而為離騷再变而為西漢五言三变而為歌行雜體四变而為沈宋律詩五言起於李陵蘇武古詩十九首或云枚乘作七言起於漢武柏梁四言起於韋孟六言起於谷永皆漢人三言起於晉夏侯湛九言起於高貴鄉公以時而論則有建安体漢末年號曹子建父子及鄴中七子黄初体魏年號建安接其体一也正始体魏年號嵇康阮籍諸人作大康体晉年號左思潘岳二張二陸劉琨諸人詩是也元嘉体宋年號顔延年鮑明遠諸人詩永明体齊年號齊梁

《西江詩法》一卷

天一閣圖書館藏明嘉靖十一年重刻本

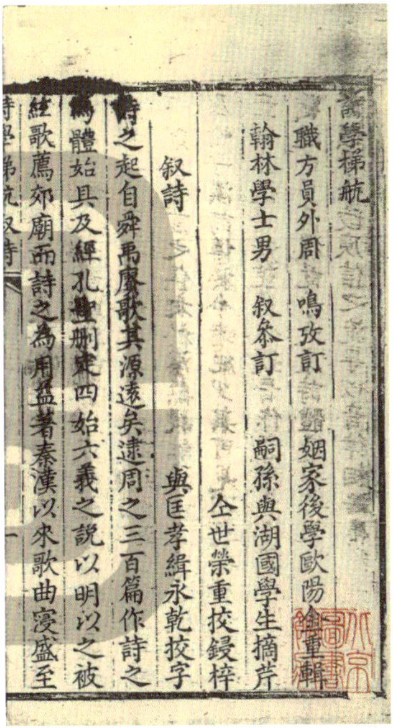

《詩學梯航》一卷
中國國家圖書館藏清嘉慶十一年刻本複製品（原藏江西省圖書館）

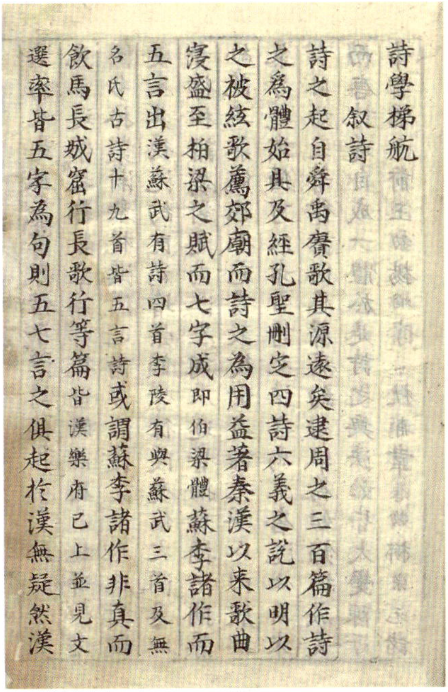

《詩學梯航》一卷
天一閣圖書館藏舊鈔本

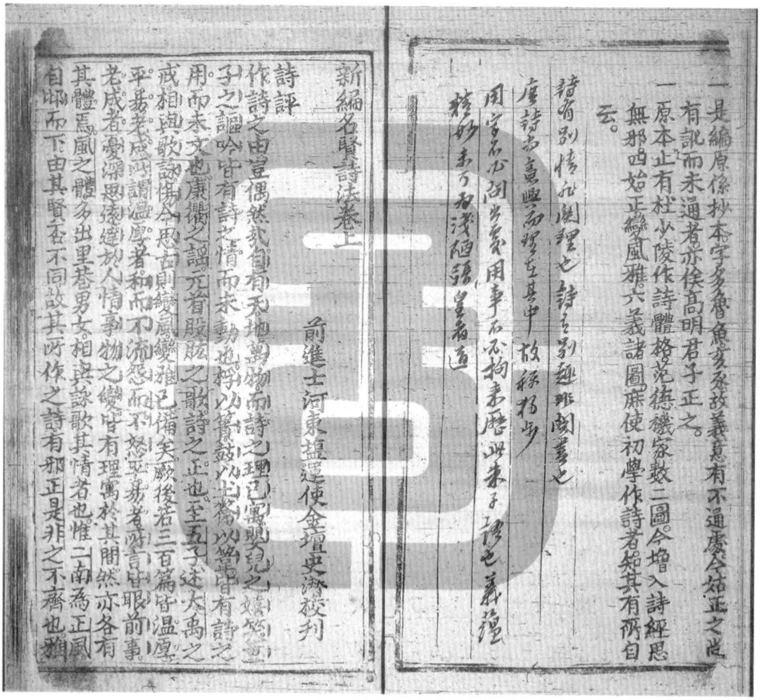

新編名賢詩法卷上　前進士河東提運使金壇史潛校刊

詩評

作詩之由豈偶然哉自有天地萬物而詩之理已寓觀見之嬉笑童子之謳吟皆有詩之情而未動也將以簫鼓以起舞以歌皆有詩之用而未文也康衢之謠元首股肱之歌詩之正也至五子述大禹之戒相與歌詠傷今思古則變風變雅已備矣厥後若三百篇皆溫厚平易老成所謂溫厚者和而不流怨而不怒平易者所言皆眼前事老成者憂深思遠達於人情事物之變皆有理寓於其間然亦各有其體焉風之體多出里巷男女相與詠歌其情者也惟二南為正風自邶而下由其賢否不同故其所作之詩有邪正是非之不齊也雅

《新編名賢詩法》三卷
中國國家圖書館藏明刻本

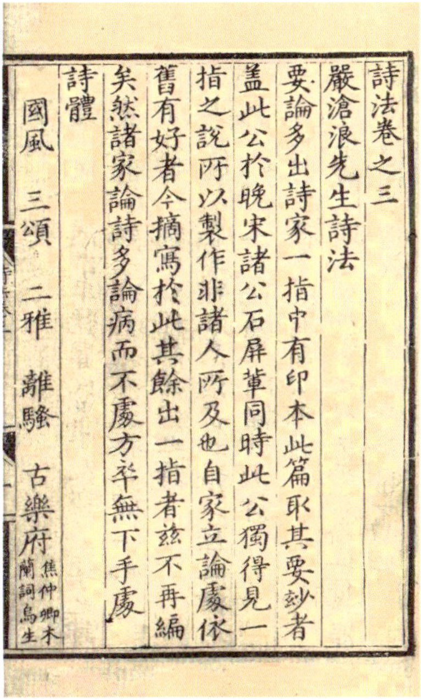

詩法卷之三
嚴滄浪先生詩法
要論多出詩家一指中有印本此篇取其要鈔者
盖此公於晚宋諸公石屏輩同時此公獨得見一
指之說所以製作非諸人所及也自家立論處依
舊有好者今摘寫於此其餘出一指者茲不再編
矣然諸家論詩多論病而不處方卒無下手處
詩體
國風　三頌　二雅　離騷　古樂府焦仲卿木蘭詞烏生

《詩法》五卷
天一閣圖書館藏明嘉靖李暘刻本

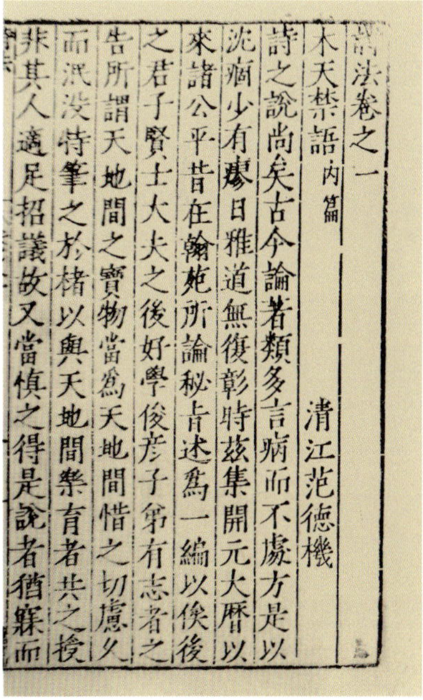

詩法卷之一
木天禁語內篇　　清江范德機
詩之說尚矣古今論著類多言病而不處方是以
沈痼少有瘳日雅道無復彰時茲集開元大曆以
來諸公平昔在翰苑所論秘旨述爲一編以俟後
之君子賢士大夫之後好學俊彥子弟有志者之
告所謂天地間之寶物當爲天地間惜之切慮久
而汩沒特筆之於楮以與天地間樂育者共之撿
非其人適足招議故又當慎之得是說者猶龒而

《詩法》五卷
日本内閣文庫藏明嘉靖二年王用章刻本

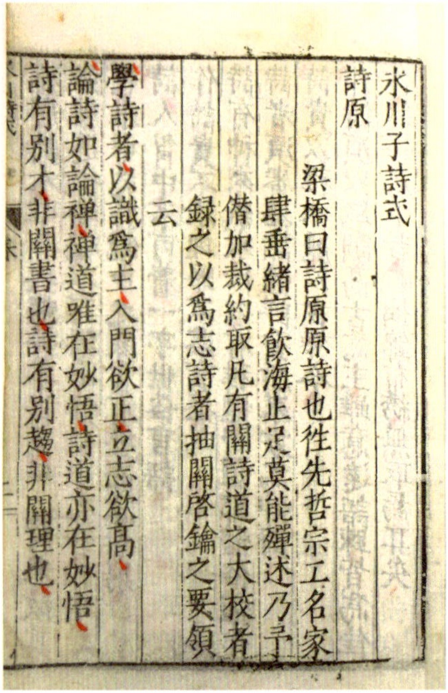
冰川子詩式
詩原
梁橋曰詩原原詩也徃先哲宗工名家肆垂緒言飲海止足莫能殫述乃予僭加裁約取凡有關詩道之大校者録之以爲志詩者抽關啓鑰之要領云
學詩者以識爲主入門欲正立志欲高
論詩如論禪禪道唯在妙悟詩道亦在妙悟
詩有別才非關書也詩有別趣非關理也

《冰川詩式》十卷
日本内閣文庫藏明隆慶刻本

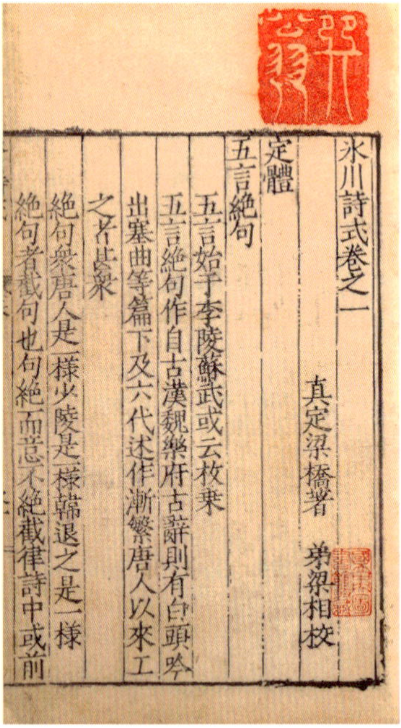
冰川詩式卷之一
真定梁橋著　弟梁相校
定體
五言絶句
五言始于李陵蘇武或云枚乘
五言絶句作自古漢魏樂府古辭則有白頭吟出塞曲等篇下及六代述作漸繁唐人以來工之者甚衆
絶句衆唐人是一樣少陵是一樣韓退之是一樣
絶句者截句也句絶而意不絶截律詩中或前

《冰川詩式》十卷
臺灣圖書館藏明嘉靖二十八年刻本

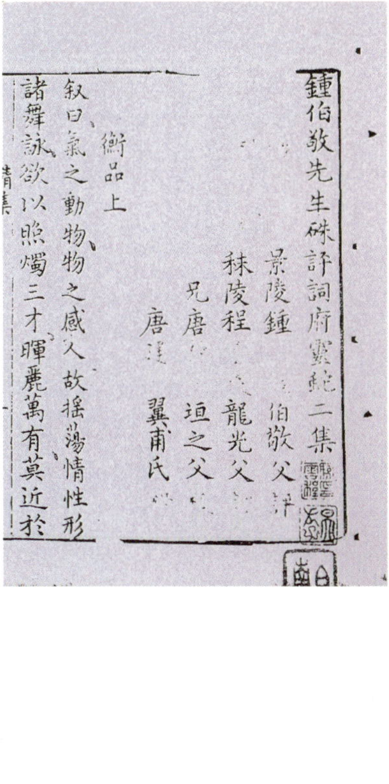
鍾伯敬先生硃評詞府靈蛇二集

景陵鍾　伯敬父評

秣陵程　龍光父

兄唐　洹之父

唐　翼甫氏

衡品上

叙曰氣之動物物之感人故搖蕩情性形諸舞詠欲以照燭三才暉麗萬有莫近於

《鍾伯敬先生硃評詞府靈蛇二集》

四卷

臺灣圖書館藏明天啓間金陵唐建元刻本

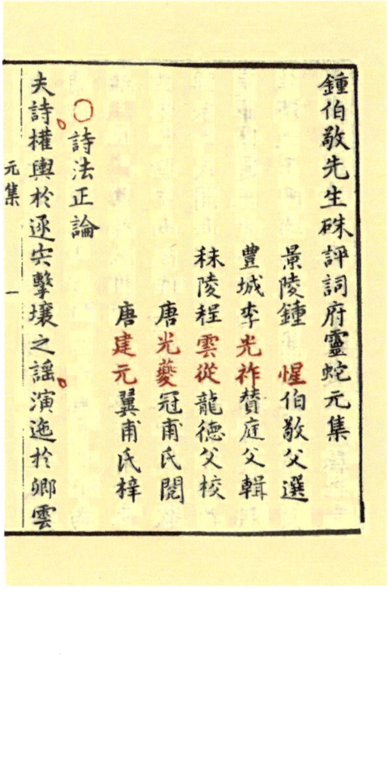
鍾伯敬先生硃評詞府靈蛇元集

景陵鍾惺伯敬父選

豐城李光祚贊庭父輯

秣陵程雲從龍德父校

唐光夔冠甫氏閱

唐建元翼甫氏梓

詩法正論

夫詩權輿於邃宊擊壤之謠演迤於卿雲

元集　一

《鍾伯敬先生硃評詞府靈蛇》

四卷

《中華再造善本》影印中國國家圖書館藏明末金陵唐建元刻本

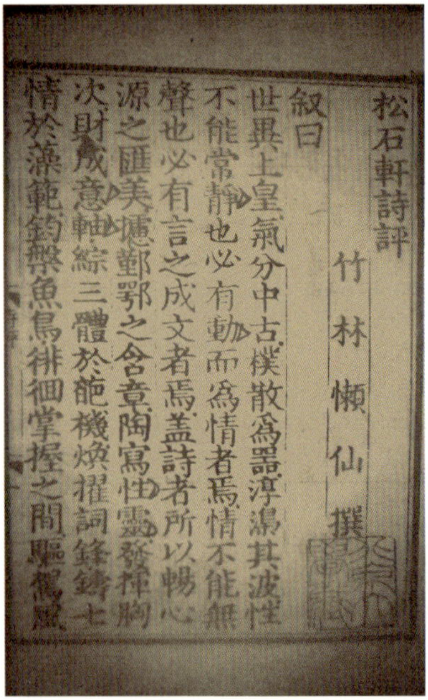

松石軒詩評

竹林懶仙撰

敘曰

世異上皇氣分中古樸散爲器淳漓其波性
不能常靜也必有動而爲情者焉情不能無
聲也必有言之成文者焉蓋詩者所以暢心
源之匯美攄鄲郢之含章陶寫性靈發揮胸
次財成意軸綜三體於葩機煥擢詞鋒鑄七
情於藻範鈞槃魚鳥徘徊掌握之間驅駕風

《松石軒詩評》一卷
北京大學圖書館藏明成化十年刻本

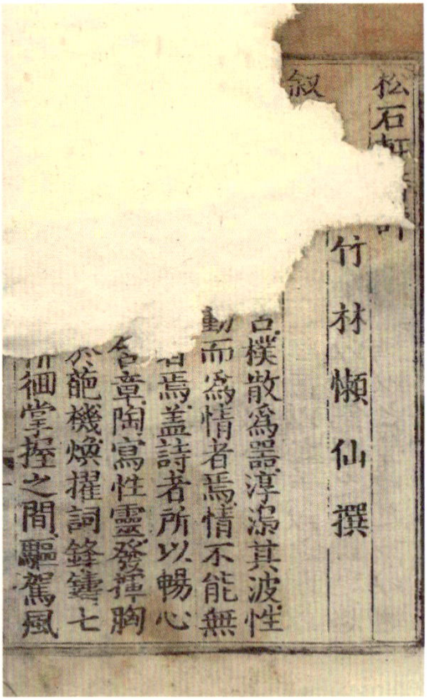

松石

敘

竹林懶仙撰

古樸散爲器淳漓其波性
動而爲情者焉情不能無
者焉蓋詩者所以暢心
含章陶寫性靈發揮胸
於葩機煥擢詞鋒鑄七
徘徊掌握之間驅駕風

《松石軒詩評》一卷
天一閣圖書館藏明成化十年刻本

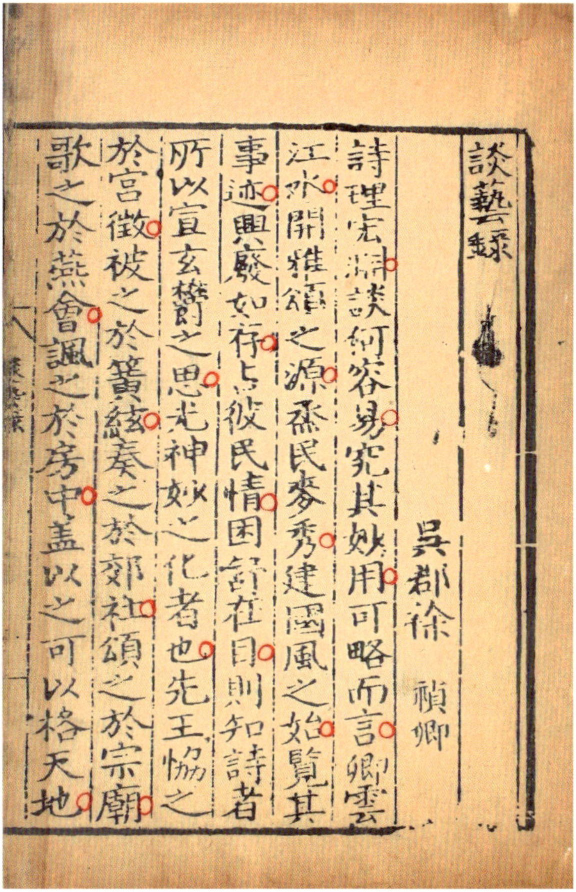

談藝録

吳郡徐　禎卿

詩理宏淵談何容易究其妙用可略而言卿雲江水開雅頌之源烝民麥秀建國風之始覽其事迹興廢如存占彼民情困舒在目則知詩者所以宣玄鬱之思光神妙之化者也先王協之於宮徵被之於簧絃奏之於郊社頌之於宗廟歌之於燕會諷之於房中蓋以之可以格天地

談藝録　一

《談藝録》一卷

南京大學圖書館藏明正德本《徐迪功集》

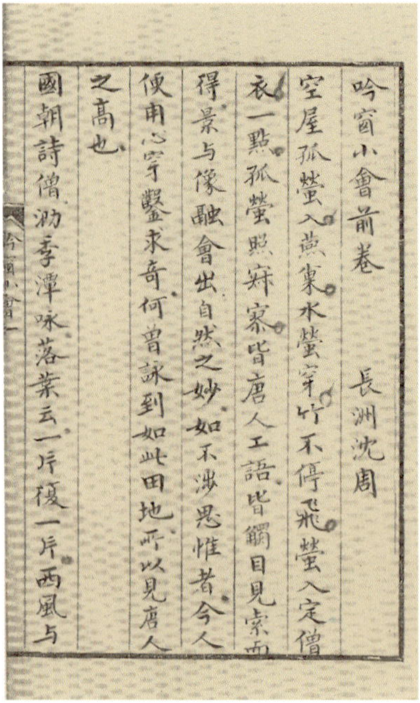

吟窗小會前卷　長洲沈周
空屋孤螢入燕巢水螢穿竹不停飛螢入定僧
衣一點孤螢照寂寥皆唐人工語皆觸目見索而
得景与像融會出自然之妙如不涉思惟者今人
便用心穿鑿求奇何曾詠到如此田地所以見唐人
之高也
國朝詩僧泐季潭咏落葉云一片復一片西風与

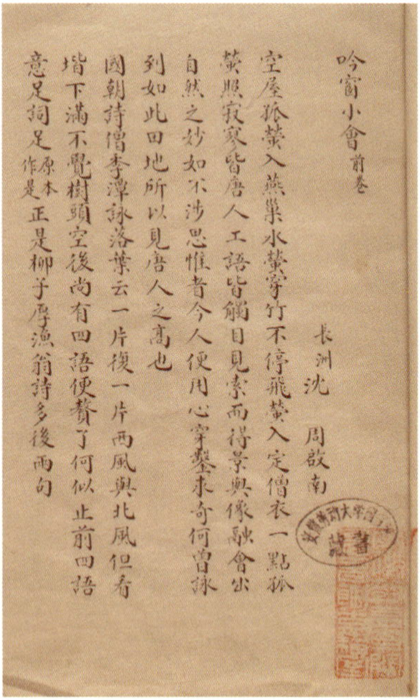

吟窗小會前卷
長洲沈　周啟南
空屋孤螢入燕巢水螢穿竹不停飛螢入定僧衣一點孤
螢照寂寥皆唐人工語皆觸目見索而得景與像融會出
自然之妙如不涉思惟者今人便用心穿鑿求奇何曾詠
到如此田地所以見唐人之高也
國朝詩僧季潭詠落葉云一片復一片西風與北風但看
堦下滿不覺樹頭空後尚有四語便贅了何似止前四語
意足詞足（原本作是）正是柳子厚漁翁詩多後兩句

《吟窗小會前卷》
上海圖書館藏舊鈔繆曰藻《敬米齋筆記》本

《吟窗小會前卷》
合肥師範學院圖書館藏舊鈔本

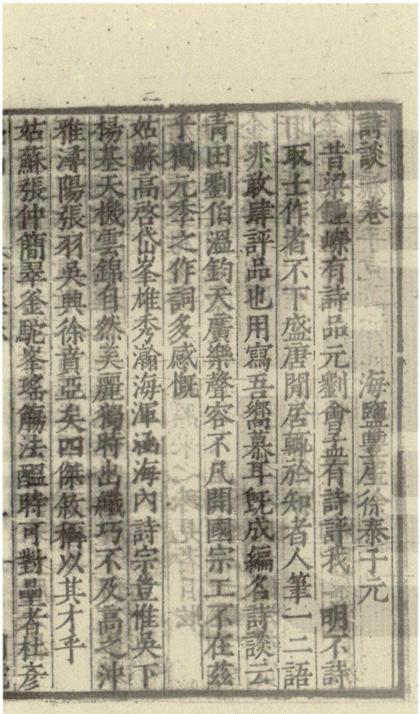

詩談一卷　海鹽豐庄徐泰子元

昔梁鍾嶸有詩品元劉會孟有詩評我　明不詩取士作者不下盛唐閒居輒於知者人筆一二語亦敢肆評品也用寫吾鄉慕耳既成編名詩談云

青田劉伯溫鈞天廣樂聲容不凡開國宗工不在茲乎獨元季之作詞多感慨

姑蘇高啓岱山峯雄秀瀚海渾涵海內詩宗豈惟吳下楊基天機雲錦自然美麗獨時出纖巧不及高也沖雅潯陽張羽吳興徐賁亞矣四傑齊稱以其才乎

姑蘇張仲簡翠釜駝峯瑤觴法醞時可對壘者杜彥

《詩談》一卷
中國國家圖書館藏《鹽邑志林》本

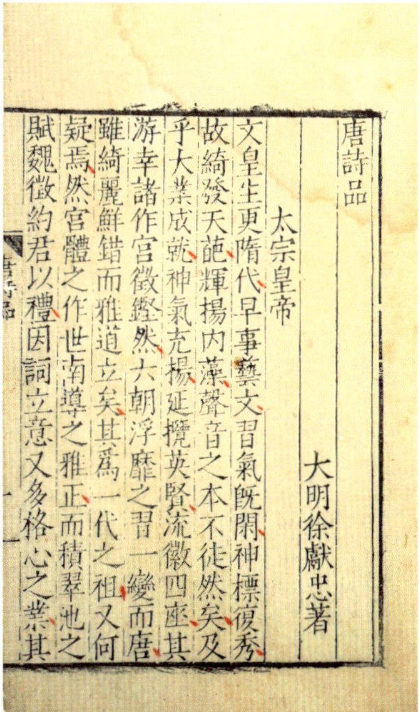

唐詩品

大明徐獻忠著

太宗皇帝

文皇生更隋代早事藝文習氣既閑神標復秀故綺發天葩輝揚內藻聲音之本不徒然矣及乎大業成就神氣充揚延攬英賢流徽四座其游幸諸作宮徵鏗然六朝浮靡之習一變而唐雖綺麗鮮错而雅道立矣其爲一代之祖又何疑焉然宮體之作世南導之雅正而積翠池之賦魏徵約君以禮因詞立意又多格心之業其

《唐詩品》一卷
日本內閣文庫藏明嘉靖十九年刻《唐百家詩》本

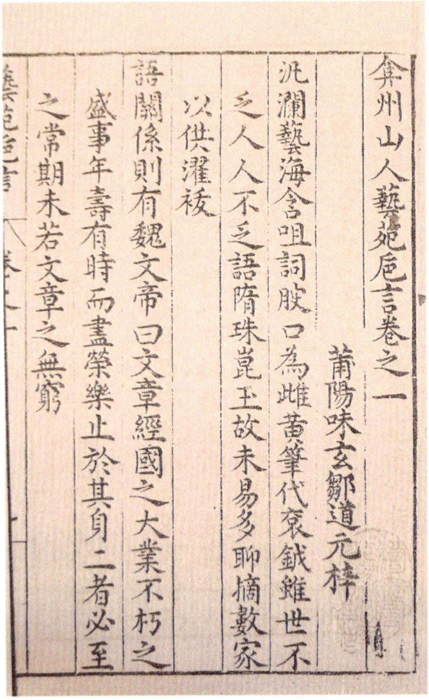
弇州山人藝苑巵言卷之一
莆陽味玄鄒道元梓
汎瀾藝海含咀詞腴口為雌黄筆代衮鉞雖世不
乏人人不乏語隋珠崑玉故未易多聊摘數家
以供濯祓
語關係則有魏文帝曰文章經國之大業不朽之
盛事年壽有時而盡榮樂止於其身二者必至
之常期未若文章之無窮

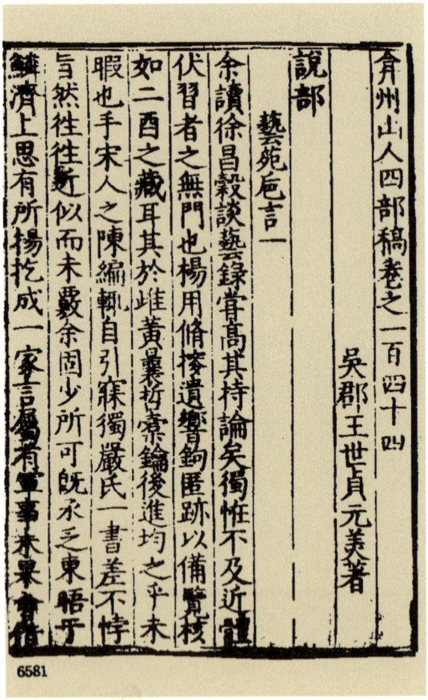
弇州山人四部稿卷之一百四十四
吳郡王世貞元美著
說部
藝苑巵言一
余讀徐昌穀談藝錄嘗高其持論矣獨怪不及近體
伏習者之無門也楊用脩搜遺響鉤匿跡以備覽核
如二酉之藏耳其於雌黃曩哲橐籥後進均之乎未
暇也手宋人之陳編輒自引寐獨嚴氏一書差不悖
旨然往往近似而未覈余固少所可既承乏東晤于
鱗濟上思有所揚扢成一家言屬有軍事未果會偕
6581

《藝苑巵言》十二卷
臺灣圖書館藏明萬曆十九年累仁堂刻本

《藝苑巵言》八卷附録四卷
《明代論著叢刊》影印臺灣圖書館藏明
萬曆五年刊《弇州山人四部稿》本

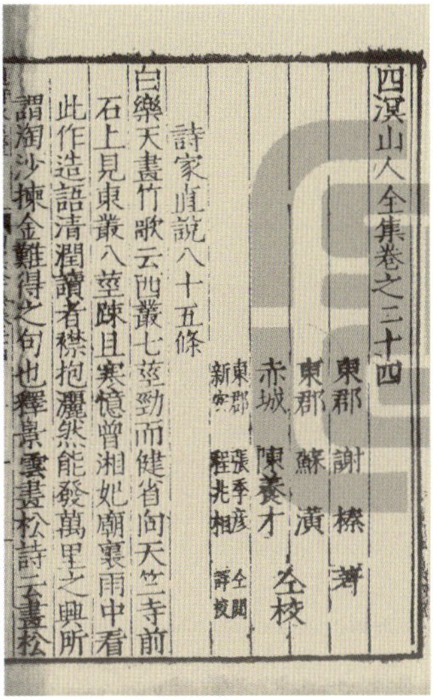

四溟山人全集卷之三十四

東郡　謝榛　著

東郡　蘇潢

赤城　陳養才　仝校

東郡　張季彦　仝閲

新安　程光相　評跋

詩家直說八十五條

白樂天畫竹歌云西叢七莖勁而健省向天竺寺前石上見東叢八莖疎且寒憶曾湘妃廟裏雨中看此作造語清潤讀者襟抱灑然能發萬里之興所謂淘沙揀金難得之句也釋景雲畫松詩云畫松

《詩家直説》四卷

中國國家圖書館藏明萬曆二十年趙府冰玉堂刻本

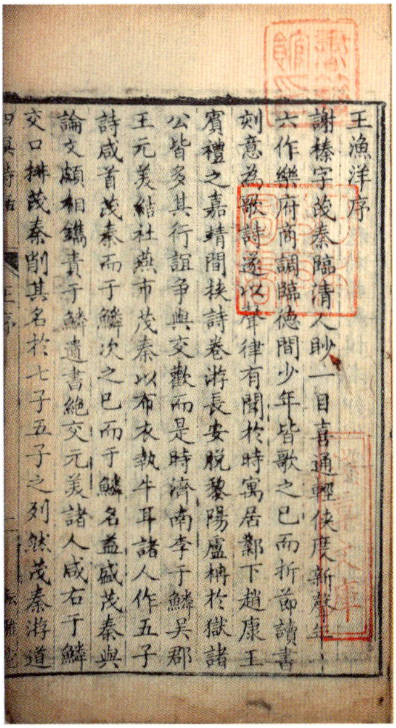

王漁洋序

謝榛字茂秦臨清人眇一目喜通輕俠度新聲年十六作樂府商調臨德間少年皆歌之已而折節讀書刻意爲歌詩遂以聲律有聞於時寓居鄴下趙康王賓禮之嘉靖間挾詩卷游長安脱盧柟於獄諸公皆多其行誼爭與交歡而是時濟南李于鱗吳郡王元美結社燕市茂秦以布衣執牛耳諸人作五子詩咸首茂秦而于鱗次之已而于鱗名益盛茂秦與論文頗相鐫責于鱗遺書絶交元美諸人咸右于鱗交口排茂秦削其名於七子五子之列然茂秦游道

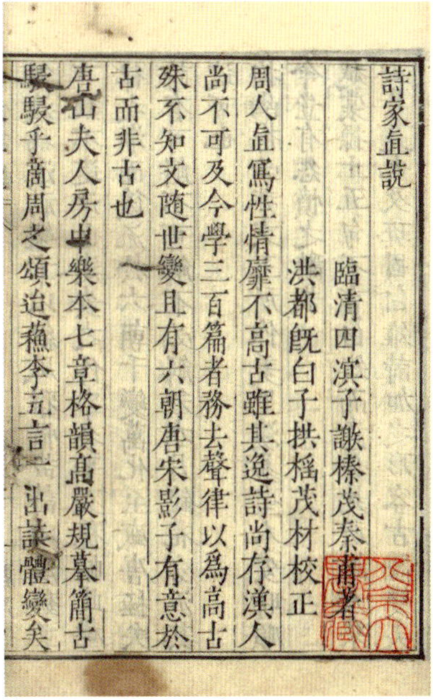

詩家直說

臨清四溟子謝榛茂秦著

洪都旣白子拱樞茂材校正

周人直寫性情靡不高古雖其逸詩尚存漢人尚不可及今學三百篇者務去聲律以爲高古殊不知文隨世變且有六朝唐宋影子有意於古而非古也

唐山夫人房中樂本七章格韻高嚴規摹簡古騷騷乎商周之頌迨蘇李五言一出詩體變矣

《四溟詩話》四卷

日本内閣文庫藏胡曾耘雅堂刻本

《詩家直説》一卷

北京大學圖書館藏麗澤館本

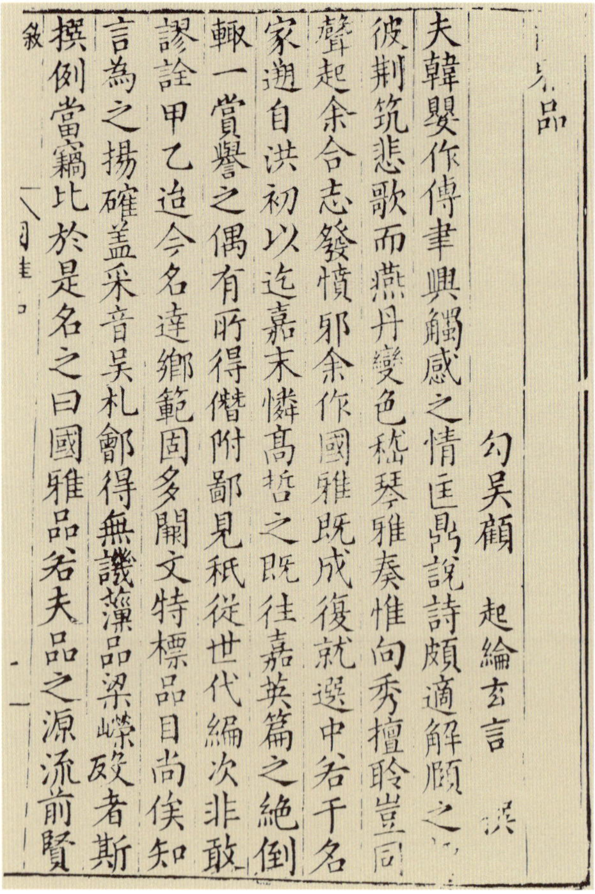

雅品

勾吴顧　起綸玄言　撰

夫韓嬰作傳聿興觸感之情匡鼎說詩頗適解頤之[illegible]
彼荆筑悲歌而燕丹變色嵇琴雅奏惟向秀擅聆豈同
聲起余合志發憤邪余作國雅既成復就選中若干名
家遡自洪初以迄嘉末憐高哲之既往嘉英篇之絶倒
輒一賞譽之偶有所得僭附鄙見秪從世代編次非敢
謬詮甲乙迨今名達鄉範固多闡文特標品目尚俟知
言為之揚確蓋采音吴札鄶得無譏藻品梁嶸殹者斯
撰倒當竊比於是名之曰國雅品若夫品之源流前賢

敘　　一

《國雅品》一卷

日本内閣文庫藏明萬曆二年顧氏刻本

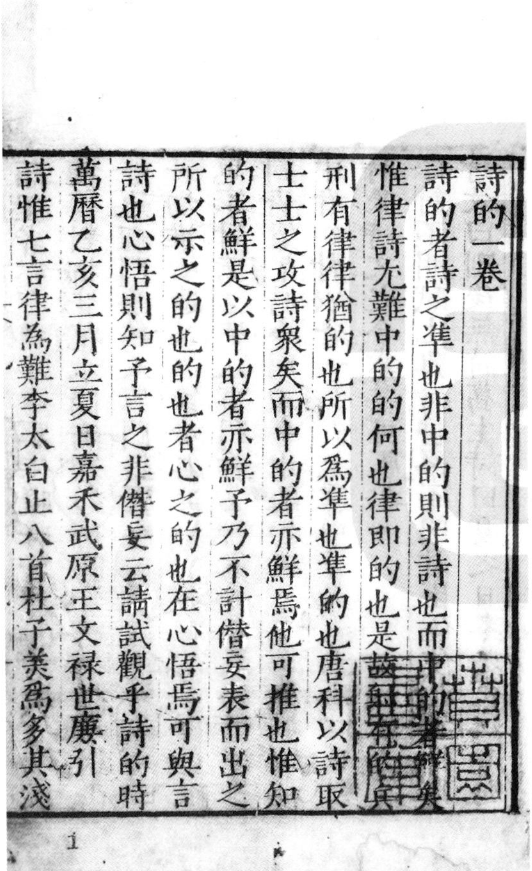

詩的一卷

詩的者詩之準也非中的則非詩也而中的者鮮矣惟律詩尤難中的的何也律即的也是故鮮有的矣刑有律律猶的也所以為準也準的也唐科以詩取士士之攻詩衆矣而中的者亦鮮焉他可推也惟知的者鮮是以中的者亦鮮予乃不計僭妄表而出之所以示之的也的也者心之的也在心悟焉可與言詩也心悟則知予言之非僭妄云請試觀乎詩的時

萬曆乙亥三月立夏日嘉禾武原王文禄世廉引

詩惟七言律為難李太白止八首杜子美爲多其淺

《詩的》一卷

中國國家圖書館藏明萬曆間《百陵學山》本

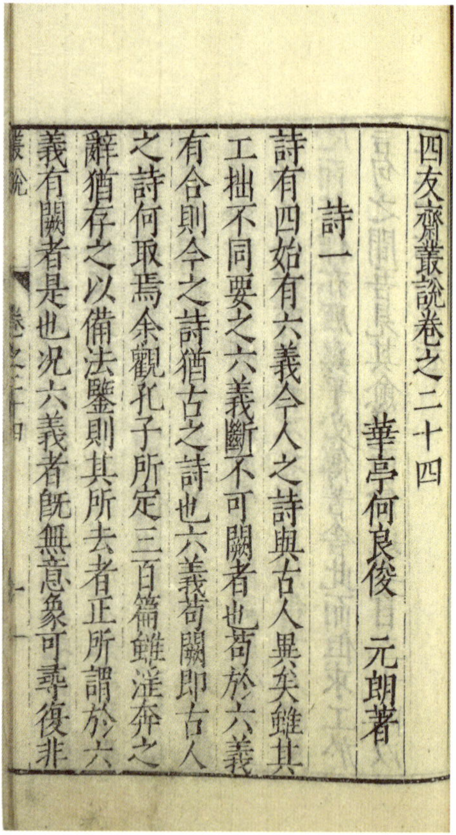
四友齋叢說卷之二十四

華亭何良俊　元朗著

詩一

詩有四始有六義今人之詩與古人異矣雖其工拙不同要之六義斷不可闕者也苟於六義有合則今之詩猶古之詩也六義苟闕即古人之詩何取焉余觀孔子所定三百篇雖淫奔之辭猶存之以備法鑒則其所去者正所謂於六義有闕者是也況六義者既無意象可尋復非

叢說　卷之二十四　一

《四友齋詩說》三卷

日本内閣文庫藏明萬曆七年龔元成刻《四友齋叢説》本

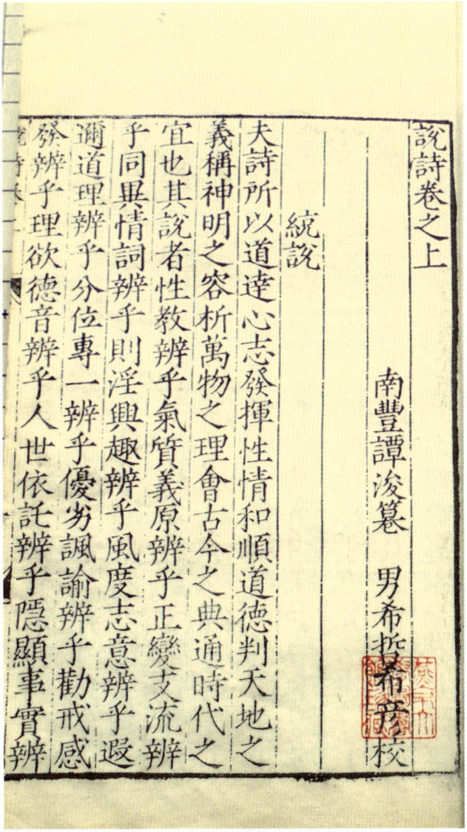
說詩卷之上
南豐譚浚纂　男希哲希彦校
統說
夫詩所以道達心志發揮性情和順道德判天地之
義稱神明之容析萬物之理會古今之典通時代之
宜也其說者性教辨乎氣質義原辨乎正變支流辨
乎同異情詞辨乎則淫興趣辨乎風度志意辨乎遐
邇道理辨乎分位專一辨乎優劣諷諭辨乎勸戒感
發辨乎理欲德音辨乎人世依託辨乎隱顯事實辨

《說詩》三卷

北京大學圖書館藏明萬曆七年序刻《譚氏集》本

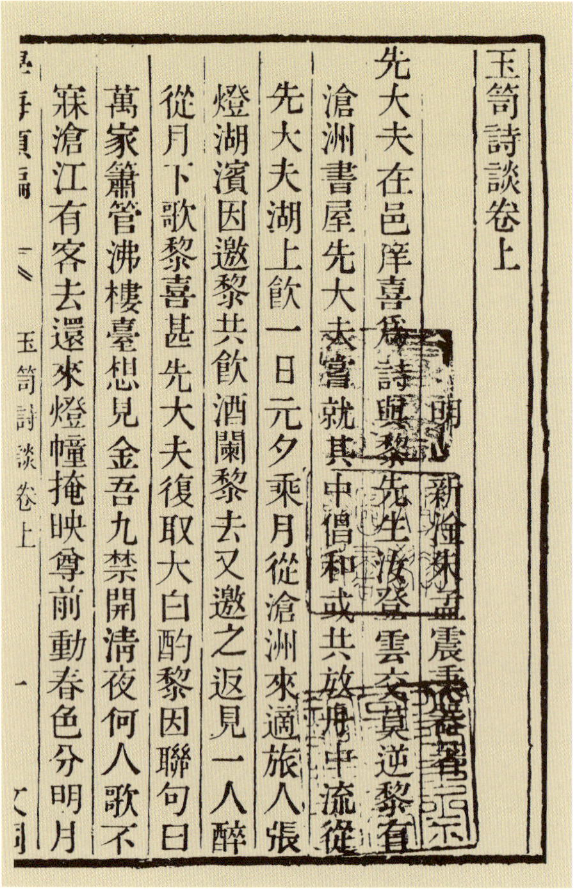

玉笥詩談卷上

明 新淦朱孟震秉器著

先大夫在邑庠喜爲詩與黎先生汝登雲交莫逆黎有滄洲書屋先大夫嘗就其中倡和或共放舟中流從先大夫湖上飲一日元夕乘月從滄洲來適旅人張燈湖濱因邀黎共飲酒闌黎去又邀之返見一人醉從月下歌黎喜甚先大夫復取大白酌黎因聯句曰萬家簫管沸樓臺想見金吾九禁開清夜何人歌不寐滄江有客去還來燈幢掩映尊前動春色分明月

學海類編　玉笥詩談　卷上　一

《玉笥詩談》正集二卷續集一卷

《學海類編》本

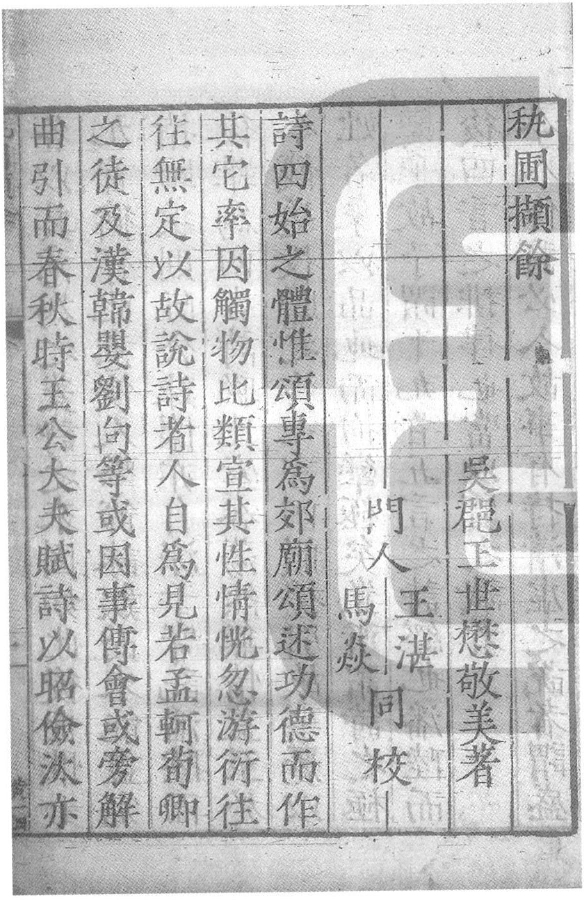

秇圃擷餘

吳郡王世懋敬美著

門人王湛 馬焱同校

詩四始之體惟頌專爲郊廟頌述功德而作其它率因觸物比類宣其性情恍忽游衍往往無定以故說詩者人自爲見若孟軻荀卿之徒及漢韓嬰劉向等或因事傳會或旁解曲引而春秋時王公大夫賦詩以昭儉汰亦

《藝圃擷餘》一卷

中國國家圖書館藏《王奉常雜著》本

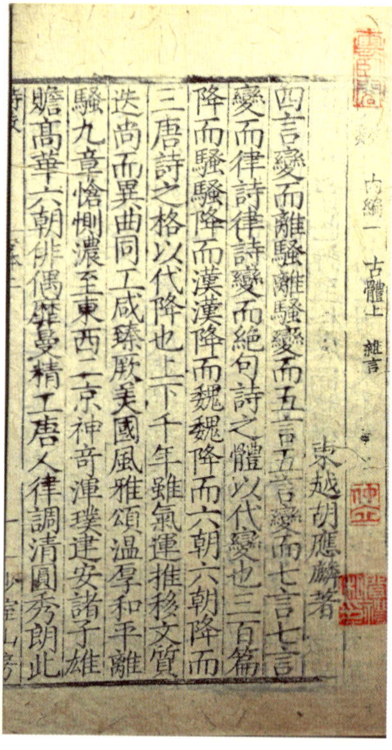

《詩藪》二十卷
日本内閣文庫藏少室山房刻本

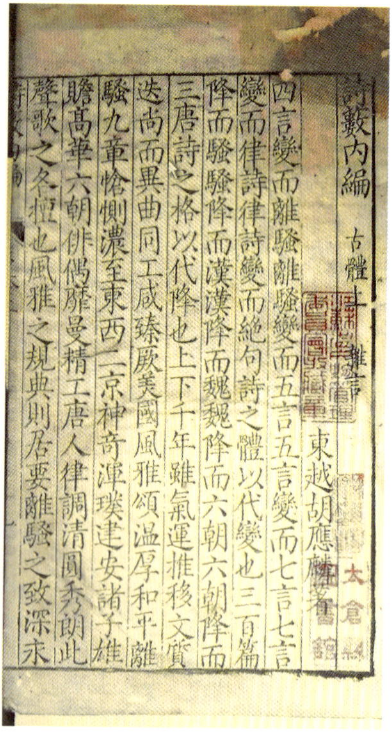

《詩藪》二十卷
南京圖書館藏少室山房刻本

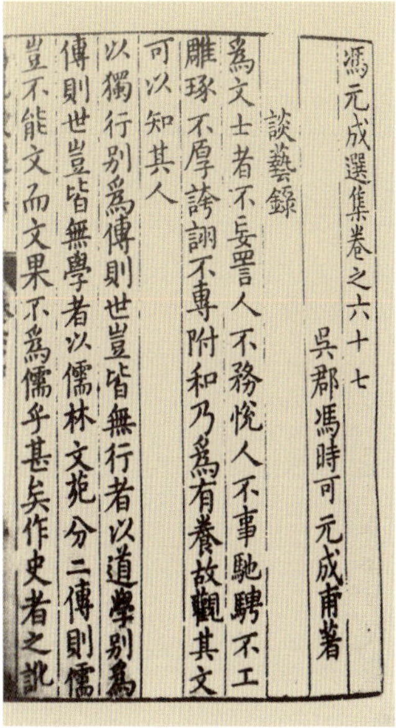
馮元成選集卷之六十七
吳郡馮時可元成甫著
談藝錄
爲文士者不妄言人不務悅人不事馳騁不工
雕琢不厚誇詡不專附和乃爲有養故觀其文
可以知其人
以獨行別爲傳則世豈皆無行者以道學別爲
傳則世豈皆無學者以儒林文苑分二傳則儒
豈不能文而文果不爲儒乎甚矣作史者之訛

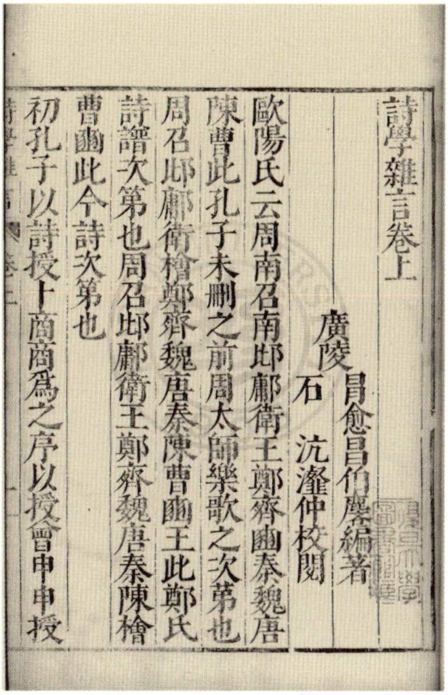
詩學雜言卷上
廣陵 冒愈昌伯麐編著
石 沆瀣仲校閱
歐陽氏云周南召南邶鄘衛王鄭齊豳秦魏唐
陳曹此孔子未刪之前周太師樂歌之次第也
周召邶鄘衛檜鄭齊魏唐秦陳曹豳王此鄭氏
詩譜次第也周召邶鄘衛王鄭齊魏唐秦陳檜
曹豳此今詩次第也
初孔子以詩授卜商商爲之序以授曾申申授

《談藝録》一卷
臺灣圖書館藏明萬曆三十年刊《馮元成選集》本

《詩學雜言》二卷
復旦大學圖書館藏明萬曆二十九年刻本

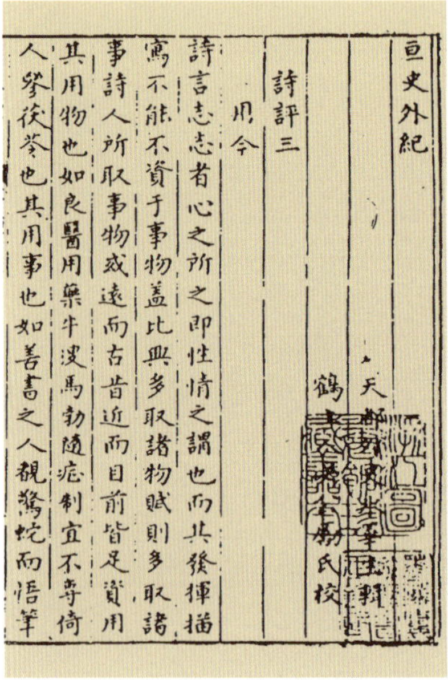

亘史外紀

詩評三

用今

詩言志志者心之所之即性情之謂也而其發揮描寫不能不資于事物蓋比興多取諸物賦則多取諸事詩人所取事物或遠而古昔近而目前皆足資用其用物也如良醫用藥牛溲馬勃隨症制宜不専倚人參茯苓也其用事也如善書之人覩驚蛇而悟筆

天都

鶴　氏校

《雪濤小書詩評》

《四庫全書存目叢書》影印浙江省圖書館藏明萬曆刊潘之恒《亘史鈔》本

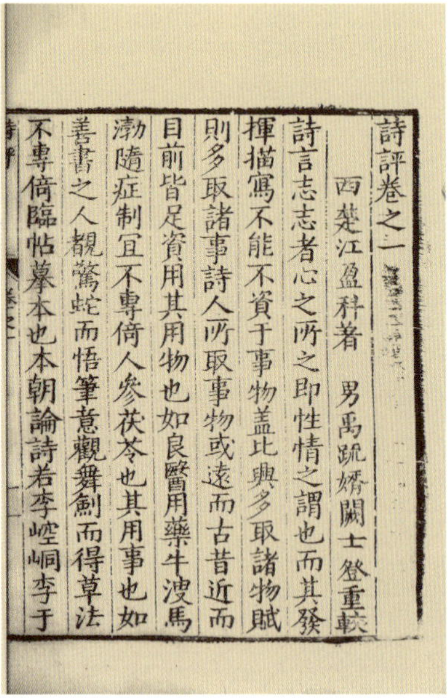

詩評卷之一

西楚江盈科著　男禹疏婿闕士登重校

詩言志志者心之所之即性情之謂也而其發揮描寫不能不資于事物蓋比興多取諸物賦則多取諸事詩人所取事物或遠而古昔近而目前皆足資用其用物也如良醫用藥牛溲馬勃隨症制宜不専倚人參茯苓也其用事也如善書之人覩驚蛇而悟筆意觀舞劍而得草法不専倚臨帖摹本也本朝論詩若李崆峒李于

《雪濤閣詩評》二卷

日本尊經閣文庫藏明天啓刻《雪濤閣四小書》本

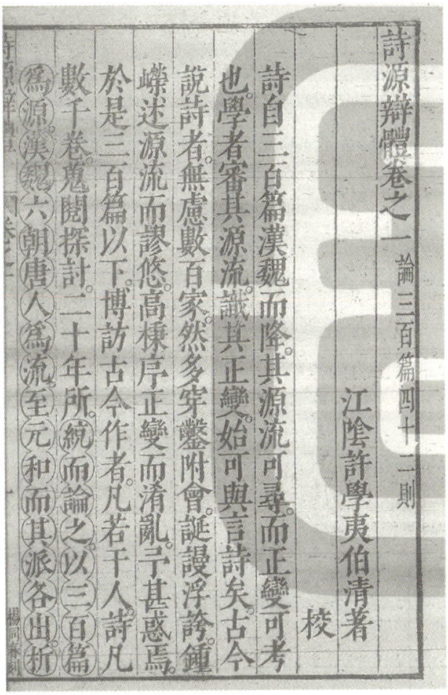

《詩源辯體》十六卷
中國國家圖書館藏明萬曆四十一年刻本

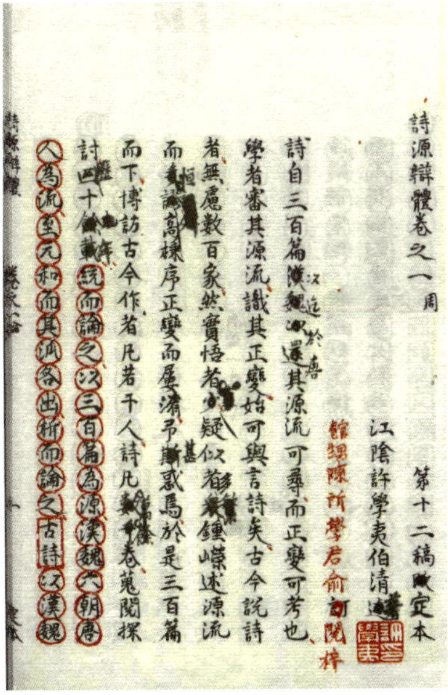

《詩源辯體》三十六卷
《中華再造善本》影印北京大學圖書館藏稿本

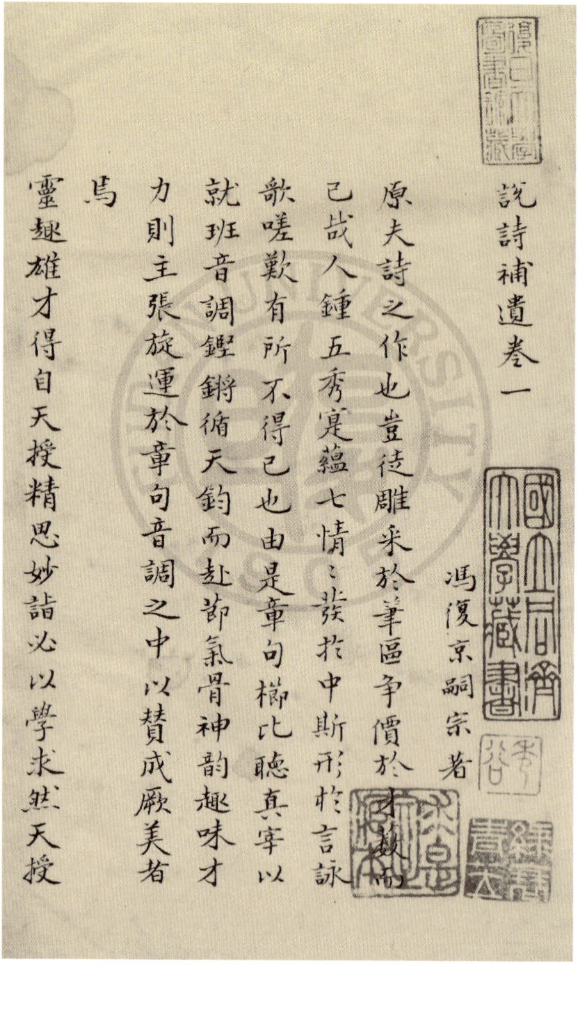
說詩補遺卷一
馮復京嗣宗著
原夫詩之作也豈徒雕采於華區爭價於才藪而
已哉人鍾五秀寔蘊七情〻發於中斯形於言詠
歌嗟歎有所不得已也由是章句櫛比聽真宰以
就班音調鏗鏘循天鈞而赴節氣骨神韻趣味才
力則主張旋運於章句音調之中以賛成厥美者
焉
靈趣雄才得自天授精思妙詣必以學求然天授

《說詩補遺》十卷
復旦大學圖書館藏馮班删訂本

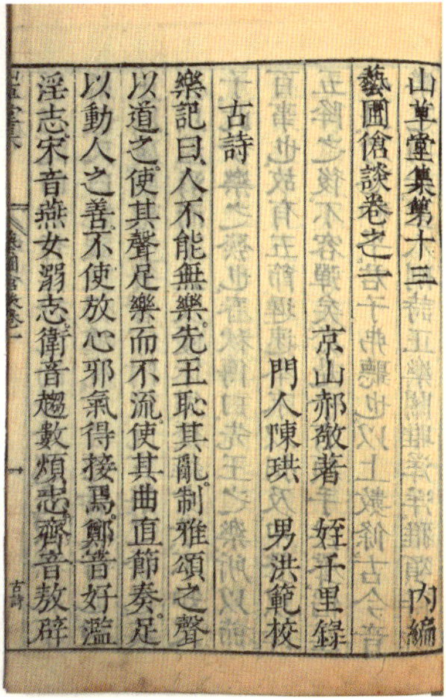
山草堂集第十三　内編
藝圃傖談卷之一
京山郝敬著　姪千里録
門人陳珙　男洪範校
古詩
樂記曰人不能無樂先王恥其亂制雅頌之聲
以道之使其聲足樂而不流使其曲直節奏足
以動人之善不使放心邪氣得接焉鄭音好濫
淫志宋音燕女溺志衛音趨數煩志齊音敖辟

《藝圃傖談》四卷
日本内閣文庫藏明末郝洪範刊《山草堂集》本

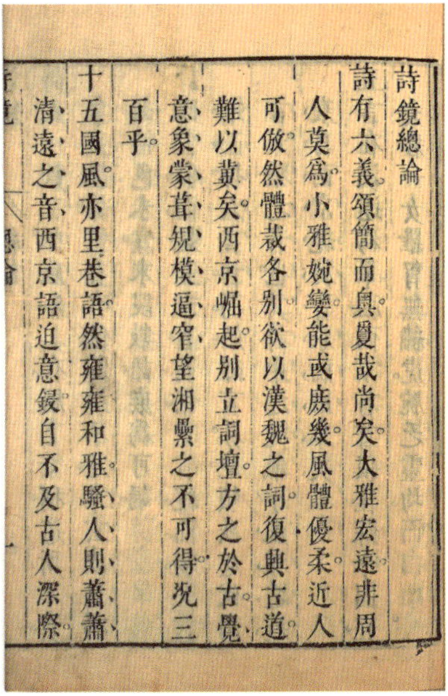
詩鏡總論
詩有六義頌簡而奥夐哉尚矣大雅宏遠非周
人莫爲小雅婉孌能或庶幾風體優柔近人
可倣然體裁各别欲以漢魏之詞復興古道
難以冀矣西京崛起别立詞壇方之於古覺
意象蒙茸規模逼窄望湖纍之不可得況三
百乎
十五國風亦里巷語然雍雍和雅騷人則蕭蕭
清遠之音西京語迫意鋟自不及古人深際

《詩鏡總論》一卷
日本内閣文庫藏明末刻《詩鏡》本

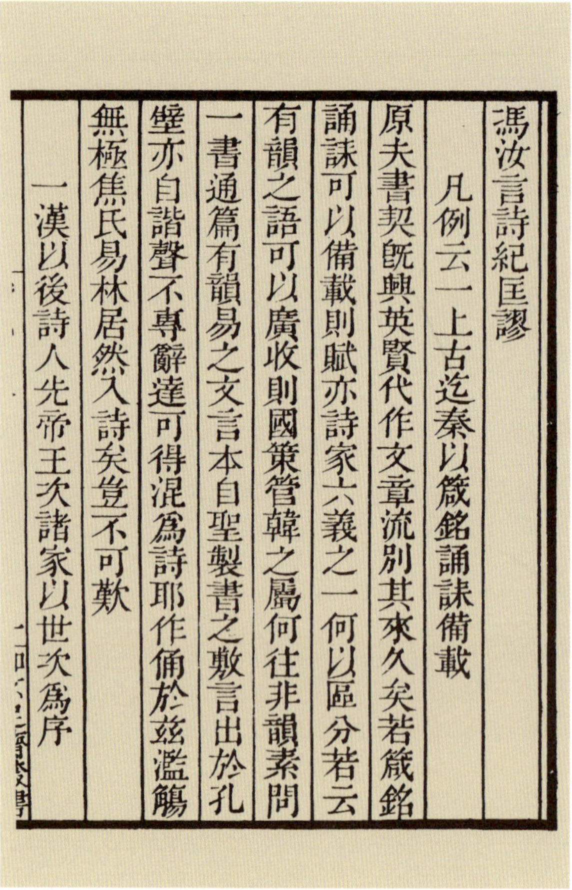
馮汝言詩紀匡謬

凡例云一 上古迄秦以箴銘誦誄備載

原夫書契既興英賢代作文章流别其來久矣若箴銘誦誄可以備載則賦亦詩家六義之一何以區分若云有韻之語可以廣收則國策管韓之屬何往非韻素問一書通篇有韻易之文言本自聖製書之敷言出於孔壁亦自諧聲不專辭達可得混爲詩耶作俑於兹濫觴無極焦氏易林居然入詩矣豈不可歎

一漢以後詩人先帝王次諸家以世次爲序

《詩紀匡謬》一卷

《知不足齋叢書》本

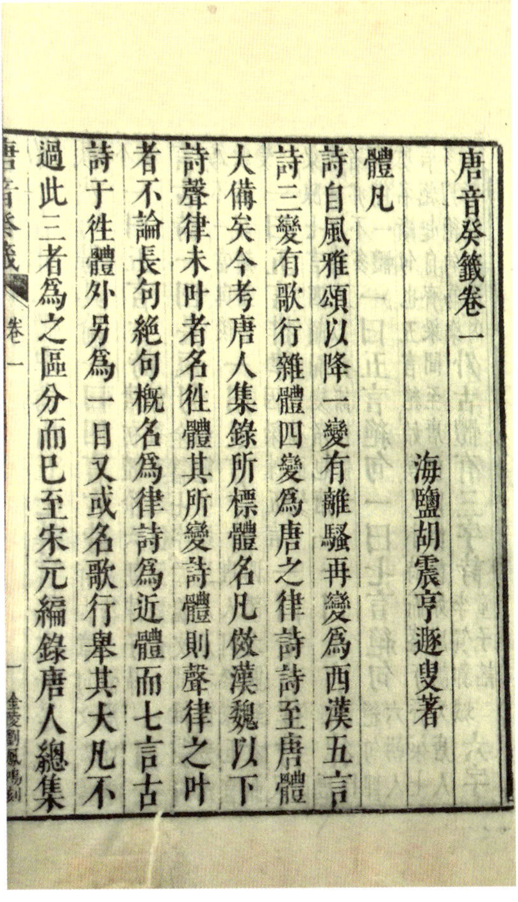
唐音癸籤卷一

海鹽胡震亨遯叟著

體凡

詩自風雅頌以降一變有離騷再變爲西漢五言詩三變有歌行雜體四變爲唐之律詩詩至唐體大備矣今考唐人集錄所標體名凡倣漢魏以下詩聲律未叶者名往體其所變詩體則聲律之叶者不論長句絕句概名爲律詩爲近體而七言古詩于往體外另爲一目又或名歌行舉其大凡不過此三者爲之區分而已至宋元編錄唐人總集

唐音癸籤　卷一　一　金陵劉鳳鳴刻

《唐音癸籤》三十三卷

日本静嘉堂文庫藏清順治十五年雙與堂刊本

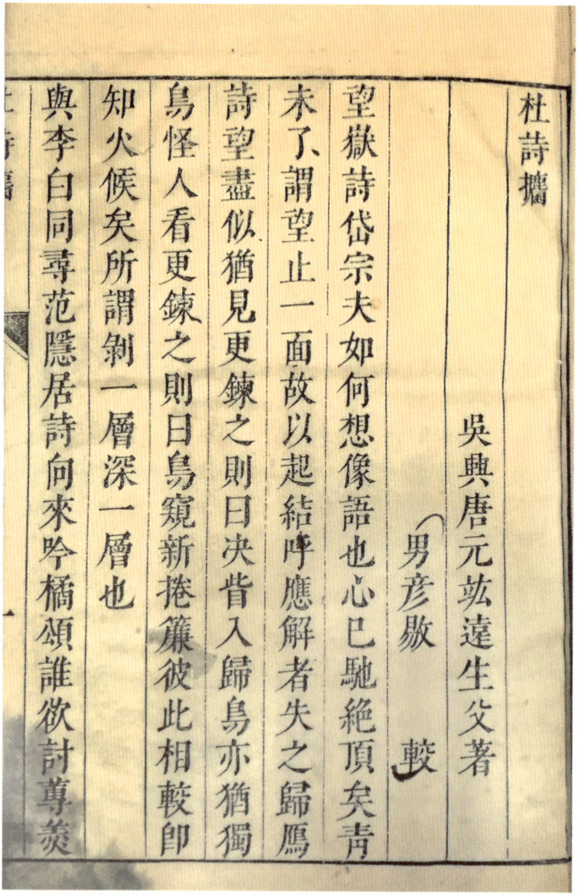

杜詩攟

吳興唐元竑遠生父著

男彥敭 較

望嶽詩岱宗夫如何想像語也心已馳絕頂矣青未了、謂望止一面故以起結呼應解者失之歸鴈詩望盡似、猶見更鍊之則曰决背入歸鳥亦猶獨鳥怪人看更鍊之則曰鳥窺新捲簾彼此相較郎知火候矣所謂剝一層深一層也

與李白同尋范隱居詩向來吟橘頌誰欲討蓴羹

《杜詩攟》不分卷

蘇州圖書館藏明刻本

總目

第一册　詩話卷（壹）

頤山詩話一卷　安　磐撰　侯榮川點校
餘冬詩話二卷　何孟春撰　黄　曼點校
儼山詩話一卷　陸　深撰　楊月英點校
夷白齋詩話一卷　顧元慶撰　侯榮川點校

第二册　詩話卷（貳）

升庵詩話四卷詩話補遺三卷升庵詩話輯録不分卷　楊　慎撰　郭時羽點校
蓉塘詩話二十卷（卷之一至卷之九）　姜　南撰　侯榮川點校

第三册　詩話卷（叁）

蓉塘詩話二十卷（卷之十至卷之二十）　姜　南撰　侯榮川點校
逸老堂詩話二卷　俞　弁撰　趙鴻飛　徐丹丹點校
過庭詩話二卷　劉世偉撰　龔宗傑點校

第四册　詩法卷（壹）

第五册　詩法卷(貳)

冰川詩式十卷(卷之六至卷之十)　梁　橋撰　鄭妙苗點校
鍾伯敬先生硃評詞府靈蛇四卷　鍾　惺選　李光祚輯　陳廣宏　郭時羽點校
鍾伯敬先生硃評詞府靈蛇二集四卷　鍾　惺選　陳廣宏　郭時羽點校

第六册　詩評卷(壹)

松石軒詩評一卷　朱奠培撰　陳廣宏　侯榮川點校
談藝録一卷　徐禎卿撰　龔宗傑點校
吟窗小會一卷　沈　周撰　湯志波點校
唐詩品一卷　徐獻忠撰　鄭妙苗點校
詩談一卷　徐　泰撰　熊　嘯點校
藝苑卮言八卷附録四卷　王世貞撰　魏宏遠點校
詩家直説四卷　謝　榛撰　侯榮川點校

第七册　詩評卷（貳）

第八册　詩評卷（叁）

第九册　詩評卷（肆）

第十册　詩評卷（伍）

前言

陳廣宏　侯榮川

本書是繼《稀見明人詩話十六種》之後，我們所承擔國家社科基金重大項目「全明詩話新編」的又一階段性成果，旨在萃集明人詩話之精要，以爲明代詩學研究之助。故在深入探察現存明人詩話文獻基礎上，依據其在文學批評史、文體史上所具之價值以及對後世同類著述的影響，自所搜得二百三十餘種明人詩話中，擇取五十種要籍，彙爲一編。庶幾與《稀見明人詩話十六種》相互補充，各有側重地呈現明人詩學文獻的最新整理文本。

一

就選目而言，這五十種詩話是我們在對明詩話之體式特徵及其發展演變階段等作出全面梳理的基礎上剖判而得；然亦應該説，其中有相當大一部分原爲明清以來的積澱，在明詩話的接受史上，這些作品有不少本身即已經歷了經典化的過程。

隨著詩話的摘録彙編或叢鈔叢刻蔚爲風氣，大抵自明萬曆以來，對於本朝論詩著述的述引與彙輯亦日夥。既有如楊春先編《詩話隨鈔》、周子文輯《藝藪談宗》等以當代爲主的叢鈔彙輯，亦有諸如茅一相纂《欣賞詩法》、蔣一葵輯《詩評》、王述古編《詩筌》、佚名輯《詩家集法》以及趙籲俊編《藝海瀝液》、高奭輯《艷雪齋詩評》等通代之編。集其所引録，已可排比出李東陽、徐禎卿、楊慎、都穆、皇甫汸、王世貞、何良俊、謝榛、王世懋、胡應麟等諸家所論備受關注。相對完整的叢編叢刊本，一方面有如屠本畯編刊之《詩言五至》，擇取古今詩話中至爲精當者五種——那顯示明中期以來人們對於理論品格甚而精嚴體系的追求，《詩品》、《滄浪詩話》外，明居其三：《談藝録》、《解頤新語》、《藝苑卮言》（限於篇幅，後二種仍爲摘録）。另一方面則有更爲廣譜的呈現：如陶珽刊《説郛續》，所收明人詩話著述，剔除誤收宋人一種，計二十種〔二〕；稽留山樵編《古今詩話》，所刊明人詩話計二十種〔三〕。至於胡文煥校刻《詩法統宗》，偏於詩法一端，收録相關著述如徐禎卿《談藝録》、佚名《詩文要式》、佚名《詩家集法》（胡文煥訂補）及題李攀龍《詩學

〔二〕包括卷三十三《談藝録》、《藝圃擷餘》、《詩文浪談》、《歸田詩話》、《南濠詩話》、《蓉塘詩話》、《敬君詩話》、《蜀中詩話》、《麓堂詩話》、《夷白齋詩話》、《存餘堂詩話》、《升庵辭品》；卷三十四《千里面譚》、《詩家直説》、《詩談》、《香宇詩談》、《西園詩麈》、《雪濤詩評》、《閨秀詩評》、《閒書杜律》等。

〔三〕包括卷三《蘭莊詩話》，卷四《歸田詩話》，卷五《南濠詩話》、《蓉塘詩話》、《夢蕉詩話》、《敬君詩話》、《蜀中詩話》、《存餘堂詩話》、《麓堂詩話》、《夷白齋詩話》、《詩文浪談》、《竹林詩評》，卷六《譚苑醍醐》、《藝圃擷餘》、《雪濤詩評》、《升庵辭品》，卷七《詩談》，卷八《閒書杜律》、《千里面譚》、《談藝録》等。

事類》、《韻學事類》等，唯頗有有目無書者。

清代的詩話叢書於明人詩話亦有收録，如朱琰纂《學詩津逮》八種中有《談藝録》、《藝圃擷餘》；編者不詳《詩學叢書》有《麓堂詩話》、《詩藪》等。何文焕編《歷代詩話》，計收録《談藝録》、《藝圃擷餘》、《存餘堂詩話》、《夷白齋詩話》四種；王啓原編《談藝珠叢》，計收録《麓堂詩話》、《談藝録》、《藝苑卮言》、《詩家直説》、《藝圃擷餘》五種。丁福保纂《歷代詩話續編》，計收録《升庵詩話》、《藝苑卮言》、《國雅品》、《四溟詩話》、《歸田詩話》、《逸老堂詩話》、《南濠詩話》、《麓堂詩話》、《詩鏡總論》九種。顯然，經過歲月的淘洗，一個明詩話要目的輪廓已漸次形成。

詩話的整理與研究進入現代人文學科視野，大抵是二十世紀二十年代以來之事，伴隨著中國詩學、中國文學批評體系的建立。受西方相關詩學觀念的影響，我們看到，對於理論性的强調，使得這個時代的學者往往將某種有條理、成一家之言的詩論視作詩話的代表。直至今天，如郭紹虞先生所定義的，「詩話之體，顧名思義，應當是一種有關詩的理論的著作」[二]，仍爲學界視作常識。於是，起步相對較晚之明詩話的整理與出版，除了像《歷代詩話》(中華書局，一九八一)、《歷代詩話續編》(中華書局，一九八三)這樣的彙編之作所録，各種單行的校理基本上集

[二] 《清詩話》「前言」，上海古籍出版社一九七八年九月新一版，上册，第一頁。

中於如下數家所著：胡應麟《詩藪》（上海古籍出版社，一九七九），許學夷《詩源辯體》（人民文學出版社，一九八七），楊慎《升庵詩話箋證》（上海古籍出版社，一九八七）、《升庵詩話新箋證》（中華書局，二〇〇八），李東陽《懷麓堂詩話校釋》（人民文學出版社，二〇〇九），謝榛《四溟詩話》（人民文學出版社，一九六一）、《詩家直説箋注》（齊魯書社，一九八七），王世貞《藝苑卮言校注》（齊魯書社，一九九二）、《藝苑卮言》（鳳凰出版社，二〇一五）等。據前已可見，這些詩論確可以説是公認的明人詩話的重要之選，並且，其整理者結合現代學術訓練，無疑在相關研究與普及中發揮積極的作用，有不少堪稱深度整理的精湛之作。不過，這一系列著述質性的單一及其可能帶來的遮蔽亦顯而易見，特别是在吴文治《明詩話全編》（江蘇古籍出版社，一九九七）、周維德《全明詩話》（齊魯書社，二〇〇五）以及張健《珍本明詩話五種》（北京大學出版社，二〇〇八）等作出現之前，明詩話整體格局及其間豐富多樣的形態顯然難以獲得充分展現。

我們此編的一個宗旨，是希望在將詩話視作一種整體存在的前提下擇其精要，按照歷史展開的方式，具體而微地把握各類詩學文獻在明詩話發展脉絡中的位置及其價值序列。因此，衡諸上述明清以來明詩話的接受狀況，一個值得大力拓展的空間是詩法類的著述。這類著述承宋元發展而來，乃爲滿足更廣的社會階層對於詩歌創作、鑒賞的日用消費之需，在當時實具有相當大的市場，在廣義詩話中所占的份額亦不小。然或許因其「通俗詩學」的性質，在經典化過程中多少受到忽視。我們這次所收録，如《傅與礪詩法》、《西江詩法》、《新編名賢詩法》、《詩法》，均爲明代早期纂輯刊行的詩法彙編著作，不僅本身保存了元人詩法文本，且明代中後期的衆多詩法著述基本上即據此數種詩法彙編重新變换組合而成，是推原明人詩學建構來歷不可或缺的文獻。又如正統間周叙編《詩學梯航》、嘉靖間梁橋纂成之《冰川詩式》，各立頗具系統性的格目門類，以示詩歌作法之進階，顯然爲集成之作，我們可循此追溯南宋以來如《詩人玉屑》等詩法彙編著述的沿革，發現明人與之共用的框架和認識上獨得的進展及貢獻。至如《詞府靈蛇》、《詞府靈蛇二集》，雖明顯爲商業出版物，然頗體現晚明書坊的編刊特點。不僅如此，這類屬「通俗詩學」的詩法彙編著作，與那種追求理論品格甚而精嚴體系的詩論實際是互爲語境的，它們作爲一種基底或土壤，大抵規定了士大夫文人在詩壇應對的面向，對於其所構建的詩學價值基準及種種詩學規制，亦有諸多潛在的影響。《全明詩話》與《明詩話全編》皆據臺灣廣文書局影印《古今詩話續編》本，僅收《詞府靈蛇二集》，我們則首次據中國國家圖書館藏天啓年間金陵唐建元刻朱墨套印本，將《詞府靈蛇》一併整理出來。

鑒於狹義詩話與生俱來的基本質性，即便是在詩學論著的理論性、系統性有突出發展的明代，記叙逸聞軼事以資閒談一類仍爲大宗。從體式上説，如瞿佑《歸田詩話》是明代第一種以「詩話」命名的作品，無論所叙内容抑或風格，皆是以《六一詩話》爲借鑒之典範。然細辨之，其一半以上的篇幅已著力於詩之論評，叙述上具頗爲强烈的主觀色彩；而釐爲上中下三卷，每卷四十則，較《六一詩話》整飭而富有條理，其所顯示的文體演進趨勢，已可窺一斑。對於那些看上去無甚理論色彩的記叙作品，無論屬詩話抑或詩評，至少其作者作爲親歷或聞見者，録存與詩歌創作、品鑒相關的人事，包括如文徵明在《南濠居士詩話序》所説的「玄辭冷語」，皆有其重要的史料與文本價值。因此，我們注意到，如朱孟震《玉笥詩談》，所紀多作者鄉里江西相關之詩談及官南京時青溪詩社社友事，皆其見聞所及。王兆雲嘗撰《皇明詞林人物考》十二卷補遺一卷，於明代詞林人物掌故實甚稔熟，其《揮塵詩話》便以記述本朝詩人軼事爲主，且多及於山野不遇之士。李日華博洽多聞，精書畫之藝，交遊亦廣，其《恬致堂詩話》即多紀書畫名家之詩作逸事及所與交游江浙詩人之故實。他如雷燮《南谷詩話》，紀人紀事亦皆以作者所自經歷或鄉人、友朋爲主；謝肇淛《小草齋詩話》，尤其外篇及雜篇所紀，多捃摭宋元以來至當時閩中詩人之佳句遺事，皆足資文獻之徵。

至於在現當代一支獨大的以系統性理論品格爲特色的詩論，其實也還有迄今未引起研究者足够重視而值得進一步深入整理研究者。馮復京《説詩補遺》係作者盡「一生目力」撰成，首置總論，分述詩體、詩格、詩思、詩韻、詩病，其後七卷梳理自上古至唐詩體的發展流變，力辨格調、才情，以重振復古之幟，乃晚明詩學精拔之一家，然直至近來纔有周興陸教授撰文闡發其價值[一]。而該詩話的整理，在具體處理過録本勾塗删改上，又有須特别注意的地方。《明詩話全編》全用原文，不理會改動之處，《全明詩話》則全用改後文字，以致兩個整理本有較大差異，幾似兩種版本。又如譚浚《説詩》，計分十六類二百九十八門，無論述詩之作用、風格、聲對、體式，乃或考究詩之源流，品評歷代詩人詩作，皆顯示較强的系統性。此兩種詩話，《全明詩話》與《明詩話全編》皆已收録，然顯然尚未獲得學界應有的關注。

二

從上述選目的相關梳理，我們其實已可感受到明人詩話的複雜性及其多樣形態。爲了有效地展示這一真實面貌，並在一種動態演變的脉絡中把握其特質，本編嘗試將所選五十種要籍，據其體類分爲「詩話」、「詩法」和「詩評」三卷。其中詩話卷十八種，基本以其命名而定；詩法卷八種，詩評卷二十四種，各以其内容體式酌定。每種體類之下，再以成書時間爲序編排。

這樣的分類編排，大抵依據詩話體類自身的演變以及長期歷史過程中形成的認知。我們知道，詩話在宋代産生之初，人們對其質性的認識主要體現在「集以資閒談」、「博見聞」，故宋人

[一] 周興陸《馮復京〈説詩補遺〉淺論》，首都師範大學中國詩歌研究中心《中國詩歌研究》第十三輯（二〇一六年七月）。

的目録學著作，頗有將之歸入「小説類」者，如紹興間改定之《秘書省續編到四庫闕書目》、衢本《郡齋讀書志》；或如《直齋書録解題》、《宋史・藝文志》，部分詩話入「小説類」，部分詩話入「文史類」〔一〕。直至清代，四庫館臣仍以所謂「體兼説部」來界定《六一詩話》一系的著作，尚可見此種基因之遺存。而以衢本《郡齋讀書志》爲例，如《文心雕龍》、《修文要訣》、《韓柳文章譜》及《金針詩格》、《李公詩苑類格》、《天厨禁臠》等一衆詩文格式著作置於「文説類」，則可印證詩話在産生之初的歸屬，原與此類論示詩文技法的著述有異。

不過，隨著時代的變遷，詩話本身的職能有了很大拓展，如《唐宋分門名賢詩話》、《詩話總龜》、《苕溪漁隱叢話》等詩話彙編所體現的，實已包含《彦周詩話》所標舉的「辨句法、備古今、紀盛德、録異事、正訛誤」等諸多内容。於是，詩話的發展，在總體上呈現出由記事爲主向論詩、品評充擴轉變態勢的同時，各體類之間往往趨於交錯混融，人們對於詩話性質、定義的認識亦更爲複雜。

至明代，人們一方面或通過逐步上溯詩話之源，不斷突破其成立之初的狹義邊界，如顧起元《芸林詩話序》云：「昔鍾參軍有《詩品》，僧皎然有《詩式》，其於掎摭利病，標示軌度，可謂具

〔一〕　參詳張伯偉《中國古代文學批評方法研究》「外篇」第五章《詩話論》，第四六三頁。

矣。」〔一〕將詩話之典範溯至《詩品》、《詩式》。胡應麟亦將李嗣真《詩品》、王昌齡《詩格》、皎然《詩式》《詩評》等二十種唐人詩格、詩式著作視作「唐人詩話，入宋可見者」，並謂「近人見宋世詩評最盛，以爲唐無詩話者，非也」〔二〕，皆反映出明人越來越將詩話泛化爲廣義論詩之文體的觀念特點。體現於公私藏書目，亦已有不少書目文獻單獨將「詩話」從「文史」或「詩文評」中析出，作爲獨立的一大類目，如徐𤊹《徐氏家藏書目》、趙琦美《脉望館書目》、錢謙益《絳雲樓書目》等，俱用之來統攝狹義詩話及詩評、詩法諸類著述〔三〕。

然在另一方面，依據詩話諸體式各自相對獨立的表現，應該説，也還是有更爲精細化的認識。如祁承㸁《澹生堂藏書目》，集部「詩文評」下實分文式文評、詩式、詩評、詩話四目：「文式文評」不論；「詩式」首録鍾嶸《詩品》，以下收録《詩法統宗》三十二種及《韻語陽秋》以下十二種；「詩評」録《詩藪》以下至《明詩評》計十五種，包括《詩的》、《松石軒詩評》、《雪濤閣詩評》、

〔一〕顧起元《嬾真堂集》文卷十六，《四庫禁毀書叢刊補編》第六十八册，第七〇一頁上。

〔二〕《詩藪》「雜編」卷二《遺佚中·載籍》，上海古籍出版社一九七九年版，第二七二頁。

〔三〕《徐氏家藏書目》「詩話類」包括鍾嶸《詩品》三卷、《六一詩話》一卷、《詩法源流》三卷、皎然《杼山詩式》五卷等。《脉望館書目》「詩話類」包括《詩品》一本、《詩法》一本、《詩話》二本、劉攽《貢父詩話》一本等。《絳雲樓書目》「詩話類」包括鍾嶸《詩品》、尤袤《唐本事詩》、皎然《詩式》、司馬温公《詩話》、六一居士《詩話》以下四十三種。他如《玄賞齋書目》、《近古堂書目》亦皆有「詩話類」，然因今傳之本或爲清人作僞，故不論。

《解頤新語》等在内；「詩話」録《詩話總龜》以下四十餘種，包括《楊升庵詩話》等十七種明詩話。諸如此類的認識，我們從《四庫全書總目》「詩文評」所析五例中，與論詩相關之緊要者實爲鍾嶸《詩品》代表的品第，皎然《詩式》所代表的法律，以及歐陽脩《詩話》代表的「體兼説部」。從章學誠將詩話分爲「論詩而及事」、「論詩而及辭」兩類，以至郭紹虞先生將詩話大判爲歐派詩話與鍾派詩話，皆可觀測到其承續有自。表明在較長的歷史階段，詩法、詩評、詩話確實是作爲詩學文獻的主要形式而存在，在相互融合之外，能够較爲獨立地保持各自的文體特徵。本編的分類歸屬，亦至少可在《澹生堂藏書目》找到相應的依據。

三

對於文獻整理而言，版本選擇是保證最終成果品質至關重要的一環。本編所收五十種明人詩話，皆力求在搜集衆本、辨析源流的基礎上，選用刊刻時代較早的足本、精校精刊本爲底本，並參校不同系統且具有校勘價值的版本。

受益於當時資料條件的日益改善，我們在全面調查比對中發現，即便是上述已有單行整理本的經典作品，在版本選擇上也還是有可進一步拓展的空間。如胡應麟《詩藪》，一九五八年中華書局上海編輯所以日本貞享本爲底本，參校廣雅書局本；一九七九年上海古籍出版社又在此本基礎上，用上圖藏萬曆十八年胡氏少室山房原刊本殘卷（今已不存）、朝鮮銅活字本校補。然此本所用底本和校本，基本上屬於程百二本系統；最爲重要的原刊本及其翻刻本張養正本、江湛然本等未能參校（廣雅本雖屬原刊本系統，然既爲後出，又缺外編卷五、卷六及續編兩卷，並非完本）。《全明詩話》所用底本爲江湛然本，《明詩話全編》用一九五八年中華書局上海編輯所版。據我們搜檢考證，内閣文庫藏少室山房本《詩藪》爲胡應麟最早之自刻本，是後來程百二本、黄衍相本、朝鮮銅活字本、日本貞享本之祖本；南京圖書館藏少室山房本爲胡應麟修訂後之再刊本，是張養正本、江湛然本、吴國琦本之祖本。如何在綜理原初與成熟兩個版本系統的基礎上，盡可能呈現全面、動態的資訊，最大程度上反映《詩藪》的原貌及胡氏詩學理論的發展過程，是我們面臨的新的挑戰。此次我們以代表胡應麟詩學最爲成熟文本的南圖本爲底本，參校内閣文庫藏少室山房本、程百二本、江湛然本、吴國琦本。整理時其他校本所多條目，均於校記中録入，不入正文。然因此本雜編僅存卷五，故雜編卷一至四及卷六用江湛然本作爲替代底本，鑒於江湛然刊行時所據之本已「家刻漫漶，讀者至難卒業」（徐應亨代盧爾騰撰《少室山房類稿序》），故他本所多條目，均補入正文，出校記；其他異文參酌改定。

許學夷《詩源辯體》最早刻本爲萬曆四十一年刊十六卷，「後二十年，修飾者十之五，增益者十之三」，於崇禎五年定稿爲三十六卷，北京大學圖書館所藏爲其第十二稿定本。其後復采宋、元、明詩爲後集，並選輯其中論詩部分爲《後集纂要》二卷，崇禎十五年陳所學合刻爲三十八卷本。一九八七年人民文學出版社所出校點本，以一九二二年上海仿宋聚珍字排印本陳所學刻三十八卷爲底本，校以北京圖書館藏十六卷初刻本及陳所學刻三十八卷原本，《全明詩話》、《明詩話全編》均據之收録。以排印本爲底本，自身易産生諸多不必要的訛誤，這可能主要是爲資料條件所限；尤爲重要的是，北大圖書館藏定稿本塗抹删補之處頗多，而陳所學刻本部分文字並未按作者意見處理，嚴格説來，這看似最爲全備的文本，却還不能算是忠實體現作者最終删定面貌的善本。因此，本編以定稿本爲底本，嚴格按作者最終改定整理，參校陳所學本。

楊慎《升庵詩話》的情形亦頗爲複雜。自嘉靖二十年序刊《升庵詩話》四卷以來，單刻的詩話相繼有《詩話厈集》、《詩話別録》二編（已佚），嘉靖三十一年序刊《詩話補遺》三卷。合刻者一見諸《太史升庵文集》卷五十四至六十一「詩類」，一見諸《升庵外集》卷六十七至七十八「詩品」，材源既有所不同，編次亦各異。李調元《函海》本，即取《升庵外集》中「詩品」十二卷刻爲《升庵詩話》，又取《詩話補遺》，去其重複者，編爲二卷於後。近人丁福保《重編升庵詩話弁言》云：「《升庵詩話》自明以來無善本。有刻入升庵文集者，凡八卷自五十四卷至六十一卷；有刻入升庵外集者，凡十二卷自六十七卷至七十八卷；有刻入《丹鉛總録》者，凡四卷自十八卷至二十一卷；《函海》又載其十二卷及補遺三卷。此詳彼略，此有彼無，前後異次，卷帙異數。」「爰搜集各本，詳加校訂，訛者正之，複者删之，缺者補之」，重編爲十四卷本。丁氏是編，於豐富《升庵詩話》之構成誠有功；然其以條目首字筆劃次序重新排列，徹底打亂楊氏原有次序，諸本原貌既不得保持，於楊氏詩學文獻之編例及詩學思想之沿革變化過程亦不復顯現，就此而言，恐亦難稱善本。其後《全明詩話》即據《歷代詩話續編》本，以條目首字筆劃排列；《明詩話全編》則收録《升庵詩話》、《詩話補遺》、《絶句衍義》、《千里面譚》四種——實據李調元《函海》本，並輯録詩話七百五十六則。《升庵詩話箋證》、《升庵詩話新箋證》所使用的底本，皆爲萬曆四十四年顧起元序刊《升庵外集》本，而以《函海》本《升庵詩話》及有關《詩話》各本參校，其卷數及個别重出條目，從《函海》本改定。《函海》本《詩話補遺》除重複實得二十八條（後著得二十七條），併爲一卷。爲盡可能保存楊慎詩話的原貌，本編以臺灣圖書館藏嘉靖二十年序刊《升庵詩話》、嘉靖三十一年序刊《詩話補遺》爲底本，先録其完帙；輯録部分以萬曆四十四年序刊本《升庵外集》「詩品」去其重，復自萬曆十年序刊《升庵文集》「詩類」輯補，各依其原本之序次，另參校嘉靖本《丹鉛總録》、《秇林伐山》等。

《麓堂詩話》最先爲王鐸所刊，今已不傳。以往各種整理皆以清鮑廷博《知不足齋叢書》本爲底本，這當然是一個頗爲精善的刻本，然却因文網之嚴，仍有闕文。如：「本朝定都北方乃□□□□，所不能有，而又用□□□，爲一統之盛。」「世亂英雄終死國，時來□□亦成功。」「元詩大都勝之，□□□□固不足深論。」李慶立先生的整理研究力作《懷麓堂詩話校釋》以《四庫全書》本爲底本，同樣存在爲避忌而删改的問題。《全明詩話》以《知不足齋叢書》本爲底本，《明詩話全編》據《歷代詩話續編》本。我們此次採用梅純正德二年序鈔《藝海彙函》爲底本，較之清人已有的删改，實皆完足，顯然更近原貌。另有個别異文及條目次序相異處，皆詳加比勘，出以校記。

謝榛《詩家直説》今存最早刊本爲北京大學圖書館藏麗澤館刊一卷，計二百十七條，其中二十三條爲他本所無（《謝榛全集校箋》據麗澤館本補二十一條）；又其文字與通行本差異較大，爲早期不甚成熟的文本。是書通行本爲萬曆二十年趙府冰玉堂刊刻《四溟山人全集》本，又有萬曆三十六年趙府冰玉堂重修本、萬曆三十九年邢琦等刊單行本。另尚有明萬曆刊盛以進選《四溟山人詩》十卷附《詩家直説》二卷本。清乾隆十九年（一七五四），胡曾耘雅堂據趙府冰玉堂重修本校刻，更名爲《四溟詩話》。又爲《海山仙館叢書》、《談藝珠叢》等收録。人民文學出版社校點本《四溟詩話》以《歷代詩話續編》本作底本，並用《海山仙館叢書》本作了一些校補工作。由於此本底本選擇欠妥，原本中多處錯訛與缺失，點校者又没有做更詳盡的校勘，所以漏收、失校不少條目〔二〕。李慶立等《詩家直説箋注》（齊魯書社，一九八七）以趙府冰玉堂刻本爲底

〔二〕王季欣《四溟詩話校補》（《文學評論叢刊》一九七九年第三輯），據胡曾耘雅堂刻本《四溟詩話》對此本作了較爲細緻的校補，共增補詩話六條，校改文字八處。趙伯陶《四溟詩話考補》（《古籍整理研究學刊》一九八七年第二期），詳細考述了《四溟詩話》的版本源流，並對人民文學本再予輯補。

本，校以邢琦刊本、胡曾刊本等。二〇〇三年，李慶立先生《謝榛全集校箋》（江蘇古籍出版社）又以萬曆三十二年丁子裕和程兆相重新修訂、三十六年剞劂事竣之趙府冰玉堂刻《四溟山人全集》爲底本，將麗澤館本、《説郛續》本、盛以進本所多條目單獨輯爲一卷，實爲迄今謝榛詩學著作整理最爲全備完善之作。本編以趙府冰玉堂本《詩家直説》四卷爲底本，以麗澤館本、邢琦刻本、《説郛續》本、盛以進本、耘雅堂本爲校本，除校對各本文字訛誤異同外，麗澤館本等所多條目，按次序以校記的方式出現。相比於單獨輯出，如此能更爲清晰地展示作者詩學思想演進及文本遞變的脉絡。

王世貞《藝苑卮言》始撰於嘉靖三十六年，次年成初稿六卷，後「歲稍益之」，至隆慶六年定稿爲八卷附録四卷。今存各本，陝西省圖書館藏六卷本爲嘉靖三十七年刻本，日本大阪大學圖書館藏八卷本爲隆慶元年刻本（美國國會圖書館藏八卷本殘本爲同一刻本），此二本爲作者早年未定本。萬曆五年收入《弇州山人四部稿》的爲《藝苑卮言》八卷附録四卷，是爲作者自訂之成熟文本。萬曆十九年累仁堂刻十二卷本所據即萬曆五年《四部稿》本。《藝苑卮言校注》以萬曆世經堂刻《弇州山人四部稿》原録《藝苑卮言》爲底本，復取《歷代詩話續編》本、《談藝珠叢》本、新安程榮刻十六卷《增補藝苑卮言》等參校。然程榮刻十六卷本所據爲隆慶元年刻八卷本，附益增補萬曆五年《四部稿》本而成，其與萬曆五年世經堂本差異極大，而《藝苑卮言校注》實未能以校記反映此本之特徵。我們此次整理，以一百七十四卷本《弇州山人四部稿》所收《藝苑巵言》八卷附録四卷爲底本，參校累仁堂本、《四庫全書》本。因六卷本、八卷本與《四部稿》本文字差異極大，除個別文字的訛誤缺漏外，不校其異同。

除此之外，還有部分詩話使用的是海内外孤本，體現了獨具的版本價值。如蘇州圖書館藏《傅與礪詩法》、中國國家圖書館藏《新編名賢詩法》、劉世偉《過庭詩話》等，之前一直未受到關注，雖已有學者介紹，然包括像《全明詩話》、《明詩話全編》這樣的彙纂文獻皆未收録，此次收入本編，皆爲首次以完整的形態整理出版。尤其《雪濤閣詩評》更是以新發現的珍稀之本點校整理。

《雪濤閣詩評》見於《雪濤閣四小書》。《四小書》一九三六年首次由章衣萍據殘本《亘史鈔》整理（僅《詩評》、《諧史》二種），《全明詩話》收録《説郛續》本《雪濤詩評》、《閨秀詩評》，又據章衣萍《國學珍本文庫》本《雪濤小書》收録爲《雪濤小書詩評》；《明詩話全編》據《説郛續》本收録《雪濤詩評》、《閨秀詩評》。黄仁生教授一九九七年輯校出版《江盈科集》、二〇〇八年湖湘文庫版《江盈科集》則均據全本《亘史鈔》精心整理。本編所收，係使用最新發現日本尊經閣文庫所藏珍稀之本《雪濤閣四小書》（共十册，包括《談叢》二卷、《聞紀》二卷、《詩評》二卷、《諧史》二卷）爲底本。《尊經閣文庫漢籍分類目録》著録作「明版」。據卷一所題「西楚江盈科著，男禹疏婿闕士登重較」，「較」字避熹宗諱，當爲天啓時刻本。將尊經閣本與《亘史鈔》本比勘，其文本差異極大，主要爲條目有無及次序調整、字句删改及增加潘之恒分類標題及評語三個方面。尊經閣本較《亘史鈔》本多「唐人之詩有全以天機勝者」、「杜少陵詩隨處綴景」等八條；二本次序不同之處十餘條。《亘史鈔》本正文，潘之恒加以「用今」、「求真」、「擬古」等標題。其他删改之處如「胡纘宗號可泉」條，尊經閣本「若此律者，蓋公得意之詩，不得意之遇」，《亘史鈔》本作：「若律，則公得意之詩，不得意之遇，悲夫！」可知潘之恒在鈔録時，依據個人的理解及編輯之需，於《雪濤閣四小書》頗有調整及删改處，就保存原貌而言，尊經閣本自然是最好的底本。

四

本編所收五十種明人詩話，成書歷時近三百年，文獻情況複雜；而相比較一般古代典籍，詩話文獻的整理又有其獨特之處。除嚴格遵守傳統校勘學術規範外，又須結合詩學文獻自身的特點，在盡可能保存原貌的基礎上爲研究者提供可靠、精確的文本。總體而言，本編在校勘方面的特點有如下幾個方面。

（一）明人詩話有些作品在長期流傳中，原本已然散佚，僅有爲叢編、叢書所收録得以保存者，在使用此類文本時須多方校對相關文獻。首先是盡可能利用不同的叢書本作校勘。如朱承爵《存餘堂詩話》有《顧氏明朝四十家小説》本與《學海類編》本，前者刊刻時間早且質量相對較高，故取作底本；但在個别文字上，《學海類編》本也可以提供校改。如「張靈字夢晉」條引張靈臨終前詩，《四十家小説》本作「一枚蟬蜕搨當中」，《學海》本「搨」作「榻」，據改；又如「吴人黄省曾氏刻劉叉詩」條引《自問》詩，《四十家小説》本作「酒腸寬自海」，《學海》本「自」作「似」，《四十家小説》本或是涉上訛，據改；二本又有多處文字不同，皆出異同校。《夷白齋詩話》亦有《顧氏明朝四十家小説》本與《學海類編》本，前者取作底本。「古樂府雲金銅作蓮花」條，「石闕生口中」，《四十家小説》本「闕」作「闊」，其下又云：「石闕，古漢時碑名，故云。」誤，據《學海》本改。又如「《山居集》者」條，《四十家小説》本引詩作「脱巾漉沽酒」，《學海》本「沽」作「濁」，據改。又如《揮麈詩話》有乾隆四十三年金氏硯雲書屋刊《硯雲甲乙編》本與日本《螢雪軒叢書》本，前者取作底本。「詩人志向不同」條，引唐寅詩「誰信深溪狼虎裏」，《硯雲甲乙編》本「狼虎」二字脱，據《螢雪軒叢書》本補。

其次，部分詩話爲後人自某種或幾種作品中輯出刊入叢書者，其情況則較爲複雜。本編所收詩話中，《餘冬詩話》、《恬致堂詩話》、《玉笥詩談》三種均爲後人輯出收入叢書《學海類編》者，由於輯者水準及態度問題，造成文本質量較差。而限於體例，且此類詩話已然傳播較廣，不能重新自原本輯出。爲保證文本準確性，在整理時需將每條詩話與其摘出之文字校對，根據不同情況校改或出校記。如《餘冬詩話》卷上「蘇長公平生以言語文字得罪」條引蘇詩「玉皇樓形光，照家近無界」，此詩蘇軾本集不載，《苕溪漁隱叢話》前集卷三十九引作「家近玉皇樓，彤光照世界」，徐伯齡《蟫精雋》卷三引作「家近玉皇樓，形光照無界」，《餘冬序録》作「家近玉皇樓，形光照無界」，或是出自《蟫精雋》。《餘冬詩話》則是手民誤植，當據《餘冬序録》校改。又如卷上「《石林詩話》劉季孫」條，底本引《珊瑚鈎詩話》，末云：「不數年，登近卿貳。」《餘冬序録》作「不數年，登貳卿近」。檢宋《百川學海》本《珊瑚鈎詩話》卷二，作「不數年，登貳卿。近時韓駒待制」，則據改並出校記。有些文字，屬於政治避忌的改動，如卷上「征戰之苦」條引人之語「古今蕃漢戰争之域」，「蕃」字《餘冬序録》作「胡」，只於校記中説明，不校改底本。又如《恬致堂詩話》卷二「子瞻書黄庭内景篇」條，底本「黑氣剥盡朝日妍」，此條輯自《紫桃軒又綴》卷二，作「黑氛剥盡朝日妍」，檢《四部叢刊》景明嘉靖蜀藩活字本蘇轍《欒城集》卷十六作「黑氛」，據改。

（二）如詩話一類文獻，相較於子史及莊肅之古文文體，要隨意自由得多。而明詩話作者，即使有聲望者如王世貞等，多追求傳播的迅捷，甫定稿即刊行；甚至隨作隨刊，是後復多方修訂，演成複雜的版本系統。早期文本雖不全備，但與後期成熟文本對勘而存在的異文，對於梳理考察作者詩學觀念發展演變脉絡而言，有著較高的價值。因此，本編在校勘時，盡可能以校記的方式保留相關資訊，以便於研究者使用。如麗澤館本《詩家直説》爲早期刊本，冰玉堂刻《四溟山人全集》本爲成熟文本，其中文字差異反映出謝榛修訂的痕跡。如卷一第一條「《三百篇》直寫性情」，「三百篇」麗澤館本作「周人」；「雖其逸詩，漢人尚不可及」，「逸詩」下麗澤館本多「尚存」二字。此二處改削，使得表達更準確。又如卷二「陸機文賦曰」條，麗澤館本末云：「詩賦由是不古矣。士衡之所知，固魏詩之渣滓爾。」底本作：「徐昌穀曰：『詩緣情而綺靡』，則陸生之所知，固魏詩之查穢耳。」麗澤館本前半爲謝榛所論，後半爲引徐禎卿之語，字句稍異；底本則徑引徐氏之説全部，顯示出作者觀點的修煉及措辭的斟酌。

《詩藪》諸本中，内閣文庫藏少室山房本爲最早，南京圖書館藏本刊刻時間約晚一年，均爲胡應麟自刻，後來各本均祖此二本。南圖本爲作者自訂之成熟文本，自然應作爲底本；而内閣文庫本相比南圖本有較多的異文。一是較南圖本多十六條詩話，有些當爲胡應麟再刻時所删，如外編一「仲尼諸弟子著述」等五條實與詩無甚關係；其他各條或亦作者所删，或爲殘缺所致。二是在用語表述上的修訂，這些修訂應是出於作者之手。如外編三「人主如文皇」條，内閣文庫本「人主則文皇、明皇之屬」、「宗室則越王、韓王之屬」等叙述，「之屬」南圖本均改爲「等」；南圖本又删去了内閣文庫本「殷七七以幻，王季友以賣履，邵謁以縣胥」等内容。此外，還有大量語氣表述的删改，如外編三「凡著述貴博而尤貴精」條，内閣本「爲噴飯滿案」，南圖本改作「爲之絶倒而罷」。其他如《都玄敬詩話》、《升庵詩話》、《四友齋詩説》等，都在不同程度上有類似的情況。對此，本編盡力詳細校勘，將此類異文以校記等方式呈現。另如《藝苑卮言》、《詩源辨體》，其早期版本與成熟文本相比，文字修飾及改動之處過多，若逐字比勘出校，則文本至爲淩亂，不利閲讀，故僅酌情校改底本的訛誤之處，異文不復出校。

（三）詩話在流傳過程中，爲刊行者或鈔寫者隨意截取删補，後世流傳爲不同源流的文本。在此情形下，除詳加考證辨析文獻的源流、性質，選用合適之本作爲底本外，尚須搜集有代表性的異本或相關文獻校勘，以保證文本的準確、完足。

如前舉《雪濤閣詩評》，潘之恒在鈔録時，依據個人的理解及編輯之需對《雪濤閣四小書》作了較多的選擇、調整及删改，部分條目後有潘氏評語，這些資訊，本編在整理時盡可能以校記的方式予以體現。又如馮復京《説詩補遺》，今僅存復旦大學圖書館藏清初過録本。是本勾塗改動之處百餘，如卷一「或曰詩惡乎學」條，「混沌開闢之初無」，原本圈抹去，旁朱筆改作「上皇以降其無」；又如「作五言古」條，「而卓然以蘇李、《十九首》爲師」，「十九首」原本抹去，「蘇李」旁加「古詩及」。由筆跡及避諱等方面考證，此類删改增補，當是馮班所爲。故此次整理一依原本文字，其朱、墨筆所改則出以校記。

（四）詩話雖在相當長的歷史時間内受到文人的喜愛，但作爲一種「資閒談」的文字，在刊刻或傳鈔過程中受到的重視程度自然無法與經史乃或詩文作品相比，因此，更易出現文字訛誤或缺漏之處。本編在整理時，盡可能由校本或據其他文獻參酌補正，依不同情況或校改或出校記，在保存原貌的基礎上提供準確可靠的文本。如《揮麈詩話》「二王父子」條：「中書歿百年而有王憲簽裕問。」此處「裕問」上當脱一「子」字。按《明史·儒林》等文獻，王問，字子裕，曾任廣東僉事，其子王鑑亦進士，官吏部，與後文所叙合，故據補「子」字。又如《小草齋詩話》卷四「金李孟安陽人」條(《全明詩話》作「余季孟安陽人」)，按李賢《明一統志》卷二十八《李志方傳》：「李志方，初名益，安陽人，金宣宗時補爲户部令史。」據改爲「金李益」。

作爲一種隨筆式文體，詩話會有較多引述詩歌作品或者他人關於詩歌的記録、評論處，而這些文字多憑記憶記述，加之其所據之本也未必可靠，難免出現引文或事實的錯訛。在處理此類文本時，我們盡量持謹慎的態度，在不影響閲讀的前提下盡可能保存原貌，只以校記的方式出現。如《麓堂詩話》「古詩與律不同體」條引謝靈運詩句「紅藥當階翻」，然此句見《四部叢刊》景宋本《六臣注文選》卷三十謝朓《直中書省》；又如《麓堂詩話》「詩貴意」條，引王安石「坐看蒼苔色，欲上人衣來」，然此詩乃王維《書事》詩句。此係作者一時誤記或所據文獻之誤，故僅以校記列出，不校改原文。如係顯然的訛誤或缺漏較多影響文意者，則據可靠之本改補，並出校記。如《頤山詩話》「東坡嚴雅二雪詩」條，引莊昶詩句「開天幾無不是，有人詩句只魚又」。上句顯然缺字，「又」字亦與「嚴」、「雅」韻不合。《四庫全書》本無此條。按嘉靖本《定山先生集》卷五此詩作「開眼天機無不是，有人詩句只魚叉」，詩話當是鈔寫之誤，故據改。

另外需要注意的是明以後的版本，尤其是叢書本及《四庫全書》本。在校勘時，除非必要，這些本子一般只用來校訛誤，不校異同。如《夷白齋詩話》今存顧元慶《明朝四十家小説》本，爲作者自刻，其文本最爲可靠；又有《學海類編》本、何文焕《歷代詩話》本、近藤元粹《螢雪軒叢書》本。《螢雪軒叢書》本所據即《歷代詩話》本，何氏所據之本並未説明，其文字與《四十家小説》本等頗有不同。如「拯人之危，大是好事」條，底本「有《寄周岐鳳》詩云」，《歷代詩話》本前多「錢經歷允輝」五字；段末又多「江南人傳誦之」。錢允輝名曄，《麓堂詩話》「維揚周岐鳳多藝能」條述此事，末云：「江南人至今傳之。」錢謙益《列朝詩集》乙集卷七收此詩，詩下注引《麓堂詩話》此條。又如「怒氣號聲迸海門」條，底本：「詩亦雄壯，所謂邁往凌雲之氣，蓋可見矣。」《歷代詩話》本無「所謂」。這些異文基本是出自何文焕的删潤，非有别本可據，故均不出校。

本編自二〇一四年初開始選訂目録、搜集文獻、分工校點，至今已歷三年餘。其間所遇困難，殆非一端。首先是文獻的搜集與校核。本編所收五十種明人詩話，共使用各著版本近二百種，多數爲珍稀文獻，藏於海内外各圖書館，要彙集衆本，考訂源流，確定底本與校本，工程量頗爲浩大。如《藝苑巵言》共考訂六卷本、八卷本等七種版本，分藏於陝西省圖書館、日本大阪大學圖書館等處；《詩家直説》共考訂趙府冰玉堂本、麗澤館本等六種版本，分藏於中國國家圖書館、北京大學圖書館、南京圖書館、日本内閣文庫等。如此奔波各地，課題組成員之艱辛可以想見。更何況因各館規定制度及臨時情況影響等，導致多次往返，又額外耗費了許多寶貴的時間與精力。其次，有些詩話版本複雜，中間經歷了數次底本的更换，更費周折。如《詩藪》本來擬定用江湛然本作爲底本，直至二校樣時方始發現内閣文庫藏少室山房自刻本，考訂後更换南京圖書館藏少室山房本爲底本；江盈科《雪濤閣詩評》則是於二〇一六年六月發現日本尊經閣文庫藏明刻本，遂立即申請閲讀，完成底本改换；《杜詩攟》本用大通書局《杜詩叢刊》影印清鈔本爲底本，後來改换爲蘇州圖書館藏明末刻本。

之所以能較爲順利地收獲合適的版本，使得本編的文獻在質量上得到保證，除項目組同仁的努力之外，很大程度上得益于中國國家圖書館、南京圖書館、浙江圖書館、日本内閣文庫、静嘉堂文庫、大阪大學圖書館等海内外藏書機構的大力協助及海内外學者友人的熱心支持，復旦大學古籍所鄭利華先生對整理的體例及具體校點問題提出了寶貴的意見，陳正宏先生爲部分文獻版本提供了專業的鑒定，日本早稻田大學内山精也先生、東海大學佐藤浩一先生、廣島大學陳翀先生及臺灣中正大學陳雅琳女史、山東大學杜澤遜先生、上海圖書館梁穎先生、復旦大學圖書館眭駿先生等爲文獻獲取提供了熱心幫助，在此併致誠摯謝忱！

當然，也有若干文獻迄今未能獲得理想的版本，譬如皇甫汸《解頤新語》八卷。據前述可見，該著自晚明以來即被視作具代表性的重要詩論，黄魯曾《解頤新語序》稱譽其「陳乎今人之未聞，盡發乎古人之未闡」，徐㶿則用「發明六義，語足千古，文成一家」概括其價值。黄裳先生嘗購得此書之嘉靖刻本，《來燕榭讀書記》曰：「《解頤新語》八卷，吴百泉山人皇甫汸撰。嘉靖刻。八行，十七字，白口，左右雙邊。前有黄魯曾序。」又載庚寅端午後二日重讀跋云：「此書獲之海上修文堂。後游北京，晤修綆堂主人，乃知此實爲渠家書。兩市主人乃兄弟行也。」[一]然今所見唯周子文《藝藪談宗》及屠本畯《詩言五至》兩種叢書本，《明詩話全編》用周子文《藝藪談宗》本，周維德教授《全明詩話》所收疑爲嘉靖刻本。然今多方查考，仍未覓得此嘉靖刻本，本編只好割愛，姑俟他日。

作爲大型彙編文獻的整理，事務繁雜，協調不易；而參與點校工作的十餘名成員，所負責的詩話各具特點，對於文本的理解亦各有不同，要在較爲統一的規範之内完成點校工作，亦多煩難。可貴的是，整個項目團隊精誠合作，爲高質量地完成整理任務群策群力，孜孜以求；而

[一] 黄裳《來燕榭讀書記》，遼寜教育出版社二〇〇一年版，第三七八頁。

復旦大學古籍所博碩士生鄭雄、俞芝悦、范子靖、張曦文、陳洪典、王勝男諸君，雖然此次未負責具體詩話的點校，但在文本校對、文獻查核等方面做了大量的工作，在此要對所有參與本編整理的同仁表示衷心感謝！復旦大學出版社編輯杜怡順、吴湛、張旭輝爲文稿校對及出版事宜殫精竭慮；復旦大學出版社領導對本編的出版給予了充分的重視和幫助。本編承復旦大學吴格先生、上海大學張寅彭先生的大力推薦，有幸獲得二〇一六年度國家古籍整理出版專項經費資助，在此也一併表達誠摯的謝意！

凡例

一、本編收明人詩話精要之作五十種，分爲詩話、詩法、詩評三類。每類按詩話成書時間爲序編次，成書時間不詳者，參照詩話内容、作者生卒、科第仕履及交遊等綫索酌定。

一、詩話之名，有不同題署者，依底本確定。如《麓堂詩話》，《四庫全書》本、《知不足齋叢書》本題「懷麓堂詩話」，底本《藝海彙函》所鈔作「麓堂詩話」，據此標名。其他如《都玄敬詩話》、《詩家直説》亦是。未有單行本，而由作者著作中輯録某卷者，如《四友齋詩説》、《雪濤閣詩評》、《詩鏡總論》，則參照原書題名或文獻著録酌定。

一、爲研究者使用之便，整理時盡量保留原書之序跋題識等信息，其次序以底本爲準，校本之序跋題識均附録於後。本編非以資料彙編爲職志，故底本、校本外之序跋題識等概不收録。

一、本編每種詩話均撰有提要，介紹作者生平、詩話成書及著録情況、詩話内容、版本館藏等信息。館藏信息盡量提供詳細的資訊，但對藏本較多者則擇要介紹。爲便於研究者使用，本編所用底本、校本均注明版本、館藏。

一、本編所有異體字、俗體字除作者特别使用者外，一般徑改爲規範字，不出校；通假字、古字則依文意需要，盡量予以保留。

一、本編文字，人名地名之訛誤者，徑改，不出校；顯然爲形近或音近而誤者，以（）標出，下以［］標示正字，不出校記。底本文字訛誤、衍脱、乙錯者，如有他本參校，則據校本正補，出校記；疑有訛誤、衍脱、乙錯而無他本可以參校者，則不改正文，僅以校記形式獻疑，以俟高明。如底本不誤而校本誤者，除確有研究價值者，一般不出校記；底本、校本兩通者，出異文校。本編所收部分詩話所列目録，與正文中標題或不盡一致，亦從其舊，不作校改。

一、詩話中所引前人及時人詩作、論述等，與今本多有出入，此種情況一般保留原貌，不作校改；如有明顯訛誤或缺漏較多影響文意者，則據可靠之本正補，出校記。

明人詩話要籍提要

○詩話卷

歸田詩話三卷，瞿佑撰。

瞿佑（一三四七—一四三三），字宗吉，號存齋，又號吟堂，錢塘（今屬浙江）人。洪武中以文學薦，歷仁和、臨安、宜陽三縣教諭，後遷周王府長史。永樂間以詩禍謫保安，洪熙元年釋歸。佑少有詩名，曾和楊維禎《香奩八題》，廉夫賞之，謂其叔祖云：「此君家千里駒也。」所著頗富，《百川書志》著録有《資治通鑑綱目集覽鐫誤》三卷、《香臺集》三卷、《剪燈新話》四卷附録一卷、《興觀詩集》一卷、《樂全詩集》一卷《東遊詩》一卷《樂全續集》一卷、《餘清詞集》一卷、《樂府餘音》二卷、《存齋歸田詩話》三卷、《存齋詠物詩》一卷。傳見過庭訓《本朝分省人物考》卷四十二。

瞿佑自序云其平日所聞見，「恐久而併失之也，因筆録其有關於詩道者，得百有二十條，析爲上中下三卷」，序末署「洪熙乙巳（元年，一四二五）中秋日」，當成於此年。詩話以歐陽脩《六一詩話》、《歸田録》爲例則，多叙其見聞之事，雖頗多自炫，所記元明之際逸事於瞭解當時文人生活情狀實不無助益。又多評論唐宋元詩人詩作，然不以發明詩學爲主，如「鄉飲用古詩」、「少陵識大體」、「黄鶴樓」、「家鉉翁持節」等，頗發揚詩人「愛國憂君」之意，即其自序所謂「有關於詩道者」。《四庫全書總目》以爲「此書所見頗淺」，「於考證亦疏」。而猶及見楊維楨、丁鶴年諸人，故所記前輩遺文時有可採焉」。就其編排體例看，每卷皆四十條，基本以時間爲序排列，顯得次序整飭，富有條理，與《六一詩話》等宋人詩話之鬆散結構不同。

是書今存明成化刻本，天一閣圖書館、臺灣圖書館藏；明弘治刻本，中國國家圖書館、上海圖書館、南京圖書館等藏；清乾隆四十年鮑廷博《知不足齋叢書》本等。今以臺灣圖書館所藏成化刻本爲底本，參校明弘治刻本及《知不足齋叢書》本。

麓堂詩話一卷，李東陽撰。

李東陽（一四四七—一五一六），字賓之，號警齋、西涯，茶陵（今屬湖南）人。天順八年（一四六四）進士，選庶吉士，授編修。弘治八年以禮部右侍郎、侍讀學士入直文淵閣，預機務，多所匡正。正德初，屢上疏乞休，加少師兼太子太師、吏部尚書、華蓋殿大學士。卒贈太師，謚文正。東陽文章與功業並懋，詩文典雅流麗，法度森嚴，自明興以來，宰臣以文章領袖縉紳者，楊士奇之後一人而已。著有《懷麓堂稿》、《懷麓堂續稿》、《燕對録》等。傳見楊一清《文正李公東陽墓誌銘》(《國朝獻徵録》卷十四)、《明史》卷一八一等。

《麓堂詩話》一卷,《百川書志》卷十八、《國史經籍志》卷五、《澹生堂藏書目》集部上、《千頃堂書目》卷三二等並著録。《萬卷堂書目》卷四、《天一閣書目》卷一之一等録作「《懷麓堂詩話》」。

該著初刻爲遼陽王鐸序刊本,今不傳。南京圖書館藏梅純纂《藝海彙函》鈔本一種,其中卷五「説詩類」收《麓堂詩話》,卷首有王鐸序,所據當即王氏刻本。《藝海彙函》梅氏自序末署「正德二年歲次丁卯春二月朔旦,賜同進士出身中都留守司署副留守夏邑梅純序」,則王鐸序刊本至遲在正德二年二月前應已付梓。又王鐸序中稱「是編乃今少師大學士西涯李先生公餘隨筆」,據《殿閣詞林記》卷二小傳,李東陽於正德元年十二月加少師兼太子太師、吏部尚書、華蓋殿大學士,則其刊刻時間當即在正德元年十二月至次年二月間。據清鮑廷博《知不足齋叢書》本附録番禺陳大曉跋,知《麓堂詩話》又有嘉靖二十一年刻本。陳氏謂是書爲「遼陽王公始刻於維揚」,然王鐸之序并無刊刻地信息,且其官揚州在正德四、五年間,陳氏之説恐誤。

《麓堂詩話》雖仍沿用傳統詩話形式,但其意專在發明詩學。東陽以格調論詩,推崇盛唐,反對宋詩,成爲復古派先聲。尤其以「唐人不言詩法,詩法多出宋,而宋人於詩無所得」與嚴羽詩學相對比，認爲「惟嚴滄浪所論，超離塵俗，真若有所自得，反覆譬説，未嘗有失」，奠定嚴羽及其《滄浪詩話》詩學典範地位，許學夷稱「李賓之《懷麓堂詩話》，首正古、律之體，次貶宋人詩法，而獨宗嚴氏，可謂卓識」，對明清詩學發展影響甚巨。

是書今人多據《知不足齋叢書》本整理。該本固可稱精善，然其與《四庫全書》本皆有因避忌而空缺删改處。明鈔《藝海彙函》本不僅此類文字完整，而且個别條目次序與他本不同，應更近原貌。兹以南京圖書館藏《藝海彙函》所鈔爲底本，參校《知不足齋叢書》本、《四庫全書》本。

都玄敬詩話一卷，都穆撰。

都穆（一四五九—一五二五），字玄敬，吴縣（今屬江蘇蘇州）人。弘治十二年進士，授工部主事，歷禮部郎中，加太僕少卿致仕。都穆清修博學，爲時所重，雖老而爲學不倦。有《周易考異》、《史外類抄》、《寓意編》、《玉壺冰》、《聽雨紀談》、《都公談纂》、《遊名山記》等。又搜訪金石遺文，作《金薤琳瑯》。傳見胡纘宗《都公墓志銘》（《鳥鼠山人小集》小集卷十五）、《本朝分省人物考》卷二十二。

是書以評詩爲主，論及唐宋元及本朝詩人作品，尤以吴中詩人爲主，《四庫全書總目》以爲「此編刻意論詩，而見地頗淺」。都穆論詩受李東陽影響，頗稱揚嚴羽詩學，如認爲「禪道惟在妙悟，詩道亦在妙悟」之説「最爲妙論」。然其大旨在兼收並蓄，並不專主唐詩，於時人揚唐抑宋及擬古之風亦有微詞，謂歐、梅、蘇、黄等人詩作，與唐詩相比「真無愧色」。（並見卷上）

是書最早由文璧刻於弘治十五年（一五〇二），凡四十二則，今已佚；南京圖書館藏《藝海彙函》鈔録《南濠詩話》即此本。又有黄桓正德八年（一五一三）刻本，今亦不存。又臺灣圖書館藏明琴川徐縉家塾刻二卷本，題《都玄敬詩話》，此本凡七十六則，實即據黄桓本。鮑廷博稱其以文璧本、黄桓本參校，合爲七十五則，刻入《知不足齋叢書》。《知不足齋叢書》本與徐縉刻本條目次序不同，文字各有優劣，前者更爲精善。兹以徐縉刻本爲底本，參校《藝海彙函》鈔《南濠詩話》及《知不足齋叢書》本。

存餘堂詩話一卷，朱承爵撰。

朱承爵（一四八〇——一五二七），字子儋，號舜城漫士，晚更號左庵，先世婺源人，再徙江陰（今屬江蘇）。文徵明稱其「雖籍名庠序，而不拘進士業，既數不利，遂屏棄不復事」。子儋爲文古雅有思致，詩亦清麗，尤工筆翰，又精鑒别古器物書畫，居常坐小齋，左圖右史，鉛槧縱横，尋核讎勘，樂而不厭。與唐寅、顧璘等游。著有《鯉退稿》、《灼薪劇談》等。傳見文徵明《朱子儋墓志銘》（草書文稿册）。

是書以述事品詩爲主，兼涉詩法、考證，《四庫全書總目》稱「是編凡論詩二十六條（按，今本存二十九條），離合參半」。所論頗有獨得之妙者，如云：「詩詞雖同一機杼，而詞家意象亦或與詩略有不同。句欲敏，字欲捷，長篇須曲折三致意，而氣自流貫，乃得。」又云：「作詩之妙，全在意境融徹，出音聲之外，乃得真味。」所述吴中文人逸事，如張靈臨終詩、黄省曾刻劉叉詩、其家舊藏顧瑛詩帖等，頗可供文獻之徵。

是書今存嘉靖二十年顧元慶輯刊《顧氏明朝四十家小説》本（北京大學圖書館、日本内閣文庫等藏）、《藏説小萃》本、《古今詩話》本、《學海類編》本等。兹以《顧氏明朝四十家小説》本爲底本，參校其他各本。

夢蕉詩話二卷，游潛撰。

游潛（約一四七九—？），字用之，豐城（今屬江西）人。藩府長史游弼子。潛有《送妻子東還泣别》詩：「垂髫結姻好，病髮今絲絲。流光三十年，内外稱孝慈。」小注云：「時丙子九月在滇時也。」（《夢蕉存稿》卷一）丙子爲正德十一年（一五一六），垂髫約爲八歲，則潛是年約三十八歲，生年即在成化十五年（一四七九）前後。弘治十四年（一五〇一）舉人，官雲南賓州知州。潛博綜天文地理、人物器數，著述甚富，學者稱爲几山先生，著有《夢蕉存稿》、《博物志補》等。

傳見(同治)《豐城縣志》卷十三。

是書所記頗雜,凡考證、紀事、評詩,皆有涉及。其中有明確紀年者,以正德十四年爲最遲,則成書當在此後。考證如關於河源、嫦娥之說;紀事、評詩則多感慨前人生平不偶之事,如「王昭君,人皆知惜之,世之文人才子不偶於時者,類以寓言」,姚平仲「古今豪傑欲有爲於天下而不偶者,豈獨一平仲而已耶」等,或與其生平經歷有關。又記詩讖、夢兆、仙詩等怪異事。游潛論詩頗受理學家影響,故詩話多稱朱熹、方孝孺、陳獻章之詩,亦頗推揚宋詩,如云:「宋詩不及於唐,固也。或者矮觀聲吠,併謂不及於元,是可笑歟!」又云:「元有唐之氣,當代得宋之味。氣主外,蓋謂情之趣;味主内,蓋謂理之趣。要之皆爲似而已矣。」(並見卷之上)詩話於詩歌聲律亦有所論,如云:「作詩以聲之相叶者爲韻,其聲以合四方之同者爲正。」

是書今存《夢蕉三種》本,明嘉靖四十四年序刊、萬曆及清康熙間遞修,北京大學圖書館(《四庫全書存目叢書》據以影印)、臺灣圖書館藏;清鈔本,臺灣圖書館藏;又有《學海類編》一卷本。兹以北大藏《夢蕉三種》本爲底本,參校清鈔本、《學海類編》本。

南谷詩話三卷,雷燮撰。

雷燮,甌寧(今屬福建)人。正德末貢生,知平樂縣,招撫傜僮,復業者免其賦,貧者官給牛耕種，流移漸復。據（雍正）《廣西通志》卷五十四，雷燮嘉靖元年任荔浦知縣。著有《奇見異聞筆坡叢脞》二卷（《千頃堂書目》作一卷）。傳見（崇禎）《閩書》卷九十四。

是書論詩紀事爲主。雷燮詩學頗受理學影響，認爲「此理活潑，具在眼前，不待思索，發乎情，止乎義理，自是詩家難事」，又云「德行，本也；詩詞，末也」（卷上）。故論詩以理致、意興爲主，如云：「唐人意興，宋人或有不足；宋人理趣，唐人亦所未到。今人能兼意興、理趣而有之，斯至言矣。」（卷上）然亦强調天真自然，如云：「詩才出於天分，不在讀書；詩趣出於天興，不在窮理，皆自人性情中來。雖不識字人，亦有天真，一句一詠，流出肺腑，可見自然境界。故唐人尚意興，而理致在其中；宋人尚理致，而意興或有不足。此宋詩所以有不及唐者，元坐此也。」（卷上）於唐寅、薛昂等詩，以爲「意褻詞詭，似涉怪異」，而「繩以正大，蓋亦難得」（卷中）。又多論及詩法詩格，如云：「學詩之要，在立格、命意、煉字三者而已。體格本高古，忌卑俗；意興貴精遠，忌粗淺；字眼貴清響，忌塵腐。」（卷上）紀人紀事，以作者所經歷及鄉人、友人爲主。

是書今存舊鈔本，日本静嘉堂文庫藏，兹據之整理。

頤山詩話一卷，安磐撰。

安磐（約一四七九—？），字公石，一字鴻漸，號頤山，嘉定州（今屬四川）人。弘治十八年進士，選庶吉士，官至兵科都給事中。大禮議起，以率衆伏闕力争，廷杖，除名爲民，卒於家。《明代登科録彙編》所記安磐生年在成化十五年（一四七九），其真實生年或更早。安磐與楊慎同爲蜀人，二人交遊甚密。楊慎爲其作《明故吏科給事中西坪安公墓銘》（《升庵集》卷七），又《存殁絶句》八首（《升庵集》卷三十二）末一首即爲安磐而作，詩云「一疾緣醫誤，孤蹤住世慵」，知安磐爲庸醫所誤，以疾而終。《頤山詩話》自序末署「嘉靖戊子秋九月朔日」，則卒於嘉靖七年（一五二八）之後。又楊慎《丹鉛續録》卷一有云「安得起公石于九原而語此哉」，則當卒於嘉靖十六年（一五三七）之前。

是書以評詩爲主，兼紀事紀人。安磐詩學「以嚴羽爲宗」，以「風骨氣格」、「聲響格調」論詩，如云：「格調之高下，可以辨人才；音響之浮雅，可以知世道；去取之純駁，可以驗學識。」評詩紀事自漢魏以至本朝，如以初唐四杰比明初高啓等，至弘治、正德而「直欲越元嘉而上之，洋洋乎盛矣哉」。《四庫全書總目》稱：「其評論古人，多中窾會，蓋深知其甘苦而後可定其是非。」又所紀時人逸事，如京師人吊陳大學士詩、嘉靖初裁革中書舍人集杜詩等，可供文獻之徵考。

《四庫全書總目》：「是書《明史·藝文志》作二卷，此本僅一卷，而首尾完具，殆史偶誤歟？」是書今存明鈔本，中國國家圖書館藏，計七十七則；又有《四庫全書》本、静嘉堂文庫藏舊鈔本(所據即《四庫全書》本),計五十七則。明鈔本獨有者四十九則,《四庫全書》本獨有者二十九則,二本合併計一百七則,其數量亦堪作二卷。明鈔本存在較多誤字、漏鈔、乙倒、衍文;《四庫》本除存在改字、漏鈔等問題,條目亦較明鈔本少二十餘條;静嘉堂文庫藏本,惟卷首序無末署「嘉靖戊子秋九月朔日」。兹以明鈔本爲底本,參校《四庫全書》本。

餘冬詩話二卷,何孟春撰。

何孟春(一四七四—一五三六),字子元,號燕泉,郴州(今屬湖南)人。弘治六年(一四九三)進士,屢遷右副都御史巡撫雲南,嘉靖初爲吏部侍郎,大禮議起,上疏力争,奪俸,調南京工部侍郎,引疾歸,卒謚文簡。師李東陽,學問該博,著有《何文簡公文集》、《何文簡疏議》、《餘冬序録》等。傳見顧璘《燕泉先生何公墓碑》(《顧璘詩文全集·憑几集續編》卷二)。

是書爲《餘冬序録》之輯録,自卷六十陽閏一外篇第三十六始。陽閏共五卷,詩文兼論,其中陽閏三、四基本論詩,輯録者擇取不嚴,多有論詩者不取,如「歐陽永叔序《梅氏集》」、「李商隱爲詩文,坐上書册」等。《四庫全書總目》、《八千卷樓書目》著録均作三卷,稱載《學海類編》中,而今《學海類編》本《餘冬詩話》僅二卷,或是誤題。孟春師事李東陽,詩話多紀詩人詩事,或品評前代之詩。評詩亦不甚著意於格式利病或理論闡發,而以考證發明爲主,如關於杜牧《赤壁》詩、《烏江》詩之辨，陶淵明《讀山海經》「刑天無千歲」當爲「刑天舞干戚」等。《四庫全書總目》稱其「所論多作理語」，認爲「以講學之見論文，已不能得文外之致；至以講學之見論詩，益去之千里矣」。

是書今存《學海類編》本，兹以之爲底本，參校明嘉靖七年郴州家塾刻本《餘冬序録》。

儼山詩話一卷，陸深撰。

陸深（一四七七—一五四四），初名榮，字子淵，號儼山，上海人。弘治十八年進士，嘉靖中爲太常卿兼侍讀，官至詹事府詹事，卒謚文裕。深少擅文章，工書，賞鑒博雅，爲詞臣冠。著有《儼山集》、《南巡日録》、《停驂録》、《科場條貫》、《史通會要》、《春雨堂雜鈔》等。傳見《儼山陸公行狀》（唐錦《龍江集》卷十二）、《陸公墓志銘》（夏言《桂州先生文集》卷四十九）、《明史》卷二八六等。

是書見《儼山文集》卷二十五，題「詩話」，下注「三十二則」，以紀事評詩爲主。祁承㸁《澹生堂藏書目》著録：「《陸儼山詩話》一卷，陸深，見文裕公外集。」或未有單行。陸深與李、何友善，《詩話》云「予爲編修時，嘗與李獻吉夢陽、何仲默景明校選其（袁凱）集」，其詩學亦當受七子復古思想之影響。然所言及詩，自漢魏以至本朝，以品賞爲主，非以精鑒爲長，如云「古名手詩，有絶類如蹈襲者」、「詩句有相似而非相襲者，然亦各有工拙」，亦指所知見而言，未必爲模擬者開脱。紀事則多本朝掌故及其所自聞見，有可供文獻考據者，如劉寓生《聞雁》詩、僧曇噩「蕉」字韻等。

《儼山文集》今存嘉靖間陸楫家刻本，中國國家圖書館、復旦大學圖書館等藏，玆據復旦大學圖書館藏本整理。

夷白齋詩話一卷，顧元慶撰。

顧元慶（一四八七—一五六五），字大有，號大石山人，長洲（今屬江蘇）人，布衣終身。元慶不喜治產，所交多吴中名士。以圖書自娱，藏書萬卷，曾擇其善本梓行。自經史以至叢説多所纂述，嘗輯《陽山顧氏文房小説》、《顧氏明朝四十家小説》二種行世。著有《山房清事》、《陽山新録》、《檐曝偶談》等。傳見《顧大有先生墓表》（王穉登《青雀集》下）。

是書《澹生堂藏書目》、《四庫全書總目》均著録作一卷，今見《顧氏明朝四十家小説》。《四十家小説》輯成於嘉靖二十年（一五四一），皆明人筆記，其中作者自撰書七種。全書四十則，以記事爲主，兼及評詩、考證，所記多作者所交往友人及吴中詩人軼事。評詩如稱李東陽「音節渾厚雄壯，不待琱琢，隱然有臺閣氣象，此其所以難及也」，又稱其「樂府尤妙，其題與句篇自有新目叢書》影印北大藏本爲底本，校以《學海類編》本。

升庵詩話四卷詩話補遺三卷升庵詩話輯録不分卷，楊慎撰。

楊慎（一四八八—一五五九），字用修，號升庵，新都（今屬四川）人。大學士楊廷和子。正德六年（一五一一）廷試第一，授修撰。世宗立，充經筵講官。大禮議起，偕廷臣伏左順門力諫，下詔獄廷杖，削籍，遣戍雲南永昌衛，卒於貶所。天啓中追謚文憲。慎穎敏過人，博學多識，於書無所不覽；投荒之暇，益發憤著述，好學窮理，老而不倦。明世記誦之博，著述之富，推爲第一。所著有《升庵集》、《丹鉛録》、《譚苑醍醐》、《檀弓叢訓》等百餘種。傳見游居敬《升庵楊公墓誌銘》（《明文海》卷四百三十四）、《明史》卷一九二等。另有陳文燭《楊升庵年譜》、簡紹芳《楊文憲公年譜》等。

楊慎詩話單行本，以嘉靖二十年（一五四一）程啓充序刻《升庵詩話》四卷爲最早，范邦甸《天一閣書目》卷四著録。又有《詩話補遺》三卷（其中卷二分上下，實即四卷），題署「門生曹命編校」。卷首王嘉賓嘉靖丙辰（三十五年，一五五六）《序》云：「點翰之暇，復述綴詩話以裨詞林之缺，三筆業已鍥棗，奇且富矣。」此本末附張含嘉靖三十一年撰《序》云：「又出其緒綴爲《詩話》若干卷，有厈集，有別録，有補遺。」則王序所謂「三筆」，當即《升庵詩話》、《詩話厈集》、《詩話別録》，皆刊行于《詩話補遺》付梓前，然後二編早佚。楊慎詩話合刻者一見諸《太史升庵文集》卷五十四至六十二「詩類」，材源以《丹鉛總録》爲主，兼取單刻論詩要著；一見諸《升庵外集》卷六十七至七十八「詩品」，材源包括單刻《升庵詩話》等「三筆」及《詩話補遺》，并收録《絶句衍義》、《千里面譚》等作（參王文才《楊慎學譜》）。

升庵詩話以博識考證爲最大特點。詩話以考證，自歐陽脩《六一詩話》「李白『太瘦生』」條已肇其端，其後劉攽《中山詩話》、吴聿《觀林詩話》、韋居安《梅磵詩話》等漸由疏解典故轉向名物與文字音韻考索，然其數量尚少。升庵學問賅博淵通，以博洽冠一時，更以考證文獻訛謬、搜剔篇籍遺逸爲主。程啓充序稱：「上探《墳》《典》，下逮史籍、稗官小説暨諸詩賦，百家九流，靡不究心，各舉其辭，罔有遺逸，辨僞分舛，因微至遠，以適於道。」如以「瑟瑟」爲珍寶名、「緑沉」爲槍等。其所考證，雖或有紕漏，「然其賅博淵通，究在明人諸家之上，去瑕存瑜，可采者固不少也」（《四庫全書總目》），於明人詩話影響甚巨，如趙統《驪山詩話》、陳基虞《客齋詩話》、胡之驥《詩説紀事》等，不僅多引述或辨正其説，其興趣所在，亦多屬考辨；胡應麟《藝林學山》八卷、陳耀文《正楊》四卷更專與升庵之説相辯駁。

楊慎詩學六朝、初唐，胡應麟稱：「用修才情學問，在弘正後、嘉隆前挺然崛起，無復依傍，自是一時之傑。格不甚高，而清新綺縟，獨掇六朝之秀，合作者殊自斐然。」（《詩藪》雜編一）錢謙益《列朝詩集小傳》：「用修乃沉酣六朝，攬采晚唐，創爲淵博靡麗之詞。」《四庫全書總目》云：「慎以博洽冠一時，其詩含吐六朝，於明代獨立門户。」故其論詩以六朝爲宗，如「螢詩」條云：「何仲默枕藉杜詩，不觀餘家，其於六朝、初唐未數數然也。與予及薛君采言及六朝、初唐，始恍然自失，乃作《明月》、《流螢》二篇擬之。」（《升庵外集》卷六十七）楊慎精研六朝新體至唐律之變，詩話中於古律各體之淵源及利病、唐宋歷代之詩人詩作多有論及，尤以李、杜爲多。

後世《升庵詩話》之編刊頗爲複雜。李調元《函海》本翻刻《升庵外集》十二卷「詩品」，又將《詩話補遺》之已見《外集》本者剔除，别刻爲《補遺》二卷。丁福保《歷代詩話續編》本改編爲十四卷，其《重編升庵詩話弁言》云：「《升庵詩話》自明以來無善本。有刻入升庵文集者，凡八卷（自五十四卷至六十一卷）；有刻入升庵外集者，凡十二卷（自六十七卷至七十八卷）；有刻入《丹鉛總録》者，凡四卷（自十八卷至二十一卷）；《函海》又載其十二卷及補遺三卷。此詳彼略，此有彼無，前後異次，卷帙異數。」針對此種「散若盤沙」之情形，「爰搜集各本，詳加校訂，訛者正之，複者删之，缺者補之」，據其條目題名首字筆劃數重新編次。今人之整理本，大都以《函海》本、《升庵外集》「詩品」十二卷等爲主。兹編以臺灣圖書館藏嘉靖本《升庵詩話》、《詩話補遺》爲底本整理。又自内閣文庫藏萬曆四十四年顧起元序刊本《升庵外集》「詩品」、中國國家圖書館藏《太史升庵文集》「詩類」中去其重，輯出爲《升庵詩話輯録》，各依其原本之序次，不復分卷。楊慎别集中散見各卷之論詩條目，不復輯入。另參校嘉靖本《丹鉛總録》、嘉靖本《秇林伐山》及四庫本《升庵全集》等。

蓉塘詩話二十卷，姜南撰。

姜南，字明叔，號蓉塘、半村野人等，仁和（今屬浙江）人。正德十四年舉人，據（道光）《濟南府志》卷三十六，明叔嘉靖二十三年任德平知縣，府志又稱其「歷官工部員外郎」。（萬曆）《順天府志》載其曾爲順天府通判，嘉靖三十四年後任延平知府，（乾隆）《延平府志》卷三十二稱其「博學多聞，堅强尚義」。著有《採風記》、《通元觀志》等。

《蓉塘詩話》二十卷，每卷各有題名，如《半村野人閒談》、《洗硯新録》等，爲作者所著二十種筆記，「卷帙多少不一，多者積卷至十一二，少者不減四五卷」，「後先生每種取一卷，合二十卷，總題曰《容唐詩話》」（洪楩《書重刊容唐詩話後》）。故其内容頗爲駁雜，多記文史典故、詩文軼事，間附其心得或考證。陸深《蓉塘詩話引》云：「不但論詩而已。下至俚俗、歌謠、星曆、醫卜，無所不録。至其甚者，雖嘲謔、鬼怪、淫穢、鄙褻之事皆有。」傅增湘《蓉塘诗话跋》稱其「雖名詩話」，實爲説部：「各編中詩話居十之四，述事論人者十之四，考古者十之二。」（《藏園群書題記》卷二十）其中所記吴中故實及時人逸事，堪作文獻之徵。如「提學對句」條記趙鶴、江潮先後爲山東提學副使，考校生員，多所罷黜，人爲對句「趙鶴方翦羽翼，江潮又起風波」以諷，乃不復歲考。吴焯稱其「文筆修潔，不減陶南村云」（丁丙《善本書室藏書志》卷十九）。

是書今存版本多種。中國國家圖書館藏洪楩嘉靖二十六年（一五四七）刻本，與天一閣圖書館藏嘉靖二十二年張國鎮刻本雖同爲二十卷，然文本差異較大，除卷十、十六、十七相同外，其他各卷洪本較張本多出計一一〇餘條，當屬不同版本系統。復旦大學圖書館藏舊鈔本二十卷，所據即洪楩刻本。又有上海圖書館藏鈕氏世學樓鈔一卷本、《説郛續》一卷本等。兹以洪楩本爲底本，參校張國鎮本、復旦藏鈔本等。

逸老堂詩話二卷，俞弁撰。

俞弁（一四八八—？），字子容，號守約居士、戊申老人，長洲（今屬江蘇）人。布衣終身。與祝允明、唐寅等交好，祝氏曾叙俞弁之父《約齋漫録》二十卷。所著有《山樵暇語》等。

是書作者自序云：「鉛槧編帙，未嘗去手，意有所會，欣然筆之。」故多有稱引前人論著者，亦間有辯論。言詩以疏解名物、考證典故爲主，如「緑沉」、「琬液」、「瓊蘇」、「烏鹽角」等；尤多述論吴中詩人之作及逸事。俞弁詩學承吴中傳統，論詩與其時宗唐之習不同，以爲：「古今詩人措語工拙不同，豈可以唐宋輕重論之？余訝世人但知宗唐，於宋則棄不收。」（卷上）盧文弨跋語云：「其書雖無大過人處，而叙述亦班駁可喜。其論《麓堂詩話》載同官獻諛之詞，未免起後人之議，尤確論也。」又詩話所稱引《沈石田詩話》、《渚山堂詩話》、《許理齋詩話》等多已佚失，可供輯校之用。

是書今存清乾隆四十二年盧文弨鈔本，中國國家圖書館藏，兹據之整理。

過庭詩話二卷，劉世偉撰。

劉世偉，字宗周，陽信（今屬河南）人。生而穎敏，多識博聞，以廩例貢入國學，初授直隸潁州同知，補陝西寧州，陞浙江寧波府别駕，謝病歸。優遊林下數十年，與董邦政、吕蔭陶情詩酒，爲竹溪逸友。所著有《後溪詩稿》、《雜録瑣談》、《樂府》數十卷行世。其妻毛氏，才思穎雋，爲詩温厚和平，所著《離思小詠》三十二首，有《卷耳》、《草蟲》之風。傳詳（民國）《陽信縣志》卷五。

是書《天一閣書目》卷一著録作一卷，《四庫全書總目》著録作二卷。《四庫全書總目》稱：

「詩話名曰過庭，然書中無一字及其家學，殆不可曉。」本書卷首有嘉靖三十六年（一五五七）作者同郡友人閻新恩序，稱作者之父寧國君冷庵翁學養頗深，取名「過庭」，「志孝思也」，非炫家學淵源。全書一百十四則，論古今各體詩歌，兼及本朝詩人詩作。世偉論詩以嚴羽爲宗，講求格調，如云：「看詩話，當以嚴滄浪爲準。」「大抵宋詩遠不逮唐，亦由蘇、黄共壞之。」又云：「看詩先以格調爲主，合是漢魏，合是盛唐，各有著落。」（卷上）《四庫全書總目》以爲「皆拾七子之緒餘，實於漢魏、盛唐了無所解，於宋詩亦無所解也」，稱其論絶句有絶前四句、後四句、中四句諸體，「是併不知先有絶句，後有律詩矣」。然此説元明詩法中常見，如陳繹曾《文式》：「王氏曰：絶句，截句也。後兩句對者是截律詩前四句也，前兩句對者是截律詩後四句也。」（卷上）世偉於宋元以來詩法詩格頗稔熟，是書亦以言詩之法及前人詩歌利病爲主，如所談用字、律對、用套數熟事、隔句對、隔句用韻、偷春體等，所舉前人詩歌以漢魏盛唐爲主，宋元人僅言及梅堯臣、蘇軾、陳後山、趙子昂等數人。詩話又多紀本朝詩人作品及逸事，足資文獻之徵。

是書今存嘉靖刊本，中國國家圖書館藏，兹據之整理。

揮麈詩話一卷，王兆雲撰。

王兆雲，字元禎，號赤岡，麻城（今屬湖北）人。與吴國倫、孫繼皋、徐𤊹、梅鼎祚等交游唱和，孫繼皋《宗伯集》卷十有《王元禎太學別餘久矣一日謁余山堂遂赴留都試賦二絶句送之》，則王兆雲曾入國子監。所著有《皇明詞林人物考》、《揮塵新談》、《烏衣佳話》、《湖海搜奇》等。

是書以紀詩人軼事、詞林掌故爲主，除「王建宫詞補訛」、「辛幼安詞」、「顧詩誤作蘇」數則外，所述論均爲本朝人。兆雲撰有《皇明詞林人物考》十二卷補遺一卷，於明詞林人物掌故實甚稔熟，是書所記又頗多山野不遇之士，足資文獻之徵。

是書今存乾隆四十三年金氏硯雲書屋刊《硯雲甲乙編》，又有日本《螢雪軒叢書》本。兹以商務印書館《叢書集成》初編影印《硯雲甲乙編》本爲底本，參校《螢雪軒叢書》本。

小草齋詩話五卷，謝肇淛撰。

謝肇淛（一五六七—一六二四），字在杭，長樂（今屬福建）人。萬曆二十（一五九二）年進士，初爲杭州司理，歷職方郎，以艱歸。補北屯司，出督北河，作《北河紀略》，官至廣西右布政使。在杭博學能詩文，爲文豐蔚軒霽。所著有《小草齋集》、《五雜俎》、《文海披沙》等。傳見（乾隆）《福州府志》卷五十三。

是書分内篇一卷、外篇二卷、雜篇二卷。内篇總論，涉及詩歌之體性，如云「詩者，人心之感於物而成聲者也」，又論詩體特徵及技法等，如稱《三百篇》中有莊語、理語、綺語、情語，有二言以至長短言，有賦體、選題等，以爲「此作詩之大門户也」，又云：「詩以法度爲主，入門不差，此是第一義。」外篇上叙六朝至唐宋元明各代詩及作詩之法，外編下評論唐宋至明作品及閩人詩；雜篇則「捃摭宋、元以來近人佳句遺事」，著意在趣味，已不甚專意於詩藝之考校。謝氏徵萬曆之季入于袁、鍾新調之惡道，論詩歸宗于盛唐，以扶翼正始之音，與徐禎卿、王世貞、胡應麟三家雁行。然其所論多在詩之「悟」、「情」、「趣」等，並不拘執於體制格調，取法乎上，如云「五言古，學漢魏足矣，即降而爲陳拾遺、韋蘇州，不失淡而遠也。七言古，學李、杜足矣，即降而爲長吉、飛卿，不失奇而俊也。五言律，學王、孟足矣，即降而爲幼公、承吉，不失警而則也。五、七言絶，學太白、少伯足矣，即降而爲牧之、國鈞，不失婉而逸也」（卷一），與胡應麟所論，嚴寬自别。

是書今存天啓四年序刊本，日本内閣文庫、佐賀縣圖書館藏；日本天保二年讀耕齋林家摹刻本，日本國會圖書館藏。清鈔本五卷，上海圖書館藏（著録作清刻本，誤）；日本文政寫本，日本國會圖書館藏；日本江户寫本五卷，内閣文庫藏。今存刻本均止三卷，鈔本則均爲五卷。兹以内閣文庫藏天啓刻三卷爲底本，後二卷以上海圖書館藏清鈔本爲底本，參校讀耕齋本、日本江户寫本、日本文政寫本。

藕居士詩話二卷，陳懋仁撰。

陳懋仁（一五六七？—？），字無功，嘉興（今屬浙江）人。錢士升《庶物異名疏序》云懋仁其時「行年七十，神明炯然」，序末署「崇禎十年（一六三七）」，則其生年約在隆慶元年（一五六七）。盛楓《嘉禾徵獻録》稱其少爲邑吏，以暇讀書，遂無所不通，太僕李日華引爲上客。滿考，授泉州府經歷。泉多紳士，初至輕之，比接席論述，娓娓不能難，自是争折節下之。懋仁讀書博學，性資過人，隨得隨記，墨不停研。所著有《泉南雜志》、《文章緣起注》、《續文章緣起》、《庶物異名疏序》等。生平詳盛楓《嘉禾徵獻録》卷四十六。

是書爲作者經年紀載之摘録，「考證多而鷺評少」，「詩話十餘家，什七因事，不專論詩」（《自序》）。所考證多爲詩歌用字、用語出處，辨析前人之説，指其謬誤，其評楊慎詩及其詩説達十八條，多所肯定。如評升庵《詠史》云：「升庵于詩，往往用古字，殊覺力厚，使不好者見之，不知作何貶削矣」，又評升庵《驪山行》云「升庵用事，深得老杜法，如此者未暇悉舉」。（卷上）其糾升庵詩説之謬，亦得失兼有，顯示所受《升庵詩話》之影響。《四庫全書總目》稱其考證「舛漏之處甚多」，又云其「所注杜詩諸故實，亦茫無根據，無一事之可信也」，所貶抑亦太過。懋仁曾注《文章緣起》，又著《續文章緣起》，於詩體之流變深得肯綮，所引鍾惺、譚元春之説十餘處，《四庫全書總目》稱其「與袁宏道、鍾惺、譚元春游，故其論詩大旨以公安、竟陵爲宗」。然衡鑒衆品，實非懋仁所長。

是書今存南京圖書館藏崇禎間刊《陳懋仁雜著》本、中國國家圖書館藏清鈔本。兹以崇禎本爲底本，參校清鈔本。

恬致堂詩話四卷，李日華撰。

李日華（一五六五—一六三五），字君實，號竹懶，又號九疑，嘉興（今屬浙江）人。萬曆二十年進士，官至太僕寺少卿。爲人恬淡和易，與物無忤。工書畫，精鑒賞，世稱博物君子，王惟儉與董其昌並，而日華亞之。著有《恬致堂集》、《檇李叢談》、《味水軒日記》、《六研齋筆記》、《紫桃軒雜綴》、《官制備考》等。傳見《明史》卷二八八。

是書爲後人自《紫桃軒雜綴》、《六研齋筆記》及《味水軒日記》中摘其論詩之語而成，曹溶收入《學海類編》。詩話以紀事爲主，兼及考證。李日華工書畫，故所紀多書畫名家之詩作逸事，如吴仲圭爲松巖和尚寫《竹杖自題》、文休承畫《雪林鍾馗》題句及自畫松題句等；又記倪瓚《耕雲圖》題句、張淵爲趙孟頫紈扇圖題句、沈周墨荷題句等。作者學識淵博，交游頗廣，其所紀當時江浙詩人，足資考證。

是書今存《學海類編》本，兹據之整理，參校《紫桃軒雜綴》、《六研齋筆記》、《味水軒日記》等。

○詩法卷

傅與礪詩法四卷，傅若川編。

是書題「元任邱宋應祥伯禎點校，弟傅若川編」。宋應祥，字伯禎，新喻人（今屬江西）。據（隆慶）《臨江府志》卷十、（雍正）《江西通志》卷五十一，應祥爲至正七年丁亥（一三四七）舉人。曾燠《江西詩徵》卷三十二收其《過雲章閣故基有感》一首，小傳稱其爲「至正七年進士」，誤。金幼孜《周君子霖墓誌銘》：「及冠，從印山伯綱羅先生授《詩經》，先生没，復從彦通曹先生、任丘應祥宋先生學《易》、《春秋》。」（《金文靖集》卷九）似于明初以教授爲業。傅若川（一三一二？—？），字次舟，新喻人，傅若金（字與礪）之弟。民國《嘉業堂叢書》本傅若金《傅與礪詩集》八卷，卷端大題下署「任丘宋應祥伯禎點校，弟傅若川次舟編刊」，卷末有傅若川誌云：「逮至壬戌夏，偶得宋應祥伯禎鈔録點校先兄正稿。予過稀年，恐斯文之泯，遂編次，率衆力鋟梓。」末署「時歲癸亥仲春，新喻曹谿傅若川次舟謹誌」。壬戌爲洪武十六年（一三八二），癸亥爲洪武十七年，此年若川年過古稀，則約生於元皇慶元年（一三一二）。其兄傅若金生卒年在一三〇三至一三四二，約略相合。黄虞稷《千頃堂書目》卷三十二、錢大昕《元史藝文志》卷四又著录傅若川輯《杜詩類編》三卷，《千頃堂書目》注云：「類輯楊仲弘、揭曼碩、范德機所解杜詩。」

是書卷一末有傅若川識語，云卷一之《詩法源流》、《文法》爲其兄傅與礪與同邑范德機「討論答問詩文之正宗，於是退而述范先生之意，撰其詩法之源流，文章之機杼」，又云「若川藏其遺稿有年矣，不敢秘而弗傳，遂併輯前賢之軌範，一概鋟諸梓」，末署「洪武戊辰（二十一年，一三八八）冬」。此本爲今知最早明人所輯詩法著作，流傳頗廣。其所輯各元人詩法，除卷一《詩法源流》外，《詩宗正法》（題「揭曼碩先生述」）、《詩法家數》（題「楊仲弘先生述」）等，與他本頗多文字異同，可供校勘之用。

是書今存嘉靖間熊逵、方九叙重刊本，蘇州市圖書館藏，兹據以整理。

西江詩法一卷，朱權編。

朱權（一三七八—一四四八），號丹丘、涵虚子，明太祖朱元璋第十七子（《寧王壙志》作十六子），封寧王，國大寧，永樂元年改南昌。恃靖難之功，頗驕恣，卒謚獻。朱權晚年托志仙道，喜文學，所藏秘本之書，多刊行流布。尤嗜好戲曲音樂，著有《太和正音譜》等。又著有《瓊林雅韻》不分卷、《臞仙肘後經》二卷、《神隱》二卷，纂輯《漢唐秘史》二卷、《通鑑博論》三卷等。傳見焦竑《國朝獻徵録》卷一、王世貞《弇山堂别集》卷三十二、萬斯同《明史》卷一百五十三。

作者自序云得黄裳《詩法》與元儒詩法，如《詩法正論》、《詩法家數》、《黄子肅詩法》、《詩宗正法眼藏》以及嚴羽詩法等，「擇其可以爲法者」，編爲一帙。共分詩體源流、詩法源流、詩家模範、詩法大意等二十五目，其名目，或沿用原書，或另行擬定。就文獻保存而言，此法割裂原書，另立名目，且不注所出，易招致批評；但就編排而言，《西江詩法》顯然更具理論體系。朱權論詩雖重法度，亦主張獨創，如自序云：「詩不在古而在今，非今不能明古之意；法不在詩而在我，非我不足以明詩之法。」序又稱詩法作者皆「江西之聞人」，雖將黄清老、嚴羽等閩人誤入，其於江西詩學之自信與表彰之意甚明。

是書有天一閣圖書館藏嘉靖十一年重刻本，書末署「嘉靖十一年七月朔建安王一忠子重刊」。或稱河南省圖書館藏清鈔本，即據此本鈔録，然訪之，無此書之藏。兹據天一閣圖書館藏本整理。

詩學梯航一卷，周敘編。

周敘（一三九二—一四五二），字公叙，一作功叙，吉水（今屬江西）人。永樂十六年（一四一八）進士，選庶吉士，授編修，宣德初預修兩朝實録成，轉修撰，正統中進侍讀，官至南京翰林院侍講學士。著有《石溪集》。生平見高穀《周公叙墓表》（焦竑《國朝獻徵録》卷二十三）。

是書卷首周叙《詩學梯航序》云其族伯父周霖與東吴王璡修《永樂大典》時談詩，各有詩法之藏，欲周叙之父周鳴合而成之，周叙居喪時重加編訂，間以己意補之，題曰「詩學梯航」，則是書成於正統三年（一四三八）後，刊行則在正統十三年周叙官南京翰林學士時。周叙《序》云「詩學梯航者，論作詩法度源流」，屬詩法之作，然其分《叙詩》、《辨格》、《命題》、《述作》、《品藻》、《通論》六部分，所述論已不僅在詩歌技法，而頗涉詩史源流、詩歌體性及詩人詩作評論等，成總分綜合之形制。周叙詩學受嚴羽、高棅影響，叙唐詩發展以初、盛、中、晚爲四唐分期，顯然源自高棅《唐詩品彙》；論五言古詩認爲「必以漢魏爲法」，律詩「必截然祖于唐人」。又其「品藻」一章，評漢魏至唐詩人，雖有取于敖陶孫《臞翁詩評》，但其所云「緣其才調各殊，是致詞華頓别」，强調作家才性對作品風格之影響，則與鍾嶸評詩旨趣頗爲一致。

是書今存舊鈔本，天一閣圖書館藏；清嘉慶十一年刻本，江西省圖書館藏（中國國家圖書館複製件）。兹以天一閣舊鈔本爲底本，參校嘉慶刻本。

新編名賢詩法三卷，史潛編。

史潛，字孔昭，金壇（今屬江蘇）人。正統元年（一四三六）進士。景泰初任福建鹽運使（弘治《八閩通志》卷三十），天順三年（一四五九）以户部郎中陞河東鹽運使（（成化）《山西通志》

卷八)。生平略見祝顥《鹽池圖記》(成化《山西通志》卷十二)。

是書卷首《凡例》云是書「無編名,不知作者爲誰」,「舊未分類,今釐爲上中下三卷,庶便觀覽,故總目曰名賢詩法」。卷上《詩評》,卷中《楊仲弘注杜少陵詩法》,卷下《黄子肅答王著作進之論詩書》、《王近仁與友人論作詩帖》、《范德機述江左第一詩法》、《虞侍書詩法》、《虞侍書金陵詩講》、《項先生暇日與子至誠談詩》等,其文字與他本多有異同,故《凡例》又云:「此編雖與《詩人玉屑》、《文式》等集略有同處,然彼似乎摘取於此,而此則原文具載,評論甚詳。」如《二十四品》一種,楊成《詩法》、史潛《新編名賢詩法》均收。楊本多一《序説》,史潛本無;楊本計二十四品,史潛本計十六品;楊成本每目下有「杜少陵」等注,史潛本無。史潛本部分文字較楊本爲優,「雄渾」品,楊本「直體内充」,史潛本作「真體内充」;楊本「來之無窮」,史潛本作「求之無窮」。又如「流動」品,楊本:「若納水輨,如轉丸珠。夫豈可道,假體遺愚。荒荒坤軸,悠悠天樞。載要其端,載同其符。超超神明,反之冥無。來往千載,是之謂乎?」史潛本作:「若納斷輨,如轉圓珠。夫豈可道,假體爲愚。荒荒坤軸,悠悠天樞。載要其端,載同其符。超之神明,反之真無。來往真宰,是之謂乎?」可以參互校對。

是書今存明刊黑口本,中國國家圖書館藏,兹據以整理。是書卷中末尾及卷下首尾題作「新刊名賢詩法」,今統一爲「新編名賢詩法」。

詩法五卷，楊成編。

楊成，字成玉，閩縣（今屬福建）人。天順八年（一四六四）進士，成化十四年至二十二年間任揚州知府（萬曆《揚州府志》卷八）。

是書卷首成化十六年（一四八〇）楊成《重刊詩法序》云：「承乏淮揚之明年，偶得寫本《詩法》一部，不知何人所編，如德機、仲宏之集亦皆載之，中間略有隳括。其後又有《金鍼集》、《詩學禁臠》、《沙中金》等集，皆人所罕見者。」「粗加考訂，别寫一通，以便觀覽。」内容包括《木天禁語內篇》（題「清江范德機」）、《詩家一指外篇》（未題撰人）、《嚴滄浪先生詩法》、《名公雅論》、《詩法家數》（題「楊載仲弘」）、《金鍼集》（題「白居易」）、《詩學禁臠》（題「清江范德機」）、《沙中金集》（未題撰人）。其中《嚴滄浪先生詩法》識語謂《嚴滄浪先生詩法》亦「有印本」，其文字與元刻本不同，當爲别一系統。又此本所收各詩法著作在明代流傳甚廣，如黄省曾《名家詩法》、朱紱《名家詩法彙編》等皆據此本編輯。

是書《天一閣書目》卷四之四著録刊本五卷：「明三山楊成編，李暘刊。」楊成原刊本已佚。今存最早爲正德間孫賫重刻本，中國國家圖書館藏。此本卷首序缺一葉；末有《重刊群公詩法序》，亦缺末葉。序云：「正德丙子（十一年，一五一六），偶得《詩法》一編。」「乃若是編先太守楊公既刻於維揚，僕不恥無知，復刊於官舍，名爲《群公詩法》。」然此本各卷均題作「詩法」。

又嘉靖二年王用章刻與《詩法源流》合編本，《詩法源流》末有嘉靖二十九年謝上箴跋，天津市圖書館、日本内閣文庫藏。中國國家圖書館所藏一單册《詩法》爲同一版本，卷首楊成序後有黄裳題識：「此舊刻本《詩法》五卷，天一閣舊物也。阮《目》著録，他家目皆不載，可珍重也。癸巳正月廿五日，黄裳記。」又天一閣藏嘉靖李暘刻本，末有跋云：「此本刻於維揚公署，憾其傳播未溥，故重梓與作者共之。時嘉靖壬子（三十一年，一五五二）孟冬望後三日，尚膳監丞萬年李暘謹書。」參酌各本，以内閣文庫藏王用章刻本版本相關信息最爲全備，兹以之爲底本，參校孫贇、李暘刻本。

冰川詩式十卷，梁橋著。

梁橋，字公濟，號冰川子，真定（今屬河北）人。嘉靖十三年貢生，四川布政使司經歷。張渙《冰川詩式序》稱其「力學而强識，好吟而苦思，孜孜於詩者幾三十年」，曾與謝榛等游。傳見（順治）《真定縣志》卷十二。

是書凡分《定體》、《練句》、《貞韻》、《審聲》、《研幾》、《綜賾》六門，所述涉及詩體、聲韻、句法、詩格等，於詩歌體式之列舉惟務窮盡，如「定體」門凡列五七言絶句、律詩、排律、古詩，三言、四言以及回文等雜體詩，計七十餘類，意在「成是編以指南後學」（潘允端《重刻冰川詩式後叙》）。張涣序稱「詩有式，則始于沈約，成於皎然，著於滄浪。若集大成，則始於今公濟甫云」。《四庫全書總目》批評其「横生名目，兼增以杜撰之體，蓋於詩之源流正變，皆未有所解也」，然是書在嘉靖、隆慶、萬曆間多次重刊，亦傳入朝鮮、日本，影響較著。

是書今存臺灣圖書館藏嘉靖二十八年刊本，扉頁有題識《冰川詩式校理記》云：「本書頗有缺畫、缺文，且有缺頁。卷十第五十頁。」末署「壬子冬十一月丁亥長至日，懶散道人記」；卷首張涣《冰川詩式序》、梁橋《冰川詩式引》。又隆慶四年刊本，中國國家圖書館、山東省圖書館、日本内閣文庫等藏，卷首多朱睦㮮序，卷末梁夢龍《冰川詩式題辭》。又萬曆壽槐堂刊本，中國國家圖書館、上海圖書館等藏，卷首多《刻冰川詩式序》、朱觀熰《冰川詩式序》、梅鼎祚《重刻冰川詩式序》、顧憲成《冰川詩式題辭》（此本朱睦㮮序重出）。明萬曆三十七年宛陵刊本，臺北故宫博物院、日本京都大學圖書館藏，卷首多潘允端《刻冰川詩式後叙》、查立志《重刻冰川詩式後序》。日本萬治三年（一六六〇）刊本，所據爲隆慶刻本，日本内閣文庫等藏。兹以臺灣圖書館藏嘉靖本爲底本，參校隆慶、萬曆等本整理。

鍾伯敬先生硃評詞府靈蛇四卷，鍾惺選，李光祚輯。

鍾惺（一五七四—一六二四），字伯敬，號退谷，竟陵（今屬湖北）人。萬曆三十八年進士，授行人，改工部主事，上疏願改南曹部，持不覆者又二年，授南禮部儀制司主事，轉祠祭司郎中者又一年，陞福建提學僉事。爲人嚴冷，不接俗客。官南部時，僦秦淮水閣，讀史恒至丙夜，有所見即筆之，名曰「史懷」。愛名山水，所至必遊，不極幽邃不止。晚逃於禪，年五十一卒。惺詩以幽深孤峭爲鵠，與同里譚元春評選《古詩歸》、《唐詩歸》，當時謂之竟陵體。著有《隱秀軒集》、《鍾伯敬先生遺稿》等。傳見譚元春《退谷先生墓誌銘》（《譚友夏合集》卷十二）、《明史》卷二八八。

《鍾伯敬先生硃評詞府靈蛇》元集卷首題：「景陵鍾惺伯敬父選，豐城李光祚贊庭父輯，秣陵程雲從龍德父校，唐光夔冠甫氏閲，唐建元翼甫氏梓。」光祚，字贊庭，一字鎮静，豐城（今屬江西）人。貢生，以經明行修薦爲推官。史稱其「學問甚篤」，纂有《四書綱目》、《周易綱目》、《小學注解》（光緒《江西通志》「藝文略」據《豐城縣志》著録）。鍾惺撰《叙靈蛇二集》署「天啓乙丑秋日」，而鍾惺卒天啓五年乙丑六月二十一日，則爲坊賈僞託甚明。

本書爲前代詩法、詩格、詩評等著作之彙編，分爲元、亨、利、貞四集。元、亨兩集主要受王櫝《詩法指南》影響，將元人詩法著作如《詩法源流》、《詩法家數》、《木天禁語》及南宋《詩人玉屑》所録詩論等重編，以原標題爲單位，雜采衆説，大抵按學詩進階以類相從。利、貞兩集則以原集形式彙編《詩家一指》、《詩學禁臠》、嚴滄浪《詩法》等著。是書雖在詩學方面無甚發明，然其生産、行銷之特點體現其時業界之新風尚。

《鍾伯敬先生硃評詞府靈蛇》今存明天啓年間金陵唐建元刻朱墨套印本，中國國家圖書館藏，《中華再造善本書叢刊》影印，兹據之整理。

鍾伯敬先生硃評詞府靈蛇二集四卷，鍾惺評，程雲從訂。

是書亦僞託鍾惺。生平見前。

《鍾伯敬先生硃評詞府靈蛇二集》亦爲詩法、詩格、詩評等著作之彙編。二集分精、氣、神、骨四集，題「景陵鍾惺伯敬父評，秣陵程雲從龍德父訂，兄唐捷元垣之父閲，唐建元翼甫氏梓」（氣集、骨集改「兄唐捷元垣之父閲」爲「兄唐光夔冠甫氏閲」），兩集均署「金陵唐翼甫藏板」。精集據《吟窗雜録》編入鍾嶸《詩品》，改題《衡品》以掩人耳目。其後更配立《廣衡》一目，輯録王世貞、李攀龍、楊慎、何景明、李夢陽等名人詩論，集評唐名家詩。氣集「獵叙」輯若干唐宋總集、别集之詩序，神、骨兩集重在闡説詩格和詩病，取《二南密旨》、王昌齡《詩格》、齊己《風騷旨格》等關於詩體格式之説，如「詩有十體」、「詩有二十式」等。

《鍾伯敬先生硃評詞府靈蛇二集》今存明天啓間金陵唐建元刊朱墨套印巾箱本，臺灣圖書館藏，《古今詩話續編》影印，兹據之整理。

○詩評卷

松石軒詩評一卷，朱奠培撰。

朱奠培（一四一八—一四九一），號竹林懶仙。朱權之孫，正統十四年襲爵寧王。性孤介寡合，動生猜嫌，卒謚靖。敏於學，才藻豐贍，造語警絶，嘗著《仙謡却掃吟》、《擬古詩》二百餘篇，皆雋遠有思致。所著有《文章格式》等。傳見《明史》卷一一七、《藩獻記》卷二。

《詩評後叙》云：「詩之有評也，鍾嶸三《品》之前，蓋未之聞焉。後之評詩，可嗣其美者，張芸叟而已。」是書自漢魏至元代，以時代爲序，以象喻方式評述歷代詩人詩作，近追張舜民《芸叟詩評》，遠尚《詩品》。然與鍾嶸溯流别、定優劣之旨趣不同，是書所追求在於各詩家風格之概括，其間利鈍得失互見。安磐評是書「人著數語，只以取譬爲高，體裁聲韻，多不中的」，閔文振《蘭莊詩話》亦云：「予讀《松石軒詩評》，喜其取譬雅麗，綴語綺雋，然于諸作者韻調趣致、淺深高下，蓋未之有辨焉。而漢魏以來諸名家，又多遺漏，是尤可議也。」

是書今存明成化十年序刊本，天一閣、北京大學圖書館藏。天一閣本卷首《觀詩録序》及《叙》俱殘缺，兹以北京大學圖書館藏本爲底本，參校天一閣本。

談藝録一卷，徐禎卿撰。

徐禎卿（一四七九—一五一一），字昌穀，一作昌國，吴縣（今屬江蘇）人。弘治十八年（一五〇五）進士，授大理寺左寺副，正德五年貶國子監博士，次年卒于京師。昌穀少與祝允明、唐寅、文徵明游，號吴中四才子。登第後與李夢陽、何景明游，同倡復古，稱前七子。所著有《迪功集》、《翦勝野聞》、《新倩籍》等。生平見王守仁《徐昌國墓志銘》（《王文成公全書》卷二十五）、《明史》卷二八六等。

丁元薦稱徐禎卿「弱冠作《談藝録》」（《西山日記》卷下），則其成書約在弘治十一年後，爲昌穀「少年之作」。《談藝録》凡二十四則，取範《文心雕龍》，「究詩體之變，斷自漢魏而止，晉以下弗論」，總論詩之大體與作詩大意，胡應麟稱其「可並《雕龍》」，許學夷則以爲「矯枉太過，鮮有得中之論」。《談藝録》歷來爲論詩者所賞，多以之與嚴羽《滄浪詩話》相並，如陳鳳《拘虚詩談序》云：「乃世所傳詩話，無慮數十百家，惟樵川嚴羽氏爲有取云。至禎卿始有《談藝録》。」日本荻生徂徠於享保十一年（一七二六）合嚴羽、徐禎卿、王世懋論詩之作刻爲《三家詩話》，其《題詩話三種合刻首》云：「學之不得其方也，論未定也。論乃定，自嚴、徐，功亦偉哉！」《談藝録》語言明净雅潔而又「綺靡工致」（周子文《藝藪談宗序》），許學夷稱其「詞勝而意常窒」。然相較前代詩話以叙事或議論爲主，不工於言辭，《談藝録》更易爲文人所激賞。

《談藝録》最早見於正德六年(一五一一)豫章刻《徐迪功集》六卷附録,藏南京大學圖書館、清華大學圖書館;又有顧元慶輯《顧氏明朝四十家小説》本、萬曆三十一年刊胡文焕輯《格致叢書》本、萬曆中刊周履靖輯《夷門廣牘》本等。兹以南京大學圖書館藏正德本《徐迪功集》附録爲底本,參校其他各本。

吟窗小會一卷,沈周撰。

沈周(一四二七—一五〇九),字啓南,號石田,晚號白石翁,長洲(今江蘇蘇州)人。爲人耿介獨立,郡守欲以賢良薦,筮《易》得遯之九五,遂絶意隱遁,布衣終身。啓南博覽群書,文學左氏,詩擬白居易、蘇軾、陸游,字仿黄庭堅,尤工於畫,與文徵明、唐寅、仇英並稱「明四家」,爲吴門畫派領袖,亦是成化、弘治間吴中文壇盟主之一。一生著述宏富,有《石田稿》、《客座新聞》、《沈氏客譚》、《石田雜記》、《杜東原先生年譜》等十餘種。生平見《沈先生行狀》(文徵明《甫田集》卷二十五)、《石田先生墓志銘》(王鏊《震澤集》卷二十九)、《沈孝廉傳》(張時徹《芝園集》定集卷三十七)、萬斯同《明史》卷三百九十六等。

錢謙益《牧齋有學集》卷四十六《跋沈石田手抄吟窗小會前卷》稱「後卷向在絳雲樓,爲六丁取去」。《中國古籍善本書目》著録安徽勞動大學藏清鈔本不知卷(今藏於合肥師範學院圖書館），僅前卷；又上海圖書館藏繆曰藻《敬米齋筆記》收繆氏所鈔録，後有嘉靖四十四年陸師道跋、康熙元年錢謙益跋，共計一百十六則，亦此書前卷。是書以詩評爲主，兼記詩人逸事，自陶淵明至明成化、弘治間詩人多有涉及。錢謙益《跋》稱：「少陵云『不薄今人愛古人』，前輩讀書學詩，眼明心細，虚懷求益，于此卷可以想見。」乃藉沈以譏復古諸子。是書所評詩多爲沈周閲讀《瀛奎律髓》等書時所作筆記，對了解沈周晚年詩學思想較有價值。如第一條引「空屋孤螢入燕巢」等詩句云：「皆唐人工語，皆觸目見索而得景與像融會，出自然之妙，如不涉思惟者。今人便用心穿鑿求奇，何曾詠到如此田地，所以見唐人之高也。」又如評潘閬「夜凉疑有雨，院静似無僧」詩云：「想隨眼見而隨口道，妙出自然也。」均顯示出啓南以妙趣自然爲詩歌宗尚。

是書今存繆曰藻《敬米齋筆記》鈔本，上圖藏；另有張載華鈔本，人民大學圖書館、合肥師範學院圖書館藏。兹以上圖藏鈔本爲底本，參校合肥師範學院圖書館本。

唐詩品一卷，徐獻忠撰。

徐獻忠（一四九三—一五六九），字伯臣，號長谷，又號九霞山人，松江華亭（今屬上海）人。嘉靖四年（一五二五）舉人，授奉化知縣，有政績，後棄官寓居吴興。與何良俊、董宜陽、張之象俱以文章氣節著名，時稱四賢。又與朱朴、錢琦、吴昂、陳鑾等遊，號小瀛洲十老。所著有《長谷集》等。生平見王世貞《徐先生墓誌銘》（《弇州山人四部稿》卷八十九）等。

《唐詩品》品評唐代詩人詩作，以人立目，以時代为序，自太宗、玄宗、虞世南、許敬宗，王、楊、盧、駱初唐四傑，至南唐李建勳、女冠魚玄機、羅虯，共八十三人，附二人。品中無李白、杜甫、韓愈、白居易、元稹諸大家，或受王安石《唐百家詩選》影響。徐獻忠自序叙唐代詩歌發展之跡，如云「唐興，承六代之後，詞華大備，風軌尚微」，「開元以還，綺文之士，習氣尚餘」，「元和而下，調變音殊，意浮文散」。在論及具體作家時，亦能指出其在詩史轉變之意義，如論陳子昂云：「唐初律體，聲華並隆，音節兼美，屬梁陳之艷藻，鐽末路之靡薄，可謂盛矣，而古詩之流尚阻蹊徑。拾遺洗濯浮華，斫新琱璞，《感遇》諸作，挺然自樹，雖頗峭逕，而興寄遠矣。」《唐詩品》頗爲時人所稱賞，如朱警父子輯《唐百家詩》即以獻忠此作冠諸卷端，朱警《唐百家詩後語》云：「友人徐君伯成獻忠作《唐詩品》一卷，論三變之原委，探諸子之悰意，各深其義，如抵諸掌。」

是書見明嘉靖十九年刻《唐百家詩》卷首，有中國國家圖書館、北京大學圖書館、上海圖書館、内閣文庫等藏本，兹以内閣文庫藏本爲底本整理。

詩談一卷，徐泰撰。

徐泰（一四六九—一五五八）字子元，海鹽（今屬浙江）人。弘治十七年（一五〇四）舉人，授桐城教諭，落拓不得志，爲《悲世賦》以自廣。正德八年主試江西，補蓬州學正，陞光澤知縣，告歸。林居四十年，吟誦不輟。所著有《玉池稿》、《玉池談屑》、《春秋鄙見》、《皇明風雅》等。傳見（天啓）《海鹽縣圖經》卷十三、盛楓《嘉禾徵獻録》卷三十五。

是書四十一則，大致依時代先後論列，始于劉基、高啓，終至黄省曾，末三則論及婦人、道士及衲子，所論均爲作者熟知之明代詩人。《詩談》開篇云：「昔梁鍾嶸有《詩品》，元劉會孟有《詩評》。我明不詩取士，作者不下盛唐。閒居，輒于知者人筆一二語。」末云：「未及知、知未悉者，弗談也。」《詩談》多以象喻品評詩人風格，頗宗鍾嶸《詩品》，如云：「姑蘇高啓，岱峰雄秀，瀚海渾涵，海内詩宗，豈惟吴下？楊基天機雲錦，自然美麗，獨時出纖巧，不及高之冲雅。潯陽張羽、吴興徐賁，亞矣。四傑叙稱，以其才乎？」書中稱揚李東陽、李夢陽、何景明振興詩壇之功，故《四庫全書總目》謂其詩論「大抵宗旨不出七子門庭」。

是書初刊爲明嘉靖三十三年鄭梓輯《明世學山》本，後相繼收入萬曆刊《百陵學山》、天啓刊《鹽邑志林》、清《學海類編》等。兹以《明世學山》本爲底本，參校其他各本。

藝苑卮言八卷附四卷，王世貞撰。

王世貞（一五二六—一五九〇），字元美，號鳳洲，晚年號弇州山人，又號天弢居士、天弢道人等，太倉（今屬江蘇）人。嘉靖丁未（一五四七）進士，除刑部主事，歷郎中，出爲青州兵備副使，家難歸。隆慶初，起補大名兵備，遷浙江參政、山西按察使，累遷刑部尚書，移疾歸，卒。世貞好爲詩古文，始與李攀龍倡古文辭，狎主文盟，于鱗没，獨主壇坫二十年。著有《弇州山人四部稿》、《弇州山人四部稿續稿》、《弇山堂别集》、《嘉靖以來首輔傳》等數百卷，《四庫全書總目》稱「自古文集之富，未有過於世貞者」。傳見王錫爵《王公神道碑》（《王文肅公文草》卷六）、陳繼儒《王元美先生墓志銘》（《陳眉公先生全集》卷三十一）、萬斯同《明史》卷三百八十八等。

是書始撰於嘉靖三十六年，次年成初稿六卷，後「歲稍益之」，至嘉靖四十四年，由鄉人梓行。隆慶六年增益爲八卷：「蓋又八年，而前後所增益又二卷，黜其論詞曲者，附它録，爲别卷，聊以備諸集中。」《弇州山人四部稿》成書於萬曆五年，收入《藝苑卮言》八卷、《藝苑卮言附録》四卷。

《藝苑卮言》卷一「語關係」、「總論」等引諸家論詩文之語，涉及文學體性、風格等方面；以下論四言、古樂府等各體之法。卷二論《三百篇》、古逸詩等古詩；卷三論先秦兩漢文及漢魏六朝詩；卷四論唐詩，附宋元詩；卷五論明詩及品評歷代主要詩人；卷六論明詩人，卷七記明詩人逸事，以所結交爲主；卷八論歷代帝王文學風尚及文人遇合得失。由其所論詩體、詩人規模及編排體例看，確有意展示詩史全貌。世貞「嘉靖戊午」自撰序文稱其不滿徐禎卿《談藝録》、楊慎《升庵詩話》、嚴羽《滄浪詩話》，故著《巵言》「爲一家言」，「以補三氏之未備者」；晚年復云《巵言》係「戲學《世説》，比擬形肖」之作，爲「四十前未定之書」（《答胡元瑞》），故錢謙益云：「今之君子，未嘗盡讀弇州之書，徒奉《巵言》爲金科玉條，之死不變，其亦陋而可笑矣。」（錢謙益《列朝詩集小傳》）然《藝苑巵言》於其後詩學著作無論旨趣、觀點乃至撰著形式均影響深遠，如茅一相《欣賞詩法跋》云：「古今談詩，無虞數百家。近讀王子《巵言》，則囊括天地，驅策古今，由屈、宋而下，咸承顔聽命於筆劄之間。如庖丁解牛，造父御驂，惟其所之而無不中的矣。」趙統稱：「王元美著《藝苑巵言》，歷叙古今文人詩人而加以評品，而名之曰藝。文以載道，嗟！亦輕矣哉！然或謂之藝史，謂之藝史斷，亦皆可也。」（《驪山詩話》）

是書版本複雜。《藝苑巵言》始撰於嘉靖三十六年，次年成初稿六卷，至隆慶六年定稿爲八卷附録四卷。今存各本，陝西圖書館藏六卷本爲嘉靖三十七年刻本，日本大阪大學圖書館藏八卷本爲隆慶元年刻本（美國國會圖書館藏八卷本殘本爲同一刻本），此二本爲作者早年未定本。萬曆五年刊《弇州山人四部稿》收入《藝苑巵言》八卷附録四卷，是爲作者自訂之成熟文本。萬曆十九年累仁堂刻十二卷本所據即萬曆五年《四部稿》本。萬曆十七年武林樵雲書舍梓行《新刊增補藝苑巵言》十六卷本，所據爲隆慶元年刻八卷本，附益增補萬曆五年《四部稿》本而成。本編以一百七十四卷本《弇州山人四部稿》所收《藝苑巵言》八卷附録四卷爲底本，參校累仁堂本、《四庫全書》本。因六卷本、八卷本與《四部稿》本文字差異極大，除參校個別文字訛誤缺漏外，不校其異同。

詩家直説四卷，謝榛撰。

謝榛（一四九九—一五七六），字茂秦，號四溟山人、脱屣老人，臨清（今屬山東）人，刻意爲歌詩，有聞於時，西遊彰德，趙康王賓禮之。嘉靖間游京師，脱盧楠之獄，朝士多其誼。與李攀龍、王世貞等結社燕市，稱五子。所著有《四溟山人集》等。傳見王兆雲《皇明詞林人物考》卷九、錢謙益《列朝詩集》丁集上、《明史》卷二八七。

《詩家直説》四卷，計四百餘條，内容繁雜，涉及詩學理論、詩人品評及古今詩人逸事等，以評詩爲主。其中所評歷代詩人詩作，或賞其風格，或掎摭利病，尤以漢魏六朝及唐人爲主，顯示其詩學漢魏盛唐之旨趣。如其記與李攀龍、王世貞等詩社同人論初盛唐十二家及李、杜二家孰可專爲楷範云：「當選其諸集中之最佳者，録成一帙，熟讀之以奪神氣，歌詠之以求聲調，玩味之以裒精華。」（卷三）謝榛於格調之外復提出「氣格」之範疇，强調「詩乃模寫情景之具」（卷四）。其評詩，有「詩有可解、不可解、不必解，若水月鏡花，勿泥其迹可也」之説（卷一），批評宋人言詩之膠固，更著重於詩歌意境之賞鑒品評。

是書今存最早刊本爲北京大學圖書館藏麗澤館刊《詩家直説》一卷，萬曆二十年趙府冰玉堂刊刻《四溟山人全集》本爲作者所自訂文本。麗澤館本計二百十七條，其中二十三條爲他本所無；又其文字與通行本差異較大，顯然爲早期不甚成熟之文本。又有萬曆三十九年邢琦等刊單行本，中國國家圖書館藏；明萬曆刊盛以進選《四溟山人詩》十卷附《詩家直説》二卷本，南京圖書館、日本東洋文庫、臺灣圖書館等藏。清乾隆十九年(一七五四)，胡曾耘雅堂據趙府冰玉堂重修本校刻，更名爲《四溟詩話》。又有《海山仙館叢書》、《談藝珠叢》等本。爲準確顯示謝榛不同時期詩學觀及叙述之異同，本編以冰玉堂本爲底本，以麗澤館本、邢琦刻本、《説郛續》本、盛以進本、耘雅堂本爲校本。除校各本文字訛誤異同外，麗澤館本所多條目，按次序以校記方式出現；《説郛續》本所多條目以次序附録於後。

國雅品一卷，顧起綸撰。

顧起綸(一五一七—一五八七)，字玄言，無錫(今屬江蘇)人。年十八爲郡弟子員，厭經生語，文則準騷，《選》宗揚、馬，一時目爲奇士。十九入國學，謁選得滇中軍幕，遷林州州判，謝病歸。晚易名更生，字仲長，棲遯慧麓，恣游天台、雁蕩間。起綸所爲詩歌甚工，楊慎、皇甫汸謂其似子長、明遠、襄陽、蘇州。所著有《昆明集》、《澤秀集》等。生平見歐大任《九華先生傳》(《歐虞部集》文集卷十五)、王世貞《九華顧公墓志銘》(《弇州山人四部稿續稿》卷一百十三)等。

顧起綸編《國雅》二十卷、《續國雅》四十卷，又仿鍾嶸《詩品》，「復就選中若干名家，遡自洪初，以迄嘉末。憐高哲之既往，嘉英篇之絶倒，輒一賞譽之。偶有所得，僭附鄙見，祇從世代編次，非敢謬詮甲乙」，名之曰《國雅品》。所品評明代詩人，以士品爲主，自洪武至嘉靖，基本以時代爲序，分爲國初迄洪武、永樂迄成化、弘治迄正德、嘉靖迄今四期，又附列閨品十九人、仙品七人、釋品十三人、雜品二人。《國雅品》編次大致以中進士之年序，但詩人位次安排亦有等第升降之意，如士品一首列高啓，士品三首以李夢陽、何景明並列。而士品四首列張治、黄佐，則是以私交而有所揄揚，故《四庫全書總目》稱其「聲氣交通，轉相標榜」，「大抵與起綸攀援唱和有瓜葛者居多」。起綸論詩以盛唐爲宗，評論明詩人，除風格上往往與唐人相比較，如「又仿佛唐中興語」、「類初唐語」、「頗得唐人古澹處」等，於所稱許大家更比以盛唐，如稱高啓「足以嗣響盛唐」，以爲李夢陽、何景明「遴材兩漢，嗣響三唐」，稱徐禎卿即「有唐大家，不當北面邪」，評王九思云其「直造盛唐佳境」。

是書有明萬曆二年顧氏奇字齋刻《國雅》《續國雅》本，中國社科院文學所、内閣文庫藏；又有江户寫《國雅品》單行本，日本内閣文庫藏。兹以内閣文庫藏顧氏刻本爲底本，參校江户寫本。

詩的一卷，王文禄撰。

王文禄（一五〇三—約一五九一），字世廉，號沂陽子，海鹽（今屬浙江）人。據其自撰《蟄存坯户記》，文禄生於弘治十六年（一五〇三）。徐象梅《兩浙名賢録》傳云：「文禄生平樂善，尤喜成就後生。有所聞見，輒諄復相告，八十九年如一日。」則王氏似當卒于萬曆十九年（一五九一）。張鳳翼《處實堂集》續集卷九「壬癸稿」有《挽王世廉》一詩，此稿爲壬辰、癸巳（萬曆二十、二十一年）之作，則其卒年大抵可定。中嘉靖十年舉人，然屢試春官不第。負奇嗜古，每憤發，必挺劍叱駡，不避貴要。藏書万軸，失火，大慟曰：「但力救書者賞，他不必也。」讀書徹日夜不止，卒之日，手不廢書。所著有《王生藝草》、《竹下寤言》、《文脉》、《策樞》、《書牘》等，所輯《百陵學山》收録明人著作近百種。生平見徐象梅《兩浙名賢録》卷二、《蟄存坯户記》（黄宗羲《明文海》卷三百八十四）、沈季友《檇李詩系》卷十二。

王文禄自引云：「知的者鮮，是以中的者亦鮮。予乃不計僭妄，表而出之，所以示之的也。」故以談作律詩之法及評論魏晉唐及時人作品得失爲主。其以時文之法論詩，如云：「七言律最難，如時文然。易得排比而版，須活動方妙。」「詩題必首句或第二句承出方見題目。」又評「詩文須官大則傳」之説，以爲：「李、杜非科，孟、劉無爵，老泉淵穎職卑，董、賈、馬、揚，微官也。東里、西涯凡大官之集，可久傳乎？不論官之大小有無，當論詩文之高下美惡。故曰：美斯愛，愛斯傳。」可謂灼見。

是書有中國國家圖書館藏明萬曆間《百陵學山》本，兹據之整理。

四友齋詩説三卷，何良俊撰。

何良俊（一五〇六—一五七三），字元朗，號柘湖居士，松江華亭（今屬上海）人。少篤學，耽嗜古文，博綜九流。與弟良傅皆負俊才，時人以二陸方之。嘉靖中以歲貢授南京翰林院孔目。考滿，謝官歸，覃心著作。所著有《何翰林集》、《何氏語林》、《四友齋叢説》等。傳見《南京翰林院孔目何公良俊傳》（《國朝獻徵録》卷二三一）、《何翰林兄弟傳》（《雲間志略》卷十三）等。

《四友齋叢説》有隆慶三年活字本，二十六卷，分經、史、子、釋等十三目，其卷十八、十九爲「詩」。後又增補爲三十八卷（《千頃堂書目》卷十二「小説類」著録），分經、史、雜紀等十六目，「雜引舊聞而論斷之，於時事亦多紀録」（《四庫全書總目》卷一百二十七），萬曆七年龔元成刊刻。其卷二十四至二十六爲「詩説」，今析出爲「四友齋詩説」。

《四友齋詩説》三卷以評詩爲主，兼及詩之格法。何氏論詩以性情爲本：「不本之性情，則其所托興引喻與直陳其事者，又將安從生哉？」曰「《三百篇》亦只是性情」，「余最喜白太傅詩，正以其不事雕飾，直寫性情」。其亦受復古派詩學影響，以格調作爲品評鑒别之標準。如明初以袁凱爲詩人之冠，謂其「古詩學《選》，七言律與絶句宗杜，格調最正」。而於高啓則稱「猶有元人習氣」，以爲「若論格調，終是袁勝」。又論楊士奇、李東陽「相沿元人之習」，因而將李夢陽比作陳拾遺，以弘治、正德間李、何、邊、徐倡復古道爲極盛，且特别推許邊貢。於徐禎卿後，則以爲當推黄省曾、皇甫汸，以其「格調既正，辭復俊拔」。詩論頗服膺楊慎，如云：「楊升庵談詩，真有妙解處，且援證該博。」然卷中所引楊氏詩説，不見於隆慶本，皆萬曆刻本始增入。此外，何氏多述吴中、南都故實，紀與王維楨、顧璘、文徵明、朱曰藩等交往見聞，可供文獻之徵。

《四友齋叢説》隆慶三年活字本，中國國家圖書館藏；萬曆七年龔元成刻本，中國科學院圖書館、日本内閣文庫藏；另有天啓元年刻本，日本内閣文庫藏。今以萬曆本爲底本，校以隆慶本，凡異文皆出校，可據以見其修改之跡。

説詩三卷，譚浚撰。

譚浚，字允原，號勺泉，南豐（今屬江西）人。少而善詩，舍經生之業以不試，而錯綜于藝文，長而博綜周覽於七略九流之事，隱居著述，世無知者，唯新城鄧元錫與友善。所著有《譚氏集》六卷。傳見（民國）《南豐縣志》卷二十六。

是書卷首有作者萬曆七年自序，云：「説詩而解頤，説心而研慮，得其説者，知其本矣。」卷上《統説》一段，闡明全書結構設置之意，其下又分總辨、得式、失格、經體等四類七十章，綜述詩之作用、風格、命意、佈局等；卷中分時論、章句、對偶等六類百餘章，綜述詩之分類、聲對、體式諸形式；卷下分世代、正編、雜編、人物、附説五類數十章，論述詩之源流發展，品評歷代選本及詩人近百家。《統説》云：「貫六義以通諸名，紀群題以招其目，列世代以觀其化，著編輯以察其變，考人物以要其極。詩之道，其庶矣乎！」由此可知其旨趣。

是書今存明萬曆七年序刻《譚氏集》本，北京大學圖書館藏，兹據之整理。

玉笥詩談二卷續玉笥詩談一卷，朱孟震撰。

朱孟震（一五三〇—一五九三），字秉器，新淦（今屬江西）人。隆慶二年（一五六八）進士，官至副都御史，巡撫山西。秉器喜以詩文會友，曾與陳芹、盛時泰、魏學禮、莫是龍等數十人于金陵結青溪詩社，輯刊《青溪社稿》，稱盛一時。其《游宦餘談小引》自云「生平宦轍所至，殆遍九州」，所著有《浣水續談》、《河上楮談》、《汾上續談》、《游宦餘談》、《游宦雜談》等。

《玉笥詩談》正、續集輯自《河上楮談》、《汾上續談》，以紀詩人詩事爲主。正集除首、末各二條紀事外，基本以人立目，記胡芳、許穀等三十一人生平交遊等，尤以作者故鄉江西及南京文壇詩社爲主，所記多當時名士，或爲南京青溪社友。《四庫全書總目》云：「此其所爲詩話，皆載明代之事，而涉于江西者尤多，蓋據其見聞所及也。」續集兼及前代詩人，以紀地理形勝爲主，如石鐘山、釣魚城、桃川洞之説等。又頗涉考證糾謬，如「四十雙」、「共鯀」等。其論詩以王世貞爲宗，奉盛唐爲楷模。

是書今存《學海類編》本；又有清鈔本，南京圖書館藏。兹以《學海類編》本爲底本，參校清鈔本。

藝圃擷餘一卷，王世懋撰。

王世懋（一五三六—一五八八），字敬美，號麟洲，太倉（今屬江蘇）人。世貞之弟。嘉靖三十八年進士，累官南太常寺少卿。好學，善詩文，著有《王奉常集》、《閩洛紀遊稿》、《學圃雜疏》等。生平見王世貞《亡弟敬美行狀》（《弇州山人四部稿續稿》卷一四〇）。

是書以論詩爲主，敬美論詩亦承七子復古辨體詩學，如云：「作古詩先須辨體，無論兩漢難至，苦心模倣，時隔一塵。即爲建安，不可墮落六朝一語。」尤其於四唐詩歌之變，提出「逗漏」之説，認爲：「唐律由初而盛，由盛而中，由中而晚，時代聲調，故自必不可同。然亦有初而逗盛，盛而逗中，中而逗晚者。何則？逗者，變之漸也；非逗，故無繇變。」敬美亦批評唯學盛唐之弊，於其時「五尺之童，纔拈聲律，便能薄棄晚唐」之風頗不滿，以爲「今之作者，但須真才實學。本性求情，且莫理論格調」。許學夷稱：「王敬美《藝圃擷餘》，首論《十九首》及曹子建，次論孟浩然及國朝徐昌穀、高子業，俱有獨得之見。至論七言絶，言言中窾。其他多與乃昆相契。」（《詩源辯體》卷三十五）《四庫全書總目》云其「雖盛推何、李」，「能不爲黨同伐異之言」。

是書有明萬曆間《王奉常雜著》本，中國國家圖書館藏；明萬曆刻《王奉常集》本，首都圖書館藏；又有《廣百川學海》、《寶顔堂秘笈》、《學海類編》等本。兹以《王奉常雜著》本爲底本，參校《王奉常集》等本。

詩藪二十卷，胡應麟撰。

胡應麟（一五五一—一六〇二），字元瑞、明瑞，號少室山人、石羊生，蘭溪（今屬浙江）人。少從父宦居京師，萬曆四年（一五七六）舉人，久試不第，遂築室山中，購書四萬餘卷，從事著述。其詩爲王世貞所激賞，列爲「末五子」之一。所著有《少室山房類稿》、《少室山房筆叢》等。生平見王世貞《胡元瑞傳》（《弇州山人四部稿續稿》卷六十八）、《明史》卷二八七。

是書二十卷，分内、外、雜三編各六卷及續編二卷。内編六卷以時代爲序論古體雜言、五七言古詩、近體等諸詩體；外編六卷以時代爲序評歷代詩人、作品，卷一、二評周、漢、六朝詩，卷三、四評唐詩，卷五、六評宋、元詩；雜編一至三題「遺逸」，卷四至卷六題「閏餘」，補述亡逸篇章、載籍及三國、五代、南宋、金詩；續編二卷專論明洪武至嘉靖年間詩，構成體系嚴密完整之詩歌史叙述。元瑞於歷代詩體盛衰及詩人作品，識高論精，王世貞稱：「胡元瑞氏最爲博識宏覽，所著《詩藪》上下數百千年，雖不必字字破的，人人當心，實藝苑之功臣，近代無兩。」（《弇州山人四部稿續稿》卷一百八十一）黄承試亦云：「（《詩藪》）蓋以精擇爲入門，以兼蓄爲蘊藉，以鍊格造語爲真詮，以風神興象爲化境，而其超然獨得之見，又時時奕於簡編之中，可謂前無古人，後無來者矣。余嘗爲之説曰：詩之大成集於子美，子美出而天下無詩；説詩之大成集於明瑞，明瑞出而天下無説詩。」（南京圖書館藏《詩藪》張養正刻本卷尾跋語）許學夷云：「胡元瑞《詩藪》，自《三百篇》、《騷》賦、漢魏、六朝以至唐、宋、昭代之詩，靡不詳論，最爲宏博。然冗雜寡緒，《内編》十得其七，《外編》、《雜編》，誇多衒博，可存其半。其論漢魏、六朝五言，得其盛衰；論唐人歌行、絶句，言言破的，惟於唐律化境，往往失之。至盛譽諸先達，則有私意存耳。大抵晚唐、宋元諸人論詩，多失之不及；而國朝昌穀、元美，時失之過，惟元瑞庶爲得中。」（《詩源辯體》卷三十五）

是書版本頗爲複雜。今存胡氏少室山房自刻本有二，一藏日本内閣文庫，一藏南京圖書館。南圖本爲元瑞自己修訂後重刻，代表作者成熟詩學觀。其後所刻，程百二本、黄衍相本、朝鮮銅活字本、日本貞享本均據内閣文庫藏少室山房本，張養正本、江湛然本、吴國琦本、廣雅本均據南京圖書館藏少室山房本，形成兩個版本系統。本編整理以南圖本爲底本，其所缺雜編卷一至四、卷六則以江本爲底本，參校内閣本、程本、江本、吴本、黄衍相本等。

詩學雜言二卷，冒愈昌撰。

冒愈昌（約一五六三—約一六三三），字伯麐，如皋（今屬江蘇）人。諸生。負氣伉直，曾以避讎浪跡吴楚，游王世貞、吴國倫之門。愈昌工詩，冒起宗《諸大父伯麟先生近體詩選序》稱其「才大且敏，湧泉倚馬，横絶一時」。所著有《金陵集》、《綠蕉館》、《珠泉》、《幽居》等二十餘種。生平見冒起宗《近體詩選序》、《列朝詩集小傳》丁集、（乾隆）《江南通志》卷一百六十七。

是書爲作者歷年積累而成，卷首有殷之澤萬曆二十八年所撰《詩學雜言序》、冒愈昌《詩學雜言小引》及次年正月識語。自《詩經》以至今人，或評詩，或論詩之體格，或引諸家論詩之語，或叙其交游歌詠及古今文獻考證發明，凡一百二十條，自引云：「語有之：『物相雜而成文。』故題曰『雜言』。」愈昌詩學承七子復古之説，如云：「于鱗之識，如有人于此，固無以甚異于平地儔人也。而高山仰止，必陟其巔，既陟之餘，堅不肯下。雖不無風雨霜露之患，自望之若神仙中人矣。此于鱗之識，所以爲于鱗之詩若文也。」又云：「我朝詠物，若薛君采之五言，李于鱗之七言，不得不與天下共推之。」（卷上）錢謙益《列朝詩集》云：「伯麟稱詩，奉二公（王世貞、吴國倫)爲祖禰,迄不少變。萬曆末年,抨擊七子者日衆,伯麟恪守師説,抗詞枝柱,憤楚人之呰謷,至欲以身死之,此可以一笑也。」(丁集卷十五)

是書有萬曆二十九年刻本,復旦大學圖書館藏,兹據之整理。

談藝録一卷,馮時可撰。

馮時可(一五二九—?),字敏卿,號元成、文所,松江華亭人(今屬上海)。隆慶五年(一五七一)進士,何三畏《馮憲使文所公傳》云:「歲庚午,以弱冠魁應天,旋成辛未進士。」(《雲間志略》卷二十)又天一閣藏《隆慶五年進士登科録》稱其「年二十三」,則生於嘉靖八年(一五二九)。又宋懋澄《九籥集》前集卷十一有《祭馮元成文》(續集卷八重收),是書卷首序二末署「萬曆壬子孟秋望日,九紫龍會山人謝廷諒友可甫撰」,萬曆壬子爲四十年(一六一二),據此,則元成卒於此前。然茅元儀《與馮元成大參書》(《石民四十集》卷七十五),下注「癸丑」,癸丑爲萬曆四十一年(一六一三),則馮時可當卒於此後。初除刑部主事,改兵部,歷員外、郎中等職,官至湖廣參政。元成於晚明享有文名,至與鄒迪光欲主盟文壇,何三畏稱其「所爲詩若文雄奇骯髒,欲吞雲龍星宿而納之胸中,卒與楊用修太史並稱兩寓公也,亦足千古不朽哉」。然頗爲錢謙益所詆,稱其「學問尤爲卑靡,踳駁補綴,刻集流傳」,「少年詆呵弇州、太函,獻媚江陵之語,晚而以文傭乞，稍知文義者無不嘔噦」（錢謙益《列朝詩集》丁集卷八）。《澹生堂藏書目》著録《馮元成全集》八十三卷（今存《馮元成選集》八十三卷）、《雨航雜録》等。傳見何三畏《馮憲使文所公傳》（《雲間志略》卷二〇）。

《談藝録》今見《馮元成選集》卷六十七，論文論詩參半，論詩部分泛論歷代及明詩，以品陟本朝人詩爲多。其推重初、盛唐詩，如云：「初、盛唐之詩，真情多而巧思寡，神足氣完而色澤不屑屑也。晚唐意工詞纖，氣力彌復不振矣。」然所重者在真情自然，非在格調。又如云：「有摘弇州詩『悲歌碣石虹高下，擊筑咸陽日動摇』，以爲奇語。不知此正是弇州之病，近於匠作而遠自然。」其詩學實在復古諸子與性靈詩學之間調和，故許學夷稱其「論詩浮泛瑣屑，而實悟者少」，「意在師心，恥於宗古，故盛推韓、蘇而無所避，此中郎之先倡也。但其資高學博，故於漢魏晉人大體，間亦有得」（《詩源辯體》卷三十五）。

《馮元成選集》有明萬曆三十年刊本，臺灣圖書館、東北師大圖書館藏；明刻本，上海圖書館藏（《四庫全書禁毀書叢刊補編》影印）。兹以《原國立北平圖書館甲庫善本叢書》影印臺灣圖書館藏萬曆三十年刻本爲底本，參校上圖本。

雪濤閣詩評二卷，江盈科撰。

江盈科（一五五三—一六〇五），字進之，號緑蘿山人，桃源（今屬湖南）人。操行純篤，推遺田以與兄弟，授徒自給。萬曆二十年（一五九二）進士，授長洲令，擢吏部主事，歷官四川提學副使。著有《雪濤閣集》、《皇明十六種小傳》、《雪濤諧史》等。生平見袁宏道《江進之傳》（《珂雪齋前集》卷一六）。

《雪濤閣詩評》見於《雪濤閣四小書》，包括《談叢》二卷、《聞紀》二卷、《詩評》二卷、《諧史》二卷。《亘史鈔》本卷首自序末署「萬曆甲辰冬月穀旦」，則成書於萬曆三十二年（一六〇四）。江盈科自序云：「乃裒輯舊日所譚説者與其所聞知者及論詩之言、戲謔之語爲四種，名曰談叢，曰聞紀，曰詩評，曰諧史，彙於一處，括曰《雪濤閣四小書》。」大都所談所聞與所戲謔，皆本朝近事，惟《詩評》則不能不參諸前代，然一切無關身心，無當經濟。」《雪濤閣詩評》論詩以「真」、「趣」爲核心，强調天真自然。如云：「夫爲詩者，若系真詩，雖不盡佳，亦必有趣；若出於假，非必不佳，即佳亦自無趣。」認爲「真詩自古，不在模古」。又云：「善論詩者，問其詩之真不真，不問其詩之唐不唐、盛不盛。蓋能爲真詩，則不求唐不求盛，而盛唐自不能外。苟非真詩，縱摘取盛唐字句，嵌砌點綴，亦只是詩人中一個竊盜掏摸漢子。」然江盈科雖「詩頗近公安派，持論亦以七子爲非」（朱彝尊《静志居詩話》），《詩評》所論，亦能發七子之長，如稱李夢陽「七言古風幾於逼真子美」，稱王世貞「終當以文冠世」，稱宗臣「文筆大有東坡氣味，詩句逸邁」等。《詩評》以談詩、評詩爲主，又多論及詩法詩格。

是書《澹生堂藏書目》著録「雪濤閣詩評一卷」，（光緒）《湖南通志》卷二百五十八著録「雪濤詩評一卷閨秀詩評一卷」。今存潘之恒《亘史鈔》本（明萬曆刊本，浙江省圖書館藏）、《説郛續》本，均作一卷，學者多據《亘史鈔》本整理。日本尊經閣文庫藏《雪濤閣四小書》十册，其中《詩評》爲二卷。是本《尊經閣文庫漢籍分類目録》著録作「明版」。據卷一所題「西楚江盈科著，男禹疏婿闕士登重較」，「較」字避熹宗諱，當爲天啓時刻本。尊經閣本卷首《雪濤閣四小書引》，末署「桃源江盈科題」；《亘史鈔》本首云「桃源江盈科自序云」，末署「萬曆甲辰冬月穀旦」，則潘氏所據之本或與尊經閣本不同。將尊經閣本與《亘史鈔》本比勘，其文本差異極大，主要爲條目有無及次序調整、字句删改、增加所作分類標題及評語，可知潘氏在鈔録時，依據個人理解及編輯之需對《雪濤閣四小書》作了較多選擇，調整及删改。本編以尊經閣本爲底本，參校《亘史鈔》本、《説郛續》本。

詩源辯體三十六卷後集纂要二卷，許學夷撰。

許學夷（一五六三—一六三三），字伯清，江陰（今屬江蘇）人。爲人負氣多傲，嘗曰：「寧爲蹠，不挾貴而驕；寧爲丐，不羞賤而諂。」常譴浪鄙穢，隤焉自放；間識有相近者，則議論激發，風骨凜然。性疏略，不治邊幅，不理生産，杜門絶軌，惟文史是紬。所著有《許伯清詩集》等。傳見惲應翼《許伯清傳》（《詩源辯體》卷首）。

是書萬曆四十一年先刊爲十六卷，「後二十年，修飾者十之五，增益者十之三」，於崇禎五年定稿爲三十六卷，其後復采宋、元、明詩爲後集，並選輯其中論詩部分爲《後集纂要》二卷。崇禎十五年陳所學刻爲三十八卷本。伯清自序云：「諸家之詩，既先以體分，而又各以調相附，詳其音切，正其訛謬。」其時三袁、鍾譚之説流行，復古詩學爲人所厭棄，伯清以王世貞、胡應麟等所論述爲基礎，集中於詩體流變之辨析，起於《詩經》，迄于晚唐五代，《後集纂要》二卷略述宋、元、明三代，於詩歌體裁源流正變之分殊更爲細密詳備，結構較《詩藪》亦更爲整密圓融，其研究之精深、體系之嚴密，堪稱傑出。吴喬《逃禪詩話》盛稱許學夷於詩歌體制之辨「盡善盡美，至矣極矣」：「知有體制者，惟萬曆間江陰許伯清先生及亡友常熟馮班定遠、金壇賀裳黄公三人。」「伯清先生所見體制之深廣，更出二君之上，自《三百篇》以至晚唐，其間源流正變之升降，歷歷舉之，如數十指，爲古體、爲近體，軒之輊之，莫有逃其衡鑒者。不意末季瀾浪之中，乃有是人。」

是書有萬曆四十一年刻十六卷本，中國國家圖書館藏；崇禎五年改訂稿本，北京大學圖書館藏；崇禎十五年陳所學刻本，中國國家圖書館藏；一九二二年陽湖惲毓齡據陳所學刊本仿宋聚珍字排印本。茲以北大藏改訂稿本爲底本整理。十六卷本爲早期刻本，其文本與改訂稿本有較大差異，對於考察作者觀點演化之跡確有較高價值，唯其文字修飾及改動之處過多，若逐字比勘出校，則文本至爲凌亂，不利閲讀，故僅附録其序；陳所學刻本與稿本亦有部分差異，酌情校改或出異同校。

説詩補遺八卷，馮復京撰。

馮復京（一五七三—一六二二），字嗣宗，常熟（今屬江蘇）人。幼秉家學，强學廣記，不屑爲章句小儒。性嗜酒，酒杯書帙，錯列几案。歌嘔少倦，則酌酒自勞，率以爲常。少而業《詩》，鈎貫箋疏，嗤宋人爲固陋，著《六家詩名物疏》六十卷，又有《蟭螟集》、《六家詩名物疏》、《常熟先賢事略》等。生平見錢謙益《馮嗣宗墓誌銘》（《牧齋初學集》卷五十五）。

據是書卷末馮舒天啓三年跋文，本書成于萬曆四十八年（一六二〇），係作者以「一生目力」著成。卷一爲總論，涉及詩體、詩格、詩思、詩韻、詩病；卷二至卷四，論唐以前詩；卷五至卷八，專論唐詩。書中斥宋詩爲鄙陋，于宋以後詩亦不予評論。馮氏詩學承自七子，尤其受胡應麟影響甚深，論詩亦以辨體爲先：「學詩之始，先辨體式，爲此體不能離此式。」馮舒識語述馮復京之語曰：「《説詩》一書，雖有遺憾，然一生目力盡在是矣。世無解人，盍亦流通以俟之乎？意不盡言，慎勿改也。」而馮班跋語則述馮復京晚年自悔之言：「病榻嘗詔班曰：『王、李、李、何，非知讀書者。吾向嘗爲所欺，汝輩不得爾。』」馮班之言或借其父之口爲自己詩學主張立論，未必定有其事。

是書今存清初過録本，復旦大學圖書館藏。是本勾塗改動之處百餘，由筆跡及避諱看，當是馮班所删改。兹據復旦藏本整理，一依原本文字，其硃、墨筆所改則出以校記。

詩鏡總論一卷，陸時雍撰。

陸時雍（約一五八二—約一六三九），字仲昭，桐鄉（今屬浙江）人。少穎異，試輒冠。性慷慨疏豁，簡傲自遂。崇禎六年（一六三三）貢生，遊燕，順天府丞戴澳延之邸第，仲昭踞上座，彈射其詩若文不少遜，一時聲滿長安。戴氏怙勢不輸賦，奉化知縣胡夢泰捕治澳子，澳下詔獄除名，時雍受其牽連，逮下刑部，卒於繫所。著有《詩鏡》、《楚辭疏》、《楚辭權》等。生平見《陸徵君仲昭先生傳》（周拱辰《聖雨齋集》文集卷二）、盛楓《嘉禾徵獻録》卷三十七。

陸時雍選漢魏以迄晚唐之詩爲《古詩鏡》三十六卷、《唐詩鏡》五十四卷，前有《總論》一篇，論《詩經》至晚唐歷代詩人詩作。陸氏論詩「以神韻爲宗，情境爲主」（《四庫全書總目》），如云：「有韻則生，無韻則死；有韻則雅，無韻則俗；有韻則響，無韻則沈；有韻則遠，無韻則局。」所謂「韻」，即與復古派好壯大、公安竟陵好奇怪不同：「世之言詩者，好大好高，好奇好異，此世俗之魔見，非詩道之正傳也。」《四庫全書總目》稱其「所言皆妙解詩理」，認爲：「其時王、李餘波相沿未息，學者方以吞剥爲工，故於蹊徑易尋者往往加之排斥，欲以此針砭流俗，故不免於懲羹而吹齏。然其採摭精審，評釋詳核，凡運會升降，一一皆可考見其源流，在明末諸選之中，固不可不謂之善本矣。書中評語，間涉纖仄，似乎漸染楚風。然總論中所指『晉人華言是務，巧言是標』，實以刺鍾、譚。其字句尖新，特文人綺語之習，與竟陵一派實貌同而心異也。」

是書有明末刊本，上海圖書館、日本内閣文庫藏；《四庫全書》本。茲以内閣文庫藏明末刊本爲底本，參校《四庫全書》本。

藝圃傖談四卷，郝敬撰。

郝敬（一五五八—一六三九），字仲輿，號楚望，京山（今屬湖北）人。萬曆十七年（一五八九）進士，歷官縉雲、永嘉二縣知縣，擢禮科給事中，遷户科，尋謫宜興縣丞，終於江陰縣知縣。所著有《周易正解》二十卷、《易領》四卷、《尚書辨解》十卷、《毛詩原解》三十六卷、《談經》九卷等，彙刊为《山草堂集》。傳附見《明史·文苑傳·李維楨傳》。

是書卷首作者題辭云：「晚節浸淫百家，旁蒐藝圃，心有所會，手口自語，然未離其類也。」

卷一論古詩，卷二論辭賦、樂府，卷三論唐詩，卷四論雜文、閒燕語，附《論制義》、《家藏野人語題辭》二篇。郝氏以理學家論詩，重性情，輕聲偶，於漢樂府、近體詩多有微詞，即李、杜亦不例外。如云：「近代論詩，謂風人之辭，微婉無迹，以切理爲詩家之忌。然《風》不過三經之一體，二《雅》獻替，莫非理也，《頌》歌功德，亦理也。若是，但《風》可爲詩，《雅》、《頌》不可以爲詩乎？」（卷一）又評唐詩云：「唐人限聲偶，爲近體，以之程士，射聲利，巧言綺語，妝演效顰，無喜强笑，無悲强啼，但取唱酬，不關性地。其擅場者，以一種伊鬱隱僻之情爲元氣，一種强直亢厲之語爲元聲，讀之不可卒曉，按之全無實趣，性情之道，風教之體，有何干涉？」（卷三）又其頗不滿朱熹擅改《詩序》，多所批評，《四庫全書總目》稱「用朱子吹求《小序》之法以吹求朱子，是直以出爾反爾，示報復之道耳」。

今存明末郝洪範刊《山草堂集》本，國家圖書館、日本内閣文庫藏。兹以内閣文庫本爲底本，參校國家圖書館本。

詩紀匡謬一卷，馮舒撰。

馮舒（一五九三—一六四五），字已蒼，號默庵，别號癸巳老人，自號孱守居士。常熟（今屬江蘇）人，馮復京之子。幼承父教，篤志於學。年四十，謝諸生，與弟班並自爲馮氏一家之學，吳中稱爲「海虞二馮」。馮舒性伉直，遇事敢爲，不避權勢。崇禎十年，錢謙益爲邑民張漢儒誣訐下獄，馮舒求援大學士馮銓，錢氏乃得免死。入清不仕，常熟縣令瞿四達指其《懷舊集》自序不書清國號年號，並摘詩中忌諱語，入獄屈死。著有《虞山妖亂志》、《空居閣雜文》、《默庵遺稿》、《空居閣集》、《詩紀匡謬》等數種。傳見（光緒）《蘇州府志》卷一〇〇。

晚明專力批駁某人某書之作並不少見，如胡應麟《藝林學山》八卷、陳耀文《正楊》四卷專與升庵之説相辯駁。據馮舒《詩紀匡謬引》，是書之作，乃因李攀龍《詩删》，鍾惺、譚元春《詩歸》所載古詩，輾轉沿訛，而其源總出於馮惟訥之《古詩紀》，故作以糾之，凡一百一十二條。《引》末署「崇禎癸酉十二月初七日，上黨馮舒述」，則成書於崇禎六年（一六三三），其時竟陵派盛行。是書自《古詩紀》凡例以至各詩，取其謬誤之處考辨駁正。如辨《於忽操》三章爲宋王令詩、《兩頭纖纖青玉玦》一章爲王建詩、《休洗紅》二章爲楊慎詩，《四庫全書總目》以爲馮氏所考，雖亦有缺漏，「然他所抉摘，多中其失，考證精核實出惟訥之上。原原本本，證佐確然，固於讀古詩者大有所裨，不得議爲吹求，雖謂之羽翼《詩紀》可矣」。

是書今存《四庫全書》本、《知不足齋叢書》本，兹以《知不足齋叢書》本爲底本，參校《四庫全書》本。

唐音癸籤三十三卷，胡震亨撰。

胡震亨（一五六九—一六四五），字君𢕟，後改字孝轅，號赤城山人，晚自號遯叟，海鹽（今屬浙江）人。萬曆二十五年舉人，數試不第，選授故城縣教諭，陞合肥縣知縣，有治績。崇禎十年爲定州知州，又陞兵部職方司員外郎。與上官不合，辭官歸里，日事讀書著述，貫串經史百家。所著有《靖康盜鑒録》、《讀書雜録》、《秘册叢函》、《續文選》、《海鹽縣圖經》、《通考纂》、《李詩通》及《赤城山人稿》等。傳見黄鍾駿《疇人傳四編》卷六、（雍正）《浙江通志》卷一百七十九。

震亨所編《唐音統籤》凡一千二十七卷，以十干爲紀，自甲籤至壬籤，收唐五代之詩，卷帙浩繁，爲一代詩歌總集。《四庫全書總目》云：「詩莫備于唐，然自北宋以來，但有選録之總集，而無輯一代之詩共爲一集者。明海鹽胡震亨《唐音統籤》始搜羅成帙，粗見規模。」《癸籤》三十三卷則彙輯有關唐詩之論述，其中引他人之説占十之七八，皆標明出處；自抒己見十之二三，題「遯叟」。卷一《體凡》，言詩之體裁變遷及聲病等。卷二至卷四《法微》，其中卷二統論詩歌創作、比興、體格等，卷三分體論述，卷四專談字句、偶對、用事等利弊得失。卷五至卷十一《評彙》，《評彙》一至四基本以時代爲序評論唐代重要詩人，《評彙》五論四言、五言古、歌行、五律，《評彙》六論七律、排律及絶句；《評彙》七論作品之用字、用韻及用典、出處等。卷十二至卷十五《樂通》論詩與樂曲、舞曲之關係，卷十六至二十四《詁箋》爲唐詩疑難詞語典故之訓釋，卷二十五至二十九《談叢》輯録唐詩人之遺聞軼事，卷三十至卷三十三《集録》彙集唐詩之别集、選集、詩話、墨蹟與金石刻等。《唐音癸籤》體大思精，爲有唐一代詩歌文獻及詩評之總彙，《四庫全書總目》稱其對唐詩「三百年之源流正變，犁然可按，實于談藝有裨」。

是書今存清順治十五年（一六五八）雙與堂刊本，上海圖書館、北京大學圖書館、中山大學圖書館、日本内閣文庫、東洋文庫等有藏本。兹以内閣文庫本爲底本整理，參校其他各本。

杜詩攟不分卷，唐元竑撰。

唐元竑（一五九〇——一六四七），字遠生，烏程（今屬浙江）人。元竑少負奇氣，性狷介骯髒，萬曆四十年舉於鄉。崇禎九年，元竑之父世濟以事被逮下獄，元竑刺血書疏，請如國初例以子代當事，跪長安門慟哭累日，上聞，世濟得從末減。甲申國變，元竑剃染爲苦行頭陀。一日，過虹橋，忽躍入水，獲救，却食七日乃卒。傳見（乾隆）《烏程縣志》卷六。

是書乃其讀杜詩時所劄記，《四庫全書總目》稱其「所閱蓋《千家注》本」，以疏解詩意、考辨用語出處得失爲主，其中多引劉辰翁之説，稱「須溪於公詩可謂能細讀者」、「須溪解妙」，亦多有駁正，《四庫全書總目》稱：「元竑所論，雖未必全得杜意，而刊除附會，涵泳性情，頗能會於意言之外。」

是書有明刻本不分卷，蘇州圖書館藏；舊鈔四卷本，臺灣圖書館藏；《四庫全書》本。兹以明刻本爲底本，參校舊鈔本、《四庫全書》本。

本册總目

歸田詩話 三卷

瞿佑◇撰

侯榮川◎點校

歸田詩話序

錢唐瞿存齋公著《歸田詩話》三卷，蓋述其師友之所言論，宦遊四方之所習聞，而有關於詩道者。自序其端，藏之於家久矣。其姪德恭、德宣、德潤共謀刻梓以傳，德恭之子中書舍人廷用，求余一言志之。公生長多賢之里、山川奇詭秀麗之州，而又嗜好問學，取諸外以充於内者多矣。既壯而仕，歷仁和、臨安、宜陽三庠訓導，陞國子助教、親藩長史，皆清秩也。因得以温燖舊學，其所造詣尤深，時時發爲詩歌，寄興高遠。世謂「詩必窮而後工」，豈信然哉？及謫居塞外，羈窮困約之中，吟詠不廢。晚歲歸休故里，自顧其才無復施用於世，乃益肆情於詩以自娱，逸於清湖秀嶺烟雲出没杳靄之間，浩然與古之達者同歸。間録是卷，謂將時加披覽，如見師友，聆其訓誨之勤，而受其勸勉之益，於此見公之問學自修，老而彌篤，非尋常淺學輒矜持其所有者爲可及也。余觀卷中所載，如謂陸秀夫殉國、家鉉翁持節、汪水雲賜還，實足以愧奸臣、壯義士，豈獨娱戲風月，以資人之笑談而已哉？故爲之序。

成化三年四月二十又九日，翰林院學士奉議大夫兼經筵官同修國史莆田柯潛序。

歸田詩話録序

古《詩》三百篇，孔子取「思無邪」一言以蓋之。夫「思無邪」者，誠也。人能以誠誦詩，則善惡皆有益。學詩之要，豈有外於誠乎？余觀歷代工詩者，在漢、魏、晉則有曹、劉、陶、謝輩，在唐則有李、杜、柳、岑輩，在宋則有歐、蘇、黄、陳輩，在元則有虞、楊、揭、范輩。諸賢詩刊行久，固足以爲後學法矣。余同鄉宗吉瞿先生，蚤以明經薦，筮仕於仁和、臨安、宜陽三邑庠，陞國子助教，文名播於篇章，膾炙人口舊矣。復陞藩府長史，克勝輔導之任。無何，居閒，寓金臺，太師英國張公延爲西賓，甚加禮貌。先生不以夷險易心，暇日則篤嗜評古人篇什，取其旨趣微妙者著之。及觸景動情，形於吟詠以自遣者，亦録之。凡百二十條，析而爲上中下三卷，目曰《歸田詩話録》。先生自述其事，弁諸首。一日，其姪德恭暨弟德宣、德潤，共圖鋟梓，持以示余，展玩再四，不能釋手。觀諸録中所載，先生誦少陵詩，則有識大體之稱〔一〕；誦太白詩，則有大胸次之美；誦唐人《採蓮》詩，則美其用意之妙；誦晦庵《感興》詩，則知其闢異端之害；誦東野詩，而服前

〔一〕「稱」，原本缺，據南圖本、《知不足齋叢書》本補。

人窮苦終身之論；誦晏元獻詩，則嘆斯人富貴氣象之豪。及見前人林景熙《詠陸秀夫》詩，而知表殉國之忠；《詠家鉉翁》詩，而知表持身之節。以至録自己《香奩八詠》之詩、和他人《西湖竹枝》之作，並雜述之類無遺。非先生以誠而得古人作詩之要，藴蓄之久，安能記之詳而評之當哉？殆與宋儒輔氏讀《國風·凱風》篇，而引文王《羑里操》以爲證；朱文公注《小雅·大東》篇，而嘆非老於文墨者，有不能默契之妙，其致一也。先生苟以夷險殊塗一動其心，則困苦抑鬱之不暇，安能肆情於風月，而評前人之述作乎？余恨生晚，不得侍函丈以聆其緒論爲慊，姑書是於先生自序之次。時成化二年歲次丙戌冬十月穀旦，賜進士前翰林院庶吉士文林郎河南道監察御史浙江辛卯解元八十翁錢塘木訥書。

歸田詩話自序

予久羈山後，心倦神疲，舊學荒蕪，不復經理。每閒居默坐，追念少日篤於吟事。在鄉里，侍尊長，遊湖山；及勝冠以來，結朋儔，入場屋；迨尸教席，登仕途，至覆患難，謫塞垣。少而壯，壯而老，日邁月征，鬖鬖晚境，而呻吟佔畢，猶不能輟。平日耳有所聞，目有所見，及簡編之所紀載，師友之所談論，尚歷歷胸臆間，十已忘其五六。誠恐久而併失之也，因筆録其有關於詩道者，得百有二十條，析爲上中下三卷，目曰《歸田詩話》。置几案間，時加披覽，宛然如見長上而接師友，聆其訓誨之勤，而受其勸勉之益也，不覺忻然而喜，喜極而悲，悲而掩卷墮淚者屢矣。昔歐陽文忠公致仕後著《歸田録》，叙在朝舊事，謂追想玉堂如在天上。今予老，與農圃爲徒，亦竊「歸田」之號。雖若僭妄，然輟耕壠上，箕踞桑陰，與凉竹簟之暑風，曝茅檐之晴日，以求一息之快。地位雖殊，而心事則無異也。知我者見此，或能爲之一慨云。

洪熙乙巳中秋日，存齋瞿佑序。

歸田詩話目録

存齋瞿佑著

上卷

中卷

下卷

歸田詩話上卷

錢塘　瞿佑　宗吉　著

鄉飲用古詩

古《詩》三百篇，皆可弦歌以爲樂，除施於朝廷宗廟者不可，其餘固上下得通用也。洪武間，予參臨安教職。宰縣王謙，北方老儒也。歲終，行鄉飲酒禮，選諸生少俊者十人，習歌《鹿鳴》等篇，吹笙撫琴，以調其音節。至日，就講堂設宴，席地而歌之。器用罍爵，執事擇吏卒巾服潔净者。賓主歡醉，父老嘆息稱頌，儼然有古風。後遂以爲常，凡宴飲則用之。如會友則歌《伐木》，勞農則歌《南山》，賀新居則歌《斯干》，送從役則歌《無衣》，待使役則歌《皇華》之類，一不用世俗伎樂，識者是之。

唐三體詩序

方虚谷序《唐三體詩》云：「子曰：『《詩》三百，一言以蔽之，曰思無邪。』此詩之體也。又曰：『小子何莫學夫《詩》？可以興，可以觀，可以群，可以怨。邇之事父，遠之事君，多識於鳥獸草木之名。』此詩之用也。聖人之論詩如此，後世之論詩不容易矣。後世之學詩者，捨此而他求，可乎？近世永嘉葉正則水心倡爲晚唐體之説，於是『四靈』詩，江湖宗之，而宋亦晚矣。聖人之論詩，不暇講矣；而漢、魏、晉以來，《河梁》、《柏梁》，曹、劉、陶、謝，俱廢矣。又有所謂汶陽周伯弼者三體法，專爲四韻五七言小律詩設，以爲有一詩之法，有一句之法，有一字之法。止於此三法，而江湖無詩人矣。唐詩前以李、杜，後以韓、柳爲最，姚合而下，君子不取焉。宋詩以歐、蘇、黄、陳爲第一，渡江以後，放翁、石湖諸賢詩，皆當深翫熟觀，體認變化。雖然，以吾朱文公之學而較之，則又有向上工夫，而文公詩未易可窺測也。近高安沙門至天隱，乃大魁姚公勉之猶子，聰達博贍，禪熟詩熟，又從而注伯弼所集之詩。一山魁上人，回之方外友也，將磧砂南峰袁公之命，俾回爲序，以弁其端云。大德九年乙巳九月，紫陽山虚叟方回序。」按，此序議論甚正，識見甚廣，而於周伯弼所集《三體詩》，則深寓不滿之意。書坊所刻皆不載，而獨取裴季昌序。近見唐孟高補寫《三體詩》一帙，書此序於卷首，故特全録於此，與篤於吟事者共詳參之。

少陵識大體

老杜詩，識君臣上下，如云「萬方頻送喜，無乃聖躬勞」、「至今勞聖主，何以報皇天」、「周宣漢武今王是，孝子忠臣後代看」、「神靈漢代中興主，功業汾陽異姓王」。《上哥舒開府》及《韋左相》長篇，雖極稱贊翰與見素，然必曰「君王自神武，駕馭必英雄」、「霖雨思賢佐，丹青憶老臣」，可謂知大體矣。太白作《上皇西巡歌》、《永王東巡歌》，略無上下之分。二公雖齊名，見趣不同如此。

太白胸次

太白詩云：「刬却君山好，平鋪湘水流。巴陵無限酒，醉殺洞庭秋。」是甚胸次？少陵亦云：「夜醉長沙酒，曉行湘水春。」然無許大胸次也。洪武間，錢塘宰鄭桂芳，歙之黟縣人。能詩而好客，醉後每誦太白此四句。又誦李適之詩：「避賢初罷相，樂聖且銜杯。借問門前客，今朝幾個來？」亦足以見其襟抱不凡也。桂芳有詩數百首，號《樂清軒集》，府教徐大章爲之序云。

黄鶴樓

崔顥題黄鶴樓，太白過之不更作，時人有「眼前有景道不得，崔顥題詩在上頭」之譏。及登鳳凰臺作詩，可謂十倍曹丕矣。蓋顥結句云：「日暮鄉關何處是，烟波江上使人愁。」而太白結句云：「總爲浮雲能蔽日，長安不見使人愁。」愛君憂國之意，遠過鄉關之念，善占地步矣！然太白别有「搥碎黄鶴樓」之句，其於顥未嘗不耿耿也。

相如琴臺

老杜《琴臺》詩云：「茂陵多病後，尚愛卓文君。酒肆人間世，琴臺日暮雲。野花留寶靨，蔓草見羅裙。歸鳳求凰意，寥寥不復聞。」寶靨羅裙，蓋詠文君服飾，而用意亦精矣。以大家數而爲此語，近於雕琢。然全篇相稱，所以不可及。近閲《李琬傳》，有「蔓草野花留服飾，風魂月魄斷知聞」，知其出於此，然亦善用事。

詩能解患

詩雖能致禍，然亦能解患。王維陷賊中，受僞命。禄山於凝碧池置宴作樂，維有詩云：「萬户傷心生野烟，千官何日再朝天？秋槐葉落空宫裏，凝碧池邊奏管絃。」及唐收復兩京，凡污於賊者，以五等定罪。肅宗見此詩，得免。太白坐永王璘事，繫潯陽獄。朝命崔圓鞫問於獄中，上詩曰：「邯鄲四十萬，同日陷長平。能回造化筆，或冀一人生。」得減死流夜郎。東坡爲舒亶、李定等所論，自湖州逮繫御史臺獄，時宰欲致之死。於獄中作詩寄子由曰：「聖主如天萬物春，小臣愚暗自亡身。百年未滿先償債，十口無歸更纍人。是處青山可埋骨，他年夜雨獨傷神。與君世世爲兄弟，更結來生未了因。」「柏臺霜氣夜凄凄，風動琅璫月向低。夢繞雲山心似鹿，魂飛湯火命如雞。眼中犀角真吾子，身後牛衣愧老妻。百歲神遊定何處？桐鄉知葬浙江西。」神宗見而憐之，遂得出獄，謫授黄州團練副使。後作《中秋月》詞云：「惟恐瓊樓玉宇，高處不勝寒。」神宗覽之曰：「蘇軾終是愛君。」得改汝州聽便。

因詩見罪

薛令之爲太學正，有詩云：「初日上團團，照見先生盤。盤中何所有？苜蓿長闌干。」明皇見之怒。續題云：「鴟鴞觜爪長，鳳凰羽毛短。若嫌松柏寒，任逐桑榆暖。」因斥去之。王維携孟浩然在翰林，適駕至，得見，命誦所爲詩，有「北闕休上書，南山歸故廬。不才明主棄，多病故人疏」之句。怒曰：「卿自棄朕，朕何曾棄卿？」即放還山。惟太白召見沉香亭，應制作《清平調》詞三首，頗見優寵，然僅得待詔翰林而已。及在禁中，與貴妃宴樂，妃衣褪，微露乳，以手捫之曰：「軟柔新剥雞頭肉。」禄山在傍接對云：「滑膩如凝塞上酥。」帝續之曰：「信是胡兒只識酥。」不怒而反以爲笑。謬戾如此，天下安得不亂？

浯溪中興碑

元次山作《大唐中興頌》，抑揚其詞以示意，磨崖顯刻於浯溪上。後來黄魯直、張文潛皆作大篇以發揚之，謂肅宗擅立，功不贖罪。繼其作者皆一律。識者謂此碑乃唐一罪案爾，非頌也。惟石湖范至能八句云：「三頌遺音和者稀，形容寧有刺譏辭。絶憐元子春秋法，却寓唐家清廟詩。歌詠當諧琴摶拊，策書自管璧瑕疵。紛紛健筆剛題破，從此磨崖不是碑。」然誠齋楊萬里《浯溪賦》中間云：「天下之事，不易於處，而不難於議也。使夫謝奉策於高邑，稟重巽於西帝，違人欲而圖功，犯衆怒而求濟，則夫千麾萬旗者，果肯爲明皇而致死耶？」其論甚恕。

邊帥事

嚴武在當時，不以詩名，其節度西川，有詩數首，僅載老杜集中。如云：「昨夜秋風入漢關，朔雲邊雪滿西山。更催飛將追驕虜，莫遣沙場匹馬還。」趙雲澗尚書好誦之，曰：「氣魄雄壯，真邊帥事也。」

採蓮詞

貢有初，泰父尚書姪也，刻意於詩。嘗謂予曰：「荷葉羅裙一色裁，芙蓉花臉兩邊開。棹入橫塘尋不見，聞歌始覺有人來。」王昌齡《採蓮詞》也。詩意謂葉與裙同色，花與臉同色，故棹入花間不能辨，及聞歌聲，方知有人來也。用意之妙，讀者皆草草看過了。

山石句

元遺山《論詩三十首》，内一首云：「有情芍藥含春淚，無力薔薇卧晚枝。拈出退之山石句，始知渠是女郎詩。」初不曉所謂，後見《詩文自警》一編，亦遺山所著，謂「有情芍藥含春淚，無力薔薇卧晚枝」，此秦少游《春雨》詩也，非不工巧，然以退之《山石》句觀之，渠乃女郎詩也。破却工夫，何至作女郎詩？按，昌黎詩云：「山石犖確行徑微，黄昏到寺蝙蝠飛。升堂坐階新雨足，芭蕉葉大梔子肥。」遺山固爲此論，然詩亦相題而作，又不可拘以一律。如老杜云「香霧雲鬟溼，清輝玉臂寒」、「俱飛蛺蝶元相逐，並蒂芙蓉本自雙」，亦可謂女郎詩耶？

淮西碑

昌黎作《平淮西碑》，既已登諸石，憲宗惑於讒言，詔斲其文，更命學士段文昌爲之，在當時，莫能别其文之高下也。及東坡録臨江驛小詩云：「淮西功業冠吾唐，吏部文章日月光。千載斷碑人膾炙，不知世有段文昌。」公論始定。然李義山與昌黎相去不遠，其《讀淮西碑》長篇至五十餘句，稱贊備盡，則是非不待百年而已定矣。

陸渾山火

昌黎《陸渾山火》詩，造語險怪，初讀殆不可曉，及觀《韓氏全解》，謂此詩始言火勢之盛，次言祝融之御火，其下則水火相剋相濟之説也。題云「和皇甫湜韻」，湜與李翺皆從公學文，翺得公之正，湜得公之奇。此篇蓋戲效其體，而過之遠甚。東坡有《雲龍山火》詩，亦步驟此體，然用意措辭，皆不逮也。

示兒詩

昌黎《示兒》詩云：「始我來京師，止携一束書。辛勤三十年，以有此屋廬。此屋豈爲華，於我自有餘。中堂高且新，四時登牢蔬。前榮饌賓親，冠婚之所於。庭内無所有，高樹八九株。西偏屋不多，槐榆翳空虚。松果連南亭，外有瓜芋區。主婦治北堂，饍服適戚疏。恩封高平君，子孫從朝裾。開門問誰來，無非卿大夫。不知官高卑，玉帶懸金魚。問客之所爲，峨冠講唐虞。酒食罷無爲，棋槊以相娱。躚躚媚學子，墻屏日有徒。嗟我不修飾，比肩於朝儒。詩以示兒曹，其無迷厥初。」朱文公云：「韓公之學，見於《原道》，其所以自任者，不爲不重。而其平生用力深處，終不離乎文字言語之工。其好樂之私，日用之間，不過飲博過從之樂；所與遊者，不過一時之文士，未能卓然有以自拔於流俗者。觀此詩所誇，乃《感二鳥》、《符讀書》之成效極致，而《上宰相書》所謂『行道憂世者』，則已不復言矣。其本心何如哉？」按，朱子所以責備者如是，乃向上第一等議論。俯而就之，使爲子弟者讀此，亦能感發志意，知所羨慕趨向，而有以成立，不陷於卑污苟賤，而玷辱其門户矣。韓公之子昶，登長慶四年第。昶生綰、衮。綰咸通四年、衮七年進士。其所成立如是，亦可謂有成效矣。詩可以興，此詩有焉。

五言警句

宋蔡天啓與張文潛論韓、柳五言警句。文潛舉退之「暖風抽宿麥，清雨捲歸旗」，子厚「壁空殘月曙，門掩候蟲秋」，皆爲集中第一。今考之，信然。

東野詩囚

遺山《論詩》云：「東野悲鳴死不休，高天厚地一詩囚。江山萬古潮陽筆，合卧元龍百尺樓。」推尊退之而鄙薄東野至矣。東坡亦有「未足當韓豪」之句。又云：「我厭孟郊詩，復作孟郊語。」蓋不爲所取也。東野詩如：「食薺腸亦苦，强歌聲無歡。出門即有礙，誰謂天地寬？」又云：「夜吟曉不休，苦吟鬼神愁。如何不自閒，心與身爲讎。」氣象如此，宜其一生跼蹐也。惟《登第》云：「春風得意馬蹄疾，一日看盡長安花。」頗放繩墨。然長安花，一日豈能看盡？此亦讖其不至遠大之兆。

尖山險諢

柳子厚詩：「海畔尖山似劍鋩，秋來處處割愁腸。若爲化作身千億，散上峰頭望故鄉。」或謂子厚南遷，不得爲無罪，蓋雖未死，而身已上刀山矣。此語雖過，然造作險諢，讀之令人慘然不樂。未若李文饒云：「獨上高樓望帝京，鳥飛猶是半年程。碧山似欲留人住，百匝千遭繞郡城。」雖怨而不迫，且有戀闕之意。

顧况勉樂天

白樂天少日以詩贄謁顧況。況見其名，戲曰：「長安米貴，居大不易。」及閱其詩，有云「野火燒不盡，春風吹又生」，曰：「有才如此，居亦不難。」宋薛奎未第時，贄謁馮魏公，首篇有「囊書空自負，早晚達明君」。馮掩卷謂曰：「不知秀才所負何事？」讀至第三篇云「千林如有喜，一氣自無私」，乃曰：「秀才所負如此。」薛後登第，官至參政，王拱辰、歐陽公，皆其婿也。

昭君詞

詩人詠昭君者多矣，大篇短章，率叙其離愁別恨而已。惟樂天云：「漢使却回憑寄語，黄金何日贖蛾眉？君王若問妾顔色，莫道不如宫裏時。」不言怨恨，而惓惓舊主，高過人遠甚。其與「漢恩自淺胡自深，人生樂在相知心」者異矣。

長恨歌

樂天《長恨歌》凡一百二十句，讀者不厭其長；元微之《行宫》詩才四句，讀者不覺其短，文章之妙也。

琵琶行

樂天《琵琶行》云：「門前冷落鞍馬稀，老大嫁作商人婦。」東坡舉此以喻杭妓琴操，即感悟而求落籍。龍仁夫《題琵琶亭》云：「老大姮娥負所天，忍將離恨寄哀絃。江心正好觀秋月[一]，却抱琵琶過別船。」中含諷意。又有女子題詩船窗云：「爺娘重利妾身輕，獨抱琵琶萬里行。彈到陽關齊拍手，不知元是斷腸聲。」含無限悲怨，非抱器過船者比也。

樂天晚年

樂天晚年，優遊香山緑野，近乎明哲保身者。甘露之禍，王涯、賈餗、舒元輿輩皆預焉。樂天有詩云：「當君白首同歸日，是我青山獨往時。」或謂樂天幸之，非也。樂天豈幸人之禍者哉？蓋悲之也。晉潘岳《贈石崇》有「白首同所歸」之句，及遭刑，俱赴東市，崇顧岳曰：「可謂白首同所歸矣。」樂天蓋用此事。彼劉夢得之《靖恭佳人怨》，柳子厚之《古東門行》，其於武元衡，則真幸之矣。樂天連爲杭、蘇二州刺史，皆有惠政在民。杭則有三賢堂，併林和靖、蘇東坡

[一]「好」，原本作「子」，據南圖本、《知不足齋叢書》本改。

祠之。蘇則有思賢堂，併韋應物、劉夢得、王仲舒、范希文祠之。其遺愛猶未泯，不但以詩名也。

鶯鶯傳

元微之當元和、長慶間，以詩著名。傳入禁中，宫人能歌詠之，呼爲「元才子」，風流醞藉可知也。其作《鶯鶯傳》，蓋托名張生。復製《會真詩》三十韻，微露其意。而世不悟，乃謂誠有是人者，殆癡人前説夢也。唐人叙述奇遇，如《后土傳》托名韋郎，《無雙傳》托名仙客，往往皆然。惟沈亞之《槖泉夢記》、牛僧孺《周秦行記》，乃自引歸其身，不復隱諱。然《周秦行記》與僧孺所著《幽怪録》，文體絶不相類，或謂乃李德裕門下士所作，以暴僧孺之犯上無禮，有僭逆意，蓋嫁禍云爾。理或然也。

夢得多感慨

劉夢得初自嶺外召還，賦《看花》詩云：「玄都觀裏桃千樹，盡是劉郎去後栽。」以是再黜。久之，又賦詩云：「種桃道士歸何處？前度劉郎今又來。」譏刺併及君上矣。晚始得還，同輩零落殆盡。有詩云：「昔年意氣壓群英，幾度朝回一字行。二十年來零落盡，兩人相遇洛陽城。」又云：「休唱貞元供奉曲，當時朝士已無多。」又云：「舊人惟有何戡在，更與殷勤唱渭城。」蓋自德宗後，歷順、憲、穆、敬、文、武、宣凡八朝，暮年與裴、白優遊緑野堂，有「在人稱晚達，於樹比冬青」之句。又云：「莫道桑榆晚，爲霞尚滿天。」其英邁之氣，老而不衰如此。

先入言爲主

予爲童子時，十月朝從諸長上拜南山先壠，行石磴間，紅葉交墜，先伯元範誦杜牧之「停車坐愛楓林晚，霜葉紅於二月花」之句。又在薦橋舊居，春日新燕飛繞檐間，先姑誦劉夢得「舊時王謝堂前燕，飛入尋常百姓家」之句。至今每見紅葉與飛燕，輒思之。不但二詩寫景詠物之妙，亦先入之言爲主也。

還珠吟

張文昌《還珠吟》：「君知妾有夫，贈妾雙明珠。感君纏綿意，繫在繡羅襦。妾家高樓連苑起，良人執戟明光裏。還君明珠雙淚垂，何不相逢未嫁時。」予少日嘗擬樂府百篇，《續還珠吟》云：「妾身未嫁父母憐，妾身既嫁室家全。十載之前父爲主，十載之後夫爲天。平生未省窺門户，明珠何由到妾邊？還君明珠恨君意，閉門自咎涕漣漣。」鄉先生楊復初見而題其後云：「義正詞工，使張籍見之，亦當心服。」又爲序其編首，而百篇皆加評點，過蒙與進。先生元末鄉貢進士，洪武間，擢知荆門州，卒于官。

華清宫

周伯弼《三體詩》，首載杜常《華清宫》詩，連用二「風」字，讀者不知其誤。嘗見一善本，作「曉乘殘月入華清」，易此一字，殊覺氣味深長。

詠芭蕉

路德延，儋州巖相之姪。少日《詠芭蕉》詩云：「一種靈苗異，天然體性虚。葉如斜界紙，心似倒抽書。」爲時所稱。及巖廢黜，遂不復振，屢舉不第。賦詩云：「初騎竹馬詠芭蕉，曾忝名公誦滿朝。五字便容登要路，一枝還許折青霄。豈知流落萍蓬遠，不覺蹉跎歲月遥。國計未寧身未遇，竄身江海混漁樵。」自述其不得志也。晚依朱友寧，賦《孩兒》詩一百韻。或譏於友寧，謂以孩童喻之，竟以掇禍。然詩多佳句，如「共指雲生岫，齊呼月上天」，曲盡兒嬉之狀。又云「項槖爲師日，甘羅拜相年」，亦有勸勉之意。但末句云「明時方重德，勸爾減狂顛」，誠若譏之矣。

鼓吹續音

元遺山編《唐鼓吹》，專取七言律詩，郝天挺爲之注，世皆傳誦。少日效其制，取宋、金、元三朝名人所作[一]，得一千二百首，分爲十二卷，號《鼓吹續音》。大家數有全集者，則約取之。其或一二首僅爲世所傳，其人可重，其事可記者，雖所作未盡善，則不忍棄去，存之以備數，此著述本意也。又謂：「世人但知宗唐，於宋則棄不取。衆口一辭，至有詩盛於唐壞於宋之説。私獨不謂然。故於序文備舉前後二朝諸家所長，不減於唐者，附以己見，而請觀者參焉。」仍自爲八句題其後云：「《騷》《選》亡來雅道窮，尚於律體見遺風。半生莫售穿楊技，十載曾加刻楮功。此去未應無伯樂，後來當復有揚雄。吟窗玩味韋編絶，舉世宗唐恐未公。」既成，求觀者衆，轉相傳借。或有嫉之者，藏匿其半，因是遂散失不存。再欲裒集，無復是心矣。

宋仁宗昭陵

宋仁宗在位四十二年，民安俗阜，天下稱治。葬昭陵，有題詩道傍者曰：「農桑不擾歲常

〔一〕「三」，原本作「五」，據南圖本、《知不足齋叢書》本改。

登，邊將無功吏不能。四十二年如夢過，春風吹淚灑昭陵。」惜其人姓名不傳。史臣贊之曰：「帝在位四十二年，吏治若媮惰，而任事蔑殘刻之人；刑法似縱弛，而决獄多平允之士。國未嘗無嬖倖，而不足以類治世之體；朝未嘗無小人，而不足以勝善類之氣。君臣上下，惻怛之心，忠厚之政，所以培壅國基者厚矣。」《傳》曰：「爲人君，止於仁。」帝誠無愧焉。厥後荆公變法，至詆爲不治之朝。甚矣，其肆爲强辯而不顧也！

宣仁后上仙

宋宣仁太后上仙，置道場内殿，有長老升法座，一僧參問曰：「太后今歸何處？」對曰：「太后身歸佛法龍天上，心在兒孫社稷中。」舉朝稱善。

富貴氣象

晏元獻公詩，不用珍寶字，而自然有富貴氣象，如「梨花院落溶溶月，柳絮池塘淡淡風」、「樓臺側畔楊花過，簾幕中間燕子飛」等句。公嘗舉此謂人云：「貧兒家有此景致否？」晏叔原，公姪也。詞云：「舞低楊柳樓心月，歌罷桃花扇底風。」蓋得公所傳也。此二句，勾欄中多用作門對。

至寶丹

王岐公詩，喜用金玉珠翠等字，世謂之至寶丹。其子明之，在姑蘇有所愛，比至京師，公强留之。逾時，作詩云：「黄金零落大刀頭，玉筯歸期畫到秋。紅錦寄魚風逆浪，玉簫吹鳳月當樓〔二〕。伯勞知我經春别，香蠟窺人徹夜愁。好去渡江千里夢，滿天梅雨是蘇州。」句意甚工，而富艷奇巧，蓋得公家法也。

漁家傲

范文正公守延安，作《漁家傲》詞曰：「塞上秋來風景異，衡陽雁去無留意。四面邊聲連角起，千障裏，寒烟落日孤城閉。濁酒一杯家萬里，燕然未勒歸無計。羌管悠悠霜滿地，人不寐，將軍白髮征夫淚。」予久羈關外，每誦此詞，風景宛然在目，未嘗不爲之慨嘆也。然句語雖工，而意殊衰颯，以總帥而所言若此，宜乎士氣之不振，所以卒無成功也。歐陽文忠呼爲窮塞主

〔二〕「玉」，《知不足齋叢書》本作「紫」。

之詞，信哉。及王尚書守平凉，文忠亦作《漁家傲》詞送之，末云：「戰勝歸來飛捷奏，傾賓酒〔一〕，玉階遥獻南山壽。」謂王曰：「此真元帥之事也。」豈記嘗譏范詞，故爲是以矯之歟？

謝公墩

王荆公詠《謝公墩》云：「我名公字偶相同，我屋公墩在眼中。公去我來墩屬我，不應墩姓尚隨公。」或謂荆公好與人争，在朝則與諸公争新法，在野則與謝公争墩，亦善謔也。然公《詠史》云：「穰侯老擅關中事，長恐諸侯客子來。我亦暮年專一壑，每逢車馬便驚猜。」則公不獨欲專朝廷，雖丘壑亦欲專而有之，蓋生性然也。

詠鴟詠魚

荆公《詠鴟》云：「依倚秋風氣勢豪，似欺黄雀在蓬蒿。不知羽翼青冥上，腐鼠相隨勢亦高。」又《詠小魚》云：「繞岸車鳴水欲乾，魚兒相逐尚相歡。無人挈入滄溟去，汝死那知世界寬。」二詩皆托物興詞，而有深意。

〔一〕「賓」，南圖本、《知不足齋叢書》本作「賀」。

詠塔自喻

荆公《詠北高峰塔》云：「飛來峰上千尋塔，聞説雞鳴見日升。不畏浮雲遮望眼，自緣身在最高層。」鄭丞相清之《詠六和塔》云：「經過塔下幾春秋，每恨無因到上頭。今日始知高處險，不如歸卧舊林丘。」二詩皆自喻，荆公作於未大用前，安晚作於既大用後，然卒皆如其意，不徒作也。

一日歸行

荆公《一日歸行》云：「賤貧奔走食與衣，百日奔走一日歸。生平歡意苦未盡，正欲老大相因依。空房蕭颯施繐帷，青燈半夜哭聲稀。音容想像知何處，地下相逢果是非。」劉須溪云：「此悼亡作也，古無復悲如此者。」傅汝礪《憶内》云：「湘臯菸草碧紛紛，淚灑東風憶細君。浪説嫦娥能入月，虚疑神女解爲雲。花陰晝坐閒金翦，竹裏春遊冷翠裙。留得舊時殘錦在，傷心不忍讀迴文。」真致雖不及，而悽惋過之。予自遭難，與内子阻隔十有八年，謫居山後，路遠弗及迎取，不意遂成永别。《祭文》云：「花冠繡服，享榮華之日淺；荆釵布裙，守困厄之時多。忍死獨居，尚圖一見。叙久别之舊事，講垂死之餘歡。促膝以擁寒爐，齊眉以酌春釀。」蓋祖荆公詩意也。及讀汝礪詩，而益加悲惻焉。

温公挽詞

吕獻可爲中丞，因劾王荆公被黜。後卧病，以手書托司馬温公以墓銘。温公亟省之，已瞑目矣。温公呼之曰：「更有以見囑乎？」復張目曰：「天下事，尚可爲，君實勉之。」後温公相天下，再致元祐之盛，而獻可不及見矣。及温公薨，獻可之子由庚作挽詩云：「地下相逢中執法，爲言今日再昇平。」蓋記其先人之言也。讀者悲之。

歸田詩話中卷

錢塘　瞿佑　宗吉　著

廬山瀑布

太白《廬山瀑布》詩後，徐凝有「一條界破青山色」之句。東坡云：「帝遣銀河一派垂，古今惟有謫仙詞。飛流濺沫知多少？不爲徐凝洗惡詩。」及其自題漱玉亭云：「擘開青玉峽，飛出兩玉龍。蕩蕩白銀闕，沉沉水晶宫。願隨琴高生，脚踏赤鯶公。手持白芙蕖，跳下清泠中。」意氣偉然，真可以追蹤太白矣。然太白又有「海風吹不斷，山月照還空」，亦奇妙句，惜世少稱之者。

與李之儀簡

東坡詩云：「小兒不識愁，起坐牽我衣。我欲嗔小兒，老妻勸兒癡。兒癡君更甚，不樂復何爲？還坐愧此言，洗盞當我前。大勝劉伶婦，區區爲酒錢。」其曠達如此。又《與李之儀小簡》云：「伏惟起居佳勝，眷聚各安慶。無他祝，惟保愛之外，酌酒與婦飲，尚勝俗侶對梅二丈詩云爾。」梅二丈，謂聖俞也。

東坡傲世

韓文公上《佛骨表》，憲宗怒，遠謫。行次藍關，示姪孫湘云：「一封朝奏九重天，夕貶潮陽路八千。欲爲聖明除弊事，肯將衰朽惜殘年。雲横秦嶺家何在，雪擁藍關馬不前。知汝遠來應有意，好收吾骨瘴江邊。」又《題臨瀧寺》云：「不覺離家已五千，仍將衰病入瀧船。潮陽未到吾能説，海氣昏昏水拍天。」讀之令人悽然傷感。東坡則放曠不羈，出獄和韻即云：「却對酒杯渾似夢，試拈詩筆已如神。」方以詩得罪，而所言如此。又云：「却笑睢陽老從事，爲予投檄向江西。」不以爲悲而以爲笑，何也？至惠州云：「日啖荔枝三百顆，不妨長作嶺南人。」《渡海》云：「九死南荒吾不恨，兹遊奇絶冠平生。」方負罪戾，而傲世自得如此。雖曰「取快一時」，而中含戲侮，不可以爲法也。

詩無愁恨意

東坡詩云：「寂寂東坡一病翁，白頭蕭散滿霜風。兒童誤喜朱顔在，一笑那知是酒紅。」又云：「公退清閒如致仕，酒餘歡適似還鄉。不妨更有安心法，卧對縈簾一炷香。」皆言閒退而無愁恨之思。至黃山谷則云：「老色日上面，歡悰日去心。今既不如昔，後當不如今。」讀之令人慘然不樂。

浣花醉歸圖

山谷《題浣花醉歸圖》云：「中原未得平安報，醉裏眉攢萬國愁。」能道出少陵心事。趙子昂詩云：「江花江草詩千首，老盡平生用世心。」亦髣髴得之。

後山不背南豐

陳後山少爲曾南豐所知，東坡愛其才，欲牢籠於門下，不屈，有「向來一瓣香，敬爲曾南豐」之句。又《妾薄命》云：「主家十二樓，一身當三千。忍著主衣裳，爲人作春妍。」亦爲南豐也[一]。然《送東坡》則云：「一代不數人，百年能幾見。風帆目力盡，江空歲年晚。」推重向慕甚至，特不肯背南豐爾，志節可尚也。一生清苦，妻子寄食外家。《寄外舅郭大夫》云：「嫁女不離家，生男已當户。」《得家信》云：「深知報消息，不敢問何如？」況味可知也。詩格極高。吕本中選江西

[一]「也」，南圖本缺，朱筆補「云」字，《知不足齋叢書》本作「作」。

宗派，以嗣山谷，非一時諸人所及。

陳秦才思之異

「閉門覓句陳無己，對客揮毫秦少游。」山谷詩，喻二人才思遲速之異也。後山詩如「壞墻得雨蝸成字，古屋無人燕作家」，寥落之狀可想。淮海詩如「翡翠側身窺緑酒，蜻蜓偷眼避紅妝」，艷冶之情可見。二人他作亦多類此。後山宿齋宫，驟寒，或送綿半臂，却之不服，竟感疾而終。淮海謫藤州，以玉盂汲水，笑視而卒。二人於臨終，屯泰不同又如此，信乎各有造物也。

崇徽公主手痕

歐陽文忠公《題崇徽公主手痕》云：「玉顔自古爲身累，肉食何嘗與國謀。」朱文公云：「以議論言之，第一等議論；以詩言之，第一等詩。」其全篇云：「故鄉飛鳥尚啁啾，何况悲笳出塞愁。青冢芳魂知不返，翠崖遺迹爲誰留？玉顔自昔爲身累，肉食何嘗預國謀。行路至今空嘆息，巖花野草自春秋。」全篇前後亦相稱。公主，僕固懷恩女，唐代宗册立之，以嫁吐蕃，此其出塞時所記云。

李留後知鄆州

「北州從事藹家聲，東土還聞政有成。組甲光寒圍夜帳，綵旗風暖看春耕。金釵墜鬢分行立，玉麈談詩四座傾。富貴常情誰不愛，羡君蕭灑有餘清。」此歐公《送李留後知鄆州》詩也。公語人云：「人開口好言富貴，如此詩所誇，清而不俗，非善處富貴者不能也。」

燕子樓

陳薦彦升《彭城八詠》，惟《燕子樓》全篇皆佳：「僕射新阡狐兔遊，侍兒猶在水邊樓。風清玉簟慵欹枕，月好珠簾懶上鈎。殘夢覺來滄海闊，新詩吟罷紫蘭秋。樂天才思如春雨，斷送芳花一夜休。」薩天錫《過彭城》一絶云：「雪白楊花撲馬頭，行人春盡過徐州。夜深一片城頭月，曾照張家燕子樓。」亦脱灑可誦。

詠二石

陳克子高《題三品石》云：「臨春結綺今何在？屹立亭亭終不改。可憐江令負君恩，白頭仍作北朝臣。」《題望夫石》云：「望夫處，江悠悠。化爲石，不回頭。山頭日日風和雨，行人歸來石應語。」二詩皆超出常格而意警拔，不與諸作同。

周公禮樂

蔡京當國，倡爲豐亨豫大之説，以肆蠱惑。其生日，天下郡國皆有饋獻，號「太師生辰綱」，富侈可知也。文士錦囊玉軸，競進詩詞。獨喜周邦彦詩云：「化行禹貢山川外，人在周公禮樂中。」及燕山之役，其子攸與童貫北征，京寄詩云：「百年盟誓宜深慮，六月師徒盍少休。緇衣堂下風光美，及早歸來捧壽甌。」既知伐遼爲非策，不於朝廷明言之，而私以諭其子，誤國不忠甚矣，周公禮樂安在哉？張商英拜相，唐子西作《内前行》云：「周公禮樂未要作，置身姚宋亦不惡。」蓋謂周公未易學得，如姚、宋亦可矣。詞旨輕重，要當如是。徒爲媚竈語，何益之有！

村學堂

曹組元寵《題村學堂圖》云：「此老方捫蝨，衆雛争附火。想當訓誨間，都都平丈我。」語雖調笑，而曲盡村俗之狀。近吴敬夫一聯云：「闌干苜蓿先生飯，顛倒天吴稚子衣。」其景況可想也。

金明池

金明池爲宋東京遊賞之地，當時有詩云：「柳外雕鞍公子過，水邊紈扇麗人行。」風景可以想見。又有人《送邊帥赴任》云：「前隊貔貅銜曉色，後車鶯燕雜春聲。」行色之盛，宛然在目。惜全篇不傳。

荔支詩讖

徽宗於禁苑植荔支，結實，以賜燕帥王安中。御製詩云：「葆和殿下荔支丹，文武衣冠被百蠻。思與近臣同此味，紅塵飛鞚過燕山。」蓋用樊川「一騎紅塵妃子笑，無人知道荔支來」句意，竟成語讖。

杏花二聯

陳簡齋詩云：「客子光陰詩卷裏，杏花消息雨聲中。」陸放翁詩云：「小樓一夜聽春雨，深巷明朝賣杏花。」皆佳句也，惜全篇不稱。葉靖逸詩：「春色滿園關不住，一枝紅杏出墻來。」戴石屏詩：「一冬天氣如春暖，昨日街頭賣杏花。」句意亦佳，可以追及之。

中興頌詩誤

磨崖中興碑，黄、張二大篇，爲世傳誦，然各有誤。山谷云「南内淒涼誰得知」，按李輔國遷上皇居西内，非南内也。文潛云「玉環妖血無人掃」，按貴妃於佛堂前縊死，非濺血也。南渡後，于湖張安國一篇，世少知者。詩云：「錦繃兒啼思塞酥，重床燎香驅群胡。黄裙錦襪無尋處，一夜驚眠摇帳柱。朔方天子神爲謀，三郎歸來長慶樓。樓前拜舞作奇祟，中興之功不贖罪。日光玉潔十丈碑，蛟龍蟠拏與天齊。北望神京雙淚落，太息何人老文學。」可繼黄、張之後。

感興詩論二教

朱文公《感興》詩，其間二篇云：「飄飄學仙侣，遺世在雲山。盗啓元命秘，竊當生死關。金鼎蟠龍虎，三年養神丹。刀圭一入口，白日生羽翰。我欲往從之，脱屣諒非難。但恐逆天道，偷生詎能安？」「西方論緣業，卑卑喻群愚。流傳世代久，梯接凌空虚。顧盼指心性，名言超有無。捷徑一以開，靡然世争趨。號空不踐實，躓彼荆棘塗。誰哉繼三聖，爲我焚其書。」論二教之害〔二〕，然亦

〔二〕「二」，原本作「一」，據南圖本、《知不足齋叢書》本改。

有輕重。

多景樓

龍洲劉改之《鎮江多景樓》詩云：「江流千古英雄淚，山掩諸公富貴羞。」蓋自吴、晉以來，立國於南者，恃長江天險，兢兢保守。北望中原，置之度外，况沙漠之境、氈毳之域哉？詩意蓋深寓此恨也。及至我朝太祖命將出師，直抵塞外，太宗親征，遠逾漠北，名王貴族，悉來歸附，龍沙之地，蕩然一空，奇功偉績，真所謂「雪恥酬百王，成功冠千古」者矣。或以爲自古但聞北併南，不聞有南併北者，謬論也。

三高亭

吴江三高亭，祠越范蠡、晉張翰、唐陸龜蒙，或題一詩於上云：「人誚吴癡信不虚，追崇越相果何如？千年家國無窮恨，只合江邊祀子胥。」自後過者閣筆。

沈園感舊

陸放翁晚年過沈園二絶句云：「落日城頭畫角哀，沈園非復舊池臺。傷心橋下春波緑，曾見驚鴻照影來。」「夢斷香消四十年，沈園柳老不吹綿。此身行作稽山土，猶弔遺蹤一泫然。」詩意極哀怨。初不曉所謂，後見劉克莊《續詩話》，謂翁初婚某氏，伉儷相得，而失意於舅姑，竟出之。某氏改事人，後遊沈園，邂逅相遇，翁作詞有「錯錯錯」、「莫莫莫」之句，蓋終不能忘情焉爾。翁得年最高，有句云「世味掃除和蠟盡，生涯零落併錐空」、「老病已全惟欠死，貪嗔雖去尚餘癡」、「客從謝事歸時散，詩到無人愛處工」。予垂老流落，途窮歲晚，每誦此數聯，輒爲之悽然，似爲予設也。

瀘溪送澹庵

王瀘溪《送胡忠簡謫嶺表》二詩，有「癡兒不了公家事，男子要爲天下奇」之句，秦檜見而大惡之，以謗訕流辰州。二詩人皆傳誦，忠簡和韻，少有見者。詩云：「巖耕名已振京關，未信終身袖手閒。萬卷不移顔氏樂，一生無愧伯夷班。致君自許唐虞上，待我誰能季孟間。宗社年來欠元老，蒼生拭目看來還。」「士氣年來弱不支，逢時言行欲俱危。不因湖外三年謫，安得江南一段奇。非我獨清緣世濁，此心誰識只天知。萬牛回首須公起，大厦將顛要力持。」清峭警拔，與前詩相稱。瀘溪在辰州，人争迎以爲師。孝宗更化，許自便。光宗即位，忠簡薦之，召對便殿，除直敷文閣，年已九十餘矣。

龍洲送簡卿

劉改之《送王簡卿歸天台》二詩，辛稼軒致書云：「送王侍郎詩偉甚，真所謂『横空排硬語，妥帖力排奡』者也。」詩云：「欲數人才難屈指，有如公者又東歸。班行失士國輕重，道路不言心是非。載酒青山隨處飲，吟詩玉麈爲誰揮？歸期趁得東風早，莫放梅花一片飛。」「千巖萬壑天台路，一日分爲兩日程。事可語人酬對易，面無慚色去留輕。放開筆下閒風月，收斂胸中舊甲兵。世事看來忙不得，百年到手是功名。」予以爲可繼王瀘溪《送胡澹庵》詩後。又高九萬《送方秋崖以諫去國》云：「忠言歷歷未曾行，盡載圖書出帝京。餘子但知才可忌，先生當以去爲榮。門闌竹石關心久，部曲溪山照眼明。長嘯歸歟莫惆悵，浙江風定自潮平。」時人以爲不下劉龍洲《送王侍郎歸天台》詩。然規模機軸，皆自李師中《送唐御史》詩來。

姜白石雲山句

姜堯章詩云：「小山不能雲，大山半爲天。」造語奇特。王從周亦云：「未知真是嶽，衹見半爲雲。」似頗近之。然較之唐人「野水多於地，春山半是雲」之句，殊覺安閒有味也。

戴石屏奇對

戴式之嘗見夕照映山，峰巒重叠，得句云「夕陽山外山」，自以爲奇，欲以「塵世夢中夢」對之，而不愜意。後行村中，春雨方霽，行潦縱横，得「春水渡傍渡」之句以對，上下始相稱。然須實歷此境，方見其奇妙。

劉後村書所見

後村劉克莊絶句云：「新剃闍黎頂尚青，滿村聽講法華經。那知世有彌天釋，萬衲如雲座下聽。」謂小道易惑衆，而不知有大道也。又云：「刮膜良方直萬金，國醫曾費一生心。誰知鬡髻携籃者，也有盲人問點鍼。」謂精藝難成，而小藝亦可售也。又云：「黄童白叟往來忙，負鼓盲翁正作場。死後是非誰管得，滿村聽説蔡中郎。」亦可感嘆云。〔二〕

〔二〕　此處《知不足齋叢書》本有鮑氏按語：「廷博案：後一詩亦見陸放翁集中。」

龐右甫過汴京

「蒼龍觀闕東風裏，黄道星辰北斗邊。月照九衢平似水，胡兒吹笛内門前。」此宋龐右甫《過汴京》詩也，甚感慨有味。楊仲宏作《紀夢》詩，乃全用其一聯，何也？

陸秀夫殉國

宋衛王即位海上，秀夫爲首相。時播越海濱，庶事疏略。每朝會，秀夫獨儼然正立如治朝，雖流離中，猶日書《大學》章句以勸講。及厓山兵潰，秀夫先驅其妻子入海，即負帝同溺。或畫爲圖者，石田林景熙賦詩云：「紫宸黄閣共樓船，海氣昏昏日月偏。平地已無行在所，丹心猶數中興年。生藏魚腹不見水，死抱龍髯直上天。板蕩純臣有如此，流芳千古更無前。」詞嚴義正，足以發明其心事云。

家鉉翁持節

元兵南下，次高亭，宋朝納降。吴堅爲左相，家鉉翁爲參政，與賈餘慶、劉岊爲祈請使北行。文天祥詩云：「當代老儒居首揆，殿前陪拜率公卿。」又云：「程嬰存趙真公志，賴有忠良壯此行。」前謂吴，後謂家也。至北，鉉翁抗節不屈，拘留河間。世祖崩，成宗即位，始賜衣服，遣還鄉里，年逾八十矣。林景熙有詩送之云：「瀕死孤臣雪滿顛，冰氈齧盡偶生全。衣冠萬里風塵老，名節千年日月懸。清唳秋荒遼海鶴，古魂春冷蜀山鵑。歸來親舊驚相問，禾黍離離夕照邊。」可謂不負文山所期矣。

汪水雲賜還

水雲汪元量，宋亡，以善琴召赴大都，見世祖，不願仕，賜黄冠遣還。幼主送詩云：「黄金臺上客，底事又思家。歸問林和靖，寒梅幾度花？」宋宫人多以詩送行者，有云：「客有黄金共璧懷，如何不肯贖奴回？今朝且盡穹廬酒，後夜相思無此杯。」意極悽惋。元量有詩一帙，皆叙宋亡事。如云：「亂點傳籌殺六更，風吹庭燎滅還明。侍臣奏罷降元表，臣妾簽名謝道清。」餘詩大抵類是，可備野史。元馬易之題其帙後云：「三日錢塘海不波，子嬰繫組納山河。兵臨魯國猶絃誦，客過商墟獨嘯歌。鐵馬渡江功赫奕，銅人辭漢淚滂沱。知章喜得黄冠賜，野水閒雲一釣蓑。」〔二〕

〔二〕　此處《知不足齋叢書》本有鮑氏按語：「案：汪元量有《湖山類稿》五卷、《水雲集》一卷，予曾重刻以傳。」

東魯遺黎

信雲父，山東人，元兵南下，爲張宏範元帥館客。文山被獲，宏範命雲父款待之，日侍談論，頗有向南之意。《贈文山》詩云：「宗廟有靈賢相出，黔黎無患太皇明。」文山因教以詩法，即領悟。作樂府云：「東風吹落花，紛紛辭故枝。莫怨東風惡，花有再開時。」文山稱賞，因贈以詩云：「東魯遺黎老子孫，南方心事北方身。幾多江左腰金客，便把君王作路人。」蓋是時，宋臣或有反面事北者。文山詩云：「遺老猶應愧蜂蟻，故人久已化豺狼。」又云：「黑頭汝自誇江令，冷齒人猶笑褚公。」皆有所指也。

叙金末事

元遺山在金末，親見國家殘破，詩多感愴。如云「高原水出山河改，戰地風來草木腥」、「花啼杜宇歸來血，樹掛蒼龍蜕後鱗」、「白骨又多兵死鬼，青山元有地行仙」、「燕南趙北無全士，王後盧前總故人」，皆寓悲愴之意。至云「神功聖德三千牘，大定明昌五十年」，不忘前朝之盛，亦可念也。

岳鄂王墓

岳王墓詩，自董静傳「如公更緩須臾死，此虜安能八十年」之後〔二〕，趙子昂「南渡君臣輕社稷，中原父老望旌旗」，世皆稱誦。和者二人，亦傑作也。徐孟岳云：「童大王回事已離，岳將軍死勢尤危。直教萬歲山頭雀，去繞黄龍塞土旗〔三〕。飲馬徒聞腥鞏洛，洗兵無復望條支。湖邊一把摧殘骨，蓋世功成百世悲。」高則誠云：「莫向中州唱黍離，英雄生死繫安危。内庭不下頒師詔，絶漠全收大將旗。父子一門甘伏節，山河千里竟分支。孤臣尚有埋身地，二帝遊魂更可悲。」少日過葛嶺，憶有人和韻題墓上云：「山前有客祠彭越，塞上無人斬郅支。」和「支」字韻，亦佳。當時不能全記，再過之，則已墁之矣。又有人爲排律一首云：「北狩君親遠，南遷將相夸。偷安依鳳巘，抱恨寄龍沙。咨岳歸神器，遭秦載鬼車。」結句云：「太師墳上土，遺臭遍天涯。」蓋江海自蔡州回，駐軍牧牛亭，命軍士於秦檜冢上便溺以快意，人因謂之「遺臭冢」云。

〔二〕此處《知不足齋叢書》本有鮑氏按語：「廷博案：此聯係宋葉紹翁詩。静傳詩在《西湖百詠》，可考也。」

〔三〕「土」，南圖本、《知不足齋叢書》本作「上」。

吴越王畫像

臨安縣城北觀音寺，吴越武肅王畫像，精神雄偉，儼然如生。有僧題八句於上云：「天與精忠不等閒，手提一劍定江山。國開吴越風塵際，功在桓文伯仲間。鐵券金書藏策府，錦衣玉節照鄉關。猶將忠孝遺身後，曾謂曹瞞作老奸。」結句謂錢俶納土得謚忠孝，而不曉曹瞞老奸何謂。後閲郡志，武肅嘗晝寢假寐，爐火燂湯於前。有童子侍側，見湯沸，恐驚寢，連以水沃之。武肅窺見其所爲，後以他事殺是童子。每見其現形，武肅曰：「吾在軍旅，殺人多矣，絶無影響。此童乃獨能如是！」遂封爲本縣城隍神。此事與魏武佯睡而殺覆被美人相類，蓋藏伏機心以試人，此奸雄所爲，或恐指此。

宋故宫

先叔祖士衡《和楊廉夫宋故宫》詩云：「歌舞樓臺擬汴州，可憐蠻觸戰蝸牛。臨書玉枕雕檐静，行酒青衣闔帳愁。卷土自應從亶父，滔天誰復放驩兜。臺空樹老寒鴉集，落日白波江上秋。」廉夫喜其和「兜」字韻勝。蓋廉夫詩用「紅兜」字，元廢宋宫爲佛寺，西僧皆戴紅兜帽也。然結句更遒健。

靈巖寺

姑蘇靈巖寺，館娃宫舊基也。吴僧《舟别岸》一詩云：「白晝娃宫宴未旋，東風吹下越來船。捧心方妒三千女，嘗膽誰知二十年。花暗屧廊蜂蝶困，草深香徑鹿麋眠。憑欄一段傷心事，都在西山夕照邊。」用意遣詞甚佳，貢有初嘗爲予稱誦之。

鸚鵡洲

崔塗《鸚鵡洲》詩云：「曹瞞尚不能容物，黄祖何由解愛才。」後無繼之者。陳剛中一篇云：「大江東南來，孤洲屹枯蘚。中有千載人，殘骨寄偃蹇。惟漢黨錮禍，薦紳半摧殄。况復唉葛奴，盡使羽翼翦。天乎鸞鳳姿，乃此侶猰犬。想當落筆時，酒酣玉色洒。鸚鵡何足詠，僅以雕蟲顯。我來策蓬顆，清淚凄以泫。尚恨迷幾先，不爲無道卷。賢哉龐德公，一犁老襄峴。」詞語跌宕，議論老成，誠佳作也。

子昂書歸來辭

趙子昂以宋王孫仕元朝，擅名詞翰。嘗書淵明《歸去來辭》，得者珍藏之。有僧題絶句於後云：「典午山河半已墟，褰裳宵逝望歸廬。翰林學士宋公子，好事多應醉裏書。」後人不復著筆。

虞伯生草詔

虞伯生際遇文宗，置奎章閣爲學士。天曆、至順間，文治蔚然可觀。順帝爲明宗子，文宗忌之，遠竄海南。詔書有曰：「明宗在北之時，自以爲非其子。」伯生筆也。文宗晏駕，寧宗立，八月崩，國人迎順帝立之。帝入太廟，斥去文宗神主，而命四方毀棄舊詔。伯生時在江西，以皮繩拴腰，馬尾縫眼，夾兩馬間，逮捕至大都。嫉之者爲十七字詩曰：「自謂非其子，如今作天子。傳語老蠻子，請死。」至則以文宗親改詔藁呈，順帝覽之曰：「此朕家事，外人豈知？」遂得釋。兩目由是喪明，不復能楷書。此與宋晏殊撰李宸妃碑事相類。妃實誕仁宗，而殊承章獻太后旨，謂妃無子，生一公主，早卒。仁宗雖甚恨之，而卒不重罪，皆盛德事也。

薩天錫紀事

薩天錫以《宫詞》得名，其詩清新綺麗，自成一家，大率相類。惟《紀事》一首直言時事不諱。詩云：「當年鐵馬遊沙漠，萬里歸來會二龍。周氏君臣空守信，漢家兄弟不相容。衹知奉璽傳三讓，豈料遊魂隔九重。天上武皇亦灑淚，世間骨肉可相逢？」蓋泰定帝崩於上都，文宗自江陵人，據大都，而兄周王遠在沙漠，乃權攝位，而遣使迎之。下詔四方云：「謹俟大兄之至，以遂固讓之心。」及周王至，迎見於上都，歡宴一夕，暴卒。復下詔曰：「夫何相見之頃，宮車弗駕。」加謚明宗。文宗遂即真，皆武宗子也，故天錫末句云然。

歸田詩話下卷

錢塘　瞿佑　宗吉　著

翰院憶江南

虞邵庵在翰林有詩云：「屏風圍坐鬢毿毿，銀燭燒殘照暮酣。京國多年情盡改，忽聽春雨憶江南。」又作《風入松》詞云：「畫堂紅袖倚清酣，華髮不勝簪。幾回晚直金鑾殿，東風軟，花裏停驂。書詔許傳宮燭，輕羅初試朝衫。御溝冰泮水挼藍，飛燕語呢喃。重重簾幕寒猶在，憑誰寄，銀字泥緘？報道先生歸也，杏花春雨江南。」蓋即詩意也，但繁簡不同爾。曾見機坊以詞織成帕，爲時所貴重如此。張仲舉詞云：「但留意江南，杏花春雨，和淚在羅帕。」即指此也。

退朝口號

邵庵《退朝口號》云：「雨浥輕塵道未乾，朝回隨處借花看。墻東千樹垂楊柳，飛絮來時近馬鞍。」「日出風生太液波，畫橋影裏綵船過。橋頭柳色深如許，應是偏承雨露多。」少日在四明，從王叔載先生學詩，先生舉此詩數首云：「細讀而詳味之，如醉後厭飫珍羞，而食宣州雪梨相似，爽口可愛也。」又云：「元朝諸人詩，雖以范、楊、虞、揭並稱，然光芒變化，諸體咸備，當推道園，如宋朝之有坡公也。」予謹識之，久而益信。

宗陽宮翫月

楊仲宏以《宗陽宮翫月》詩得名，然他作如「風雨五更雞亂叫，江湖千里雁相呼」、「挾書萬里朝明主，仗劍三年别故鄉」、「窗間夜雨消銀燭，城上春雲壓綵旗」、「空桑説法黄龍聽，貝葉繙經白馬馱」，沉雄典實，先叔祖每稱之。長篇如《古墻行》、《梅梁歌》，亦皆爲時所推許。夫人瞿氏，予祖姑也。嘗以仲宏親筆草稿數紙授予，字畫端謹，而前後點竄幾盡，蓋不苟作如是。

羅刹江潮

錢思復以《浙江潮賦》得名，起句云：「維羅刹之巨江兮，實發源於太末。」試官喜之，遂中選。蓋滿場無知羅刹爲浙江别號者。後作《西湖竹枝曲》，云「阿姊住近段家橋」，先伯元範戲之云：「此段家橋創見，却與羅刹江不同也。」蓋西湖斷橋，以唐人詩「斷橋荒草合」得名。亦謂孤山路至此而盡，非有所謂段家者。《竹枝曲》凡十章，皆佳作。首章云：「阿姊住近段家橋，山妒蛾眉柳妒腰。黄龍洞前黑雲起，早回家去怕風潮。」予時年幼，愛而盡和之。首章云：「昨夜相逢第一橋，自將羅帶繫郎腰。願郎得似長江水，日日如期兩度潮。」甚爲思復稱獎。思復號心白道人，張氏據吳，遂不仕，退居吳江筒川，與楊廉夫唱和。有句云：「笠澤水寒魚尾赤，洞庭霜落樹頭紅。」又云：「漢史丁公那及齒，陶詩甲子不書元。」蓋感時事也。

香奩八題

楊廉夫晚年居松江，有四妾：竹枝、柳枝、桃花、杏花，皆能聲樂。乘大畫舫，恣意所之，豪門巨室，争相迎致。時人有詩云：「竹枝柳枝桃杏花，吹彈歌舞撥琵琶。可憐一解楊夫子，變作江南散樂家。」或過杭，必訪予叔祖，宴飲傳桂堂，留連累日。嘗以《香奩八題》見示，予依其體作八詩以呈。稿附家集中，忘之久矣。今尚記數聯，《花塵春迹》云：「燕尾點波微有暈，鳳頭踏月悄無聲。」《黛眉顰色》云：「恨從張敞毫邊起，春向梁鴻案上生。」《金錢卜歡》云：「織錦軒窗聞笑語，採蘋洲渚聽愁吁。」《香頰啼痕》云：「斑斑湘竹非因雨，點點楊花不是春。」廉夫加稱賞，謂叔祖云：「此君家千里駒也。」因以「鞋」、「杯」命題，予製《沁園春》以呈。大喜，即命侍妓歌以行酒。詞云：「一掬嬌春，弓樣新裁，蓮步未移。笑書生量窄，愛渠儘小。主人情重，酌我休遲。醞釀朝雲，斟量暮雨，能使麴生風味奇。何須去，向花塵留迹，月地偷期。風流到手偏宜，便豪吸雄吞不用辭。任凌波南浦，惟誇羅襪。賞花上苑，祇勸金卮。羅帕高擎，銀瓶低注，絶勝翠裙深掩時。華筵散，奈此心先醉，此恨誰知。」歡飲而罷，袖其稿以去。

雨淋鶴

張仲舉，至正初爲集慶路學訓導，御史下學點視稟膳，鄰齋出對云：「豸冠點饌。」是日，適用驢肉，仲舉戲續云：「驢肉作羹。」御史聞之大怒，欲逮捕之，乘夜逃奔揚州。時揚州方全盛，衆素聞其名，皆延致之。仲舉肢體昂藏，行則偏竦一肩，衆爲詩以譏笑之。惟韓介玉一絶云：「垂柳陰陰翠拂檐，倚欄紅袖玉纖纖。先生掉臂長街上，十里朱樓盡下簾。」坐中皆失笑。時有相士在座，或曰：「仲舉病鶴形也。」相士曰：「不然，此雨淋鶴形，雨霽則冲霄矣。」後入大都，致位貴顯，果如其言。

歌風臺

張光弼，廬陵人，至正間爲浙省員外。張氏專擅，棄位不仕，以詩酒自娱，號一笑居士。有詩云：「一陣東風一陣寒，芭蕉長過石闌干。只消幾度曹騰醉，看得春光到牡丹。」蓋言時事也。一日，作《歌風臺》詩，乘醉來過，爲予朗誦之。詩云：「世間快意寧有此，亭長還鄉作天子。沛宫不樂復何爲?諸母父兄知舊事。酒酣起舞和兒歌,眼中盡是漢山河。韓彭誅夷黥布戮,且喜壯士今無多。縱酒極歡留十日,慷慨傷懷淚沾臆。萬乘旌旗不自尊,魂魄猶爲故鄉惜。由來樂極易生哀,泗水東流不再回。萬歲千秋誰不念,古之帝王安在哉?莓苔石刻今如許,幾度西風灞陵雨。漢家社稷四百年,荒臺猶是開基處。」蓋得意所作,豪邁跌宕,與題相稱。又嘗作唐宫詞數首,爲予誦之。中間云:「可憐三首清平調,不博西凉酒一杯。」予曰:「太白於沈香亭應制,親得御手調羹,貴妃捧硯,力士脱靴,不可謂不遇,何必『西凉酒一杯』乎?」光弼亦大笑。嘗曰:「吾死,埋骨西湖,題曰『詩人張員外墓』,足矣。」後亦如其言。

蘆花被

亡友丘彦能藏《蘆花被圖》,蓋模寫酸齋梁山濼故事。貢泰甫首題律詩一首,吴子立繼之,其餘數首而已。彦能寶惜此卷,不妄與人題,後遇吴敬夫,以其有詩名,出而求題。敬夫爲賦數首,皆不愜意。最後一首云:「秋風吟就蘆花被,一落人間知幾年。澤國江山今入畫,詩翁毛骨久成仙〔二〕。高情已落滄洲外,舊夢猶迷白鳥邊。展卷不知時世换,水光山色故依然。」彦能喜,

〔二〕「翁」,《知不足齋叢書》本作「人」。

始請登於卷。彦能嘗以《唐三學士弈棋圖》求題，予爲賦絶句云：「三人當局各藏機，思入幽玄下子遲。畢竟是誰高一著，風檐日影静中移。」彦能嘆賞。敬夫亦以《雪》詩見示，予和其「西」字韻云：「夜静有舟來剡曲，時平無馬入淮西。」敬夫亦加譽焉。予時年甚少，敬夫爲鄉前輩，彦能亦倍年以長。二人墓有宿草久矣，因念舊交，爲之慨然。

鍾馗圖

鄉丈凌彦翀，名雲翰，號柘軒。至正間，以《周易》經與士衡叔祖同登浙省鄉榜，授平江路學正，不赴。才高而學博，爲鄉黨所推。一日來訪，叔祖不在，以所和石湖《田園雜興》詩一帙，留寄舍下。數日，予盡和之。及見，大驚喜，爲作序文於前，因是遂刮目相視，且嘆叔祖之不能盡知也。繼以梅詞《霜天曉角》一百首、柳詞《柳梢青》一百首，號梅柳争春者，屬予和之。予亦依韻和就，大加賞拔。予視先生猶大父行，而先生不以齒德自居，過以小友見待，每於諸長上前稱之不容口，喜後進之有人也。洪武庚申冬，爲人題鍾馗圖云：「朔風吹沙目欲眯，官柳摇金梅綻蕊。終南進士倔然起[一]，帶束藍袍靴露趾。手掣硬黄書一紙，若曰上帝錫爾祉。蝟磔于思含老

[一]「倔」，原本缺，據南圖本、《知不足齋叢書》本補。

齒，頤指守門荼與壘，肯放妖狐摇九尾。一聲爆竹人盡靡，明日春光萬餘里。」不數日，爲鄉人官於外郡者飛舉。里胥臨門，不容辭避，迫脅上路，到京授四川學官，遂成詩讖。在任以乏貢舉謫南荒以卒，歸骨西湖。予送之葬，有絶句云：「一去西川隔夜臺，忍看白璧瘞蒼苔。酒朋詩友凋零盡，只有存齋冒雨來。」蓋感知己也。

吴敬夫父子

吴敬夫之子慥，爲官四川，敬夫思之，作詩云：「劍閣凌雲鳥道邊，路難聞説上青天。山川萬里身如寄，鴻雁三秋信不傳。落葉打窗風似雨，孤燈背壁夜如年。老懷一掬鍾情淚，幾度沾衣獨泫然。」嘗爲予誦之。敬夫卒，慥丁憂還家。訪予，自誦其詩曰：「薄宦蕭然作遠遊，行囊那得一錢留。孟光不比蘇秦婦，肯笑歸來只敝裘。」自誇其廉，且矜其妻之賢也。予因舉敬夫前詩謂曰：「尊翁有念子之情，而子乃獨歸美其婦，何耶？」慥慚笑而去。

桂孟平題新話

庚辰歲秋，權停江北五布司學校。予在河南，孟平在山東，各齎學印赴禮部交納。孟平訪予於大中街旅舍，相見甚歡。予置酒，出《紀行返棹編》示之。孟平贈詩，有「江湖得趣詩盈卷，故舊忘懷酒滿樽」之句。予後授太學助教，孟平授谷府奉祠，寄小詞，末句云：「卷起緑袍袖，舞個大齋郎。」鄰堂王達善助教，亦好作詞，見之大笑，喜其善謔也。孟平刻意於詩，有日課之工，嘗手書百篇寄予。孟平後卒於長沙，予亦遭難，家事零落，所寄詩亦被人取去，獨《題翦燈新話》長篇，載在卷首，幸而存焉，乃訓導錢塘邑庠日所作也。備録於此，以寓鄰笛之悲云：「山陽才人疇與侶，開口爲今闔爲古。春以桃花染性情，秋將桂子薰言語。感離撫遇心怦怦，道是無憑還有憑。沈沈帳底晝吹笛，煦煦窗間宵翦燈。倏而晴兮忽而雨，悲欲啼兮喜欲舞。玉簫倚月吹鳳凰，金栅和烟鎖鸚鵡。造化有迹尸者誰，一念才萌方寸移。善善惡惡苟無失，怪怪奇奇將有之。丈夫未達虎爲狗，濯足滄浪泥數斗。氣酣骨聳錚有聲，脱幘目光如電走。道人青蛇天動摇，不斬尋常花月妖。茫茫塵海漚萬點，落落雲松酒半瓢。世間萬事泡幻爾，往往有情能不死。十二巫山誰道深，雲母屏風薄如紙。鶯鶯宅前芳草迷，燕燕樓中明月低。從來松柏有孤操，不獨鴛鴦能並棲。久在錢塘江上住，厭見潮來又潮去。燕子銜春幾度回，斷夢殘魂落何處？還君此編長嘯歌，便欲酌以金叵羅。醉來呼枕睡一覺，高車駟馬游南柯。」

莫士安寄問

莫士安，湖州人，爲國子助教，以古文擅名，詩筆亦敏贍，同輩皆弗及也。司業廳前有丹杏一株，當繁盛時，監丞王峻用置酒花下，同席者分韻各賦五言古體一章。次年，予轉擢周府，次子達亦領河南鄉薦，士安寄詩云：「問訊先生復自憐，家風喜得二郎賢。兩經寒暑無書寄，一卷春秋有子傳。丹杏開花思舊會，黄楊厄閏直殘年。洪恩若許還鄉去，茅屋荒苔老石田。」「丹杏開花」指舊事，時士安謫吴中治水，故有「黄楊厄閏」之語。

宣和畫木犀

宣和畫瓶中折枝木犀，莫士安嘗舉鄉人張來儀一詩云：「玉色官瓶出内家，天香濃浸月中葩。六宮總愛新凉好，不道金風捲翠華。」爲予稱誦之，予遂擬作一首云：「金溝水活玉瓶寬，分得天葩下廣寒。可惜秋香容易落，不如留向月中看。」士安亦稱善。

折桂枝

章彦復自福建省檢校回杭，過鄞，先君置酒待之。予適自學舍歸，彦復即席指雞爲題，命賦詩。予勉成四句以呈云：「宋宗窗下對談高，五德聲名五彩毛。自是范張情誼重，割烹何必用牛刀？」彦復大加稱賞，手寫桂花一枝，並題詩其上以贈云：「瞿君有子早能詩，風采英英蘭玉姿。天上麒麟元有種，定應高折廣寒枝。」時予年始十四云。

十月桃

先伯嘗誦《十月桃花》詩一聯云：「劉郎再來歲云暮，王母一笑天回春。」當時不曾問爲何人所作，並請舉其全篇，爲可惜也。又記錢用壬爲張氏參政，新納妾名「小桃」，謝元功以詩賀之，一聯云：「平分阿母池頭景，淺發參軍幕下春。」當時亦稱頌之。

芭蕉花

仁和誠意齋生陳瑶，爲學勤敏，而性資老成。憲官至學，出對云：「筆底春風轉轉生。」瑶對曰：「絃間曉溜嘈嘈瀉。」又出對云：「輕摇紈扇，清風透入人懷。」瑶對曰：「高捧玉盤，明月飛來我手。」庭下芭蕉開花，命題賦詩。瑶一聯云：「白藕作花還葉葉，碧蜂生子自房房。」形容酷似之，諸生皆袖手。後以歲貢赴京，除敘州邑簿，非其志也。竟以事累，謫死南荒，惜哉！

賣花聲

謝宗可《百詠》詩，世多傳誦，除《走馬燈》、《蓮葉舟》、《混堂》、《睡燕》數篇外，難得全首佳者。曏見丘彦能誦其《賣花聲》一首，《百詠》中不載。詩云：「春光叫盡費千金，紫艷紅香藉好音。幾處唤回遊冶夢，誰家不動惜芳心。韻傳楊柳門庭曉〔二〕，響徹鞦韆院落深。忽被捲簾人唤住，蝶蜂隨擔過墻陰。」

詠鐵笛

楊廉夫初居吴山鐵冶嶺，號鐵崖。後遷松江，又號鐵笛道人。卞宜之作《鐵笛》詩寄之云：「一段清冰百鍊鋼，曾翻宫徵事虚皇。裂開黄鶴磯頭石，驚落青鸞鏡裏霜。仙子珮環新樂府，翰林風月舊文章。道人清節磨礱久，却笑桓伊獨據床。」廉夫喜之。同時有《製鐵笛賦》者，造語粗率，不若詩也。

詠炭詩

詠炭詩，楊誠齋有「烏銀玉質金石聲，見火忽作爆竹鳴。不知何喜唧唧吟，不知何怒泄不平。到渠怒定兩耳熱，銅瓶在傍却饒舌」一篇。曾見貢有初傳誦郭矮梅八句，甚工，詩云：「樵青黎面學崑崙，斫月燒雲樹欲髡。萬竈黑烟灰出劫，一星紅焰火還魂。污身若有仙翁幻，報國

〔二〕「曉」，《知不足齋叢書》本作「晚」。

今無義士吞。曾似茅齋風雪夜，地鑪榾柮暖温温。」又《詠簾》詩，止記中間二聯云：「紅影眼花春撲撲，玉鈎心事日懸懸。思歸梁燕心長切，望幸宫娥眼欲穿。」矮梅，江西人，惜不記其名字。

楊妃襪

詩社以楊妃襪爲題，楊廉夫一聯云：「安危豈料關天步，生死猶能繫俗情。」題目雖小，而議論甚大，所以諸人莫能及。

御溝流葉

雅正卿有《四美人圖》詩，惟《御溝流葉》最佳：「彩毫將恨付霜紅，恨自綿綿水自東。金屋有關防虎豹，玉書無路托鱗鴻。秋期暗度鶩催織，春信潛通誤守宫。莫道人間音問杳，明年錦樹又西風。」琢句甚工。

哀姑蘇

吴元年，國兵圍姑蘇，臨危，張士誠聚其族齊雲樓，舉火焚之。縊，不死，就擒。王叔閏有詩哀之云：「天星夜墮水犀軍，又見吴宫走鹿群。睥睨金湯徒自棄，倉皇玉石竟俱焚。將軍只合田横死，國士今無豫讓聞。風雨明年寒食節，麥盂誰灑太妃墳。」先伯亦有絶句云：「虎門龍争既不能，雞鳴狗盜亦何曾。陳平韓信皆歸漢，只欠彭城老范增。」蓋張氏據有浙西富饒地，而好養士。凡不得志於前元者，争趨附之，美官豐禄，富貴赫然。有爲北樂府譏之云：「皂羅辮兒緊札梢，頭戴方檐帽。穿領闊袖衫，坐個四人轎，又是張吴王米蟲兒來到了。」及城破，無一人死難者，武夫健將，惟束手賣降而已。詩意有所謂也。

紀吴亡事

姑蘇之被圍也，唐伯剛和人「泥」字韻云：「玉樓金屋愁如海，布襪青鞋醉似泥。」謂當時居權要者，不如處閒散之樂也。社友王元載亦誦一詩，不知何人所作。詩云：「二十四友金谷宴，千三百里錦帆遊。人間無此榮華樂，無此榮華無此愁。」詩意與前詩亦相類。〔一〕

弔白門

陳剛中《白門》詩云：「布死城南未足悲，老瞞可是算無遺。不知别有三分者，只在當時大

〔一〕此處《知不足齋叢書》本有鮑氏按語：「廷博案：此葛天民詩，見《貴耳集》。」

耳兒。」詠曹操殺呂布事。布被縛，曰：「縛太急。」操曰：「縛虎不得不急。」意欲生之。劉備在坐，曰：「明公不見呂布事丁建陽、董太師乎？」布罵曰：「此大耳兒，叵奈不記轅門射戟時也？」張思廉作《縛虎行》云：「白門樓下兵合圍，白門樓上虎伏威。戟尖不掉丈二尾，袍花已脱斑斕衣。捽虎腦，截虎爪。眼視虎，如猫小。猛跳不越當塗高，血吻空腥千里草。養虎肉不飽，虎饑能噬人。縛虎繩不急，繩寬虎無親。坐中叵奈劉將軍，不從猛虎食漢賊，反殺猛虎生賊臣，食原食卓何足嗔？」記當時事，調笑可誦。思廉有《詠史樂府》一編，皆用此體。

西湖竹枝

《西湖竹枝詞》，楊廉夫爲倡，和者甚衆，皆詠湖山之勝、人物之美，而寓情於中，大率一律。惟二人詩云：「春暉堂上挽郎衣，别郎問郎何日歸。黄金臺高倘回首，南高峰頂白雲飛。」「官河繞湖湖繞城，河水不如湖水清。不用千金酬一笑，郎恩才重妾身輕。」用意稍别，惜不記其人姓名。

吴山遊女

貢有初，泰甫尚書姪，工詩。春日見吴山遊女之盛，作絶句云：「十八姑兒淺淡妝，春衣初試柳芽黄。三三五五東風裏，去上吴山答願香。」特過予誦之，其詩新嫩奇巧多類是。惟《送戴伯貞還廣西》一律云：「桂江烟水接瀟湘，逐客南歸道路長。卷裏漫多新制作，篋中猶是舊衣裳。逢人盡説官如水，老我相看鬢已霜。此去莫教音問斷，雁飛今喜過衡陽。」叙事委曲，而感慨繫之，出諸作之上。

送還俗入道

孫花翁《送女冠還俗》云：「脱却霞綃上醮衣，女童髽髻緑楊垂。重調螺黛爲眉淺，再試弓鞋舉步遲。紫府烟花鶯唤醒，丹房雲雨鶴通知。簾低紅杏春風暖，清夢應曾見舊師。」段吉甫《送妓入道》云：「歌舞當年第一流，洗妝今日别青樓。便從南岳夫人去，肯爲蘇州刺史留。琳館月明簫鳳下，瑣窗花老鏡鸞收。却憐愁絶潯陽婦，嫁得商人已白頭。」事不同而語皆工。

觀燈句

洪武間，杭州元夕張燈頗盛。予因遊觀，有句云：「三市華燈依舊好，一天明月爲誰圓。」惟郁魯珍和云：「春燈閒論誰家好，夜月初看此度圓。」句意甚新，爲衆推許。魯珍後爲官陝西，被罪，退居獨山村中，不復入城。寄詩云：「我已栽成三徑菊，君今著就幾編書。」然竟以題《松石軒詩卷》被累，死獄中。其被逮也，見予，誦許仲晦詩「村逕繞山松葉滑，柴門臨水稻花香」、「牛羊晚食鋪平地，鸛鶴晴飛磨遠天」、「日落遠波驚宿雁，風吹輕浪起眠鷗」等句，謂寫村居之景，曲盡其妙，今不復見矣。予因其言，念郢州詩之妙，而亦哀魯珍之不幸也。

晚涼句

「水殿雲廊三十六，不知何處晚涼多」，王子宣詩；「晚涼浴罷閒無事，水閣東頭看月生」，吴主一詩。二人在當時皆以詩鳴，此其得意句也。

汴梁風土

汴梁爲宋東京，士人遊宦者，少得清暇，以遂宴賞之樂。當時有「賣花擔上觀桃李，拍酒樓前聽管絃」之句。伴讀黄體方續之云：「雨後淤泥填紫陌，風前塵土障青天。」蓋街道無溝渠，又不用磚石甃，遇雨則行潦縱横。而地迫黄河，風起則塵沙蔽日，不可開目。嘗集體仁門，體方戲語同列云：「此所謂『東華軟紅塵』也。」

相國寺

汴梁相國寺，暇日予與黄體方過焉，將謂有南方花木之勝，香茗之供，而鄙陋殊甚。僧皆氈帽皮靴，髮長過寸，言貌粗俗，體方呼爲「惡僧」，口占云：「步入空門見惡僧，紅氈被體髮鬅鬙。」予續之曰：「一言能得君王意，安得當年老贊寧。」蓋宋初，贊寧爲寺主，太祖至寺行香，問曰：「朕見佛，拜是不拜是？」對曰：「現在佛不拜過去佛。」大合帝意，遂爲定禮。

梧竹軒

丁鶴年，回回人。至正末，方氏據浙東，深忌色目人。鶴年畏禍，遷避無常居。有句云：「行蹤不異梟東徙，心事惟隨雁北飛。」識者憐之。作詩極工，《題梧竹軒》云：「鳴鳥當年此地過〔一〕，至今梧竹滿丘阿。曾聞翦葉書周史，又聽翻枝入楚歌。金井月明秋影薄，石壇風細夜凉多。中郎老去知音少，共負奇材奈爾何。」時作者已滿卷，此詩一出，皆爲斂衽。又《逃禪室與蘇生話舊》云：「不學揚雄事草玄，且隨蘇晉暫逃禪。無錐可卓香嚴地，有杜難擎杞國天。謾詫丹霞燒木佛，誰憐玉露泣銅仙。茫茫東海皆魚鱉，何處堪容魯仲連？」感時書事，而鍊句精緻如此。後至杭，見予所集《鼓吹續音》，繙閱再過，惜其中有未盡善者，謂予：「當以此爲限，更博求諸作，得一善者，則易去一疵者，此亦著述之法也。」因手鈔所作序文而去。今此集久已散失，而

〔一〕「鳴」，《知不足齋叢書》本作「鳳」。

鶴年言猶在耳，可爲太息也。

竹雪齋

盱江胡子昂，能詩嗜飲，字體逼趙松雪，因自號「竹雪」。求予作竹雪齋詩，久不及奉。近隨邊將守御興和，枉道來顧，去後復以書來督，始爲作長歌一篇寄去。子昂甚喜，亦和韻來答。予詩曰：「盱江才子世無匹，作字哦詩俱第一。酒酣落筆風雨生，滿幅龍蛇飛猍猍。平生與竹同歲寒，手種千竿復萬竿。開窗倚檻忽有得，四圍總是青琅玕。山空歲晚獨相對，一夜幻成銀色界。靜聽春蠶食葉聲，閒看瑞鳳穿花態。瓊琚玉珮下朝端，聯珠積翠紛成團。曳履先生太寒乞，煮茶學士真儒酸。何似銜杯自賓主，戲呼元穎相爾汝。臨池一掃陣雲開，狂欲歌兮喜欲舞。手斡造化天無功，顛張醉素趨下風。一紙千金世争惜[二]，不數前朝松雪翁。」子昂和韻云：「春秋家學疇可匹，道德文章追六一。吁嗟白璧點蒼蠅，麈尾祛之猶猍猍。一從遊宦閱暑寒，桐江抛却老釣竿。劬書磨盡萬鋌墨，狂吟題遍千琅玕。山陰正與剡溪對，蘭亭曾把烏絲界。霜猿抱樹恣盤拏，雲鶴遊天隨變態。凝神運腕任筆端，硯池飛雨暝作團。筠陽太守有篆癖，山東僉憲

〔二〕「争」，《知不足齋叢書》本作「珍」。

無文酸。袁安愛以菊爲主，墨汁淋漓能貌汝。老夫撚斷幾莖髭，笑看邊城六花舞。麴生於我最有功，一醉四座生春風。個中真趣知者寡，此意寄謝存齋翁。」仍題云「兼東唐太守晏僉憲袁教習」，時三人與予同寓保安。後一年，興和失守，子昂死焉。悲夫！

捐生妓館

陳嵩，字子肅，生富豪家，與予同歲。從叔祖學詩，好爲奇俊語，《春日遊湖上》有句云：「茜紅女兒歌白紵，墨黑燕子來烏衣。」後商於閩中，盤桓妓館，寄予詩云：「青銅三百一斗酒，荔子十八誰家娘。」信奇俊可喜。逾一歲，竟卒於妓館，年始二十三云。

新婚詠梅

鄰友陸仲連新娶，忽詠《梅花》詩云：「練裙縞袂誰家女，背立東風怨曉寒。」不久遽卒，蓋讖兆也。

和獄中詩

永樂間，予閉錦衣衛獄，胡子昂亦以詩禍繼至，同處囹圄中。子昂每誦東坡《繫御史臺獄》

二詩，索予和焉。予在困吝中，辭之不獲，勉爲用韻作二首。時孫碧雲、蘭古春二高士亦同在圜室，見之，過相賞嘆。今子昂已矣，追念舊處患難，爲之泫然。詩云：「一落危途又幾春，百憂交集未亡身。不才棄斥逢明主，多難扶持望故人。有字五千能講道，無錢十萬可通神。忘懷且共團圞坐，滿炷爐香説善因。」「酸風苦霧雨凄凄，愁掩圜扉坐榻低。投老漸思依木佛，受恩未許拜金雞。艱難饋食憐無母，辛苦迴文賴有妻。何日湖船載春酒，一篙撐過斷橋西。」

廉夫詩格

楊廉夫詩：「二月皇都花滿城，美人多病苦多情。一雙孔雀行瑶圃，十二飛鴻上錦箏。酒掬真珠傳玉掌，羹分甘露倒銀罌。不堪容易少年老，争遣狂夫作後生。」又云：「天街如水夜初凉，照室銅盤璧月光。别院三千紅芍藥，洞房七十紫鴛鴦。繡靴蹋踘勾驪樣，羅帕垂彎女直妝。願汝康强好眠食，百年歡樂未渠央。」又云：「公子銀瓶分汗酒，佳人金勝翦春花。」又云：「金埒近收青海駿，錦籠初教雪衣娘。」又云：「小洞桃花落香雪，大隄楊柳舞晴烟。」皆言宴賞遊樂之意，亦其平日性格所好也〔二〕。

〔二〕「日」，《知不足齋叢書》本作「生」。

光弼詩格

張光弼詩：「免冑日趨丞相府，解鞍夜宿五侯家。玉杯行酒聽春雨，銀燭照天生晚霞。世亂且從軍旅事，功成須插御筵花。漢王未可輕韓信，尚要生擒吕左車。」又云：「西樓柳風吹晚凉，石榴裙映黄金觴。纖歌不斷白日速，微雨欲度行雲凉。笑看席上賦鸚鵡，醉聽門前嘶驌驦。早晚平吴王事畢，羽書飛捷入朝堂。」蓋時在楊完者左丞幕下，故所賦如此。又云：「峽蝶畫羅宫樣扇，珊瑚小柱教坊箏。」又云：「玉瓶注酒雙鬟緑，銀甲調箏十指寒。」又云：「新妝滿面猶看鏡，殘夢關心懶下樓。」多爲杭人傳誦。其一時富貴華侈，盡見於詩云。

年老還鄉

鄞士黄德廣，至正初，入大都求仕，所望不過南方一教職而已，交遊竟無一援引之者。客居以教書爲生，娶妻生子，二十年餘。元末，天下擾攘，比歲饑饉，南北路阻，始附海舟而歸。去日少壯，回則蒼顔華髮，故舊罕在者。誦賀知章「兒童相見不相識，却問客從何處來」之句，以寓慨嘆。予從先師往訪之，見其所持扇上一詩，乃在北日所作者。詩云：「東風一曲浣溪沙，客子行吟對日斜。猶記金陵貰春酒，小姬能唱後庭花。」亦醖藉可誦，而命運不遇如此。蓋元朝任官，惟尚門第，非國人右族，不輕授以爵位。至於南産，尤疏賤之，一官半職，鮮有得者。馴至失國，殆亦由此去。

塞垣風景

予謫保安，周府教授滕碩亦以事累繼至。見予，每誦元遺山《送李參軍赴塞上》長篇，謂：「舊讀此詩，備悉塞垣之苦，豈料今日親涉此境。」輒潸然墮淚，若不能堪者。予愛其詩，因請詳讀而備録之：「五日過居庸，十日度桑乾。受降城北幾千里，出塞入塞沙漫漫。古來丈夫淚，不灑離别間。今日送君行，涕泗流欲潸。生男莫作班定遠，萬里馳書望玉關。生女莫作王明妃，一去紫臺空珮環。我知驥子墮地走四方，我知鴻鵠意氣凌雲端。草間斥鷃亦自樂，扶摇萬里何能摶？一衣敝緼袍，一飯苜蓿盤。歲時壽翁媪，團圞有餘歡。縱令一朝便得八州督，曾如庭下彩衣起舞春斕斑。去年洛陽陌，今年指天山。地遠馬肩破，霜重貂裘單。朔風浩浩來，客子慘在顔。野孤嶺上一回首，未必君心如石頑。君不見衡山烏，乳哺不得須臾閒。衆雛一分散，慈烏四顧聲悲酸。塞鴻來時八九月，白頭阿母望君還。」全篇叙塞垣之景、客旅之情，誠詳悉矣。滕與予同庚，到此不半載，竟以憂卒。而予猶留滯於此，未得解脱云。

附録

存齋詩話小序

錢塘存齋瞿先生宗吉，在國初時，著《詩話》三卷，大略似野史，有抑揚可法之旨，非汗漫無稽之詞，久成全梓。或取而觀之，可資多識，特其名號近於訂頑砭愚起争端之謂，不若直謂之《存齋詩話》也。昔范文正見片文隻字有關世道，不忍輕棄，况此其全編乎？予不敏，敢以正于詩壇君子。

弘治庚申冬，賜進士知錢塘縣事安成胡道識。

錢唐瞿存齋先生，明洪武中，以薦歷仁和、臨安、宜陽三學教職，入爲國子助教，升周府右長史。永樂初，以詩禍謫戍保安，洪熙乙巳，赦還。此《歸田詩話》三卷，蓋還鄉以後所作也。先生《明史》無傳，詩禍之説，見于萬曆《杭州府志》、郎瑛《七修類稿》，謂其「坐輔導失職，繫錦衣獄，罪竄保安」。先生本集不可得見，無由考其得禍者爲何詩。同時以詩禍閉錦衣獄者，更有胡子昂，而子昂又無可考。又同時被謫至保安者，有滕碩、鄧林，而滕、鄧二君，亦不詳其故。序詩話者，或稱其居閒金臺，或稱其謫居塞外。殆由文皇入據大統，人心未安，常恐人臣竊議其後。所謂詩禍，或寓誹譏，當代詞人，多爲隱諱，不能悉其故矣。若云輔導失職，則恐未然。考周王橚爲文皇同母弟，文皇待之極厚。建文時，橚有異謀，次子有爋告變，竄徙蒙化。已，復召還京，錮之。永樂初，復爵加禄，歸其舊封。至十八年，有告橚反者，察之有驗，文皇憐之，不復問。夫周藩與成祖，並見疑于建文，故成祖踐祚之初，首爲復國。其後雖反狀有驗，且猶憐之。則當復國之初，豈有刻意防閑，罪及輔導之理？先生謫戍事在永樂初，若因十八年橚反一事，而謂其失職，疑其時先已被譴矣。萬曆《府志》極稱其師道振舉，輔弼有法，似郎氏有傳聞之誤也。惟《府志》云：「久之釋歸，復原職，内閣辨事，年八十七卒。」今《通志》亦因之。參之他書，皆無復職辨事之語，不知其何所本也？先生著述甚富，見于《府志》者，有《春秋貫珠》、《詩經正葩》、《閱史管見》、《鼓吹續音》；見于《七修類稿》者，有《通鑑集覽鐫誤》、《香臺集》、《香臺續詠》、《香臺新詠》、《翦燈新話》、《樂府遺音》、《興觀詩》、《順承稿》、《存齋遺稿》、《詠物詩》、《屏山佳趣》、《樂全稿》、《餘清曲譜》、《天機雲錦》、《遊藝録》、《大藏搜奇》、《學海遺珠》、《歸田詩話》；見于《明詩綜小傳》者，有《存齋樂全集》、《香臺百詠》。諸種中惟《樂府遺音》五卷，曾于《兩浙遺書總録》中，見其已獲經進。《詠物新題百首》，予于吴山書肆購得之，是影鈔正統刊本，未知不存，僅存題後八句；而《静志居詩話》亦深惜其不得見，及題後一詩，又不采入《詩綜》。可知與《香臺新詠》、《香臺百詠》、《詠物詩》，名異而書同否也？《鼓吹續音》，則先生已自言其散失《歸田詩話》，竹垞尚未之見也。詩話標題不一，胡道序謂之《存齋》，焦氏《志》、《明史·志》、《千頃堂書目》，皆謂之《吟堂》，《百川書志》、《浙江通志》皆作《存齋》、《歸田》。要之，《吟堂》也，《存齋》也，《歸田》也，一書三名，無足異也。今吾友鮑君以文據先生自序定爲《歸田》，刊畢，屬爲校正。因雜采衆説，附綴于後，以俟博涉群籍者考訂焉。

乾隆乙未十月四日，朱文藻跋。

（以上二序據《知不足齋叢書》本録）

麓堂詩話

一卷

李東陽◇撰

郭時羽◎點校

麓堂詩話序

近世所傳詩話，雜出蔓辭，殊不强人意。惟嚴滄浪《詩談》，深得詩家三昧，關中既梓行之。是編乃今少師大學士西涯李先生公餘隨筆[一]，藏之家笥，未嘗出以示人，鐸得而録焉。其間立論，皆先生所獨得，實有發前人之所未發者。先生之獨步斯世，若杜之在唐，蘇之在宋，虞伯生之在元，集諸家之長而大成之。故其評騭折衷，如老吏斷律，無不曲當。人在堂上，方能辨堂下人曲直，予於是亦云。用托之木，與滄浪並傳。雖非先生意，亦天下學士大夫意也。於戲！先生人品行業，有耳目皆能知之者[二]，文章乃其餘事，《詩話》云乎哉？姑識鄙意於後。遼陽王鐸序。

[一] 「涯」，原本抄脱，補於「公」字下，據《知不足齋叢書》本改。

[二] 《知不足齋叢書》本此句作「有耳目者皆能知之」。

麓堂詩話

《詩》在六經中别是一教，蓋六藝中之樂也。樂始於詩，終於律，人聲和則樂聲和。又取其聲之和者，以陶寫情性，感發志意，動盪血脉，流通精神，有至於手舞足蹈而不自覺者。後世詩與樂判而爲二，雖有格律，而無音韻，是不過爲俳偶之文而已。使徒以文而已也，則古之教何必以詩律爲哉！

古詩與律不同體，必各用其體，乃爲合格。然律猶可間出古意，古不可涉律。古涉律調，如謝靈運「池塘生春草」、「紅藥當階翻〔二〕」，雖一時傳誦，固已移於流俗而不自覺。若孟浩然「一杯還一曲，不覺夕陽沉」，杜子美「獨樹花發自分明」、「春渚日落夢相牽」，李太白「鸚鵡西飛隴山去，芳洲之樹何青青」，崔顥「黄鶴一去不復返，白雲千載空悠悠」，乃律間出古，要自不厭也。予少時嘗曰：「幽人不到處，茅屋自成村。」又曰：「欲往愁無路，山高谿水深。」雖極力摹擬，恨不能萬一耳。

〔二〕按，此句乃謝朓《直中書省》詩，見《四部叢刊》景宋本《六臣注文選》卷三十。

詩貴意，意貴遠不貴近，貴淡不貴濃。濃而近者易識，淡而遠者難知。如杜子美「鈎簾宿鷺起，丸藥流鶯囀」、「不通姓字粗豪甚，指點銀缾索酒嘗」、「銜泥點涴琴書内，更接飛蟲打著人」，李太白「桃花流水杳然去，别有天地非人間」，王摩詰「返景入深林，復照莓苔上」，皆淡而愈濃，近而愈遠，可與知者道，難與俗人言。王介甫得之，曰：「坐看蒼苔色，欲上人衣來〔一〕。」虞伯生得之，曰：「不及清江轉柁鼓，洗盞船頭沙鳥鳴。」曰：「繡簾美人時共看，階前青草落花多。」楊廉夫得之，曰：「南高峰雲北高雨，雲雨相隨惱殺儂。」可謂閉户造車，出門合轍矣。

柳子厚「回看天際下中流，巖畔無心雲相逐」，坡翁欲削此二句，論詩者類不免矮人看場之病。予謂若止用前四句，則與晚唐何異？然未敢以語人。兒子兆先一日過庭，輒自及此，予頗訝之。又一日，忽曰：「劉長卿『白馬翩翩春草細，邵陵西去獵平原』，非但人不能道，抑恐不能識。」因誦予《桔槔亭》曰：「閑行看流水，隨意滿平田。」《響閘》曰：「津吏河上來，坐看青草短。」《海子》曰：「高樓沙口望，正見打魚船。」《夜坐》曰：「寒燈照影獨自坐〔二〕，童子無語對人閑。」以爲三四年前尚疑此語不可解，今灑然矣。予乃顧而笑曰：「有是哉。」

〔一〕按，此乃王維《書事》詩句，見乾隆刻本《王右丞集箋注》卷十五外編四十七首於該詩之引證。

〔二〕「自」、「坐」，原本倒乙，據《知不足齋叢書》本及康熙刻本《懷麓堂集》卷十一《答奚元啓四首次韻》其三改。

古律詩各有音節，然皆限於字數，求之不難；惟樂府長短句，初無定數，最難調疊，然亦有自然之聲。古所謂「聲依永」者，謂有長短之節，非徒永也，故隨其長短，皆可以播之律吕，而其太長太短之無節者，則不足以爲樂。今泥古詩之成聲，平側長短，句句字字，摹倣而不敢失，非惟格調有限，亦無以發人之情性。若往復諷詠，久而自有所得，得於心而發之於聲，則雖千變萬化，如珠之走盤，自不越乎法度之外矣。如李太白《遠别離》、杜子美《桃竹杖》，皆極其操縱，曷嘗按古人聲調，而和順委曲乃如此，固初學所未到。然學而未至乎是，亦未可與言詩也。

詩必有具眼，亦必有具耳。眼主格，耳主聲。聞琴斷，知爲第幾絃，此具耳也；月下隔窗辨五色線，此具眼也。費侍郎廷言嘗問作詩，予曰：「試取所未見詩，即能識其時代、格調，十不失一，乃爲有得。」費殊不信。一日，與喬編修維翰觀新頒中秘書[二]，予適至，費即掩卷問曰：「請問此何代詩也？」予取讀一篇，輒曰：「唐詩也。」又問：「何人？」予曰：「須看兩首。」看畢，曰：「非白樂天乎？」於是二人大笑，啓卷視之，蓋《長慶集》，印本不傳久矣。

唐人不言詩法，詩法多出宋，而宋人於詩無所得。所謂法者，不過一字一句對偶雕琢之工，而天真興致則未可與道。其高者失之捕風捉影，而卑者坐於黏皮帶骨，至於江西詩派極矣。惟

〔二〕「翰」，原本抄脱，補於「中」字下，據《知不足齋叢書》本改。

嚴滄浪所論，超離塵俗，真若有所自得，反覆譬説，未嘗有失。顧其所自爲作，徒得唐人體面，而亦少超拔警策之處。予嘗謂識得十分，只做得八九分，其一二分乃拘於才力，其滄浪之謂乎？若是者往往而然。然未有識分數少而作分數多者，故識先而力後。

宋詩深，却去唐遠；元詩淺，去唐却近。顧元不可爲法，所謂取法乎中，僅得其下耳。極元之選，惟劉静修、虞伯生二人皆能名家，莫可軒輊。世恒爲劉左袒，雖陸静逸鼎儀亦然。予獨謂高牙大纛，堂堂正正，攻堅而折鋭，則劉有一日之長；若藏鋒斂鍔，出奇制勝，如珠之走盤，馬之行空，始若不見其妙，而探之愈深，引之愈長，則於虞有取焉。然此非謂道學名節論，乃爲詩論也。與予論合者，惟張滄洲亨父、謝方石鳴治。亨父已矣，方石亦歸老數千里外。知我罪我，世固有君子存焉，當何如哉！

唐詩李、杜之外，孟浩然、王摩詰足稱大家。王詩豐縟而不華靡[二]，孟却專心古澹而悠遠深厚，自無寒儉枯瘠之病。由此言之，則孟爲尤勝。儲光羲有孟之古而深遠不及，岑參有王之縟而又以華靡掩之，故杜子美稱「吾憐孟浩然」，稱「高人王右丞」，而不及儲、岑，其有以也夫。

觀《樂記》論樂聲處，便識得詩法。

[二] 「王」、「詩」，原本倒乙，據《知不足齋叢書》本改。

作詩不可以意徇辭，而須以辭達意。辭能達意，可歌可詠，則可以傳。王摩詰「陽關無故人」之句，盛唐以前所未道。此辭一出，一時傳誦不足，至爲三疊歌之。後之詠別者，千言萬語，殆不能出其意之外，必如是方可謂之達耳。

詩貴不經人道語。自有詩以來，經幾千百人，出幾千萬語，而不能窮。是物之理無窮，而詩之爲道亦無窮也。今令畫工畫十人，則必有相似而不能別出者，蓋其道小而易窮。而世之言詩者，每與畫並論〔一〕，則自小其道也。

「雞聲茅店月，人迹板橋霜」，人但知其能道羈愁野况於言意之表，不知二句中不用一二閑字，止提掇出緊關物色字樣，而音韻鏗鏘，意象具足，始爲難得。若强排硬疊，不論其字面之清濁，音韻之諧舛，而云我能寫景用事，豈可哉？

詩與文不同體。昔人謂杜子美以詩爲文，韓退之以文爲詩，固未然。然其所得所就，亦各有偏長獨到之處。近見名家大手以文章自命者，至其爲詩，則毫釐千里，終其身而不悟。然則詩果易言哉！

「寫留行道影，焚却坐禪身」，開口便自黏帶，已落第二義矣。所謂「燒殺活和尚」，正不須如

〔一〕「畫」、「並」，原本倒乙，據《知不足齋叢書》本改。

此說。

長篇中須有節奏，有操有縱，有正有變。若平鋪穩布，雖多無益〔二〕。唐詩類有委曲可喜之處，惟杜子美頓挫起伏，變化不測，可駭可愕，蓋其音響與格律正相稱。回視諸作，皆在下風。然學者不先得唐調，未可遽爲杜學也。

「月到梧桐上，風來楊柳邊」，豈不佳？終不似唐人句法。「芙蓉露下落，楊柳月中疏」，有何深意？却自是詩家語。

陳公父論詩專取聲，最得要領。潘禎應昌嘗謂予詩宫聲也，予訝而問之。潘言其父受於鄉先輩曰：「詩有五聲，全備者少，惟得宫聲者爲最優，蓋可以兼衆聲也〔三〕。李太白、杜子美爲宫，韓退之爲角，以此例之，雖百家可知也。」予初欲求聲於詩，不過心口相語，然不敢以示人。聞潘言始自信，以爲昔人先得我心，天下之理，出於自然者，固不約而同也。趙撝謙嘗作《聲音文字通》十二卷，未有刻本。本入内閣而亡其十一，止存總目一卷。以聲統字，字之於詩，亦一本而分者。於此觀之，尤信。門人輩有聞予言，必讓予曰「莫太洩漏天機」，否也。

〔二〕「多」，原本抄脱，補於下句「挫」字下，據《知不足齋叢書》本改。

〔三〕「以」，原本抄脱，補於「衆」字下，據《知不足齋叢書》本改。

國初諸詩人結社爲詩〔一〕，浦長源請入社，衆請所作。初誦數首皆未應，至「雲邊路繞巴山色，樹裏河流漢水聲」，並加賞嘆，遂納之。

林子羽《鳴盛集》專學唐，袁凱《在野集》專學杜，蓋皆極力摹擬，不但字面句法，并其題目亦效之，開卷驟視，宛若舊本。然細味之，求其流出肺腑、卓爾有立者，指不能一再屈也。宣德間有晏鐸者，選本朝詩，亦名《鳴盛詩集》。其第一首林子羽《應制》曰：「堤柳欲眠鶯喚起，宫花乍落鳥銜來。」蓋非林最得意者，則其他所選可知。其選袁凱《白燕》詩曰：「月明漢水初無影，雪滿梁園尚未歸。」曰：「趙家姊妹多相忌，莫向昭陽殿裏飛。」亦佳。若《蘇李泣別圖》曰：「猶有交情兩行淚，西風吹上漢臣衣。」而選不及，何也？

律詩對偶最難。如賈浪仙「獨行潭底影，數息樹邊身」，至有「兩句三年得」之句。許用晦「湘潭雲盡暮山出，巴蜀雪消春水來」，皆有感而後得者也。戴石屏「夕陽山外山」，對「春水渡傍渡」亦然。若晏元獻對「無可奈何花落去，似曾相識燕歸來」，尤覺相稱耳。

詩有三義，賦止居一，而比興居其二。所謂比與興者，皆托物寓情而爲之者也。蓋正言直述，則易於窮盡而難於感發；惟有所寓托，形容摹寫，反復諷詠，以俟人之自得，言有盡而意無

〔一〕「諸」，原本抄脱，補於「結」字下，據《知不足齋叢書》本改。

窮，則神爽飛動，手舞足蹈而不自覺。此詩之所以貴情思而輕事實也。

《元詩體要》載楊廉夫《香奩》絶句，有極鄙褻者，乃韓致堯詩也。

質而不俚，是詩家難事。樂府歌辭所載《木蘭辭》，前首最近古。唐詩，張文昌善用俚語，劉夢得《竹枝》亦入妙。至白樂天令老嫗解之，遂失之淺俗。其意豈不以李義山輩爲澀僻而反之，而弊一至是，豈古人之作端使然哉？

古歌辭貴簡遠。《大風歌》止三句，《易水歌》止二句，其感激悲壯，語短而意益長；《彈鋏歌》止一句，亦自有含悲飲恨之意。後世窮技極力，愈多而愈不及。予嘗題柯敬仲《墨竹》曰：「莫將畫竹論難易，剛道繁難簡更難。君看蕭蕭祇數葉，滿堂風雨不勝寒。」畫法與詩法通者，蓋此類也。

劉會孟名能評詩，自杜子美下至王摩詰、李長吉諸家皆有評，語簡意切，別是一機軸，諸人評詩者皆不及。及觀其所自作，則堆疊餖飣，殊乏興調，亦信乎創作之難也。

國初稱高、楊、張、徐。高季迪才力聲調過三人遠甚，百餘年來亦未見卓然有以過之者，但未見其止耳。張來儀、徐幼文殊不多見〔二〕。楊孟載《春草》詩最傳，其曰：「六朝舊恨斜陽外，南

〔二〕「幼文」，原本倒乙，據《知不足齋叢書》本改。

浦新愁細雨中〔二〕。」曰：「平川十里人歸晚，無數牛羊一笛風。」誠佳，然緑迷歌扇，紅襯舞裙，已不能脱元詩氣習。至「簾爲看山盡捲西」，更過纖巧；「春來簾幕怕朝東」，乃艷詞耳。今人類學楊而不學高者〔三〕，豈惟楊體易識，亦高差難學故邪？

詩用實字易，用虚字難。盛唐人善用虚，其開合呼唤，悠揚委曲，皆在於此。用之不善，則柔弱緩散，不復可振，亦當深戒。此予所獨得者。夏正夫嘗謂人曰：「李西涯專在虚字上用工夫，如何當得？」予聞而服之。

晦翁深於古詩，其效漢魏，至字字句句、平側高下亦相依倣；命意托興，則得之《三百篇》者爲多。觀所著《詩傳》，簡當精密，殆無遺憾，是可見已。《感興》之作，蓋以經史事理播之吟詠，豈可以後世詩家者流例論哉！

律詩起承轉合，不爲無法，但不可泥於法。泥則撑拄對待，四方八角，無圓活生動之意。然必待法度既定，從容閑習之餘，或溢而爲波，或變而爲奇，乃有自然之妙，是不可彊致也。若并廢之，亦奚以律爲哉？

〔二〕「新」，原本抄脱，補於下句「歸」字下，據《知不足齋叢書》本改。
〔三〕「高」、「者」，原本倒乙，據《知不足齋叢書》本改。

選詩誠難，必識足以兼諸家者，乃能選諸家；識足以兼一代者，乃能選一代。一代不數人，一人不數篇，而欲以一人選之，不亦難乎？選唐詩者，惟楊士弘《唐音》爲庶幾；次則周伯弼《三體》，但其分體過於細碎，而二書皆有不必選者。趙章泉《絶句》雖少而精，若《鼓吹》則多以晚唐卑陋者爲入格，吾無取焉耳。

古詩歌之聲調節奏，不傳久矣。比嘗聽人歌《關雎》、《鹿鳴》諸詩，不過以四字平引爲長聲，無甚高下緩急之節，意古之人不徒爾也。今之詩，惟吴越有歌，吴歌清而婉，越歌長而激，然士大夫亦不皆能。予所聞者，吴則張亨父，越則王古直仁輔，可稱名家。亨父不爲人歌，每自歌所爲詩，真有手舞足蹈意；仁輔性亦僻，不時得其歌，予值有得意詩，或令歌之，因以驗予所作。雖不必能自爲歌，往往合律，不待强致，而亦有不容强者也。

唐律多於聯上著工夫，如雍陶《白鷺》、鄭谷《鷓鴣》詩，二聯皆學究之高者；至于起結，即不成語矣。如杜子美《白鷹》起句，錢起《湘靈鼓瑟》結句，若奏金石以破蟋蟀之鳴，豈易得哉！

杜子美《漫興》諸絶句，有古《竹枝》意，跌宕奇古，超出詩人蹊徑。韓退之亦有之。楊廉夫十二首，非近代作也。蓋廉夫深於樂府，當所得意，若有神助，但恃才縱筆，多率易而作，不能一一合度。今所刻本，容有擇而不精之處，讀者必慎取之可也。

文章固關氣運，亦繫於習尚。周、召二《南》，王、豳、曹、衛諸《風》，商、周、魯三《頌》，皆北方之詩。漢、魏、西晉亦然。唐之盛時稱作家在選列者，大抵多秦、晉之人也。蓋周以詩教民，而唐以詩取士，畿甸之地，王化所先，文軌車書所聚，雖欲其不能，不可得也。荆楚之音，聖人不録，實以要荒之故。六朝所製，則出於偏安僭據之域，君子固有譏焉，然則東南之以文著者亦鮮矣。本朝定都北方，乃夷狄僭竊所不能有，而又用夏變夷，爲一統之盛，歷百有餘年之久。然文章多出東南，能詩之士莫吴越若者，而西北顧鮮其人。何哉？無亦科目不以取、郡縣不以薦之故歟。

昔人以「打起黄鶯兒」、「三日入厨下」爲作詩之法，後乃有以「谿迴松風長」爲法者，猶論學文以《孟子》及《伯夷傳》爲法。要之未必盡然，亦各因其所得而入而已。所入雖異，而所至則同。若執一而求之，甚者乃至於廢百，則刻舟膠柱之類，惡可與言詩哉！

詩之爲妙，固有詠嘆淫泆，三復而始見，百過而不能窮者。然以巨眼觀之〔二〕，則急讀疾誦，不待終篇盡帙，而已得其意。譬之善記者，一目之間，數行可下。然非其人，亦豈可强而爲之哉？蕭海釣文明嘗以近作試予，止誦一句，予遽曰：「陸鼎儀。」海釣即笑而止。

文章如精金美玉，經百鍊、歷萬選而後見。今觀昔人所選，雖互有得失，至其盡善極美，則

〔二〕「巨」，《知不足齋叢書》本作「具」。「觀之」，原本倒乙，據《知不足齋叢書》本改。

所謂鳳凰、芝草，人人皆以爲瑞，閱數千百年幾千萬人而莫有異議焉〔二〕。如李太白《遠別離》、《蜀道難》，杜子美《秋興》、《諸將》、《詠懷古迹》、《新婚別》、《兵車行》，終日誦之不厭也。蘇子瞻在黄州，夜誦《阿房宫賦》數十遍，每遍必稱好，非其誠有所好，殆不至此。然後之誦《赤壁》二賦者，奚獨不如子瞻之於《阿房》及予所謂李、杜諸作也邪？

詩韻貴穩，韻不穩則不成句。和韻尤難，類失牽强，强之不如勿和。善用韻者，雖和猶其自作；不善用者，雖所自作猶和也。

「詩有別材，非關書也；詩有別趣，非關理也。然非讀書之多、明理之至者，則不能作。」論詩者無以易此矣。彼小夫賤隸、婦人女子，真情實意，暗合而偶中，固不待於教；而所謂騷人墨客、學士大夫者，疲神思，弊精力，窮壯至老而不能得其妙〔三〕，正坐是哉。

今之歌詩者，其聲調有輕重、清濁、長短、高下、緩急之異，聽之者不問而知其爲吴爲越也。漢以上古詩弗論。所謂律者，非獨字數之同，而凡聲之平側亦無不同也。然其調之爲唐爲宋爲元者，亦較然明甚。此何故邪？大匠能與人以規矩，不能使人巧。律者規矩之謂，而其爲調則

〔二〕「異議」，原本倒乙，據《知不足齋叢書》本改。
〔三〕「能」，原本抄脱，補於「妙」字下，據《知不足齋叢書》本改。

有巧存焉。苟非心領神會，自有所得，雖日提耳而教之，無益也。

陶詩質厚近古，愈讀而愈見其妙。韋應物稍失之平易〔二〕，柳子厚則過於精刻，世稱陶、韋，又稱韋、柳，特概言之。惟謂學陶者須自韋、柳而入，乃爲正耳。

李、杜詩，唐以來無和者，知其不可和也。近世乃有和杜，不一而足。張式之所和《唐音》，猶有得意，至杜則無一句相似，豈效衆人者易，而效一人者反難邪？是可知已。

唐士大夫舉世爲詩，而傳者可數。其不能者弗論，雖能者亦未必盡傳。高適、嚴武、韋迢、郭受之詩，附諸杜集，皆可觀。杜所稱與，殆非溢美。惟高詩在選者，略見於世，餘則未之見也。至蘇端，乃謂其文章有神；薛華，與李白並稱，而無一字可傳，豈非有幸不幸邪！

劉長卿集悽婉清切，盡羈人怨士之思，蓋其情性固然，非但以遷謫故也。譬之琴有商調，自成一格。若柳子厚永州以前，亦自有和平富麗之作，豈盡爲遷謫之音邪？

「樂意相關禽對語，生香不斷樹交花」，論者以爲至妙。予不能辨，但恨其意象太著耳。

詩太拙則近於文，太巧則近於詞〔三〕。宋之拙者皆文也，元之巧者皆詞也。

〔二〕「失之」，原本倒乙，據《知不足齋叢書》本改。
〔三〕「於詞」，原本倒乙，據《知不足齋叢書》本改。

《唐音遺響》所載任翻《題台州寺壁》詩曰：「前峰月照一江水，僧在翠微開竹房。」既去，有觀者取筆改「一」字爲「半」字〔一〕。翻行數十里，乃得「半」字，亟回欲易之，則見所改字，因嘆曰：「台州有人。」予聞之王古直云。

胡文穆《澹庵集》載虞伯生《滕王閣》三詩，其曰：「天寒高閣立蒼茫，百尺闌干送夕陽。」曰：「燈火夜歸湖上雨，隔籬呼酒説干將。」信非伯生不能作也。今《道園遺稿》如此詩者絶少，豈《學古録》所集，固其所自選邪？然亦有不能盡者，何也？

元季國初，東南人士重詩社，每一有力者爲主，聘詩人爲考官，隔歲封題于諸郡之能詩者，期以明春集卷。私試開榜次名，仍刻其優者，略如科舉之法。今世所傳，惟浦江吴氏月泉吟社，謝翱爲考官，「春日田園雜興」爲題，取羅公福爲首，其所刻詩以和平温厚爲主，無甚警拔，而卷中亦無能過之者，蓋一時所尚如此。聞此等集尚有存者，然未及見也。

劉草窗原博己巳歲有詩曰：「塞雁南飛又北旋，上皇音信轉茫然。孤臣自恨無容地，逆虜誰能共戴天？王衍有時知石勒，謝玄何日破苻堅〔二〕？京城四塞山河固，一望龍沙一涕漣。」聞者

〔一〕「筆」，原本抄脱，補於「爲」字下，據《知不足齋叢書》本改。
〔二〕「玄」，原本作「石」，據汲古閣本《列朝詩集》乙集卷七劉溥《感懷》及《知不足齋叢書》本改。

傷之。今所刻本似此者，蓋不多見也。

國初顧禄爲《宫詞》，有以爲言者，朝廷欲治之。及觀其詩集，乃用《洪武正韻》，遂釋之。時此書初出，亟欲行之故也。

《紅梅》詩押「牛」字韻，有曰「錯認桃林欲放牛」；《蛺蝶》詩押「船」字韻，有曰「跟個賣花人上船」。皆前輩所傳，不知爲何名氏也。

國初人有作九言詩曰：「昨夜西風擺落千林梢，渡頭小舟捲入寒塘坳。」貴在渾成勁健，亦備一體，餘不能悉記也。

羅明仲嘗謂三言亦可爲體，出「樹」、「處」二韻，迫予題扇。予援筆云：「揚風帆，出江樹。家遥遥，在何處？」又因圍棋出「端」、「觀」二韻〔一〕，予曰：「勝與負，相爲端。我因君，得大觀。」固一時戲劇，偶記于此。

京師人造酒類用灰，觸鼻蜇舌，千方一味，南人嗤之。張汝弼謂之「燕京琥珀」。惟内法酒脱去此味，風致自别，人得其方者，亦不能似也。予嘗譬今之爲詩者，一等俗句俗字，類有「燕京琥珀」之味而不能自脱，安得盛唐内法手爲之點化哉？

〔一〕「觀」，原本抄脱，補於「韻」字下，據《知不足齋叢書》本改。

虞伯生《畫竹》曰：「古來篆籀法已絶，祇有木葉雕蠶蟲。」《畫馬》曰：「貌得當時第一匹，昭陵風雨夜聞嘶。」《成都》曰：「賴得郫筒酒易醉，夜歸衝雨漢州城。」真得少陵家法。世人學杜，未得其雄健，而已失之粗率；未得其深厚，而已失之壅腫。如此者未易多見也。

李長吉詩[一]，字字句句欲傳于世，顧過於劌鉥，無天真自然之趣。通篇讀之，有山節藻棁而無梁棟，知其非大道也。

作詩必使老嫗聽解，固不可；然必使士大夫讀而不能解，亦何故邪？

張滄洲亨父、陸靜逸鼎儀少同筆硯，未第時皆有詩名。亨父天才敏絶而好爲精鍊，奇思硬語，間見疊出，人莫攖其鋒；鼎儀稍後作而意識超詣，凌高徑趨，擺落塵俗，筆力所至，有不可形容之妙，雖或矯枉過正[二]，弗卹也。二人者，若天假之年，其所成就，不知到古人何等地步[三]，而皆不壽以死，豈不重可惜哉！

謝方石鳴治出自東南，人始未之知。爲翰林庶吉士時，見其《送人兄弟》詩曰：「坐來風雨不知夜，夢入池塘都是春。」争傳賞之。及月課《京都十景》律詩，皆精鑿不苟。劉文安公批云：

[一]「吉」、「詩」，原本倒乙，據《知不足齋叢書》本改。
[二]「枉」、「過」，原本倒乙，據《知不足齋叢書》本改。
[三]「等」，原本作「第」，據《知不足齋叢書》本改。

「比見張亨父《十景》古詩，甚佳。」二友者，各相叩其妙可也。

夏正夫、劉欽謨同在南曹，有詩名。初劉有俊思，名差勝。如《無題》詩曰：「簾幕深沉柳絮風，象床豹枕畫廊東[一]。一春空自聞啼鳥，半夜誰來問守宫？眉學遠山低晚翠，心隨流水寄題紅。十年不到門前去，零落棠梨野草中。」人盛傳之。夏每見卷中有劉欽謨詩，則累月不下筆，必求所以勝之者。後劉早卒，夏造詣益深，竟出其右。如《虔州懷古》詩曰：「宋家後葉如東晉，南渡虔州益可哀。母后撤簾行在所，相臣開府濟時才。虎頭城向江心起，龍脉泉從地底來。人代興亡今又古，春風回首鬱孤臺。」若此者甚多。然東南士夫猶不喜夏作，至以爲頭巾詩，不知何也。

人但知律詩起結之難，而不知轉語之難，第五句與七句尤宜著力。如許渾詩，前聯是景，後聯又説，殊乏意致耳。

詩有純用平側字而自相諧協者。如「輕裾隨風還」，五字皆平；「桃花梨花參差開」，七字皆平；「月出斷岸口」一章，五字皆側。惟杜子美好用側字，如「有客有客字子美」，七字皆側；「中夜起坐萬感集」，六字側者尤多；「壁色立積鐵」、「業白出石壁」，至五字皆入而不覺其滯。

[一] 「床」，原本抄脱，補於「廊」字下，據《知不足齋叢書》本改。

此等雖難學，亦不可不知也。

徐竹軒以道嘗曰：「《杜律》非虞伯生注，楊文貞公序刻於正統某年，宣德初已有刻本，乃張姓某人注。」渠所親見，予求其本，弗得也。又言方正學《勉學》詩二十首乃陳嗣初詩，爲集者之誤。亦未暇深考，姑記之。

漢、魏、六朝、唐、宋、元詩，各自爲體，譬之方言，秦、晉、吴、越、閩、楚之類分疆畫地，音殊調別，彼此不相入。此可見天地間氣機所動，發爲音聲，隨時與地，無俟區別，而不相侵奪。然則人囿於氣化之中，而欲超乎時代土壤之外，不亦難哉？

六朝、宋元詩，就其佳者，亦各有興致，但非本色，只是禪家所謂「小乘」、道家所謂「尸解仙」耳。

長歌之哀，過於痛哭，歌發於樂者也；而反過於哭，是詩之作也。七情具焉，豈獨樂之發哉？惟哀而甚於哭，則失其正矣。善用其情者無他，亦不失其正而已。

秀才作詩不脱俗，謂之「頭巾氣」；和尚作詩不脱俗，謂之「餕餡氣」；詠閨閣過於華艷，謂之「脂粉氣」。能脱此三氣，則不俗矣。至於朝廷典則之詩，謂之「臺閣氣」；隱逸恬澹之詩，謂之「山林氣」。此二氣者，必有其一，却不可少。

韓退之《雪》詩，冠絶今古。其取譬曰：「隨風翻縞帶，逐馬散銀杯。」未爲奇特；其模寫曰：「穿細時雙透，乘危忽半摧。」則意象超脱，直到人不能道處耳。

子貢因論學而知詩，子夏因論詩而知學。其所爲問答論議，初不過骨角玉石、面目采色之間，而感發忻動，不能自已。讀詩者執此求之，亦可以自得矣。

陳白沙詩，極有聲韻。《厓山大忠祠》曰：「天王舟檝浮南海，大將旌旗仆北風。世亂英雄終死國，時來胡虜亦成功。身爲左衽皆劉豫，志復中原有謝公。人衆勝天非一日，西湖雲掩岳王宫。」和者皆不及。餘詩亦有風致，但所刻净稿者未之擇耳。

莊定山孔暘未第時，已有詩名，苦思精鍊，累日不成一章。如「江穩得秋天」、「露冕春停江上樹〔一〕」，往往爲人傳誦。晚年益豪縱，出入規格，如「開闢以來元有此，蓬萊之外更無山」之類。陳公甫有曰：「百鍊不如莊定山。」有以也。

詩文之傳，亦繫於所付托。韓付之李漢，柳付之劉夢得，歐有子，蘇有弟。後人既不前人若，又往往爲輯録者所累。解學士縉紳才名絶世，詩無全稿，黄學士諫收拾遺逸，漫爲集刻。今所傳本，如《采石弔李白》、《中秋不見月》，不過數篇，其餘真僞相半，頓令觀者有「楓落吴江冷」之嘆。然則江右當時之英，安能逭後死者之責邪？若楊文貞公《東里集》，手自選擇，刻於廣東，

〔一〕按，「冕」下原本衍一「與」字，據《知不足齋叢書》本删。

爲人竄入數篇。後其子孫又刻爲《續集》，非公意也。劉文安公亦自選《保齋存稿》，至以餘草焚之，而其所選，又徇其獨見，與後進之論或不相合，不可曉也。

楊文貞公亦學杜詩，古樂府諸篇，間有得魏晉遺意者，尤精鑒識，慎許可。其序《唐音》，謂可觀世變；序張式之詩，稱「勗哉乎楷」而已。

蒙翁才甚高，爲文章俯視一世，獨不屑爲詩。云：「既要平側，又要對偶，安得許多工夫？」然其所作，如《公子行》、《短短床》二曲，綽有古調；《留侯圖》四絶句，句意皆非時人所到也。

劉文安公不甚喜爲詩，縱其學力，往往有出語奇崛、用事精當者。如《英廟輓歌》曰：「睿皇厭代返仙宫，武烈文謨有祖風。享國卅年高帝並，臨朝八閏太宗同〔一〕。天傾玉蓋旋從北，日昃金輪却復中。賜第初元臣老朽，受恩未報泣遺弓。」今集中《石鍾山歌》等篇，皆可傳誦，讀者擇而觀之可也。

五七言古詩側韻者，上句末字類用平聲，惟杜子美多用側。如《玉華宫》、《哀江頭》諸作，概亦可見。其音調起伏頓挫，獨爲𣏌健，以别出一格。回視純用平字者，便覺萎弱無生氣。自後則韓退之、蘇子瞻有之，故亦健於諸作。此雖細故末節，蓋舉世歷代而不之覺也。偶一啓鑰，爲

〔一〕「臨朝」，原本倒乙，據《知不足齋叢書》本改。

知音者道之。若用此太多，過於生硬，則又矯枉之失，不可不戒也。

昔人論詩，謂「韓不如柳，蘇不如黄」。雖黄亦云：「世有文章名一世，而詩不逮古人者，殆蘇之謂也。」是大不然。漢魏以前，詩格簡古，世間一切細事長語，皆著不得。其勢必久而漸窮，賴杜詩一出，乃稍爲開擴，庶幾可盡天下之情事。韓一衍之，蘇再衍之，於是情與事無不可盡，而其爲格亦漸粗矣。然非其宏才博學〔二〕，逢原而泛應，誰與開後學之路哉？

歐陽永叔深於爲詩，高自許與。觀其思致，視格調爲深；然校之唐詩，似與不似，亦門墻藩籬之間耳。

梅聖俞云：「永叔要做韓退之，硬把我做孟郊。」今觀梅之於孟，猶歐之於韓也。或謂梅詩到人不愛處，彼孟之詩，亦曷嘗使人不愛哉？

熊蹯雞跖，筋骨有餘，而肉味絶少，好奇者不能舍之，然而不足以厭飫天下。黄魯直詩大抵如此，細咀嚼之可見。

楊廷秀學李義山，更覺細碎；陸務觀學白樂天，更覺直率。概之唐調，皆有所未聞也。

陳無己詩，綽有古意，如：「風帆目力短，江空歲年晚。」興致藹然。然不能皆然也，無乃亦

〔二〕「其」，《知不足齋叢書》本作「具」。

骨勝肉乎？陳與義詩：「一凉恩到骨[二]，四壁事多違。」世所傳誦，然其支離亦過矣。《中州集》所載(全)[金]詩，皆小家數，不過以片語隻字爲奇。求其渾雅正大，可追古作者，殆未之見。元詩大都勝之，夷狄僭竊固不足深論。意者土宇有廣狹，氣運亦隨之而升降邪？

詩在卷册中易看，入集便難看。古人詩集，非大家數，除選出者，鮮有可觀。卞户部華伯在景泰間盛有詩名，對客揮翰，敏捷無比。近刻爲全集，殆不逮所聞。聞江南人率錢刊板附其家所得者以托名，初不論其好惡。雖選詩成集者亦然，若《光嶽》、《英華》、《湖海》、《耆英》之類是已。

輓詩始盛於唐，然非無從而涕者；壽詩始盛於宋，漸施於官長故舊之間，亦莫有未同而言者也。近時士大夫子孫之於父祖者弗論，至於姻戚鄉黨，轉相徵乞[三]，動成卷帙，其辭亦互爲蹈襲，陳俗可厭，無復有古意矣。

作山林詩易，作臺閣詩難。山林詩或失之野，臺閣詩或失之俗。野可犯，俗不可犯也。蓋

[二] 「恩」，原本作「思」，據《知不足齋叢書》本改。
[三] 「轉」，原本作「傳」，據《知不足齋叢書》本改。

惟李、杜能兼二者之妙，若賈浪仙之山林則野矣，白樂天之臺閣則近乎俗矣，况其下者乎！

天文惟雪詩最多，花木惟梅詩最多。雪詩自唐人佳者已傳，不可僂數。梅詩尤多於雪，惟林君復「暗香」、「疏影」之句爲絶倡，亦未見過之者，恨不使唐人專詠之耳。杜子美纔出一聯曰「幸不折來傷歲暮，若爲看去亂鄉愁」，格力便别。

王古直以歌故，作詩亦有思致。《題嚴陵》詩曰：「天地此生惟故友，江湖何處不漁翁？」《遊西山》曰：「舊時僧去竹房冷，今日客來山路生。」《述懷》曰：「窮將入骨詩還拙，事不縈心夢亦清。」餘不盡然。嘗與予和雪詩「蒸」字韻，數往復，時出新意，予頗訝之。久乃覺其爲方石所助，蓋古直時止謝家故也。因以一詩挑之，謝乃躍然出和，遂成巨卷。古直藏而失之，懊恨累歲，邵郎中國賢偶購而歸之。後古直客死，方石盡鬻其書畫爲棺斂費，而獨留此卷云。

吾楚人多不好吟，故少師授。彭民望少爲諸生，偏好獨解，得唐人家法。如《淵明圖》詩曰：「義熙人物羲皇上，典午山河甲子中。恨殺潯陽江上水，隨潮還過石頭東。」《送人》曰：「齊地青山連魯衆，彭城山色過淮稀。」《幽花》曰：「脉脉斜陽外，微風助斷腸。」《桔槔亭》曰：「春風滿畦水，不見野人勞。」皆佳句也。獨不自貴重，詩不存稿。予輯而藏之，僅百餘篇而已。惜哉！

兆先嘗見予《祀陵》詩「野行愁夜虎，林卧起秋蠅」之句，問曰：「是爲秋蠅所苦，不能卧而起邪？」予曰：「然。」曰：「然則『愁』字恐對不過。」予曰：「初亦不計，『妨』字外亦無可易者。」曰：「似亦未稱，請用『迴』字如何？」蓋謂爲夜虎所遏而迴也。予曰：「然。」遂用之。

張東海汝弼草書名一世，詩亦清健有風致。如《下第》詩曰：「西飛白日忙於我，南去青山冷笑人。」《送羅應魁》曰：「百年事業丹心吐，萬代綱常赤手扶。」《假髻曲》等篇，皆爲時所傳誦。嘗自評其書不如詩，詩不如文，又云大字勝小字。予戲之曰：「英雄欺人每如此，殆不足信也。」

予嘗有《岳陽樓》詩云：「吴楚乾坤天下句，江湖廊廟古今情。」鏡川楊文懿公亟稱之。有同官者不以爲然，駁之曰：「吴楚乾坤之句，本妙在『坼』字、『浮』字上，今去此二字，則不見其妙矣。」楊曰：「然則必云『吴楚東南坼，乾坤日夜浮』天下句而後爲足邪？」後以語予，爲之一笑。

蘇子瞻才甚高，子由稱之曰：「自有文章，未有如子瞻者。」其辭雖夸，然論其才氣，實未有過之者也。獨其詩傷於快直，少委曲沉著之意，以此有不逮古人之誚。然取其詩之重者，與古之輕者而比之，亦奚翅古若邪。

嘗有一同官，見予輩留心體製，動相可否，輒爲反唇曰：「莫太著意，人所見亦不能同。汝謂這般好，渠更説那般好。」方石聞之，謂予曰：「是惡可與口舌争邪？」

方石自視才不過人，在翰林學詩時，自立程課，限一月爲一體，如此月讀古詩，則凡課及應答諸作皆古詩也。故其所就，沉著堅定，非口耳所到。既其老也，每出一詩，必令予指疵，不指不已。及予有所質，亦傾心應之，必使盡力。予嘗爲《匡山》詩，內一聯渠意不滿〔二〕，予以爲無更可易。渠笑曰：「觀子胸中，似不止此。」最後曰：「廟堂遺恨和戎策，宗社深恩養士年。」渠又笑曰：「微我，子不到此。」予又爲《端禮門》古樂府，渠以爲末句未盡，往復再四，最後乃曰：「碑可毁，亦可建。蓋棺事，久乃見。不見奸黨碑，但見奸臣傳。」渠不待辭畢，已躍然而起矣。

予嘗作《漸臺水》詩，末句曰：「君不還，妾當死。臺高高，水瀰瀰。」張亨父欲易爲「君當還」，乃見楚王出遊不忍絶望之意。予則以爲此意則前已有之，末用兩「不」字，愈見「高高」、「瀰瀰」無可奈何有餘不盡之意。間質之方石，玩味久之，曰：「二字各有意。」竟亦不能決也。

彭民望始見予詩，雖時有賞嘆，似未犁然當其意。及失志歸湘，得予所寄詩，曰：「斫地哀歌興未闌，歸來長鋏尚須彈。秋風布褐衣猶短，夜雨江湖夢亦寒。」黯然不樂；至「木葉下時驚歲晚，人情閱盡見交難。長安旅食淹留地，慚愧先生苜蓿盤」，乃潸然淚下，爲之悲歌數十遍不休，謂其子曰：「西涯所造，一至此乎？恨不得尊酒重論文耳。」蓋自是不閱歲而卒。傷哉！

潘南屏時用深於詩，亦慎許可。嘗與方石各評予古樂府，如《明妃怨》，謂古人已說盡，更

〔二〕「不滿」，原本倒乙，據《知不足齋叢書》本改。

出新意。予豈敢與古人角哉？但欲求其新者，見意義之無窮耳。及予所作《腹劍辭》，方石評末句云：「添一『恨』字，即精神十倍。」南屏乃漫爲過目；《新豐行》，南屏評以爲無一字不合作，而方石亦尋常視之。不知何也，姑識之以俟知者。《腹劍辭》曰：「腹中劍，中自操，一日不試中怒號。構仇結怨身焉逃，一夜十徙徒爲勞。生無遺憂死餘恨，恨不作七十二冢藏山坳。」《新豐行》曰：「長安風土殊不惡，太公但念東歸樂。漢皇真有縮地功，能使新豐爲故豐。城郭不異山川同，公不思歸樂關中。漢家四海一太公，俎上之對何匆匆，當時幸不烹若翁。」

陸鼎儀嘗言謝方石詩好用「夢」字及一「笑」字，察之果然。間以語之，亦一笑而已，不易。因憶張亨父嘗言杜詩好用「真」字，豈所謂「許渾千首濕，杜甫一生愁」者，雖古人亦不能免邪？

韓、蘇詩雖俱出入規格，而蘇尤甚。蓋韓得意時，自不失唐詩聲調。如《永貞行》固有杜意，而選者不之及，何也？楊士弘乃獨以韓與李、杜爲三大家不敢選，豈亦有所見邪？〔二〕

聯句詩，昔人謂才力相當者乃能作，韓、孟不可尚已。予少日聯句頗多，當對壘時，各出己意，不相管攝，寧得一一當意？惟二三名筆，間爲商確一二字，輒相照應。方石嘗謂人曰：「西

〔二〕是條原本連書前條，據《知不足齋叢書》本另提爲一條。

涯最有功於聯句。」若是則予惡敢當？但憶與彭民望作《悲秋》長律七言四十韻，不欲重用一字，已乃令亡弟東山細加磨勘，有一字乃復易之，蓋其用心之勤亦如此。其所録舊草，初未嘗有所擇，輒爲王公濟所刻，自是始不以草稿假人，正坐是耳。與民望聯者幾二百篇，爲别録，既久而失。近易吉士舒誥始自長沙録得之〔二〕，豈民望之詩有不容泯者邪？

集句詩，宋始有之，蓋以律意相稱爲善，如石曼卿、王介甫所爲，要自不能多也。後來繼作者，貪博而忘精，乃或首尾衡決，徒取字句對偶之工而已。嘗觀夏宏《聯錦集》有一絶句：「懸燈照清夜，葉落堂下雨。客醉已無言，秋蛩自相語。」下注高啓等四人，因訝之曰：「妙一至此乎？」時季迪詩未刻行，既乃見其抄本，則四句固全篇，特以次三句捏寫三人名姓耳。其妄誕乃爾，又惡足論哉？

「無邊落木蕭蕭下，不盡長江衮衮來。萬里悲秋常作客，百年多病獨登臺。」景是何等景，事是何等事，宋人乃以《九日藍田崔氏莊》爲律詩絶唱，何邪？

詩中有僧，但取其幽寂雅淡，可以裝點景致；有仙，但取其瀟灑超脱，可以擺落塵滓。若言僧泥於空幻，言仙惑於怪誕，遂以爲必不可無，乃癡人前説夢耳。

〔二〕　按，「易」下原本衍一「之」字，據《知不足齋叢書》本删。

李長吉詩有奇句，盧仝詩有怪句，好處自別；若劉叉《冰柱》、《雪車》詩，殆不成語，不足言奇怪也。如韓退之效玉川子之作，斲去疵類，摘其精華，亦何嘗不奇不怪，而無一字一句不佳者，乃爲難耳。

「風」、「雨」字最入詩〔二〕。唐詩最妙者，曰「風雨時時龍一吟」，曰「江中風浪雨冥冥」，曰「筆落驚風雨」。他如「夜來風雨聲」、「洗天風雨幾時來〔三〕」、「山雨欲來風滿樓」、「山頭日日風和雨」、「上界神仙隔風雨」，未可僂數。宋詩惟「滿城風雨近重陽」爲詩家所傳，餘不能記也。

「廣武城邊逢暮春」，不如「洛陽城裏見秋風」；「落葉滿長安」，不如「落葉滿空山」；「庭皋木葉下」，不如「無邊落木蕭蕭下」。若「洞庭波兮木葉下」，則又超出一等矣。

太白集七言律止三首，孟浩然集止二首，孟郊集無一首，皆足以名天下、傳後世。詩奚必以律爲哉？

太白天才絶出，真所謂「秋水出芙蓉，天然去雕飾」。今所傳石刻「處世若大夢」一詩，序稱：「大醉中作，賀生爲我讀之。」此等語，皆信手縱筆而就，他可知已。前代傳子美「桃花細逐

〔二〕「字」，原本抄脱，補於「詩」字下，據《知不足齋叢書》本改。
〔三〕「時」、「來」，原本倒乙，據《知不足齋叢書》本改。

楊花落」手稿有改定字，而二公齊名並價，莫可軒輊〔二〕。稍有異議者，退之輒有「世間群兒愚，安用故謗傷」之句，然則詩豈必以遲速論哉？

作凉冷詩易，作炎熱詩難；作陰晦詩易，作晴霽詩難；作閑静詩易，作繁擾詩難；作貧賤詩易，作富貴詩難。非詩之難，詩之工者爲難也。

族祖雲陽先生以詩名，其和王子讓詩曰：「老淚縱横憶舊京，夢中岐路欠分明。天涯自信甘流落，海内誰堪托死生？短策未容還故里，片帆直欲駕滄瀛。他年便作芙蓉主，慚愧當時石曼卿。」此洪武初寓永新時作也。他如：「諸葛有才終復漢，管寧無計謾依遼。」及《明妃》詩：「漢家恩深恨不早，此身空向胡中老。妾身儻負漢宫恩，殺盡青青原上草〔三〕。」皆清激悲壯，可詠可嘆。而《元詩體要》乃獨取五言二絶，蓋未見其全集也。

國初廬陵王子讓諸老作鐵拄杖，採詩山谷間，子讓乃雲陽先生同年進士，而雲陽晚寓永新，兹會也，蓋亦預焉。其曾孫臣，今爲廣西參政，嚮在翰林時，嘗爲予言，予爲作《鐵拄杖歌》。

吴文定原博未第時，已有能詩名。壬辰春，予省墓湖南，時未始識也。蕭海釣爲致一詩

〔二〕「輊」，原本作「輕」，據《知不足齋叢書》本改。
〔三〕按，原本二「青」字抄脱，補於「草」字下，據《知不足齋叢書》本改。

曰：「京華旅食變風霜，天上空瞻白玉堂。短刺未曾通姓字，大篇時復見文章。神遊汗漫瀛洲遠，春夢依稀玉樹長。忽報先生有行色，詩成獨立到斜陽。」予陛辭日，見考官彭敷五爲誦此詩，戲謂之曰：「場屋中有此人，不可不收。」敷五問其名，曰：「予亦聞之矣。」已而果得原博爲第一，亦奇事也。原博詩醲郁深厚，自成一家，與亨父、鼎儀皆脱去吴中習尚，天下重之。

詩用倒字倒句法，乃覺勁健。杜詩「風簾自上鈎」、「風（窗）［床］展書卷」、「風鴛藏近渚」，「風」字皆倒用；至「風江颯颯亂帆秋」，尤警策。予嘗效之曰：「風江捲地山蹴空，誰復壯遊如兩翁。」論者曰：「非但倒句，且得倒字〔一〕。」予不敢應也。論者乃舉予《西涯》詩曰：「不知城外春多少，芳草晴烟已滿城。」以爲此倒句非邪？予於是得印可之益，不爲少矣。

嚴滄浪「空林木落長疑雨〔二〕，别浦風多欲上潮」，真唐句也。

「南山與秋色，氣勢兩相高」，不如「千崖秋氣高」；「野火燒不盡，春風吹又生」，不如「春入燒痕青」。簡而盡也。〔三〕

「夢」字詩中用者極多，然説夢之妙者亦少。如「重城不鎖還家夢」、「一場春夢不分明」、

〔一〕此句《知不足齋叢書》本作「非但得倒字，且得倒句」。

〔二〕「木落」，原本倒乙，據正德刻本《滄浪嚴先生吟卷》卷二《和上官偉長蕪城晚眺》及《知不足齋叢書》本改。

〔三〕按，是條原本連書前條，據《知不足齋叢書》本另提爲一條。

「夢裏還家不當歸」，乃覺親切。陳師召在南京〔一〕，嘗有《夢中》詩寄予，予戲答之曰：「舉世空驚夢一場〔二〕，功名無地不黄粱。憑君莫向癡人説，説向癡人夢轉長。」以夢爲戲，亦所謂不爲虐者也。

吴文定善蘇書，予嘗作簡戲效其體。文定作「斑」字、「般」字音班。韻詩戲予〔三〕，予和答之，往復各五首。予「斑」字有曰：「心同好古生差晚，力欲追君鬢恐斑。」「搨遍吴箋猶送錦，搦殘湘管半無斑。」「换羊價重街頭帖，畫虎心勞紙上斑。」「雲間天馬誰争步，水底山雞自照斑。」「般」字曰：「聊以師模歸有若，敢將交行比顔般。」「鄭師乍許三降楚，墨守終能九却般。」「文心捧處慚施女，筆陣圍時困楚般。」文定詩大有佳句，今失其稿，求之未得也。

邵文敬善書工棋，詩亦有新意，如「江流白如龍，金焦雙角短」之類。又有「半江帆影落尊前」之句，人稱爲「邵半江」。間變蘇書，予亦以蘇書答之，跋云「戲效東曹新體」。邵誤以爲效其詩，作「依」字韻詩抵予，首句曰「東曹新體古來稀」。予又戲次其韻曰：「東曹新體古來稀，此意茫然失所歸。字擬坡書聊共戲，詩於崑法敢相譏。休誇騕褭才無敵，未必葫蘆樣可依。却

〔一〕「陳師召」，《知不足齋叢書》本作「陳愧齋師召」。

〔二〕「夢」，原本抄脱，補於下句「癡人」下，據《知不足齋叢書》本改。

〔三〕「韻」，原本抄脱，補於下句「有曰」下，據《知不足齋叢書》本改。

問棋場諸國手，向來門下幾傳衣？」因相與大笑而罷。

趙子昂書畫絶出，詩律亦清麗。其《豁上》詩曰：「錦纜牙檣非昨夢，鳳笙龍管是誰家？」意亦傷甚。《岳武穆墓》曰：「南渡君臣輕社稷，中原父老望旌旗。」句雖佳，而意已涉秦越。至對元世祖曰：「往事已非那可説，且將忠赤報皇元。」則掃地盡矣。其畫爲人所題者，有曰：「前代王孫今閣老，只畫天閑八尺龍。」有曰：「兩岸青山多少地，豈無十畝種瓜田？」至「江心正好看明月，却抱琵琶過別船」，則亦幾乎罵矣。夫以宗室之親，辱於夷狄之變，揆之常典，固已不同；而其才藝之美，又足以爲譏訾之地，才惡足恃哉！然「南渡」、「中原」之句，若使他人爲之，則其深厚簡切，誠莫有過之者，不可廢也。

近時作古樂府者，惟謝方石最得古意。如《過河怨》曰：「過河過河。不過河，奈此中原何？」《夜半檄》曰：「國威重，空頭敕。相權輕，夜半檄。」皆警句也。

國朝武臣能詩者，莫過定襄伯郭元登。謫甘州時，有《送蒙翁歸朝》詩曰：「青海四年羈旅客，白頭雙淚倚門親。」曰：「莫道得歸心便了，天涯多少未歸人。」又曰：「甘州城南河水流，甘州城北胡雲愁。玉關人老貂裘敝，苦憶平生馬少遊。」今有《聯珠集》行於世。予集蒙翁《類博稿》，見舊草紙背翁親書《王母宫》四律，愛而録之，頗疑無改竄字，與他草不類。久之，見所謂《聯珠集》者，乃知爲此老詩，幸不誤録也。

維揚周岐鳳多藝能，坐事亡命，扁舟野泊無錫。錢曄投之以詩〔二〕，有「一身爲客如張儉，四海何人是孔融？野寺鶯花春對酒，河橋風雨夜推篷」之句。岐鳳得詩，爲之大慟，江南人至今傳之。

莊定山嘗有書曰：「近見『冉冉月墮水』之句，予南行時誠有之。但『蒼蒼霧連空』上句，殊未稱耳。」

予北上時得句曰「山色畫濃澹」，兩日不能對。忽曰「鳥聲歌短長」，羅冰玉殊不首肯，曰：「對似未過。」然亦竟不能易也。

王介甫點景處，自謂得意，然不脱宋人氣習。其詠史絶句，極有筆力，當别用一具眼觀之。若《商鞅》詩，乃發洩不平語，於理不覺有礙耳。

凡聯句推長者爲先，同年惟羅冰玉最長。羅以詩自許，每披襟當之。嘗有句曰「磊磈銅盤蠟」，坐客疑之，輒奮然曰：「此吾得意句，斷不可易。」陸静逸嘗曰「暗噤隱滅雯」，亦然。謝方石嘗曰：「囅然一笑出門去，燈火滿天驚飛鳥。」尤覺奮迅。是譬如周茹屈芰，自好之不厭，予未之知也。

〔二〕「曄」，《知不足齋叢書》本作「奕」。

曩時諸翰林齋居〔一〕，閉户作詩，有僮僕窺之，見面目皆作青色。彭敷五以「青」字韻嘲之，幾致反目。予爲解之，有曰：「擬向麻池争白戰，瘦來雞肋豈勝拳？」聞者皆笑。

界畫有金碧，要不必同，只各成家數耳。劉須溪評杜詩「楚江巫峽半雲雨，清簟疏簾看奕棋」，曰「淺絳色畫」，正此謂耳。若非集大成〔二〕，雖欲學李、杜，亦不免不如稊稗之誚，他更何説邪。〔三〕

古雅樂不傳，俗樂又不足聽，今所聞者，惟一派中和樂耳。因憶詩家聲韻，縱不能彷彿《賡歌》之美，亦安得庶幾一代之樂也哉！

矯枉之過，賢者所不能無。静逸之見，前無古人，而嘆羨王梅谿詩，以爲句句似杜。予嘗難之，輒隨手指摘，即爲擊節，以信其説，此猶可也。讀僧契嵩《鐔津集》，至作詩以賞之。初豈其本心哉〔四〕？亦有所激而云爾。

僧最宜詩，然僧詩故鮮佳句。宋九僧詩，有曰：「縣古槐根出，官清馬骨高。」差强人意。

〔一〕按，原本「諸」下衍一「諸」字，據《知不足齋叢書》本删。
〔二〕按，《知不足齋叢書》本「集大成」下有「手」字。
〔三〕是條《知不足齋叢書》本末小字録倪氏按語曰：「一蘷按：此條前段疑有脱文。」
〔四〕「豈其」，原本倒乙，據《知不足齋叢書》本改。

齊己、湛然輩，略有唐調。其真有所得者，惟無本爲多，豈不以讀書故邪？

予嘗有詩曰「鸚鵡籠深空望眼」，或欲易爲「空昨夢」；又曰「翠籠鸚鵡空愁思」，或欲易爲「空毛羽」。予不能辯，姑以俟諸他日，更與商之。

張式之爲都御史，在福建督軍務，作詩曰〔一〕：「除夜不須燒爆竹，四山烽火照人紅。」爲言者所劾而罷，詩體不可不慎也。

巧遲不如拙速，此但爲副急者道；若爲後世計，則惟工拙好惡是論，卷帙中豈復有遲速之迹可指摘哉？對客揮毫之作，固閉門覓句者之不若也。嘗有人言：「作詩不必忙，忙得一首後，剩有工夫，不過亦是作詩耳，更有何事？」此語最切。

元詩「山中烏喙方嘗膽，臺上蛾眉正捧心」、「空懷狗監知司馬，且喜龍門識李膺」、「生藏魚腹不見水，死挽龍髯直上天」，皆得李義山遺意。至「戲爾築壇登大將，危乎操印立真王」、「自是假王先賈禍，非關真主不憐才」，直世俗所謂簡板對耳，不足以言詩也。

杜詩清絶如「胡騎中宵堪北走，武陵一曲想南征」，其富貴者則如「旌旗日暖龍蛇動，宮殿風微燕雀高」，其高古者則如「伯仲之間見伊吕，指揮若定失蕭曹」，其華麗者則如「落花遊絲白

〔一〕「作詩」，原本倒乙，據《知不足齋叢書》本改。

日静，鳴鳩乳燕青春深」，其斬絶者則如「返照入江翻石壁，歸雲擁樹失山村」〔二〕，其奇怪者則如「石出倒聽楓葉下，櫓摇背指菊花開」，其瀏亮者則如「楚天不斷四時雨，巫峽長吹萬里風」，其委曲者則如「更爲後會知何地，忽漫相逢是别筵〔三〕」，其俊逸者則如「短短桃花臨水岸，輕輕柳絮點人衣」，其温潤者則如「春水船如天上坐，老年花似霧中看」，其感慨者則如「王侯第宅皆新主，文武衣冠異昔時」，其激烈者則如「五更鼓角聲悲壯，三峽星河影動揺」，其蕭散者則如「信宿漁人還泛泛，清秋燕子故飛飛」，其沉著者則如「艱難苦恨繁霜鬢，潦倒真停濁酒杯」，其精鍊者則如「客子入門月皎皎，誰家搗練風凄凄」，其慘戚者則如「三年笛裏關山月，萬國兵前草木風」，其忠厚者則如「周宣漢武今王是，孝子忠臣後代看」，其神妙者則如「織女機絲虚夜月，石鯨鱗甲動秋風」，其雄壯者則如「扶持自是神明力，正直元因造化功」，其老辣者則如「安得仙人九節杖，拄到玉女洗頭盆」。執此以論，杜真可謂集詩家之大成者矣。

〔二〕「樹」，原本作「路」，據《四部叢刊》景宋刊本《分門集注杜工部詩》卷一《返照》及《知不足齋叢書》本改。
〔三〕「漫」，原本作「慢」，據《知不足齋叢書》本改。

右《麓堂詩話》，實涯翁所著，遼陽王公始刻於維揚。余家食時，手鈔一帙，把玩久之。雖然，予非知詩者，知其有益於詩教爲多也，將載刻以傳而未果。兹欲酬斯初志，適匠氏自坊間來，予同寅松溪葉子坡南、長洲陳子棐庭咸贊成之，迺相與正其訛舛，翻刻於縉庠之相觀庭，爲天下詩家公器焉。時嘉靖壬寅十一月既望，番禺後學負暄陳大曉景曙父跋。

李文正公以詩鳴成、弘間，力追正始，爲一代宗匠。所著《懷麓堂集》，至今爲大雅所歸。《詩話》一編，折衷議論，俱從閱歷甘苦中來，非徒游掠光影、娛弄筆墨而已。仁和倪君建中手鈔見贈，亟爲開雕，俾與《滄浪詩法》、《白石詩説》鼎峙騷壇，爲風雅指南云。乾隆乙未仲秋上浣，知不足齋後人鮑廷博識。

（以上二跋據《知不足齋叢書》本卷末録）

都玄敬詩話 一卷

都穆◇撰

侯榮川◎點校

都玄敬詩話上

陳後山曰：「陶淵明之詩，切於事情，但不文耳。」此言非也。如《歸園田居》云：「曖曖遠人村，依依墟里烟。狗吠深巷中，雞鳴桑樹顛。」東坡謂「如大匠運斤，無斧鑿痕」；如《飲酒》其一云：「衰榮無定在，彼此更共之。」山谷謂「類西漢文字」；如《飲酒》其五云：「結廬在人境，而無車馬喧。問君何能爾？心遠地自偏。」王荆公謂「詩人以來，無此四句」；又如《桃花源記》云：「不知有漢，無論魏晉。」唐子西謂「造語簡妙」，復曰：「晉人工造語，而淵明其尤也。」後山非無識者，其論陶詩，特見之偶偏，故異於蘇、黄諸公耳。〔一〕

東坡嘗過一僧院，見題壁云：「夜涼疑有雨，院静似無僧。」坡甚愛之，不知爲何人作也。劉孟熙《霏雪録》謂二句似唐人語。予近閲《潘閬集》見之，始知爲閬《夏日宿西禪院作》。詩云：「此地絶炎蒸，深疑到不能。夜涼如有雨，院静若無僧。枕潤連雲石，窗明照佛燈。浮生多骨

〔一〕此條《藝海》本無。

賤，時日恐難勝。」通篇皆妙。但坡以「如」爲「疑」，「若」爲「似」〔二〕，與此不同。

元微之《題劉阮山》詩云：「芙蓉脂肉緑雲鬟，罨畫樓臺青黛山。千樹桃花萬年藥，不知何事憶人間。」後元遺山云「死恨天台老劉阮，人間何戀却歸來」，正祖此意。予頃見楊廉夫詩蹟，亦有是作云：「兩婿原非薄幸郎，仙姬已識姓名香。問渠何事歸來早，白首糟糠不下堂。」較之二元，情致不及，而忠厚過之。

《七哀》詩始於曹子建，其後王仲宣、張孟陽皆相繼爲之。人多不解「七哀」之議，或謂病而哀，義而哀，感而哀，悲而哀，耳目聞見而哀，口嘆而哀，鼻酸而哀。所哀雖一事，而七者具也。〔三〕

元張伯雨外史晚居茅山，罕接賓客。一日，有野僧來謁，童子拒之。僧云：「語而主，吾詩僧也，胡爲拒我？」不得已，乃爲入報。伯雨書老杜「花徑不曾緣客掃」之句，使持以示僧。僧略不運思，足成詩云：「久聞方外有神仙，只信華陽古洞天。花徑不曾緣客掃，石床今許借僧眠。穿雲去汲燒丹井，帶雨來耕種玉田。一自茅君成道後，幾人騎鶴下蒼烟。」末二句涉譏刺。伯雨得詩大驚，延入，置之上坐，留連數日。

〔二〕　此句《藝海》本作「但坡以『疑』爲『如』，以『若』爲『似』」。
〔三〕　此條《藝海》本無。

昔人詞調，其命名多取古詩中語。如《蝶戀花》取梁簡文詩「翻階蛺蝶戀花情」，《滿庭芳》取柳柳州詩「滿庭芳草積」，《玉樓春》取白樂天詩「玉樓宴罷醉和春」，《丁香結》取古詩「丁香結恨新」，《霜葉飛》取老杜詩「清霜洞庭葉，故欲别時飛」，《清都宴》取沈隱侯詩「朝上閶闔宫，夜宴清都闕」。其間亦有不儘然者，如《風流子》出《文選》，劉良《文選注》曰：「風流，言其風美之聲流於天下。子者，男子之通稱也。」《荔枝香》、《解語花》，一出《唐書》，一出《開元天寶遺事》。《唐書·禮樂志》載：「明皇幸蜀，貴妃生日，命小部張樂奏新曲而未有名。會南方進荔枝，遂命其名曰『荔枝香』。」《遺事》云：「帝與妃子共賞太液池千葉蓮，指妃子謂左右曰：『何如此解語花也？』」《解連環》出《莊子》[一]。《莊子》曰：「南方無窮而有窮，今日適越而昔來，連環可解也。」《華胥引》出《列子》，《列子》曰：「黄帝晝寢，夢遊華胥氏之國。」他如《塞垣春》，「塞垣」二字出《後漢書·鮮卑傳》；《玉燭新》，「玉燭」二字出《爾雅》。即此觀之，其餘可類推矣。

李商隱《錦瑟》詩，人莫曉其義，劉貢父謂是令孤楚家青衣名也。近閲許彦周《詩話》云：「錦瑟之爲器，其柱如其弦數，其聲有適怨清和，又云感怨清和。昔令狐楚侍人，能彈此四曲，詩中兩聯，狀此四曲也。」乃知錦瑟非青衣之名，貢父失之於不考耳。

[一]「子」，原本缺，據《藝海》本、《知不足齋叢書》本補。

無錫浦源，字長源，讀書工詩，洪武中爲晉王府引禮舍人。聞閩人林子羽老於詩學，欲往訪之而無由。一日，以收買書籍至閩，時子羽方與其鄉人鄭宣、王玄輩結社作詩，自以天下爲無人。長源謁之，子羽欲聞其所作，以觀何如。長源乃誦《送人之荆門》詩，中有「雲邊路繞巴山色，樹裏河流漢水聲」之句，子羽甚加嘆賞，遂許入社，與之唱酬。

王建《寒食看花》詩云：「顛狂繞樹猿離鎖，跳躑緣閑馬斷羈。」此建之自況。吾於是知功名之累人，不如幽閑之肆志也。〔一〕

昔人謂「詩盛于唐壞于宋」，近亦有謂元詩過宋詩者，陋哉見也。劉後村云：「宋詩豈惟不愧于唐，蓋過之矣。」予觀歐、梅、蘇、黄、二陳至石湖、放翁諸公，其詩視唐未可便謂之過，然真無愧色者也。元詩稱大家必曰虞、楊、范、揭，以四子而視宋，特太山之卷石耳。方正學詩云：「前宋文章配兩周，盛時詩律亦無儔。今人未識崑崙派，却笑黄河是濁流。」又云：「天曆諸公制作新，力排舊習祖唐人。粗豪未脱風沙氣，難詆熙豐作後塵。」非具正法眼者，烏能道此！

東坡詩云：「無事此静坐，一日如兩日。若活七十年，便是百四十。」唐子西詩云：「山静似

〔一〕按，此條原本無，據《藝海》本、《知不足齋叢書》本補。此條《藝海》本在「無錫浦源字長源」條後，《知不足齋叢書》本在「元末吾鄉有虞堪勝伯」條後。

太古，日長如小年。」坡以一日當兩日，子西直以日當年，又不若謝康樂云「以晤言消之，一日當千載」耳。

嚴滄浪謂論詩如論禪：「禪道惟在妙悟，詩道亦在妙悟。學者須從最上乘，具正法眼，悟第一義。」此最爲的論。趙章泉嘗有詩云：「學詩渾似學參禪，識取初年與暮年。巧匠曷能雕朽木，燎原寧復死灰然。」其二：「學詩渾似學參禪，要保心傳與耳傳。秋菊春蘭寧易地，清風明月本同天。」其三：「學詩渾似學參禪，束縛寧論句與聯。四海九州何歷歷，千秋萬歲永傳傳。」吴思道詩云：「學詩渾似學參禪，竹榻蒲團不計年。直待自家都肯得，等閒拈出便超然。」「學詩渾似學參禪，頭上安頭不足傳。跳出少陵窠臼外，丈夫志氣本冲天。」「學詩渾似學參禪，自古圓成有幾聯？春草池塘一句子，驚天動地至今傳。」龔聖任詩云：「學詩渾似學參禪，悟了方知歲是年。點鐵成金學是妄，高山流水自依然。」「學詩渾似學參禪，語可安排意莫傳。會意即超聲律界，不須鍊石補青天。」「學詩渾似學參禪，幾許搜腸覓句聯。欲識少陵奇絶處，初無言句與人傳。」予亦嘗效顰云：「學詩渾似學參禪，不悟真乘枉百年。切莫嘔心並剔肺，須知妙語出天然。」「學詩渾似學參禪，筆下隨人世豈傳？好句眼前吟不盡，癡人猶自管窺天。」「學詩渾似學參禪，語要驚人不在聯。但寫真情並實境，任他埋没與流傳。」

海寧胡教授虚白，洪武間歸自江西，泊舟番君之望湖亭，見亭上石刻東坡詩一絶云：「黑雲堆墨未遮山，白雨跳珠亂入船。卷地風來忽吹散，望湖亭下水連天。」虚白賡其韻曰：「鷗外清波雁外山，望湖亭下繫歸船。夜深起坐占風信，人在珠宫月在天。」書之於壁。忽有老者來誦其詩，曰：「子非斗南老人邪？」乃爲長揖，舉首不知所往。虚白因自號斗南老人。

《楚辭》云：「思公子兮未敢言。」惟其不言，所以爲思之至。劉公幹云：「思子沈心曲，長嘆不能言。」本《楚辭》也。

楊憲使孟載與高侍郎季迪、張太常來儀、徐方伯幼文友善。四公皆吴産，皆妙於詩，世稱高、楊、張、徐。孟載詩律尤精，如云「花無桃李非春色，人有笙歌是太平」、「一官不博三竿日，萬事無過兩鬢星」，予愛其閑曠；及云「亂世身如危處立，異鄉人似夢中來」、「千金已廢床頭劍，一字無存架上書」，則又嘆其困窮。如云「細雨落花來袞袞〔二〕，緑波芳草去迢迢」、「六朝舊恨殘陽裏，南浦新愁細雨中」，予愛其含蓄；及云「柳色嫩於鵝破殼，蘚痕斑似鹿辭胎」、「小雨送花青見蕚，輕雷催筍碧抽尖」，則又驚其新巧。至「翠袖錦筝邀上客，畫船銀燭照歸人」、「高樓錦瑟花連屋，深巷珠簾柳映橋」，則又見其情致之綺麗矣；「宣王石鼓青苔澀〔三〕，武帝金盤玉露多」、「八陣

〔二〕「細」，《知不足齋叢書》本作「紅」。
〔三〕「苔澀」，《藝海》本作「澀苔」。

雲開屯虎豹，三江潮落見黿鼉」，則又見其氣象之突兀矣。他如「半醉半醒花冉冉，閒愁閑悶雨沈沈」、「恨不髮如春草緑，笑曾花似面顔紅」、「萬里歸心鷗送客，片時殘夢鳥驚人」，則又優柔痛快，而無牽合排比〔二〕，其亦詩人之豪者哉！

潘逍遥寓居錢塘。嘗一至陜，觀華山留題云：「高愛三峰插太虚，昂頭吟望倒騎驢。傍人大笑從他笑，終擬全家向上居。」時魏野仲先居陜，有贈逍遥詩云：「從此華山圖籍上，更添潘閬倒騎驢。」二公之高致可想也。

杜樊川《題烏江項羽廟》詩云：「勝敗兵家不可期，包羞忍恥是男兒。江東子弟多豪俊，捲土重來未可知。」後王荆公詩云：「百戰疲勞壯士哀，中原一敗勢難回。江東子弟今雖在，肯爲君王捲土來。」荆公反樊川之意，似爲正論，然終不若樊川之死中求自活。謝叠山謂柳子厚書箕子廟碑陰，意亦類此。

吾鄉沈處士貞吉，讀書能詩，暮年好道，奉純陽吕仙翁甚虔，每有事輒負箕召之。一日，得詩二絶云：「鶴背發長歌，清聲振林樾。萬里洞庭秋，湖波弄明月。」「片月已蒼蒼，詩成天欲曙。獨鶴忽不見，閑雲自來去。」處士驚喜下拜，以爲真神仙來也。後徐武功見之，亦曰：「此詩非純

〔二〕「無」，《藝海》本在下句「人」前。

陽不能作也。」

李太白、杜子美微時爲布衣交，並稱於天下後世。今考之《杜集》，其懷贈太白者多至四十餘篇，而太白詩之及杜者，不過沙丘城之寄、魯郡東石門之送及「飯顆」之嘲一絶而已。蓋太白以帝室之胄，負天仙之才，日試萬言，倚馬可待，而杜老不免刻苦作詩，宜其爲太白所誚。洪容齋、胡苕溪以「飯顆」詩不見《太白集》中，疑爲後人僞作。予謂古人嘲戲之語，集中往往不載，不特太白爲然。然後之人作詩，乃多學杜而鮮師太白，豈非以太白才高難及，而愛君憂民，可施之廊廟者，固在於飯顆之人邪？

王孟端舍人作詩清麗。嘗有人作客京師，乃别娶婦，孟端作詩寄之云：「新花枝勝舊花枝，從此無心念别離。可信秦淮今夜月，有人相對數歸期。」其人得詩感泣，不日遂歸[一]。

楊廉夫集有《路逢三叟》詞云：「上叟前致詞，大道抱天全。中叟前致詞，寒暑每節宣。下叟前致詞，百歲半單眠。」嘗見陳後山詩，中一詞亦此意。此蓋出於應璩[二]，璩詩曰：「昔有行道人，陌上見三叟。年各百餘歲，相與鋤禾莠。往前問三叟[三]，何以得此壽？上叟前致詞，

[一]「得詩」、「不日」，《藝海》本無。

[二]「璩」，《藝海》本、《知不足齋叢書》本作「瑒」。下「璩」字同。

[三]「前」，原本、《藝海》本缺，據《知不足齋叢書》本補。

室内姬粗醜。二叟前致詞，量腹節所受。下叟前致詞，暮卧不覆首。要哉三叟言，所以能長久。」

漢《柏梁臺詩》，武帝與群臣各詠其職爲句，同出一韻，句僅二十有六，而韻之重複者十有四。如武帝云「日月星辰和四時」，衛尉則云「周衛交戟禁不時」；梁孝王云「驂駕四馬從梁來〔二〕」，太僕則云「修飾輿馬待駕來」；大司馬云「郡國士馬羽林材」，詹事則云「椒房率更領其材」；丞相云「總領天下誠難治」，執金吾則云「徼道宫下隨討治」，京兆尹則云「外家公主不可治」；大將軍云「和撫四夷不易哉」，東方朔則云「迫窘詰屈幾窮哉」；御史大夫云「刀筆之吏臣執之」，大鴻臚則云「郡國吏功差次之」，少府則云「乘輿御物主治之」。其間不重複者惟十二句，然通篇質直雄健，真可爲七言詩祖。後齊梁詩人多效其體，而氣骨遠不能及。方朔乃云「迫窘詰屈」，直戲語耳。

外高祖朱先生文奎嘗學詩楊廉夫，洪武初爲郡學訓導。其《元夕》詩云：「兔魄摇銀海，鰲山接紫微。遊人踏清影，疊鼓催餘輝。蘭灺驚鐘墮，珠星拂曙稀。良宵苦不永，况復隔年違。」置之古人集中，未易辨也。

〔二〕「四」，《知不足齋叢書》本作「駟」。

世人作詩以敏捷爲奇，以連篇累册爲富，非知詩者也。老杜云「語不驚人死不休」，蓋詩須苦吟，則語方妙。不特杜爲然也，賈閬仙云「兩句三年得，一吟雙淚流」，孟東野云「夜吟曉不休，苦吟鬼神愁」，盧延讓云「險覓天應悶，狂搜海亦枯」，杜荀鶴云「生應無輟日，死是不吟時」。予由是知詩之不工，以不用心之故，蓋未有苦吟而無好詩者。唐山人題詩瓢云：「作者方知吾苦心。」亦此意也。

紫薇花，俗謂之怕癢樹，爪其幹則枝葉俱動。宋梅都官詩云「薄膚癢不勝輕爪」，又云「薄薄嫩膚搔鳥爪」，皆言其不耐癢也。草木無知之物，此花乃獨不然，何邪？

長洲陳湖磧沙寺，元初有僧魁天紀者居之〔一〕。魁與高安僧圓至友善，至嘗注周伯弜所選《唐三體詩》，魁割其資刻置寺中，方萬里特爲作序，由是《三體詩》盛傳人間，今吴人稱「磧沙唐詩」是也。魁讀儒家書，尤工於詩，平生厓立絶俗，誓不出世。住山，至有詩贈之云：「拈筆詩成首首新，興來豪叫欲攀雲。難醫最是狂吟病，我恰才痊又到君。」

陳希夷《贈張乖厓》詩云：「自吴入蜀是尋常，歌舞筵中救火忙。乞得金陵養閑地，也須多謝鬢邊瘡。」予初不省「救火忙」之説，近閲《乖厓遺事》云：「公嘗謁希夷，問欲隱居，希夷曰：

〔一〕「紀」，《藝海》本、《知不足齋叢書》本作「純」。

『子方有官職，未可議此。值今之勢，如失火之家，待公救火，不可不赴。』」希夷善相人之術，固已逆知乖厓之不能隱矣。

楊孟載詩律精切，其追次李義山《無題》五首，詞意俱到，真義山之勍敵也。〔一〕

松江袁御史景文未仕時，嘗與友人謁楊廉夫，几上見有《詠白燕》詩云：「珠簾十二中間卷，玉剪一雙高下飛。」景文素能詩者，因謂之曰：「先生此詩，殆未盡體物之妙也。」廉夫不以爲然。景文歸作詩，翌日呈廉夫，云：「故國飄零事已非〔二〕，舊時王謝見應稀。月明漢水初無影，雪滿梁園尚未歸。柳絮池塘香入夢，梨花庭院冷侵衣。趙家姊妹多相妒，莫向昭陽殿裏飛。」廉夫得詩嘆賞，連書數紙，盡散坐客，一時呼爲袁白燕云。

木玄虛《海賦》云：「雲錦散文於沙汭〔三〕。」予初不解，後遊東海之上，見波紋印沙，堅如刻畫，毫髮不失，而螺貝珍異之物紛錯其間，粲然五色，水波不興，日光射之，真所謂「雲錦散文」。愛玩久之，乃知玄虛此語之不虛也。

元杜清碧本集亡宋節士之詩，爲《谷音》二卷，惜世罕傳。予近得其本，如程自修《痛哭》

〔一〕此條原本無，據《藝海》本、《知不足齋叢書》本補。
〔二〕此句《藝海》本作「老去悲來不自知」。
〔三〕「汭」，《藝海》本作「涔」。

云：「匆匆古今成傳舍，人生有情淚如把。乾坤誤落腐儒手，但遺空言當汗馬。」《歲暮》云：「鄉里小兒紇那歌，前輩先生八風舞。欲挽東流無萬年，抱膝長吟聽更雨。」冉琇《蓬萊閣》云：「魯連惟有死，王粲不勝哀。」元吉《上黨》云：「嗚呼皇天肯悔禍，豈有盜賊稱天王？」《夜坐》云：「忽憶梅花不成語，夢中風雪在江南。」《朱尚書席上》云：「主憂臣辱坐感激，忍對花鳥調歡娛。」張琰《官柳》云：「梟梟亭亭忒無賴，又將春色誤江南。」汪涯《采石獨酌》云：「天翻地覆有今夕，酒熟詩温無可人〔一〕。」丁開《可惜》云：「父老俱嗚咽，天王本聖明。」魚潛《送鄭秘書》云：「童子歌鴝鵒，幽人拜杜鵑。」柯茂謙《魯港》云：「可惜使船如使馬，不聞聲鼓但聲金。」皆悲憤激烈，讀之可爲流涕。

曹子建《雜詩》云：「閒居非吾志，甘心赴國憂。」又云：「國讎諒不塞，甘心思喪元。」老瞞而有是兒，寧不助其奸雄？

東坡云：「詩須有爲而作。」山谷云：「詩文惟不造空强作，待境而生，便自工耳。」予謂今人之詩，惟務應酬，真無爲而强作者，無怪其語之不工。元遺山詩云：「從横正有凌雲筆，俯仰隨人亦可憐。」知此病者也。

〔一〕「温」，《藝海》本作「成」。

會稽張思廉，元末流寓吴門。時張士誠欲結内遊客，大開賓賢之館。聞思廉名，禮致爲樞密院都事，思廉遂委身事焉。未幾張敗，思廉變姓名走杭州，寄食於報國寺，旦暮手一編，人不得窺。後思廉死，寺中人取視之，乃其平生所作詩也。孫司業大雅嘗爲思廉著傳。

唐太宗詩，其《經戰地》云：「心隨朗日高，志與秋霜潔。移鋒驚電起，轉戰長河決。營碎落星沈，陣卷横雲裂。一揮氛沴静，再舉鯨鯢滅。」其《重幸武功》云：「垂衣天下治，端拱車書同。白水巡前迹，丹陵幸舊宫。列筵歡故老，高宴聚新豐。駐蹕撫田畯，回輿訪牧童。」其《執契静三邊》云：「無爲宇宙清，有美璿璣正。皎珮星連景，飄衣雲結慶。戢戈榮七德，昇文輝九功。烟波澄舊碧，烽烟息前紅。霜野韜蓮劍，關城罷月弓。」其《帝京篇》云：「人道惡高危，虚心戒盈蕩。奉天竭誠敬，臨民思惠養。納善察忠諫，明科慎刑賞。六五誠難繼，四三非易仰。廣待淳化敷，方嗣雲亭響。」皆雄偉不群，規模宏遠，真可謂帝王之作，非儒生騷人之所能及。《帝京》一篇，尤見不自滿足，其成貞觀之治，有以哉。

國初詩僧稱宗泐、來復，同時有德祥者，亦工於詩。其《送僧東遊》云：「與雲秋别寺，同月夜行船。」《詠蟬》云：「玉貂名並出，黄雀患相連。」泐、復不能道也。又《卜築》云：「草生橋斷處，花落燕來初。」亦佳句。

古人詩有唱和者，蓋彼唱而我和之，初不拘體制，兼襲其韻也。後乃有用人韻以答之者，觀老杜、嚴武詩可見，然亦不一一次其韻也。至元、白、皮、陸諸公，始尚次韻，争奇鬥險，多至數百言，往來至數十首。而其流之弊至於今極矣〔一〕，非沛然有餘之才，鮮不爲其窘束。所謂性情者，果可得而見邪？

元柯博士九思在奎章日〔二〕，得出入内廷，後失寵，退居吴下。虞文靖公作《風入松》詞贈之，中亦微露此意。予聞柯嘗畫黄鸝、白頭，題詩二絶。《白頭》云：「春濃不放小禽棲，白髮銜冠向曉啼。簾幕半開人未起，樓臺風暖日猶低。」《黄鸝》云：「春風嬌軟緑陰肥，上苑鶯花紫翠圍。却向後宫深院裏，一枝閑自理金衣。」近嘉興周文伯器題二圖，爲予誦之。詩云〔三〕：「奎章閣下老詞臣，吟遍鶯花上苑春。回首金衣閑自理，緑陰多處少風塵。」「重重簾幕護輕寒，聽徹春禽午夜闌。無限江南歸興裏，不將華髮漫銜冠。」蓋用其語，而反其意也。

老杜詩云：「安得廣厦千萬間，大庇天下寒士俱歡顔〔四〕。」白樂天詩云：「安得大裘長萬丈，

〔一〕「之」，《知不足齋叢書》本無。
〔二〕「元」，原本、《知不足齋叢書》本無，據《藝海》本補。
〔三〕「爲予誦之詩」，《藝海》本無。
〔四〕「庇」，《知不足齋叢書》本作「貯」。

與君都蓋洛陽人。」二公其「先天下之憂而憂」者歟？〔二〕

吴僧明月舟善爲詩，與予交。嘗得其《臨終》一首，警句曰：「草烟蝴蝶夢，花月杜鵑吟。」予愛誦之。

〔二〕按，此條原本無，據《藝海》本、《知不足齋叢書》本補。《知不足齋叢書》本段末有小字注：「以上三則從文本補録。」三則指「王建寒食看花詩」、「楊孟載詩律精切」及本條。

都玄敬詩話下

劉静修《書事》詩云：「卧榻而今又屬誰？江南回首見旌旗。路人遥指降王道，好似周家七歲兒。」周公謹《雜識》載《北客》詩云：「憶昔陳橋兵變時，欺他寡婦與孤兒。誰知二百餘年後，寡婦孤兒又被欺。」二詩皆爲宋太祖作，若出一機軸，而辭意嚴正，道人所不能道，真可謂詩之斧鉞矣。

解學士縉自幼能言，即穎敏絶人。郡守令至其家，或抱置膝上，應聲成文，皆錯愕驚嘆。嘗聞學士六歲時，其族祖戲之曰：「小兒何所愛？」即應聲作詩四絶。其一云：「小兒何所愛？愛者芝蘭室。更欲附飛龍，上天看紅日。」其二云：「人道日在天，我道日在心。不省雞鳴時，泠然鐘磬音。」其三云：「聖人有六經，天地有日月。日月萬古明，六經終不滅。」其四云：「小兒何所愛？夜夢筆生花。花根在何處？丹府是吾家。」他日學士嘗書其後云：「予未能言時，頗知人教指。夢五色筆，筆有花如菡萏者。當五六歲來，遂盛有作。然未甚能書，往往忘不復記。此詩頗傳誦，不欲棄置，因識之。」

魏仲先詩十卷，名《鉅鹿東觀集》，予嘗閱之，今記其數聯。《閒居書事》云：「成家書滿屋，添口鶴生孫。」《和王衢見寄》云：「身猶爲外物，詩亦是虚名。」《詠懷》云：「拜少腰寧負，眠多眼不辜。」《春日》云：「妻喜栽花活，兒夸鬥草贏。」《村居述懷》云：「鶴病生閑惱，僧來廢静眠。」又有《詠盆池萍》云：「莫嫌生處波瀾小，免得漂然逐衆流。」真隱者之言也[二]。

顧玉山仲瑛嘗自題小像云：「儒衣僧帽道人鞋，天下青山骨可埋。若説向時豪俠處，五陵鞍馬洛陽街。」人咸賞其達。予謂仲瑛此詩，不無有所襲[三]。傅大士詩云：「道冠儒履釋袈裟，三教原來總一家。」東坡《獄中寄弟子由》詩云[三]：「是處青山可埋骨，他時夜雨獨傷神。」後陸放翁云：「青山是處可埋骨。」蓋亦用坡語矣[四]。

江湖間呼舟子爲家長，或疑其卑賤，不宜稱之若是。近閲老杜詩云：「長年三老歌聲裏。」《古今詩話》謂蜀中以篙手爲三長老，老杜之語，蓋本於此。又戴氏《鼠璞》謂海濱之人，呼篙師爲長年，則家長之稱，有自來矣。

陰常侍、何水部以詩並稱，時謂之陰何。宋黄伯思長睿跋何詩，盡録其佳句。予觀陰詩，佳

[二]「之」，《藝海》本無。
[三]「有」，原本、《知不足齋叢書》本無，據《藝海》本補。
[三]「詩」，《知不足齋叢書》本無。
[四]「矣」，《藝海》本作「也」。

句尤多。如《渡青草湖》云：「行舟逗遠樹，渡鳥息危檣。」《晚泊五洲》云：「水隨雲度黑，山帶日歸紅。」《廣陵岸送北使》云：「海上春重雜，天際晚帆孤。」《巴陵空寺》云：「香盡奩猶馥，幡陳畫漸微。」《雪裏梅花》云：「從風還共落，照日不俱消。」《晚出新亭》云：「遠戍惟聞鼓，寒山但見松。」皆風格流麗，不減於何，惜未有拈出之者。

袁景文初甚貧，嘗館授一富家。景文性疏放，師道頗不立，未幾辭歸。其家別延陳文東璧。文東懲景文故，待弟子甚嚴。一日，景文來訪，文東適出，因大書其案云：「去年先生靡恃己，今年先生罔談彼。若無幾個始制文，如何教得猶子比。」文東善書，故云然〔二〕。亦可謂善謔也已〔三〕。

韓文公詩曰：「我生之初，月宿南斗。」東坡謂公身坐磨碣宫，而己命亦居是宫。蓋磨碣即星紀之次，而斗宿所纏也，星家言身命舍是者多以文顯。以二公觀之，名雖重於當世，而遭逢排謗，幾不自容，蓋誠有相類者。吾鄉高太史季迪爲一代詩宗，命亦舍磨碣，又與坡翁同生丙子。洪武初，以作文竟坐腰斬，受禍之慘，又二公之所無者。吁！亦異矣。

張士誠據有吴中，東南名士多往依之。不可致者，惟楊廉夫一人，士誠無以爲計。一日，聞

〔二〕「然」，《藝海》本無。
〔三〕「也」，《藝海》本無。

其來吴，使人要於路，廉夫不得已，乃一至賓賢館中。時元主方以龍衣、御酒賜士誠，士誠聞廉夫至，甚悦，即命以御酒飲之[一]。酒未半，廉夫作詩云：「江南歲歲烽烟起，海上年年御酒來。如此烽烟如此酒，老夫懷抱幾時開？」士誠得詩，知廉夫不可屈，不强留也。

三高祠在吴江長橋南，中祀越上將軍范蠡、晉大司馬東曹掾張翰、唐贈右補闕陸龜蒙，國朝著於祀典。《齊東野語》載宋人詩云：「可笑吴癡忘越憾，却誇范蠡作三高。」又云：「千年家國無窮恨，只合江邊祀子胥。」蓋深非之。近讀僧善住《三高祠》詩，《范蠡》云：「越國謀臣吴國讎，如何廟食此江頭？扁舟載得蛾眉後，却作三江汗漫遊。」其見亦同。毘陵謝應芳嘗上書行省，欲去蠡像，會世變，弗果。洪武間，吴江人陶振子昌[二]，亦著論辯之。

元錢思復惟善嘗赴江浙省鄉試，時出《浙江潮賦》，三千人中皆不知錢塘江爲曲江，思復獨用之，蓋出枚乘《七發》。考官得其卷，大喜，置於前列。思復歸，乃構曲江草堂，暮年自稱曰曲江老人。

揚子雲曰：「言，心聲也；字，心畫也。」蓋謂觀言與書[三]，可以知人之邪正也。然世之偏人

[一]「以御酒飲之」，《知不足齋叢書》本作「飲以御酒」。

[二]「子昌」，《藝海》本無。

[三]「蓋」，原本、《藝海》本無，據《知不足齋叢書》本補。

曲士，其言其字，未必皆偏曲，則言與書又似不足以觀人者。元遺山詩云：「心畫心聲總失真，文章寧復見爲人。高情千古閒居賦，争信安仁拜路塵。」有識者之論固如此。

吴興唐廣惟勤，爲人雅有風致，尤善詞翰。嘗手録周公謹《癸辛雜識》，見其中載方萬里穢行之事，意頗弗平。是夜夢方來曰：「吾舊與周生有隙，故謗我至此。君能文者，幸爲我暴之。」明日，忽有人送方《瀛奎律髓》來者，惟勤笑曰：「得非方先生惠我耶？」惟勤鄉人有張子静者，工於詩，少嘗學東坡，出語酷似之。嘗夜夢坡公授以詩法，明日，人有以坡詩一部寄子静，子静因自號夢坡居士。

宋王烈婦清風嶺事〔一〕，昭灼在人耳目，士大夫過而題詩者甚衆。楊廉夫詩云：「介馬馱馱百里程，青峰後夜血詩成。祇應劉阮桃花水，不似巴陵漢水清。」後廉夫得夢，悔之，乃更作詩，有「寧從湘瑟聲中死，不向胡笳拍裏生」之句，則與前詩迥不侔矣。又聞昔有人作詩以非烈婦者，詩曰：「齧指題詩似可哀，斑斑剥剥上青苔。當時若有詩中意，肯逐將軍馬上來。」語意與廉夫初見正同，後其人竟以無嗣。予謂詩貴忠厚，王婦之事，烈烈如此，可謂難矣。而二詩皆有貶辭，所謂「於無過中求有過」，豈忠厚之道哉？

〔一〕「風」，《知不足齋叢書》本作「峰」。

長洲劉先生溥，八歲時賦《溝水》詩云：「門前一溝水，日夜向東流。借問歸何處？滄溟是住頭。」後先生仕雖不甚顯，然卒以詩名。家君少學詩先生，先生嘗語之云〔一〕。

元盛時，揚州有趙氏者，富而好客。其家有明月樓，人作春題，多未當其意者。一日，趙子昂過揚，主人知之，迎致樓上，盛筵相款，所用者皆銀器〔二〕。酒半，出紙筆求作春題。子昂援筆書云：「春風閬苑三千客，明月揚州第一樓。」主人得之喜甚，盡徹酒器以贈子昂。貫雲石亦有詞詠樓，調寄《水龍吟》云：「晚來碧海風沈，滿樓明月留人住。璚花香外，玉笙初響，修眉如妒。十二闌干，等閑隔斷，人間風雨。望晝橋檐影，紫芝塵暖，又喚起，登臨趣。回首西山南浦，問雲物，爲誰掀舞？關河如此，不須騎鶴，儘堪來去。月落潮平，小衾夢轉，已非吾土。且從容對酒，龍香涴繭，寫平山賦。」

劉長卿《餘干旅舍》云：「搖落暮天迥，丹楓霜葉稀。孤城向水閉，獨鳥背人飛。渡口月初上，鄰家漁未歸。鄉心正欲絶，何處搗征衣？」張籍《宿江上館》云：「楚澤南渡口，夜深來客稀。月明見潮上，江静覺鷗飛。旅望今已遠，此行殊未歸。離家久無信，又聽搗征衣〔三〕。」二詩皆奇，

〔一〕「語」，《藝海》本作「聞」。
〔二〕「者」，原本、《知不足齋叢書》本無。
〔三〕「又」，原本無，據《藝海》本、《知不足齋叢書》本補。

而偶似次韻，尤可喜也。

方正學先生集，傳之天下，人人知愛誦之〔一〕。但其中多雜以他人之詩，如《勉學》二十四首，乃陳子平作〔二〕；《漁樵》一首，乃楊孟載作。又有《牧牛圖》一絶，亦元人詩。

蘇文忠公文章之富，古今莫有過者。予頃見公詩真迹於友人家，皆集中所不載。詩凡五首，前題云《村醪二尊獻張平陽》。其一：「萬户春濃酒似油，相須百甕列床頭。主人日飲三千客，應笑窮官送督郵。」其二：「詩裏將軍已築壇，後來裨將欲登難。已驚老健蘇梅在，更作風流王謝看。」〔三〕其三：「缺一字〔四〕山定知書滿腹，瘦生應爲語雕肝。缺二字〔五〕灑落江山外，留與人間激懦官。」其四：「張公高躅不可到，我欲挽眉才覺難。事業已歸前輩録，典刑留與後人看。」其五：「詩如琢雲清牙頰，身覯飛龍吐膽肝。少負清名晚方用，白頭翁竟作缺字〔六〕官。」

〔一〕「誦」，原本無，據《藝海》本、《知不足齋叢書》本補。
〔二〕「乃」，原本無，據《藝海》本、《知不足齋叢書》本補。
〔三〕「王」，原本作「黄」，據知不足齋本改。
〔四〕按，《四庫》本《六藝之一録》卷三百八十一作「肥」。
〔五〕按，《六藝之一録》卷三百八十一作「放懷」。
〔六〕按，《六藝之一録》卷三百八十一作「仙」。

蜀人有徐生者〔二〕，以詩自矜。嘗一日至吴，謂無詩人。吴有張淮豫源者，素工詩，聞其言，心甚不平，携四三友人，袖所作詩往謁之。坐定，豫源出詩案上，徐生讀之色動，求和其《蘇臺覽古》之作。豫源頃刻便就，有云「千年東建吴王國，萬里西通蜀客船」，意似刺之。徐生不覺屈服，以明日遯去。豫源家貧嗜酒，嘗宴一富人家，有稱僧明本《梅花》詩者，豫源不爲意。時庭下牡丹盛開，彼謂豫源曰：「子能賦此乎〔三〕？」豫源曰：「是不難。」用梅韻詠之至五十首，語主人曰：「詩腸枯矣。」索燒酒痛飲，竟足成百首。一座皆吐舌，以爲神。

近時北詞以《西厢記》爲首，俗傳作於關漢卿。或以爲漢卿不竟其詞，王實甫足之。予閲《點鬼簿》，乃王實甫作，非漢卿也。實甫元大都人，所編傳奇有《芙蓉亭》、《雙蕖怨》等，與《西厢記》凡十種，然唯《西厢》盛行於時。

謝惠連詩云：「屯雲蔽層嶺，驚風涌飛流。零雨潤墳澤，落雪灑林丘。浮氛晦厓巘，積素惑原疇。」張正見詩云：「含香老顔駟，執戟異揚雄。惆悵崔亭伯，幽憂馮敬通。王嫱没故塞，班女棄深宫。」謝詩三韻句法皆相似，張詩六句皆見古人，若今人則必厭其重複，古人之詩正不若是

〔二〕「生」，《藝海》本作「某」。

〔三〕按，原本「乎」上衍「矣」字，據《藝海》本、《知不足齋叢書》本删。

拘也。

鄉先生陳太史嗣初嘗云[一]：「作詩必情與景會，景與情合，始可與言詩矣[二]。如『芳草伴人還易老，落花隨水亦東流』，此情與景會也[三]；『雨中黄葉樹，燈下白頭人』，此景與情合也。」

倪元鎮本無錫大家，元季知天下將亂，盡散其家資[四]，往來江湖，多寓琳宮梵刹。嘗有《懷歸》詩云：「久客懷歸思惘然，松間茅屋女蘿牽。三杯桃李春風酒，一榻菰蒲夜雨船。鴻迹偶曾留雪渚，鶴情原只在芝田。他鄉未若還家樂，緑樹年年叫杜鵑。」洪武甲寅，元鎮年六十八，秋七月始還鄉里。時已無家，寓其姻鄒惟高所。是歲中秋，鄒氏開宴賞月，元鎮以脾泄戒飲，凄然弗樂，乃賦詩曰：「經旬卧病掩山扉，巖穴潛神似伏龜。身世浮雲度流水，生涯煮豆爨枯箕。紅蠡卷碧應無分，白髮悲秋不自支。莫負尊前今夜月，長吟桂影一伸眉。」不久，竟以脾疾卒於鄒氏。[五]

六經如《詩》、《書》、《春秋》、《禮記》，所載無非實事。自《騷》賦之作興，托爲漁父、卜者及

〔一〕「鄉先生」、「嘗」，《藝海》本無。
〔二〕「矣」，《藝海》本無。
〔三〕「會」，《知不足齋叢書》本作「合」。
〔四〕「資」，《藝海》本作「産」。
〔五〕按，《藝海》本至此終，共四十二則。

無是公、烏有先生之類，而文詞始多漫語，其源出於《莊子》。《莊子》一書，大抵皆寓言也。

先工部府君諱卬，字維明，九歲即能爲詩。年十二，隨先祖月樓翁之杭。時值中秋，先祖與諸文士觀潮，先君侍側。諸文士分韻賦詩，先君亦以能詩得「擎」字，詩云：「海門擁雪銀山傾，怒濤洶洶争奔騰。疾聲頃刻如雷霆，衝擊三島鰲難擎。只疑蒼龍迸斷黄金繩，六丁不敢施威靈。陽侯宫中神鬼驚，鼓蕩元氣時降升。更與明月同虧盈，天地至信無遷更。憑闌望望詩已成，百川萬壑如掌平。」先君呈詩，諸公皆大驚，酒間呼爲「奇童」。今親稾具存，上有歲月可考，當爲都氏之家寶也。

唐太宗詩，雖極壯偉，而精巧之語，亦時有之。如云「笑樹花分色，啼枝鳥合聲」，如云「日岫高低影，雲空點綴陰」，如云「出紅扶嶺日，入翠貯巖烟」，如云「林黄疏葉下，野白曙霜明」，如云「舞按花梁燕，歌迎鳥路塵」，如云「珮移星正動，扇掩月初圓」。後之詩人，雖極力模擬，吾知其不能到也。

元僧圓至，工於古文，而詩尤清婉。其《寒食》云：「月暗花明揜竹房，輕寒脉脉透衣裳。清明院落無燈火，獨繞回廊禮夜香。」《曉過西湖》云：「水光山色四無人，清曉誰看第一春。紅日漸高弦管動，半湖烟霧是遊塵。」《遊人》云：「送子江頭水亦悲，更能隨我定何時。垂楊但爲秋來瘦，不爲秋來有别離。」他如《再往湖南》云：「春路晴猶滑，山亭晚更凉。竹枯湘淚盡，花發楚魂香。」

《涂居士見訪》云：「並坐夜深皆不語，一燈分映兩閑身。」其造語之妙，當不減於惠勤、參寥輩也。

唐胡江東《詠史》，其「箕山」云云，蓋祖太史公以箕山爲許由隱處之地也。許由之名，見於《莊子》，與卞隨、務光等，率皆寓言。自太史公以爲實有其人，而後世因之。許由者，許其自由，未嘗有是人也。

沈先生啓南，以詩豪名海内，而其詠物尤妙。予少嘗學詩先生，記其數聯，如《詠錢》云：「有堪使鬼原非繆，無任呼兄亦不來。」《門神》云：「檢爾功名惟故紙，傍誰門户有長情。」《詠簾》云：「外面令人倍惆悵，裏邊容眼自分明。」《混堂》云：「未能潔己嗟先亂，亦復隨波惜衆同。」《楊花》云：「借風爲力終無賴，與水何緣却托生。」先生又嘗作《落花》詩，其警聯云：「無方漂泊關遊子，如此衰殘類老夫。」「送雨送春長壽寺，飛來飛去洛陽城。」「美人天遠無家别，逐客春深盡族行。」「懊惱夜生聽雨枕，浮沈朝入送春杯。」「萬物死生寧離土，一場恩怨本同風。」皆清新雄健，不拘拘題目，而亦不離乎題目，玆其所以爲妙也。

東坡嘗拈出淵明談理之詩有三，一曰「采菊東籬下，悠然見南山」，二曰「笑傲東軒下，聊復得此生」，三曰「客養千金軀，臨化消其寶」，皆以爲知道之言。予謂淵明不止於知道，而其妙語亦不止是。如云：「縱浪大化中，不喜亦不懼。應盡便須盡，無復獨多慮。」如云：「望云慚高鳥，臨水愧遊魚。真想初在襟，誰謂形迹拘。」如云：「不賴固窮節，百世當誰傳？」如云：「朝與仁義生，夕死復何求？」如云：「及時當勉厲，歲月不待人。」如云：「前途當幾許，未知止泊處。古人惜分陰，念此使人懼。」觀是數詩，則淵明蓋真有得於道者，非常人能蹈其軌轍也。

張修撰亨父工於詩，嘗歲晚與翰林諸公聯句，有云：「生事殘年話，風流後輩誇。」竟以是月卒，亦詩讖也。

道家言人身中有三尸，又謂之三彭，每庚申日乘人之睡，以其過惡陳之上帝，故學道者遇是夕輒不睡。許郢州詩云「夜寒初共守庚申」是也。柳子厚集有《罵尸蟲文》，元吴淵穎有《三彭傳》，則儒者亦以爲有是物矣。嘗記《避暑録話》載道士程紫霄曰：「三彭烏有，吾師托此以懼爲惡者爾。遂作詩云：『不守庚申亦不疑，此心長與道相依。玉皇已自知行止，任爾三彭説是非。』」此足以破其徒之惑。且道家而肯爲是言，尤可貴也。

老杜詩云：「讀書破萬卷，下筆如有神。」蕭千巖云：「詩不讀書不可爲，然以書爲詩，則不可。」范景文云：「讀書而至萬卷，則抑揚高下，何施不可？非謂以萬卷之書爲詩也。」景文之語，猶千巖之意也。嘗記昔人云：「萬卷書人誰不讀？下筆未必能有神。」嚴滄浪云：「詩有别材，非關書也。」斯言爲得之矣。

孫仲衍典籍，南海人，詩格高粹。其《朝雲》三律，皆集古句而成，若出自一手，而不見其牽合。本朝集句，雖多其人，視之仲衍，蓋不止於退三舍也。其一：「妾本錢塘江上住，雙垂别淚越江邊。鶴歸華表添新冢，燕蹴飛花落舞筵。野草怕霜霜怕日，月光如水水如天。人間俯仰成今古，祇是當時已惘然。」其二：「家住錢塘東復東，偶來江外寄行蹤。三湘愁鬢逢秋色，半壁殘燈照病容。艷骨已成蘭麝土，露華偏濕蕊珠宫。分明記得還家夢，一路寒山萬木中。」其三：「三生石上舊精魂，願作陽臺一段雲。詞客有靈應識我，碧山如畫又逢君。花邊古寺翔金雀，竹裏春愁泠翠裙。莫向西湖歌此曲，清明時節雨紛紛。」朝雲，東坡妾名。

元杭州吾子行先生，博學好古，精篆籀之學。晚年爲妾家所累，有司逮之。子行素高抗，不能忍辱，即作詩投其所知仇遠，潛赴水死。詩云：「劉伶一鍤事徒然，蝴蝶飛來別有天。欲語太玄何處問，西泠西畔斷橋邊。」後僧宗泐作詩吊之云：「吹簫人去竹房空，海内猶傳學術工。最是西泠橋畔路，淡烟疏柳夕陽中。」子行別號竹房，善吹洞簫，故泐詩首句及之。

朱陳村在徐州豐縣東南一百里深山中，民俗淳質，一村惟朱、陳二姓，世爲婚姻。白樂天有《朱陳村》詩三十四韻，其略云：「縣遠官事少，山深民俗淳。有財不行商，有丁不入軍。家家守村業，頭白不出門。生爲陳村人，死爲陳村塵。田中老與幼，相見何欣欣。一村惟兩姓，世世爲婚姻。親疏居有族〔二〕，少長遊有君。黄雞與白酒，歡會不隔旬。生者不遠別，嫁娶先近鄰。

〔二〕「疏」，原本作「屬」，據《知不足齋叢書》本改。

死者不遠葬，墳墓多繞村。既安生與死，不苦形與神。所以多壽考，往往見玄孫。」予每誦之，則塵襟爲之一灑，恨不生長其地。後讀坡翁《朱陳村嫁娶圖》詩云：「我是朱陳舊使君，勸農曾入杏花村。而今風物那堪畫，縣吏催錢夜打門。」則宋之朱陳已非唐時之舊。若以今視之，又不知其何如也？

李群玉作《黄陵廟》詩，昔人謂其名檢掃地，周伯弼乃選入《唐三體詩》，果何見耶？元末，吾鄉有虞堪勝伯者，善作詩。嘗題趙子昂《苕溪圖》云：「吴興公子玉堂仙，寫出苕溪似輞川。回首青山紅樹下，那無十畝種瓜田。」爲人膾炙。近沈先生啓南《題子昂畫馬》一絶，寄予評之。詩云：「隅目晶熒耳竹披，江南流落乘黄姿。千金千里無人識，笑看胡兒買去騎。」先生又爲予誦周方伯良石《題子昂竹枝》云：「中原日暮龍旂遠，南國春深水殿寒。留得一枝烟雨裏，又隨人去報平安。」三詩皆主刺譏，而勝伯之詞尤微婉云。

讀南濠詩話

無錫邵寶

南濠舊話新傳得，吴下風流楚地聞。我是閑官忙裏過，湖山回首劇思君。

附録

南濠詩話序

詩話必具史筆，宋人之過論也。玄辭冷語，用以博見聞、資談笑而已，奚史哉？所貴是書正在識見耳。若拾録闕遺，商訂古義，不爲無裨正史，而雅非作者之意矣。余十六七時喜爲詩，余友都君玄敬實授之法。於時君有心戒，不事吟諷〔一〕，而談評不廢。余每一篇成，輒就君是正，而君未嘗不爲余盡也。君於詩別具一識。世之談者，或元人爲宗，而君雅意於宋；謂必音韻清勝，而君惟性情之真。倚馬萬言，莫不躩嘆，而碧山雙淚，獨有取焉。凡其所採〔二〕，率皆與他爲詩者異〔三〕，而自信特堅，故久而人亦信之。觀其所著《南濠詩話》，玄辭冷語，居然合作，而向之三言具在，是知君所爲教余者，皆的然有見，而非漫言酬對也。是故拈而出之，他日當有作法於

〔一〕「吟」，《知不足齋叢書》本作「哦」。

〔二〕「採」，《藝海》本作「操」，據《知不足齋叢書》本改。

〔三〕「皆」，《藝海》本誤作「背」，據《知不足齋叢書》本改。

是者，非徒取其有裨史氏也。

弘治壬戌三月〔二〕，衡山文璧序〔三〕。

（此序據《藝海》本、《知不足齋叢書》本録）

右《麓堂詩話》實涯翁所著，遼陽王公始刻於維揚。余家食時手鈔一帙，把玩久之。雖然，余非知詩者，知其有益於詩教爲多也，將載刻以傳而未果。茲欲酬斯初志，適匠人自坊間來，予同寅松溪葉子坡南、長洲陳子棐庭咸贊成之。迺相與正其訛舛，翻刻於縉庠之相觀庭，爲天下詩家公器焉。時嘉靖壬寅十一月既望，番禺後學負暄陳大曉景曙父跋。

李文正公以詩鳴成、弘間，力追正始，爲一代宗匠。所著《懷麓堂集》至今爲大雅所歸。《詩話》一編，折衷議論，俱從閱歷甘苦中來，非徒游掠光影、娛弄筆墨而已。仁和倪君建中手鈔見贈，亟爲開雕，俾與《滄浪詩法》、《白石詩説》鼎峙騷壇，爲風雅指南云。

〔二〕「壬戌」，《知不足齋叢書》本作「壬辰」。

〔三〕「序」，《知不足齋叢書》本作「叙」。

乾隆乙未仲秋上浣，知不足齋後人鮑廷博識。

（上二跋據《知不足齋叢書》本卷末録）

都南濠先生詩話序

詩話無慮數十家，若鞠坡、艇齋、冷齋諸公，皆其傑然者。而國朝元老《麓堂集》尤爲精純，會衆説而折其中，詩道畢矣。偶得都公是集，俯而讀，仰而思，知其學問該博而用意精勤，鈎深致遠而雅有樞要，誠足以備一家之體，而與諸公並馳焉。如讀太宗之詩而知貞觀之治，誦清碧之集而慨宋室之亡。王孟端感久客之娶婦，曹子建助老瞞之奸雄，是又即其人知其世，而良有深意。公之詩話，大率類此，非瑣瑣章句之末耳。公在吴下以學行稱，官兵曹以政事著，余企慕素矣。今觀是集，信知其體具用行，而發言之有本也。遂捐俸繡梓，用廣厥傳，俾四方之士，因公之言，求公之心，可以推類而至於道，其於風教未必無補。

正德癸酉秋七月望日，封丘黄桓書於和州之公寓。

（此序據《歷代詩話續編》本録）

跋

都少卿《詩話》，前明刻本有二：其一黄桓刻於和州，凡七十二則；其一文衡山刻於吴郡，僅四十二則。兩本詮次不同，互有增損。予因正其謬誤，合而刊之，庶爲完善矣。黄本傳自厲氏樊榭山房，文本則從書局借范氏天一閣舊藏也。

乾隆癸巳七夕，得閒居士鮑廷博識於知不足齋。

（此跋據《歷代詩話續編》本録）

朱承爵◇撰

存餘堂詩話

一卷

熊　嘯◎點校

存餘堂詩話

盤石山樵朱　承爵

古樂府命題俱有主意，後之作者直當因其事、用其題始得。往往借名，不求其原，則失之矣。如劉猛、李餘輩賦《出門行》不言離别，《將進酒》乃叙烈女事，至於太白名家，亦不能免此病。鄭樵作《樂略》，叙云：「然使得其聲，則義之同異又不足道。」樵繆矣。彼如《鐃歌》二十二曲中有《朱鷺曲》，由漢有朱鷺之祥，因而爲詩。作者必因紀祥瑞，始可用《朱鷺》之曲。《相和歌》三十曲内有《東門行》，乃士有貧行，不安其居，拔劍將去，妻子牽衣留之，願同餔糜，不求富貴。作者必因士負節氣未伸者，始可代婦人語，作《東門行》沮之。餘不能盡述，各以類推之可也。《樂府解題》一書著之甚詳。

謝朓詩如《暫使下都》云：「大江流日夜，客心悲未央。金波麗鳷鵲，玉繩低建章。」如《登三山》云：「白日麗飛甍，參差皆可見。餘霞散成綺，澄江静如練。」皆吞吐日月，摘攝星辰之句。故李白《登華山落雁峰》有云：「恨不携謝朓驚人詩來，搔首問青天耳。」

詩非苦吟不工，信乎！古人如孟浩然眉毛盡落；裴祐袖手，衣袖至穿；王維走入醋甕，皆苦吟之驗也。

王建《宫詞》一百首，蜀本所刻者得九十又二，遺其八。近世所傳，百首皆備，蓋好事者妄以他人詩補之，殊爲亂真也。中有：「新鷹初放兔初肥，白日君王在内稀。薄暮千門臨欲鎖，紅妝飛騎向前歸。」「黄金捍撥紫檀槽，絃索初張調更高。盡理昨來新正曲，内官簾外送櫻桃。」此張籍《宫詞》二首也。「淚盡羅巾夢不成，夜深前殿按歌聲。紅顔未老恩先斷，斜倚薰籠坐到明。」此白樂天《後宫詞》也。「閒吹玉殿昭華管，醉折梨園縹蔕花。十年一夢歸人世，絳縷猶封繫臂紗。」此杜牧之《出宫人》詩也。「銀燭秋光冷畫屏，輕羅小扇撲流螢。瑶階夜月凉如水，坐看牽牛織女星。」此牧之《七夕》詩也。「寶杖平明秋殿開，且將團扇夜徘徊。玉顔不及寒鴉色，猶帶昭陽日影來。」此王昌齡《長信秋詞》也。「日晚長秋簾外報，望陵歌舞在明朝。添爐欲熱薰衣麝，憶得分時不忍燒。」「日映西陵松樹枝，下臺相顧一相悲。朝來樂府歌新曲，唱著君王自作詞。」此夢得《魏宫二首》也。近讀趙與時《賓退録》，其所拾建遺詩七首，則是：「忽地金輿向日陂，内人接著便相隨。却回龍武軍前過，當殿發開眠鴨池。」「畫作天河刻作牛，玉梭金鑷采橋頭。每年宫女穿針夜，敕賜新恩乞巧樓。」「春來晚困不梳頭，懶逐君王苑北遊。暫向玉花階上坐，簸錢赢得兩三籌。」「彈棋玉指兩參差，背局臨虚鬥著危。先打角頭紅子落，上三金字半邊垂。」「宛轉黄金白柄長，青荷葉子畫鴛鴦。把來不是呈新樣，欲進微風到御床。」「供御香方加減頻，水沈山麝每回新。内中不許相傳出，已被醫家寫與人。」「藥童食後進雲漿，高殿無風扇小凉。每到日中重掠鬢，衩衣騎馬繞宫廊。」彼又云得之于洪文敏所録《唐人絶句》中，文敏所得又不知其何所自也。觀其詞氣〔一〕，要與九十二首爲類。前所贋足者，每每見於諸人集中，惜今尚缺其一。

近世大臣之家往往崇構室宇，巧結臺榭，以爲他日遊息宴閒之所。然而宦况悠悠，終不獲享其樂，是誠可悲也。因記白樂天有詩云：「試問池臺主，多爲將相官。終身不曾到，惟展畫圖看。」乃知樂天之詩，真達者之詞歟〔二〕。

《天厨禁臠》説琢句法有「假借格」，如「根非生下土，葉不墜秋風」、「五峰寒不下，萬木幾經秋」，皆以「秋」對「下」。「因尋樵子徑，偶到葛洪家」、「殘春紅藥在，終日子規啼」，皆以「紅」對「子」。「閒聽一夜雨，更對柏巖僧」，以「一」對「柏」；「住山今十載，明日又遷居」，以「十」對「遷」。余謂古人琢句亦或未嘗用意至此，論詩者不幾於鑿乎？

張靈字夢晉，吴中名士也。早歲功名未偶，落魄不羈，寄情詩酒間。臨終之前三日作詩云：「一枚蟬蜕榻當中〔三〕，命也難辭付大空。垂死尚思玄墓麓，滿山寒雪一林松。」後一日又作

〔一〕「詞」，《學海類編》本作「辭」。
〔二〕「歟」，《學海類編》本作「也」。
〔三〕「榻」，原本作「搨」，據《學海類編》本改。

詩云：「彷彿飛魂亂哭聲，多情於此轉多情。欲將衆淚澆心火，何日張家再托生？」二詩可以想見其風致，亦足悲夫！

王水部伯安正德間言事謫閩中，過溪覆舟，幾厄。時有漁人泛溪中，拯之上山。方徘徊間，適遇一道者，自稱舊識，邀至中和堂主人處，盤桓數日。主人乃仙翁也，臨行作詩送之，云：「十五年前始識荆，此來消息最先聞。君將性命輕毫髮，誰把綱常重一分？寰海已知誇令德，皇天終不喪斯文。武夷山下經行處，好對清樽醉夕曛。」

張師錫《老兒詩五十韻》摹寫極工，中有「看嫌經字小，不免是老僧。脚軟怕鞦韆，不免是老婦」。

題目詩最難工妙。如東坡爲俞康直郎中作《所居四詠》，中有《退圃》詩一首云：「百丈休牽上瀨船，一鈎歸釣縮頭鯿。園中草木知無數，獨有黄楊厄閏年。」其於「退」字略不發明，而「休牽」、「上瀨」、「歸釣」、「縮頭」、「黄楊」、「厄閏」則曲盡「退」字之妙，此詠題之三昧也。

苕溪漁隱評昔賢聽琴、阮、琵琶、箏諸詩云：「大率一律，初無的句，互可移用。余謂不然。聽琴如昌黎云：『喧啾百鳥群，忽見孤鳳凰。躋攀分寸不可上，失勢一落千丈强。』歐陽文忠公云：『諷諷驟風雨，隆隆隱雷霆。無射變凛冽，黄鍾催發生。詠歌文王雅，怨刺離騷經。二典意淡薄，三盤語丁寧。』東坡云：『大絃春温和且平，小絃廉折亮以清。門前剥啄誰扣門？山僧未聞君勿嗔。』山谷云：『孝子流離在中野，羈臣歸來哭亡社。空床思婦感蠨蛸，暮年遺老依桑柘。』自是聽琴詩，如曰聽琵琶，吾未之信也。聽琵琶，如白樂天云：『大絃嘈嘈如急雨，小絃切切如私語。嘈嘈切切錯雜彈，大珠小珠落玉盤。間關鶯語花底滑，幽咽泉流冰下灘。』元微之云：『月寒一聲深殿磬，驟彈曲破音繁併。』歐陽公云：『春風和暖百鳥語，花間葉底時丁丁。』王仁裕云：『寒敲白玉聲何緩，暖逼黄鶯語自嬌。』自是聽琵琶詩，如曰聽琴，吾不信也。如山谷《聽摘阮》云：『寒蟲催織月籠秋，獨雁叫群天拍水。楚國羈臣放十年，漢宫佳人嫁千里。』以爲聽琴似傷於怨，以爲聽琵琶則絶無艷氣，自是摘阮也。歐陽公《聽箏》云：『綿蠻巧囀花間舌，嗚咽交流冰下泉。』『綿蠻』之語，可移以詠琴乎？東坡《聽箏》云：『喚取吾家雙鳳槽，遣作三峽孤猿號。』『孤猿號』之語，可移以詠琵琶乎？自是聽箏也。」

吴文定公原博詩格尚渾厚，琢句沈著，用事果切，無漫然嘲風弄月之語。其《雪後入朝》詩云：「天門晴雪映朝冠，步澀頻扶白玉闌。爲語後人須把滑，正憂高處不勝寒。飢烏隔竹餐應盡，馴象當庭踏又殘。莫向都人誇瑞兆，近郊或恐有袁安。」其愛君憂國、感時念物之情藹然可掬。至如古人「隨車縞素」、「灞橋驢背」，自是閒話頭。

詩家評盧仝詩，造語命意，險怪百出，幾不能解。余嘗讀其《示男抱孫》詩，中有常語如：「任汝惱弟妹，任汝惱姨舅。姨舅非吾親，弟妹多老醜。」殊類古樂府語。至如《直鈎吟》云「文王已没不復生，直鈎之道何時行」，亦自是平直，殊不爲怪。如《喜逢鄭三》云「他日期君何處好，寒流石上一株松」，亦自是恬澹，殊不爲險。

吴人黄省曾氏刻劉叉詩，其跋語云：「假太原少傅祕閣本校正一十二字，始得就梓。」其用心亦勤矣。余家舊藏本古律類分三卷，有《自問》一首云：「自問彭城子，何人接汝顛？酒腸寬似海〔一〕，詩膽大於天。斷劍徒勞匣，枯琴無復絃。相逢不多合，賴是向林泉。」今黄本所遺。

昔陸放翁《老學庵筆記》嘗載宋太素尚書《中酒》詩云：「中酒事俱妨，偷眠就黑房。静嫌鸚鵡鬧，渴憶荔枝香。病與慵相續，心和夢尚狂。猶今改題品，不號醉爲鄉。」放翁以爲非真中酒者不能知此味。近浙舉子張傑子興亦有《中酒》詩云：「一枕春寒擁翠裘，試呼侍女爲扶頭。身如司馬原非病，情比江淹不是愁。舊隸步兵今作敵，故交從事却成讎。淹淹細憶宵來事，記得歸時月滿樓。」余謂比太素更詳切有味。

中吴文徵仲寄義興杭道卿有詩云：「坐消歲月渾無迹，老惜交遊苦不齊。」唐子畏解元詠帽

〔一〕「似」，原本作「自」，據《學海類編》本改。

有詩云[一]：「堪笑滿中皆白髮，不欺在上有青天」，人多傳誦。及讀李太師《懷麓堂稿》，《上元客罷》云：「春回花柳元無迹，老向交遊却有情。」《謝人惠東坡巾》云：「分明木假山前地，不愧烏紗頂上天。」其氣味每相似。

作詩凡一篇之中亦忌用自相矛盾語。東坡有：「日日出東門，尋步東城遊。城門抱關卒，怪我此何求。我亦無所求，駕言寫我憂。」章子厚評之云：「前步而後駕，何其上下紛紛也？」東坡聞之，曰：「吾以尻爲輪，以神爲馬，何曾上下乎？」參寥子謂其文過似孫子荆，曰：「所以枕流欲洗其耳。」然終是詩病。

李太白《鳳凰臺》詩，昔賢評爲千古絶唱。余偶讀宋郭功父詩，得其和韻一首云：「高臺不見鳳凰遊，浩浩長江入海流。舞罷青娥同去國，戰殘白骨尚盈丘。風摇落日催行棹，潮擁新沙換故洲。結綺臨春無處覓，年年芳草向人愁。」真得太白逸氣。其母夢太白而生，是豈其後身耶？

李文正公《懷麓續稿》，《五月七日泰陵忌晨》詩云：「祕殿深嚴聖語温，十年前是一乾坤。孤臣林壑餘生在，帝里金湯舊業存。舜殿南風難解愠，漢陵西望欲銷魂。年年此日無窮恨，風

[一] 「云」，原本作「去」，涉下訛，據《學海類編》本改。

雨瀟瀟獨閉門。」讀之不能不使人掩卷流涕。

唐人《送宮人入道》詩，《文苑英華》共載五首，中有張蕭遠一首云：「捨寵求仙畏色衰，辭天素面立階墀。金丹擬駐千年貌，玉指休勻八字眉。師主與收珠翠後，君王看戴角巾時。從來宮女皆相妒，聞向瑶臺盡淚垂。」猶覺婉切可誦。

作詩之妙，全在意境融徹，出音聲之外，乃得真味。如曰：「孫康映雪寒窗下，車胤收螢敗帙邊。」事非不覈，對非不工，烏是何言哉！

張繼《楓橋夜泊》詩，世多傳誦。近讀孫仲益《過楓橋寺》詩云：「白首重來一夢中，青山不改舊時容。烏啼月落橋邊寺，欹枕猶聞夜半鐘。」亦可謂鼓動前人之意矣。

東坡少年有詩云「清吟雜夢寐，得句旋已忘」，固已奇矣；晚謫惠州，復有一聯云「春江有佳句，我醉墮渺莽」，則又加少作一等。評書家謂「筆隨年老」，豈詩亦然耶？

温庭筠《商山早行》詩有「雞聲茅店月，人迹板橋霜」，歐陽公甚嘉其語，故自作「鳥聲茅店雨，野色板橋春」以擬之，終覺在其範圍之内。

「天子旌旗分一半，八方風雨會中州」，此劉禹錫《賀晉公留守東都》詩也，其遠大之志，自覺軒豁可仰。

余嘗見石刻一詩云：「客懷耿耿自難寬，老傍京塵更鮮歡。遠夢已回窗不曉，杏花風度五更寒。」雖小詩，亦自飄逸可愛。後題「盧蹈衷父」，字畫出入蘇、米，久未知其履歷，近讀《渭南集》，乃知其爲夾江人，佳士也。

近見寒山子一詩云：「有人兮山陘，雲卷兮霞纓。秉芳兮欲寄，路漫兮難征。心惆悵兮狐疑，蹇獨立兮忠貞。」昔人以爲無異《離騷》。寒山子唐人，豈亦楚狂、沮溺之流歟？

余家舊藏顧仲瑛詩帖一紙，乃次韻劉孝章《治中邀夏仲信郎中遊永安湖》詩二首，字畫絶工。楊鐵崖先生嘗和之，中有一聯云「啄花鶯坐水楊柳，雪藕人歌山鷓鴣」，極爲鐵史所稱許[二]。仲瑛家饒於財，而豪狹不羈，詩筆乃其餘事。中吴楊禮曹支硎先生跋其後云：「吾家鐵先生平日豪氣塞雲漢，未嘗輕易假人以稱可語。今爲仲瑛拈出一聯，低頭遜避，乃知先生目中自有人也。然仲瑛之作如此二篇者，誠亦甚少，宜先生之駭嘆也。仲瑛在當時能以狹勝，詩筆特其餘耳[三]。今求斯人，又何可得？家有數百頃田，被新衣，駕大舫赫赫；買冠帶，欺鄉里愚民。彼視文事爲何物？然則雖有吾家先生，當何所詣哉？」讀支硎之跋，益增景行之思云。

[二]「鐵史」，《學海類編》本作「鐵崖」。
[三]「餘」，原本作「飾」，據《學海類編》本改。

詩詞雖同一機杼，而詞家意象亦或與詩略有不同。句欲敏，字欲捷，長篇須曲折三致意，而氣自流貫，乃得。近讀宋人《詠茶》一詞云：「鳳舞團團餅。恨爾破教孤，令愛渠體净〔一〕。隻輪慢碾〔二〕，玉塵光瑩。湯響松風，早减二分酒病。味濃香永，醉鄉路成佳境。恰如燈下故人，萬里歸來對影。口不能言，心下快活自省。」其亦可謂妙于聲韻者也〔三〕。

〔一〕「令」，《學海類編》本作「另」。
〔二〕「慢」，《學海類編》本作「漫」。「碾」，《學海類編》本作「輾」。
〔三〕「者也」，《學海類編》本作「得詠物之三昧也」。

游潛◇撰

夢蕉詩話

二卷

郭時羽
陳廣宏◎點校

夢蕉詩話卷之上

豐城游潛　用之著
不肖孫季勳重刻

孟東野《泛黄河》詩云：「誰開崑崙源，洗出混沌河。」大抵唐宋以前，談河源者率據張騫之説，以爲發於崑崙云耳。嘗考《元書》，至元十七年，世祖欲以西北諸部落悉規置城府，以達京師，命臣都實特究河源所出。是歲庚辰四月，自河州寧河驛啓程，由殺馬關凡四閲月，歷涉六七千里抵焉。按其圖説，吐蕃朵甘思西鄙有泉百餘泓，沮洳散涣，前復七八十里，淖弱不勝人迹。據高遠矚，燦若列星，名「火墩腦兒」，譯言「星宿海」者，是爲河之源矣。群流奔湊，匯爲二巨澤，名「阿剌腦兒」，乃東流爲赤賓河，下與亦里出水合，至（葱）〔忽〕蘭，與也里水合，而河之流寖大，始謂之黄河，猶清淺可涉也。由是而次脱可㞦，岐裂九股，名「也孫斬納」，譯言「九渡水」者。尋復合一，飛流駛濁，混混千里。南北兩山峽束河道，其中廣不及里而深叵測之。既去九股水約二千餘里，爲朵甘思，東北鄙有大雪山，名「亦耳麻不莫剌」，譯言「騰乞思塔」者，爲崑崙山也。河行山南，歷數百里，至闊即闊堤，又數百里爲哈剌別里赤兒，乃復西南，與納鄰哈剌水合。又南與乞兒馬出水合，北流轉西，迴抱崑崙，徑北少東，而尋復北焉，次貴德州，地名赤里，次積石州，次安鄉關，次打羅坑，再合洮水，次蘭州，過北卜渡，次鳴沙州，過應吉里，正東行，爲寧夏府。復東南行，爲東勝州，其所隸蓋大同地方也。夫自發源東北流至崑崙，約三千七百餘里，過崑崙而東南，又約五千四百餘里，乃入中國，道雍、豫、徐，以底於海。世言河流九折，今考之，一爲乞兒馬出，一爲必赤里，其又七則爲《禹貢》、《職方》之所道也。其源流大略如此。漢之張騫雖曰銜使絶域，所可到者大宛、月支諸國而已，逾此要非漢命可達。傳聞臆説，作誣萬世，至謂其流上與天河相通，并有織女機石持歸之説，何其誕漫不經之甚耶！他如舊史所稱河有二源，一出于闐，一出葱嶺，今直以洮水乃自南來，其説不辯而破。《山經》有曰：「敦薨之水，注於泑澤，出崑崙東北。」《水經》又以河水出於崑崙，經十餘國乃達泑澤。而《西域志》與釋氏諸書，言殊稱異，終亦莫可憑究。豈其紀載之家，皆非得於履歷之實？胡元時，都實者本以女真蒲察氏爲中國經理，其於源流諸路，固其舊穴故地，歷之如履房闥，宜其知之無不詳而探之無不盡也。

李義山詩云：「雲母屏風燭影深，銀河漸落曉星沉。嫦娥應悔偷靈藥，碧海青天夜夜心。」此作後二句因事出意，誠爲絶唱，楊道孚極愛賞之。然惟窮理君子於所謂嫦娥者，亦不當不辯。

按《漢志》，黄帝使羲和占日，常儀占月，車區占星〔一〕。故世之人因以羲和稱日，常儀稱月。儀字音娥也。按《周官志》注云：「儀、莪二字，古皆音娥。」《毛詩·菁莪》以「樂且有儀」叶「在彼中阿」句，《柏舟》章以「實惟我儀」叶「在彼中河」句，若《太玄》又以「各遵其儀」與「不偏不頗」句叶，漢碑凡「蓼莪」皆作「蓼俄」字。反覆參論，則知「常儀」之「儀」字本音作「娥」，後世因音之同，又以月爲太陰，女象也，沿此於二字各加以女傍，遂呼爲「嫦娥」。其説始於劉安怪誕之書，成於許慎附會之注，至張衡作《靈憲論》，轉相引證，隋、唐以後，騷人墨客，類多借事托意，而羿妻奔月之惑竟莫解矣。於乎，謬哉！

蔡持正謫居安州，即景詩云：「睡起莞然成獨笑，數聲漁笛在滄浪。」捃摭者曰：「不知蔡確此時獨笑何事。」朱彧父帥廣南遊蒲澗詩云：「孤臣正泣龍髯草，遊子空簪鳳尾花。」契勘者云：「是時哲宗皇帝大祥矣，豈孤臣正泣時耶！」皆以怨望蒙罪。善滑稽者因謂讒口可畏如此，使人笑不得、哭不得也。予亦因有慨焉。予性最不肖，每自稱、稱於人，皆曰「不肖」。無何，傳者誤以予爲不笑，又傳而誤之，則謂予噤於笑而善哭也。部使者購予罪，乃緣哭而轉以爲酷。嗚

〔一〕「車區」，原本倒乙，據百衲本景宋刊本《晉書》卷十七志第七「律歷中」改。乾隆武英殿刻本《晉書》、司馬貞《史記索隱》作「臾區」。

呼！笑耶，哭耶，孰若予以不肖而兩得之哉！

燕昭王築臺，置黄金於上，以延天下賢士，士多歸之。後世侈傳其事，名其處曰金臺，今易州地也。予嘗以詩弔之云：「黄金誰築此高臺，臺上黄金漫作堆。盡道黄金招得士，不應士只爲金來。」當時之士，苟有伊尹、孔明之徒，未必不待三聘三顧之勤，可使至也。戰國之士，於此可見。

元叔世，張士誠據有浙東千里富饒之區，務以豐禮厚禄招養遊士，而士不偶於時者亦多歸焉。吴元年，國兵收姑蘇，士誠亡。王叔閏作詩哀之，有云：「將軍只合田横死，國士今無豫讓聞。」瞿元範詩云：「虎鬥龍争既不能，雞鳴狗盗亦何曾？陳平韓信都歸漢，只欠彭城老范增。」蓋傷其所養之士，莫之足爲用者。嗚呼，士之負人所養固如是哉？抑豈天啓聖明，而一時英雄豪傑自識所向，其視士誠之養，蓋不屑已。若一楊廉夫，顧能致之，曾不旬日而去，則於士誠之所養者及其所以爲養之道，皆可知矣。故王元載嘗有吟云：「二十四友金谷宴，千三百里錦帆遊。人間無此榮華樂，無此榮華無此愁。」清談虚文，何足以濟事？無罪乎士誠之不競也。

南寧伯毛公舜臣，與予爲文字交。在南京留守時，嘗被命灑掃舊内，見别院墻壁多舊時宫人題詠，年久剥落，不可盡識。其一署云「媚蘭仙子書」，末二句猶存，云：「寒氣逼人眠不得，鐘聲催月下斜廊。」字畫婉麗，辭意凄怨，雖不免襲取舊句，而風神月思，亦足想見。使其得花蕊諸人相遇，未必不爲並驅。

王荆公好矜持，與人頗不傾下。衢有舊交王介字平甫者〔一〕，善譏謔，嘗因荆公屢召不起，熙寧以翰林學士召之乃赴，作詩諷之云：「草廬三顧動春蟄，蕙帳一空生曉寒。」公他日作詩，有「丈夫出處非無意，猿鶴從來自不知」，實爲介而發也。未幾，介自省判出守湖州，公亦以詩送之云：「吴興太守美如何，柳惲詩才未足多。遥想郡人迎下擔，白蘋洲上起滄波。」以介素有風性云耳。介遂屬和十首，盛氣而誦於公，其一曰：「吴興太守美如何，太守從來惡祝鮀。生若不爲上柱國，死時還合作閻羅。」蓋斥公佞也。公笑曰：「閻羅見缺，速請赴任。」大抵介之言不能無傷峭直，而公之笑雖若歡然，窺其心不能無銜之矣。不然，後來秉鈞當國，一時門生故吏引拔無遺，何介之不及升諸公歟？

王昭君，人皆知惜之，世之文人才子不偶於時者，類以寓言。予嘗因慶雲李東白持昭君圖三幅並囑題之，乃用昭君未盡意，各識一絶云：「昭君寄謝漢官家，薄命紅顔衹自嗟。但使此身堪報國，不妨萬里嫁胡沙。」「昭君猶住漢宫時，獨抱閒愁主未知。不是畫工故成誤，後人何自惜蛾眉。」「凄凄哀怨寫琵琶，青冢寒烟草自花。翻愧椒房專寵幸，西風無樹起宫斜。」使冢下有知，

〔一〕「平」，疑爲「中」字之誤。

當亦躍然慶幸，非直區區自況而已。

《都玄敬詩話》記嚴滄浪謂論詩如論禪，蓋必妙悟乃有得也，因載趙章泉詩云：「學詩渾似學參禪，識取初年與暮年。巧匠曷能雕朽木，燎原寧復死灰然。」「學詩渾似學參禪，要保心傳與耳傳。秋菊春蘭寧易地，清風明月本同天。」「學詩渾似學參禪，束縛寧論句與聯。四海九州何歷歷，千秋萬歲永傳傳。」吴思道和之云：「學詩渾似學參禪，竹榻蒲團不記年。直待自家都肯得，等閑拈出便超然。」「學詩渾似學參禪，頭上安頭不足傳。跳出少陵窠臼外，丈夫志氣本冲天。」「學詩渾似學參禪，自古圓成有幾聯。春草池塘一句子，驚天動地至今傳。」龔聖仁和云：「學詩渾似學參禪，悟了方知歲是年。點鐵成金猶是妄，高山流水自依然。」「學詩渾似學參禪，語可安排意莫傳。會意即超聲律界，不須鍊石補青天。」「學詩渾似學參禪，幾許搜腸覓句聯。欲識少陵奇絶處，初無言意與人傳。」玄敬亦自和云：「學詩渾似學參禪，不悟真乘枉百年。切莫嘔心并剔肺，須知妙語出天然。」「學詩渾似學參禪，筆下隨人世豈傳。好句眼前吟不盡，癡人猶自管窺天。」「學詩渾似學參禪，語要驚人不在聯。但寫真情與實境，任他埋没與流傳。」趙、吴、龔皆宋人，玄敬，今之吴下人也。予因讀，亦强和之云：「學詩渾似學參禪，詩意如禪是悟年。盡把機鋒觀隱語，不聞正法亦徒然。」「學詩渾似學參禪，妙處難於口舌傳。消盡人間烟火氣，鳶魚潑潑眼中天。」「學詩渾似學參禪，流水行雲次第聯。象外精神言外意，曹溪諸派一燈傳。」予於詩説亦固學焉，而未有得者，姑録之與天下言詩者論。

鄱水之望湖亭，石刻東坡一絶云：「黑雲堆墨未遮山〔一〕，白雨跳珠亂入船。捲地風來忽吹散，望湖亭下水連天。」前輩稱其寫出天地變化莫測之妙。然此亦坡老時自惠州召還，寓公道復明意思。正統間，臨川吴聘君與弼嘗過其所，或勸之留題，聘君曰：「坡詩妙絶矣，何乃更取形穢之誚？」他若國初胡虚白嘗和之云：「鷗外江波雁外山，望湖亭下繫歸船。夜深起坐占風信，人在珠宫月在天。」句似健而意終不渾成也。

李白在玄宗時，賀知章薦之，得與韓紘、閻伯興、孟匡、陳兼、蔣琪共六人備翰林供奉，然竟以内沮，不及授官而去。未幾永王亂，白坐其黨，不有子儀之請、崔焕之庇，則於夜郎之流，猶有未可擬者。禍既免，行益放傲，不復棲廬山，去依李陽冰終焉。蒙譏履禍，視天下跼蹐若無所容，何其生之不偶也！方孝孺過其墓，作歌弔之，末云：「我言李白古無雙，至今采石生輝光。嗟哉石崇空豪富，終當埋没聲不揚。黄金白璧不足貴，但論男兒有筆如長杠。」孝孺豈過爲激論乎哉？顧李白隴西一布衣耳，千百載下，人猶仰之。回憶開元、天寶間官高金多、可以震懾人者，曾不若飄風好鳥之遇耳矣。劉静修曰：「富貴貧賤，自百年視之，俱成一空，獨文章可以垂

〔一〕「墨」，原本作「黑」，據清鈔本改。

世。」信然。

人於夢中往往有所吟詠，覺且能憶之。又或於事物之來，多有奇驗。蓋精神所會，天籟自鳴，荀子所謂神明將告之者耳。正德己卯季春之望之夕，予客都下，夢登絶高處，有道士持墨刻半幅示予，曰：「牛斗之精，風雷之友。丁甲盤旋，蛇奔虎吼。山上兩口，山下三口。千載相逢，屬君健肘。」既寤，誦之甚詳。日午，適慶雲李東白招予偕往城南萬福寺，候潞州王都閫君錫。話間因道夢中之句，君錫愕然曰：「有是哉？事之異也！」予與東白並起詰之，乃曰：「是爲寶劍之祥也。某有一劍，密佩以出入，自太父得於陰山，傳留八十餘年，世無知者。今乃著夢於游君，殆有遇矣。」取匣出視，晶耀恍惚，汞筆題誌歷歷〔一〕，一面如所夢前四句，一面題曰：「唐貞觀閼逢攝提歲秋重陽日，一山五口道人造。」座客相顧駭異。君錫向予曰：「先生其不凡乎！」遂以授予。好事者鬨相傳誦。至季夏望之夕，予復夢豢有黑虎，不覺逸去。厥明，竟爲有力者賺予劍而奪之，今不知其所矣。噫嘻，遇於豐城，失於延平，神物之在人世，固不可以久也。特其得之失之，予皆以夢，其於蕉鹿之説何如哉！

王建作《宮詞》百餘首，其宗人宦者王守澄以私憾欲舉劾之，建因遺之以詩云：「不是當家

〔一〕「汞」，清鈔本作「秉」。

頻説與，九重争遺外人知？」守澄憚而寢焉。東坡以詠檜詩繫御史獄，鞫之者曰：「天子飛龍在天，爾顧謂之蟄龍，非譏訕而何？」坡曰：「王安石有詩云：『天下蒼生望霖雨，不知龍在此中蟠。』我之謂蟄，正此龍也。」鞫者笑而語塞，蓋安石猶當國也。予因謂君子之所以不貴於言者，惡其誕且佞耳。若夫排難解紛，發揚理論，非言其何以哉？亦況小人構陷於我，當事變倉卒之際，苟無言以折之，則孰得奪其氣而沮其心耶？王、蘇二公，可謂能扼小人之吭矣。

元余闕字廷心，死安慶，與李黻死江州同一慘烈。讀其史傳，百世猶耿耿也。廷心平時作《七哀》詩，末云：「寄言東京友，勉樹千載名。一身不足惜，妻子非無情。」又《擬古》末云：「巖巖千丈松，孤生太山隈。摧殘若傾蓋，蒼翠終不移。草木有至性，明哲其鑒兹。」孤忠大節，蓋其胸中素定，故於事變之臨，處之無難焉者。國初宋景濂先生别識云：「予既作廷心傳矣，得其門人汪河爲道死難之日，廷心有妾名滿堂，生子甫晬，棄水濱。僞萬户杜某者曰：『此必余參政子也，是佳種也。』因捨所鈔諸物，懷之而去，今已三歲。或戲之曰：『爾父何在？』子以二指横拂喉下，曰：『如此矣。』」嗚呼，是知廷心當日舉家伏節，猶幸存此遺孤也！獨惜夫景濂時去未遠，力復可爲，何乃不爲購之，使大忠之有祀乎？彭司徒韶題《青陽文集》後曰：「忠宣公死後，君子悲之。」予謂景濂於此有不滿也。

正德己卯正月下旬，南寧伯毛公招予爲詩會。錦衣千兵王君實在座，爲予言先數日鄰姓有請紫姑變者，將卜他事，及降，乃書云：「天下蒼生未足愁，三邊胡虜亦何憂。獨憐一片西江土〔二〕，不是當年舊日頭。」君實向予庚語，以爲寧王宸濠殆不免歟。未幾，濠果舉兵，殺守臣，將犯京闕。其移檄省郡，皆去正德年號，只稱大明己卯。鬼神之事，雖不可曉，其云「不是舊日頭」之説，亦足徵矣。

西涯李閣老以詩文雄海内，具耳鼻眼孔者皆知敬之。迨其晚年，氣萎節刓，與時浮沉，頗多馮道之擬。一日有書生投謁，置緘牒於案，不俟見而去，乃一絶云：「蚤年名與斗山齊，伴食中書日已西。回首湘江春草緑，鷓鴣啼罷子規啼。」西涯啓讀悵然，尋上疏乞休。予謂公之去似矣，惜乎不早也。瑾賊之禍，不撲於將然，公奚其辭？

新喻符宜臣，予舉於鄉時同年友也。力學苦吟，尤癖於結字。寧濠方蓄異志，動以禮幣鈎致賢俊，欲爲之用。或以宜臣言者，屬所親作詩諷以意，宜臣因用韻答之曰：「羹藜弗充虚，厚味乃酖毒。薦稿豈潤槁，芒刺生重褥。怡曠易處心，牢寵豈煩促。原獸走索群，山禽鳴待旭。遐想塵慮消，長歌振林曲。」卒能自保，以成其志〔三〕。其視素擁虚譽，終不免於天下後世戮且笑

〔二〕「土」，清鈔本作「上」。
〔三〕「保以成其志」五字，原本漫漶，據清鈔本補。

者，不可同日語矣。

姚平仲去於靖康，岳武穆死於紹興，宋之舊疆遂莫復矣。然苟平仲之謀得行，渡可無南，狩可無北，而武穆後來百戰之勞亦可無事，如之何其不可恨且痛哉！方平仲既遁，絶意世事，去隱青城山，得老子煉形術。朝廷屢詔求之，人竟莫有識者。陸放翁題其隱處有云：「姚公勇冠軍，百戰起西陲。天將覆中原，殆非一木支。脱身五十年，世人識公誰。但驚山澤間，有此熊虎姿。我亦志方外，白頭未逢師。年來幸廢放，苟遂與世辭。從公遊五嶽，稽首餐靈芝。金骨换緑髓，欻然松杪飛。」嗟乎！古今豪傑欲有爲於天下而不偶者，豈獨一平仲而已耶？脱屣濁世，翀遊清都，平仲不易能矣。若武穆則死猶不死，殆鄧光薦稱文山爲刀兵解者之皆足爲不朽，惟豪傑在所遇如何。

南昌郡學之西隅名洗馬池，相傳爲漢將灌嬰洗馬其處，有池存焉，後世因作樓館，以爲宦遊燕集之所。成化間，有隱名氏者大書一絶於壁云：「孺子亭空春草長，忠臣祠倒燕翻梁。千門萬户總沉醉，那得閑心話渺茫。」蓋譏當時爲政者不知急務大體，而徒寄情於無益之論。要非無識者能言。

方孝孺《過子陵釣臺》長短句一章云：「正人須正己，治國先齊家。如何廢郭后，寵此陰麗華？糟糠之妻尚如此，貧賤之交安足擬。羊裘老子早見幾，獨向桐江釣烟水。」直於子陵心上説出來。向使當時少爲富貴所餌，未必其能終也。特羊裘不免微有形迹。

天下有力者不免相圖，勢也。元凶大憝，天自假手以覆之，亦理耳。漢董卓謀亂，王允與呂布方密圖之，俄有人大書吕字於布，荷而行於市，歌曰：「布乎，布乎。」鬼神之際，天之不可昧者然也！東坡詠史有詩云：「只言天下無健者，誰識車中有布乎？」顧於我朝正德間，錢寧以宦官廝役起而盗執天柄，江斌由邊鄙粗材入而涎睨神器，是皆有力足以震摇天下〔二〕，可謂健者矣。然於寧則斌以覆之，於斌則又有永以覆之，是何異於卓若布哉！予謂使此輩既健而能處之以弱，則夫名之虎，殆黑文之白虎矣，適宜養之以昭太平之瑞，奚而縛，亦奚云縛之不得不急也！

詩人題詠，多出一時之興遇，難謂盡有根據。如牛女七夕之説，轉相沿襲，遂以爲真矣。嘗論范蠡歸五湖以西施自隨事，傳籍無考。杜牧之《秋娘》詩云：「夏姬滅兩國，逃作巫臣妻。西子下姑蘇，一舸隨鴟夷。」東坡《戲書吴江三賢畫像》云：「却遣姑蘇有麋鹿，更憐夫子得西施。」後楊鐵崖亦有云：「越中美女嫁姑蘇，敵國既破還陶朱。」又有作者故爲范蠡解云：「載去西施豈無意，恐妨傾國更傾城。」蘇之言本杜，不知杜之言復何所據。竊意鴟夷子明哲有謀，必不以此尤物自惑。况既潔身以去，何暇更爲多慮，甘自污以取不韙之議哉？

〔二〕「是」，原本作「之」，清鈔本校改，今從之。

杜牧之《赤壁》詩云：「折戟沉沙鐵未消，自將磨洗認前朝。東風不與周郎便，銅雀春深鎖二喬。」蓋言孫氏於赤壁之戰，若非乘風力縱火取捷，則國破家亡，將爲曹公奪二喬而置之於銅雀臺矣，謂其君臣雖妻子不能保也。《許彦周詩話》謂作詩者於其社稷存亡、生靈塗炭乃都不問，只恐捉了二喬，以爲措大不知好惡者，非也。劉孟熙《霏雪録》又謂詩意乃言瑜盡力一戰，止以得二喬爲功，而忘遠大之業者，亦非也。僻哉，二公之言詩也！

宋詩不及於唐，固也。或者矮觀聲吠，併謂不及於元，是可笑歟！方正學論之，詩云：「前宋文章配兩周，盛時詩律亦無儔。今人未識崑崙派，却笑黄河是濁流。」「天曆諸公制作新，力排舊習祖唐人。粗豪未脱風沙氣，難詆熙豐作後塵。」「祖」字上，便正學立論尺寸。若劉後村顧謂宋詩豈惟無愧於唐，蓋過之，斯言不免固爲溢矣。近又見胡纘宗氏作《重刻杜詩後序》，乃直謂唐有詩，宋、元無詩。「無」之一字，是何視蘇、黄諸公之小也！知量者將謂如何？

古今詩人寄吟於瘦馬者多矣，杜子美一章，意度尤爲宛盡，作者多不免落其窠臼。獨國初張光弼一絶云：「少盡其力老棄之，此豈有意埋弊帷。不如汗血陣前死，以革就裹將軍屍。」憤惋激烈，死竭所事而不悔，真志士語也。惜於徵見之時，年已衰老，太祖優憫之，曰：「可閑矣。」因自號可閑翁。是豈徒負千金之骨，而終不獲振（汛）［訊］一騁者歟！

孟郊、賈島皆窮困至死，或謂詩能窮人，未信也，殆詩必窮者而後工耳。昔有作詩却相者云：「貌拙慚君仔細看，鏡中我自覺神寒。試從李杜編排起，幾個吟人做大官？」大抵年鍛月鍊，冥搜苦思，要非富貴中快意者所多。

方正學《過買臣去妻之墓》詩云：「青草池邊土一坵，千年埋骨不埋羞。丁寧囑付人間婦，自古糟糠合到頭。」夫者，婦之所天，死且不可移，而況貧賤去之乎？是不可以爲人矣。顧惟朝市變遷，而長陵之土，猶或不免於盜，名義苟非所重，誰其傳之？自漢至今千數百年，而此婦之冢乃猶可識焉，豈非其作戒後人，造物固有深意，是用存之，以爲萬世不義告哉！

曾見方士所述《體道通鑑》載云：宋張虚靖、林靈素二道士同徽宗夜静禮斗，至一閣下，見有碑，題曰「元祐奸黨之碑」。林因作詩以獻云：「蘇黄不作文章客，童蔡翻爲社稷臣。三十年來無定論，不知奸黨是何人。」帝明日以示蔡京，京惶恐乞去，仍免留之。嗚呼！元祐之碑可痛也，雖石工安民與二道士皆知惡之，天理人心，凛不可昧。何徽宗竟不能使之遂去，甘禍以自殆也，愚哉！

張翠屏《題淵明歸隱圖》云：「世無劉豫州，隆中老諸葛。所以陶彭澤，歸興不可遏。凌歊燕功臣，旌旗蔽轇轕。一壺從杖藜，獨視天壤闊。風吹黄金花，南山在我闥。蕭條蓬門秋，稚子候明發。豈知英雄人，有志不得豁。高吟荆軻篇，颯然動毛髮。」大抵君子讀書，以學聖人之道，初豈絶無用世之心哉？然惟枉道辱己、卑卑求合則弗屑焉，是故淵明之决去也。苟遇知己，雖死可以許之，況於食其禄乎？翠屏末句引荆軻言之，重有慨也。

《神仙傳》載：郭四朝遊大陂，扣舷歌曰：「遊空落飛飆，虚步無形方。圓景焕明霞，九鳳鳴朝陽。揮翮扇天津，掩藹慶雲翔。獨造太微宇，挹此金梨漿。逍遥玄垓表，不存亦不亡。」語意深古，有遺世獨立之意，蓋晉魏時物外人語也。然須神融意會，乃得其趣，而此心與造物同遊之妙亦自覺之，不可以與碌碌塵俗者言也。餘三篇不及盡録。臨川之楂林有宿儒曾默氏者，嘗學於吴聘君之門，積歲爲里閈教讀。他日有富姓某者預致書幣招之，因意其子弟供億，將無十倍於丕者矣。枵然自得，爲之吟云：「明日釣鰲向東海，片帆飛過洞庭湖。」觀其言意，直如寸蟥泛濫蹄涔而乍識四海之廣，芒蝎宛轉果核而幸見六極之大，其心目豁如也，何其快哉！殊不思其所以爲教，不過訓詁章句之末，而其所教之地與人，又不過粗有貧富之異已耳。陋哉，蛙之爍爍也！

嶺南陳徵士獻章號白沙，作詩脱落凡近，其書法亦直於心得妙處，隨筆點畫，皆自成一家。弘治間，被召不就。時予鄉李若虚任廣之憲使，有以舊交謁者。若虚轉致以見，併求言贈之。白沙少學於臨川吴聘君之門，詢知其人所居，與舊同學聘君之婿厚郭胡君全者爲里閈，乃以幅紙寫一絶云：「居鄰厚郭一雞飛，桂樹於今大幾圍。老憶舊時燈火伴，青山何處望霏微。」蓋以憲使代請，不得不言，在其人又不欲輕言。白沙可謂不失人亦不失言，此誠可法。桂樹乃昔遊豐城時，見胡庭之所植也。

洪武十年，宋學士景濂乞骸骨，歸華亭，朱孟辨紀其事，作詩送之，其一曰：「天語丁寧出紫微，特將文綺賜卿歸。愛卿秉志如金石，留取裁成百歲衣。」蓋瀕行，聖祖諭曰：「卿事朕十九年，忠誠可貫金石，故有是賜。卿今六十有八，可待三十二年後，以作百歲衣也。」其二曰：「楮鏹親頒當酒錢，賜金不獨二疏賢。想應心醉君王德，慚愧長安市上眠。」既受文綺之賜，復出寶鈔數十定與之，曰：「卿東歸當酒錢也。」其三曰：「城上春雲暖更飛，念卿此地迹將稀。臣身願作隨陽雁，一度秋來一度歸。」聖祖一日携景濂步午門西城上，顧謂曰：「卿來此迹將稀矣，可能再見否？」濂曰：「老臣身未就木，當一歲一來也。」四明史靖可復補作二首曰：「君王親爲計歸程，幾日携家出鳳城。江上春來有風浪，扁舟好向裏河行。」「曉辭龍衮出金門，拜跪相扶有子孫。傳敕更宣來侍食，懸知一飯不忘君。」蓋入辭，聖祖復諭之曰：「大江春來風浪多，宜就裏河達家。」子璲、孫慎俱列侍從，相與扶掖，賜食乃出。其寵優可謂至矣。後二年，以慎坐法，安置茂州，尋卒。嗚呼！若景濂者，當我聖祖龍飛之初，以道德文章首被知遇，國家大經大典所以垂世而立範者，多其裁定。事業之偉，未容以他臣語也。議功議賢之條，其謂奈何？君子顧不有曰：「慎以年少書生，未必力能跋扈。借使有罪，雖不可幸爲十世之宥，其不幸爲一人之猶憫乎？」惜哉，大美之弗終也！

作詩以聲之相叶者爲韻，其聲以合四方之同者爲正。國初定有《洪武正韻》，一洗沈約方音之偏，誠通典也，何陋儒俗士狃於聞見，至今襲之而不可變？是匪怪歟！今直以唐詩就彼韻辯之。王健《涼州歌》云：「三秋陌上早霜飛，羽獵平田淺草齊。錦背蒼鷹初出按，五花驄馬喂來肥。」所用「齊」字，不在微韻。李賀《昌谷》詩云：「掃斷馬蹄痕，衙回自閉門。長鎗江米熟，小樹棗花春。向壁懸如意，當簾閱角巾。犬書曾去洛，鶴病悔遊秦。土甑封茶葉，山杯鎖竹根。不知船上月，誰棹滿溪雲。」亦是真、元二韻雜用。蓋沈約在宋齊梁陳時，並居鈞要，著韻以詞賦取士，積習久矣。及唐有天下，亦竟因之而已。東、冬何異，麻、遮何同？固非不有知之，顧何士之科試去取，一視諸此，知之而孰能不遵之哉？惟歷考前輩諸説可見。

四皓避秦，若鳳凰翔於千仞之上，非腐鼠所可嚇也。高帝雖嫚駡無狀，其風節固嘗聞矣。當時留侯方爲太子謀畫，必極求可使帝心之動者以中之，其於衣冠狀貌之肖，安知不能如優孟之爲叔孫敖者出乎？《史記》書例，如申公召至，雖一言必録之；張良謝病辟穀，必表其去；何於四皓，直曰羽翼太子而已？唐温飛卿題其廟詩云：「但得戚姬甘定分，不應真有紫芝翁。」疑其事也。荆公《書汜水關寺壁》云：「汜水鴻溝楚漢間，跳兵走馬百重山。如何咫尺商於地，更有園公綺季閑？」〔二〕蓋言四皓時雖有之，亦將冥鴻遠逝，未必匏繫於此〔三〕。而楊鐵崖《紫芝曲》

〔二〕「綺」，原本漫漶，據清鈔本補。
〔三〕「繫」，原本漫漶，據清鈔本補。

云：「商山巍巍，上有紫芝。采之可療饑，何獨西山薇！西伯養老，去古遠而。獨夫殺士，吾將疇依〔二〕？卯金之子海内威，羅絡齮齕將焉爲〔三〕。平生不識下邳兒，肯隨漢邸同兒嬉？禄里綺里無人知。」自注云：「禄里，在洞庭包山，四老之舊居也。」此則又言四皓固非留侯所識，亦非區區幣禮可使之至者。留侯作贋，千載猶惑，豈特漢祖之墮其術哉！

寇萊公在長安，因生日燕會僭侈，轉運使以聞，王文正公覽其狀，笑曰：「寇準許大年紀，尚騃爾！」因於上前力解之，得免。别載又謂公嘗燕飲，以疋綾擲賜歌妓，其内姬以詩呈之云：「一曲清歌一匹綾，美人猶自意嫌輕。不知織女寒窗下，幾度抛梭織得成。」在當時，公服用極爲侈靡，雖溷所馬厩，猶列蠟炬達旦。魏仲先上之詩，乃云：「有官居鼎鼐，無地起樓臺。」豈反言以規諷之歟？

語作詩者謂：煉字不如煉句，煉句不如煉意。古人詩意不凡，句内用字，亦須音律清婉，含蓄有餘，不易易也。嘗見杜牧之《赤壁》詩云「折戟沉沙鐵未消」，人多作「半消」；子瞻《望湖亭》詩云「黑雲堆墨未遮山」，人亦多作「半遮山」。「半」字雖亦可通，而二詩意度，玩之便覺有

〔二〕「將疇」，原本漫漶，據清鈔本補。
〔三〕「齮齕」，原本漫漶，據清鈔本補。

差。不得三昧法而妄談色相者類如此，何可與辯！

李長吉《詠竹》詩云：「入水文光動，抽空緑影春。露華生筍徑，苔色拂霜根。織可承香汗，裁堪釣錦鱗。三梁曾入用，一節奉王孫。」此則字句牽强，殊欠渾成意思，玩之自見也。長吉集有京本、蜀本、會稽本、宣城本、上黨鮑氏本，轉相傳寫，售僞補亡，或坐有之。世稱賀才絶出，少假以年，可以奴僕命《騷》。顧若此作，則於牛神蛇鬼之説奚有？

楊萬里論杜審言與甫祖孫詩句相似處，亦固有之。但審言之「鶴子曳童衣」，乃言山莊景物，有雛鶴馴狎，曳童子之衣也；甫之「儒衣山鳥怪」，蓋言殊方異俗，所居皆雕題之徒，鳥雀乍見儒衣而怪訝之也。二詩用意不同，萬里特摘出言之，殊未思耳。

劉夢得《遊虎丘寺生公講堂》詩云：「生公説法鬼神聽，身後空堂夜不扃。高座寂寥塵漠漠，一方明月可中庭。」叠山《選注》以爲詩意笑生公也。予意生公何足笑哉？况亦言意淺直甚矣。夢得蓋以生公比當時執政者，言其在日，假威寵以令百僚，莫敢有違，鬼神亦聽之也。次句言身後子孫不守，門墻已非。三句、四句則言聲消勢盡，殊非前日華盛景象，無復及其門者，惟明月夜深可中庭耳。與《石頭城》「夜深還過女墻來」意同。「可」字有味。

嘗見前輩雜録限韻作詩者，亡其名氏。吟紅梅，押牛字韻云：「錯認桃林欲放牛。」吟蛺蝶，押船字韻云：「跟個賣花人上船。」吟針，押羹字韵云：「若教稚子敲爲釣，釣得魚兒便作羹。」吟新月，押交字韻云：「誰臨寶鏡新妝罷，玉匣參差蓋未交。」此類頗多，亦可以廣人思慮；但吟蛺蝶用「跟個」字稍粗耳。

南昌郡之西山，最奇勝處曰洪厓。世傳古有洪厓仙居之，藥爐丹竈，今猶存焉。其峭壁有遺題云：「去歲無田種，今春乏酒才。從他花鳥笑，沉醉卧樓臺。下弔無人采，高聲又被嗔。不知時世異，教我若爲人。」大書漫漶，不可識其世氏，要非尋常烟火士所識音志。也。

東坡作《韓文公廟碑》，前輩議其起句推重太過，幾於孔子之事矣。予復詳其章末歌詞云「作書詆佛譏君王」，夫「詆」，毀也，「譏」，誚刺之也，二字下得亦不免可議。或者因疑東坡愛信禪學，故其言猶少恕之；然觀其所作《六一居士序》，深斥佛老之言，芒寒色正，坡固無此也。豈其才高思湧，一時快意落筆耳？誰將爲公忠臣，與易二字，以塞君子之議哉！

世傳白玉蟾，海南人，本姓葛，以白自詭耳。在我國初猶常見於民間，江南諸名勝率多題詠真蹟。如《遊崇仁華蓋山賦》，千數百言，馳騁上下，出入有無，洒洒有超舉六極之思。又《遊華山》詩一聯云：「路逢紫電清霜客，日落碧雲紅樹天。」末云：「明朝屐齒印苔髮，長嘯天風躡曉烟。」悠然世外，無一點塵俗氣，殆博學文章之士，學爲老氏而有得者。今不可見矣。

元至元間，文山先生有子辟就郡學教授，出未數驛而卒。閩有翁姓者，以詩悼之云：「地下修文同父子，人間讀史各君臣。」不無憾意也。予讀《文山傳》，每痛其無嗣。別載張毅夫隨寓燕京，訪尋歐陽氏，收櫬南還；又述先生著夢於子繩束髮斷事。併此足知先生之祀有屬矣。顧所作《悼二子歌》，豈方流竄間關之際，存亡固有所不知歟？或且執謂實弟之所出，而先生所命以爲嗣焉？不可知也。嗚呼！獨以讀先生之傳者，百世猶爲扼腕，教授何心，曾不識王裒終身不西向者何哉！談者謂教授之死，先生之靈之殛之也。不然，固天死之，以全先生之子孫之克孝乎？

《傳》謂：「無非無儀，婦人之德也。」然有穎慧絶出，肆爲文藝之工者，漢晉以來，固亦多已。在宋，若蓬萊女冠徐静之，詩效謝靈運，書效黄庭堅。陳無己贈之詩云：「蓬萊仙子補天手，筆妙詩情絶世工。肯學黄家元祐脚，信知人厄匪天窮。」楚州官妓王英英，學顔魯公書，蔡君謨教以筆法。梅堯臣贈之詩云：「山陽女子大字書，不學常流事梳洗。親傳筆法中郎孫，妙絶蠶頭魯公體。」鄱陽妓楚珍，宣和間董史稱其書、詩不凡，足當江南奇男子。徐州妓馬盼盼，東坡書《黄樓賦》，竟刻其「山川開合」四字，不復易書。固皆稱與不能無過，然惟倡優女賤，竊擅文苑一藝之清，得爲數公賞識，今猶誦之。何世之戴冠曳裾、號稱丈夫人者，所遇固自有幸不幸，小道可觀，亦足以傳，乃不免碌碌與草木同朽腐歟？是可惜且痛哉。

廣之增城有何仙姑者，相傳爲邑民何泰之女。生唐開耀間，常欲絶俗，去遊羅浮，父母怪之。將婚夕，忽不知其所之，惟硯屏間遺題云：「麻姑怪我戀塵囂，一隔仙凡道路遥。去去滄洲弄明月，倒騎黄鶴聽鸞簫。」明旦有道士自羅浮來，見其至麻姑石上，以詩囑其轉語父母云：「鐵橋風景勝天台，千樹萬樹桃花開。玉笛吹過黄嵓洞，勾引長庚騎鶴來。」餘二首不及盡録。又《煉藥處》：「鳳凰雲母似天花，煉作芙蓉白雪芽。笑殺狂遊勾漏令，却於何處覓丹砂。」鳳凰，增城之山名。鐵橋、麻姑石，俱羅浮高處。夫以女子而得證仙道，固有不可知者。今特讀其所作，絶無風塵物愛之累，本傳又稱其夙有孝行，則其人品足可想見。先儒有言曰：爲學而至於聖賢，爲國至於祈天永命，修性命至於出世翀舉，爲三大難事。以此論之，仙學雖别是一道，然與聖賢事業，均以崇德力善爲本。世之學爲仙者，是無怪乎其不可成也。

青田劉伯温，論者稱其乘時佐命之功，炳機克終之道，甚與漢子房相似。然或謂子房乃爲韓報讎，伯温則常委事於元，其出處不免有間，是蓋未深論也。夫伯温生元世，豈能超出天地外，不爲元人也哉？憂時痛國，每形於辭，如《憫亂》諸作，一二三末句云：「惆悵無人奏丹扆，側身北望淚滂沱。」「淮濆何日歌常武，腸斷嚴城戍鼓撾。」「天涯地角風塵滿，極目雲霄欲斷魂。」江湖愁絶無家客，佇立看天淚眼昏。」至如《弔諸葛武侯》、《祖豫州》、《岳武穆》諸賦，悲憤愁激，讀之使人躑躅思奮，其志可諒也。厥後元政益亂，四海糜沸，進不可爲，退無所容，不得已乃轉而爲救民之舉，出求真主佐之，竟使天地再立，日月再明，綱常華夷之分再正。孔子曰：「微管仲，吾其被髮左衽矣。」「如其仁，如其仁。」伯温之謂也。况其去夷就華，而所輔尤正，孔子固不以先事子糾爲管仲病焉。予敢謂伯温去元之迹似百里奚，憂國之忠似杜甫，攘夷狄之功似管仲，豈特知謀之似子房耳哉！

静修劉先生《過易臺》詩云：「萬國河山有燕趙，百年風氣自遼金。」易臺，今順天所屬，我太宗皇帝相都其處，以控要害。燕趙河山，鈎距盤固，百七十年來，衣冠文物之化焕然盛備，所謂遼金風氣變革殆盡。其所未純者，冶容粗悍之俗耳。然此亦固若金陵之謂「衣冠千載士，猶有晉風流」也。故曰風聲氣習，足以移人，久則爲難變也。

巴陵女子韓希孟，魏公五世孫賈尚書男瓊之婦。開慶己未九月，元兵渡江，其將臣拔都自鄂渚覘上流，岳破，□被辱虜〔一〕。韓在行中，乃裂衣書其姓氏并詩數百言，其略云：「退鷁落迅風〔二〕，孤鸞弔空影。簪堅折白玉，瓶沉斷青綆。妾死志不移〔三〕，改邑不改井。我本瑚璉器，安能作溺皿。借此清江流〔四〕，葬我全首領。皇天如有知，定作血面請。願魂化精衛〔五〕，填海使成

〔一〕「□被辱」三字，原本漫漶，清鈔本作「民被俘」。
〔二〕「略云退鷁」四字，原本漫漶，據清鈔本補。
〔三〕「綆妾死」三字，原本漫漶，據清鈔本補。
〔四〕「借此清」三字，原本漫漶，據清鈔本補。
〔五〕「魂化精衛」四字，原本漫漶，據清鈔本補。

嶺。」自沉以死。辭氣激烈，有古義士風。元學士郝經作《巴陵女子行》弔之，末云：「名與長江萬古流，丞相魏公猶不死。」嗚呼！城破身俘，生死所决，雖以平時自許崢嶸磊落之士，猶多喪心易面，求爲苟免。顧希孟一女子耳，乃能從容叙志，視死如歸，豈尋常可語哉？獨恨是時文煥以帥臣附元，未必無聞，後十五年呂氏子孫，曾有似此女不辱其先，使人言文穆諸老可猶不死者乎？

廣藩之當道，有母存迎養者，諸士大夫榮且慶之，咸爲詩歌以張大其事。屬縣順德有苦節獨行之士李子長者，舊爲白沙弟子，頗有詩名，當道因持卷索之，賦一絶云：「大孝古來兒養母，高官今見母趨兒。六千里路風濤惡，飯是胡麻亦可悲。」當道甚爲沮喪，而篇聯什襲之富，敗興盡矣。廣之談士相率聲和，以子長之論爲是。或以告諸夢蕉，夢蕉曰：「子長此作，正謂不能飲酒而妒人面赤者也。讀書出仕，固爲行道，然食禄以養其親，亦大節也。今既以身委國，不得復顧其家，使有母而不迎以養之，其何能兩全乎？且縱謂遺禄之餘亦足以養，寒燠疾痛之候，誰其致歟？孝子之心，不若是恝也。子長蓋直就其果於忘世者一邊看耳。予敢執曰：迎養，禮也；子長之論，僻也；是其説而和之者，非也。君子以爲如何？」

王摩詰《老將行》云：「衛青不敗由天幸，李廣無功緣數奇。」蓋本史遷之説也。成敗利鈍，非人力可能。使論人者每因其敗而求其可不敗，則孔明、曹丕，或相什百千萬矣。

予少嘗即友人陳時用席間作《竹枝歌》，其一云：「前船已過緑楊灣，後船猶在蓼花灘。一樣帆檣一樣櫓，前船何易後船難。」時用時已領薦銓注，而予猶爲弟子員也，頗爲談者傳笑。然船一也，使操之者同，其所發所向之處又同，顧前後不相及，若有使且尼焉，謂非天之幸、數之奇，未信也。

弓、劍皆男子佩器，故黄帝鼎湖之昇，言所遺物〔一〕，獨曰弓、劍。於古人詩歌，多以屬對言之。宋玉賦云：「長劍倚天外〔二〕，彎弓掛扶桑。」劉琨，《選》云：「左手彎繁弱，右手揮龍淵。」李白《薊門行》云：「拔劍斬樓蘭，彎弓射賢王。」《送梁公北征》云：「起舞蓮花劍，行歌明月弓。」《送白利西征》云：「劍決浮雲氣，弓彎明月輝。」楊炯《送劉校書》云：「赤土流星劍，烏號明月弓。」他若盧照鄰《少年行》、駱賓王《行路難》、衛象《古詞》，類以並言，不暇盡記。皆以發其慷慨激昂之意，蓋不徒也〔三〕。然亦射者男子之事〔四〕，劍爲君子所佩；弓之材致遠，劍之義辟非。取諸物以著之於身，丈夫事業，思過半矣。

〔一〕「所遺」，原本有挖補痕迹，清鈔本作「其遺」。

〔二〕「長」，原本作「拄」，且與上「云」字并有挖補痕迹，據清鈔本改。

〔三〕「徒」，清鈔本校改爲「乏」。

〔四〕「亦」，清鈔本校改爲「則」。

李白《從永王東巡歌》，蕭薲謂原作只十首，世所傳却十一首，疑有贋增而莫之考焉。今直以愚見觀之，其第九首：「祖龍浮海不成橋，漢武潯陽空射蛟。我王樓艦輕秦漢，却似文皇欲渡遼。」用事不倫，言意鄙俗，公然以天子之事爲永王比擬，不無啓其覬僭之心，諷使爲亂歟？豈即當時高力士輩欲中傷太白者，無所不至也！小人用心，微處固有叵測。

東坡《詠檜》詩「根到九原無曲處，世間惟有蟄龍知」，蓋言君子直行大節，到底不變，非尋常者能知。别又云「豈是聞韶解忘味，邇來三月食無鹽」，則是因事出意，詩人滑稽體耳，顧爲捃摭蒙罪。及嘗聞國初有勳臣握重兵，有事雲南者，有《大理即景》詩云：「兩關虎踞雄千里，三塔龍飛上九天。」尋致疑奪之禍。今按兩關在大理左右，分扼山海之會；三塔在府治後梵寺。皆形勝耳，采而言之，亦固何害？夫此豈詩之足禍人歟？抑其人之固不免於禍歟？設在浪仙、清老之徒，乃當無事。故曰：名者，造物之所深忌，而功之不賞者恒危。

古人托言臣之於君，每以婦之於夫擬之，蓋身事之義同也。許渾《塞北》詩云：「夜戰桑乾北，秦兵半不歸。朝來有鄉信，猶自寄征衣。」言婦人不以夫之必死而廢其生事之心，可謂信矣。李商隱《散關》詩云：「劍外從軍遠，無家可寄衣。散關風雪路，回夢舊鴛機。」言爲夫者不以家之曠遠而棄其平生之好，可謂義矣。許就臣言，李就君言，須以二詩合觀，夫然後腹心手足之視乃爲兩盡。

寒山子，民間多畫像，然莫詳其姓氏。閭丘胤所傳隱顯幻變之異，亦固不可盡究。嘗見陸放翁手帖，録寒山所作辭一章：「有人兮山徑，雲卷兮霞纓。秉芳兮欲寄，路漫兮難征。心惆悵兮狐疑，蹇獨立兮忠貞。」朱晦翁亦嘗録其詩「城中娥眉女，珠珮何珊珊。鸚鵡花前弄，琵琶月下彈。長歌三日響，短舞萬人看」之句，謂雖詩人，或未易能。時寒山既遁，國清寺僧道翹復於村舍木石間所收散題三百餘首，語皆發露化機，規諭人事，似近俗而有深意。想其人如孤雲野鶴，放遊天外。古今人慕之，如放翁者多矣，獨吾晦翁正學夫子，亦猶惓惓若此。他日門人舉棺訝輕之説，不亦有由然耶？

杜牧之《四皓廟》詩云：「南軍不袒左邊袖，四皓安劉是滅劉。」詩意蓋言惠帝以四皓羽翼之力而始得立，然諸吕之禍，又以惠帝得立、吕氏專權，而後有之，亦勘駁語也。但周勃左袒之令，牧亦猶未知歟？按《大射》、《士喪禮》所載，凡行禮，無吉凶皆袒左。《覲禮》曰：肉袒右。勃時去古未遠，禮俗之舊，通行習聞，其曰「爲劉者左袒，爲吕者右袒」，實以刑賞示之，令其必從劉耳。豈陳懷公朝國人而問曰「欲與楚者右，欲與吴者左」，聽人自擇，兩可之謂哉？向背少殊，計復安出？勃未必若是其愚也。世之論不知古禮，類自今日觀之。

國朝胡頤庵儼以文學鳴世，洪武間爲東宫侍讀官。入永樂，爲國子祭酒，常就學舍謁文山祠。有詩末四句云：「南歸慷慨勤王日，北上從容就死時。千載英風動毛髮，黄鸝碧草不勝思。」予謂頤庵之句佳矣，特所謂「思」之一字，恐未也。不然，則思之誠有不勝，而至於三，則惑矣。嗚呼！董狐不作，公道猶在。正學、子寧二公，與先生舊爲同官，地下修文處相見，當不免話及往事。

《豫章志》載鐵柱宫在郡治南隅，相傳爲晉旌陽令許公既除蛟害，標鐵柱以鎮之。或且謂鎖蛟其下，若桐柏山淮渦之類，事固不可知也。元虞伯生留題云：「老龍無意弄新波，化作鼂翁倚柱歌。誰向蓬萊期劫外，下騎黄鵠一摩挲。」前二句言老蛟既就束縛，不得再爲民害，頌其功也。後二句言其所以作爲，有不可知，疑其事也。然此蓋五行厭勝之理然耳。水爲金子，蛟者，水之孽也，從母以制子也。故大禹鑄九鼎以道九河，文翁治蜀、西門豹治鄴，皆鑄鐵以弭水患，韋丹鑄象人以立洪之水關，固皆儒家實事，何疑焉？特其施用之妙，非庸俗可語。今稱禹曰神禹，則聖人之功用，自有神處，豈必直推旌陽爲道士冲虚之流，更多屬幻誕以相惑耶？

宋咸淳癸酉，元國信使郝經被留真州，南北隔絶者十五年。時居忠勇軍營新館，有以生雁饋者，經因作詩以帛書云：「零落風高從所如，歸期回首是春初。上林天子援弓繳，窮海纍臣有帛書。」並署年月姓名，通五十九字，繫雁足縱之。尋爲北人所得，以獻其主，遂大舉南伐。越乙亥，宋社屋矣。嗚呼！世傳蘇子卿雁書云者，不過漢人詭言以紿匈奴，因成故事。顧如郝經之雁，乃實有之，而元主亦竟得之，是可異也！豈南北興亡，天意固已有在，偶然之際，有不偶然者寓乎？

杜子美詩不特律切精深，而其意度亦極高妙，雖於一字之用，亦不率易。孰玩之，便自有覺。予嘗以贊畫從征香爐山，與蔡方伯巨原露坐，軍聲夜色，隱動上下，因誦其《閣夜》詩云：「五更鼓角聲悲壯，三峽星河影動摇。」相與審聽徐視久之，巨原起向予曰：「此老言意入神如此！」又嘗十月之暮，泛舟吕梁，因誦其《秋興》詩云：「江間波浪兼天湧，塞上風烟接地陰。」眼中一時景象，直如子美今日親見而點染之也。故元稹謂有詩人以來，未有如子美者。本傳贊謂子美詩渾涵汪茫，千彙萬狀，兼古今而有之。獨不識楊大年奚謂不甚喜之，是無怪乎米元章之不識歐陽六一也。

優工以髹塑爲鬼神面像，而戴之以弄，叫嘯踴躍，百狀惟怪，望之可爲辟易。然其本來面目，終莫得而掩焉。李若虛嘗於席間戲爲吟云：「鐵面虬髯戟似霜，人人道是四金剛。一迴戲臉都拋却，却是郎當老郭郎。」不無謂也。嗟乎！今之君子，孰不若從事於傀儡場哉？方其在前上處，萬夫仰觀，人固不敢以人視之，而彼亦若不自知其爲人者，無何搬弄既撤，依舊王皮也[二]。

世稱李太白爲詩仙，杜子美爲詩聖。孫器之評云：「太白如劉安雞犬，遺響白雲，覈其歸

[二]「王」，清鈔本作「面」。

存，恍無定處。」「子美如周公制作，盡善盡美，後世莫容擬議。」確論也。或以善陳時事稱子美爲詩史者，豈足以盡之哉！程子曰：「詩之盛莫如唐，唐人善論文莫如韓愈，愈之所稱，獨高李、杜。」嘗有詩云：「李杜文章在，光焰萬丈長。」或有言：長吉才氣似不亞李、杜，如何？評者曰：長吉如漢武帝飲露盤，無補多欲，然使假之以年，涵養充實，則固未可知也。

或問：謂元詩似唐，當代之詩似宋，然歟？曰：元有唐之氣，當代得宋之味。氣主外，蓋謂情之趣；味主内，蓋謂理之趣。要之皆爲似而已矣。又問：以元詩與當代詩較之，如何？曰：元浮而麗，當代沉而正，此其大約也。若以元之虞、楊、范、揭諸大家，與當代以來諸名世宗匠較之，則固各有所就，非予所可知也。先正詩云：「讀書未到康成地，安敢高聲議漢儒？」須俟執權度立堂上者語之。

淵明有《命子》、《責子》諸作，蓋自叙訓誨意也。其責之略云：「雖有五男兒，總不好紙筆。」末云：「天運苟如此，且盡杯中物。」可謂能不棄其子而且順乎天矣！人之賢父兄固自如此。子美乃嘲之云：「有子賢與愚，何其掛懷抱。」豈直欲置之度外，若秦人視越人之肥瘠，漠然不以爲意歟！顧復自譽其子曰：「驥子好男兒。」何亦不免於可嘲也！大抵子美借此見淵明懷抱，舉天下物無一係累，其不能忘者，只此天性之愛耳。山谷嘗云：讀淵明《責子》詩，見其爲人慈祥善戲謔。俗人乃直謂其子皆不肖，正所謂癡人前不可説夢。

夢蕉詩話卷之下

豐城游潛　用之著
不肖孫季勳重刻

東坡在潁川，因歐陽叔弼讀《元載傳》，嘆淵明之絶識，作詩曰：「淵明求縣令，本緣食不足。束帶向督郵，自屈未爲辱。翻然賦歸去，豈不念窮獨？重以五斗米，折腰營口腹。云何元相國，萬鍾不滿欲。胡椒銖兩多，安用八百斛？以此重其身，何翅抵鵲玉。往者不可悔，予以反自燭。」東坡此亦有激而作，不特爲自勵也。一污一潔，醜好介然。胡苕溪所謂陶之於元，豈直睢陽蘇合彈與蜣螂糞丸比哉？嗟乎！今之君子，固亦類能言之，然惟本心不失幾何人哉？宫室之美、妻妾之奉，蓋已視爲本分内事，若謂於所識窮之者得我而爲之，則今人視爲道德事矣，其何訾夫元載！

唐吴融《汴門兵後》詩云：「金鏃有苔人拾得，鐵衣無土鳥銜將。」别集又有作「蘆花」者，比「鐵衣」爲通。然自鳥銜言之，俱不免可議。譚用之《再過韋曲寺》詩云：「馬踏翠開垂柳寺，人耕紅破落花畦。」翠就柳言，紅就花言。以柳而言馬踏，甚欠通也。予意吴、譚二老在當時亦必善鳴之士，豈其思不及此？竊欲以吴詩「金鏃」、「蘆衣」易作「斷鏃」、「殘衣」，以譚詩「翠開」、「紅破」易作「翠陰」、「紅雨」，庶爲無病。大方家以爲如何？

嘗讀東坡在嶺南和淵明諸作，如云「芙蓉在秋水，時節自闔開。清風亦何意，入我芝蘭懷」，句意固非尋常可及，然味之終是如佛言。譬如食蜜，知其中邊皆甜者有差，豈其才弗及歟？昔劉後村嘗曰：淵明一生，惟在彭澤八十日與世故相涉。餘皆高枕北窗之時，得喪榮辱，絶無嬰累。若東坡則方其得志爲執政侍從，失意則下獄逾嶺，晚更罹歷憂患。蓋其與陶胸中元不相似，故發之於詩，亦自不相若矣。子厚、樂天所和，大率類也。

《唐詩鼓吹》載宋邕題《劉阮再過天台》詩云：「再過天台訪玉真，青苔白石已成塵。」當時人非物故之意，只此二句，已足盡見。中二聯云：「笙歌寂寞閑深洞，雲鶴蕭條絶舊鄰。草樹總非前度色，烟霞不似往年春。」四句平叙無變化，而意亦淺俗，世之日課詩耳。末二句云：「桃花流水依然在，不見當初勸酒人。」白石既已成塵，桃花何獨無恙？嘆桃花亦草樹耳。復云「依然在」者，則草樹不猶有前度顔色耶？語意自相背馳。予意唐爲多詩之世，編者以「鼓吹」名篇，必其審擇而精選矣。乃若此作，亦在所取，是何異於崑山之玉可以抵鵲，而充賈胡之肆者，或不免燕石，非可訝歟！

東坡云：「愛惜微官將底用，他年只好寫名旌。」蓋坡老羈縻於時，不得有所建明，姑爲自嘲之詞也。或者遂謂可窺此老有忍護官職意思，殊不知史之書例，於淵明曰：「晉處士陶潛卒。」於子雲曰：「莽大夫揚雄死。」大書特書，將爲之名旌者，萬世不朽。豈不處士無官者爲榮，大夫有官者反辱乎？借爲名旌而惜官，豈坡也哉！

「一尊酒盡青山暮，千里書回碧樹秋。」許渾詩也。按《唐詩正音》所載，爲《京口寄友人》，此爲第二聯，《鼓吹》所載，爲《郊園秋月寄洛中友人》，此爲第一聯。起結各異。今以二詩玩誦，似覺《鼓吹》載者，音意稍欠。況其次聯云「日落遠波驚宿雁，風吹輕浪起眠鷗」，波與浪乃對用之，兼謂日落而驚宿雁，殊爲可議。嘗見渾別作，如「溪雲初起日沉閣，山雨忽來風滿樓」，又「一聲溪鳥暗雲散，萬片野花流水香」等句，景象流動，宛如圖畫在目，豈此之可倫哉！是殆當時好事者，因渾有《正音》所載者，特能記其二句，因贋足之。後來諸家采録，遂以皆爲渾詩而併收之耳。其於詩選所載渾《送僧》詩前四句並同、後四句異者，大抵亦傳誦者之謬也。或爲渾重用之，則所送之人同，豈前後兩用之耶？惟辨之。

韓昌黎《楸樹》詩云：「幸自枝條能竪立，可煩蘿蔓作交加。傍人不解尋根本，却道新花勝舊花。」作者之意，莫考所謂，特玩之，殊似借倚門户者發也。世之無恥士流，不思自求竪立，可以自我作古，牽蘿掇蔓，規規依附，甘爲狄襄罪人，以重貽子孫之誣。曾不知里閈之言、君子之議，新歟舊歟，如燭照而數計。孔子曰：「吾誰欺，欺天乎？」安得與之接席，誦此詩一過！

趙孟頫，宋諸孫也。仕元爲學士承旨，君子譏其不能守義自終，甘事讎姓。或猶有爲之説者，至嘗見其《杭州雨中》詩云：「江南十日九風雨，花柳欲開無好春。却憶京城二三月，鞦韆風暖漲香塵。」杭爲宋故都，在孟頫正謂「不可畏也，伊可懷也」。其以此時住杭，宦遊遷寓，皆不可知；特其情思，何不免戚戚於此，惟戀戀於彼耶？昔詠昭君者曰：「漢恩自淺胡自深。」詠息夫人者曰：「看花滿眼淚，不共楚王言。」孟頫一時奇男子也，擇之二婦，未可的擬。

周益公必大入直詩云：「緑槐夾道集昏鴉，敕使傳宣坐賜茶。歸到玉堂清不寐，月鈎初上紫薇花。」首二句言被召時，及入見優遇；末二句乃其罷對還館，即所見也。蓋月之下澣初昏時被召，至夜分乃出，「月鈎初上」之句見之也。予續按：益公《玉堂雜記》載其被召，一爲乾道七年七月二十六日，昏時召入，草王炎除樞密使麻；一爲淳熙丙申八月庚辰，昏時召入，草立謝后制。俱四鼓乃還。此詩之作，蓋即此二時也。

温庭筠贈彈箏者詩云：「天寶年中事玉皇，曾將新曲教寧王。鈿蟬金雁皆零落，一曲伊州淚萬行。」此作感慨凄惋，得詩人之怨也。鈿蟬、金雁，二歌妓名。《伊州》、《凉州》，皆開元中新製曲名，故曰新曲。按《開天傳信記》：明皇燕會五王，奏《伊州》等樂，衆皆舞蹈稱善，獨寧王聽之不悦，起曰：「斯曲也，宫離而少徵，商亂而加暴。君勢卑，臣事僭。卑則逼下，僭則犯上。發於忽微，形於聲音，播於歌詠，見於人事。是將有播越之禍、悖逼之患也，國家其不免乎！」上默然。以此觀之，新曲極爲寧王所賤，而此乃言以教之，何耶？豈以寧王世稱其妙於音樂，故借言以高其藝也。

弘治庚戌殿試進士，李西涯與諸老讀卷，相與倡和有云：「國有禎祥非物寶，天將吾道付儒紳。雲邊曉日中天見，夢裏春雷昨夜聲。星辰晝下尚書履，風日晴宜進士巾。」諸作中最爲警句，人多誦之。我朝故事，殿試讀卷，例以内閣及九卿之長及翰林學士充之。讀畢，略爲次第以上，乃請詳定。然雖不免間有曳白，亦無黜落者矣。蓋由宋有張元者，屢爲殿試所黜，憤怨去投元昊，爲天下大擾。嘉祐二年，因建議殿試士人，不得再有黜落，歷今猶仍焉。予嘗與客論此，甚不滿之。客曰：「當如何？」予曰：「更須慎重選閲，其不堪者，准以會試中式舉人目之，聽其再試。如再不偶，得視鄉試舉人注次選用，特其授階則加崇也。」

古人詠破錢云：「半輪殘月掩塵埃，依稀猶有開元字。想見清光未破時，買盡人間不平事。」嗚呼，錢其信爲神矣！魯褒之論，孰謂其匪然哉？按字從金從戔，金示諸寶，戔重戈也，積而不散，示能殺。是以君子致謹於此，不以好官多得，貽身禍也。李東谷有曰：「以我之貧，欲求爾活我而不可得，我固無奈爾何；以我之不貪，爾欲禍我而不可得，爾亦無奈我何。」噫！斯言也，使真有所謂金甲持戈者聽之，當亦爲掀髯一笑。

宋執政郇公章子厚，人言生時父母欲不舉，已納之盆水，燭滅之而明者三，有大呼於梁者曰：「此相公也。」父母懼而止。東坡嘗與之詩云：「方丈仙人出渺茫，高情猶愛水雲鄉。」子厚銜之。元學士姚勉，人亦謂生時以嫡母妒，棄之雪野，經宿猶活，乃育焉。後自號雪坡，識其事也。孟子曰：「操心危，慮患深，故達。」二公得無似歟？嗟乎，天下之生不幸以庶孽而見委者多矣！問之，不曰「身計慮弗給耳」，則曰「此輩未必賢耳」，顧豈知人於貧富貴賤，各有命焉？至其所以賢不肖，則皆天也，是何謬且惑哉！

《世説》：舜南巡，崩于蒼梧之野，二女追而從之。後世因所歷處爲帝妃廟祀焉，一在黄陵，一在洞庭。唐李群玉《黄陵廟》詩末四句云：「東風近墓吹芳草，落日深山哭杜鵑。猶似含頻望巡狩，九嶷如黛隔湘川。」按志，舜墓在零陵九嶷山，去黄陵尚遠。此云近墓，豈女當時竟死於此，遂葬之歟？未及考也。史載舜三十登庸，妻帝之二女時也。舜年百有十歲，南巡崩于蒼梧之時也。竊意二女視舜之年，其長幼當不甚相懸絶。舜既百有十歲，二女亦殆九十有畸矣。顧於廟像，乃爲少女，稱曰湘娥，古今題詠復多環珮縹緲之説，不幾厚誣矣哉！

梅聖俞詩云：「南隴鳥過北隴叫，高田水入低田流。」歐陽永叔極稱賞之。黄魯直詩云：「野水自添田水滿，晴鳩却喚雨鳩來。」論者謂其語意相似，而亦不失爲高妙。予意二詩固皆非俗作可能，然惟梅之「高田水入低田流」乃自然佳句，黄云「野水自添田水滿」，不無加檃括矣。梅之「南隴鳥過北隴叫」，鳥固難限南北，或時適見自南而過北耳。黄云「（睛）［晴］鳩却喚雨鳩來」，《埤雅》：「雄鳩陰則逐其匹，晴則呼之。」詩意蓋取諸此。顧直以晴鳩、雨鳩分言之，未免可議也。至於二公平生優劣，則欒城遺言，別有定論。

宋劉概字孟節，青州人，慷慨有大節。舉進士，爲幕僚，與時齟齬，尋棄官去，隱野原山，富鄭公甚禮重之。嘗在府舍西軒有吟云：「昔年曾作瀟湘客，憔悴東秦歸未得。讀書誤人四十年，有時醉把闌干拍。」一時豪傑士也。然豈不知士君子學道，固欲有爲於世；設不幸而不得焉，豈書之誤哉？卷而懷之，猶足爲善。若所謂南山之南，北山之北，挈飯一罌，操酒一壺，窮探幽索，巖宿野眺，概亦嘗樂此矣，顧非書之康濟奚然歟？「誤」之云，蓋有激也。

李賀詩云：「往還誰是龍頭人，王公遺秉魚鬚笏。」龍頭、魚鬚，屬對固爲精切，然抑豈直認魚鬚以爲笏耶？按《禮記·玉藻》云：「笏，天子以球玉，諸侯以象，大夫以魚須文竹。」須音斑，文飾也。大夫不敢用純物，故以魚須竹飾邊耳。或以爲斑竹之文如魚鱗然，故謂魚斑文竹也。馮鑑《事始》乃謂大夫笏用魚須文，而又去「竹」字。漢制載列侯夫人以魚須爲擿，長一尺，蓋簪珥也。則又直以魚須爲象。《子虛賦》云：「靡魚須之橈。」又不知以魚爲何物。胥失之矣。賀之詩特可謂借字對云。

物生於土，土之數五也，草木之華，故皆五出。獨於雪花六出，桂花四出，人鮮喻焉。嘗見晦翁曰：「地六爲水之成數，雲結於水，故六出行於冬。」學齋曰：「桂乃月中之木，月居西方，地四爲金之成數，故花四出，色黄，開於秋。」要之莫非理耳。學齋詠桂詩云：「四出花中異，三開格外芳。名高評月品，韻勝霸秋香。」正東坡所謂詩人詠物之妙，至不可易移者也。

熙寧始尚經術，説《詩》者競爲穿鑿，甚爲可笑。如「溱與洧，方涣涣兮。士與女，方秉(簡)[蕑]兮」，「伊其相謔，贈之以芍藥」，謂此爲淫泆之會，必求其爲士贈女乎，女贈士乎？劉貢父善滑稽，嘗曰：「芍藥能行血破胎氣，此蓋士贈女也。若『視爾如荍，貽我握椒』，則女之贈士也。《本草》云椒性温，明目，暖水臟，故耳。」聞者絶倒。予因憶近見有説《曹》之《鳲鳩》篇者，「其儀不忒，正是四國」，必求當時與曹連境爲東西南北四國言之，不亦粗類是哉！

宋元符中，錢遹爲侍御史。方入對，急論曾布，會子死，竟命轡而去。朝廷知之，布敗，除遹中丞。誥詞有云「方蹇蹇以匪躬，子呱呱而弗恤。」未幾，轉工部尚書，言路數其躁進，坐罷。其責詞乃云：「匿哀請對，褻瀆軒墀。」予讀之，嘆曰：「錢遹於其子之死也，始謂其忠，終謂其忍。其與彌子瑕獻餕桃、乘路馬，先後榮辱，顧不似歟？樂天《行路難》云：『君心好惡苦不常，好生毛髮惡生瘡。』是故事君者之必謹也。」

神宗一日在講筵，從容謂侍臣曰：「頃見司馬光所作昭君古風甚佳，如云『宫門銅環雙獸面，回首何時復來見。自嗟不若住巫山，布袖蒿簪嫁鄉縣』，讀之使人愴然。」時司馬公病假數日矣，吕惠卿因進曰：「陛下深居九重，何從得而見之？此詩不無深意。」神宗曰：「此四句有何深意？」嗚呼，小人因言中人之心，有如是哉！借使神宗少爲所惑，不遽言以闢之，則其鈎援捃摭，所以爲司馬禍者，誠未測也！神宗可謂明矣。

李商隱《詠賈生》云：「可憐夜半虛前席，不問蒼生問鬼神。」言宣室召見賈生，夜半徒勤前席以待之，何乃不問民瘼，而問以鬼神之事，蓋惜之也。前席之出有三，此其一耳。前則商鞅見秦孝公，與語，不知膝之前席；後則蘇綽見周文帝，陳申、韓之道，帝不覺膝之前席。其爲禮固不異。顧今論者取宣室事，豈誼之學術，猶不失爲仲尼之徒，而鞅、綽君臣，蓋君子所羞稱焉？是以後世有傳不傳也。

宋工部侍郎劉朝美酷嗜書，繙録數百萬卷。言者以其書癖廢事，論罷。蜀人闞壽卿餞之詩云：「清議久不作，世無公是非。祇因翻故紙，不覺蹈危機。東壁夢初斷，西山蕨正肥。十年成底事，贏得載書歸。」解嘲者曰：「世謂書中自有千鍾粟，若朝美則餒在其中矣。」予因憶張文潛《談録》云：昔有士人，盡鬻家産以易書籍。將入京，求爲善價，售者未至，有爲士者見而悦之，檢所藏古銅器，將轉鬻以貿焉。士人亦見其銅器而悦之，遂彼此計值，相易以歸。妻訝其還速，因揭其囊，硜硜然視之，誚曰：「你換他這個，幾時近得飯喫？」其士人徐應曰：「他換我那個，也幾時近得飯喫。」讀書者類舉以相嘲笑。噫嘻，書乎！窮年仡仡，匪耕匪獵。責之以食朝夕，誠不可也與。若飯疏飲水，囂囂自得，所謂有不願人之膏粱之味者，孰謂其不可哉？

杜牧之《登樂遊原》詩云：「長空淡淡孤鳥没，萬古消沉向此中。看取漢家何事業，五陵無樹起秋風。」此作意深辭婉，讀之有感慨不盡之思，於六義爲興，而有取義者也。叠山之注，似欠明快。今玩之，蓋即所見以爲起唱，言天宇空邈，一鳥杳然高逝。次句因言古今興亡之事，過眼倏忽，類若此也。三四句却云但以漢家看之，其當時事業何如？今乃聲消影息，五陵皆鞠爲虚莽，無樹可起秋風矣。吁，可嘆也！天地一傳舍，光陰一過客，達者固自知之。彼有善經畫者，乃欲以鐵鑄門限，積黄金直欲與北斗齊者，是奚不貽鬼笑也哉？

《絶命詞》者，翰林修撰王叔英先生永樂初遭罹禍難，自決之作也。其略云：「嘗聞夷與齊，餓死首陽巔。周粟豈不佳，所見良獨偏。高踪邈難繼，偶爾無足傳。千秋史臣筆，慎勿稱希賢。」是蓋心有所憤，力莫能與，不勝躑躅而求爲大節之歸，不苟然也。讀之猶足想見其人。清風正氣，名教攸重，其在當時，如正學、子寧、子澄數公，峥嶸慘烈之餘，即爲先生屈指。

陶穀，五代人，入宋爲學士，臣節士行，略無足取。人之誚之，但知宿構禪詔、婬狎弱蘭而已，具載他書。可指見者，太祖時出使錢越，作詩二十韻以獻俶，有云：「此生頭已白，無分掃王門。」及還，過浙西，其鎮帥宴之，置大金鍾爲侑爵。穀因詐病留驛，帥遣人問所欲，穀曰：「願得金鍾耳。」帥益十具以贈，穀謝之以詩云：「乞得金鍾病眼明。」既出境，於郵壁乃更題以爲「井蛙莫恃重溟險，塞馬曾嘶九曲濱」。始則卑卑苟媚，無所不至；終乃顯爲大言，欲人傳誦。小人掩飾之計然也。又嘗因翰林待制權某者有善馬，索之不可得。一日，有密詔趣權入内書之。穀囑曰：「幸懷草以相示，使知聖意所向。」權不逆其紿己，被欲發其漏洩機務，挾取善馬乃止。是尤陰狡任術，傾人以禍而不之顧，豈良士所屑爲哉！孔子曰：「行己有恥，使於四方，不辱君命。」穀於此，正如陰陽、晝夜相反。宋祖薄之，是也。恨不即戮之，以爲五代士習頓然一變！

歐陽永叔嘗言：「近時九僧詩頗多佳句，如『馬放降來地，雕盤戰後雲』、『春生桂嶺外，人在海門西』，雖今之文士，或未有及。」又許彦周誦其所識僧廓然者詩云：「百年休問幾時好，萬事莫勞明日看。」覺範《題李愬畫像》：「淮陰北面師廣武，其氣豈止吞項羽。公得李佑不肯誅，便知元濟在掌股。」二作皆不可以酸餡氣視之。予因謂君子於此輩，言有可取者，亦不欲以人廢之。但在吾道，則須極力排斥，不少假借之也。嘗見別載歐陽公居家，有貴僧過謁。坐間幼孫出嬉庭上，奚奴趨從之，連呼曰：「僧哥，僧哥。」貴僧曰：「公最不喜佛法，何乃有此名耶？」公曰：「家人輩不曉事耳。患兒子難養育，特賤之，則呼爲牛馬狗畜之類也。」觀此，則先正所以招之麾之之意可見。

宋建炎黄潛善當政，太學生陳東伏闕，極論國事。時孫覿迎附黄意，劾之，因置極刑。張魏公遂亦奏胡珵於東書實與筆削，使布衣挾進退大臣之權，規摇國是，追勒編置。蓋魏公本潛善客，珵則李綱客也，借此併去之。及紹興秦檜當政，岳飛鋭意北伐，檜與金有密約，從中沮之。

是時魏公以歷朝耆望，手握重兵，借能力主其事，而不恥且忌焉，則「莫須有」三字，何以成獄？而宋之舊業，何致竟不復哉！予嘗讀其傳，爲之吟曰：「黨援猶多舊客情，忌心終幸事無成。紫陽有筆南軒語，誰更春秋示典刑。」百世之下，當有不以予言爲罪者。

庚寅五月戊戌，予於夢蕉亭晝寢，木榻紙帳，曲肱而枕之，晏如也。俄乃神與境忘，若有所適，而莫識其處。山丹水碧，軒宇幽豁，有童子候門，肅予入之。少頃，主人者出，高冠博帶，修髯廣額，迎謂予曰：「是爲果仙乎哉！」予曰：「然。」主人曰：「昔有練中丞者，先生其識之歟？」予曰：「晚生小子，不足以闖大君子之門，誠欠事也。」主人頷之，相與再拜。致居起，若平生焉。既就座，命童子取書數帙以進，顧予曰：「此子寧平生稿也。今所傳諸世者，十不一二，請閱之，將謂與《文山》、《遜志》二集，風概可相似否？」因自誦其詩「殘碑墮淚空秋草，折戟沉沙自夕陽」。既而曰：「二句草草，人多稱之，然似有未安處。幸不靳點竄，如何？」予唯唯，即几上取片紙，略以愚意更易，亦向誦之云：「沙沉折戟空秋草，淚墮殘碑自夕陽。」主人聽之，撫几長嘯，亟起而哦之，徐曰：「點化之妙，果仙也，果仙也！」遂矍然驚覺。翌日坐亭上，有以封書自新淦寄贈者，題曰《玉屑集》，蓋練公子寧禍難後僅餘之物。讀之，乃知中丞爲子寧官也。所誦二句，爲子寧弔余忠宣詩也。其死節事，與文文山、黄子澄、方正學同一慘烈。歷今百三十餘年，忠魂義魄，固將與天地並爲不朽。特兹著夢於予者，豈以詩文散逸，猶有可覓，故囑云。

尚俟他日，見新淦諸知己論之。

崔道融作《長門怨》詩云：「錯把黄金買詞賦，相如自是薄情人。」蓋自陳后事而因及文君之意，言相如知諷人而不知自諷。於尋常中摘出一端議論，佳作也。黄金買賦，古今人所以致慎重於文者然耳。顧如愈之鬻文得金，湜之每字索絹三疋，邕之受納金帛鉅萬，固皆少陵所謂義取也，不可例以作傳之采言之。雖然，事在斯世則鮮矣。故夫樵談有曰：術士片言，畫工數筆，僧道一經半咒，動得千金；文士刳精鉥心，乃不博人一笑。吁，士也賤，尚何覬夫黄金！

淵明去彭澤，賦《歸去來兮辭》，飄飄然直如冥鴻獨鶴，放遊天外，莫可得而羈之。白樂天謫潯陽，作《琵琶行》，自寓其怨，乃有曰「座中泣下誰更多，江州司馬青衫濕」，豈其人品固有不同然歟？琵琶亭在湓浦，去彭澤百餘里，古今題詠頗多。宋梅公儀嘗有詩云：「陶令歸來爲逸賦，樂天（摘）［謫］宦起悲歌。有絃應被無絃笑，何况臨絃泣更多。」可謂二十八字史斷也。借彼形此，是非炳然，君子自處，當知所以擇之。

唐駱賓王倡義誅武氏，不克，亡爲僧。因續宋之問《宿靈隱寺》詩云「樓觀滄海日，門聽浙江潮。桂子月中落，天香雲外飄」五韻，覺之，乃遁。宋潘閬因太宗晚年好燒煉丹藥，以方獻之。事敗，匿灊山寺爲行者，題詩鍾樓云：「繞寺千千萬萬峰，失其第二句。頑童趁暖貪春睡，忘却登樓打曉鍾。」孫僅爲都官，至寺，見詩曰：「此必潘逍遥也。」求見之，亦遁〔二〕。予謂二公皆以禍難迫切，不得已而隱迹空門，無足怪也。獨不滿者，唐賈島、宋饒節，負才藴美，足稱奇士。其在當時，諸名公韓昌黎之於賈、吕東萊之於饒，莫不敬愛而傾下之。借欲避世，何所不可，顧從髡緇以自終歟！豈亦有故而未之見耶？其逍遥次句，予姑補其遺云「白雲峰外更重重」。待得原本讀之，亦足驗學力差處。

古今人寄情於酒而見之詩者多矣。宋張表臣亦嘗有詩云：「釀憶青田核，觴宜碧藕筒。直須千日醉，莫放一杯空。」前二句言酒與所以爲飲之異，末二句則直欲縱意沉酣以自終也。碧青田核出烏孫國，其樹與實不可知，但傳其核如五六升瓠，空其中，盛水頃之則成酒可飲。碧筒，本魏正始中鄭公慤避暑使君林事。世言酒品頗多，今考之，如伽盧國柑子酒、扶南國石榴酒、赤土國甘蔗酒、西域葡萄酒、女直馬湩酒、南蠻檳榔酒、辰溪釣藤酒、戎州荔枝酒，皆異品自殊方入者。其謂烏程若下酒、宜城九醖酒、中山千日酒、豫北竹葉酒、滎陽上窟春、富平石凍春、劍南燒春、杜陵麯米春、關中桑落酒，則中國舊所釀者。若近世所稱，則又淮南緑豆酒、鎮江砂仁酒、盱江麻姑酒、金華木犀酒之類，其名品何翅千百！予性不嗜酒，其於酒中之趣，固有所

〔二〕「亦」，原本漫漶，據萬曆本《問奇類林》卷十九補。

不知矣，姑因青田核而記之如此。然使東坡老子見之，未必不笑曰：「尚欠潘子錯著水一品也。」

李白《奔亡道中》詩云：「蘇武天山外，田横海島邊。萬重關塞斷，何日是歸年。」杜甫在蜀詩云：「江碧鳥逾白，山青花欲然。今春看又過，何日是歸年。」二詩結句不異，固非有相襲也。李屬賦，先自況其危急，而却以道里間關言之；杜屬興，因有見於景象，而遂以歲月徂歷言之。皆欲歸而不可得也。然究其爲心，李則豈方高力士輩讒謗被逐時歟？抑坐永王事流竄時歟？身之禍也。杜則蓋以乘輿播遷，兩京未復，所以不得歸者，豈一身之故而已哉！論詩者辯之。

《學齋佔畢》有曰：山谷次東坡韻云：「我詩如曹檜，淺陋不成邦。君如大國楚，吞五湖三江。」誠似尊坡而卑己也。然其意則以曹、檜雖小，尚有詩四篇，録在《國風》；楚雖大，而《三百篇》中無取焉。山谷乃自負而譏坡詩之不入律耳。别載東坡嘗云：「魯直詩文如蝤蛑江珧(桂)[柱]，格韻高絶，然不可多食，多則發風動氣。」而山谷亦嘗謂東坡文章妙絶一世，而詩句不逮古人。蓋二公在當時齊名，互相譏誚云也。其品第公論，前輩固有曰：「雪堂之文優於詩，涪翁之詩優於文，均非尋常者可及。」《伽藍記》曰：「羊比齊魯大國，魚比邾莒小邦。」予意山谷所謂曹、檜與楚，大抵有襲於此。《學齋佔畢》，眉山史繩祖所著也。

王之奂《惆悵詞》云〔一〕：「夢裏分明入漢宫，覺來燈背錦屏空。紫臺月落關山曉，腸斷君王信畫工。」辭婉意深，怨而不怒，讀之使人悵然。士乎女乎，是故不可以才貌爲必遇也。青山白髮，老益骯髒。鄭周卿、劉孟節，自信平生履歷頗不甚異，安得起二公於數百載之上，相與抵掌劇論，盡吐胸中不平，共發一長笑也！淡妝濃抹似不似，更付在身後丹青。

元別載平江驛舟中，有題《弔四狀元》詩者，末四句云：「元舉何如兼善死，公平争似子威高。世間多少偷生者，黄甲由來出俊髦。」天台陶宗儀疏之云：「元舉，王宗哲字也。兼善，泰不花字也。公平，李齊字也。子威，李黼字也。四公皆狀元，或大虧臣節，或盡忠王事，或守城死節，其優劣則李黼爲上，泰不花次之，李齊又次之，王宗哲非可同日語矣。」嗚呼！昔人有謂狀元試三場，一生喫著不盡，豈獨以口體之奉云哉！然至取之，有如裴思謙故服紫衣趨捧仇軍容緘狀者，有如王維負琵琶獻技主家者，污名陋行，亦可謂一生喫著不盡了也。故曰狀元須愜天下公論，尤須求愜萬世公論。

王介甫《除夕》詩云：「千門萬户曈曈日，總把新桃换舊(桃)[符]。」桃、符，桃板畫符，一物也。介甫乃新舊分之，蓋互言以□文耳。嘗考其制，散出傳記。《風俗通》曰：「《黄帝書》稱

〔一〕按，宋刻本《才調集》卷七，該詩作者爲王涣。

上古□兄弟曰神荼、鬱壘者，於度朔山上，章桃樹下，簡閲百鬼無道者，縛以葦索，食虎。於是縣官效之，以臘除夕飾桃人、垂葦索於門用焉[一]。」《歲時記》曰：「桃者，五行之精，厭伏邪氣，制百鬼。」《山海經》曰：「東海度朔山有大桃樹，蟠屈三千里，其下東北曰鬼門，萬鬼出入。有神二，能食之，即所謂荼、壘也。黄帝乃圖像立桃板於户。」《淮南子》曰：「羿死於桃棓[二]。」棓，大杖也，鬼因畏焉。故今人於歲且用桃梗植門□辟百厲。《莊子》曰：「插桃枝於户，童子不畏而鬼畏之。」至□經則又《檀弓》有曰：「君臨臣喪，以巫祝桃茢從。」《春秋傳》曰：「楚人使公視隧，公使巫以桃茢祓殯。」《周禮·戎（名）[右]》：「贊牛（弭）[耳]桃茢。」鄭衆於喪祝云：「喪祝與巫，以桃茢執戈在王前。」由此觀之，是知以桃符祓除不祥，雖聖人不廢，豈可例謂不經、指爲巫覡之説爾哉？况存之亦固無害於治也。

劉伯温方在元末時，有《放歌行》。其始云：「鴻鵠搏紫霄，鶉鳩守苞桑。豈惟異所志，羽翼有短長。」言天之生才，大小不同，見其志有在也。次云「玄陰變白晝」，亂作而世道衰也。「闇虚侵太陽」，權奸恣而君政失也。「一鹿走中原」，大統解也。「熊虎競騰驤」，群雄起也。

[一]「桃」，原本漫漶，據宋紹興本《藝文類聚》卷八十六録《風俗通》補。
[二]「桃」，原本漫漶，據《四部叢刊》景鈔北宋本《淮南鴻烈解》卷十四《詮言訓》補。

「植竿成壘壁，舉袂爲攙槍」，禍亂競也。「叱咤倒江河，蹴蹋摧陵岡」，凶暴肆也。「六奇誇曲逆，三略稱子房」，自信其可能也。「磨牙各有伺」，待其時而動也。「裂眥遥相望」，冀其主之出也。「孔明魚得水」，身之將有遇也。「毛遂錐脱囊」，才必有見也。「霧晦豹始變」，姑遵養以自晦也。「海激鵬乃揚」，終乘時以自效也。末云「嗟爾獨何爲，抱己自催藏」，則所以自慰也。讀其辭，玩其意，足見此老於所謂張良、陳平之能，乃其胸中餘事，隨用而隨應之耳，無足難也。

嶺南肇慶府，舊□□州，宋包孝肅公嘗治焉。弘治間，予婦翁朱公文玉往任別駕，大宗伯楊月湖作詩送之，有云：「一研不持包孝肅，古人原只是吾儕。」此固月湖能愛人以德而恥獨爲君子之心，然亦可見前輩仕宦，務於砥礪名節，在朋友相贈送，猶以言之。去今僅三十餘年，而世道士習，一壞至此，不可慨耶！予讀《勸學文》，因竊恨之。其爲言曰：「書中自有黄金屋，書中自有千(種)［鍾］粟。」人家子弟方始教時，即聞此言，著於心矣。苟沾一命，便恣貪饕，多田廣厦，固其所耳。又豈知一研不持者之可尚哉！試訊於人，其有不曰醜婦貞、拙官清者？否也。

潘邠老《哭東坡》詩，其一云：「公與文忠總遇讒，讒人有口直須緘。聲名百世誰常在，公與文忠北斗南。」予謂東坡在當時，以才學固不免於衆忌，顧復滑稽好談謔，人益疑於不堪。故歷荷四朝知遇，終爲讒謗所沮。及其既没，有言爲奎宿之神者，乃始爲褒溢之也。論之者曰：禹玉有舒亶之説，而章子厚力折之，爲坡厚矣。簾眷欲執政之用，而司馬公極言止之，豈故薄坡也乎？皆所以保全之耳。詩稱歐陽文忠者，先是有薛宗儒以曖昧之事誣之，因二公文章學術，海内並稱焉，故併及。

王元之詩云：「身後聲名文集草，眼前衣食簿書堆。」其言若自譽而實自嘲也。豈以豪傑之士，幼學而壯行之，固將峥嶸炳燿，大有爲於天下，功業被於當時，聲光垂於後世，生固不徒，而死且爲不朽焉！乃若藉簿書以謀衣食，則所守者特模棱之常；托文集以存聲名，則所遺者亦文藝之末。碌碌百年，不免於草木同朽腐。顧於李泌所謂天覆地載、昂藏丈夫云者，不爲重有負哉！

功名之際，毁於求全、敗於垂成者，多矣！嘗見韓偓詩有云：「謀身拙爲安蛇足，報國危曾捋虎鬚。」讀之不覺撫髀長慨，殆如致堯今日爲予道也。昔病中予亦有云：「謀身自分添蛇足，存世誰當惜豹皮？」蓋自胸中不能無不平耳。然君子於所以成敗利鈍，要非人力可能，直爲其所當爲，求於身後視之而已。

靖節先生以義熙元年秋爲彭澤令，冬遂解綬去。後十六年，晉禪宋。又七年，卒。《晉史》謂名潛，字元亮；《南史》謂名潛，字淵明。胥失之。今按先生義熙中作《孟嘉傳》及《祭程氏妹文》，俱稱淵明。元嘉中，對檀道濟，乃稱曰潛，是與年譜所載在晉名淵明，在宋改名潛，其字元亮，則未嘗易者，爲相合矣。元鄧善之題其像曰：「詩中甲子春秋筆，籬下黄花雨露枝。便向斜川頻載酒，風光不似義熙時。」貢泰甫題云：「竹杖芒鞋白鹿裘，山中甲子幾春秋。呼童點檢門前柳，莫放飛花過石頭。」二詩皆能道靖節心事。其自作詩曰：「撫己有深懷，履運增慨然。」是可以想見也。

《揚州志》載：趙師𢍰於儀真拂雲亭有詩云：「落得公餘半日閑，拂雲臺榭許躋攀[一]。眼前好景真如畫，柳外人家江外山。」又《道中》詩云：「儀真樽酒賞花時，比著江南已較遲。及至儀真花盡謝，都梁纔見鬧新枝。」語意流麗，足爲佳作。想見其人，亦一時倜儻士，宜有取也。何於媚事侂胄，至爲狗吠而不之愧，作玷衣冠，死有餘臭？顧秉史筆者豈謬言以醜人哉？嗚呼！師𢍰死矣，回首當時所倖富貴，竟於身後何益！

賈似道憨騃無謀，擁位誤國，人皆知罪之。然求其所以爲心，則猶與秦檜有差。國初，張以寧過其故居，詩云：「木棉庵畔瘴雲愁，猶戀湖山一壑秋。從道黄粱真是夢，幾人解上五湖舟。」譏其既不能爲，又不能去，徒甘禍以待斃耳。其説曰：宋季世君臣將相，俱非氣勢方興者敵，譬之弈者，不勝其耦，無局不敗。當時有識之士，固爲崔菊坡、葉西麓，不然，則爲文文山、李肯齋可已。何乃貪冒富貴，坐致國破家滅，身死人手，爲千載笑罵？可悲也哉！談者曰：似道

[一]「拂」，原本漫漶，據明刻本《堯山堂外紀》卷六十二「趙師𢍰」補。

直是一個呆人，徒知前日之和議爲失事，不知今日之不和議不足以濟事。識時務者恨之。

今時科舉之文，甚爲無益，直不過疏説經議，以媒仕進。世無所資，而後不足傳，誠芻狗也！然且穿鑿浮曼，轉相習尚，稱曰時文。先生是教，弟子是學，主司場屋亦以是爲去取，其於道日益遠矣。唐盧仝下第東歸，有錦工邂逅偕宿旅舍，訊之，知以花樣不同，亦東歸耳。因吟云：「學織吴綾工未多，錯投機杼亂抛梭。如今試與行家看，把似文章笑殺他。」大抵文章與錦，其工同也。花樣雖時尚小異，而古人機軸，則不可舍。世固有若以山樊作黝錦，取一時競好者，安知後之不謂妖歟？故夫歐陽氏之力於變也。

游儀字莊伯，以詩鳴於宋。過武昌黄鶴樓題云：「長川巨浪拍天浮，城郭相望萬景投。漢水北吞雲夢入，蜀江西帶洞庭流。角聲交送千家月，野色中分兩岸秋。吹笛樓前人不見，却尋鸚鵡過汀洲。」氣豪語俊，足爲佳作。「交」字、「中」字尤有味。游默齋尚書嘗爲書寘南樓，游受齋漕湖北，復爲之刻石。莊子曰：「適千里者，見似人而喜。」予於數百年後，乃以見似姓而喜。朗誦數過，西望鐵笛亭，毛骨灑然，直欲遠舉而弗能也。

淮西之功，裴度主之，李愬任其事耳。韓愈作碑紀之，固不得先愬而後度也。史言：愬妻本唐安公主之女，得出入禁中，因訴愈文不實。帝亦重牾武臣心，詔斫其碑，更命學士段文昌爲之。時有吟云：「千載斷碑人膾炙，不知世有段文昌。」然此亦只似但言其文之不若韓耳。殊不知將相内外之體，自有輕重，况復以功人功狗之差，不可比而同哉？憲宗乃欲取快武臣，而以歸重於愬，碑之作，便非出於文昌，世亦將不知也。

作詩用事，須是的當，不可率易用之，雖古人或亦不免此議。如唐王維《老將行》云：「衛青不敗由天幸，李廣難封緣數奇。」天幸，霍去病事也。本傳云：所向每先大將軍，軍獨天幸，不致乏絶。維以爲衛青，誤矣。宋方謂上廣守云：「鱷去溪潭韓吏部，珠還合浦孟嘗君。」還珠，後漢孟嘗事也，謂以爲齊之孟嘗君，亦誤矣。遂使二詩皆不得爲完句。是以言作詩者須讀書多，考事詳，煅煉精到，不徒應辦之能速以爲貴也。

和靖林君復《梅花》詩云：「疏影横斜水清淺，暗香浮動月黄昏。」「雪後園林纔半樹，水邊籬落忽横枝。」前輩稱其與梅花傳神。國初高季迪，其吟梅云：「寒依疏影蕭蕭竹，春掩殘香漠漠苔。」「薄暝山家松樹外，嫩寒江店杏花前。」景意流動，甚有天趣，足與和靖伯仲。不知東閣雪晴，西湖月上，竹籬茆舍之間，静觀苦思，曾有老生真識此風味否也！

聶夷中《傷田家》詩云：「二月賣新絲，五月糶新穀。」詩言絲未及繅而先賣之，穀未及登而先糶之，蓋以田家爲官錢私債所迫，不得已而每預指在蠶之絲、在苗之穀，賒典人錢，以濟急用，窮苦之意也。《學齋佔畢》乃謂二月非絲成時，當作「四月」字，援引許多説話來證，以「二月」字爲傳寫之誤，至且曰「五月糶新穀」則有之。固哉此老，何其不能逆作者之志耶！

楊誠齋嘗爲零陵丞，過野寺，見壁間有山谷親筆一詩，誦三過，欲歸書之，後只記其一聯云：「春將國艷薰花骨，日借黄金縷水紋。」予玩此二句，雖甚工麗，然於氣格不免卑弱。或有言誠齋所取，正在此也，觀其詩尚晚唐、文如所作錦繡策，可知矣。及曾以詩寄晦翁云：「晦庵若問誠齋叟，上下千峰不用扶。」戲其脚病也。晦翁覽而笑曰：「我病在脚，誠齋病在口耳也。」則誠齋所學，又可因此言見之。

張文潛《過宋都》詩：「白頭青鬢隔存没，落日斷霞無古今。」其氣格沉壯，似不減老杜。他如「客燈青映壁，城角冷吟霜」、「川鳴半夜雨，卧冷五更秋」、「潄井消午醉，掃花坐晚凉」，又「斜日兩竿眠犢晚，春波一棹去鳬輕」，皆俊逸可喜。固其天資高絶乃爾，豈亦因聞東坡論文潛、少游之詩，以爲一代當推山谷，遂益大加學力致然也？後數年，東坡讀其所作，極嘆之云：「此不是喫烟火食人所能道底言語。」何其超然有得若此！

韓退之哭孟東野詩云：「孟郊死葬北邙山，日月風雲暫得閑。天恐文章聲斷絶，更留賈島在人間。」孟郊、賈島，在當時窮困致死，天下文章之責，當不在二人，况所負亦不足以盡先諸公。退之之言，蓋情之勝而不免於過矣。論者因謂唐時詩文極盛，至晚唐則益工焉，故有曰：謂唐自李杜之後，有不能詩之士者，是曹丕火浣之論也。謂至晚唐有不工之作者，桓靈寶哀黎之論也。

沈存中謂樂天識趣可尚，章子厚以爲不然。即其聞甘露之禍詩云：「知君白首同歸日，是我青山獨往時。」此言幾於幸災。雖私讎可快，然當朝廷有變，臣子安可形之歌詠耶？若東坡乃又謂：「不知者以爲幸之，樂天豈幸人之災者哉？蓋悲之也！」是非卒無定坐。予竊意東坡甚愛樂天爲人，屢有詩言之，如云「我甚似樂天，但無素與蠻」，又「我似樂天君記取，華顛賞遍洛陽春」，又「他日要指集賢人，知是香山老居士」，又「定似香山老居士，世緣都淺道根深」，其情與相合如此。然惟樂天之謫，實以王涯讒之，想其聞甘露之變時，如東坡《觀棋》詩云「勝固忻然，敗亦可喜」之意，難謂全無。東坡豈以所愛而爲之辭歟？論其詩，則杜牧之有曰：「樂天詩，纖艷不逞，非莊人雅士所爲，淫言媟語，入人肌骨不可去。」確論也。

孟浩然一日從友人入遊翰林院，適玄宗至，見之，詢其所作，誦云：「不才明主棄，多病故人疏。」玄宗曰：「卿自棄朕，朕何棄卿？」孟貫見周世宗，詢其所作，誦云：「不伐有巢樹，多移無主花。」世宗曰：「朕伐暴弔民，何謂有巢、無主？」二子皆不蒙録用終焉。王欽若少寒窘，依幕府居。時章聖以壽王尹開府，晚過其家，見紙屏題有詩，其一聯云：「龍帶晚烟歸洞府，雁拖秋色過衡陽。」甚愛之，曰：「此語落落有貴氣。」遂召見與語，因擢致上相。由是知之，人才之在天下，遇不遇，命也，夫奚得而强哉！今世工文章以爲進士業者，其去取於主司，蓋亦莫不似此。

文者，載道之具。作文不本於言道，雖富麗何取？故退之曰：「我將修其辭以明道也。」方孝孺有詩云：「發揮道德乃成文，枝葉何嘗離本根。末世競工繁縟體，千秋精意與誰論。」矯世之言也。宋孝宗與崔敦詩論文章有關世變，有云：六朝之文瑣碎，遂爲土地分裂之象；五代之文粗悍，遂爲草茆崛起之象。歷觀三代、秦、漢以來，文章與氣運盛衰，實有相符。噫嘻，豈細故哉！故曰：今之文，要以我國初淳龐正大之體爲法，其誰以語諸宗匠。

李賀《少年行》云：「生來不讀半行書，只把黄金買身貴。」蓋譏世之富家子弟，不知問學，輒恃金穀以干仕進者也。昔有言賣官鬻爵，衰世之政，議者率咎晁錯作俑。殊不思晁錯特令天下入粟六百石爵上造，四千石爲五大夫，萬二千石爲大庶長，與之虚爵以免罪耳，非有官事之任也。今之納粟，得帶軍職銜者似之。迨武帝乃令吏入穀補官，靈帝時榜賣公卿州郡，則皆直任以事矣。世相沿襲，莫以爲非。我朝諸宰輔亦徒以足國計爲急，而不以虧國體爲憂，遇有餉給，便開此例。於名器可惜也，於士行可恥也，招盜跖以教貪賵，於民生尤可痛也！善治者宜不取此。

漢末諸葛孔明隱居南陽，作《梁甫吟》以自見，有云：「一朝被譏言〔二〕，二桃殺三士。」誰能

〔二〕「被」，原本作「朝」，據《藝文類聚》卷十九録《梁父吟》改。

爲此謀，相國齊晏子。」三子，田開疆、古治子、公孫捷也。事見《史記》。三子爲齊臣，有勇而無禮，晏子遺二桃以致其死焉，是晏子不能無少過矣。别按《説苑》，景公嘗使燭雛主鳥而亡之，使圉人主馬而殺之，皆欲寘以死，非晏子其奚以免諸？則其爲心又可見，非欲妄殺人者。顧於三子其謂何哉？今有蛇蝎於此，必欲俟其螫人而後撲歟？童子弗然也。是故塞亂於未形，去惡於未稔，使其君無殺士之名，而國有久治之術，仁也，非忍也！義也，非賊也！智也，非謬也！晏子之處三子有矣。孔明之言，謂夫以才事君者之難終也。

杜牧之《送隱者》云：「公道世間惟白髮，貴人頭上不曾饒。」詩言人情世事，類有趨避，惟白髮則畢竟無私，雖富貴不免於老，何役役而不知休耶？大抵白髮，老之徵也，人固未有白而非老、老而不白者。其或矯揉而爲之，非情矣。宋寇準受知太宗，欲使爲相，以其年少，故緩焉。準乃服地黄而蘆菔以反之，髭髮尋白。《元史》天澤年既老，髮白，藥涅之爲烏。世宗訝之，對曰：「臣覽鏡見髭髮白，恐報國之心，自以老怠，故藥之，使不異於少壯，庶此心之猶競耳。」論之者曰：準之白，非老也；天澤之黑，非老而不白也。準其急於進取，而天澤則欲固其禄寵，二公於君子之道，概未有焉。

蚓，本作螾。《考工記》注曰：「土精也。」又名之曰土龍，曰曲蟺，曰朐䏰。善鳴者，江東人呼爲歌女；大而白項者，善擘地以行，齊人呼爲巨白。前輩失記名氏詩云：「雨階行巨白，晴渚宿團黄。」按《晁氏客話》云：「巨白，大蚓也。孟子曰『吾以仲子爲巨擘』者，因將言蚓，故先以巨白稱之，白爲擘聲之近而訛耳。晦翁注爲大指者，非也。」予謂此説似近理，但以下文言意看來，不免牽强。姑記以備談論。

宋王令詩云：「叩几悲歌涕滿襟，聖賢千古我如今。凍琴絃斷燈青暈，誰識男兒夜半心。」誦其詞，求其心，慷慨激烈之氣，猶有見之。是豈委靡齷齪者之可云哉！或謂令在當時，名位功業，未甚崇著，以進則不達，以退則不甘，處乎遇不遇之間，徒欲有爲而莫之得焉，故其言若此也。噫！古今豪傑之士，不遇於時者，豈特令而已矣？升沉顯晦，蓋有命焉，謂之何哉！

楊大年《談苑》載楊玢尚書謝事歸長安，舊宅稍爲人侵奪，子弟以狀白，欲訟之。公示以詩云：「鄉鄰侵我任從之，畢竟須思未有時。試向含元殿基望，秋風秋草正離離。」公誠用心厚而爲見遠矣。朱彧《可談》載：昔有巨公構第落成日，列諸匠坐於子弟之右。或不可，公指諸匠曰：「此造屋者。」又指子弟曰：「此賣屋者。」是亦可謂善思所以守之，惜乎其不大也。他如常州蘇掖爲監司，甚富而嗇，每喜乘人窘急，以微貲取奇貨。一日置别墅，與售者争論反覆，其子在傍曰：「大人可少增之，使我輩他日賣時，亦得善價也。」父愕然少悟，士大夫競傳其語。嗚呼斯言，聞者竦然，豈鬼神啓之以告若父歟？因誦楊尚書之詩，併及之。

吾邑跨豐水爲東西二鄉，俗則東務耕植，西業商販，頗爲富饒之區。然自頃年以來，弊耗極矣！嘗於話間，客有嘆訝之者，因誦杜牧《杏園》詩以應之。詩云：「夜來微雨洗芳塵，公子驊騮步正勻。莫怪杏園憔悴去，滿城多少插花人。」嗟乎！園固猶有在也，孰將告其主人，亟擇良謹善圃事者，嚴護而力蒔之。否則，安知其不爲荆棘場歟？

黄庭堅《跋蘇子瞻和陶集》云：「東坡謫嶺南，時宰欲殺之。」時宰，章子厚也。史載元祐八年，子瞻以端明殿學士乞罷，許之。明年，改元紹聖。夏四月，子瞻自定州再改英州。六月，復安置惠州。是年五月，實始從楊畏疏，以章子厚爲尚書左僕射。竊按《道山》録諸載稱子瞻、子厚少爲莫逆交，極相歡信。按别紀，王君玉嘗於上前，緣御史舒亶之言爲子瞻讒謗，子厚力折之，至曰：「亶之唾亦可食乎？」二公交誼匪薄矣。其貶置，一爲子厚未相之先，一爲子厚甫相之後。時子瞻遠處萬里，於朝政未有建議。子厚縱不悦其不爲附援，直置之不引用而已；平生故人，安忍遽殺之耶？不能無可疑也！嗚呼，牛哀化虎，猶有故人之愛，曾謂子厚之尤猛哉？安得起二公辯之！

劉貢父與弟原父、子仲馮相繼直史館，世稱爲三劉先生。嘗作詩云：「齊有梁丘據，晉有樂王鮒。據能愛晏嬰，鮒欲殺叔譽。二臣嬖兩朝，事君爲悦豫」云云，末云：「丈夫在當時，自有遇不遇。區區嬖倖徒，安忍就朋附。」讀之其風概可想見也。然滑稽善談謔。元祐間，與孫巨源、孫莘老同爲學士，巨源嘗就索墨，貢父遣吏持去，乃爲誤送莘老收焉。他日巨源見貢父訝之，貢父以讓吏，吏曰：「官同姓復同，不能辨耳。」貢父曰：「盍視其髯乎？」吏曰：「皆髯也。」貢父曰：「第再以形體大小別之。」吏曰：「諾。」自是人之稱者，皆曰大髯孫學士、小髯孫學士，公卿間言之，莫不捧腹。

王昌齡《長信秋詞》云：「奉帚平明金殿開，且將團扇暫徘徊。玉顔不及寒鴉色，猶帶昭陽日影回。」孟郊《寒食》詩云：「長安落花飛上天，南風引至玉階前。可憐春色亦朝謁，惟我孤吟濟水邊。」二作皆寓己不得近君之意。然玩之，昌齡辭意渾厚，怨而不怒；郊則似大淺激，有窮苦汲汲狀。以風人之體律之，優劣較然，論者當自有覺。

劉夢得《楊柳詞》云：「輕盈嫋娜占年華，舞榭妝樓處處遮。春盡絮飛留不得，隨風好去落誰家。」蓋言小人故爲諛媚之態，得專寵倖，招權納賄，無所不至，然至竟時去勢消，亦將淪落而莫知所矣。鄙之而笑之也。宋郭震《浮雲》詩有云：「不知身是無根物，蔽月遮星作萬端。」言小人不自量其後，肆爲欺罔，又所以惡之也。噫，富貴不可久，名業乃足傳，小人胡不知此！

宋路德章《盱眙道中》詩云：「道傍草屋兩三家，客至擂麻旋點茶。漸近中原語音好，不知淮水是天涯。」盱眙與泗州夾淮水相望，前有高山，舊爲歲幣庫，蓋南宋地界近金處，貯歲幣待輸之所也。距嶺有大石，石刻「第一山」三大字，散刻題誌甚多，蓋當時諸公有事於此者所作。德章之行，其亦以是歟？詩意言自江南行抵盱眙，語音漸近中原，方爲可喜；然不知過淮水北望，今非我土，乃天涯矣！感慨凄忿之詞也。「草」字屬陰，不若用「茆」字。「麻」字與本句「茶」字相叶，不若别用事。此音律欠處也。點茶必客至方點，難用「旋」字矣，不若以「煮」字换「點」字。如何？論者詳之。

葉少藴云：「讀古人詩，多意所喜處，誦憶之久，往往不覺誤用。如王荆公用韋蘇州『緑陰生晝寂，孤花表春餘』，易下句云『幽草弄秋妍』；蘇東坡用劉夢得『山圍故國周遭在，潮打空城寂寞回』，上句易二字，作『城空在』，下句易五字，作『西陵意未平』。皆直取舊句，縱横用之，亦固無害爲佳。」潛復見如李孝光《鳳凰臺》詩云：「天隨没鶻低秦樹，江學巴蛇入楚流。」張翠屏《九江晚眺》乃云：「天隨去鳥低平楚，水學驚蛇到大江。」予亦嘗登鬱孤臺，有云：「天空没鶻堂堂去，江走巴蛇滚滚來。」不免轉相祖襲，擬之二公，則正謂學步邯鄲而失之者矣。評者將謂如何？

賀知章《還鄉偶書》詩云：「少小離家老大回，鄉音無改鬢毛衰。兒童相見不相識，笑問客從何處來。」鄉音，四方之人，各本其土以生，其爲言語聲韻，不能不滯於一方之偏。雖在通理善變者，能反異以爲同，然至居父母之邦，或宦遊與鄉人邂逅，則又不容不以鄉音相語，蓋本然之真，自不可忘也。世有無恥小人，乍沾一命，隔别未及二三載，内向妻子，外接故舊，談話間咄咄然非胡非漢，迥不似平生人矣。不亦可鄙可笑也哉！若夫歌曲譜調，有曰：「塗山歌於候人，始爲南音；有娀謡於飛燕，始爲北音；夏甲嘆於東陽，始爲東音；殷麄思於西河，始爲西音。」則自有四方之異，非此之論也。

昔予守賓川，夷賊猖獗，諸郡咸弗靖。撫鎮檄予以兵，時有忌者，捃摭以罪，疏之。乃還，即故居鍾山之麓，小橋流水處，結茆屋數椽，以托嘯傲。距其前若百步，闢小徑，縈紆以入，署曰「蝸道」，記以吟云：「苔砌傍雲行宛轉，老將雙屐恰能容。年來頭角從深縮，不與人間捷徑通。」次爲門，壘土踽踽，署曰「燕圖」，記以吟云：「重門深壘如陶盎，四壁芹香一聚泥。自信遺謀足安好，柳塘花塢趁雛飛。」中爲室，積書萬卷，與弱兒聚處，署曰「蟻封」，記以吟云：「得閒盡棄平生智，老去羞稱善戰家。回首槐安應失笑，一拳臺宇長官衙。」室之左罅置小榻，時自斛卧其上，署曰「蝶所」，記以吟云：「是非榮辱忽推枕，笑殺東家春夢婆。滿屋山雲暖於絮，蘧蘧清思一吟窩。」室之右罅啓牖設案，課弱兒以筆硯，署曰「蠖區」，記以吟云：「閑情盡付蒼黄外，伸屈無端信寓形。莫惜如蠶終底用，喜無身後繭絲名。」室之最後爲小亭，窗户静朴，還植芭蕉如幄，朝夕偃仰，視天下得失之故灑如也，署曰「夢蕉亭」，記以吟云：「芭蕉十丈屋如斗，明月清風誰主人。受用平生吕公枕，悠然身世此浮雲。」噫嘻，蕉陰滿地，鹿自去來，夢歟，不夢歟？抑夢中之夢歟？亭上老子，固亦不自知也。

唐張謂《題主人壁》云：「世人結交須黄金，黄金不多交不深。縱令然諾暫相許，終是悠悠行路心。」蓋言世之爲友者，非有所利其心，終不相信，直如行道之人，相視漠然而已。重嘆古道之廢也！君子曰：「朋友之交，義也。貴賤死生之不可變，信也。本於降衷，著於倫理，豈細故哉！」元周景遠爲南臺御史，日與故人往返。吏人欲舉刺之，乃呼之言曰：「人之所以讀書爲士君子者，正欲爲五倫主張耳。使我今日謝絶故人，是爲御史而無一倫矣。我寧不爲御史，不可廢絶吾性之理。」是可謂厚德事也。噫嘻，雞壇盟寒，貧賤寡友，今世之士，其有乘車戴笠，相見猶不失平生者，幾何人斯！

東坡别載，唐道人爲言天目山極高，登之覺星辰在下。每見電光時，但聞雲中若嬰兒聲，初不覺其爲震雷也。故有吟云：「已外浮名更外身，區區雷電若爲神〔二〕。山頭只作嬰兒看，多少人間失箸人。」詩意以爲當時秉政倚朝廷威令，以震爍臣庶，如雷電之比，其見聞之下，爲之左瞻右顧，倉皇失匙箸者多□，□□□有一等高出而絶立者，名無所愛，身無所係，□□□之若嬰兒焉耳，孰亦震撼擊撞之可及哉？

元劉夢吉《銅雀臺吟》云：「諸侯負漢已堪憐，直筆何爲亦魏編。却愛老瞞臺上瓦，至今猶

〔二〕「神」，原本漫漶，據《四部叢刊》景宋本《東坡詩集注》卷七補。

屬建安年。」〔二〕詩意□天王大義責當時作史者章□之謬□。陳壽、章安，固無足咎，獨不識涑水何見，亦章□之□，□紫陽而後正。故末二句言操猶知有所尊，不□□□□禮□惜之也。□呼，銅雀之瓦，予嘗見夫硯焉，歲紀□□是知操之所以如鬼也。上瞞于天，下瞞于人，復欲□□以爲萬世主清議者瞞焉，名之老瞞，稱哉！

少陵吟諸葛武侯詩云：「功蓋三分國，名成八陣圖。」此二句言其功有在於當時，名可傳於後世。第三句「江流石不轉」，言其沙石所列八陣圖，雖春濤奔駛，不爲少亂，見其精神在天地間猶不没也。末句「遺恨失吞吴」，則言所可恨者，不當汲汲於吴，以圖復雲長之仇，而魏人得以無慮東南，乃專意以謀漢也。此言不爲無見。予因意宋端平間，君臣使不聽元人夾攻之約，一惟簡任將相，選練士馬，静視二虜交鬥，金亡則元亦弊，元亡則金亦弊，宋乃乘其弊以兵向之，漁人之利得，而二帝之恥雪矣。何金使阿虎帶之言懇懇在耳，曾不少思反之，豈非亦遺恨歟？

宋世有巨盜鄭廣者，聚衆數萬人，時甚患之，乃招安，畀以官爵。嘗因士論鄙之，作詩呈云：「鄭廣做詩上衆官，做官做賊一般般。衆官做官却做賊，鄭廣做賊却做官。」言俚意淺，固不足謂詩也。特其當時諸士大夫聽之，能不有爲顙泚而達之面目者哉？孔子曰：「色厲而内

〔二〕原本此處漫漶缺損嚴重，據《四部叢刊》景元本《静修先生文集》卷十二《銅雀瓦硯》補。

荏，譬諸小人，其猶穿逾之盜也與？」嗚呼，爲仕而譬諸穿逾，可恥甚矣！在吾輩，則昏夜乞哀者似之夫？若當大政，秉大權，可以榮辱震讋人者，因法爲奸，公行無忌，此則譬諸無賴殺人之賊，殆無過焉。上盜于國爲賊，其君之賊也；下盜於民爲賊，其民之賊也。然且巧於彌縫，而尤得冒忠信廉潔之名，是又爲賊，夫德之賊也！做官耶？做賊耶？抑誠若所謂做官却做賊耶？顧清議者以爲如何！

雷燮◇撰

南谷詩話

三卷

陳廣宏
侯榮川◎點校

南谷詩話序

世之論詩者，各自爲説，大率多進唐而抑宋，以宋人之詩多議論，謂之聲文章，不若唐之反拘音韻，足以相發。予讀《三百篇》，而後知詩之有所該也。夫《國風》、《雅》、《頌》，其辭不一，然《國風》之辭類淺近，而《雅》、《頌》之辭類悠深。匹夫匹婦，得之天真；賢人君子，由於學問。故草木鳥獸，山川原隰，舉目前之易見者，備諸《國風》。天地鬼神，道義名物，禮樂征伐，器什制度，必待稽之典籍，詳諸古今，則往往皆於《雅》、《頌》。於是二代之詩各有所長，皆不可無也。但古人之詩，多用於律吕；今人之詩，多用於語言。古樂之廢，世不有知，故人之説詩者，亦復不能得之於耳，徒得之於目。嗚呼！後世之爲詩者，有不用議論不可得也。近見《南谷詩話》，其評品稱許，有不泥於衆人，隨其長而出之，真若大匠之於木也，要不爲無見，信可傳也已。南谷雷氏，名燮，閩建安人。推其所得，不宜止是。其門婿内翰李君時言，予同年也，用書以質之。山陰定齋周祚書。

南谷詩話卷上

文章不可蹈襲，詩可蹈襲古人耶？竊疑太甚。《法言》、《中説》，終不似真，直與聖經作奴婢。作詩學李而竊李，學杜而竊杜，學漢晉而竊漢晉，學唐宋而竊唐宋，終與人作奴婢，安能自成一家，而與古人頡頏耶？

詩非聖人不能作，非關世教不必作。必待聖人，必關世教而後作，則《三百篇》中閭巷歌謡，不足取乎？蓋本人情，該物理，善可法，惡可戒，即不外乎世教，聖人不取焉。

孔子問禮老聃，而不尚其教；孟子深拒夷之，而直斥其非。唐人詩多詠二教之事，惟韓子爲文深闢佛老，百世瞻仰，雖與文暢、大顛遊，而不溺其説。今詩家借用其言而不信其教，或反其説，尤正大可貴也。

論理學，一掃諸儒之贅，直追唐虞三代而止矣；論詩學，一掃諸家之陋，直追《風》《雅》三百篇而止矣。然後可以登堂入室，而不失孔孟之正路；可以溯流窮源，而不失《周》《召》之正派。以下皆旁門曲徑、支流餘波，而非造極之境、集大成之道也。

詩才出於天分，不在讀書；詩趣出於天興，不在窮理：皆自人性情中來。雖不識字人，亦有天真，一句一詠，流出肺腑，可見自然境界。故唐人尚意興，而理致在其中；宋人尚理致，而意興或不足。此宋詩所以有不及唐者，元坐此也。温厚和平，長於諷諭，詩家第一義。托物比興，豈專譏刺？一涉疑似，小人藉爲口實。唐李泌《詠柳》詩：「青青東門柳，歲晏復憔悴。」楊國忠得以訴於明皇，爲譏己。上曰：「彼自詠柳耳。詠柳爲譏卿，則詠李爲譏朕，可乎？」宋蘇軾《詠檜》詩：「根到九原無屈處，世間惟有蟄龍知。」時臣得以上聞，爲譏神宗。上曰：「彼自詠檜耳，何與朕事！」向微二君明達大度，則二子之禍不可測矣。可不謹哉？

山林疏野，故氣清；城市叢雜，故氣俗。詩人常欲意度幽達，則語帶烟霞，無塵土氣，自然超出人境。唐李約有曰：「某所賞者，疏野耳。若遠山將翠幕遮，古松用綵物裹，羶腥涴鹿跑泉，音樂亂山鳥聲，何由知也？」作詩者不知山林之致，疏野之興，亦猶是也。夜宿建城南南禪寺，同友人唐聽泉、田一竹聯句，僧無外亦在側。無外云：「棋驚鶴夢松風外。」余接云：「筆落龍吟水月中。」意不自滿，細思久之，曉鐘動矣，改云：「鐘散鯨音水月中。」衆口稱佳。始知佳句思則得之，亦必有所驚觸其機而後來也。

詩詞雄壯偉麗，如登高望遠，無一點塵障蔽心目，李白詠瀑布泉之類是也。「日照香爐生紫烟，遥看瀑布掛長川。飛流直下三千丈，疑是銀河落九天。」其形容瀑布，何其雄偉壯麗也！「疑」字又活，乃一篇字眼。其視「千古長如白練飛，一條界破青山色」。其氣象大相遠矣。

詩不貴使事，使事貴變態。五代江文蔚詠三閭事：「屈原若遇高唐在，終不懷沙吊汨羅。」宋荆公詠漢陰事：「桔槔俯仰何妨事，抱甕劳劳老此身。」近時岳蒙泉詠子房事：「輔漢報韓心事畢，何須更用一留封。」吾郡黄澹庵詠吴吕蒙事：「奇謀若爲中山佐，信史還標汗馬勞。」皆自出機軸，意與本事不類，真能使事者哉！

余嘗評古今人詩落句多猥弱，不復振舉，蓋作者至此，每每詞氣衰颯不競。如唐上官昭容評沈佺期詩落句云：「微臣衰朽質，差睹豫章材。」詞氣已竭，不若宋之問詩落句云「不愁明月盡，自有夜珠來」，尤陡健雄偉。正如作文，結處更出新奇，如層巒叠嶂，一節高一節，觀者自然驚悸聳仰不暇。所謂百尺竿頭，更進一步。

《明詩選粹》載本朝詩人張黼《詠楊妃菊》詩云：「故園稀露日將高，被面餘酣尚未消。無復三郎重顧嘆，艷妝空似海棠嬌。」又《詠金錢菊》詩云：「六宫粉黛破春顔，正知君王賜阿環[二]。一自馬嵬風景外，一作「惆悵龍紋千載後」。却隨秋卉落人間。」又三山鄭堂亦詠楊妃菊，詩云：「憶昔嵬坡別駕時，芳魂飛上傲霜枝。如今冷落東籬下，惆悵君王知不知？」皆用貴妃事

[一]「正」，原本脱，據《四庫》本《石倉歷代詩選》卷三百四十附張黼《諸菊詠》補。

寓意者。元李志貞詠僧以墨菊求題詩云：「陶令歸來不受官，黄花采采晚烟寒。悠然一見南山後，又向東籬子細看。」專用淵明事寓意者。張、鄭不失本色，故爲勝。李詩載《頤庵集》中。又取歐陽玄詠前題云：「緇流元是黑衣郎，當代深仁始賜黄。一見秋花纔潑墨，本來色相一作面目。有馨香。」此專詠僧家事，失之一偏耳。必如虞伯生詩云：「過了黄河無此種，江南秋老萬松寒。此花開在風霜候，一作後。莫把尋常草木看。」河北無墨菊花。萬松，僧號□□。後二句有歲寒後凋之意，絶句中具此足矣。頤庵意獨取歐，愚直以伯生爲勝耳。

「豈不惜賢達，其如高尚何」，唐玄宗不逆其臣；「得罪風霜苦，全生天地仁」，劉長卿不怨其君；「家貧僮僕慢，官罷友朋疏」，耿偉不罪其友，皆爲世所傳，宜矣。唐人詩體幽邃，興致宏深，因辭寫意，詠物窮理，有若李灣《詠露中菊》云：「衆芳春競發，寒菊露偏滋。受氣何曾異，開花獨自遲。晚成猶有分，欲採未過時。忍棄東籬下，看隨秋草衰。」書懷寓意，而無窮蹙怨尤之病，《國風》之宗旨也。

僧禪月詩云：「㓾剥生靈爲事業，巧通豪傑作梯媒。」懷王慥使君也。言雖鄙褻，深切事情，不知慥後又經幾多人作事業，真有愧於異端矣。人心不古，天道猶在。不然，生靈㓾剥殆盡。宋《戒石銘》云：「下民易虐，上天難欺。」斯言有位者當刻諸心。

詩學古人而自卓越乎古人者〔二〕，始可與言學矣。宋郭待制磊卿《柳詞》云：「少時學得畫雙眉，今日看看作愁具。」可云佳矣，却是學李太白《長相思》詞「昔時横波目，今作流淚泉」之句。謫仙出自天然，約而盡，郭老終覺勉强費力耳。

唐李白《去婦詞》三百餘字，結句云：「憶昔初嫁君，小姑纔倚床。今日妾辭君，小姑如妾長。回頭語小姑，莫嫁如兄夫。」及讀近時黄巖金采蘭礎所作《去婦詞》，纔六十餘字，結句云：「掩面出羅幃，淚落身上衣。小姑未解事，猶問何時歸。」雖模仿李，而意已獨到。末二句悲悽不露，婉曲有味，視李末二句，猶有觖望怨讟之意，其亦善學古人者歟！

詩有能動物格天、悟主救時者矣。王維(粥)〔鬻〕餅妻詩云〔三〕：「莫以今日寵，難忘前日恩。看花滿眼淚，不共楚王言。」王即還其妻，以終其志。戎昱詩云：「漢家青史内，計拙是和親。社稷因明主，安危托婦人。豈能將玉貌，便欲静胡塵。地下千年骨，誰爲輔佐臣？」唐憲宗誦此詩，大臣遂息和戎之議。二家之言，足以諷動人主，救時利物，詩道得矣。掉筆舌、弄空言者，良可愧夫！良可愧夫！

〔二〕「詩」前原本衍「銘」字，今删。

〔三〕按，此詩見宋蜀本《王摩詰文集》卷十，題作「息夫人」：「莫以今日寵，難忘舊日恩。看花滿眼淚，不共楚王言。」「淚」，原本脱，據補。鬻餅妻事又見《本事詩》。

「鋤禾日當午，汗滴禾下土。誰知盤中餐，粒粒皆辛苦。」李紳以廿字道出農家之苦，曲盡稼穡之艱難，有《豳風·七月》之遺旨。其與「昨日到城郭，歸來淚滿巾[二]。遍身綺羅者，不是養蠶人」同一軌度，決非享膏粱而不知耕、披文繡而不知織者矣。乃若《題壁》詩云：「寒蛩入夜忙催織，戴勝春深苦勸春。人若無心濟天下，不如蟲鳥有何情。」[三]聶夷中亦云：「二月賣新絲，五月糶新穀。醫得眼前瘡，剜却心頭肉。」有人心者，不動念哉！故當時以卿相期之。

轉俗入雅，化腐爲新，吟壇奇事，才非李、杜，疇能及也？如草竹，常談也，李白則云「池草春映日，窗竹夜鳴秋」；山水，恒言也，杜甫則云「剩水滄江破，殘山碣石開」。言風月，則如曹松「林殘數枝月，髮冷一梳風」；言花鳥，則如王維「興闌啼鳥换，坐久落花多」；叙情思，如「客愁茅店雨，詩思柳橋春」；詠聲色，如「泉聲到池静，山色入樓多」。亦可鳴當世而詔後人矣。

唐末節鎮專制，割據州郡，惟建州刺史李公頻以禮法爲治，奉唐正朔，百姓安堵。嘗過四皓廟，有詩云：「東西南北人，高迹自相親。天下已歸漢，山中猶避秦。龍樓曾作客，鶴氅不爲臣。

〔二〕「來」，原本脱，據《四部叢刊》景宋刊本《宋文鑑》卷二十六張俞《蠶婦》補。

〔三〕「有何情」，原本漫漶，據《知不足齋叢書》本《侯鯖録》卷六「傅逸人」條補。《侯鯖録》所引詩作：「寒蛩入夜忙促織，戴勝春深苦勸耕。人苦無心濟天下，不知蟲鳥有何情。」

獨有千年後，青青廟木春。」此詩切實，道出「四皓」心事，亦自可見。後卒於建州，廟食梨嶽，可謂千年廟木春矣。公睦州人，有詩集行世。

秦築長城，古今皆罪始皇勞民傷財，致亂中國。汪遵之作，持論嚴正，得名於時，後有述者，不能過焉。詩云：「秦築長城比鐵牢，蕃戎不敢過臨（眺）〔洮〕。雖然萬里連雲際，爭及堯階三尺高。」蓋秦失天下，不止於此。長城之役，正爲華夷界限，萬世永賴。余亦有詩云：「虛築長城遠備胡，無人不道祖龍愚。雖然斂怨疲中國，界限翻爲萬世圖。」乃反前人之論，而欣後世之幸，亦於常中求新焉耳。

寫景詠事，貴有穠華佳致，不可有酸楚氣味。江爲詩云：「吟經蕭寺旃檀閣，醉倚王家玳瑁筵。」盧綸云：「川原繚繞浮雲外，宮闕參差落照間。」與僧子蘭所云「不語凄涼無限情，荒階行盡又重行」何如？温飛卿詩云：「籠中嬌鳥暖猶睡，門外落花閑不掃。」杜子美云：「映階碧草自春色，隔葉黄鸝空好音。」與僧可朋所云「傷心盡日有啼鳥，獨步殘春空落花」者何如？深玩語意，自當有别。

氣象莫大乎涵養，必見孔子太和元氣，流行於四時，分明是天地氣象大。他如伯夷是秋天氣象清，柳下惠是春天氣象和，伊尹是夏天氣象大。孟子是泰山巖巖氣象，顔子是和風甘雨氣象。識得此等氣象，可以言詩矣。

詩家尚跌宕豪縱，而拘礙跼蹐者，何以觀之哉？嘗讀韓偓詩云：「萬里清江萬里天，一村桑柘一村烟。漁翁醉著無人唤，過午醒來雪滿船。」與曹松詩云：「山雨溪風捲釣絲，瓦甌篷底獨斟時。醉來睡著無人唤，流下前溪也不知。」自是一家語也。然韓詩所見者大，所樂者廣，終言天地變遷且不知，況人榮辱哉！曹詩只説山雨溪風，境界小也；釣絲、瓦甌，所見常也。篷底獨斟，何趣也？流下前溪，非遠也。氣象大不相類。

諸葛孔明，三代遺才，出處無可議者。唐薛能有詩云：「思量諸葛成何事，只合終身作卧龍。」蓋譏武侯不能興復漢室，不如勿出也。嗚呼！君子論人，觀其義而不計其利，考其時而不校其功。夫能不能，才也；利不利，時也。武侯之不能，天也，非人也，於武侯何病焉？況武侯之於昭烈，君臣義合，可以出矣。若夫成功，則天也，豈可必乎？宋王安石罷政事，居州東劉相宅小廳，題此詩二句數十處。夫薛能之於唐，位歷節鎮，未爲不用矣，其所爲驕恣凌忽，僨軍殺身，固無足取。王安石之於宋，遇知神宗，亦可謂得君矣，其所爲不過變新法禍天下而已。二子如是，而比議武侯，非惟不知武侯，亦不自知之甚者，況知詩乎？

宋王介甫《詠榴花》詩云：「萬緑枝頭紅一點，動人春色不須多。」韓子詩云：「五月榴花照眼明，枝頭新見子初成。」榴花多夏開，謂之春色，亦不的矣。

昔人詠詩云：「千古悠悠事可疑，夷齊名節是耶非？當時天下皆周土，何獨西山可療饑？」

蓋非夷、齊西山采薇之事者。正猶譏子陵詩云：「一著羊裘便有心，虚名留得到如今。當時只著蓑衣去，烟水茫茫何處尋？」方可竹又爲子陵解嘲云：「謾衣羊裘釣澤雲，無端惹起漢玄纁。風標自與齊人異，便著蓑衣也識君。」吁！以夷、齊、子陵之清風高節，後世猶有疑而非之者，况他人乎？善哉！紫陽朱子曰：「君子論人，當於有過中求無過，不可於無過中求有過。」蓋亦詩人忠厚之意，可爲萬世法矣。

「垂釣有深意，望山多遠情。」可見詩思妙處。古人多登山臨水，尋詩家真境界，要見此等氣象，却被郢州二句勘破。暢當「花發多遠意，鳧雁有閑情」，亦是指點此境界出來。此理活潑，具在眼前，不待思索。發乎情，止乎義理，自是詩家難事。怪誕幻忽，《三百篇》中何嘗有此？後世搜奇獵異，喜談而樂道之，如「北斗佳人雙淚流」、「嫦娥應悔偷靈藥」、「西望瑶池降王母」之類，皆宜以正大律之，足以破千古之惑可也。近時莊定山詩云：「山河影子無還有，玉兔嫦娥是否真？我欲空虚都打破，老夫拄杖捷如神。」詞雖率易，要亦持正之論。

「詩僻降今古，官卑誤子孫。」哀賈島也。宗室李洞奉島如神，宜學其僻者也。島詩如「島嶼夏雲起，汀洲芳草深」、「秋風吹渭水，落花滿長安」、「舊國别多日，故人無少年」，一句起，一句接，意自相承，僻中有奇峭焉。洞詩云：「閑坊宅枕穿宫水，聽水分衾盡蜀僧。藥杵聲中搗殘夢，茶鐺影裏煮孤燈。刑曹樹蔭千年井〔二〕，華岳樓開萬里冰。詩句變風官漸緊，夜濤衝盡海邊藤。」〔三〕又其亞者。詩之變，已至此也。

古詩感人心，厚人倫，易風化，有出於性情之正，千古不可磨滅。如閔子騫（幻）〔幼〕時對父語云：「母在一子寒，母去三子單。」何有雕琢難解？母得以免逐而化爲慈，兄弟得以翕聚而相友愛，父得以樂妻孥而宜室家，藹然愛厚惻怛之意溢於言外，聞者動容，誦者革心，其孝友之實，積中發外，有如誠有德者之言也。詩人托情寄興，足以風動人者，皆類此。初非有意爲之，使人難誦習也。

客金陵時，聞同舍生有句云：「雁帶寒聲遠，雞催曙色明。」余以「通」易「催」，生謂得一字矣。因憶郡博范先生琬有句云：「翠鍾山色千巖秀，清滿湖光一鏡平。」余以「鑄」易「滿」。及觀唐范鄴云「歲晏天涯雨」，劉郇伯對云「人添分外愁」。范甚賞之，曰：「得一句矣。」又吾郡守張公宏句云「眉黛橫山色」，余對云「顏酡襯日紅」，亦得一句。及觀蘇東坡《晚遊西湖》句云「萬點亂山橫晚翠」，一僧對云「一勾新月掛黃昏」，坡笑云：「當得一僧矣。」

〔二〕「蔭」，原本作「影」，旁校改作「蔭」；「井」，原本作「卉」，《四部叢刊》景明嘉靖本《唐詩紀事》收此詩，據改。

〔三〕「盡」後原本衍一「盡」字，今刪。

詩文貴箴不貴頌，頌必有箴，朋友有規戒之益，君臣有諫諍之風，父母有幾諫，夫婦有諷諭，所以厚人倫，惇風化也。有贊美而無儆戒，則諛君諂父、損友敗家。如《袁州學記》結云：「脱有不幸，爲臣死忠，爲子死孝。」如杜子上官長云：「公若登臺鼎，臨危莫愛身。」又李景伯詞云：「回波爾時酒巵，微臣職在箴規。侍宴既過三爵，喧嘩切恐非儀。」古人皆以忠孝大節相戒勉，故每於詩詞見之。

詩一篇中寫意寄興，止一句結盡本意，言者有盡，而意興無窮。李白《寄汪倫》詩云〔一〕：「李白乘舟將欲行，忽聞岸上踏歌聲。桃花潭水深千尺，不及汪倫送我情。」只末一句，道盡汪倫送別之情、朋友之義無遺矣，讀之自有無窮意味。

嘗讀韓子《進學解》，自叙其爲文甚奇麗，自道其出處甚詳悉，中叙其爲人「少始知學，勇於敢爲；長通於方，左右其宜」，止四句而已。使程、朱於此，不知如何啓發開導教人。韓子，後學山斗，不敢輕議。混儒、墨，進荀、揚，是其偏駁處；諫佛骨，原道，是其正大處。文章由於識見，出於學問，學問正則識見大。非知道者，可與言哉！

并州王之渙出塞詩云：「黄沙直上白雲間，一片孤城萬仞山。羌笛何須怨楊柳，春風不過

〔一〕「倫」，原本作「淪」，據《四部叢刊》景明郭雲鵬刊本《分類補注李太白詩》卷十二《贈汪倫》改。

玉門關。」蓋言春之氣候與中國異矣。王縉《九日》詩云：「莫將邊地比京都，八月嚴霜春草枯。今日登高樽酒裏，不知能有菊花無。」蓋言秋之氣候與中國異矣。之渙，并州人。縉不生於邊，必游於邊。二子皆知邊地風景，故能摹寫如此。

讀《緑珠傳》，嘗恨崇以婢妾殺身亡家，未有詠其事者。及讀《語海珠璣》，有詩云：「畏死事新室，輕生謝季倫。方知投閣者，不似墜樓人。」又云：「金谷樓頭視若無，此身端不負齊奴崇小名〔一〕。可憐司馬佳兒婦，正喜劉郎是丈夫。」譏雄爲世大儒，而臣王莽；羊氏爲晉后，而事劉曜，甘心失節，曾婢妾之不若。人不在貴賤而在節義，明矣。獨唐李清詩云：「金谷繁華石季倫，只能謀富不謀身〔二〕。當時縱與緑珠去，猶有無窮歌舞人。」此是爲季倫畫策。其識見高達，從前無此議論。散宜生進美女於紂，勾踐納西施於吴，皆達權知變，得處憂患之道。齊奴貪財重色，烏可語此！

詩非用意模仿，而句語偶合，古今皆有之。《赤城集》中有云：「千里長爲客，三年苦憶家。」及讀王(右)〔古〕直詩稿，有云「十年長是客，千里苦思家」，唐皇甫曾云「秋草助江長」，老

〔一〕「齊」，原本作「齋」，按《晉書》，石崇生於青州，故小名齊奴，據改。下文「齊奴貪財重色」之「齊」，同改。
〔二〕「能」，原本作「在」，旁校改作「能」。

杜亦云「秋草遍山長」。吾鄉鄒南山上舍瑺和郡守劉坦齋詩云：「身世在羲皇。」與他人和者無一字異，乃改云：「身世出羲皇。」但易一字，精神自倍。又讀《建寧志》，有詩云「秋色露人家」，唐錢起云「人家殘夕陽」。又李濤云「落日長安道，秋槐滿地花」，賈島云「秋風吹渭水，落葉滿長安」。又如王維詩「西出陽關無故人」，古今絶唱，福建楊都勳乃倒用其句云「陽關西出故人無」，此又是一法。

吾讀史，不知魯兩生何許人，意其清風高節，不在夷、齊下，恨不聞其姓名，嘗爲之補傳云〔二〕。及讀車隘軒有詩云：「吾聞魯兩生，甘與夷齊老。」此論正與補合，蓋先得我心者歟。

君臣以義合，出處以時偶。費冠卿久居京師，《感懷》詩云：「螢燭不爲苦，求名始酸辛。」又：「求名俟公道，名與公道遠。」後以拾遺召，不起，賦詩云：「也知臣子合匡時，自古榮華誰可保。」夫始以榮名難得而求仕，卒以榮華難保而不仕，豈知時義者乎？

詩以苦吟難得爲工。唐人多有苦吟詩，如盧延讓《苦吟》云：「吟成一個字，撚斷數莖鬚。」又宋程伊川不喜吟詩，嘗云：「吟成五個字，費盡一生心。」正與延讓相反。蓋佳句自性情中流出，亦不必勞心思、憊精神而後有得也。伊川以道學自任，詩文乃其緒餘，非不知先王以詩爲

〔二〕「嘗」，疑爲「當」字之訛。

教，蓋不欲人致心思於無益。孔門何嘗吟詩耶？

作詩翻盡古人公案，於無中生有，死中求活，亦必近理道、通人情然後可。唐鄭畋《詠馬嵬》詩云：「玄宗回馬楊妃縊，雲雨雖亡日月新。終是聖朝天子事，景陽宮井又何人。」作者多恨太真不復生，爲帝惜；此獨快其已誅，爲帝賀。如杜牧之詠赤壁詩云：「東風不與周郎便，銅雀春深鎖二喬。」蓋詩人多幸赤壁之勝，牧之獨懼赤壁之敗，則國亡家破，二喬必爲老瞞所虜，置之銅雀臺矣。又近時黄侍郎仲昭《題諸葛武侯廟》詩云：「不是將星沉渭水，木牛應載露盤還。」蓋古今多悲孔明功業之不就而身先殞，侍郎獨言孔明若在，將星不墜，必能興復漢室，破曹、吳，以木牛載承露盤而還舊都矣。此皆理之所必有，人之所必信，可以爲法者。如云「江東子弟多豪俊，卷土重來未可知」，夫項羽慓悍猾賊，所過無不殘滅，久失人心，誰爲復來？羽心亦自知之矣。故王介甫詩云：「江東子弟今雖在，肯爲君王卷土來？」近時亦有詠四皓云：「四老秦廷安一老，當時誰得殺扶蘇？」詠昭君云：「佳人自古能傾國，毛壽欺君是愛君。」當秦時，始皇真能用四皓，四皓豈肯輕出事秦？毛延壽豈知愛君遠色，而使王嫱出嫁胡地哉？此皆逆理拂情，介甫得以議牧之者矣。

自古温厚嘉言，多取於君，顯於時，垂於後者。唐宰相蘇瓌子頲奏曰：「木從繩則正，后從諫則聖。」中宗曰：「蘇瓌有子矣！」又有長安春遊詩云：「飛埃結紅霧，遊蓋飄青雲。」明皇嘉賞，親插御花，時人榮之。學詩爲文，譏切太過，流爲苛刻，皆斮朝涉之脛〔一〕，剖賢人之心，中宗、明皇所必棄也。况加穢惡訾毁，如元遺山《時化》《世化》〔二〕，殊非君子之言，可戒也哉！

唐人作下第詩，多涕淚怨望，責人不暇，實非君子。惟閻濟美詩曰：「鶱諤王臣直，文明雅量全。望爐金自躍，應物鏡何偏。南國幽沉盡，東堂禮樂宣。轉令游藝士，更惜至公年。芳樹歡新景，青雲泣暮天。惟愁鳳池拜〔三〕，孤賤更誰憐？」安分自慰，立意忠厚，故當時讀者深有遺才之嘆。再舉登第，果副素懷。末復涕泣愁憐，又墮唐人窠臼中，惜哉！

唐人意興，宋人或有不足；宋人理趣，唐人亦所未到。今人能兼意興、理趣而有之，斯至言矣。《三百篇》之遺響，可輕視耶？

唐昭宗詩云「安得有英雄，迎歸大内中」，志意衰索，不如唐太宗詩云「昔乘匹馬去，今驅萬乘來」，其詞氣雄壯耳。正如孟東野詩云「出門即有礙，誰謂天地寬」，局量褊狹，不如白樂天詩云「無事日月長，不羈天地闊」，其胸度廣達耳。觀此，詩家氣象，大有差殊，了然在目。

洞庭天下巨觀，騷人墨客過此，靡不題詠。其許棠《過洞庭》詩云：「四顧疑無地，中流忽

〔一〕「涉」，原本脱，據《尚書·泰誓》「斮朝涉之脛」補。

〔二〕按，「元遺山」，當爲「元次山」之誤。

〔三〕「池」，原本脱，據《四部叢刊》景明嘉靖本《唐詩紀事》卷三十六補。

有山。」與《題金山寺》相似。（有）［又］如孟浩然臨洞庭詩云：「氣蒸雲夢澤，波動岳陽城。」固云切實，非他人所及。及讀老杜云：「吴楚東南坼，乾坤日夜浮。」其寫洞庭之勝，浩闊無涯，宛然如見，讀者便知其爲洞庭也，非胸中有洞庭，不能道此。使他人詠之，却自不同，可移於江，可移於河海耳。

德行，本也；詩詞，末也。推本而言，亦自養氣、知言中來，豈容易視之哉？氣粗詞放，氣餒詞窮，氣促詞短，氣悲詞哀，氣猥詞卑，氣俗詞俚，不能涵養者也；氣充詞宏，氣温詞厚，氣平詞和，氣壯詞健，氣舒詞暢，善涵養者也。詩可以觀矣。君子、小人，自此區别，深於道者能知之。

學詩之要，在立格、命意、煉字三者而已。體格本高古，忌卑俗；意興貴精遠，忌粗淺；字眼貴清響，忌塵腐。

有畫者取柳詩意作《寒江獨釣圖》，獻入大家者。或指此詩「絶」、「滅」、「孤」、「獨」字全，遂棄之。俗哉！觀子厚詩云：「千山鳥飛絶，萬境人蹤滅。孤舟蓑笠翁，獨釣寒江雪。」形狀雪景，眼界空廓，有遺世獨立、人莫能並之意。蘇子瞻謂與「亂飄僧舍」者異矣，亦知此味。

古詩云：「長當從此别，更復立斯須。」其惜離别、叙綢繆，二句盡之矣。李餘詩：「長安東門别，立馬生白髮。」僧清江詩：「惟愁更漏促，離别在明朝。」李意含蓄悽惋，僧已露出愁緒，不如雍裕之《春晦送客》詩云：「野酌亂無巡，送君並送春。明年春色至，莫作未歸人。」詩人送客，惟惜其别去，裕之獨勉其早歸，尤出人意表，清峻可仰。

詩不可學人步驟，當時出新意。如徐凝《題瀑布》詩不如李白，其《題縉雲山》詩云：「黄帝旌旗去不回，空餘片石碧崔嵬。有時風捲鼎湖浪，散作晴天雨點來。」自後無敢題者，蓋自出新奇，與李白《瀑布泉》詩同其壯麗矣。白遊黄鶴樓，見崔顥詩爲絶唱，遂不復題，惟書云：「滿前風景道不得，崔顥題詩在上頭。」至金陵乃題鳳凰臺詩，與崔顥同一體裁矣。

或謂王維詩可入畫，余謂詠物狀景，句法綺麗，皆可圖繪，惟寄情寓意，泯無形迹，非丹青所能彷彿也。如王諲「寒隨一夜盡，春逐五更來」，韋應物「萬籟自生聽，太空長寂寥」，張籍「當於送人處，憶得别家時」，劉長卿「明日滄洲路，歸雲不可尋」，歐陽詹「高城已不見，况復城中人」，如何畫得？畫有象而詩無迹，畫有限而詩無窮，詩道非畫家所能盡也，况能並耶？

丘海南作《二喬觀書圖》詩云：「托身俱事英雄夫，當時内助多良圖。讀書自然知義理，不似凛凛劉家姑。」方遜志詠嚴光事云：「用賢當遠色，治國先齊家。如何廢郭后，載寵陰麗華。糟糠之妻尚如此，貧賤之交何足數？嚴陵老子先見幾，却向桐江弄烟水。」皆自本事發出至理，議論高出前人意表，千古一二見也。

唐人「打起黄鶯兒」詩，學者誦以爲法。今觀晉陸凱寄范曄詩，尤佳可法。詩云：「折梅逢驛使，寄與隴頭人。江南無所有，聊贈一枝春。」「春」字與「梅」字，首尾相應，情景俱足，語意平淡，氣脉貫續，轉换照應有則。或謂杜子美《曲江》詩「朝回日日典春衣，每日江頭盡醉歸」，既曰「日日」，又曰「每日」，似爲重叠。然日日典衣，見其貧耳；每日醉歸，見其不厭耳。反復勸酒行樂之意，宛然可即。古人用字雖重，意却不重。又古詩多用重字，以見丁寧反復之意。

南谷詩話卷中

事幽逸者輕富貴，悲困窮者慕富貴，皆非也。惟聖人之心，隨寓皆安，無所係累。飯糗如草，此心也；袗衣鼓琴，此心也；不知者可與言哉？韋應物詩：「時與道人偶，復與樵者行。分當隨蹇劣，誰謂薄世榮。」可謂達矣。心照千古、見高一世者，其惟陶翁乎！老杜亦有云：「薄劣慚真隱，幽偏得自怡〔一〕。本無軒冕意，不是傲當時。」「傲」、「慚」二字，雖與韋意不侔，其視「應笑長安名利客，機關用盡不如君」，殆霄壤耶！

除夜詩，作者類多感舊迎新意。嘗有句云：「年華此夕雖云暮，老屋梅花却自春。」又：「崢嶸今夕雖云徂，酣對屠蘇且自娱。」唐王諲詩云：「今歲今宵盡，明年明日催。」又：「寒隨一夜盡，春逐五更來。」纏繞太甚。牛僧孺詩云：「惜歲歲今盡，少年應不知。莫愁花笑老，花自幾多時。」感時惜老，皆非也。余《客中除夕》詩云：「歲晏天涯客未歸，三年此夕尚京畿。心忘爆竹翻天響，夢繞梅花帶雪飛。自笑尋常千里外，還知四十九年非。身安旅食違鄉井，午夜趨朝自

〔一〕「偏」，原本脱，據《四部叢刊》景宋刊本《分門集注杜工部詩》卷十《獨酌》補。

振衣。」戴叔倫詩云：「一年將盡夜，萬里未歸人。愁顔與衰鬢，明日又逢春。」來鵬詩云：「難歸故國干戈後，欲告何人雨雪天。自嗟落魄無成事，明日春風又一年。」二作同意，羈旅愁嘆，亦非也。

姑蘇唐子畏善詩畫，嘗題美人圖詩云：「楊家窈窕識英雄，著帽宵奔李衛公。莫道英雄今没有，誰人看在眼睛中。」自况甚豪縱，著帽宵奔，非窈窕矣。又讀唐薛昂《敕贈康尚書美人》詩云：「天開喜氣曉氤氲，聖主臨軒召冠軍。欲令從此行霖雨，先賜巫山一片雲。」意褻詞詭，似涉怪異。此等詩繩以正大，蓋亦難得。詩之性情，於此可徵。

正德壬申冬十月三日，余客京師，將歸，宿西長安故人盧定國館中。言别，夜不能寐，秉燭對坐。已而鵶鳴，天將曙矣，命僕促裝啓行，因憶項丹徒斯《送殷中丞遊邊》詩云：「話别無長夜，燈前聞曙鵶。」二句有徘徊不忍别、通宵不能寐之意，身親見之。詩本人情，能道人意中事，此類殆是。

禮義始於閨幃，風教生於衽席。淫辭艷曲，吾無取焉，間有所托，以感君諷人則可。故《周南》言「君子好逑」，《桃夭》言「宜其家人」，《思齊》言「刑於寡妻」，皆正身齊家之事。岳蒙泉《題陶穀郵亭》詩云：「雪水烹茶詫黨姬，玉堂明日有人知。如何千里江南使，又向郵亭製小詞。」正譏陶穀好色淫泆，内不能正家，外不能正國。如雪水烹茶小事，尚有人知，奈何以中朝儒臣出使江南，而可妄爲乎？向日「依樣畫葫蘆」，今日奉使辱君命，淫欲之心，一至此哉！

詠月詩多尋常語，獨老杜「斫却月中桂，清光應更多」，與僧皎然詩「今夜一輪滿，清光何處無」，句法雄渾，磅礴無礙，方是説月。然老杜又見險峻奇崛，乃人不敢道之言；皎然亦是平坦浩蕩，有容光必照之意。以彼視此，尤可愛也。

讀詩者，其知兆乎？唐宣宗《與黄蘗禪師山中觀泉》詩云：「穿巖越壑不辭勞，遥望青山出處高。溪澗豈能留得住，終歸大海作波濤。」有舉人黎淳，元宵遊京師，遇妓者呼其名，同行笑之。作詩云：「萬里皇都一色春，忽聞花底唤黎淳。狀元本是天生定，故遣嫦娥報姓名。」後宣宗登大寶，黎果是年狀元及第，偶爾吟戲，遂符佳兆。

都御史高公明巡撫福建，作詩云：「關中四塞稱天府，閩省規模可抗衡。海涌東南爲巨塹，山圍西北勝長城。間生偉氣超三傑，特産真儒繼二程。總入陶鎔無異俗，萬家燈火讀書聲。」閩中風概，此詩盡之矣。公號「三宜翁」，其《乞歸田》詩云：「曉來薰沐寫烏絲，血滴衷情訴二儀。無用樗材加老至，易衰柳質怕秋欺。感時却訝遼東鶴，曳尾應容濮水龜。負郭膏腴多祖産，不須俸助買山資。」此詩少亞前作。

張東海《送羅一峰赴福建提舉》詩云：「江右衣冠此丈夫，纔從楓陛聽傳臚。百年事業丹心苦〔二〕，千古綱常赤手扶。郭隗臺前瞻弱柳，考亭祠下掃荒蕪。自知榮辱陞沉事，天際無雲任有無。」頷聯雄壯，頸聯用事切實，且勉以道義而輕富貴，正大丈夫之事，與起句相應。

詠古人詩，却於本事未經人道處翻出新意，始妙。如李義山詠賈誼云：「可憐夜半虚前席，不問蒼生問鬼神。」馬子才詠文帝云：「可憐一覺登天夢，不夢商巖夢鄧通。」意思同，議論正，皆自文帝、賈生事翻説出來。又蘇郁詠王嫱事云：「君王莫信和親策，生得胡雛虜更多。」意頗近俗，亦自漢家和戎事説出來。余嘗詠岳飛墓云：「恨殺奸臣心順北，至今墳木尚南生。」亦自岳武穆心事説出來。

孟子叙事理，最善形容。如叙惠、夷、尹三子之行，如親見其人，真爲三子傳神；如叙孔子，自是至聖，便與三子不同。聖人規模全大，三子規模偏小。詩人叙事，到此方妙，可謂善形容矣。

詩瓢所傳無幾，其《過隱居》詩云：「不信最清曠，及來愁已空。數點水泉雨，一溪霜葉風。業在有山處，道成無事中。酌盡一樽酒，老夫顔亦紅。」落句止於飲酒，未見愈出愈奇。雖然，唐方士也，讀之亦自有出塵之想。

〔二〕「業」，原本脱，據明正德十三年刻本《張東海先生詩集》卷三補。

詩家有格律、音響、節奏。余讀《魯論》「子語魯太師樂曰：『樂其可知也。始作，翕如也；從之，純如也，皦如也，繹如也，以成』」一章，遂悟詩學格律、音響、節奏妙處，不過如此。聖人理到之言，無所不通。一篇之中，若能始翕、從純，又能皦，能繹，則一唱三嘆而有遺音矣。

方遜志《詠買臣妻墓》云：「千年埋骨不埋羞，自古糟糠合到頭。」其詠嚴子陵事，亦援廢郭后爲言，有「糟糠之妻尚如此，貧賤之交何足數」，亦理到詞達，厚倫理，正風化，非徒道出前人所未道者也。

古今詩歌，有不約而同者，初非有意剽竊者也。吾先府君憨翁，嘗樂遊山水間，作歌云：「山兮水兮，我依我止。樂我心事兮，共爾以終始。」及讀岳蒙泉《竹庭記》，有歌云：「竹兮竹兮，我依我侶。富貴不可期，抱爾以終始。」如出一手。然先君所作，詞氣蕭散，含蓄不露，有終身自得之意。竹庭所記，詞氣峭激，圭角太露，有不得已而相托之意。此又不可不知。

詩有三偷，偷句、偷字固不可，而偷意者亦豈宜哉？且六經文不相師，而理自足，命意、造詞已經古人道破，直是渣滓糟粕，更有何味？作詩者用古人意所未到，或反用古人意，須要壓倒古人方好，若嚼渣滓糟粕，亦何足尚耶？

注杜詩者多引漫詞，殊覺可厭。如《曲江》一詩，一片花飛，已減一片春色矣，何況風飄萬點，亂落如雨，則花欲盡而春將歸矣。對此景物，豈不愁人？花雖欲盡，猶可經眼，且在曲江杏園，與同輩晏賞，莫厭酒入唇而傷多也，此勸酒行樂之意。獨不觀曲江舊時小堂，昔人遊樂之地也，今無人而水鳥來巢；高冢乃昔日遊樂富貴之人也，今無主而石獸傾仆。盛衰不常，可不遊樂乎？細推物理，皆如此耳，安用汲汲於浮名而不知真樂，以負此生哉？

聶東軒詠《明皇與薛岐二王觀易圖》云：「花萼相輝映樹梢，大衾長枕未曾拋。不知友愛情深處，看到家人第幾爻？」蓋譏明皇納貴妃事，已不能刑其家，豈能宜其兄弟哉？其爲大衾、長枕、花萼相輝之樓，不能欺人，秖自欺耳。四句詞約理正而意在言外，可謂詩之鐵鉞，但「映樹梢」三字未穩當耳。

余外舅楊簡直翁好論詩，嘗言一士人至郡博衙，題《十二鯉魚》詩云：「若教個個成龍去，變作江陵十二舟。」又題《三駿圖》云：「太平天子無巡幸，閑却春風十二蹄。」每恨不見其全篇耳。暇日，又爲余誦古今佳句「暖風醫病草」，又「秋老蟬聲短，星星煨芋火」，又「矮屋野霜欺酒力」，又「爐藏芋火星星燦，天養梅花日日晴」，又詠藕云「一彎西子臂，七竅比干心」，如此甚多。

沈存中謂：「杜工部詠古柏云：『蒼皮溜雨四十圍，黛色參天二千尺。』毋乃細長乎？」愚以黛色參天，雖云數百丈亦可，非指樹高；二千尺，蓋言樹色與天相參也，何害？善說詩者，不以文害辭，不以辭害志，孟氏豈誣我哉！

陶靖節《飲酒》云：「不覺知有我，安知物爲貴。」唐人有詩云：「此身猶是幻，何物不爲空。」便自不同。靖節若有聖人無意無我之心，唐人縱模仿暗合，終是禪家語耳。魏仲先云：「身猶爲外物，詩亦是虚名。」亦是祖述陶意。

倭人入貢，駐舶杭城外，過涌金門，詠柳詩云：「涌金門外柳如金，三日不來成緑陰。折取一枝城裹去，教人知道是春深。」又云：「西風古道摧楊柳，落葉不如歸思多。」蓋亦善吟者矣。竊惟國朝文風之盛，流通外化，雖夷狄亦有嚮慕而興起焉者，況中國乎？

元虞伯生游寺訪詩僧，以「老僧」命題共賦之，多至三十餘首。僧不出一句，伯生似有矜色。僧求觀其詩，曰：「如學士詩，雖百餘首亦有之。愚但得一聯云：『剃髮嫌刀冷，看經見字遲。』」伯生嘆服。余謂正是學僧清蹇，詩云：「老來披衲重，病起讀經生。乞食嫌村遠，尋溪愛路平。」終脱不得餕餒氣味。

秦始皇渡浙江，有纜船石尚在焉。宋楊蟠通判杭州時，嘗作詩云：「色陰常帶雨，疑是白雲根。欲問東巡事，今猶不敢言。」前二句形容石在江邊，水氣薰蒸，常如陰雨，濕霧之中，疑似有無之所，則曠闊渺茫之勢可見。爲人君者，巡遊至此，果爲民歟？爲事流連，荒亡可知。後二句欲問當時秦皇東巡之事，臣民猶畏秦法嚴重，不敢言其非，秦之天下，安得不亡乎！

正德初，賊瑾竊柄，有無名氏投詩，諷當時執政者，其人得之墮淚。詩云：「文章名譽與山齊，一作「翰林聲價斗山齊」。伴食中書日已西。回首湘江春草緑，子規啼罷鷓鴣啼。」讀此可想見其人，惜哉！

詠園亭花木，詞近意遠，物小論大。薛能有云：「遊人本是農桑客，記得春深欲種田。」遊園亭而知農時急務。羅鄴有云：「買栽池館恐無地，看到子孫能幾家。」觀牡丹而知人家盛衰。如遊洛陽園，知天下治亂，而憂國者不可忽；記喜雨亭，知歲豐稔，而歸之太空不可名。意思甚遠大。不然，落足塵埃，安能出人頭地？

古今多詠王嬙事者，名曰《昭君怨》。有云「黃金買得樓蘭劍，付與君王斬畫工」，不如「草中白骨如山積，莫怪將軍出塞難」；有云「當時誰議誅延壽，益重君王好色名」，不如「何事將軍封萬户，只將紅粉去和戎」；有云「紫臺月落關山曉，腸斷君王信畫工」，又不如「君王莫信和戎策，生得胡雛慮更多」。總不如「漢使欲回頻寄語，黃金何日贖蛾眉？君王若問妾顔色，莫道不如宮裏時」，猶有惓惓思君不忘恩、戀闕不忘歸之意，可見身雖在胡，心常在漢也。至若「當時不是毛延壽，應恨孤眠老漢宮。漢恩自淺胡自深，人生樂在相知心」，皆奸邪誤國，忘君事讎之言，其心事已自可見，安知王嬙心事？

三山許黄門啓東有詩名。吾憶其佳句，《送友人》云「送君未出三山外，約我重來十月中」，如《訪田家》「梅子摘來還帶葉，看醪初試尚浮花」，又「小梅雖好異鄉花」，又「石壁連雲天欲低」，皆佳句也。其出使安南詩，已有刻者，惜遭賊瑾，死於非命，可悲也夫！

簡直翁《詠水仙花》詩："「百花多避朔風催，仙子時擎酒一杯。欲勸梅兄應不在，也知讓我作花魁。」水仙一名金盞銀臺，坡詠詩云「山礬是弟梅是兄」，「梅兄」二字，本坡詩來。

三山儒士林憲，因冬月鎮守府牡丹花開，官僚咸賀以詩，林亦呈詩云："「陽春纔發牡丹芽，冬月何曾見此花？自是堯天恩澤厚，繁華先到鎮侯家。」此詩一時盛傳，太監盧喜特樹儒宗坊，以旌其異。後熊巡按以上詩非其人，復毁之。

昔人《題項羽廟》詩云："「當日鴻門可滅劉，只因不聽范增謀。空勞萬戰争秦鹿，贏得千年笑楚猴。父老江東憐王我，故人垓下忍爲侯。騅兮不逝虞兮别，淚灑西風一劍愁。」特掇拾楚事，而爲之注脚耳，似太著題者也。如莊定山《題項羽廟》詩："「一從天命廢歌謳，龍戰中原苦未休。天地我能悲楚漢，古今誰復罪商周？英雄可廟人千載，赤子何辜血九州？惟有長江知此意，對人無語只東流。」此以議論爲詩，其中只露一「楚」字，不知者不謂其項氏作，似不著題者也。余亦有詩云："「英雄倚廟有長江，伐暴功成亦可王。國事已非空百戰，人心始定在三章。鴻門奇計元非計，垓下天亡實自亡。楚漢廢興俱寂寞，古來兵法尚周湯。」蓋欲求正大方云。

王慈湖擺船過江，有一書生吟詩不輟，慈湖因問之，不悦，命慈湖賦詩，起句云："「侵晨飯罷促師篙。」生云："「吾欲以『橋』字接。」續句云："「撑出五雲門外橋。」生以二句不甚過人，復難之曰："「以潮、摇、蕉韻終篇。」慈湖不經思索云："「過越王臺三十里，到曹娥渡八分潮。白翻春雪楊花滚，緑漾晚風蒲葉摇。昨夜雨來船底卧，打篷聲裏學芭蕉。」末句隱然譏之也。書生愧服，始知爲慈湖。此詩一意寫出情景，首尾中聯皆佳。

建寧司訓葉先生全卿，名胚，提學姚公鏌嘗試《春雨》詩云：「分明天地欲亨屯，遠鼓雷霆到海濱。澤物及時三日雨，閩南隨處萬家春。陰崖水國元非舊，庭草墻花總一新。里巷歌謡無異俗，餘波猶喜活枯鱗。」此詩一意貫下，固佳，但中間字眼似欠温潤工緻耳。其《戲贈黟縣司訓應先生紀寄買鋤頭》詩云：「北山學士顛未顛，不愛做官只愛眠。起來肚飢要喫飯，又買鋤頭學種田。」此詩大爲安石先生所賞。

上海顧草堂詩，存稿無幾，有云「雖憂地險難爲客，且喜官閑好讀書」，有隨寓而安之意；「竹林斜日聽啼鳥，苔徑東風數落花」，有對時自適之意。「吸殘金露難消渴，種得荷花不濟貧」，則清迂不群；「愁若有情長作伴，夢如識路數還家」，則凄惻不露。「撫景獨吟春雨裏，論心誰共夜燈前」，洩懷抱於獨知；「黄金結客求知己，白髮逢人怕問官」，寄感慨於終古。《題扇》云：「清風到手懷人處，六月生寒見面時。」皆佳句也。

建寧太守羅公桑善吟詠，嘗有《月食》詩云：「月朔妖蟆纔掩日，今宵團月又無輝。禎祥未必天心愛，影響休言政事非。絶壑陰霾山鬼嘯，長江波浪水禽非。白頭喜見清光復，午夜歸來露滿衣。」其寓意忠愛，亦已佳矣。但妖蟆能掩月，未聞能掩日也。頷聯意甚佳，頸聯置之陰霾詩亦可。吁，亦難哉！

國朝御史某夜寓寺中，遇一道士吟詩，以燈花命之題，云：「非枝非蔓亦非栽〔一〕，曾伴筵前動酒杯。冷焰偏於深夜發，芳心端不麗春開。燒殘僧字人何在，敲斷棋聲客不來。却被東風吹落燼，肯隨凡卉汙莓苔？」詩中寓意深矣，竟不知道士爲何人，其亦王元章之流，托迹清門者乎？

福唐平遠臺僧百煉，本姑蘇人，因事出家，嘗作詩云：「名利網中無麯蘖，醉人至死不回頭。老僧涓滴不入口，静坐巖前看水流。」此詩雖好，乃學唐鄭雲叟「浮名浮利過於酒，醉得人心死不醒」之意。又《題淵明》詩云：「白雲都只在秋山，投老幾人能得閑？總也無人識元亮，却言祇爲督邱還。」句奇意遠，其亦自寓有在歟！

杜詩如「朝回日日典春衣」三句，以「酒」字翻説，後著一聯云：「穿花蛺蝶深深見，點水蜻蜓款款飛。」一句説江景，末復結盡餘意。如「一片花飛減却春」三句，以花字翻騰説杏園曲江之景。如《九日》詩，前四句翻騰説九日事，後一聯云：「藍水遠從千澗落，玉山高並兩峰寒。」説藍田景，此是一格。如《恨别》，如《短述》，又皆用之，或小變之。王慈湖《渡江》、葉全卿《春雨》，

〔一〕「非枝非蔓」，原本作「非枝蔓」，張健《珍本明詩話五種》據詩意補「非」字，是，今從。

皆學此格者也。

詠梅詩甚多，多於物色上求工，而理趣或不足。余因澄江馮克大求題，漫成四首，其一云：「滿目芳菲凍未伸，老梅窗外覺精神。初涵羲畫機緘妙，終奪商巖手段真。三弄瑶琴簾月午，數聲羌笛海天寅。馨香不特魁花卉，一笑能回天下春。」其二云：「潛修一室自無鄰，獨愛梅花與絶倫。不逐艷陽逞顔色，只乘陰沍弄精神。五花壓倒天下白，一嗅深知太古春。清夜淩霜和月冷，可憐松筆獨相親。」其三云：「一塵飛不到窗櫺，惟有梅花可盍簪。寂處誰知藏易畫，開時自是露天心。清惟幽甚人堪並，白却貞來雪不侵。衹羨花魁與調鼎，悠悠今古費長吟。」其四云：「半開蕊裹含天地，萬物枯時耐雪霜。不獨味堪調鼎實，却先春發占風光。倚窗相對清無限，把酒微吟暗有香。莫論西湖與東閣，古人時自見羹墻。」姑俟以記。

唐駱賓王《題靈隱寺》云：「捫蘿登塔遠，刳木引泉遥。」可謂佳句，然用之他寺亦可。匪特賓王，詩人多有之。必如王維《題辨覺寺》詩云：「窗中三楚盡，林外九江平。」後人讀之，便知其爲廬山僧寺，一了數千里，移之他寺不可也。

唐人《宫詞》云：「四郊霏雪暗雲端，惟此宫中落便乾。緑樹碧檐相掩映，無人知道外邊寒。」正與「清夜月明絃管沸，無人知道是邊頭」詞同意異。又如柳公權「熏風自南來，殿閣自微凉」，正是諷君不知外邊人苦熱，不能推此心爲百姓解愠，意甚微婉。蘇子瞻更添四句，自是宋人家風，意已露，詞已贅耳。

三山秀才鄭堂謁鹾臺官，欲有所干，不可得，因壁上懸玉不求人，題詩云：「誰將美玉巧成形，兩手相隨上下勻。著處要知輕與重，低頭仰面不求人。」鹾臺官遂允其事。戴大賓少年登科，父携見縣官，亦有所干，不可得，因衙内有盆松，題詩云：「小小蒼松未出欄，奇姿勁節耐霜寒。如今正好低頭看，他日淩雲仰面難。」縣官亦允其事。嗟乎！二詩皆爲利媒，詩道喪矣！

同邑南鄉士人陳安，性嗜酒，落魄不羈，好吟詠，嘗作《戒酒》詩云：「門前寥落故人疏，只爲銜杯世事無。寄語東風林下鳥，春來切莫唤提壺。」又云：「打破床頭老瓦盆，從今不入杏花村。」又《雪夜失白馬》詩云：「惱殺塞翁無覓處，不知形迹但聞嘶。」詩多佳句，散逸不收。先嘗遊邑庠，後以酒疾去，其别材别趣者歟？惜不見其全集爲可恨也。

雁來紅，草名，江南多有之，未見題詠者。簡直翁一日爲余誦昔人絶句云：「蘇武當年帛信通，上林一箭墮飛鴻。至今血染階前草，一度秋來一度紅。」亦佳矣。或謂其情有未足，吁！前二句非情而何？且如詠天，蒼蒼其色，巍巍其形，人所共見也；其冲穆無朕、於穆不已者，人不可知也。必言萬物資始，四德貫通，至大不可名狀，至高不可階陞，斯謂之知天矣。若詠一草一木，必如詠天，然後爲至，非也。詩貴相題而作。

宋宗室趙子昂善畫馬，本朝詩人黄澤題所畫《胡人牧馬圖》詩云：「白髮王孫舊宋人，汴京回首已成塵。傷心忍見胡人馬，何事臨池又寫真？」夫節義不守，技術何工哉？徒爲後世譏誚之媒耳。此詩譏子昂亦確當，使其復生，亦必屈首愧服，不敢復辯。

五羊城，東廣勝地。其邑人趙克寬爲建安學官，寒食時嘗與朋友郊游，作《送春》詩，人多用「風」、「雨」字。有一人類丐者，負莎衣來見，私和詩云：「怨風怨雨總皆非，風雨不來春也歸。蜀魄啼殘椿樹老，吴蠶喫了柘陰稀。墻頭紅爛梅争熟，口角黄乾燕學飛。自是欲歸歸未得〔二〕，肩頭獨掛一莎衣。」吟已而去，僕以詩呈，衆皆異之。其蹤不可得，竟莫知何如人也。

〔二〕「得」，原本脱，據崇禎本《筆精》卷五補。

南谷詩話卷下

宋王安國《宿廬山棲賢寺》詩云：「千山月午乾坤晝，一壑泉鳴風雨秋。」其清明氣象，宛然可見，而登覽遊宿之情盡之矣。

范石湖《題鄂州南樓》詩云：「燭天燈火三更市，摇月旌旗萬里舟。」其承平富厚氣象，亦自可見。如陳簡齋《登封州小閣》詩云：「共登小閣春風裏，回望中原夕靄時。」其感慨悲壯氣象，又却不同，實皆佳句也，逼唐詩境。

朱子云：「作詩須從柳、陶門中來。」柳詩尚平淡，余嘗爲之批注。人謂「印文生緑經句合，硯匣留塵盡日封」一聯合言一事耳。余昨讀似意重，然細味之，「印文生緑」，公事絶少；「硯匣留塵」，私書往來亦少。此可見柳州爲蠻夷瘴癘之鄉，地僻人頑，故舊遠隔，筆硯久荒，逐客至此，其情况何如哉？

詩貴立意。如《送縣尹述職》詩云：「雨後有人耕緑野，月明無犬吠花村。」前句意謂田野治，後句意謂盜賊息，得孟子之遺意，理亦至矣。

程明道先生詩云：「道通天地有形外，思入風雲變態中。」一句説道，一句説心。宋周邦彦亦有句云：「化行禹貢山川外，人在周公禮樂中。」雖好，是兩事耳。又陳白沙《贈冠賓》詩云：「禮成今日衣冠内，春在先生杖屨中。」近時，吾郡曹牧謙司訓亦有句云：「道通太極無爲處，春在人心不忍中。」似此句法與古人同，又當特出新意，翻盡古人公案乃佳。

詩人稱林和靖「疏影橫斜水清淺，暗香浮動月黄昏」之句，爲詠梅絶唱，蓋梅花疏散冬開，水落石出之時也。百花多日出薰蒸有香，夜則不聞；梅花香耐久，雖月夜或聞之，不知何來。此二句詠桃李却著不得，真是爲梅寫真。和靖宋人，奈何理趣或不足也，知者深以爲然。

昔有儒士游京師，稱賣詩。一日，入翰林官舍，命題《老嫗騎牛圖》以試之。詩云：「楊妃血濺馬嵬坡，出塞昭君淚更多。争似阿婆牛背穩，笛聲吹出太平歌。」翰林嘆服。

江西富室某收古畫，得《雪夜泛舟圖》，請學官之能詩者題其上，乘醉題「一年三百六十日」七字而去，富室大恚。明日，復請抵家，足云：「多少晴光好日頭。堪笑這般呆老子，如何雪夜泛孤舟。」其亦含譏隱刺而善呼者乎！

建城東觀，陳學士顧野王舊宅。其道士畫像上有詩，忘作者姓名，題云：「天上歸來鬢已皤，故山凉月在松蘿。自傳一曲廣陵散，幾見桑田生白波。」閲一月，再遊茲觀，道士羽化。正德庚辰，余在京師，已聞改觀爲建安學宫。桑田變遷，有如此詩，固先作讖歟！

濂溪周子詩云：「退之自謂如夫子，原道深排佛老非。不識大顛何似者，數書珍重更留衣。」詞甚率直，駁倒韓子，固是法言。但觀周子言語，多少渾厚温潤，意尚微婉，此詩詞氣與《愛蓮説》全不相類，決非周子所作。

余曾山行，有「遊人携酒過，驚雉出叢飛」之句，不過紀一時所見。及觀古人詩句云：「迸笋侵窗長，驚蟬出樹飛。」又云：「嶽雨連河細，田禽出麥飛。」各紀所見，非相襲也。又暢當（時）〔詩〕云：「荒徑饒松子，深蘿絶鳥聲[二]。」韋應物云：「山深松子落，幽人應未眠。」老杜云：「風落收松子，天寒割蜜房。」亦紀所見，非相襲也。故襲前言，則豈敢耶！

過富陽嚴先生祠，見壁間題云：「自向桐江釣明月，微時誰識人中傑？中興光武少從遊，戮莽同心包六合。」「九地藏機托劍琴，九天日動浮舟[三]。風塵静時龍虎真，富貴無心冰玉潔。曾見滄浪獨與清，已知漢室興和滅。三封詔至客星明，萬古英雄尚高節。」此獨先生以隱爲高，而先生心事，誰則知之？昔人亦有《過釣臺》詩云：「公爲利名隱，我爲利名來。羞見先生面，黄昏過釣臺。」豈知先生者哉？夫仕而事君，大倫所在也。孔子曰：「不仕無義，君臣之義，如之何其廢之？」孟子曰：「古之人未嘗不欲仕也，又惡不由其道。」先生豈惡此而逃之耶？善乎，宋徐大

[二]「絶」，原本脱，據《唐詩紀事》卷二十七補。

[三]按，「舟」下當脱一字。

正詩云：「光武初年血戰回，故人長短尚論材。中宵若起唐虞念，未必先生戀釣臺。」庶幾知先生者，然其心渾然不露，猶未竟也。

嘗聞王某子幼慧，父命作《青梅》詩，云「剥開些子看，渾是一團仁」，句法甚佳。識者已知其天理渾全，但未見其發生充滿乎四海耳，後果早世。黎陽王威寧詩，自出天資，不襲陳言。嘗讀全集，憶其佳句，《祈雨》云：「平地盡流水，滿田都是金。」《送林見素謫官》云：「故交無客送，公道有人留。」「俯仰心無愧，徘徊影獨隨。」《詠梅》云：「一朵未曾放，百花不敢開。」又如「一身爲客久，兩眼閲人多」、「問事慵開口，逢人懶折腰。夜吟山月小，春夢海天遥」、「日暖薰花氣，雲低抱樹腰」、「半壁夕陽紅影瘦，一鈎山色翠眉纖」，亦足膾炙人口哉！

「何處難忘酒」，白樂天有此體。宋王景文效之，豪憤激烈，有喑嗚叱咤之氣。王安石一變，便是壯重平和，有容揖遜之風，大不類其所爲，詩可觀人哉。景文詩不止一首，録此以見其餘，云：「何處難忘酒？蠻夷大不庭。有心扶日月，無力洗滄溟。豪傑將斑白，功名未汗青。此時無一盞，壯氣激雷霆〔一〕。」安石詩云：「何處難忘酒？君臣會合時。深堂拱堯舜，密席坐皋夔。和氣襲萬物，歡聲連四夷。此時無一盞，真負鹿鳴詩。」止詠君臣，而五倫尚缺其四。余效顰以

〔一〕「激」，原本脱，據《四部叢刊續編》景元本《桯史》卷五「何處難忘酒」補。

附其後，工拙弗校也：「何處難忘酒？雙親眉壽時。滿堂稱具慶，繞膝自歡怡。愛日私情切，弄雛喜氣隨。此時無一盞，空負老萊衣。」其二云：「何處難忘酒？友于兄弟時。春風溢棠棣，終日弄塤篪。寢食同衾枕，情懷永悦怡。此時無一盞，同氣果何宜？」其三云：「何處難忘酒？夫妻合卺時。鳳鸞偕伉儷，琴瑟諧和怡。相敬兩無替，同心百歲期。此時無一盞，羞結合歡禰。」其四云：「何處難忘酒？風清月朗時。可人遠來謁，好爵自相縻。春服身初試，太音琴正宜。此時無一盞，何以罄襟期？」

道家説三尸，即彭琚、彭躓、彭蹻是也。唐許渾詩：「年長每勞推甲子，夜寒初共守庚申。」僧清塞詩：「自算天年窮甲子，誰同雨夜守庚申。」二詩一律，從其説者也。異端固不足訝，而渾亦爲之，惑於此者多矣。惟道士程紫霄詩云：「不守庚申亦不疑，此心長與道相依。玉皇已自知行止，任爾三彭説是非。」彼且反正不之信，吾輩從其説可乎？

詩人意在言外，正所謂得之於言意之表者。如孔門三子言志，規規於事爲之末，是不得於言意之表者也。如曾點言志便不同，位不出於所居，樂惟在於日用，初無舍己爲人之意，而其胸次悠然，物我兩忘，襟懷一洗，直與天地同其流，萬物得所之妙，隱然自見於言外，真得於言意之表者也。

「未出土時先有節，便凌雲去也無心」二句，宋高士徐廷筠《詠竹》詩也，真能爲竹寫出懷抱，曲盡其妙，古今所未到，讀之自有餘味。美哉竹乎！不特子猷知之，徐君亦知之矣。

彭閣老時《詠陶潛》詩云：「解印歸來雪鬢飄，呼兒滴露寫前朝。」頂聯即邵子「否泰悟來知進退，乾坤見了識親疏」同意。余亦僭和一首，求正於吟壇大匠云：「燈燼韋編已捲朱，松風一榻黑甜初。化機自是渾忘我，糟粕元來不在書。混沌乾坤春夢杳，依稀風月夜窗虚。醒來自倚梅花笑，錯落花寒雪滿廬。」

對客揮毫，才固難得，至於臨機應酬，殆出天授。如解學士縉上御前吟雞冠花詩云：「雞冠本是臙脂染。」傳制云「白雞冠」，即續云：「今日何爲素淡妝。自是五更貪報曉，至今獨帶滿頭霜。」又聞扶仙乩題梅花云：「疏影横斜香暗浮。」其主人云是紅梅，即續云：「放些顔色在枝頭。牧童眼花亂〔二〕，錯認桃林去牧牛。」仙乩固神語，解公殆亦神助歟！

余友謝一墩善吟詠，每喜誦余《金陵詠雪》詩云：「何處梅花猶冷笑，滿城柳絮似春殘。」又愛余《暮春遊城南》詩云：「百年山水今猶古，一段風烟晚更奇。此樂却疑天下少，其狂惟有聖人知。」不知何以見取也。嘉靖紀元，同客京師，會一竹宿巢雲僧房聯句，因用西涯韻寄余詩

〔二〕「牧童眼花亂」，原本當有脱文。明萬曆刻本《少室山房筆叢》巳部《二南綴遺》下載此詩，作「牧童睡起朦朧眼」，詩爲箕仙所題。

云：「盛世何人賦小山，惜君無奈意連環。雨雞終日空含綬，霧豹多年已澤斑。不偶自甘同李廣，有家誰復數顏般。閉門懶學長安臥，共把圖書共訂頑。」余謂頸聯似意重。一墩謂錦雞遇雨，終日不能吐綬，惜不遇也；玄豹隱霧，久已澤斑，喻君子已蔚也。余甚然之。

覽勝懷古，古人多用實事，至許郢州始假借爲言。如《金陵懷古》云：「松楸遠近千官冢，禾黍高低六代宫。」夫千官冢墓，豈在城市中？松、楸、黍，皆無所有。且六代宫室，沿革不常，至唐皆爲民居矣。頷聯云石燕、江豚，金陵亦何有哉？大率烏有先生、無是公云爾。

屈、宋之文出於《風》，韓、柳之文出於《雅》。風者，諷也，動也。風之動物，有氣而無質，故君子風聲所及，聞者動心，而不知其由也。雅，常也，發人心。〔一〕

「莫汲江頭水，恐是金陵一夜潮〔二〕。」又《詠昭君》詩云：「抱得琵琶馬上彈，朔風獵獵雪漫漫。草中白骨如山積，莫怪將軍出塞難。」二詩皆有不盡新意，讀之雋永有味。今不見集中，採詩者偶失之耶？漫録於此。

〔一〕按，此下疑有缺文。

〔二〕「一」，原本作「潮」，旁校改作「一」。按，「莫汲」前當有缺文。明嘉靖三十八年刻本《雙槐歲鈔》卷七「絶句近唐」條引此詩，爲彭華作，題《詠陶淵明》：「解印歸來雪鬢飄，呼兒滴露寫前朝。丁寧莫取江頭水，恐是金陵一夜潮。」

如意中，女子九歲能詩〔二〕，蓋天生才趣，自然秀發者也。則天令作《送兄還鄉》詩云：「别路雲初起，離亭葉正飛。所嗟人異雁，不作一行歸。」得性情之正，自肺腑流出。如盼盼者，守節而終，常吟云：「兒童不識冲天物，謾把青泥污白毫。」其志亦可悲矣。他如：「遠水浮仙棹，寒星伴使車。」雖五言佳境，節義不守，詩詞何取哉？女德一虧，才名莫贖矣。

正德辛未，濟寧有幼女張小錢，年十三，父爲流賊所殺，女見大叫，奮挺擊賊，賊並殺之。余聞其事，壯其人，悲其心，而作短歌云：「只知父當救，只恨賊可殺。奮臂擊賊欲生父，不知身戮同父滅。至今生氣猶凛然，此冤莫報空告天。生當相從死相守，誰當國難可逃走？君不見，口尚乳臭張小錢，廟食名垂心不朽。」辭雖鄙俚，聊紀其實云。

詩意貴平淡悠遠，若一了在目，不奈咀嚼，則無復餘味。唐人所作，平淡有遠意者，如李端「猿聲寒過水，樹色暮連空」，暢當「遲暉耿不暮，平江寂無聲」，崔峒「清磬度山翠，閑雲來竹房」，皆意思遠淡，若直指其事，可喜可悲，可嗟可愕者，非遠意也。

「陽春布德澤，萬物生光輝」，此班婕妤詩也。「八荒開壽域，一氣轉洪鈞」，此老杜詩也。類

〔二〕「九歲」，《紺珠集》卷五「如意女子詩」條、《唐詩品彙》卷四十五「七歲女子」詩引《唐史遺事》、《全唐詩》卷七九九等均作「七歲」，《唐詩紀事》卷七十八「如意中女子」條作「九歲」。宋羅燁《醉翁談録》卷二「六歲女吟詩」條作「六歲」。

皆贊頌當世功化之盛，時人多書爲春帖。正如孔子贊堯之德峻，與天齊準；詩人贊文之德純，同天不已，可見贊頌君上之體。孟子、子思論聖人，必以天爲喻，亦是此意。

古今詩句多有相似，如魏文帝云：「願飛安得翼，欲濟河無梁。」子建云：「伊洛廣且深，欲濟川無梁。」子建又云：「丈夫志四海，萬里猶比鄰。」唐人云：「海内存知己，天涯是比鄰。」又云：「明月照高樓，想見餘光輝。」老杜云：「落月在屋梁，猶疑見顔色。」如此數者，不知有意模仿，故相襲歟？抑亦自然流出，偶相合歟？

詩人必胸次清曠，識見寥廓，氣吞六合，眼空四海，然後寫景詠事，自不局促。如于良史云：「風兼殘雪捲，河帶斷冰流。」雍陶云：「江聲秋入寺，月色夜當樓。」老杜云：「名園依緑水，野竹上青霄。」張蠙云：「白日地中出，黄河天上來。」杜又云：「方丈渾連水，天台總是雲。」一句言天，一句言地。

又如于良史云：「北闕馳心極〔一〕，南圖尚旅遊。」張祜云：「地勢遥遵嶽，河流側讓關。」老杜云：「渭北春天樹，江東日暮雲。」又云：「東溟滄海闊，南壤洞庭寬。」一句言南，一句言東。老杜句法，如此最多。

〔一〕「極」，原本脱，據《四部叢刊》景明本《中興間氣集》卷上《冬日野望》補。

余論(語)[詩]如姜白石論字。一須人品高，先要聞道知天，有真識妙悟，有别材别趣，本乎讀書窮理以擴充之者也。二須師法古，取則漢、魏，從遊陶、柳，學李、杜大家數，詠《三百篇》風旨。三須語氣佳，要清適佳麗，新奇偉俊，醒人眼目，膾炙人口。四須險勁，要驚心悸目，天工神巧，獻奇變怪，不可捉摸。如驚濤怒浪，沛然莫禦；如深崖險谷，可愕不可到，所謂驚人句是也。五尚高明，離塵脱俗，高出意表，有仙風道骨，無烟火氣，超入聖域，不墮旁門小道，所謂意格高古、出倫拔萃也。六須情景得宜，又要情景俱到，布置得最妙。或前以情而虚，後以景而實；或前實後虚，或四實四虚。所謂一篇一聯，情景意象俱足是也。七須時出新意，要事常則語新，語常則格新。意格清新最妙，所謂轉俗入雅，化腐爲新，如造化生物，一時一樣，風雲變態，頃刻不常，如云「君詩多態度，藹藹春空雲」是也。

意具景外，快人心目，七言則有張嬪云「墻頭細雨垂纖草，水面回風聚落花」，陶峴云「鴉歸楓葉夕陽動，鷺立蘆花秋月明」，鄭谷云「濃淡芳春滿蜀鄉，半隨風雨斷鶯腸」。五言則有錢起云「鳥道過疏雨，人家殘夕陽」，馬戴云「猿啼洞庭樹，人在木蘭舟」。楊敬之云「碧山相倚暮，歸雁一行斜」。可謂特出俊逸，遠超常軌者矣。

「羅浮山下四時春，盧橘楊梅次第新。日啖荔枝三百顆，不妨長作嶺南人。」又云：「荷盡已無擎雨蓋，菊殘猶有傲霜枝。一年好景君須記，最是橙黄橘緑時。」二詩皆蘇長公作，固云佳矣。

然篇中皆用花果填實，立格似卑，使唐人詠之，必不如此堆垛。東坡號稱奇士，唐大家莫如老杜，其《飲中八仙歌》亦以八人堆垛説，其立格亦似卑[一]，此皆不可曉也。

「馬汗凍成霜」，李益詩也，冬月豈有汗馬？「驚濤濺佛身」，孫魴詩也，江濤豈入佛寺？他如「蛺蝶夢中殘」，幻忽定矣；「東都一點烟」，利名輕矣。「蟬報兩京秋」，以小見大也；「坐久壁燈青」，以常驗新也。觀古人用字巧拙，立意得失，自見於目中矣。

誦詩可以見政事得失。且如昔人居官，有人不敢欺者，有人不忍欺者，有清畏人知者，有清喜人知者，形諸吟詠，便自不同。或得或失，炯然可想，焉能廋哉？

老杜五言律詩，句法不同，試摘一二，以見其工。如「水流心不競，雲在意俱遲」、「流水生涯盡，浮雲世事空」，此是一樣句法。「水闊蒼梧野，天高白帝秋」、「水闊峨眉晚，天高峴首春」，此是一樣句法。如詠物色云「緑垂風折笋，紅綻肥雨梅」、「青惜峰巒過，黄知橘柚來」、「碧知湖外草，紅見海東雲」，此是一樣句法。如詠河嶽云「浮雲連海岱，平野入青徐」、「岱宗夫何如，齊魯青未了」、「吴楚東南坼，乾坤日夜浮」，此是一樣句法。又如「轉蓬行地遠，攀桂仰天高」、「入簾殘月影，高枕遠江聲」是一樣，如「暗水流花徑，春星帶草堂」、「梅花萬里遠，雪片一冬深」是一

[一]「格」，原本脱，張健《珍本明詩話五種》據前評蘇軾詩云「立格似卑」補，是，今從。

樣，如「雲隨白水落，風振紫山悲」、「雨聲衝塞盡，日氣射江深」是一樣。其實皆佳句也，可以爲法矣。

段龍洞詩善用倒語，嘗集《江浦遺音》，屬余評選。余愛其《過采石》二聯云：「山立岸青遊待我，柳眠川綠折期誰？寬愁市更魚邊酒，闊思天還鳥外詩。」後二句，愚謂非胸中有采石者不能道。其《浙江觀潮》云：「一簷雪練蜿蜒滚，兩岸風帆蛺蝶飛。」句法雖好，則又小了，浙江非采石比矣。余爲之改云：「一天雪練雷霆吼，萬里風帆蛺蝶飛。」

聞有《金鳳花染指甲》詩云：「金鳳花開血色般，佳人染就指尖丹。彈箏亂落桃花片，把盞輕浮玳瑁斑。拂鏡火星流夜月，畫眉紅雨過春山。幾回謾托香腮想，疑是胭脂點玉顔。」溺於俗體者也。社中命余試擬前題云：「笑語聲中隔翠華，閑來摘取鳳仙花。擣非兔魄三秋藥，染就猩紅十指芽。盥面桃花翻小浪，拂眉山色點飛霞。守宫無意如相伴，自有丹心托内家。」又讀天台黄庚《枕易》詩云：「古鼎烟銷倦點朱，翛然高卧夜塞初。四檐寂寂半床夢，兩鬢蕭蕭一卷書。日月冥心知代謝，陰陽回首驗盈虚。起來萬象皆吾有，收拾乾坤在草廬。」前四句説枕，後四句説《易》。

正常之理，而有以感動激勸人者。如曾點言志似《風》，三子言志似《雅》。伯奇《履霜操》似《風》，閔子騫失韌語似《雅》。柳詩多是《風》，韓詩多是《雅》。李太白《風》體多於《雅》，老杜於《風》、《雅》兼有之矣。

詩有寫意托興而不泥於景物者，如姑蘇祝允明題吾邑倪汝堅《琴書真趣》詩云：「書在忘言得，琴非有韻傳。小齋成獨立，吾抱自悠然。」是得真趣者也。吾嘗題順德蘇先生《江月》詩云：「人愛江中魚，我愛江上月。所愛自不同，此意向誰説？」及見某太守《題釣月》詩云：「不釣江中魚，只釣江中月。釣與不釣間，此意賚誰説？」詞似同而意實異，皆得真趣者也。

詩忌五俗，俗字何傷？唐人惟老杜善用俗字，如：「兩個黄鸝鳴翠柳，一行白鷺上青天。」杜審言詩云：「乍將雲島極，還與星河次[一]。」「兩個」、「一行」、「乍將」、「還與」，皆俗字也。審言、杜老句法相似，如「牽絲紫蔓長」，即「水荇牽風翠帶長」；其「鶴子曳童衣」，即「儒衣山鳥怪」；其「雲陰送晚雷」，即「雷聲忽送千山雨」。此類亦多，況用俗字乎？杜荀鶴亦云：「就船買得魚偏美，踏雪沽來酒倍香。」「買得」、「沽來」，亦俗字也。或云：荀鶴，牧之微子。況「風暖鳥聲脆，日高花陰重」，杜詩三百首[二]，盡在此聯中，非得杜家法者耶？

[一]「次」，原本作「决」，據明刻本《文苑英華》卷一百六十一《南海亂石山作》改。
[二]「杜詩」，原本作「唐詩」。明刻本《詩林廣記》前集卷九「宫詞」條：「因看《幕府燕閒録》云：杜荀鶴詩鄙俚近俗，惟《宫詞》爲唐第一，故諺云：『杜詩三百首，惟在一聯中。』」據改。

上虞賈暹賀旌表貞節詩云：「愧殺鄰家癡子婦，麻衣才脱又催裝。」重節義以儆末俗，得性情之正也。他如昔人辭觀妓詩云：「紅裙送酒君多樂，白髮看花我獨羞。」知愧恥而戒淫欲，悔心之萌也。至於五羊趙克寬觀戲詩云：「妝來子弟花容假，動得王公酒量寬。」助僞誨淫，縱欲敗度，必至於召亂取禍者矣。

字對不如意對，字接不如意接，此余夢中語，作詩綴文，實要訣也。正德辛巳秋夕，夢吟詩，詩云：「長安一片月，掛向樹梢頭。照見梅花發，飄香過豫州。」十四夜，又夢一聯云：「對景有詩可明月，看花無酒不春風。」

漢劉敬始建策和戎，封「奉春君」。艾性夫詩云：「合向胡天怨奉春〔二〕。」《桯史》志云：怨奉春者〔三〕，不知何所指。蓋指秦檜主和戎誤國，襲奉春之計也。

某《過宋丞相史彌遠墓》詩云：「石獸傾危倚白雲，荒林敗葉亂紛紛。百年邪正誰能辨，只説前朝宰相墳。」此作詠事太泛，宋朝丞相皆可用。其《遊吴山廟》詩云：「山氣蕭森草木黄，夕陽樓閣淡秋光。登臨不是窮高興，要對吴興哭濟王。」二詩體同，後作似勝。

〔二〕「向」，原本作「爪」，據《寶顏堂秘笈》本《讕言長語》改。
〔三〕「怨奉春」前衍「怨奉春」三字，今删。

廣州布衣李子長有詩名，其《送江湖逸士》詩云：「滿眼看江湖，誰來稱逸士？探囊得數詩，却有凌雲氣。」其《題赤壁圖》詩云：「赤壁江頭天欲曙，縞衣和夢掠舟西。覺尋故處何由見，長恨今人畫已虛。」

安　磐◇撰

頤山詩話

一卷

侯榮川◎點校

頤山詩話

嘉州安磐著

詩豈易言哉？奇者詭而不法，興者僻而不遂，麗者綺而不合，賦者直而不深，淡者枯而不振，比者泛而不揆，苦者澀而不入，達者肆而不制，巧者藻而不壯，質者俚而不華，豐者奢而不節，約者陋而不變；循者失之剽，新者失之怪，振者失之誇，徑者失之淺，速者失之率，奥者失之沉，詩之難如此。《三百篇》尚矣。三代而下，如曹、劉風骨之古，李、杜選律之備，其庶幾焉。世之程才藝苑、獻最吟壇者，非不精騖八極，心遊無始，日摛前藻，心企往躅，然而詠高歷賞、離衆絶致者，蓋不多見，詎非難歟〔一〕！

造化人事，有有則有無，有全則有偏，有盛則有衰。一時風聲氣習，例足以振起，亦足以頹墮。漢以文盛，唐以詩盛，宋以道學盛，以聲律論之，則不能兼焉。漢無騷，唐無選，宋無律。所

〔一〕「詎」，原本作「巨」，據《四庫》本改。

謂無者，非真無也，或有矣而不純，或純矣而不多，雖謂之無，亦可也。〔一〕

詩如參禪，有彼岸，有苦海，有外道，有上乘。迷者不能登彼岸，沉者不能出苦海，魔者不能離外道，凡者不能超上乘。雖不離乎聲律，而實有出於聲律之外，嚴滄浪所謂「一味妙悟」者，蓋爲是也。

《木蘭詞》，古今人以爲高古，然不知爲唐人之擬作也。詞中「萬里赴戎機，關山度若飛。朔氣傳金柝，寒光照鐵衣。將軍百戰死，壯士十年歸」，皆唐人語；且可汗〔二〕，唐蕃夷天子之號，故知爲唐人之擬作也。予反復其詞，中間有可疑處：「壯士十年歸，歸來見天子。」唐制無十年征戍之兵；而一卒之微，未必得見天子〔三〕，可疑者此也。有矛盾處，既曰「歸來見天子，天子坐明堂」，是漢人矣；又曰「可汗問所欲」，則是胡人矣。既爲可汗，可汗之制安有尚書郎之名哉？自相矛盾者此也。況「同行十二年」，言動起居，豈無一事足以發露？「不知木蘭是女郎」，未必然也，豈寓言者歟？

古辭《陌上桑》曰：「日出東南隅，照我秦氏樓。秦氏有好女，自名爲羅敷。」傅玄改爲《艷

〔一〕按，此條原本無，據《四庫》本補。
〔二〕「汗」，原本無，據《四庫》本補。
〔三〕「見」，原本無，據《四庫》本補。

歌行》，首四句全與此同，但改「名」爲「字」。古辭曰：「頭上倭墮髻，耳中明月珠。緗綺爲下裙，紫綺爲上襦。」傅玄曰：「首戴金翠飾，耳綴明月珠。白素爲下裾，丹霞爲上襦。」古辭曰：「使君從南來，五馬立踟躕。使君遣吏往，問是誰家姝。」傅玄曰：「使君自南來，駟馬立踟躕。〔一〕遣吏謝賢女，豈可同行車。」古辭曰：「羅敷前致辭，使君亦何愚。使君自有婦，羅敷自有夫。」傅玄曰：「斯女長跪對，使君言何殊。使君自有婦，賤妾有鄙夫。」首尾皆襲其語，而韻亦同，不知何也。

劉裕九日遊戲馬臺，令寮佐賦詩送孔靖。謝宣遠曰：「聖心眷嘉節，揚鑾戾行宮。」謝靈運曰：「良辰感聖心，雲旗興暮節。」是時裕方以宋公建臺，而二子俱稱爲聖；亦猶漢帝尚在，而公幹以曹操爲元后，仲宣以操爲聖君也〔二〕。君臣之義〔三〕，不明久矣，何怪其然哉！

曹丕建章臺公讌詩，王粲曰：「嘗聞詩人語，不醉且無歸。」應瑒亦曰：「爲且極歡情，不醉其無歸。」子建曰：「公子敬愛客，終宴不知疲。」瑒亦曰：「公子敬愛客，樂飲不知疲。」一時燕

〔一〕「使君遣吏往」以下至此，原本無，據《四庫》本補。
〔二〕「仲宣以操爲聖君」，原本無，據《四庫》本補。
〔三〕「君」，原本無，據《四庫》本補。

集之作，相襲如此，豈偶然同耶？〔一〕

張茂先《勵志》：「山不讓塵〔二〕，川不辭盈。勉爾含弘，以隆德聲〔三〕。高以下基，洪由纖起。川廣自源〔四〕，成人在始〔五〕。」又曰「復禮終朝〔六〕，天下歸仁」，「進德修業，暉光日新」。《三百篇》後，能以義理形之聲韻以自振者，纔見此耳〔七〕。晉風浮蕩不檢，茂先以聖賢自勵，可謂獨立不群矣。史稱其自少修謹，造次必以禮度，有由然哉。

陸士衡之詩，鍾嶸謂「爲太康之英，安仁、景陽爲輔」，與陳思、謝客並稱，嚴羽謂「士衡獨在諸公之下」。二者孰是？試參之，蓋士衡綺練精絶，學富而辭贍，才逸而體華，嶸之論亦是。若以風骨氣格言之，是誠在曹、劉、二張、左、阮之下也。〔八〕

〔一〕按，此條原本無，據《四庫》本補。
〔二〕「讓」，原本作「護」，據《四庫》本改。「塵」，原本無，據《四庫》本補。
〔三〕「以隆德聲」前，原本衍「治」字，據《四庫》本刪。
〔四〕「源」，原本作「凉」，據《四庫》本改。
〔五〕「始」，原本作「使」，據《四庫》本改。
〔六〕「朝」，原本無，據《四庫》本補。
〔七〕「後，能以義理」以下至此，原本無，據《四庫》本補。
〔八〕按，此條原本無，據《四庫》本補。

古人一句詩稱振絶者，如「枯桑知天風」，如「海日生殘夜」，下此如「滿城風雨近重陽」之句〔一〕，然未若謝客之「池塘生春草」也。少日讀此不解，中歲以來，始覺其妙。意在言外，神交物表，偶然得之，有天然之趣，所以可貴。謝客自謂「殆有神助」〔二〕，非虚語也〔三〕。今觀謝客諸作，皆精練似此者絶少，信乎有神助也。

徐凝《瀑布》詩，自謂得意。張祜「地勢遥尊岳，河流側讓關」、「樹影中流見，鐘聲兩岸聞」，足稱佳句。凝曰：「美則美矣，何如老夫『今古長如白練飛〔四〕，一條界破青山色。』」潘若冲《雅談》亦謂〔五〕：「凝《瀑布》詩膾炙人口。」至東坡始不然之，曰：「『飛流濺沫知多少，不爲徐凝洗惡詩。』」謂爲「惡詩」似過〔六〕，然語意鄙俗，未足爲佳。而凝之自負，與時之膾炙者，何也？然凝詩亦有好處，如「遠客遠遊新過嶺，每逢芳樹問芳名。長林遍是相思樹，争遣愁人獨自行」，又「天下三分明月夜，二分無賴是揚州」，亦佳句也。

〔一〕「下此如」，原本作「下如此」，據《四庫》本改。
〔二〕「謝」，原本誤鈔作「謂」，圈去，旁改爲「誰」，據《四庫》本改。
〔三〕「虚」，原本作「吾」，據《四庫》本改。
〔四〕「何如」，原本作「如何」，據《四庫》本改。
〔五〕「潘若冲雅談」，原本作「滿冲雅淡」，據《四庫》本改。
〔六〕「爲」，原本無，據《四庫》本補。

李西涯云：「謝方石好用『夢』字、『笑』字，每以語之，不易也。」然不知方石尤好用「敢」字、「極知」字，十詩常七八有之，比之「夢」字、「笑」字爲尤多，西涯偶未之覺耳。〔一〕

西涯云：「子瞻詩傷於快直，少委曲沉著之意。」以此有不逮古人之誚。雖後山亦謂其失之粗，以其得之易也。愚謂：傷快直率易固然，但坡翁好用事，甚者句句以事襯貼，如《賀陳章生子》、《張子野買妾》、《戲徐孟不飲》之詩是也。劉辰翁謂：「黄太史盛欲用萬卷書與古人争能於一字，然不知意多而情遠〔二〕，句累而格近也。」鍾嶸云：「任昉博物，動輒用事，所以詩不能奇。」然則用事不可耶？少陵「讀書破萬卷，下筆如有神」，未嘗不用事，而渾然不覺，乃爲高品也。

謝康樂之詩，雖是涉于對偶，然而森蔚璀瑋〔三〕，繁密錯縟，一句一字，極其深思，昔人謂「無一篇不佳」。今觀其《入彭蠡》、《華山岡》、《七里瀨》、《始寧墅》、《富春渚》諸詩〔四〕，模寫行役江山，歷歷如畫，信一代之偉作也。其中《初發石首城》一詩尤妙，稍尚風骨，不類諸作，有建安之

〔一〕按，此條原本無，據《四庫》本補。
〔二〕「情」，原本作「隨」，據《四庫》本改。
〔三〕「璀」，原本無，據《四庫》本補。
〔四〕「詩」，原本無，據《四庫》本補。

風。豈其被誣見釋之後，情發之真歟〔二〕？此詩之所以貴情性也。

西涯《岳陽樓》：「吴楚乾坤天下句，江湖廊廟古人情。」或駁之曰：「杜子妙在『坼』與『浮』字，西涯失之。」彭民望曰：「然則必云『吴楚東南坼，乾坤日夜浮』天下句，而後可耶？」或者之説信不可。然病不在「吴楚乾坤」也，曰「天下句」，詩語固如是乎？〔三〕

白樂天與元微之、劉禹錫同論南朝興廢，各賦《金陵懷古》。禹錫詩成，樂天曰：「四人探驪龍，子先獲珠，所餘鱗介何用？」於是罷唱。又與張汝士迎楊於陵席上賦詩，汝士後成，元、白覽之失色。又與汝士于裴令公宴上賦詩〔三〕，元、白有德色，次至汝士曰：「昔日蘭亭無艷質，此時金谷有高人。」白知不能加，遽裂之曰：「笙歌鼎沸，勿作冷淡生活。」元顧白曰：「樂天可謂能全名矣。」由此數事觀之，樂天豈亦忌才邪？不然，記録者之失真也。若太白《過黄鶴樓》曰：「眼前有景道不得，崔顥題詩在上頭〔四〕。」可謂能服善矣。

詩有屬對未能而他人代之者，如范曾云「歲暮天涯雨」，久而莫屬，劉郇伯曰：「何不對『人

〔二〕「情」，原本作「憒」，據《四庫》本改。
〔三〕按，此條原本無，據《四庫》本補。
〔三〕「于」，原本無，據《四庫》本補。
〔四〕「崔」，原本作「雀」，據《四庫》本改。

生分外愁』？」晏元獻曰「無可奈何花落去」，經年未嘗强對，王琪應聲曰〔二〕：「似曾相識燕飛來。」中書出對曰「水底月如天上月」，久未有對，楊文公以事至，應聲曰：「眼中人是面前人。」王丞相云「馬子山騎山子馬」，久之，人對曰：「錢衡水盜水衡錢。」「天若有情天亦老」，人以爲奇絶無對，石曼卿曰：「月如無恨月長圓。」唐詩曰「二十四考中書令」，無對之者，或以問王平甫，平甫應聲曰：「萬八千户冠軍侯。」王荆公集句得「江州司馬青衫濕」，久未有對。一日，問蔡天啓，天啓應聲曰：「何不對『梨園弟子白髮新』？」荆公大喜。數者皆索之歲月，了不可得，而屬對者往往出於卒然之頃〔三〕，且下句每勝上句，豈人之才思遲速固自不同歟？抑構思者之沉吟反不如偶然者之會意也？

唐費冠卿《感懷》詩：「煢獨未爲苦，求名始辛酸。上國無交親，請謁多少難。」又：「九月風到面，羞汗成冰片。求名俟公道，名與公道遠。」後舉進士。母卒，感之，甘隱九華山，徵詔不起，賦詩云：「君親同是先王道，何如骨肉一處老。也知臣子合佐時，自古榮華誰可保。」此二詩何前之淺陋而後之峻絶也？豈暮年聞道之故歟？王元之《錫宴明日》詩：「宴罷歸來日未斜，平

〔二〕「聲」，原本無，據《四庫》本補。

〔三〕「者」，原本作「曰」，據《四庫》本改。

原坊裏那人家。幾多紅袖迎門笑，争乞釵頭利市花。」《清明》詩：「無花無酒過清明，興味蕭然似野僧。昨日鄰家乞新火，曉窗分與讀書燈。」胡苕溪云：「老少情懷之異。」此二事正相類云。〔二〕

近世詩人，見古人佳句輒欲擬作，自謂得意，甚者筆之於書，以誇乎人。然而何嘗得其彷彿？乾鼠爲璞，蹄涔自濡，殊可笑也。歐陽永叔嘗愛常建「竹逕通幽處，禪房花木深」，欲效之作一聯，每不可得。晚至青州，得山齋宴息，益欲作之，竟不能獲一言，至以爲終身之恨。以歐公之才，何所不可？乃不輕易如此，茲其可重也歟！

石首楊文定公好題竹贈人，亦其性然也。今見於集者凡三十六絶，然無甚佳者。詩之難如此哉！

杜子美《贈韋左丞》中，頗自負云：「讀書破萬卷，下筆如有神。賦料揚雄敵，詩看子建親。李邕求識面，王翰願卜鄰。」繼之曰：「自謂頗挺出，立登要路津。致君堯舜上，再使風俗淳。」不知子美以上所云辭賦，足以致君歟？抑別有道也？末云：「朝扣富兒門，暮隨肥馬塵。殘杯與冷炙，到處潛悲辛。」衰颯不振，致君堯舜者，恐不如此也。今人以爲出於子美，便不敢雌黄，亦過矣。

〔二〕按，此條以下至「杜子美贈韋左丞」等四條，原本無，據《四庫》本補。

予與韓子爵遊淩雲，時二月中旬也。寺僧煮茗，色香殊絶。予笑謂子爵曰〔二〕：「古來詠佳人者，多以海棠、荳蔻、牡丹爲言，俱未若淩雲茗之爲近也，安得數語發其義哉？」後讀東坡《寄鼇源焙新芽》詩有曰〔三〕：「仙山靈雨濕行雲，洗遍香肌粉未勻。明月來投玉川子，清風吹破武陵春。要知玉雪心腸好，不是膏油首面新。戲作小詩君一笑，從來佳茗似佳人。」乃知古人先有此意矣。

集句始于宋人，王荆公爲妙。荆公集句近百首，《胡笳十八拍》爲妙。黄山谷謂：「王慎中擬半山集句《十八拍》，會合宛轉，能道文姬心事，惜其今不傳也。」文文山亦有《十八拍》集句，意不逮荆公，其體製聲氣，俱非文姬口中語。在燕時集句甚富，集中五言絶句至二百餘首〔三〕，予讀之往往不終卷而淚下。然二公所集，皆無七言律詩，豈屬對之精當，在二公亦難耶？沈存中謂：「荆公集句多至百韻，對偶精切，過於本詩。」今其集無百韻者，豈其集有所遺耶？近時如夏宏之《聯錦》、童郎中之《梅花集》〔四〕、沈行之《詠雪集》，牽合餖飣，而意不相屬，

〔二〕「爵」，原本作「對」，據《四庫》本改。
〔三〕「鼇源」，原本作「嫯源」，據《四庫》本改。
〔三〕「至」，原本無，據《四庫》本補。
〔四〕「童」，原本作「意」，據《四庫》本改。

吾無取焉耳。〔一〕

成化中，有陳太學士卒，忘其名，京師人以詩吊之曰：「聞道先生已蓋棺，薤歌聲裏萬人歡。填門客散名猶在，負郭田多死亦安。鹽井已非當日利，冰山無復昔時寒〔二〕。九原若遇南陽李，爲道羅倫已復官。」可謂極罵矣。蓋棺論定，吁，可畏哉！

嘉靖初，下詔裁革傳奉中書舍人，時有集杜詩嘲之者曰：「馬上誰家白面郎，初聞涕淚滿衣裳。可憐懷抱向人盡，正想氤氳滿眼香。近侍只今難浪迹，青春作伴好還鄉。三年奔走空皮骨，愁日愁隨一線長。」亦詼謔可笑。

司馬相如《美人賦》，辭與意皆祖宋玉《風賦》〔三〕。賦之卒章曰：「吾寧殺人之父，孤人之子，不敢愛主人之女。」《美人賦》曰：「弱骨豐肌，時來親臣。臣乃氣服於内，心正於懷，信誓旦旦，秉志不回。」凛然若有魯男子之風者，豈其見惑文君之後，悔而作此，以自表歟！悲夫，莫及

〔一〕按，原本此條與上鈔作一條，據《四庫》本改。
〔二〕「無」，原本作「仍」，據《四庫》本改。
〔三〕「風」，原本作「諷」，據《四庫》本改。

矣〔二〕！〔三〕

本朝詩在國初，高、楊、張、徐，可比唐初王、楊、盧、駱。及乎弘治、正德之間，英才繼起，各以其能，追配古作，直欲越元嘉而上之，洋洋乎盛矣哉！此非予之侈論也，具眼者當自知之。

思入乎渺忽，神恍乎有無，情極乎真到，才盡乎形聲，工奪乎造化者，詩之妙也。試以杜詩言之。「子規夜啼山竹裂，王母晝下雲旗翻」，非入於渺忽乎？「織女機絲虚夜月，石鯨鱗甲動秋風」，非恍乎有無乎？「艱難苦恨繁霜鬢，潦倒新停濁酒杯」，非極其真到乎？「五更鼓角聲悲壯，三峽星河影動摇」，非盡其形聲乎？「白摧朽骨龍虎死，黑入太陰雷雨垂」，非工奪造化乎？

賈島初爲僧，退之見其詩，令其還俗；俞紫芝有詩名，欲爲僧，荆公欣然爲置祠部，約日祝髪，而紫芝不果。二公何所見不同？至饒德操以一時風雅之英，竟落髪爲僧。甚矣！宋人之溺於佛也。而一時交遊，如吕紫薇、謝無逸、潘大臨、韓子蒼諸賢，亦豈能辭其責哉？聰聞復爲行童，坡令作「昏」字詩，聰曰：「千點亂山横紫翠，一鈎新月掛黄昏。」坡大稱賞曰：「不减唐人。」

〔二〕「矣」，原本無，據《四庫》本補。
〔三〕按，此條以下三條，《四庫》本在「楊月湖、方震選陳公甫、莊孔陽之詩」後。

然不能用韓、賈故事〔二〕，兹亦可恨也。〔三〕

白樂天「玉顔寂寞淚闌干，梨花一枝春帶雨」之句，後人累累以調笑解紛。東坡送人小詞云：「故將别語調佳人，要看梨花枝上雨。」韓待制戲爲詩曰：「昔日緹縈亦如許，盡道生男不如女。河陽滿縣皆春風，忍使梨花偏帶雨。」妓持此詩投縣令，其父乃得釋。二詩皆出於樂天〔三〕，而新奇流動，尤可喜也。

唐寧王取賣餅之妻，厚有所遺。妻後見餅師，淚下，若不勝情。王維詩曰：「莫以今時寵，難忘異日恩。看花滿眼淚，不共楚王言。」王聞之〔四〕，乃歸餅師，以終其志。崔郊鬻婢於連帥，得錢四十萬。後郊見婢出遊，婢泣誓不已，郊贈以詩曰：「公子王孫逐後塵，緑珠垂淚濕羅巾。侯門一入深如海，從此蕭郎是路人〔五〕。」連帥得詩，即還其婢，仍厚爲奩飾。此二事，寧王與連帥可謂過而能改，抑情申義矣。趙嘏，浙西有美姬惑之，計偕，浙帥奄有之。嘏及第，以一絶箴之

〔二〕「不」，原本無，據《四庫》本補。

〔三〕按，此條及下條，《四庫》本在「弘治中京師語曰」條後。

〔三〕「二」，原本無，據《四庫》本補。

〔四〕「聞之」，《四庫》本無。

〔五〕「路」，原本作「露」，據《四庫》本改。

曰：「寂寞堂前日又曛，陽臺去作不歸雲。當時聞説沙吒利，今日青娥屬使君。」帥不自安，遣一介歸之。事雖相類，而義則不同也。〔二〕

唐人喜押「人」字韻，然在各集中皆爲警句，如「飛入宫墻不見人」、「楊柳青青度水人」、「遍插茱萸少一人」、「西出陽關無故人」、「客中時有洛陽人」、「春來多有江上人」、「出門俱是看花人」、「猶作長安下第人」、「從此蕭郎是路人」、「隔花催喚打魚人」、「累貌尋常行路人」、「試問西河斫桂人」，如此甚多，不能悉記也。〔三〕

陳白沙公甫隱居不仕，成化、弘治中，甚有高名。然公自禪學，其詩亦然，如曰「人世萬緣都大夢，天機一點也長生」、「諸君試向東南望，何處凌空拄杖飛」、「天涯放逐渾閒事，消得金剛一部經」、「無奈華胥留不得，起憑香几讀楞嚴」之類是也。若論其興致之高，自成一家，可以振響流俗，亦一時之英，不可誣也。

劉呆齋以淵博之學、英敏之才，發爲文章，抑揚辯博，名蓋一時；獨於韻語，若未解然者。世固有詩不如文，如韓退之、蘇子瞻、曾子固者，特其聲響格調之間差弱耳，未甚相遠也。呆齋

〔二〕　按，此條《四庫》本在「唐景龍中沈宋李嶠」條後。

〔三〕　按，此條及下條，《四庫》本在「宋高英秀好譏病古人詩」後。

往往多累句俗語，與其文若出二手。丘瓊臺亦然。客有問二公之詩，偶然及此，非敢輕議前輩也。〔一〕

陶淵明詩，沖澹深粹，出於自然，人皆知之；至其有志聖賢之學，人或不能知也。其詩曰：「先師遺訓，予豈云墜。四十無聞，斯不足畏。」又曰：「朝與仁義生，夕死復何求？」又曰：「羲農去我久，舉世少復真。汲汲魯中叟，彌縫使其淳。」又曰：「先師有遺訓，憂道不憂貧。瞻望邈難逮，轉欲志長勤。」予謂：漢魏以來，知遵孔子而有志聖賢之學者，淵明也。故表而出之。

太白詩起句，古人謂之開門見山，其實初若稍緩，至結束處便峻絶不可當。「明月出天山」、「憶昔洛陽董糟丘」、「黄鶴高樓已搥碎」之外，如《懷仙歌》、《行路難》、《雲臺歌》、《夢遊天姥》、《南陵別》、《兒童入京》之類是也。「風吹柳花滿店香」，山谷云：「未是太白。」「吴姬壓酒勸客嘗」〔二〕，「壓」字人亦難及。「金陵子弟來相送，欲行不行各盡觴」〔三〕，不同「請君試問東流水，別意與之誰短長」，此真太白妙處也。「落日欲没峴山西，倒著接䍦花下迷」〔四〕，永叔云：「此常語

〔一〕按，此條以下三條，《四庫》本在「賈島客舍并州已十霜」條後。
〔二〕「壓」，原本作「墮」，據《四庫》本改。
〔三〕「各」，原本作「客」，據《四庫》本改。
〔四〕「䍦」，原本作「籬」，據《四庫》本改。

也。」「明月清風不用一錢買，玉山自倒非人推」〔一〕，然後見太白之横放，所以驚動千古者，固在此也。合是二説觀之，益信〔二〕。

石崇以緑珠死。喬知之有妾曰碧玉，爲武承嗣所奪，知之作《緑珠怨》，末云：「百年離別在高樓，一代紅顔爲君盡。」寄意碧玉，碧玉赴井死。承嗣得詩於衣帶〔三〕，竟以他事坐知之族誅。緑珠死於未收之日，碧玉死於已奪之後，二妾固自有優劣，而季倫以婦人賈禍，知之乃蹈覆轍，可哀也。李清詩云：「當時若與緑珠去，猶有無窮歌舞人。」其語淺。曹鄴云：「若遣緑珠醜，石家應尚存。」可謂名言矣。〔四〕

杜子美雖變化無窮，然有一意處。如前《觀打魚行》：「君不見朝來割素鬐，咫尺波濤永相失。」後《打魚》：「吾從胡爲縱此樂，暴殄天物聖所哀。」前《杜鵑行》：「萬事反復何所無，豈憶當殿群臣趨。」後《杜鵑行》：「乃知變化不可窮，豈思昔日君深宮，嬪嬙左右如花紅。」此等處皆是一意結云。

〔一〕「推」，原本作「催」，據《四庫》本改。
〔二〕「益信」，原本無，據《四庫》本補。
〔三〕「嗣」，原本作「詩」，據《四庫》本改。
〔四〕按，此條《四庫》本在「太白山鷓鴣詞」後。

古人以屬句爲戲者，如「日下杜荀鶴，雲間陸士龍。四海習鑿齒，彌天釋道安」，如「火樹銀花合，今同丁令威」、「陳亞有心終是惡，蔡襄無口便成衰」，皆出於一時之戲。然未若至於座隅，貌甚閒暇，口不能言，請對以臆之爲妙也。若長卿、季蘭之「山氣日夕佳，衆鳥欣有托」，則謔而且褻矣。

王荆公嘗謂蔣山元禪師曰：「坐禪亦不虧人，予數年欲作《胡笳十八拍》未成，夜坐間已就矣。」今觀《十八拍》之穩順精〔一〕，如出文姬之口，非夜坐數刻可成者。豈一拍有數語未足，或十八拍但少數拍，而夜間足成之歟？不然，雖以荆公高才多聞，恐未能也。

李祺布政作《餘話紀事》，亦有詩，集句有一二佳者，如「不將脂粉涴顔色，惟恨淄塵染素衣」、「漢胡冠蓋皆陵墓，魏國山河半夕陽」，對偶頗精。惜乎多托奇遇以發麗藻，爲枉用心耳。聞祺居官甚清介，既没，鄉人欲以入鄉賢祠。或者以《餘話》疵之，遂罷。人之於言，可不慎乎！

太白《蜀道難》曰：「噫吁嚱，危乎高哉！」古今人未嘗不服其奇崛。然不知董仲舒《士不遇賦》起句曰：「嗚呼嗟呼，遐哉邈矣！」已有此體。前此蒯徹告高帝曰：「嗟乎冤哉，烹也！」

〔一〕按，此處或有脱字。

雖非詩賦語，而簡古振拔，已濫觴諸作矣。

格調之高下，可以辨人才；音響之浮雅，可以知世道；去取之純駁，可以驗學識。故選一人之詩易，選一代之詩難。自唐以後，選詩無慮數十家，雖嚴恕濫刻不同，然皆有可觀者。近時所謂《明詩選粹》，則吾不知也。有一人一詩無一句可者，有一人十數詩無一句可録者，有一人一詩而專言婦人者，有一人三詩而二詩道閨意者，有一人二詩皆香奩詩者，有一人一詩而句多蹈襲者，有一省無一人詩者，有半天下無一人詩者，有一邑至二十餘人詩者，有意得而韻惡者，有韻而語質者〔一〕，有題目之俗以鞦韆士女芭蕉美人爲名者，甚至有二龍戲賣新剃（泥）〔尼〕姑者，選詩至此，可謂陋至矣。安得如楊士弘、高廷禮與之商榷哉？

「生不愿（生）〔對〕萬户侯，亦不愿識韓荆州。但願身爲漢家守，日日載酒凌雲遊。」此坡公詩也。楊孟載《雪中再登黄鶴樓》曰：「平生不願萬户侯，亦不愿識韓荆州。但願武昌連日雪，日日醉登黄鶴樓。」不惟句襲而意亦襲。然中間「桃李非無頃刻花，江湖亦是逡巡酒」，亦有興致，雖用事而不覺，惜其餘未稱耳。

擬古追和之作，在一人稍易，在衆人最難。時代殊隔，體裁不同，而性情興致，又爾各別，豈

〔一〕按，「韻」字後當有脱字。

得其仿佛哉？擬古惟江文通近之。追和古人，雖以東坡之天才絶作，其和淵明，乃是蘇詩，以此之〔二〕，才力聲韻不可强也。近時萬亞卿、張文僖皆有和唐音諸作，似邪不似邪，後之人必有能辨之者。

卞華伯之詩學放翁，豪放跌宕，學之不至，失之率直。華伯才高，對客揮毫，略不經思，經史成語，往往入詩，坐粗直之病。覽吴原博文稿曰：「老夫獨懷當千古，舉目天空無四鄰。幾回自笑還自語，一見異書知異人。餘子碌碌不足數，大聲颯颯可無備。有約西窗風雨夜，篝（登）〔燈〕相對（若）〔苦〕吟身。」此等却不愧放翁也。

詩無論工拙，且論意象；無論深淺，且論興致；無論聲律，且論氣韻。三者隨其學力所至，各具一境，不可强而同也。論詩者（特）〔持〕是以概諸作，其有爽者哉？

論詩如論畫，自寫己作，譬之山水人物然，金碧水墨，率意爲之，各臻其極，無不妙神。至於擬古追和，則如寫真矣。程子云：寫真者，少一髮，多一鬢，皆非是。故予之論詩亦然，一語不類者，非本色非當行，况於全篇了不相涉者乎？

杜牧之《九日齊山》詩，古今人傳誦之以爲佳。予謂有未盡然者。「江涵秋影雁初飛，與客

〔二〕按，「之」前當有脱字。

攜酒上翠微。人世難逢開口笑，菊花須插滿頭歸。」此四句誠佳。「但將酩酊酬佳節，不用登臨怨落暉。古往今來只如此，牛山何必淚沾衣。」此四句，只是一意，未免犯重疊之病也。宋淳熙中，崑山龔明之年九十二，猶能善書，今所傳《吴中紀聞》是也。但所録多時事，所記多時人，所載詩亦喜纖麗，無甚異者。末言徐稚有妹能詩，不類婦人女子所爲，筆墨畦逕，多出杜子美，而清平冲澹，蕭然出俗，自成一家。評之者曰：「近時陳去非、吕居仁，皆以詩名，未能遠過也。」其許與如此，必有異於人者，而集今不見，惜哉！大抵婦人之詩，最難冲澹。近時浙中有一婦人，能爲詩，號「静庵」。同舍許台仲爲予誦其聞《英宗北狩》詩，中一聯云：「千金不守垂堂戒，萬乘輕爲出塞行。」《剪紙梅花燈》云：「提向六橋東畔去，一堤花影月朦朧。」語意亦佳，非婦人可能及者，然恨不見其集也。莊定山詩，庖羲、龍馬、太極、鳶魚、乾坤、老眼、濂溪、堯夫、先生、一笑、果誰、是夢、巢父、釣臺，開卷滿(但)[目]。題(横)[梅]花便有太極、有庖羲，甚至一詩數者兼有之，如「草亭天正闊，老眼又河圖。静坐千年後，誰知一畫無。鳶魚還此老，天地本真居。不見庖羲氏，掀余一笑孤」之類是也。然自堯夫後，詩人雖深淺大小不同，較其辭義，例是一格。定山乃能以其自得者發于詩，與陳白沙相倡和，其辭高論，自成一家，求之于時，豈多得哉！

古人云：「删《詩》後無詩。」莊定山云：「《國風》、《雅》、《頌》，删自仲尼。《三百篇》之後，惟杜甫、李白、陳後山、黄山谷得之。」少陵、太白似矣，而後山、山谷，豈定論哉？二公在宋，固爲高品，莫之與（京）〔勍〕。然論風骨不如曹、劉，論沖澹不如陶、柳，論興致不如陳拾遺。舍諸公不言，而歸之二公，定山於是失人矣。

東坡「嚴」、「鴉」二《雪》詩，韻險而律妥。王臨川和之，語意俱不逮，而青腰事三、四詩皆入用。莊定山和之，只是打諢，且有不足東坡之意，所謂「開眼天幾無不是，有人詩句只魚叉」〔一〕、「天非個者難言妙，詩笑東坡也作家」。夫定山是詩，豈可笑東坡者哉！惟李西涯和之有一二佳處，如「秖樹未春花作雨，解池初夜水生鹽。妝眉淡掃時窺鏡，舞恨低飛不過檐」〔二〕、「紅塵舊夢迷香陌，白屋新愁擁破檐」，又「幾人標格如江令，何處交情有戴家」、「孤吟信可成詩案，險句爭傳出道家」，皆不愧前句也。陳白沙《厓山》詩：「天王舟楫浮南海，大將旌旗仆地風。運去英雄終死國，時來胡虜亦成功。身爲左衽皆劉豫，志復中原有謝公。人衆勝天非一日，西湖雲掩岳王宮。」李西厓甚稱之。八句首尾皆稱聲韻氣魄，信一時之傑作也。然西厓亦自有詩云：「國亡不廢君臣義，莫道祥興是靖康。奔走恥隨燕道路，死生惟著宋冠裳。天南星斗空（論）〔淪〕落，水落魚龍欲奮揚〔三〕。此恨到今猶不極，厓山東下海茫茫。」又云：「汴城杭郭總丘墟，三百年來

〔一〕按，此句原本作「開天幾無不是，有人詩句只魚又」，誤，據嘉靖十四年刻本《定山先生集》卷五改。
〔二〕「恨」，原本缺，據康熙刻本《懷麓堂集》卷十八補。
〔三〕「奮」，原本作「奪」，據《懷麓堂集》卷十五《厓山大忠祠詩》四首其一改。

此(不)[卜]居。海内山河非漢有，嶺南民物是周餘。行宫草草慈元殿，講幄勤勤大學書。辛苦相臣經國念，有才無命欲如何？」二詩聲調不下白沙。西涯又有：「北風吹浪覆龍舟，溺盡江南二百州。東海未填精衛死，西川無路杜鵑愁。君臣寵辱三朝共，運數興亡萬古讎。」句意俱精，惜末句「若遺素王生此後，也須重記宋春秋」，意差弱耳。吴匏庵亦有一二佳者，如「三仁可少文丞相，一死如前李侍郎」，又「空使讖書符四廣，不教宗社復東周」，又「何人忍恥修降表，當日臨危進講章」，無愧二公也。

修撰張亨父與李西涯、謝方石諸相公倡和，有《滄州集》行於世。西涯序之曰：「蘇之詩在國初必稱高季迪，合天下而言，亦未見過之者。使滄州生同時，與相馳逐，殆未知税駕之所。先生尚論古人，唐以上猶有所擇。予以一郡一時論之[一]，非其志，姑就其所至者云，西涯意以亨父比季迪也。又曰：亰父天才敏絶而好爲精練，季迪才高去亰父遠甚，今《滄州集》中所謂精練者亦不多得，而西涯之論如此。

西涯云：「五七言古詩，側韻者上句末字類用平聲，惟子美多用側，獨爲趫律。《玉華宫》諸作，概亦可見。後惟退之、子瞻有之，故獨健於諸作。」然《玉華宫》十六句，末句猶有五平聲字；

[一]「予」，原本作「子」，據明弘治刻本嘉靖十三年增修本《滄洲詩集》卷首李東陽序改。

班婕妤《怨歌行》，平聲唯一字；潘安仁《懷縣作》「我來冰未泮，時暑忽隆熾」以下十八句，末字平聲者止二句；陸士衡《赴洛》「覇旋遠游宦，托身承華側」以下凡十六句，末字平聲者亦止二句；殷仲文《桓公九井》詩〔二〕「四運雖鱗次，理化各有準」以下凡十二句，平聲者唯四句；謝靈運《越嶺溪行》「猨鳴城知曙〔三〕，谷幽光未顯」以下凡二十二句，而十九句皆側，《初發都》及《富春渚》諸詩側字過半。則知用側者古人多有之，不獨子美也。

唐詩人唯杜牧之最爲不檢，往往以麗情見之歌詠。如分司洛陽，則求與李司空之宴，而得紫雲，有「兩行紅粉一時回」之詩；在維揚牛僧孺幕下，則微服逸游，有「贏得青樓薄倖名」之詩；自御史出佐沈傳(帥)〔師〕宣城幕，則往遊湖洲，托張水戲以選色，有「緑葉成蔭子滿枝」之詩。其放情越禮如此。三詩皆傳之至今，爲端人正士譏笑之資，可不戒哉！

李太白《潯陽紫極宮感秋》詩，蘇東坡、黄山谷、劉後村、謝叠山皆有和章。太白聲韻趨異，諸公何可及也。且如「何處聞秋聲，蕭蕭北窗竹。回薄萬古心，攬之不盈掬」，是甚情景氣魄？東坡云：「寄卧虚寂堂，明月浸疏竹。泠然洗我心，欲飲不可掬。」胡苕溪云：「東坡起句清拔，

〔二〕「文」，原本作「元」；「井」，原本作「并」，據萬曆本《古詩紀》卷四十六改。

〔三〕「城」，《四部叢刊》景宋本《六臣注文選》卷二十二作「誠」。

優於太白。」苕溪未知詩者。蓋三、四即太白意，而句不及也，然此句可與知者道〔一〕。山谷云：「不見兩謫仙，長懷倚修竹。行繞紫極宮，明珠得盈掬。」又不逮蘇矣。後村云：「翰林兩仙人，偶來聽風竹。蕭蕭玉千竿，采采緑一掬。」疊山云：「雨歇月明松，天碧光入竹。好懷一時開，乾坤清可掬。」意淺而句累，又不逮蘇、黄遠甚。謝又云：「掃開松上雲，恐有鶴來宿。」則近俗矣。而蔡蒙齋乃謂謝詩清峭典雅，與諸老并駕，豈其然哉？

東坡天才絶出，其爲詩推山倒海，足以震驚百世，至於和古人則若有歉然者。如和陶不如淵明，和《紫極宮》則不如太白，和《寄全椒道士》則不如韋蘇州，豈自爲易，而和人則難歟？抑時代不同，而機括聲氣自異也？

王荆公：「細數落花因坐久，緩尋芳草得歸遲。」「江月轉空爲白晝，嶺雲分暝作黄昏。」「一水護田將緑繞，兩山排闥送青來。」少藴諸公皆以爲精深華妙，用法甚嚴，自不可及也。其實未然。曰「細數」，曰「緩尋」，曰「因」，曰「得」，曰「分」，曰「作」，曰「轉」，曰「爲」，曰「排」，曰「送」，曰「來」，曰「護」，曰「將」，曰「繞」，皆涉安排，無渾成自然之妙。比之老杜曰「見輕吹鳥毳，隨意數花鬚」、「細草留連侵塵軟，殘花悵望近人開」、「飛星過水白，落月動沙墟」、「客子入

〔一〕「然此句」，「句」字疑衍。

門月皎皎，誰家搗練風凄凄」之句，深淺高下何如，當有具隻眼者。而「轉空」、「分暝」之詩，余謂頗類其相業。江月不能爲白晝，而嶺雲分暝可黄昏，猶公之居相，變爲新法，不能復堯、舜、三代之治，而實足以致靖康之亂也。

東坡在儋耳，《題息軒》曰：「無事此静坐，一日似兩日。若活七十年，便是百四十。」既爲此詩，復自言曰：「世間何藥能有此效，既無反惡，又省藥錢，此方人人收得。但若無好湯使，多嚥不下。」胡苕溪曰：「余連蹇選調四十年，在官之日少，投閒之日多，固不乏静坐之味，弟尚平婚嫁之志未畢，退之啼號之患方劇，正所謂無好湯使，多嚥不下也。」(子)[予]自(什)[釋]褐凡二十四年，家居者十七年，得於静習者，安敢謂無？第年逾知命，連有所生，輒爾夭死，煢煢之懷，又不止於苕溪之所云也。雖然，如命何哉？静以俟之耳。

胡苕溪云：「蘇、黄二公争名，互相譏誚。東坡云：『魯直詩文如蝤蛑，風韻高絶，盤飧盡廢。然不可多食，多則動氣。』魯直亦云：『蓋有文章蓋一世，而詩句不逮古人者，謂東坡也。』」淺矣哉，苕溪之待二公哉！二公雖出于一時之言，在二公實終身之定論，蓋論文不得不嚴也。然東坡嘗謂一代之詩，當推魯直；又云晉師一勝城濮而伯，齊、陳皆服焉，魯直於詩是已。其推之如此，曷嘗有争名之意？甚矣，苕溪之淺也！

黄山谷《題李伯時畫馬》，三句一韻一换。胡苕溪云：「此格《禁臠》謂之捉句换韻。其法三句一换頭，三疊而止。此格甚新，人少用之。」苕溪豈未見元結《中興頌》邪？且苕溪效山谷此體作爲一詩，所謂「青玻璃色瑩長空，爛銀盤掛屋山東，晚涼徐度一襟風」是也。毋乃矜持太過歟？去山谷甚遠。

任天社云：「南豐、東坡，皆六一門下士。南豐薦後山，命未下而去國，後以東坡薦得官。詩云：『向來一瓣香，敬爲曾南豐。』雖感東坡，不以爲知己也，作此詩。東坡正爲郡守，終無少貶阿附之意，可謂特立之士矣。」天社之説非也。二公雖六一門下士，而南豐親受業焉，與東坡所舉士不同。况後山先受知於南豐，故後山題六一堂圖書曰「向來一瓣香，敬爲曾南豐」者，推而上之以接六一衣鉢之傳，吕所謂承嗣鞏和尚者此也。觀其下曰：「世雖嫡孫行，名在惡子中。」意可見矣，無有所謂不以東坡爲知己意[一]。若如其説，是東坡以一薦之故，遂欲牢籠後山爲門下士，而後山不肯甘心焉，至形之聲詩，所以待後山固淺，而所以窺東坡者愈甚矣，其可哉？

李沆《永昌陵挽詞》曰：「奠玉五回朝上帝，玉樓三度納降王。」雄渾闊大，足稱題目。近時劉文安《英廟輓歌》云：「享國廿年高帝並，臨朝八閏太宗同。」用事精當，不愧前作云。

梁姚珀文思艱澀，時號爲「上水船」；李商隱好檢閲，時號爲「獺祭魚」；王岐公詩，善金玉

[一]「所謂」，原本乙倒。

珠璧，其兄謂爲「至寶丹」；詩人多引用古人名，爲「點鬼簿」。

李洞慕閬仙，以銅鑄其像戴之，常念賈島佛；劉子儀慕義山，畫其像，盡寫其詩列左右。人之好尚，乃爾篤至。李、杜之詩，較之二子，奚啻十倍曹丕，然未有鑄而畫之如洞與子儀者，何哉？

陳後山云：「蘇詩始學劉禹錫，故多怨刺。學不可不慎也〔一〕。」然後山雖名學杜，其實出入山谷，故其自言曰：「少好詩，老而不厭，及一見黄豫章，焚其稿而學焉。」林擇之云：「後山資質儘高，不知如何肯學山谷？」今觀黄、陳之詩，真有相類者，而去唐則遠，然則學不可不慎也。予於後山亦云。

漢武敕尹婕妤與邢夫人不相見，尹以爲請。帝飾他姬示之，尹曰：「非也。不足以當人主。」須臾，夫人素妝而出，尹望見曰：「是矣。」自恨不及也。此事可以論詩。色有正色，詩有上品。盛妝塗抹者，不如國色之（珠）〔殊〕絶；而飣飣妝砌者，安能望渾成自然之妙哉！故杜工部《虢國口號》曰：「却嫌（妓）〔脂〕粉涴顔色，淡掃蛾眉朝至尊。」晁叔用論章質夫與東坡《楊花》詩曰：「東坡如毛嬙、西施，盡洗其面，與天下夫人鬥好，質夫豈可比邪？」正此意也。

〔一〕「不慎」，「不」字原本脱，據宋咸淳《百川學海》本《後山詩話》補。

洪容齋謂韋應物《逢楊開府》詩[一]：「少事武皇帝，無賴恃恩私。身作里中横，家藏亡命兒。朝持樗蒲局，暮竊東鄰姬。司隸不敢捕，立在白玉墀。」又曰：「武皇升仙後，憔悴被人欺。讀書事已晚，把筆學題詩。兩府始見收，南宫謬見推。非才果不容，出守撫煢嫠。」蓋自叙少年事也，其不羈如此[二]。李肇《國史補》：「韋應物性高潔，鮮食寡欲，所居焚香掃地而坐。」蓋記其折節後耳。然出守蘇州，「刺史腸」之句何邪？豈應物豪縱之性，暮年猶在，如胡漁隱之所云歟？

今人噴嚏，必唾曰：「好人説我常安樂，惡人説我齒(邪)[牙]落。」蓋自宋人以來，已有此説，故東坡云「白髮蒼顏誰肯記，晚來頻嚏爲何人」是也。然東坡之詩，則本之《詩》云「寤言不寐，願言則嚏」也。

東坡嘗云：「我甚似樂天[三]，但無素與蠻。」然東坡他日曰：「予家有數妾，皆前後辭去，獨朝雲隨予過嶺。」所謂「不似楊枝别樂天」之詩是也，然則未爲無素與蠻也。

後山《温公挽辭》：「世方隨日化，身已要人扶。」其語簡妙意，本白樂天「上山仍未要人扶」翻來，老杜「此身已愧須人扶」，樂天之句又本此矣。

〔一〕「謂」，原本作「爲」，旁改爲「韋」，是，據改。
〔二〕「羈」，原本作「覊」，據《四部叢刊續編》景宋刻本配明弘治本《容齋隨筆》卷一「韋蘇州」條改。
〔三〕「似」，原本缺，據《四部叢刊》景宋本《東坡詩集注》卷十六《次京師韻送表弟程懿叔赴夔州運判》補。

坡公之於詩，胸蟠萬卷，氣吞千古〔一〕，而才又足以將之，世間一切小説、諺語，皆可入用，是以談笑咳唾，盡是珠璣，而嘻笑怒駡，亦成文章。揮霍縱横，無施不可，在兵家可（北）［比］淮陰。淮陰用兵，連百萬之衆，戰勝攻取，雖徒手市人，亦皆可用，所謂多多益善者也。

季咸三見列子，始以爲死，中以爲全然生矣，終以爲不齊不得而相焉。閻立本觀僧繇江陵畫，始曰「虚得名耳」，再往曰「猶近代名筆」也，三往焉，於是寢食其下，數而後去。予謂讀詩亦然。其初若易易焉，少之稍若有會，既而不覺心醉焉者，亦往往是也。蓋詩人用意深處，非淺近者一（日）［目］可了，須三復玩味諷詠之久，乃見其妙。然則世之輕率雌黄者，視此者有省夫？

《後山叢話》云：嘉州舊産紫竹楠榴櫻木，仕於蜀者，競採之以爲器，人甚苦之。吴中復作《嘉陽四詠》以悼之。中復詩今不傳，而紫竹楠榴櫻木者，亦不見爲嘉州患，獨有所謂竹篾者，甚爲民病，安得如吴中復者，作爲一詩以悼之哉？中復字仲庶，曾知峨眉縣，與宋白唱和。六一公有《與中復書》，書中云：「如嘉州淯井之作，有以見仁言之利博，而非文字之空言也。」

古今詩人勤程課者，無如放翁，故其詩曰「六十年來萬首詩」。以日計之，日課一詩，須二十六年，方能（辯）［辦］此。况翁年垂九十，猶吟詠不已，二十餘年間，所得又不知其凡幾，可謂勤

〔一〕「氣」，原本無，旁批「氣」，是，據補。

矣。今世所傳蓋澗谷、須溪所選者，殆未及十之一耳，惜不見其全也。

後山曰：「余評李白詩，如張樂於洞庭之野，無首無尾，不主故常，非墨工槧人所可擬議〔二〕。吾友廣介《讀李杜優劣論》曰：『論文正不當如此。』余以爲知言。」及讀山谷《題李白草書後》，自「余評」以下至「知言」皆同，不知爲誰語。而「余評」之下山谷多「黄帝」〔三〕，「知言」以下有「及觀其藁，書大類其人，使人遠想慨然曰：在開元不以能書傳，今其行草不減古人，蓋所謂不煩繩削而自合者歟？」全篇語意如一，當（時）〔是〕山谷無疑也。

余嘗評山谷老人詩，搜抉萬象，貫穿百家，譬之上林、長揚之獵，營合圍會，羅布鼓嚴，車徒之轔轢，鷹犬之搏噬，弦矢之披殪，奇禽怪獸，莫解脰陷胸，垂首落羽，委積之下，以千萬計，傾耳駭目，應接不暇，可謂一時之偉觀也，然而用意亦刻矣。

謝玄暉詩，沈約嘗云「二百年來無此詩也」；梅聖俞詩，王文康公見而嘆曰「二百年來無此作矣」，二事正相類。陳子昂在唐，掃迹六朝，上遺風雅，盧藏用謂其「文質一變，卓立千載」；高季迪在國初，變宋末元人之格，吴原博謂其「接王、岑于數百年之上」。四（字）〔子〕者，獨不郡

〔二〕「工」，原本作「江」，據《後山詩話》改。

〔三〕「多黄帝」，原本乙倒作「黄帝多」，據《四部叢刊》景宋本《豫章黄先生文集》卷二十六改。

可謂豪傑之士哉〔二〕！

詩人有自許而人不以爲過者，有自譽而人不以爲然者。如子美「許身亦何愚，自比稷與契」，後人讀其「舜用十六相，身尊道何高。秦時用商鞅，法令如牛毛」之詩，謂爲稷契口中語。薛能自譽其詩云：「樂天長短三千首，未有儂家一字詩。」又云：「我生若在開元日，爭遣名爲李翰林。」後人謂爲「蚍蜉撼大木」。近時有所謂翟少卿者，和淵明《歸去辭》，自謂欲學孔子，而以不仕無義責淵明，亦可謂「蚍蜉撼大木」者矣。

淵明《詠荆軻》篇，憤惋悲壯，若親見軻於易水者。左太冲亦有《詠荆軻》詩，其言簡要高古，又覺淵明爲煩。太冲詩十二句，一句一意。淵明自「提劍出燕京」，至「羽奏壯士驚」凡十一句，皆是一意；自「心知去不歸」至「逶迤過十城」凡六句〔三〕，亦是一意也。

讀曹、劉、陶之詩，唐以後律詩便難看；讀李、杜之諸詩，晚唐及宋、元以後律詩便難看。無論工拙淺深，而古風遠韻，固自懸絶也。

陳簡齋詩，有妙悟處，局面似小，常常只説作詩，集中十首九首皆有之，意之所屬，便不覺説

〔二〕按，「郡」字疑衍。

〔三〕「逶」，原本作「透」，據《四部叢刊》景宋巾箱本《箋注陶淵明集》卷四改。又「十」，《箋注陶淵明集》作「千」。

向這上去矣。或言西涯一日謂其門人曰：「吾詩於古人何似？」門人曰：「類虞邵庵。」西涯默然，意若不屑就者。今觀之，誠類邵庵也。或言似劉隨州。宏博俊快，寫成一片，隨州不如西涯；措意深到，用律精審，西涯不如隨州也。

魏晉人作詩，阮籍、陶潛，二六多用古韻〔一〕，唐人雖李、杜亦守。今韻唯韓、柳、白居易用之。外此則韋蘇州，「齊、泥」與「哀、來」同用，「華」與「何」同，「南」與「林」同，其餘「庚」、「青」、「春」、「青」、「寒」、「删」，皆作一韻也。

太白天仙之才，奔放俊逸，獨立千古。所長處，説向水月，更覺乘風御氣，神遊八極。而伸紙落筆，亦往往不自點檢，如《游洞庭》詩凡五首，而三首説月，「不知何處」、「不知霜」三言之，而不計其重疊也。

或言太白飲濃酒，少陵飲薄酒。問何以知之？少陵曰「速須相就飲一斗，恰有三百青銅錢」，太白曰「斗酒十千恣歡謔」，又曰「金尊清酒斗十千」，酒價相去如此懸絶，故知之也。聞者爲之大笑。

〔一〕　按，「二六」疑爲「二陸」之誤。

太白《上雲樂》：「大道是文康之嚴父，元氣是文康之老親。撫頂弄盤古，推車轉天輪〔二〕。云見日月初生時，鑄冶火精與水銀。陽烏未出谷，顧兔半藏身。女媧戲黄土，團作愚下人。」此等處極其神奇。又曰：「西海栽若木，東溟植扶桑。别來幾多時，枝葉萬里長。中國有七聖，半路頽鴻荒。」末云：「北斗戾，南山催。天子九九八十一萬歲，長傾萬歲杯。」仙風道氣，鬼語幻身，入幽入玄，無所不具。雖長吉、玉川，極其筆力，不能道也。

《將進酒》，自梁昭明、李太白、賀知章皆言飲酒之樂，唯元稹别是一意。篇中如「酒中有毒酖主父，言之主父傷主母」、「佯爲僵仆主父前，主父不知加妾鞭。旁人之妾爲主説，主將淚洗鞭頭血」、「妾爲此事人偶知，自慚不密方自悲」，蓋用蘇秦説燕易王事中語，但末意稍不同。句意高古，與諸公異。

蘇集云：「黄落山川知晚秋，小蟲催女獻功裘。老松閲世卧雲壑，挽著滄江回萬牛。」《詩林》以爲山谷之詩，然山谷又有《和少游》詩，第二句與此全同。玩其辭氣，當爲山谷之詩，而誤入蘇集也。〔三〕

〔二〕「轉天輪」，原本作「輪天轉」，據宋刻本《李太白集》卷三改。

〔三〕按，此條以下原本無，據《四庫》本補。

謝翱有《懷峨眉家先生》詩，小序：「先生曾宰建之浦城。」詩云：「露下濕百草，病思生積愁。窟泉春洗屐，氈雪莫登樓。魂夢來巴峽，衣冠老代州。平生仗忠信，自與身爲讎。」則家先生者，蓋余峨眉人，而寓於代者。惜乎名字行履不可考，然觀「仗忠信」之語，其人亦自不同也。

近時《松石詩評》，自謂平章豐致，水鑑聲猷，華衮《英靈》，節旄《間氣》。晉、宋、六朝，如王融、徐陵、陰、庾，皆入品題；而李陵、潘、石、二張、二陸、茂先、景純、仲文、叔源，皆一時名家，乃遺而不收。況人著數語，衹以取譬爲高，體裁聲韻，多不中的，而劉因、虞集，高下之間，未爲定論，識詩之難如此。

西涯云：「晦翁深於古詩，其效漢魏，至字字句句平仄高下，亦相依倣。」後見晦翁《答鄭文振》言：「向見擬古，將謂只是學古人之詩，元來却是學古人説話。意思語脉，皆要似他，只换却字。某後來依如此做得二三十首詩，便覺得長進。蓋意思、句語、血脉、勢向皆效之也。」觀於此言，益信西涯之説。夫以晦翁學作古詩，乃如此精密用功，後之人以鹵莽之識，動云學《選》，吾未見其可也。

莊定山云：「天地以來元有此，蓬萊之外更無山。」李西涯録爲佳句。國初王常宗詩：「三代以來方有學，六經之外更無書。」定山毋乃太相襲歟？近見《謝方石集》，有「唐舜以來皆是道，許巢之外更誰班」、「兩漢以來皆智力，六經之外幾删修」、「秦晉以來寧有治，虞周之上不同風」，方石未免坐此病也。

子美愁極，本憑詩遣興。「詩成吟詠轉淒凉」，蓋用鮑明遠「長歌欲自慰，彌起長恨端」之意也。謝康樂「徒作千里曲，絃絕念彌敦」，語意尤覺簡遠。

楊月湖、方震選陳公甫、莊孔陽之詩，謂其別出新格，高處不（論）［輸］唐人。二家全集，不暇詳論，就其所選，其卓然過唐者，余亦未見也。二公詩本學堯夫，公甫興致儘高，孔陽一味怒罵，較之堯夫安閒宏闊，已不同矣。月湖云：「子美『穿花蛺蝶深深見，點水蜻蜓款款飛』，視孔陽『溪邊鳥共天機語，擔上梅挑太極行』，尚隔幾塵。以是知工於辭而淺於理者之未足貴也，月湖所謂高於唐人者以此。」予謂不然。蛺蝶之穿花，蜻蜓之點水，各具一太極，各自一天機，亦鳶飛魚躍之意也。奚必待説天機、太極，始謂之言理哉？且「穿」字更著「深深」字，「點」字更著「款款」字，微妙流轉，非餘子可到。就以理言，擔挑太極，全不成語也。

俞紫芝：「夜深童子喚不起，猛虎一聲山月高。」王荆公甚稱之，乃和其韻曰：「新詩比舊仍增峭，若許追攀莫太高。」則紫芝誠若有不及者。以予觀之，辭氣輕佻，無老成之意，而荆公賞之如此，豈各有見歟？

陳後山《黄樓銘》，體裁仿佛元次山《中興頌》。但頌則三句三韻，而銘則三句纔用一韻，又通篇是一韻，兹爲少異。頌宏闊典雅，銘則縝密，但規款差小，豈所紀事有不同耶？

東坡謫居齊安，妓有李宜常侍宴集，他妓俱得坡詩，惟宜以語訥不得。坡去齊安，宜哀請甚力。坡有詩曰：「東坡居士文名久，何事無言及李宜？恰似西川杜工部，海棠雖好不吟詩。」坡老於是失言矣。子美無海棠詩者，以母諱海棠耳，安可引用以與一妓哉？

《西郊詩話》謂：「體物語形於詩句，如許渾『荆樹有花兄弟樂，橘林無實子孫忙』，語亦工矣。柳子厚『蒔藥閒庭延國老，開尊虚室值賢人』，語尤自在而韻勝。至東坡『豈意青州六從事，化爲烏有一先生』，則上下意相關而語益奇。」予以爲一解不如一解，子厚涉於牽合，東坡涉於嘻戲，俱不若用晦之作，雖俳比而不覺焉。

弘治中，京師語曰：「禮部三尚書，一枚黄老。翰林十學士，五個白丁。」黄老謂道士崔志端，以太常卿兼禮書也；五白丁則予忘之。「黄老」、「白丁」，亦的對云。

竹坡老人曰：「和靖《梅花》詩：『疏影横斜水清淺，暗香浮動月黄昏。』東坡云：『紛紛初疑月掛樹，耿耿獨與參横昏。』此語一出，和靖氣索然矣。張文潛云：『調鼎當年終有實，論花天下更無香。』雖未及坡之高妙，猶可使和靖作牙官。胡份云：『絶艷更無花得似，暗香唯有月明知。』使醉翁見之，未必專賞和靖也。」老人殆未知詩者，梅詩須讓和靖，東坡别有一段風味。張、胡之詩，未見佳處。張詩上句劣，胡詩下句劣也。

唐自中宗、玄宗，多與群僚倡和。宸筵叠席，無不景從，雜以宫嬪貴主，無復内外之辨。曲水臨渭亭，立春上巳，昆明温泉，幸安樂公主。公主滿月，十月誕辰，大明殿、兩儀殿、東堂聯句諸詩，是已流連光景，競尚聲樂，甚至渾脱、迴波、八風之舞，禮法蕩然，殊可嘆也。獨開元十六年，自擇諸州刺史，敕宰相、諸王、御史以下，祖道洛濱，具太常樂，帛舫水嬉，令賦詩。而玄宗自爲詩，令高力士賜之，愛民擇吏之意，爲後世之所僅見，未可以一時浮侈少之。

唐景龍中，沈、宋、李嶠、蘇頲、岑羲、盧藏用諸公，每宴必侍，侍必有詩，大率多媚辭取悦，無復詩人規戒之意。於時獨郭山惲只誦《鹿鳴》、《蟋蟀》二詩。李日知《安樂公主第》，其卒章曰：「所願但知居者樂，無使時稱作者勞。」李景伯曰：「迴波爾時酒巵，微臣職在箴規。侍宴既過三爵，喧嘩竊恐非宜。」三臣者，斯謂矯矯矣。

古今爲詩話者，往往標致己作，如張表臣《珊瑚詩話》，每引一事，輒以己詩附其後，曰「予有詩」云云。其論元微之謂：「詩人豪氣，例愛矜誇。」及其自爲詩話，乃復如此，殊不可曉。

宋高英秀好譏病古人詩，如謂：「杜荀鶴『今日偶題題便著，不知題後更誰題』，此衛子詩也。不然，安有四蹄？」予不知衛子爲何物。及讀《張表臣詩話》曰：「呼驢曰衛。」不知所本，豈衛地多驢邪？然後知衛爲驢也。

賈島：「客舍并州已十霜，歸心日夜憶咸陽。無端又渡桑乾水，却望并州是故鄉。」謝叠山曰：「旅寓十年，一旦别去，能無依依之意？故望并州爲故鄉也。」楊方震曰：「并州去咸陽已遠，桑乾尤遠，反并州以近咸陽，且不可得，况於歸咸陽而可得哉？詩意如此，謂其久客眷戀，豈其情哉？」叠山固非，方震亦未盡也。賈島久寓并州，不得返咸陽，日夜憶之，此詩渡桑乾以入并州，若誠以并爲故鄉者，并非故鄉而以爲故鄉，久客無聊之意，可想見矣。只如此説，似更直切。

太白《山鷓鴣》詞，語意俱苦，至末句云：「紫塞嚴霜如劍戟，蒼梧欲巢難背違。我心誓死不能去，哀鳴警叫淚沾衣。」豈永王南巡被脅時作邪？其情亦可見矣。

梅聖俞《温成皇后輓詞》：「歌欲傳長恨，人將問少君。」賦一代母后之詩，而以致寇失國之貴妃比之，不恭甚矣。

題畫詩，吴融「經年蝴蝶飛不去，累歲桃花結不成」，此學究語也。太白「游雲不知歸，日見白鷗在」、「此中冥昧失晝夜，隱几寂聽無鳴蟬」，非不是此意，而迥出如此。大抵畫詩雄渾精妙，無出老杜；次惟太白，如《族弟燭照山水畫歌》、《趙少府粉圖山水》，全篇飛動跌宕，真名筆也。

附録

頤山詩話原序

頤山老農曰：夫「詩言志」，詩話又以論詩也。故詩難而論詩又難也。夫作者皆禀靈含異，各充其極；縟旨綺文，情變氣殊。故以淺涉者不能深，以泛獵者不能得，以己見者不能該，以辭類者不能達，意詭於本指，鑒左於微向，其於標能振芳益遠哉！夫立標以示表也，啓鑰以開户也。世之論詩者，低昂衆製，商摧前藻，乃復繼之曰：「予嘗擬之云。」又曰：「予嘗有詩云。」此何以稱焉？競長呈伎，激賞邀聲，此與夫耀色者何異焉？林居多暇，喜與學士大夫談。談又多詩，學士大夫退輒録之，稍有得焉。定其初見，或進焉，畢其説，他日倘庶幾哉。將論詩者之所不廢也。

嘉靖戊子秋九月朔日，頤山老農書。

（此序據《四庫》本録）

餘冬詩話

二卷

何孟春◇撰

黄曼◎點校

餘冬詩話卷上

明　何孟春燕泉著

杜子美詩「文章一小技，於道未爲尊」，甫之所謂文章，只是就詩言耳。韓退之詩「文章自傳道，奚仗史筆爲」，韓退之所謂文，乃有見於孔、孟，知聖人之所以傳道者。先儒謂「退之因學文而見道」，所見雖粗，而大綱則正矣。後世之士，詩要學杜，文要學韓，而未有决然能並之者，彼烏知子美之所不自滿，與退之所以自勵者耶？

《詩》「誰其尸之，有齋季女」，後來作者相襲，遂爲文章家一例。「誰能爲此謀？相國齊晏子」，「誰能爲此德？姚公名起莘」，「衣中繫寶覺者誰？臨川内史字得之」，「花前醉倒歌者誰？楚狂小子韓退之」之類，不可盡述。間有見之長句作結者〔二〕，《醉翁亭記》：「太守爲誰，廬陵歐陽脩也。」《李守節墓誌》：「摭辭而書石者，侯之館客藏丙夢壽也。」《王文亮墓誌》：「命其宗人之子銘公之墓者，光禄君也。」

〔二〕「長句作結」，《餘冬序録》作「長作結句」。

韓退之序裴均詩云：「文章之作，常發於羈旅草野。」歐陽永叔序梅聖俞詩，大意本之，謂「非詩能窮人，殆窮者而後工也」。東坡贈惠勤詩：「非詩能窮人，窮者詩乃工。此語信不妄，吾聞諸醉翁。」他日，《答陳師仲書》又云：「詩能窮人，所從來尚矣。足下獨言詩不能窮人，爲之益力，詩日以工，安知不以此達乎？」宣和中，陳與義以《賦墨梅》詩受知徽宗，遂登册府，而序其集者遂有「詩能達人」之説。前此陳無己序《王平甫集》亦曰：「詩能達人，未見其能窮人也。」春曰：窮達有命，詩何間哉？第天畀文士，例多命窮，而措大不能忘其愁嘆之聲與怨刺之言耳。

歐陽永叔年四十謫滁，號醉翁，亦太早計。《亭記》云「蒼顔白髮，頽乎其中」，或出寓言。「年又最高」之言，豈是當時賓從更無四十歲人耶？公《病中代書寄聖俞》詩云：「到今年纔三十九，怕見新花羞白髮。」公大抵早衰人也。公他日《贈沈博士歌》：「我昔被謫居滁山，名雖爲翁實少年。」

長城，秦皇所築以備北狄者。前此趙武靈王既襲胡服，自代、並陰山下至高闕爲塞，山下有長城，戰國武靈王所築也。史、子諸録並無婦哭城崩之事。《列女傳》：「齊莊公襲莒，杞殖戰而死，其妻無所歸，乃枕其夫之屍於城下〔二〕，而哭之三日，城爲之崩。既葬，遂赴淄水死。」樂府《琴

〔二〕「乃」，原本作「召」，據《餘冬序録》外篇第三十七改。

操》有《杞梁妻》。崔豹《古今注》：「杞殖妻妹朝日之所作也，殖戰死，妻抗聲長哭，杞都城感之而頹，遂投水死。其妹悲姊之貞，乃作歌，名曰《杞梁妻》焉[一]。梁，殖之字也[二]。」殖，春秋時人也。趙及秦築城時不啻數百年。《列女傳》及《樂府注》所謂城者，乃杞都城，非長城也。秦、趙所築，去杞不啻數千里。梁妻時於秦、趙既河清弗竣，而杞於長城又風馬牛不相及也。唐僧貫休《賦杞梁妻》云：「秦之無道兮四海枯，築長城兮遮北胡。築人築土一萬里，杞梁貞婦啼嗚嗚。上無父兮中無夫，下無子兮孤復孤。一號城崩塞色苦，再號杞梁骨出土。疲魂飢魄相逐歸，陌上少年莫相非。」二事打合成調，不知何據。

《琴操》有《三士窮》者，其思革子之作也。其思革子、尸文子、叔衍子三人相與爲友，聞楚成王好士，三人往見，至豪嶔巖間，卒遇大風雨，衣單糧乏，相視嘆曰：「與其飢寒俱死，豈若并衣糧於一哉？」二子以革子爲賢，推衣與之。革子曰：「生則同樂，死不可不同守。」二子曰：「吾與子，左右手也，子不我受，俱死無名，可痛乎？」於是革子受之，二子遂凍而死。其思革子至楚，楚王知其賢，置酒陳鐘鼓樂之。革子有憂悲之色，楚王却樽罷樂，升堂，琴而進之。其思革

[一]「焉」，原本作「爲」，據《餘冬序録》外篇第三十七改。
[二]「字」，原本作「子」，據《餘冬序録》外篇第三十七改。

子援琴而鼓，作相與别散之志。按《列士傳》：「燕左伯桃、羊角哀二人爲友，聞楚平王善待士，乃同入楚，值雨雪，山道阻絶，糧少。桃度不能俱生，併衣食與哀，令往事楚，而自餓死空樹中。哀至楚，爲上大夫，乃言於平王，備禮以葬桃。葬畢，哀自殺。」此二事，尸文子、叔衍子與左伯桃者，何其似也。《吕氏春秋》：「戎夷違齊如魯，天大寒，未及門，與弟子一人宿於郭外，寒愈甚，謂其弟子曰：『子與我之衣，我國士也，子不肖人也。』弟子曰：『不肖人也，又烏能與國士衣哉？』戎夷解衣與弟子，夜半而死。」吕氏稱戎夷以死見其義者。春謂：夷取友非人，解衣非其本心，於義殆未盡也。若文、衍二子及桃與哀者，真能以死見其義者哉！左伯桃事，西涯擬古樂府《樹中餓》云：「山深雪寒路坎坷〔二〕，兩死何如一生可。桃才自信不如哀，君若有功何必我。楚王好士得燕才，燕家未築黄金臺。當時周室何爲哉。吁嗟乎！樹中餓死安足惜，何似西山採薇食。」《三士窮》、《琴操》其詞未聞。春擬之云：「三士一心左右手〔三〕，生當同樂死當守。飢寒命也窮誰救，吾生當舍義當取。推衣與子子不受，俱死無名豈我友。死者已别生者離，楚王置酒延其思。聞樂不樂對酒悲，援琴欲奏難爲詞。吁嗟乎！何以報之？革子已非羊角哀，誰能更

〔二〕「寒」，原本作「塞」，據《餘冬序録》外篇第三十七改。
〔三〕「三」，原本作「一」，據《餘冬序録》外篇第三十七改。

葬齊戎夷?」

樂府《楊婆兒》,《齊書》云:「鬱林王在西川,令女巫楊氏禱祝,速求天位。及文惠薨,謂由楊氏之力,倍加敬信,呼『楊婆』。宋氏以來,人間有《楊婆兒歌》以此。而《樂志》又云:「齊隆昌時,楊閔母爲師巫,閔小隨母入宮,長爲后所幸。」童謡曰「楊婆兒,共戲來」語,訛爲「叛兒」,所記不同。

聶夷中《傷田家》詩「二月賣新絲」,或疑:「二月蠶尚未生。戴勝降於桑,乃三月内節,蠶事方盛,《月令》蠶事在季春之月,《豳風》條桑亦指三月。二月安得有新絲?」春曰:夷中之謂「賣新絲」、「糶新穀」者,乃貧民其時預指絲穀去借債耳。到絲穀出時,俱是他人之物,是所謂「醫得眼前瘡,剜却心頭肉」也。

北人養馬,凡駒未破羣時,先驏騎於中水,教習行步。所以必於水中者,欲其舉足高也。司馬公《詩話》載進士耿仙芝詩云「淺水短蕪調馬地,淡雲微雨養花天」是也。

老杜詩「黄羊飲不羶,蘆酒多還醉」,宋人解云:「黄羊出關右塞上,無角,類麞鹿。夷人所造酒,荻管吸瓶中,故曰蘆酒也。」春按:今陝西近蕃地皆有黄羊,大如數歲羝,而角甚長。西地羊角皆拳曲,黄羊獨與江南同,而生順後。其肉肥美,膏黄厚而不羶。川中人造酒,荻管吸瓶,信然。陝以西人則高盆貯糟,飲時量多少,注水盆中,竅盆吸之,水盡酒乾,謂之「瑣力麻酒」,又曰「雜麻酒」，即蘆酒之遺制。宋人之所見者，豈未詳耶？

韓退之詩，歐陽永叔謂其工於用韻。得寬韻則波瀾橫溢，泛入旁韻，如《此日足可惜》之類是也；得窄韻則不復旁出，因難見巧，如《病中贈張十八》之類是也。蔡寬夫因此遂言：「秦漢以前，字書未備，既多假借，而音無反切，平仄皆通用。自齊梁後，概拘以四聲，又限以音韻，故士率以偶儷聲病爲工，文氣安得不卑弱？惟陶淵明、韓退之擺脱拘忌，皆取其旁韻用，蓋筆力自足以勝之。」春按：秦漢以前，韻有平仄，皆通用者，古韻應爾，豈爲字書未備？淵明、退之集多用古韻。淵明撰《卜田舍》，與退之《元和聖德》、《此日足可惜》之類，於古俱是一韻，何旁之有？歐陽所謂「旁韻」，就今韻而言〔二〕，非謂其兼取於彼此也。

宛陵詩：「爲文無古今，欲造平淡難。」山谷云：「文字難工，惟讀書多，貫穿，自當造平淡。」太白詩：「清水出芙蓉，天然去雕飾。」論詩者謂「只一『出』字，便是去雕飾也。」退之詩：「壯非少者哦七言，六字常語一字難。」或曰：「『哦』字便是所難也。」今合書之，爲作詩者法。

王荆公稱老杜「鉤簾宿燕鷺，丸藥流鶯囀」之句用意高妙，他日作詩得「春山捫蝨坐，黄鳥挾

〔二〕「韻」，《餘冬序録》外篇第三十七作「讀」。

書眠」句〔二〕，謂不減杜語，葉石林嘗識之。國初高季迪詩「梳頭好鳥語窗下，洗盞流水到門前」〔三〕，其得諸此歟？

《青箱雜記》：「文章有兩等，山林草野之文，其氣枯槁，著書立言者之所尚也；朝廷臺閣之文，其氣温潤，演綸視草者之所尚也。」王安國曰：「文章格調須是官樣，今樂藝亦有兩般。教坊則婉媚風流，外道則鹿鳴嘲哳，村歌社舞抑又甚焉，亦與文章相類。」《麓堂詩話》：「朝廷典則之詩謂之臺閣氣，隱逸恬澹之詩謂之山林氣。此二氣者，須有其一。」又曰：「作山林詩易，作臺閣詩難。山林詩或失之野，臺閣詩或失之俗。野可犯，俗不可犯也。」又曰：「古雅樂既不傳，俗樂又不足聽，今所聞者惟一派中和樂耳。詩家聲韻，縱不能仿佛賡歌之美，亦安得庶幾一代之樂也哉？」古今名家取譬於詩文如此。

《僧寶傳》載懷提公唱語曰：「雁過長空，影沈寒水。雁無遺蹤之意，水無留影之心。」東坡詩：「人生到處知何似，却似飛鴻踏雪泥。泥上偶然留指爪，鴻飛那復記東西。」讀者試思向來陳迹，可爲之一慨，世事轉頭，尚足問耶？

〔二〕「句」，《餘冬序録》外篇第三十七作「自」，屬下。
〔三〕「詩」，《餘冬序録》外篇第三十七作「七言」。

征戰之苦，漢文帝所謂「多殺士卒，傷良將吏。寡人之妻，孤人之子，獨人父母，得一亡十」者盡之矣。李華《弔古戰場文》：「其存其歿，家莫聞之。人亦有言，將信將疑。悁悁心目，寢寐見之」，曲盡人生悲慘之意。陳陶詩「可憐無定河邊骨，猶是春閨夢裏人」句，意有得於此。少讀陳詩，謂無定者，指河邊骨之飄流莫考耳。比奉命過銀川，見沙河一帶延迤邊塞，問之，人曰：「無定河也，地皆沙，水衝徙不常，故以得名。古今蕃漢戰争之域〔一〕。」乃知此河名也。

蘇長公平生以言語文字得罪時相，至有欲殺之者，而公氣節益高，咳唾之餘，亦不以是少畏忌也。《仇池筆記》云：「余謫南海時，一日因醉卧，有魚頭鬼身者自海中來，云廣利王請。余不覺身步入水中。廣利王冠劍而出。頃，南溟夫人亦造焉，出青絞綃，令余題詩。乃賦之曰：『天地雖虚闊，溟海爲最大。聖王皆祀事，位尊河伯拜。祝融爲異號，恍惚聚百怪。二氣變流光，萬里風雨快。靈旗摇紅纛，赤虯噴滂湃。家近玉皇樓，形光照無界〔二〕。若得明月珠，可償逐客債。』寫竟，進廣利，諸仙咸稱妙。獨廣利旁一冠簪水族謂之鼇相公進言：『蘇軾不避忌諱，祝融字犯王諱。』王大怒。余退，嘆曰：『到處被相公廝（壞）〔壞〕。』」又《東坡手澤》云：「元豐六年

〔一〕「蕃」，《餘冬序録》外篇第三十八作「胡」。
〔二〕「家近玉皇樓，形光照無界」，原本作「玉皇樓形光，照家近無界」，據《餘冬序録》外篇第三十八改。

十一月二十七日，夢數吏持一幅紙，上題云『請祭春牛文』。余書云：『三陽既至，庶草將萌。爰出土牛，以戒農事。衣被丹青之好，本出泥塗。成毁須臾之間，誰爲慍喜。』吏微笑曰：『此兩句當復有怒者。』旁一吏曰：『不妨，此是唤醒他。』」二文皆以戲洩其不平者也。區區妒娼排擠之人，其有愧而少戢乎〔一〕？雖然，坡何必以此更侮於人？春疑此非坡文，當時有爲坡不平者爲是文也。

陸機《嘆逝賦》：「川閲水以成川，水滔滔而日度；時閲人以爲世，人冉冉而行暮。人何世而弗新？世何人之能故？」俗語有二句可以盡之：「江中後浪催前浪，世上新人趕舊人。」

賦范蠡五湖而附以載西子事，賦秦長城而附以婦哭城崩事，賦漢四皓於商山而言圍棋之事，皆無本源出處，特見唐人詩句中，而好事者又從而實之耳。張騫無乘槎事，乘槎是海上客；毛寶無放龜事，放龜乃武昌軍毛寶所統之人。而今例以張騫乘槎、毛寶放龜爲言。噫！事類此，失實者多矣。

宋人《談苑》載徐鍇嗜學該博，嘗（著）〔注〕李商隱《樊南集》，悉知其用事所出。獨於《代王茂元檄》「喪貝躋陵，飛走之期既絶；投戈散地，灰釘之望斯窮」，不知「灰釘」事。後見杜篤《論都賦》云「焚康居，灰珍奇，欜鳴鏑，釘鹿蠡」，以爲商隱雕篆如此。《藝苑雌黄》云：「《南史·陳

〔一〕「戢」，原本作「我」，據《餘冬序録》外篇第三十八改。

本紀》云『妖酋震慴，遽請灰釘』。」此語已在商隱前矣。春按：《南史》「請灰釘」之云，商隱之所引者，非杜篤賦中語也。《魏略》：王淩陰謀廢立，事覺，司馬宣王討淩，遂使人送來，而淩自知罪重，試索棺釘，以觀太傅意，太傅給之，淩遂自殺。《陳本紀》乃此事，故有請之云，而商隱亦有望窮之云。本紀以棺爲灰，灰與釘皆闔棺之具，商隱承用之，正王淩事耳。若用杜篤賦所云者，何以請以望爲哉？

世稱薦用人士謂之「桃李」，皆本唐人謂狄梁公「天下桃李皆在公門」之說。此說恐非。首創云者，唐詩「滿門桃李屬春(宮)［官］」，豈即用當時事耶？或人本《漢・李廣傳》贊「桃李不言，下自成蹊」之說，然旨意殊不類。春觀劉向《說苑》，陽貨得罪於衛，往見簡子，曰「自今以後，不復樹人矣」云云。簡子曰：「惟賢者爲能報恩，不肖者不能。夫樹桃李者，夏得其休息，秋得其實焉。樹蒺藜者，夏不得休息，秋得其刺焉。今子之所樹者，蒺藜也，非桃李也。自今以後，擇人而樹之，毋已樹而擇之。」乃知此其事祖也。唐人嘲裴度詩：「破却千家作一池，不栽桃李種薔薇。薔薇花落秋風起，荆棘滿庭君始知。」正用此事。

樂府有《欸乃曲》「誰能歌欸乃，欸乃感人情〔一〕」。「欸」音「襖」，「乃」音「靄」。柳子厚《漁

〔一〕「欸乃」，原本脱，據《樂府詩集》卷九十六補。

翁》詩「欸乃一聲山水緑」，一作「曖迺」。劉言史《瀟湘》詩「閒歌曖迺深峽裏」。按：諸韻書「欸」皆作「哀」上聲，不音「襖」。

朱子言：「陶淵明亦是莊、老。」真西山曰：「予聞近世之評詩者云：淵明之詞甚高，而其旨則出於莊、老；康節之詞若卑，而其旨則原於六經。以余觀之，淵明之學正自經術中來，故形之於詩，有不可掩，如榮木之憂、逝水之嘆也。貧士之詠，簞（飄）［瓢］之樂也。《飲酒》末章有曰『羲農去我久，舉世少復真。汲汲魯中叟，彌縫使其淳』。淵明之智及此，豈虚玄之士可望耶？雖其遺榮辱，一得失，有曠世之風，細玩其辭，時亦悲涼感慨，非無意世事者。或者徒知義熙以後不著年號，爲恥事二姓之驗，而不知其拳拳王室，蓋有乃祖長沙公之心，獨以力不得爲，故肥遯以自絶。食薇飲水之言，銜木填海之喻，至深痛切，顧讀者弗之察耳。淵明之志若是，又豈毁彝倫而外名教者可以同日語乎？」《朱子語録》出門人雜手，未可信。靖節人品誠有如西山所言者，未可輕議。然吴臨川《跋朱子書陶詩》又云：「朱子嘗言陶靖節見趣多是老子意。觀此寫陶詩四首與劉學古，而卷末繫以老氏之六言，以其詩意出《道德經》之緒餘也。」何也？此直晦庵一時所見意如此耳，非遂有所貶也。晦庵謂周濂溪《拙賦》「天下拙，刑政徹」其言似莊、老，豈以濂溪亦莊、老之徒哉？

蜀中古有「樂土」之稱，中原士夫往往僑焉。天寶末，乘輿播遷入蜀，華族留而不歸者多矣。

李白《蜀道難》詩「錦城雖云樂，不如早還家」，杜子美《五盤》亦云「成都萬事好，豈若歸吾廬」。二公思鄉懷土之情，不見於他，而皆於蜀言之，是固有爲耳。

杜子美《戲爲六絶》其一云：「王楊盧駱當時體，輕薄爲文哂未休。爾曹身與名俱滅，不廢江河萬古流。」潘邠老《哭東坡十二絶》其一云：「公與文忠歐陽公。總遇讒，讒人有口直須緘。聲名百世誰常在，公與文忠北斗南。」

《石林詩話》：「劉季孫初以殿直監饒州酒，王荆公提刑至饒，按酒務。始至廳事，見屏間有題小詩云〔一〕：『呢喃燕子語梁間，底是來驚夢裏閒。説與旁人渾不解，杖藜携酒看芝山』。問，知是季孫作，大稱賞之。適郡學生持狀請差官攝州學事，公判監酒殿直，一郡大驚，遂知名云。」《珊瑚鈎詩話》：「盧秉侍郎嘗爲江南郡掾〔二〕，於傳舍中題詩云：『青山白髮病參軍，旋糶黄粱置酒樽。但得有錢留客醉，也勝騎馬傍人門』。王荆公見而稱之，立薦於朝。不數年，登貳卿。近〔三〕。」

退之詩「多情懷酒伴，餘事作詩人」，或謂其以「酒伴」對「詩人」，是輕詩人也。春曰：士夫

〔一〕「間」，原本作「門」，據《餘冬序録》外篇第三十九改。
〔二〕「掾」，原本作「椽」，據《餘冬序録》外篇第三十九改。
〔三〕「登貳卿。近」，原本作「登近卿貳」，《餘冬序録》作「登貳卿近」。檢宋《百川學海》本《珊瑚鈎詩話》，作「不數年，登貳卿，近時」，據改。

家酒伴，非詩人固不可。

韓退之《贈崔斯立》詩有「可憐無補費精神」之句，王介甫遂用以譏公云：「力去陳言誇末俗，可憐無補費精神。」然則介甫之新學又何補於世哉？其爲精神心術之害多矣。荆公他日選《唐百家詩》成，序云：「費日力於此，良可悔也。」而不知新學之當悔，何也？昔人謂以學術殺天下者，介甫之謂歟？

杜牧之《赤壁》詩「東風不與周郎便，銅雀春深鎖二喬」，説天幸不可恃。《烏江》詩「江東子弟多豪俊，捲土(從)[重]來未可知」，説人事猶可爲。同意思[一]，都是要於昔人成敗已定事上翻説爲奇耳。《赤壁》詩，或笑之曰：「孫氏霸業繫此一戰，今社稷生靈都不問，只恐捉了二喬，可見措大不識好惡。」春謂：爲此説者，癡人也。到捉了二喬時，江東社稷尚可問哉[二]？《烏江》詩，謝叠山曾以與柳子厚《箕子碑》文並論，此真死中求活語也。然項羽之事則決無可重興理，朱子有定論矣。

宋孝武嘗問顏延之曰：「謝希逸《月賦》何如？」曰：「美則美矣，但莊始知『隔千里兮共明

[一]「思」，《餘冬序録》外篇第三十九作「意」。
[二]「尚可問哉」，《餘冬序録》外篇第三十九作「不可言矣」。

月』。」帝召莊語之。莊曰：「延之《秋胡》詩始知『生爲久別離，没爲長不歸』。」帝撫掌笑曰：「人好嘲謔，未有不遇其敵者。」春謂：二子所嘲皆以詞害意之言，延之實失之，而莊應之如是，是則非莊正譏意也。杜子美《石壕吏》詩「存者且偷生，死者長已矣」，今謂子美不鑑此失，可乎？孝武云「人好嘲謔，未有不遇其敵者」，此名言也。

宋人記北方助棗詩橄欖語〔二〕：「比至你回味，時我已甜訖。」東坡《賦橄欖》：「待得微甘回齒頰，已輸崖蜜十分甜。」坡蓋用此語，易棗爲崖蜜耳。王元之詩以橄欖比忠臣，而坡不肯一籌假之〔三〕。雌黄在人，口吻如此，益信作人難矣。

元積因宦官而得宰相，詩名不足美其人也。積詩《夢上天》云：「哭聲厭咽旁人惡，唤起驚悲涙飄落。千慚萬謝唤厭人，向更無君終不寤。」積之在中書也，有惡之者，向蠅而揮之曰：「適從何來？遽集於此。」積其少寤矣乎？

退之《嘲鼾睡》二詩，竹坡周少隱謂其怪譎無意義，非退之作。春以爲不然，此張籍之所謂駁雜者，退之特用爲戲耳。

〔二〕「記」，原本作「語」，據《餘冬序録》外篇第三十九改。
〔三〕「假」，原本作「傲」，據《餘冬序録》外篇第三十九改。

韓退之《薦士》詩稱孟東野，有「可以鎮浮躁」之句。按：東野《下第》詩：「棄置復棄置，情如刀劍傷。」及登第，則云：「春風得意馬蹄疾，一日看盡長安花。」安在其能鎮浮躁也？

陳無己《九日》詩：「人事自生今日異，寒花衹作去年香。」鄭谷《十日菊》詩：「自緣今日人心別，未必秋香一夜衰。」陳詩於菊無詩，而鄭詩無貶，人之視菊，直繫其時焉耳。當其時則重之，而非爲其有所加，過其時則否，而非爲其有所損也。噫！亦可嘆耳。東坡小詞：「萬事到頭都是夢，休休，明日黄花蝶也愁。」達者處世，蓋於是求之。其心休休，何愁之有？燕泉在分司看菊偶題。

漢《柏梁臺》詩「柤梨橘栗桃李梅」，韓退之《陸渾山火》詩「鴉鴟雕鷹雉鵠鵾」〔二〕，陳後山《二蘇公》詩：「桂椒楠櫨楓柞樟。」七物爲句，亦偶用耳。或謂詩多用實字爲美，誤矣。宋人詩話有極可笑者，引柳子厚《别弟宗一》詩「欲知此後相思夢，長在荆門郢樹烟」，謂夢中安得見郢樹烟，此真癡人説夢耳。夢非實事，烟正其夢境糢糊〔三〕，欲見不可，以寓其相思之恨，豈問是耶？固哉！高叟之爲詩也。

〔二〕「渾山」，原本作「山渾」，據《餘冬序録》外篇第三十九改。

〔三〕「糢」，原本作「糗」，據《餘冬序録》外篇第三十九改。

漢武帝詩：「是邪非邪，立而望之，偏何姍姍其來遲。」「之」、「遲」爲韻，「偏」字屬下句，明甚。而許彦周詩話作「立而望之偏」，云此退之「走馬來看立不（定）〔正〕」之所祖述也，可笑。

淵明《讀山海經》詩，曾紘云：「『形夭無千歲，猛志固常在』，疑上下文義不相貫，遂取《山海經》參校。經中有云：『刑天，獸名也。口中好銜干戚而舞。』乃知此句是『刑天舞干戚』，故與『猛志固常在』相應。五字皆訛，蓋字畫相近，無足怪者。」周紫芝《竹坡詩話》云：「有作淵明詩跋者，言淵明《讀山海經》詩有『形夭無千歲』之句，竟莫曉其意〔一〕。後讀《山海經》，刑天，獸名也，好銜干戚而舞，如此乃與下句相協。傳者誤謬如此，不可不察。」《二老堂詩話》云：「靖節此題十三篇，大概篇指一事，如前篇之所言夸父，大概同此篇，恐專説精衛銜木填海，無千歲之壽，而猛志常在，化去不悔。若併指刑天，似不相續。又況末句云『徒説在昔心，良辰詎可待』，何須干戚之猛耶？而《竹坡詩話》復襲曾紘之意以爲己説，皆誤矣。」邢覬《坦齋通編》云：「洪内翰謂靖節詩『形夭無千歲』當作『刑天舞干戚』，字之誤也，周益公辨其不然。按段成式《雜俎》：天山有神，名刑天，黄帝時與帝争神，帝斷其首。乃曰：『吾以乳爲目，臍爲口，操干戚而舞不止。』則知洪説爲是。」《朱子語録》：「或問：『形夭無千歲』改作『刑天舞干戚』，如何？

〔一〕「竟」，原本作「章」，據《餘冬序録》外篇第三十九改。

曰：《山海經》分明如此説。惟周丞相不信改本，向薌林家藏邵康節寫陶詩一册，乃作『形夭無千歲』。周遂跋尾，以康節手書爲據，以爲後人妄改。向家子弟携來求跋，某細看亦不是康節親筆，因不欲破其前説，遂還之。」春按：此疑已定於考亭矣。

餘冬詩話卷下

明　何孟春燕泉著

古詩「看朱忽成碧」，言醉眼看花也，李太白樂府「看朱成碧顔始紅」用之。而趙德麟《賦簪花》詩云：「酒成碧後方堪飲，花到白來元自香。」上句可笑。

文子曰：「鳥飛之鄉，依其所生也。」楚調「鳥飛之故鄉，狐死正首丘」，皆言不忘本也。《古詩》：「胡馬依北風，越鳥巢南枝。」張景陽詩：「流波戀舊浦，行雲思故山。閩越衣文蛇，胡馬願度燕。風土安所習，由來固有然。」陸士衡詩云〔一〕：「狐獸思故藪，羈鳥悲舊林。」王仲宣詩：「狐狸馳赴穴，飛鳥翔故林」。陶淵明詩：「羈鳥戀舊林，池魚思故淵。」劉休玄詩〔二〕：「寒蜇翔水曲，狐兔依山基。」王正長詩：「人情懷舊鄉，客鳥思故林。」皆此意，含蓄有在。韋應物詩：「流水赴大壑，飛雲依故山。」而又云：「無情尚有歸，遊子不得還。」則漸無餘味矣。

〔一〕「陸士衡」，原本作「張衡」，據《餘冬序録》外篇第三十九改。

〔二〕「休玄」，原本作「體元」，據《餘冬序録》外篇第三十九改。

淵明《止酒》詩：「居止次城邑，逍遥自閒止。坐止高蔭下，步止蓽門裏。好味止園葵，大歡止稚子。」胡仔曰：「淵明用意非獨止酒，于此四者皆欲止之。在彼者難求，而在此者易爲也。」春按：淵明詩止言若此者，止於此久矣，所未止者酒耳，故歷數者四止，而繼之以「平生不止酒」之語。胡乃云然，抑何見之晚乎？

老杜詩「花蕊上蜂鬚」，妙在「上」字。李白詩「清水出芙蓉」，妙在「出」字。韋蘇州詩「微雨暗深林」，更妙在「暗」字。歐陽永叔詞「緑楊樓外出秋千」〔一〕，妙在「出」字。

子美《寄裴十》詩：「知君苦思緣詩瘦。」太白嘲子美亦曰：「借問别來太瘦生，總爲從前作詩苦。」〔二〕

世傳楊巨源工作詩掉頭，晚年遂病風辟，掉頭不止。情著爲魔，事染爲崇，詩崇信有之乎？今日與李員外許睹巨源詩，因題其集曰「掉頭集」，非戲也，知是崇者當有所戒焉耳。

子瞻《白鶴峰新居》云：「繫悶豈無羅帶水，割愁還有劍鋩山。」《過惶恐灘》云：「山憶喜歡勞遠夢，地名惶恐泣孤臣。」皆借山水名寫意。後文文山例此，《過惶恐灘》云：「惶恐灘頭惜惶

〔一〕「緑」，原本作「緣」，據《餘冬序録》外篇第三十九改。
〔二〕「苦」下，《餘冬序録》外篇第三十九下多：「措大之苦非一，區區一蟲何爲者，而更欲益其呻吟之聲？老不曉事，豈直揚子雲爲然哉？」

恐，零丁洋裏嘆零丁。」

「風暖鳥聲碎，日高花影重」，杜荀鶴詩，爲人膾炙，其全篇諸家相傳，今具在也，而六一翁以爲周朴之句。朴集翁自謂少時及見，則當日已無存者，豈編録之偶訛耶？

東坡書《山榮長老方丈》詩：「食罷茶甌未要深，清風一榻抵千金。輕摇鼻息庭花落，還盡平生未足心。」飽食高卧之頃，而平生未足心使可還盡耶？謂之消盡則可。或曰：「坡謂世外人言世外人，又安有未足心？」〔一〕

《侯鯖録》載《東禪院林酒仙》詩「聊與東風論個事，十分春色屬誰家」，其旨可味。晏叔原《與鄭俠》詩「春風自是人間客，張主繁花得幾時」，殆可答林問矣。《全唐詩話》載牛僧孺和白樂天詩「莫愁花笑老，花自幾多時」，晏詩意殆出此。嚴憚與杜牧友善，其篇什有曰〔二〕：「春光冉冉歸何處〔三〕，更向花前把一杯。盡日問花花不語，爲誰零落爲誰開。」君子於世，何物作芥蔕耶？

杜子美《北征》詠馬嵬事：「不聞夏殷衰，中自誅褒妲。」用意忠厚，立論精當乃如此。白樂

〔一〕「心」後，《餘冬序録》外篇第三十九有「也」字。
〔二〕「什」，原本作「者」，據《餘冬序録》外篇第三十九改。
〔三〕「光」，原本作「花」，據《餘冬序録》外篇第三十九改。

天《長恨歌》「六軍不發無奈何，宛轉蛾眉馬前死」，又「君王掩面救不得，回看血淚相和流」〔二〕，此等叙述，夫豈非實在，於臣子終非所宜。鄭畋爲鳳翔從事，過馬嵬，題云：「明皇回馬楊妃死，雲雨雖亡日月新〔三〕。終是聖明天子事，景陽宫井又何人？」觀者以畋爲宰輔器，不知畋特有見於子美《北征》篇終意耳。

宋丘濬精於《易》，洞陰陽之變。仁宗時嘗作詩云：「三聖艱難平九有，纔當陛下守宗祧。太平日久還知否，官濫民窮士卒驕。天清月朗侔君道，兩字諱來三十春。況是人間瞻仰地，無天無日有何因。太陽日日無光彩，陰霧相侵甚可驚。臣道昏蒙君道蔽，天垂鑑戒最分明。太陰度度臨南斗，南斗當寅屬艮宫。寅是大臣艮是主，何人貪位竊天功？取士只憑詩與賦，謀猷方略悄無聲。今朝正是求賢際，又把科場引後生。枉費民財修郡學，總言聲譽比文翁。其中只聚漂浮輩，教化根源却似空。」他日，又嘲執政云：「密院中書多出入，不論功勳便高遷。金銀一似佛世界，動便三千與大千。」執政怒，且以其詩多攻朝廷休咎，言於上，請誅之。仁宗曰：「狂夫之言，聖人擇焉。古有郇模哭市，斯人何罪？」大哉王言！此仁宗之爲仁宗歟？仁宗在御，號有

〔二〕「看」，《餘冬序録》外篇第三十九作「首」。

〔三〕「雖」，原本作「難」，據《餘冬序録》外篇第三十九改。

道之君。濬言也如此，德謝於皇祐者，世事可勝恨哉！

王公《四六話》曰：「唐鄭準爲荆南節度使，成汭作《乞歸郭姓表》云：『名非霸越，浮舟難效於陶朱；志在投秦，出境遂稱於張禄。』其後范文正公以隨母冒姓朱，以朱説登第，後乞還姓表遂全用之，云：『志在投秦，入境遂稱於張禄；名非霸越，泛舟難效於陶朱。』議者謂文正公雖襲用古人全話，然實范氏當家故事，非攘竊也。」司馬温公《詩話》：「范景仁年六十三致仕，歸成都，在道作詩二百餘首。其一聯云『不學鄉人誇駟馬，未饒吾祖泛扁舟』，此二事他人所不能用也。」《石林詩話》：「張先郎中老居錢塘，蘇子瞻作倅時，先年已八十餘，猶蓄聲伎。子瞻嘗贈之詩云：『詩人老去鶯鶯在，公子歸來燕燕忙。』蓋全用張氏故事戲之爾。」

《五代史補》：「馮道之子能彈琵琶，以皮爲絃。世宗令彈，深善之，因號琵琶爲『繞殿雷』。」《後山詩話》：「歐陽公永叔聞其倅杜彬善琵琶〔二〕，酒間請之，杜正色盛氣而謝不能，公亦不復强也。後杜置酒數行，遽起還内。微聞絲聲且作且止而漸近，久之，抱器而出，手不絶彈，盡暮而罷。公喜甚，過望也。故公詩云：『坐中醉客誰最賢，杜彬琵琶皮作弦。自從彬死世莫傳。』世遂以皮絃爲杜彬。故事自彬而作，自彬而止，蓋承用歐陽詩云爾。」後山亦謂世未有也，

〔二〕「永叔」，《餘冬序録》外篇第三十八作「謫永陽」。

不知更有先於彬者。

孟浩然詩：「明朝拜家慶，須著老萊衣。」宋人爲詩話，本之云「唐人與親别而復歸，謂之拜家慶。」春按：向子期《詠秋胡》已有「上堂拜嘉慶」句，此語晉時已然，孟蓋用向語。或疑「家」、「嘉」字不同。王維詩云：「上堂嘉慶畢，顧與姻親齒。」雖與浩然同時，而維詩依向「嘉」字，則作「嘉」爲是。

羅豫章仲素集前人詩句，如杜牧輩「願汝出門去〔二〕，取官如驅羊」等語，以教子弟。或謂豫章一代道學，所以誨後人者，不當乃爾。韓退之《符讀書城南》詩，教子以取富貴，不免爲世所議。杜牧輩詩比之韓公，陋亦甚矣，而可訓耶〔三〕？黄東發謂韓云：「此人情誘小兒讀書之常，愈於後世之飾僞者。」然則豫章於此，其亦緣人情之常，而姑以示小兒耳。

陳子昂詩：「吾聞中山相，乃屬放麑翁。」黄魯直詩：「啜羹不如放麑，樂羊終愧巴西。」陳既誤用事，黄復誤用字，然不失爲一議論也。

沈佺期詩有「船如天上坐，人向鏡中行」之句。李太白詩「人行明鏡中，鳥度屏風裏」，用其

〔二〕「汝」，原本作「如」，據《餘冬序録》外篇第三十九改。
〔三〕「可」，原本作「不」，據《餘冬序録》外篇第三十九改。

下句作對。杜子美詩「春水船如天上坐，老年花似霧中看」，用其上句作對。近時莊孔昜詩「詩卷袖寒携海嶽，夜船江穩坐星河」，陳明之爲余誦之，而不知其上句東坡詩「我携此石歸，袖中有東海」之説也，下句「船如天上坐」之説也。

韓昌黎詩：「敲門驚晝睡，問報睦州史。手把一封書，上有皇甫字。」盧玉川詩：「日高丈五睡正濃，將軍扣門驚周公。口傳諫議送書信，白絹斜封三道印。」句法、意匠如此，豈真相襲者哉？

退之「下視禹九州，一塵集毫端」，長吉「遥望齊州九點烟，一泓海水杯中瀉」之句，與老杜所謂「摩胸盪層雲，決眥入飛鳥」，是詩家何等眼界！

唐裴璘《白牡丹》詩題慈恩寺壁。敬宗幸寺，見之，令宫嬪諷念，及暮，遂滿六宫。《南部新書》載此詩云：「長安豪貴惜春殘，争賞先開紫牡丹。别有玉杯承露冷，無人肯向月中看。」玉杯承露月中，狀白牡丹之妙盡矣。按《神仙吴猛傳》：「猛登廬山，見一叟坐樹下，以玉杯承甘露授猛。」此語不徒然也。

柳渾《詠牡丹》詩：「近來無奈牡丹何，數十千錢買一顆。今朝始得分明見，也共戎葵較幾多。」王文康公詩：「棗花至小能成實，桑葉雖柔解作絲[二]。堪笑牡丹如斗大，不成一事又空

[二]「解作」，《餘冬序録》外篇第三十九作「鮮吐」。

枝。」人之徒事花木者，於此可少悟矣。

退之《詠華山女》詩「白咽紅頰長眉青」，《送僧澄觀》詩「伏犀插腦高頰權」，《石鼎聯句詩序》「白鬚黑面，長頸而高結喉」，《送李愿歸盤谷序》「曲眉豐頰，清聲而便體，秀外而惠中，飄輕裾，曳長袖，粉白黛緑」等語，皆寫真文字也。

李太白詩「岸夾桃花錦浪生」，韓退之「種桃到處惟問花，川原遠近蒸紅霞」，蘇子瞻「戲將桃核裹紅泥，石間散擲如流雨。坐令空山作錦繡，倚天照海光無數」，皆狀桃花之盛，而妙語各臻其極。許彦周未之考也，稱韓曰「古今無道此語」，吾恐荼壘亦不然之。聚三詩而觀，花境信可愛也。

調花謔草，詩人常態，而桃、柳二物獨得罪，老杜「顛狂柳絮隨風舞，輕薄桃花逐水流」，「不忿桃花紅勝錦，生憎柳絮白於緜」，以不忿生憎之心，而爲輕薄顛狂之語，意者其有指耶？

高力士（責）［謫］讙州《詠薺菜》詩：「兩京作斤賣，五溪無人采。貴賤雖不同，氣味固常在。」俚語耳。趙德麟記魯直嘗稱之，今載《侯鯖録》，春不知何謂。魯直《上蘇子瞻古風》，其一末句云「小大材則殊，氣味固相似」，其二云「但使本根在，棄捐果何傷」，豈有效於此歟？

東坡以玉帶贈寶覺，寶覺酬以舊衲。坡作詩謝之曰：「病骨難堪玉帶圍，鈍根仍落箭鋒機。欲教乞食歌姬院，故與雲山舊衲衣。」被衲持鉢，就諸姬乞食，江南韓熙載事也。坡公雖用自戲，然非君子所宜。

黄魯直贈晁無咎詩有「執持荆山玉，要我雕琢之」句，蓋無咎曾從山谷問詩故耳。山谷後賞愛高荷詩，和其韻云：「張侯海内長句，晁子廟中雅歌。高郎少加筆力，我知三傑同科。」張謂文潛，晁即無咎。石林云：「無咎於此頗不平也。」昔石介作《三豪詩》，升杜默於詩豪，列歐陽永叔間〔一〕，而永叔歡然，且有「我濫一名」之贈。東坡謂公不争名〔二〕，且爲介諱，失也〔三〕。黄山谷贈高荷詩而晁爲不平，方之歐公，褊矣。

宋時場屋用《南史》劉裕言餘糧棲畝事命題作詩，或謂晉左思賦「餘糧棲畝而不收」，此不無失所先後。《野客叢談》謂此語亦非始於思，在思前，若蔡中郎《胡公碑》云：「餘糧棲於畎畝。」知左此語又祖蔡也。春按：子思子曰：「東户季子之時〔四〕，道上雁行而不拾遺，餘糧宿諸畝首。」邕集蓋用此事，而思賦實祖之此爾。陶淵明詩：「仰想東户時，餘糧宿一作棲。中田。」

蘇明允初至京，歐陽公爲之延譽，韓忠憲諸公皆待以上客。葉石林記：「忠憲置酒私第，惟

〔一〕「詩豪列」，《餘冬序録》外篇第三十九作「石景卿」。
〔二〕「不」，《餘冬序録》外篇第三十九作「惡」。
〔三〕「失」，《餘冬序録》外篇第三十九作「故」。
〔四〕「時」，原本作「詩」，據《餘冬序録》外篇第三十九改。

歐與一二執政，而明允以布衣參之。席間賦詩，明允有『佳節屢從愁裏過，壯心偏傍醉中來』之句。」石林稱其意氣不少衰。其詩今在集中，春於此一聯竊所不取。「佳節屢從愁裏過」，何無養也？「壯心偏傍醉中來」，是不能以德將也〔一〕，其人品可占矣。《道山清話》：「老蘇初出(局)[蜀]，以兵書遍見諸公貴人，皆不甚領略。後有人言其姓名於富韓公，公曰：『此君專勸人殺戮以立威，豈得直如此要官職作？』」然則蘇當時愁態壯心，亦可嘆耳。

姑蘇毛都憲珵嘗訪楊祠部循吉，因洗浴，辭不出。後楊訪毛，亦以洗浴辭。楊索片紙書曰：「君來顧我我洗浴，我往報君君洗浴。我洗浴時四月八，君洗浴時六月六。」遂併刺投而去。釋氏四月八日有浴佛會，世俗稱六月六日乃猫犬澡洗之候也，楊故用此戲之。春聞巡撫都憲俞公諫云云，蓋事之不爲虐者。

陶淵明《歸田園》詩有「歡來苦夕短，已復至天旭」之句。其《怨》詩又云「造夕思雞鳴，及晨願烏遷」〔二〕，情事不同如此。張茂先「居歡惜夜促，在蹙怨宵長」〔三〕，有是哉！

〔一〕「以」，原本作「少」，據《餘冬序録》外篇第四十改。
〔二〕「烏」，原本作「鳥」，據《餘冬序録》外篇第四十改。
〔三〕「蹙」，原本作「感」，據《餘冬序録》外篇第四十改。

南唐烈祖《燈》詩末云「主人若也勤挑撥〔一〕，敢向樽前不盡心」，宋孫明復《燈》詩「一寸丹心如見用，便爲灰燼亦無辭」，命詞絶似，孫豈效李作耶？彼待勤挑撥然後盡心，與丹心見用灰燼無辭者，蓋迥然矣。

今世俚語「前人失脚，後人把滑」，即漢諺「前車覆，後車戒」之義也。李白洲都憲老不去位，爲言者所劾。白洲愠焉，詠《行路人》詩云：「車騎軒軒一道塵，後人相遞促前人。後人還有人隨後，若直如前後亦嗔。」其言有味。賈誼所謂「後車又將覆者」〔二〕，世豈無其人乎？白洲文章名士，其再出〔三〕，不免覆車失脚之悔。此詩所以爲蚳鼃，則善矣，今故書而藏之。

杜以詩名，文非所長。不韻之章驟讀刺口，殊不快人。細而察之，自是一等句法，用意亦自有淵奥處，然不可爲典要也。其詩《呈吴郎》云：「堂前撲棗任西鄰，無食無兒一婦人。不爲困窮寧有此，祇緣恐懼轉須親。即防遠客雖多事，使插疏籬却任真。已訴徵求貧到骨，正思戍馬淚盈巾。」《題桃樹》云：「小徑升堂舊不斜，五株桃樹亦從遮。高秋總餽貧人食，來歲還舒滿眼花。簾户每宜通乳燕，兒童莫信打慈鵶。寡妻群盗非今日，天下車書正一家。」二者甚費解説，

〔一〕「挑」，原本作「桃」，據《餘冬序録》外篇第四十改。
〔二〕「又」，原本作「人」，據《餘冬序録》外篇第四十改。
〔三〕「再」，原本作「冉」，據《餘冬序録》外篇第四十改。

與他律不類，此非其爲文之句法歟？

李太白詩「孤帆遠影碧空盡，惟見長江天際流」，謝玄暉「天際識歸舟」句也；崔顥詩「晴川歷歷漢陽樹，芳草萋萋鸚鵡洲」，玄暉「雲中辨江樹」句也。謝句，崔、李於黄鶴樓上正自有所見耶？

西涯先生《丙午長至祀陵紀行》詩末韻云：「朝趨未報㫺飛信，庭覲先陳鯉退詩。二紀兹行今十度，春來風物合分誰。」未幾，先生丁憇庵憂，間爲春言之，以爲詩讖。先生嘗送吾同鄉李天瑞謫官一聯云：「戒酒不從花底醉，愛舟多在水中居。」李後被酒過河溺死。先生子徵伯嘗與春席上題《夢筆圖》，春詩云：「仙子曾將我，文章莫太奇。青天鋪作紙，寫處一作名與。日星垂。」先生賞之。徵伯詩云：「工文慕奇筆，精思入幽夢。會有取去時，何如不相送。」先生頗不樂，謂徵伯曰：「汝非子元敵矣。」其年徵伯下世。春哭之以詩，先生次春韻云：「人間夢筆非無兆，地下修文信有郎。」夢筆之兆，蓋記此事。然則詩信乎其有讖也。

詩之諷刺者，如章碣《東都望幸》云：「懶修珠翠上高臺，眉目連娟恨不開。縱使東巡也無益，君王自領美人來。」高蟾《下第》云：「天上碧桃和露種，日邊紅杏倚雲栽。芙蓉生在秋江上，不向東風怨未開。」意自可見。若胡曾之作：「翰院何時休嫁女，文昌早晚罷生兒。上林新桂年年發，不許平人折一枝。」只是駡詈語耳。

東坡詞翰流落人間，本集不收者多矣。予友都玄敬視春墨迹五絶〔一〕，題云《村醪二首獻張平陽》，其一曰：「張公高躅不可到，我欲俛眉纔覺難。事業已歸前輩録，典型留與後人看。」予時在酒所，深以慨然。至其一曰：「詩如瑑雪清牙頰，身覲飛龍吐膽肝。少有清名晚方用，白頭翁竟作何官。」予不能不爲之改顔。予所感者不爲此。

《元遺山集·喬千户挽詩》「素旗無誄記連姻」，用潘岳《楊使君誄表》之「素旗」語〔二〕，喬、元，皆毛氏壻故也。集有《聽姨女喬夫人鼓風入松》一律〔三〕：「白雪朱弦一再行，春風纖指十三星。芸窗霧閣有今夕，寶壓羅裾無此聲。瀟灑寒松度虚籟，悠颺飛絮攪青冥。胎仙不比湘靈瑟，五字錢郎莫漫驚。」所謂「姨女喬夫人」，蓋千户之女也。集又有《喬夫人彩綉仙人圖》一絶：「綵服仙童畫不如，直疑萊子戲庭除。青紅未是春風巧，一頌椒花更有餘。」又有《題喬夫人墨竹》二絶：「萬葉千梢下筆難，一枝新緑盡高騫。不知露閣雲窗晚，幾就扶疏月影看。」「只待驚雷起蟄龍，忽從女手散春風。渭川雲水三千頃，悟在香嚴一擊中。」元自注：「夫人參曹洞下禪有省。」夫喬女明慧多藝如此，而陰教内範則未有聞，豈不可惜？元之詩如此，豈復知名教者

〔一〕「春墨」，原本作「東坡」，據《餘冬序録》外篇第四十改。
〔二〕「君」，原本作「居」，據《餘冬序録》外篇第四十改。
〔三〕「聽」，原本作「德」，據《餘冬序録》外篇第四十改。

哉！考郝經《遺山墓銘》載其女有爲女冠者，今集《貽女》詩云：「珠圍碧繞三花樹，李白桃紅一捻春。看取元家第三女，他年真作魏夫人。」又足知遺山之家範矣。

白樂天詩「兩枝楊柳小樓中，嫋嫋多年伴醉翁」，醉翁，樂天以自謂也。歐陽公滁州之號，不知先此已有人矣。

「春色闌珊四月天，數聲啼鳥落花前。荷因有熱先擎蓋，柳爲無寒漸脱緜。處處勸耕梅子雨，家家繅繭竹籬烟。憑誰寄語仙源客，洞口雲封信不傳。」昔鄉人孔清甫爲春誦此詩，云玉山得道者還過其家之所作也。余曰：林館古肆，題詠流傳，出自近人，因無名氏訛爲仙語[一]，往往有之。而好事者又採以入，載集甚多，可笑也。周密《記泉南人林外在上庠》曰：「獨遊西湖，旗亭飲焉，將去，題壁間曰：『藥爐丹竈舊生涯，白雲深處是我家。江城戀酒不歸去，老却碧桃無限花。』都下遂傳其家神仙至云。」《庚溪詩話》謂臨安邸壁間一紙云云[二]，不著名氏，以爲必神仙語，彼不知爲外詩也。陶宗儀書又云：「龍川藍喬，宋時舉進士不第，隱霍山，嘗吹鐵笛，賦詩云：『太乙峰前是我家，滿床書史作生涯。春深戀酒不歸去，老却碧桃無限花。』一日飛昇而

[一]「語」，原本作「女」，據《餘冬序録》外篇第四十改。
[二]「謂」，原本作「謫」，據《餘冬序録》外篇第四十改。

去。」詩與外異數字耳，即外可知，舉外一事言之，可以例其餘矣。

詩五平五仄體，或謂自宋始有之，非也。《顔延年集》：「獨静闕偶語，陰蟲當秋聞。」《李太白集》：「處世若大夢，胡爲勞其生。」《孟東野集》：「夜鏡不照物，朝光何時升。」〔一〕

滕王閣僧晦幾詩：「檻外長江去不回，檻前楊柳後人栽。當時惟有西山在，曾見滕王歌舞來。」《胡頤庵集》記虞伯生最愛此詩，至累登斯閣不敢留題。一日爲諸生所强，乃即席賦三律并一絶。其絶句云：「豫章城上滕王閣，不見鳴鑾珮玉聲。惟有當時簾外月，夜深依舊照江城。」或謂此劉夢得《石頭城》語。春以爲只是要翻晦幾意耳。黄鶴樓崔、李事與此正類，前輩服善每如此。三律者：「天寒江闊立蒼茫，百尺闌干送夕陽。歲久魚龍非故物，春深蛺蝶是何王。帆檣星斗通南極，車蓋風雲擁豫章。燈火夜歸河上雨，隔鄰呼酒説干將。」「高閣城頭户牖開，江中照見碧崔嵬。文章誰復三王後，雲氣長從五老來。畫角數聲南斗落，白鹽萬斛北風回。洲南先有蛟龍窟，怪得詩成急雨催。」「危樓百尺倚闌干，滿目青山不厭看。空翠遠凝江樹小，落霞飛送酒杯乾。千年劍氣侵牛斗，半夜天香下廣寒。我欲乘鸞朝帝闕，五雲深處是長安。」西涯先生嘗誦之，爲春言：「宋元來學杜之作，惟虞爲近，而虞此詩尤近杜者。」此詩今載《道園詩稿》。《麓

〔一〕「詩五平五仄體」以下至此，原本與上合作一條，據《餘冬序録》外篇第四十改。

堂詩話》云：「遺稿如此詩者絶少，豈《學古録》所集，其所自選耶？然亦有不能盡者，何也？」先生過西江時，詩云：「滕王高閣罷崔嵬，誰築西江第一臺。雲雨不收歌舞地，文章空嘆古今才。豐城夜氣聞龍起，彭蠡秋風見雁來。幾欲乘槎問牛斗，不知平地有三台。」足與虞争勝矣。按：先生《登黄鶴樓》詩：「突兀高樓正倚城，洞庭春水坐來生。三江到海風濤壯，萬木浮空島嶼輕。吴楚乾坤天下句〔一〕，江湖廊廟古人情。中流或有蛟龍窟，卧聽君山笛裏聲。」《金山寺》詩：「楚纜吴檣萬里還，夢魂常在水雲間。地當好景多逢寺，江到中流合有山。鶻嶺高秋增突兀，龍宫深夜鎖潺湲。謝公無限登臨興，不爲蒼生暫改顔。」《渡江》詩：「秋風江口聽鳴榔，遠客歸心正渺茫。萬古乾坤此江水，百年風日幾重陽。烟中樹色浮瓜步，城上山形繞建康〔二〕。直過真州更東下，夜深燈火宿維揚。」并此四律皆先生少作，然交遊中求翰墨，必首寫此與之，雖老年應人，亦多出此。今散在天下，不啻數百紙，蓋其律中得意作也。

程克勤生日用其父韻寄弟云：「新愁白髮鏡中生，三十年來數賤庚。未拂朝衣慚戲綵，每霑宫醖想遺羹。家聲自顧如春好〔三〕，守訓何妨似水清。忽記夜深芸閣夢，渡江稱壽最分明。」自

〔一〕「句」，原本缺，據《餘冬序録》外篇第四十補。
〔二〕「繞建康」，原本作「建繞康」，據清康熙二十年刻本《懷麓堂文續稿》卷三改。
〔三〕「家」，據《餘冬序録》外篇第四十作「傳」。

注云：「戲綵、遺羹，皆思親事。」綵與朝衣相應，羹與宫醞相應，方不偏枯。崔元暐母謂「兒子宦遊，有人云貧乏不能存，此是好消息」，此「好」字之本也。胡威之對晉武帝「臣父清惟恐人知，臣清惟恐人不知」，此「清」字之本也。作詩不可草草，觀者亦然。《卧病寄弟》云：「半生多病裏，天不庇窮儒。藥有尋方苦，錢無賣俸餘。暗消閒歲月，久廢舊詩書。却幸身常在，愁懷且破除。」自注云：「首二句是骨子，第三句貼『病』字，第四句貼『窮』字，五句貼『半生』句，六句貼『儒』字，末兩句又見天終庇之之意，而用以自慰也。」作詩不可全拘此，亦不可不存此意。若全不相照應，如散沙相似，亦何足爲詩？篁墩之誨其家人如此，《卧病》吾無議，若「綵」「羹」之云，稍知門逕者，何煩更語？「好」與「清」字如此用，何其晦也！其家人爲載之其集，又將以柄詩話耶？

閭巷小兒傳唱「花開花謝年年有，人老何曾再少年」，語意極鄙俚，然亦自有動人者。劉希夷《代悲白頭翁》詩：「洛陽城東桃李花，飛來飛去落誰家。洛陽女兒惜顔色，行逢落花長嘆息。今年花落顔色改，明年花開復誰在。已見松柏摧爲薪，更聞桑田變成海。古人無復洛城東，今人還對落花風。年年歲歲花相似，歲歲年年人不同。寄言全盛紅顔子，應憐半死白頭翁。此翁白頭真可憐，伊昔紅顔美少年。公子王孫芳樹下，清歌妙舞落花前。光禄池臺開錦繡，將軍樓閣畫神仙。一朝卧病無相識，三春行樂在誰邊。宛轉蛾眉能幾時，須臾鶴髮亂如絲。但看古來歌舞地，惟有黄昏烏雀飛。」此篇情寄與前俚曲何異？詩人特能將許多言語寫出耳，然不免複矣。李太白《問月》詩：「今人不見古時月，今月曾經照古人。古人今人若流水，借看明月皆如此。」亦是此意，而文之聲律且無冗贅之失。李、劉高下，其不有間乎？區區百年，花月斷送古今人也多矣。

宋人記王荆公云：「月中彷彿有物，乃山河影也。」按《酉陽雜俎》，佛言月中所有，乃大地山河影。或言月中蟾桂，地影；空處，水影也。荆公説實出此。東坡《詠月》：「正如大圓鏡，寫此山河影。妄云桂兔蟆，俗説皆可屏。」亦是用此説耳。何蘧謂：「王、蘇論此有未盡處。今以半鏡懸照，則物像全而見。月之未滿，則中之物像亦只半見。何也？此辨殆不通遠近之理者矣。」

陸深◇撰

儼山詩話

一卷

楊月英◎點校

儼山詩話

袁御史海叟能詩，國朝以來未見其比。有《海叟集》，予爲編修時，嘗與李獻吉夢陽、何仲默景明校選其集，孫世祺繼芳刻在湖廣。獻吉謂海叟諸詩，《白燕》最下，最傳，故新集遂删之。嘗聞故老云：會稽楊維禎廉夫以詩豪東南，賦《白燕》，其警句云「朱簾十二中間捲，玉剪一雙高下飛」。時海叟在座，意若不滿，遂賦一首云：「故國飄零事已非，舊時王謝見應稀。月明漢水初無影，雪滿梁園尚未歸。柳絮池塘香入夢，梨花庭院冷侵衣。趙家姊妹多相忌，莫向昭陽殿裏飛。」廉夫擊節嘆賞，遂廢己作。手書數紙，盡散座客，一時聲名振起，人稱爲「袁白燕」。姜南明叔云：「『朱簾』、『玉剪』，乃常熟時大本之作，其全篇云：『春社年年帶雪歸，海棠庭院月争輝。珠簾十二中間捲，玉剪一雙高下飛。天下公侯誇紫頷，國中儔侣尚烏衣。江湖多少閒鷗鷺，宜與同盟伴釣磯。』」謂爲尤工，但所記海叟首句，不如「故國飄零事已非」爲勝。明叔又記顧文昱《白雁》云：「萬里西風吹羽儀，獨傳霜翰向南飛。蘆花映月迷清影，江水涵秋點素輝〔一〕。錦瑟夜調冰作柱，玉關曉度雪霑衣。天涯兄弟離群久，皓首江湖猶未歸。」明叔謂三詩可相頡頏。大抵詠物詩體，不免要粘帶，頗累氣格，三詩必有能辨之者。文昱〔二〕，字光遠，姑蘇人。

陳思王《七步詩》，世所傳誦，云：「煮豆燃豆萁，豆在釜中泣。本是同根生，相煎何太急。」《世説》所載微殊，又餘二言云：「煮豆時作糜，漉豉以爲汁。萁在釜中燃，豆在釜中泣。本是同根生，相煎何太急。」《世説》撰於宋臨川王劉義慶時，去魏未遠，當覈。未知何是本詩，但「萁在釜中燃」於理差礙爾。

晉人工造語，如潘安仁詩叙表兄弟云：「子親伊姑，我父惟舅。」直是雅暢。若在唐以下諸公口，須「汝親我姑，我父汝舅」成文耳。

古名手詩有絶類如蹈襲者。鮑明遠「客行有苦樂，但問客何行」，與嵇叔夜「從軍有苦樂，但問所從誰」〔三〕；陶靖節「雞鳴桑樹顛，狗吠深巷中」，與古曲「雞鳴高樹顛，狗吠深宫中」，詞旨何異？及李太白《白苧》與明遠本詞，才有移易顛倒耳。他不能盡記。豈古人重相擬與？

〔一〕「江」，《四庫》本作「湘」。
〔二〕「昱」，原本作「煜」，據《四庫》本改。
〔三〕按，此句見王粲《從軍》其一。

古人詩語有不可解者，如劉越石「宣尼悲獲麟，西狩泣孔丘」，二句重複如此。

歐陽公「杜彬琵琶皮作弦」，(曾)〔吴〕虎臣《能改齋漫録》載一説，云彈琵琶妙在指撥硬，杜彬琵琶如彈皮弦然，若絲弦則斷矣。所以喻其妙也，即「四弦一聲如裂帛」之意，頗爲造理。段成式《酉陽雜俎》載段師能彈琵琶，用皮弦，賀懷智撥彈之，不能成聲，則似真有皮弦矣。或謂古琵琶用鵾雞筋作弦。元楊瑀又記畏吾兒人閭閻世習銅弦，曰：「余親見聞之。」漫書於此。

世傳曹景宗「競病」韻詩爲沈約輩所驚嘆。《南史》所載：「我昔在鄉里，騎快馬如龍。與年少輩數十騎，拓弓弦作霹靂聲，箭如餓鴟叫。平澤中逐麞，數肋射之，渴飲其血，饑食其胃，甜如甘露漿，覺耳後生風，鼻頭出火，此樂使人忘死，不知老之將至。今來揚州作貴人，動轉不得。路行，開車幔，小人輒言不可。閉置車中，如三日新婦，此悒悒使人氣盡。」此段文亦豪宕。

《陳思王集》惟《洛神賦》爲最。沈約《答陸厥書》云：「以《洛神》比陳思他賦，有似異手之作。」當時論已如此。近抄《陸内史士衡集》，亦惟《文賦》爲最，他皆不及。乃知人不數篇而傳之遠者，必文也。

《漢書・蒯通贊》自「春秋以來，禍敗多矣」而下，減去一「昔」字、兩「而」字，皆七字成文，分明是一篇詩，特少叶韻耳。其簡質若此。贊東方朔，則有韻矣：「首陽爲拙，柱下爲工。飽食安步，以仕易農。依隱玩世，詭時不逢。」此與銘詩何異？

退之詩於叙事處特有筆力，如：「兒童見稱説，祝身得如斯。儕輩妒且慚，喘如竹筒吹。老婦願嫁女，約不論財貲。老翁不量力，累月笞其兒。攬攬争附托，無人角雄雌。」數句曲盡登科時人情物態，千載如新。但此格本自《木蘭》、《焦仲卿》來，下此則俚俗。元、白之流派，有韻之文章是已，學者博取之可也。

《贈張籍詠雪》一篇，歐陽公不以「隨車翻縞帶，逐馬撒銀杯」爲工，而以「坳中初蓋底，垤處遂成堆」爲勝，但此亦未盡體物之妙。蓋雪之初下，必雜霰而輕細，是凹處易於攢聚，高處正難粘綴耳。至於「松篁遭挫抑，糞壤獲饒培」，有激昂憤厲之氣。若「隱匿瑕疵盡，包羅委瑣該」，則所感者深矣。

「一瞬即七里，箭馳猶是難。檣邊走嵐翠，枕底失風湍。但訝猿鳥定，不知霜月寒。前賢竟何益，此地誤垂竿。」此謝靈運《七里瀨》詩也。其格律與唐人何辨？乃知濫觴已遠，沈、宋猶是後塵爾。

宋思陵有《中秋夜月》詩，作擘窠行草，甚奇偉。嘗見其石刻，落句全用東坡《看潮》「寄語重門休上鑰，夜潮留向月中看」，只换三字，云「分付九門休上鑰」，便是帝王口氣矣。

詩句有相似而非相襲者，然亦各有工拙。杜甫云：「江清歌扇底，野曠舞衣前。」儲光羲云：「竹吹留歌扇，蓮香入舞衣。」李義山云：「鏤月爲歌扇，裁雲作舞衣。」劉希夷云：「池月憐歌扇，山雲愛舞衣。」老杜格高，但歌舞於清江曠野之中，固不若竹下荷邊之韻、池月山雲之句，風情興致，藹藹政自可人。

王摩詰「渭城朝雨」之詩，謂之《陽關三疊》，相傳已久，而歌疊不傳。或曰凡三歌之，恐或不然。或曰首歌全句，次歌五字，又次歌尾三字，句凡三歌，謂之「三疊」，亦未必其果然否也。《折楊柳》，古曲名，多用以詠笛。李太白《洛城聞笛》：「此夜曲中聞折柳，何人不起故園情。」杜工部《聞笛》：「故園楊柳今摇落，何得愁中却盡生。」吾鄉袁御史景文亦有《聞笛》，落句云：「天邊楊柳雖無數，短葉長條非故園。」景文工詩，師法少陵，其詩有集。而笛詩俱用楊柳故園事，興致各不同，與世之撏撦者異矣，識者能自辨之。故園事，當本於桓伊。

東坡嘗欲删去柳子厚《漁父詞》後兩句，予亦欲取李太白《關山月》節却後四句。不知古今人所見同耶否？

《文選》所載漢蘇、李詩，蘇東坡以爲齊梁間小兒所擬，非真當時詩也。《古文苑》又載蘇、李詩七首。《文苑》後出，尤可致疑。杜子美云「李陵蘇武是吾師」，然世必有真蘇、李詩，當是何等？又曰五言起於蘇、李，豈作始者固不傳耶？

圍棋，世稱爲「手談」，又曰「坐隱」，二字蓋晉人語也，可入詩。

三代以後，君臣間隔，近時尤甚。獨講筵，一時真所謂「天顔咫尺」也。正德間，上聽講希闊。七年四月十二日，上御文華殿，時講官石祭酒珤字邦彦、吴學士一鵬字南夫。邦彦講《論語》「大哉堯之爲君」章，南夫講《尚書》「天秩有禮」章。深時初爲展書官，班於殿西南隅。因憶比爲庶吉士時，内閣試經筵。宴罷，有述詩曰：「御廊宴罷侍經還，轉覺微忱報稱難。輪直每陳香案拜，隔宵先進講章看。但祈聖聽頻傾注，祇托遺經保治安。論語尚書俱次第，春秋還擬進螭端。」是日適講《論語》、《尚書》，豈非預定，所謂詩讖者耶？但《春秋》之義，未知如何耳。

同年劉寓生，字奇進，石首人，在同館中最年少，疏宕有美質。試《聞雁》詩，奇進立就，曰：「秋至人間增客思，况聞秋雁過皇都。數聲到枕渾如舊，幾隻穿雲不受呼。自惜短翎驚歲月，可憐寒影遍江湖。海天愁鬢那堪汝，故國音書得到無。」衆皆嘆賞。檢討汪器之偉閲其卷，謂之曰：「詩甚佳，須作御史耳。寒影遍於江湖，非御史何官也？」後竟受御史，出貴州，爲權奸所誣，幸不死。

國初，越僧曇噩，字夢堂，能詩。一日，聞劉孟熙績、唐處敬肅諸詩人遊集曹娥祠，乃微服，求載船尾，衆見而惡之。方分韻，即景賦詩，噩忽作禮曰：「若有剩韻，願布施一個。」衆異而拈「蕉」字與之。噩應聲吟曰：「平明飯罷促篙梢，纜解五雲門外橋。去越王城三十里，到曹娥渡八分潮。白飄春雪柳花舞，緑弄晚風蒲葉揺。西北陰雲天欲雨，恐驚篷頂學芭蕉。」一座盡驚，曰：「子得非噩夢堂乎？」遂與之共遊。

餘姚楊軾，字軾同，嘗寓寧波延慶寺。時僧房雞冠花盛開，賦「魚」字韻，詩云：「絳幘昂藏錦不如，臨風欲鬥又躊躇。若教夜半能三唱，驚起山僧打木魚。」軾，宣、正間人，卒於天順中。

于肅愍公謙，以才器有社稷功。觀其題太行近體詩，亦足以冠冕時輩，漫録于此：「信馬行行過太行，一川野色近蒼茫。雲蒸雨氣千峰暗，樹帶溪聲五月涼。世事無端成蝶夢，畏途隨處轉羊腸。解鞍盤礴星軺驛，却上高樓望故鄉。」「茫茫遠樹隔烟霏，獵獵西風振客衣。山雨未晴嵐氣濕，溪流欲盡水聲微。回車廟古丹青老，碗子城荒草木稀。珍重狄公千載意，馬頭重見白雲飛。」

丁酉出蜀，自西陵北上，遇一郡守，亦是相識人，送予郭外，致辭曰：「本欲遣一官相送。老先生是朝廷大臣，誰不奉承？」予笑而謝之。坐輿中，自惟曰：「斯言可以自了，不足以了人。」復吃吃笑不休。因閲高達夫《别董大》一絶云：「十里黄雲白日曛，北風吹雁雪紛紛。莫愁前路無知己，天下誰人不識君。」乃知唐人已有此。

丙寅歲，與李員外夢陽夜坐，以《芳樹》爲題，作一字至七字詩。蓋唐已有此體矣。張南史《詠草》云：「草，草。折宜，看好。滿地生，催人老。金殿玉階，荒城古道。青青千里遥，悵悵三春早。每逢南北别離，乍逐東西傾倒。一身本是山中人，聊與王孫慰懷抱。」

霍渭涯謂三字亦可成體，是在《詩經》與《琴操》、古樂府已具，《天馬歌》通篇用三字。鮑照《春日行》云：「獻歲發，吾將行。春山茂，春日明。園中鳥，多嘉聲。梅始發，桃始青。泛舟艫，齊櫂驚。奏采菱，歌鹿鳴。風微起，波微生。絃亦發，酒亦傾。入蓮池，折桂枝。芳神動，芬葉披。兩相思，兩不知。」深謂三字語既短簡，聲易促澀，貴在和婉有餘韻，令嫋嫋耳，如此詩落句是也。

鄉前輩朱岐鳳，名應祥，敏於辭翰，爲一時所驚服。嘗有一絶句云：「江面微風瀉浪開，鳥聲啼過釣魚臺。暖雲欲作桃花雨，一片陰從柳外來。」

予作一小閣，在方丈池上。當春夏之交，小雨時至，池面無風，倚闌佇目，歌簡齋「平池受細雨」之句，殊爲幽絶。日華初動，和風徐來，則「吹皺一池春水」之詞，愈見有工。詩貴實境如是。

宋中書舍人朱翌新仲有《詠摺疊扇》一詞云：「宫紗蜂趕梅，寶扇鸞開翅。數摺聚清風，一捻生秋意。摇摇雲母輕，裊裊瓊枝細。莫解玉連環，怕作飛花墜。」然則北宋時已有之矣。古詩并畫中所見，團扇、羽扇耳，不知摺疊扇起於何時，而今遂盛用之耶？

登山涉水之間，專事賦詩，則反礙真樂。葉石林記陳後山每登覽，得句即急歸，卧一榻，以被蒙首。家人知之，即貓犬皆逐去，嬰兒稚子亦皆抱持寄鄰家，徐待其起就筆硯，即詩已成，乃敢復常，大是爲詩所苦。大抵江山既勝，風日又佳，從以良朋韻士，便當極躋攀眺望之興。罷從燈下或月夕追憶所遇，歷歷在目，然後發之詩文，庶幾各極其愜而無累矣。

趙松雪有墨竹在崇德士人家，吾鄉華亭衛先生題一絶句其上云：「漢家日暮龍沙遠，南國春深水殿寒。留得一枝烟雨裏，又隨人去報平安。」其子仲穆善畫蘭，句曲張伯雨題之曰：「滋蘭九畹空多種，何似墨池三兩花。近日國香零落盡，王孫芳草遍天涯。」二詩婉潤頗相當。聞仲穆曾見之，遂絶筆於蘭，而松雪惜不見竹詩也。

顧元慶◇撰

夷白齋詩話

一卷

侯榮川◎點校

夷白齋詩話

明　吴郡　顧元慶

《古詩》有：「客從遠方來，遺我雙鯉魚。呼童烹鯉魚，中有尺素書。」魚腹中安得有書？古人以喻隱密也。魚，沉潛之物，故云。

古樂府云：「金銅作蓮花，蓮子何其貴。摧門不安鎖〔一〕，無復相關意。石闕生口中〔二〕，含悲不得語。」「石闕」，古漢時碑名，故云。

元釋溥光字玄暉，俗姓李氏，特封昭文館大學士榮禄大夫，賜號立悟大師。有二絶句云：「蟭螟殺敵蚊眉上，蠻觸交争蝸角中。何異諸天觀下界，一微塵裏鬥英雄。」「荳苗鹿嚼解烏毒，艾葉雀銜奪燕巢。鳥獸不曾看本草，諳知藥性是誰教？」詩亦奇拔，恨不多見。

「怒氣號聲迸海門，州人傳自子胥魂。天排雲陣千家吼，地擁銀山萬馬奔。勢與月輪齊朔

〔一〕「摧」，《學海類編》本作「攤」。

〔二〕「闕」，原本作「闊」，據《學海類編》本改。本條下同。

望，信如壺漏報晨昏。吴亡越霸成何事，一唱漁歌過遠村。」米元章《詠潮》詩，書既遒勁，詩亦雄壯，所謂邁往凌雲之氣，蓋可見矣。

張旭《春草帖》云：「春草青青萬里餘，邊城落日動寒墟。情知海上三年别，不寄雲中一雁書。」集所不載。

李賀詩「買絲繡作平原君，有酒誰澆趙州土」，得非黄金鑄范蠡之意邪？

江西宸濠謀逆，武宗親征，既得凱旋，駐蹕金陵，復渡江幸致仕大學士楊一清第，賜絶句十二首。公又有應制律詩四首、《應制賀聖武》詩絶句十二首，編爲二卷，名《車駕幸第録》。公自叙謂虞廷賡歌之後，古帝王有以詩章寵臣下者，不過一篇數言而止，未有聯章累牘，若是其盛者。至於屈萬乘之尊，在位者或有之，然亦鮮矣；若罷政歸休者爲尤鮮。或有之，豈有至（載）［再］至三如今日者乎？守溪王公鏊有四絶句云：「相國移家江水湄，金山望幸已多時。太平金鏡無由進，願得回鑾一顧之。」「趙普元爲社稷臣，君臣魚水更何人。難虚雪夜相過意，海錯尤堪佐酒巡。」「北固山前駐翠華，殷勤來訪相臣家。太湖怪石慚多幸，也得相隨載後車。」「賡歌千載盛明良，宸翰如金更煒煌。漫衍魚龍看未了，梨園新部出西厢。」

西涯先生在内閣時詩云：「六年書詔掌泥封，紫閣春深近九重。階日暖思吟芍藥，水風涼憶種芙蓉。登臺未買黄金駿，補衮難成五色龍。多病益愁愁轉病，老來歸興十分濃。」音節渾厚雄壯，不待琱琢，隱然有臺閣氣象，此其所以難及也。至於樂府尤妙，其題與句篇自有新意，古人所未道者。

皮日休有《文藪》，載詩數首；陸龜蒙有《笠澤叢書》，詩亦不多；其詩俱在《松陵唱和集》内。三集共覽，方爲二公全書。今刻《甫里集》併之，豈前書之本旨乎？

「一池荷葉衣無盡，數畝松花食有餘。剛被世人知住處，又移茆屋入深居。」此唐人詩也。余見黄叔明畫此詩意並篆此詩，畫上隱者廉潔之風，宛然可掬，恨不再見臨之耳。

王文恪公鏊，自内閣歸，時石田先生病亟，遣人問之。荅詩云：「勇退歸來説宰公，此機超出萬人中。門前車馬多如許，那有心情問病翁。」字墨慘澹難識，遂爲絶筆。後二日而卒，今集中不載。

大司徒邵二泉寶，乞歸終養，上疏不允。其詩云：「乞歸未許奈親何，帝里風光夢裏過。三月春寒青草短，五湖天遠白云多。客囊衣在縫猶密，驛路書來字欲磨。聖主恩深臣分淺，百年心事兩蹉跎。」讀之令人感動激發，最爲海内傳誦。

祭酒莊渠魏公校，糈僊謝時臣將畫《莊渠圖》奉公。公曰：「此小景，不足煩大筆。天下有大四景，不識肯留意否乎？願先生包羅於胸中，而後運於筆端。人仰而望太陽，豈能睹其真體？惟泰山之上有日觀峰者，夜半可以眺而見浴日，彌望如鋪金者海也。緑色微茫中有若掣電者，海島溪山相間也。金色漸淡，日輪浮動水中，如大玉盤，適海濱望而見海日是已。登天台之巔曰華頂者，乃知此特小海耳。諸山環列外，乃爲大海。文公嘗同南軒登衡山絶頂。晨起，遥見霧氣在下，若大瀛海，遠山高者僅露其頂，飛動之勢，自謂天下奇觀。吾嘗以問顔石屋，答曰：「我以爲混沌也。」泰山有日觀者，觀日於未出也；有月觀者，觀月於已没也。長安觀者，西望秦問諸山也；越觀也者，南望會稽諸山也。衡山有七十二峰，亦有日觀、月觀，不及泰山者，當卯位也。長江萬里，人言出於岷山，而不知元從雪山萬壑中來。山亘三千餘里，特起三峰，其上高寒多積雪，朝日曜之，遠望晃若銀海。杜子美草堂正當其勝，其詩曰「窗含西嶺千秋雪」是也。余謂公禀天地之正氣，融而爲江河，結而爲山嶽，言而爲有聲之絶景矣。丹青之士，安能措筆哉？

衡山文先生徵明有《病起遣懷》二律，蓋不就寧藩之徵而作也。詞婉而峻，足以拒之於千里之外。詩云：「潦倒儒官二十年，業緣仍在利名間。敢言冀北無良馬，深愧淮南賦小山。病起秋風吹白髮，雨中黄葉暗松關。不嫌窮巷頻回轍，消受爐香一味閑。」「經時卧病斷經過，自撥閒愁對酒歌。意外紛紜如命在，古來賢達患名多。千金逸驥空求骨，萬里冥鴻肯受羅。心事悠悠那復識，白頭辛苦服儒科。」後寧藩敗，凡應辟者崎嶇萬狀，公獨晏然。始知公不可及也。

李南所先生嵩，隱居陽山，以詩酒自娱。性狷介，不妄交遊。日惟獨憑一几，焚香玩《易》而已。所居之室，扁曰「學易處」。其於死生禍福之説，尤爲洞達。嘗有詩云：「一室焚香几獨憑，蕭然興味似山僧。不緣懶出忘巾櫛，免得時人有愛憎。」年七十二，病亟，家人迎醫，閉目摇手曰：「數盡矣！留連何益？」竟坐逝，嘉靖壬辰六月十七日也。

唐人詩有「只恐爲僧心不了，爲僧心了總輸僧」，有人易數字云：「莫怪爲僧心不了，爲僧不了也輸僧。」出家舍去愛緣，總未能超悟上乘，視塵中造業者，已天壤矣。

唐人秦韜玉有詩云「地衣鎮角香獅子，簾額侵鈎繡辟邪」，後山有「壞墻得雨蝸成字，古屋無人燕作家」。韜玉可謂狀富貴之象於目前，後山可謂含寂寞之景於言外也。

閩陳侍御琳典南畿學政，甚得士子心。正德間，以諫去國。諸生中獨朱良育送詩，最爲傳誦。其詩云：「春風露冕出郊原，落日停驂望國門。抗疏要談天下事，謫官應過海南村。湯湯江漢羈臣淚，納納乾坤聖主恩。歷試古來名節士，爲言身屈道尤尊。」識者以爲不下李師中送唐御史也。

越僧某索畫于石田翁，嘗寄一絶云：「寄將一幅剡溪藤，江面青山畫幾層。筆到斷崖泉落處，石邊添個看雲僧。」石田欣然畫其詩意答之。余謂僧詩畫矣，何以圖爲？

陳可與讀書虎丘，嘗作歌招余。其略云：「山人早掛席，訪我山中客。清夜焚妙香，蘿月灑石壁。寒泉煮石鐺，細酌話疇昔。」又云：「山人山人招不來，白日下界多塵埃。牛毛世事幾時開，一物于我何有哉？」余嘗乘月泛舟，訪可與虎丘精舍。又贈余詩，有「山中正思爾，良夜喜相過」之句。戊子五月，可與病亟，屬皇甫子浚誌銘，屬金懋仁葬事，屬余刻其詩。今墓木以拱矣，負此重托，言之於邑。

吴僧月舟《索米口號》云：「去歲河橋冰凍，有米無人相送。今日月舟上門，莫作一場春夢。」可謂以文滑稽者也。

「家住夕陽江上村，一彎流水繞柴門。種來松樹高於屋，借與春禽養子孫。」此葉唐夫先生《江村》詩也。先生生於洪武間，家江村橋，故有是作。其詩多警句，此尤可喜云。

孫一元《歸雲庵》詩：「沙清竹碧鷗出飛，野老候余開石扉。」古人但言柴扉、荆扉，並無石扉之理。如漢人發哀帝冢云：「初至一户無扃鑰，石床方四尺，床上有石几，左右各三石人立侍，皆武冠帶劍。復入一户，石扉有鎖鑰。」一元好奇，初不知「石扉」乃墓中石門耳。故詩貴乎允當。

天順癸未，禮部災，時御史焦顯爲監臨官。後人詩云：「先兆或從焦御史，未然奎焰可爲災。」

解元唐子畏，晚年作詩專用俚語，而意愈新。嘗有詩云：「不煉金丹不坐禪，不爲商賈不耕田。起來就寫青山賣，不使人間造業錢。」君子可以知其養矣。

南方諺語，有「長老種芝麻，未見得」。余不解其意，偶閲唐詩，始悟斯言其來遠矣。詩云：「蓬鬢荆釵世所稀，布裙猶是嫁時衣。胡麻好種無人種，合是歸時底不歸。」胡麻即今芝麻也。種時必得夫婦兩手同種，其麻倍收。長老言僧也，其獨種，必無可得之理，故云。

杜東原先生嘗云：「繪畫之事，胸中造化，吐露於筆端，恍惚變幻，象其物宜，足以啓人之高志，發人之浩氣。晉、唐之人，以爲玩物適情，無所關係。若曰黼黻皇猷，彌綸治具，至於圖史，以存鑒戒，豈無所關係哉？」陳後山詩云：「晚知詩畫真有得，悔却歲月來無多。」亦此意也。

虎丘石壁，舊有景仁自中朝持劍南東州節，道出姑蘇，飲餞於虎丘，其題名云：「遠峰沐雨，幽軒進風。古木晝陰，野禽春聲。蓴鱸餐季鷹之高，劍潭吊闔閭之古。棋酣而世慮忘，酒竟而别愁起。促駕言歸，援毫以識。紹定五年四月二十日。」余少時尚及見之，今苔蘚漫滅，竟不知在何處。姑識之。

吴興王雨舟濟，人物高遠，奉養雅潔，刻意詩詞，其所著有《宫詞》一卷，有《水南詞》一卷，有《谷應集》，有《鐵老吟餘》。其《宫詞》尤藴藉可喜，姑舉其一二，染指可知鼎之味矣。其詞云：「駕幸長春二鼓時，提燈馳報疾如飛。上房供奉忙多少，才拭龍床布地衣。」「昨夜閩中進荔枝，君王親受幸龍池。先將並蒂承金盒，密賜修儀盡不知。」「錦標奪得有誰争，跪向君王自報名。宣索宫花親自插，連呼萬歲兩三聲。」餘皆類此。

唐羅鄴詩云："人間若算無榮辱，却是扁舟一釣翁。"頃見王仲深詩云："青山無處避征徭，十載書囊到處挑。欲買釣船湖上隱，近來漁課又難饒。"由此觀之，我朝之釣翁，不及唐遠甚矣。唐之漁翁，可置榮辱於度外；今之釣翁，則爲多事人矣。

沈醉茶卿隱居許市，其詩攻研澄潔，有出塵之格。嘗寄余《山居雜興》詩，如云"鶴病晚山碧，僧來落葉黄"，如云"隔花水亂響，中酒人高眠"，如云"花好不出户，雨來還舉觴"，如云"酒醒芳草遠，病起落花多"，如云"隱几亂山晚，閉門流水來"。惜乎天不假年，人無知者。

余少時嘗聞常熟一暴富者，與鄉人方交易買田。有一道人來乞食，主人怒其擾聒，呵出之。道人書一絶於其壁云："多買莊田笑汝癡，解頭糧長後邊隨。看他耕種幾年去，交付兒孫賣與誰？"近來吴中多田之家，即僉糧長，州司取剥陪償，終則箠楚禁錮，連年莫脱，其勢不至傾家蕩産不止也。是以人懲其累，有知者皆不售田，吴人所以畏役如畏死。道人之言，切中時禍，不獨爲常熟發也。

《山居集》者，岳漳河岱隱山居而作也。詩凡三十八首，體裁不一。其警策如《伐竹》云："萬竿同蔽日，數畝不分烟。"《净明寺》云："方丈留鶯語，山門待馬蹄。"題余水亭云："竹深雲日細，江滿芰荷高。"《山居》云："豆熟藏山兔，荷高宿雨蟬。"七言如《暮秋遊眺》："村居繚繞寒原外，人鳥縱横夕照前。"《山夜喜晴》云："疏雲落木明星動，雨過空庭暗水鳴。"《姜憲副過訪》云：「石門落葉鳴鶗鴃，澗道芙蓉響蟪蛄。」皆清健可喜。山居在陽山西之白龍塢，其地有崇山峻嶺，茂林修竹，尤爲幽絶。余嘗題其壁云：「山中少鄰並，來往即君家。逕上自生竹，墻隅亦種花。脱巾漉濁酒〔二〕，敲火試新茶。幾度長松下，論文意自嘉。」又絶句云：「竹裏茅堂帶激湍，清風日夕報平安。主人風雅輕文組，只恐君王畫去看。」

拯人之危，大是好事。古人能行之者，如山陽張儉亡抵孔褒，不遇。其弟融時年十六，儉少之而不告。見儉有窘色，謂曰：「兄雖在外，吾獨不能爲君主邪？」後事泄，融一門争死，竟坐褒。近世親戚故舊，略有毫髮利害，依附惟恐累己，不一引手援，反擠之又下石者，皆是也。有《寄周岐鳳》詩云：「一身作客如張儉，四海何人是孔融？」

西湖飛來峰石上佛像，是勝國時楊璉僧琢也。下天竺堂後壁，是王叔明畫，其剥落處，近世孫宰子補之也。方棠陵豪自秋官慮囚江南，歸省過杭，憩西湖之天竺，迺索筆題曰：「飛來峰，天奇也。自楊總統琢之，則天奇損矣。叔明畫，人奇也。自孫宰子補之，則人奇索矣。知二者迺山中千古不平之疑案，予法官也，不翻是案，何以服人？」予嘗寓西湖之上，每棹舟觀天竺畫壁，未嘗不窮日而返。今爲回禄取去，不可得見矣，惜哉！

〔二〕「濁」，原本作「沽」，據《學海類編》本改。

廬山陳氏有《甲秀堂帖》，宋淳熙年所刻。有李太白「天若不愛酒，酒星不在天」一章在内，宋人品爲馬子才僞作。今見其筆迹，非僞矣。字畫豪放，書畢，後題曰：「吾頭懵懵，醉後書此。賀生爲我辨之，汝年少眼明。」

高廟《詠菊》詩云：「百花發，我不發。我若發，都駭殺。要與西風戰一場，遍身穿就黄金甲。」一統鴻基，兆於此矣。

南濠都先生穆，少嘗學詩沈石田先生之門。石田問：「近有何得意作？」南濠以《節婦》詩首聯爲對。詩云：「白髮貞心在，青燈淚眼枯。」石田曰：「詩則佳矣！有一字未穩。」南濠茫然，避席請教。石田曰：「爾不讀《禮經》？經云：『寡婦夜不哭。』何不以『燈』字爲『春』字？」南濠不覺悦服。

江夏吴偉，齠年收養湖省布政錢昕家。侍其子於書齋中，便取筆劃地作人物山水之狀。弱冠居金陵，其畫遂入神品，未嘗究（以）［心］吟詠，達所欲言，若有超悟。嘗題自畫《騎驢圖》詩云：「白髮一老子，騎驢去飲水。岸上蹄踏蹄，水中嘴對嘴。」惜不多見。

陸子元大，本洞庭涵村世家。晚歲業書，浮沉吴市中。嘗刻《漫稿》，中有寄余詩，其聯云：「屋裏陽山應在席，門前春水欲平橋。」結云：「常記尋君過澥墅，竹青堂上喚輕橈。」道其實也。後寓丹陽孫曲水館，疾亟，抵家卒。元大性極疏懶，好遠遊，如在世外，亦不多見也。